Les
Chemins de
la liberté II

[法] 让-保尔·萨特 著

丁世中 译

# 自由之路

## II 缓期执行

人民文学出版社

# 第 二 部

## 缓 期 执 行*

丁世中　译

---

\* "缓期执行"系法律术语,用于此处意谓当时的绥靖政策只不过使希特勒推迟几天发动战争,好比暂缓行刑。

## 九月二十三日,星期五

柏林正是十六点三十分,伦敦是十五点三十分。小山上的旅馆显得百无聊赖,空空荡荡却庄严肃穆,里面住着一位老者①。在昂古莱姆、在马赛、在根特、在多佛尔,大家在思忖:"他在干什么?已经三点多钟了,他为什么还不下来?"他正坐在百叶窗半开半闭的客厅里,浓密的眉毛下两眼直视前方,嘴巴微微开启,似乎在追忆遥远的往事。他停止了阅读,一只衰老的、长着黑斑的手还抓着那几页纸,此刻正顺膝部下垂着。他扭头问贺拉斯·威尔逊②:"现在几点钟啦?"贺拉斯·威尔逊回答:"大约四点半。"老人抬起那双大眼,彬彬有礼地笑着说:"天气真热呀。"炎热沉甸甸地降临欧洲,那是一种橙红色的、噼啪作响且闪闪发光的炎热。人们浑身发热,手热,眼热,支气管也热。他们等待着,因为炎热、尘土和焦虑而感到作呕。在旅馆大厅里,记者们正等待着。庭院里,三名司机在等待着,纹丝不动地把握着汽车的驾驶盘;在莱茵河对岸,在德累森旅馆大厅里,一些身材颀长的普鲁士人穿着黑色的衣服一动不动地等待着。米朗·赫林卡已经不再等待。他从前天起就已不再等待。已经出现了那沉重的、黑色的一天,其间传开了雷鸣电

---

① 指当时的英国首相内维尔·张伯伦(1869—1940)。希特勒同张伯伦就苏台德问题第二次会谈在莱茵河上的戈德斯堡举行。张伯伦住在河对岸的旅馆里。
② 贺拉斯·威尔逊(1882—1972),当时英国政府的工业问题顾问。

闪般的确凿消息:"他们抛弃了我们!"接着时光又重新随意流逝:日子不再为了其自身而存在,它们仅仅代表着未来,也仅仅存在于未来。

十五点三十分。在濒临一种可怖未来的时刻,马蒂厄还在等待;就在这当儿,十六时三十分,米朗却已失去未来。老者站起身来,膝盖僵硬、以轩昂而略微颤动的步履穿过厅堂,叫道:"先生们!"他挂着和蔼可亲的微笑,将那份文件放在桌面上,同时用攥紧的拳头将那几页纸弄平整;米朗早已站到了桌前;展开的报纸覆盖住那方漆布。米朗已是第七次读它啦:

"关于未来的基本态度,共和国总统暨政府除接受两大国建议之外已无能为力。我们别无选择,因为我们孤立无援①。"内维尔·亨德逊②和贺拉斯·威尔逊朝那张桌子走去;老人朝他们转过身来,他显得和善而迂腐,开口道:"先生们,我们只好这么办了。"米朗暗想:"没有别的路可走啦。"一阵杂沓的喧嚣声从窗外传进来,米朗思忖:"我们已是举目无亲了!"

街上响起小耗子般的微弱喊声:"希特勒万岁!"

米朗跑到窗口嚷道:

"稍等一下,等我下楼来!"

一阵狂奔乱窜,木底鞋发出咯噔咯噔的响声;在街的尽头,一名顽童转过身来,在围裙兜里乱摸一阵,便甩开膀子扔出了什么东西。墙壁上发出两声清脆的撞击声。

"那是小李卜克内西③,"米朗说,"他正在外面逛呢。"

米朗俯在窗口朝下看:街上空荡荡的,像星期日一样。舍恩霍

---

① 此处引用当时捷克斯洛伐克政府宣传部部长的原话。
② 内维尔·亨德逊(1882—1942),当时的英国驻柏林大使,张伯伦绥靖政策的执行者。
③ 作者在此有意借用德共领袖卡尔·李卜克内西的姓氏。

夫一家的阳台上已挂起红白两色的卐字旗。那座绿房子所有的护窗板都已关上。米朗心想:"咱们家可没有护窗板呀。"

"应该敞开所有的玻璃窗。"他道。

"为什么?"安娜问。

"要是玻璃窗关着,他们就会照准玻璃打。"

安娜耸了耸肩膀。

"反正都一样……"她应道。

他们的歌声、叫喊声变成一阵又一阵嗡嗡的喧闹传到楼上。

"他们还待在广场上哩。"米朗说。

他将双手放在窗户的横杆上,心中琢磨:"一切都完啦。"街角出现了一个大块头男人,背着一只帆布包,身子支在一根拐杖上。他显得很疲惫,后面跟着两个女人,被沉重的包袱压得弯下了腰。

"雅格施密特一家回来啦。"米朗说着,但并没有转过头来。

他们是星期一晚上出逃的,大约在星期二至星期三夜里越过边界。眼下他们神气活现地回家来啦。雅格施密特走近绿房子,踏上门前的石阶。他因为风尘仆仆而脸色灰暗,表情里含着一种古怪的微笑。他在上衣口袋里乱摸了一阵,终于取出一把钥匙。女人们已将包袱放在地上,正瞧着他的动作。

"没什么风险了你就回来啦!"米朗冲着他喊道。

安娜大声喝道:

"米朗!"

雅格施密特抬起头来张望。他瞥见了米朗,那明亮的眸子闪闪发光。

"没风险了你就回来喽!"

"说得对,"雅格施密特喊道,"我回来,就该你滚蛋啦!"

他将钥匙在锁孔里转了转便推开大门;两个女人跟着他走进去。米朗回过头来道:

"肮脏的胆小鬼!"

"你这是惹事。"安娜嘀咕着。

"都是些胆小鬼,"米朗说,"该死的日耳曼崽子,两年前还低三下四,给咱们舐皮靴呢!"

"不管怎样,你不该惹他们!"

那位老者打住了话头;可他的嘴巴依然半启半阖,似乎在无声中还继续对当前形势发表高见。他那双溜圆的大眼已噙满泪水,他扬起眉毛,用询问的神情凝视着贺拉斯和内维尔。这两人不声不响了,贺拉斯做了个唐突的动作,把头转了过去;内维尔走到桌子跟前,拿起那份文件,仔细端详片刻,极不满意地将它推开。老者茫然不知所措;他摊开两臂表示无能为力和诚信之意。他第五次宣布:"我突然面临完全意想不到的局面;我以为我们会平静地讨论我带回的各项建议……"贺拉斯暗想:"真是一只老狐狸!他打哪儿学来的这副老爷爷腔调?"于是回答道:"好吧,阁下:十分钟后咱们就到德累森旅馆啦。"

"莱尔岑来了一趟,"安娜说,"她男人正在布拉格,她很不放心。"

"她上咱们家来得啦。"

"你以为她会平静些吗?"安娜不无讥诮地说,"家里有你这么个疯子,趴在自家窗口辱骂街上的行人……"

他瞧了瞧她那副精明而安详的面容,她神情有些疲惫,两肩窄小,肚皮很大。

"你还是坐下吧,"米朗道,"我不喜欢看你站着的模样。"

于是她坐下,双手交叉搁在肚皮上。楼下有人晃动着报纸不停地叫喊:"《巴黎晚报》①,刚出版的,就剩两份,要买赶快!"他喊

---

① 《巴黎晚报》,当时为图文并茂的大报,日销二百万份。

得那么来劲,已是声嘶力竭了。莫里斯接过报纸读道:"张伯伦首相致函希特勒总理,据英方人士估计,希特勒总理将惠予赐复。同希特勒先生的会晤原定今日上午举行,鉴于上述原因已予推迟。"

泽泽特从莫里斯的肩头上瞧了瞧那张报纸,问道:

"有新情况吗?"

"没有,还是老一套。"

他翻过那一版,两人都注意到一张灰蒙蒙的照片,照的是某处一座古堡式建筑,似乎是中世纪的什么玩意儿,在一座小山顶上,有圆塔,有若干小钟楼,还有几百扇窗户。

"这是戈德斯堡。"莫里斯道。

"张伯伦跑到那儿去了?"泽泽特问。

"似乎加派了警察呢。"

"不错,"米朗应道,"又派了两名宪兵,总共有六名了。他们在宪兵队筑起了工事。"

一连串叫喊声像暴风雨般袭进屋内。安娜不寒而栗;不过她的容貌仍很平静。

"要不要打电话?"她问。

"打电话?"

"对呀,给普里塞克尼切打电话。"

米朗把报纸指给她看,没有回答她的问题:

"根据德国国家通讯社星期四的一则电讯,苏台德地区日耳曼居民已自行维持秩序,直至德语区边界。"

"也许这并不真实,"安娜道,"我听说只是在埃格尔①才是这样。"

米朗朝桌子猛击一拳:

---

① 埃格尔,匈牙利地名。

"他妈的!还得求援兵哩。"

他摊开双手:那是一双多结的大手掌,上面满是褐色斑点和伤疤;他在那次出事前是伐木工人。他瞅着这双手,同时张开十个指头,说:

"他们可以上这儿来。三三两两地来。大家会开心五分钟,我敢这么讲。"

"他们一来就是六百人啊。"安娜说。

米朗低下了头。他觉得自己孤立无援。

"听!"安娜说。

他屏息细听:现在可以听得更分明了,他们大约开始行进。一腔愤懑令他浑身战栗;他看不清楚情况究竟如何,只觉得头昏脑涨。他凑近五斗橱,呼呼喘起气来。

"你怎么啦?"安娜问。

他俯向五斗橱的抽屉,一边喘着粗气。他的身子俯得更低了,嘴里径自哪哝着。

"不要这样。"她对他说。

"什么?"

"不要这样。把家伙交给我。"

他转过身子:安娜已站立起来,她倚着那张椅子,表情严肃。他想到她的肚子,便将手枪交给她。

"好吧,"他道,"我这就给普里塞克尼切去电话。"

他下楼去到底层,走进学校大厅,打开窗户,然后拿起电话。

"请给我接普里塞克尼切的镇公所。喂,喂!"

他的右耳听见一阵忽高忽低的吱吱声,左耳则听见那些人的声音。奥黛特发出一阵含糊的笑声:"我一向搞不大清楚它在哪儿,这捷克斯洛伐克!"说着将手指捅进沙堆。不一会儿听到一声嘀嗒声。

"嗯?"一个人声问。

米朗自忖:"我得求援兵啊!"他用全力攥住电话的听筒。

"这儿是普拉夫尼兹,"他说道,"我是镇里的小学教师。我们一共是二十名捷克人,还有三名日耳曼族民主人士躲进一处地窖,其余的都在亨莱茵;他们已被自由军团①的五十条汉子团团包围。这五十人是昨晚越过边界的,接着便将那些人都集合到广场上。镇长同他们在一起。"

一阵沉默。后来有一个声音傲慢无礼地应道:

"对不起,这里说德语!"

"猪猡!"米朗用德语怒斥。

他挂上话筒,一瘸一拐地爬上楼梯。他的腿疼得厉害。他走进屋内坐下来。

"他们已到了那边。"米朗说。

安娜朝他走过来,将双手搭在他肩上,喃喃道:

"亲爱的……"

"这帮混蛋!"米朗又道,"他们都能听懂,在电话机旁哧哧冷笑呢!"

他将她拉到自己两膝当间。那隆起的大肚子触到了他的腹部:

"现在咱们可是无依无靠啦。"

"我不信。"

他缓缓抬起头来,自下而上地打量着她;她是个规矩且勤劳的女人,但她也有女人的共性:总是需要信赖一名男子。

"他们过来啦!"安娜嚷道。

人声仿佛离得更近了:他们大约正在穿过镇上的主要街道。

---

① 苏台德区的日耳曼人自一九三八年九月十七日起建立所谓"自由军团"。

远远听来,人群的欢呼声倒像是恐怖的喊叫。

"大门堵死了吗?"

"堵死了,"米朗道,"不过他们仍可从窗子进来,或者从后花园绕道儿。"

"假如他们上来……"安娜嘀咕着。

"你不用害怕。他们可以把瓶瓶罐罐都砸烂,我会一声不吭。"

他蓦然感到她热烈的嘴唇贴在他的面颊上:

"亲爱的,我知道你是为了我才这样。"

"不是为了你。你我是一回事。是为了孩子啊。"

他俩猛地一惊:有人按了门铃。

"别到窗口去!"安娜嚷道。

可他还是立起身来走到窗口。雅格施密特家所有的护窗板全都敞开了;大门上高高悬挂着希特勒的党旗。他俯身一看,只见有个小小的人影儿。

"我得下去。"他大声说。

他穿过屋子来到下面:

"是玛丽卡啊!"他道。

下楼后他就去开门。楼群的屋顶上空飘扬着一片爆竹、欢呼和乐曲声:简直像是过节啊。但街上却是空空的,他不禁感到揪心。

"小家伙,你上这儿来干什么?"他问,"今天不上课吗?"

"妈妈叫我来的。"玛丽卡答道,她手里提着一只小篮子,里面装着苹果和植物油甜饼。

"你妈妈发疯了! 你得回家去。"

"妈妈说您不会把我赶走的。"

她递给他一张折了两道的纸。他展开读道:"她爸爸和乔治昏了头。我求求您,看好玛丽卡,直到今晚。"

"你爸爸上哪儿去啦?"米朗问。

"他跟乔治躲在门后,手里拿着斧子和步枪,"她回答,接着一本正经地说,"妈妈打后院把我送出来,她说我在您家里更安全,因为您是位理智的人。"

"是呀,是呀,"米朗道,"我可有理智呢。走吧,上楼去。"

柏林是十七点三十分,巴黎是十六点三十分。苏格兰北部气氛有点儿压抑。冯·多恩贝格先生①出现在格朗德旅馆的阶梯上,记者们立刻围上去,皮埃里尔问道:"他会下楼来吗?"冯·多恩贝格先生右手拿着一张纸,举起左手宣布道:

"还没有决定今晚张伯伦先生是否能会晤元首。"

"就是在这儿,"泽泽特指点道,"我那时就是在这儿,在一辆小绿车里卖花。"

"你混得不错嘛。"莫里斯说。

他顺从地端详着人行道和大马路,因为自打她提起这段往事,他俩便想来看一看这地方。但这并不能引起他什么兴致。泽泽特放下胳膊,瞧着汽车驶过,悄然笑了起来。莫里斯问:

"你那时有椅子坐吗?"

"有时候有;是折叠椅。"泽泽特说。

"大概不怎么舒服吧?"

"春天可棒着呢。"泽泽特应道。

她像在病室里似的,小声跟他说话,却并不朝他转过身子;有好一会儿了,她用肩头和背部做起优雅的动作,模样一点也不自然。莫里斯感到厌烦;在一面橱窗前至少站着二十几个人,他也凑过去,越过他们的头顶朝前观看。泽泽特仍待在人行道边上兀自

---

① 冯·多恩贝格(1901—1983),当时德国外交部的礼宾司司长。

出神;过了一会儿,她才同他会合,又挽起他的胳臂。在一块磨出斜切面的玻璃牌子上,有两小块红皮革,四周镶着红色泡沫,像是小小的粉扑。莫里斯笑了起来。

"你觉得好笑?"泽泽特低声问。

"这可是皮鞋呢。"莫里斯好笑地回答。

有两三个人转过头来。泽泽特冲莫里斯"嘘"了一声,便将他拉开。

"这有什么?"莫里斯不服道,"又不是在教堂里望弥撒!"

不过他还是压低了嗓门儿。人们都轻手轻脚地鱼贯而行,他们似乎都彼此相识,但谁也不开口说话。

"我有整整五年没到这儿来了。"莫里斯小声说。

泽泽特颇为得意地将马克西姆餐厅指给他看。

"这儿是马克西姆餐厅。"她咬着耳朵告诉他。

莫里斯瞧了瞧马克西姆,猛地转过头去:他听人家提起过,这可是个龌龊的鬼地方。一九一四年,工人们在前线卖命,资产阶级却在这里痛饮香槟酒!想到这里他不禁咬牙嘀咕:

"腐朽透顶!"

但不知为什么,他觉得很不自在。他摇晃着身子,迈着小步朝前走;他觉得那些人似乎弱不禁风,很怕将他们撞倒。

"也许是吧,"泽泽特接过话茬说道,"但这毕竟是一条漂亮的大街,你不觉得吗?"

"我可觉得没劲,"莫里斯说,"这地方闷死人啦。"

泽泽特耸耸肩,莫里斯却想起了圣旺大街:今天早晨他打旅馆出来时,有几个家伙吹着口哨赶到他前头,他们背着背包,躬身扶着自行车的把手。他觉得很高兴:有几位在圣德尼停了下来,其他人则继续往前赶路,大家都朝同一个方向走。工人阶级已经动起来了。他冲泽泽特说:

"这儿可是在资产阶级堆里!"

他们又往前走了几步,闻到一股亚美尼亚纸张的气味;莫里斯站住了,说了声"对不起"。

"你说什么?"泽泽特问。

"没说什么,"莫里斯不自在地答道,"我没说什么。"

他又跟人家碰撞上啦;别人低头走路没问题,他们总能想出办法在最后关头相互避开;这大概是习惯成自然吧。

"你还走吗?"

可他不想再往前走啦。他真担心碰碎什么东西,再说这条街不通向任何地方,连个去向也没有。有的人重新上行,走向大马路,也有人下行到塞纳河边,还有人鼻头贴在橱窗上就不动窝儿了。于是有局部的倒流,但却没有整体的运动,你总不免觉得孤单。他伸出手,搭在泽泽特肩上;他用力捏着衣服下的肥肉。泽泽特对他嫣然一笑。她觉得很有趣,她贪婪地观赏着一切,并不失内行的样子,她俏皮地晃动着她那娇小的臀部。莫里斯搔了搔她的脖子,她扑哧一笑。

"莫里斯,"她娇嗔道,"别胡来!"

他喜欢她脸上涂的浓重色彩:那好似白糖的白颜色;那颧颊上的朱红色。凑近一闻,她身上散发着华夫饼干的香味。他悄悄问她:

"你觉得好玩吗?"

"我是旧地重游了,全都认出来了呢。"泽泽特说,眼里闪耀着光芒。

他不再搭着她的肩膀,两人重又不声不响地朝前走:她认出了几个资产者,从前常到她这里买花的。她总是报以微笑,有的还曾试图过来捏捏她的脸蛋儿。莫里斯凝视着她那白皙的后颈,顿生一种奇特的感觉,不知是喜是怒。

"卖《巴黎晚报》嘞!"一个声音叫喊道。

"咱们买吗?"泽泽特问。

"这跟刚才那版一模一样呢。"

人群围住了报贩,不声不响地争购报纸。一个女人从人群中走出,她穿着高跟鞋,头上扣着一顶式样古怪的帽子。她展开报纸,边看边迈着碎步朝前走。她突然脸一沉,长长地叹了一口气。

"快瞧这位家庭主妇!"莫里斯招呼道。

泽泽特扫了一眼,说:

"也许她男人得上前线。"

莫里斯耸了耸肩膀:真是怪事,戴这种帽子、穿这种鳕鱼皮高跟鞋的女人,居然也会倒霉?

"怎么会呢?"他道,"她男人是当官的。"

泽泽特却说:

"就算她男人是当官的,也可能跟当兵的一样送死啊!"

莫里斯斜睨了她一眼:

"你那些当官的要叫我笑死哩。你只要看看一九一四年,就知道他们送不送命了。"

"正是呢,"泽泽特应道,"我相信死了不少啊。"

"送命的是乡巴佬,还有咱这号的!"莫里斯反驳道。

泽泽特更紧地依偎着他,说:

"哦,莫里斯,你真认为会爆发战争吗?"

"我吗,我怎么会知道?"莫里斯答道。

今天早晨他还相信会打仗,伙伴们也跟他一样相信。他们那会儿全都在塞纳河边上,大家瞧着一串大吊车和那艘挖泥船。有些小伙子卷起衣袖干活。那是些热纳维里埃的壮汉,正在挖电缆地道,说明战争一定会爆发。不管怎么着,这对热纳维里埃的壮汉们影响并不大:他们可能到北方什么地方去挖战壕,冒着烈日、顶

着枪林弹雨,就像现在冒着塌方和工伤事故的危险。他们将会等待战争结束,就像现在等待贫困告终。桑德尔早就说过:

"小伙子们,打就打!不过等到从前线回来,可得留着手中的枪!"

现在呢,他可不知道相信什么是好了:在圣旺,战争气氛从未消失,但不是在这里。这里是一片升平气象:这里有的是橱窗,货架上是高级消费品,是五颜六色的衣料,是供人自鉴的大镜子,总之享乐的物事应有尽有。路人愁容满面,可那是与生俱来的。他们干吗要打仗?他们已经应有尽有,用不着期待什么。对什么也不抱希望:除了使生活如开头那样无休无止地延续下去——这该是多么可悲!

"资产阶级不想打仗,"莫里斯突然解释道,"它害怕胜利,因为那将是无产阶级的胜利。"

老人站起身来,将内维尔·亨德逊和贺拉斯·威尔逊一直送到门口。一时间他以颇为激动的神色注视着他们。他很像所有那些形容憔悴的老者:他们此刻正团团围住王家大道的报贩,或者围住波尔·马尔街的报亭;他们别无所求,只希望一生善始善终。送客的老翁此刻想到了街上的老人以及他们的子子孙孙,便对客人叮嘱道:

"你们还要问一问冯·里宾特罗甫先生:希特勒总理是否认为有必要在我回国前再作一次会晤?并提请他注意,假如原则上同意会晤,那么希特勒先生就有必要让我们了解有什么新建议。请特别强调一下,我已决心竭尽全力通过谈判解决此项争端。欧洲各国人民是不想打仗的;为了一个大体已求得一致的问题而使他们陷入血腥冲突,我觉得是不可思议的。祝你们顺利。"

贺拉斯和内维尔点点头便下了楼;老者那一本正经、颤颤巍巍、略带嘶哑而又文质彬彬的话音始终回荡于他们耳际。莫里斯呢,他正凝视着街头老人和妇女细嫩、白净或苍老的肌肤,不胜厌恶地想到:这些人也许将血流如注!

他们将流血,这比踩死蜗牛还要令人恶心,但势必走到这一步。机关枪将对王家人道实行纵向扫射,此后会有若干天,这条大街将无人光顾,到处是破碎的玻璃、弹痕累累的镜面;咖啡馆的平台上一片打翻在地的桌椅,四周是破罐碎瓶的玻璃碴儿。地面尸体横陈,天空战机不断盘旋。然后尸体会被抬走,桌椅会被扶正,窗户会配上新玻璃,生活将恢复正常:又会有密集的人群,颈脖粗壮发红、穿皮夹克、戴鸭舌帽的人们又会拥挤于街头。俄国那时就是这样的情景,莫里斯记得曾见过涅瓦大街的照片;无产者占据了这条豪华的大马路,他们在大马路上随意漫步,宫殿和石桥已不再令无产者惊羡。

"真抱歉!"莫里斯不胜惶恐地说。

他的臂肘刚刚猛撞了一位老妇的背部,老太太怒目圆睁地盯住他。他实在感到厌烦和泄气:在巨型广告牌和挂在阳台上的熏黑了的金字招牌下,在点心铺和鞋店之间,在玛德莱娜大教堂①的大圆柱前,你不可能想象会有另一种人群:这里多的是咯噔咯噔迈着碎步的老太太,多的是身着水兵服的小娃娃。这凄惨的金色光芒、这芬芳的熏香气息、这高耸入云的大楼,那甜甜蜜蜜的语声、焦虑而倦怠的容颜、鞋底踏着柏油马路的前途渺茫之声,一切都是组合在一起的整体,一切都是实实在在的:革命不过是一种梦想。"我本不该上这儿来的,"莫里斯心中暗想,一边又向泽泽特投以埋怨的目光,"一名无产者的岗位不是在这里。"

一只手碰了碰他的肩膀;他认出了布吕内,顿时高兴得涨红

---

① 玛德莱娜大教堂,巴黎著名的大教堂,于一七六四至一八四二年建于巴黎最豪华的地段,以其建筑的宏伟著称。

了脸。

"早安,小伙子!"布吕内笑着打招呼。

"你好,同志!"莫里斯应道。

布吕内的大手有力而多茧,跟他自己的一样,握手很有劲。莫里斯定睛瞧了瞧布吕内,轻松地笑了。他如梦初醒:他感觉到伙伴们就在身边,在圣旺、在伊夫里、在蒙特罗伊,在巴黎市区、在贝尔维尔、在蒙特鲁日、在拉维叶特;他们手挽着手,正在准备艰苦斗争。

"你跑到这儿来干什么?"布吕内问,"失业了吗?"

"我正在度年假,"莫里斯略带窘态地解释道,"泽泽特想上这儿来看看,因为她从前在这儿干过活。"

"这位便是泽泽特?"布吕内问,"你好哇,泽泽特同志。"

"这位是布吕内,"莫里斯介绍道,"你今天早晨在《人道报》上看到的就是他的文章。"

泽泽特大胆地瞧着布吕内,向他伸出手去。这姑娘在男人面前毫不腼腆,哪怕他们是资产阶级或党里的大人物。

"我早就认识他,他那时才这么点儿高,"布吕内指着莫里斯说,"他参加了红鹰团①,是合唱队队员,我可从没见过像他这么跑调儿的歌手。后来,人家准许他只在游行队伍里假装唱一唱。"

他俩都笑开了。

"怎么样?"泽泽特问,"会不会打仗啊?您应当知道的,您呀,您是消息灵通人士嘛。"

这是个蠢问题,是妇人之见;但莫里斯对她公开提问倒有几分感激。布吕内神情严肃起来。

"我不晓得战争会不会爆发,"布吕内答道,"但重要的是不应

---

① 红鹰团,法共领导的青年组织,类似童子军。

当害怕战争:工人阶级应当明白,不是靠节节退让就能避免战争的。"

他说得振振有词。泽泽特以充满信任的目光仰望着他,一边听他说一边报以充满善意的微笑。莫里斯却感到不快:布吕内的话跟报纸上登的一样,他没有比报上多说一句。

"您认为只要咱们给希特勒一点儿厉害看看,他就会偃旗息鼓吗?"泽泽特又问。

布吕内做出一本正经的样子,看来他不明白人家是在询问他个人的意见。

"完全有这种可能,"他答道,"何况,不管发生什么事情,苏联总是同咱们站在一起的。"

"显而易见,"莫里斯自忖,"党内的大头头们绝不会随便把个人意见告诉圣旺的一名小机械工。"不过他依然感到失望。他凝视着布吕内,满腔快乐顿时烟消云散:布吕内的双手像乡下人那样强劲有力,下颚显得刚毅顽强,眼神里充满自信;不过他却戴着假领和领带,穿着法兰绒套装,在资产阶级堆里他似乎应付裕如。

一面深色的橱窗映出了他们的身影:莫里斯从橱窗里看到一个不戴帽子的女人,还有一名把鸭舌帽推到后脑勺的壮汉,那汉子的夹克装绷得快开裂了;他们正在同一位绅士交谈。然而,莫里斯依然待在那儿,双手插在衣兜里,委决不下是否向布吕内告辞。

"你还是在圣芒代吗?"布吕内问。

"不,"莫里斯答道,"是在圣旺。眼下我在勒弗莱沃的厂里干活。"

"哦?我还以为你在圣芒代呢!是当钳工吗?"

"是机械工。"

"好哇,"布吕内说,"好,好,好!那么,再见吧,同志。"

"再见,同志。"莫里斯道。他感到不自在,隐约还带着几分失望。

"再见,同志!"泽泽特说,一边乐呵呵地笑着。

布吕内目送他们远去。人群复又将他俩团团围住,但莫里斯阔大的肩膀突现在众人的帽子之上。他只好挽着泽泽特的腰部:他的鸭舌帽轻轻擦碰着她的发髻;他俩脸挨着脸地从路人堆里向前迂回行进。

"这是个好小伙子,"布吕内思量着,"可我不喜欢他那个胖姑娘。"他继续往前赶路。他不苟言笑,颇有歉疚之感。"我又能回答他们什么呢?"他心想。在圣德尼、在圣旺、在索肖、在克勒佐,千千万万的人以同样焦虑和信任的目光期待着。千千万万像方才那一位似的脑袋,老好人式善良而结实的圆脑袋,梳理得不大高明的脑袋,形状粗笨的脑袋,名副其实的男子汉脑袋……它们都仰望着东方、仰望着戈德斯堡、仰望着布拉格、仰望着莫斯科。现在能够回答他们什么呢? 保护他们:目前能够做到的不过如此罢了。保护他们迟缓而固执的思想,对付试图使他们思想出轨的形形色色的混蛋们。今天是波宁格大妈、明天是小学教师工会书记多丹、后天是社会党的皮维尔蒂派①,这便是命运为他作出的安排;他从这一批人走向另一批人,竭力使他们闭上嘴巴。波宁格大妈也许会以温柔的表情瞧瞧他,挥舞着理想主义的双臂谈论"流血是多么可怕"。那是一名五十来岁的胖女人,面色红润,两颊长着白色细毛,头发剪得很短,在眼镜片下露出教士那种软绵绵的目光。她身穿一件男式上装,翻领处戴着荣誉勋位勋章的绶带。"我将对她说:女人不要做蠢事啦! 一九一四年她们用肩膀把自己的男人拱进了火车车厢,而本来应当卧轨阻止火车开车;今天打仗可能有一定的意义,你们却要组织什么争取和平联盟,想尽方法来破坏男

---

① 指社会党的少数派,主张绥靖政策。

子汉的士气!"莫里斯的容貌又浮现在眼前,布吕内不胜烦恼地摇动着肩膀,"一句话,只要一句话,有时就能使他们开窍,可我却想不,出这样的话!"他怨愤地想着,"这都怪他那个娘儿们,她们的本领就是提些愚蠢的问题!"泽泽特的两颊涂着厚厚的脂粉,她那双小眼睛闪烁着淫荡的目光,身体散发着下贱的香气。她们会柔声柔气但却百折不挠地去征集签名,什么激进党里的知名鸽派人物、托洛茨基主义的犹太妇女、社会党内的反对派人士,她们胆大妄为、无孔不入,看到一名乡下老太婆正在挤牛奶,便会冲向前去,将一支钢笔塞到她那湿漉漉的大手里:"如果您反对打仗就请在这儿签名。"再也不要有战争,永远不要!谈判再谈判!和为贵!那位泽泽特女士,假如猛然朝她塞一支钢笔过去,她会干什么呢?她是否能保持较为健康的阶级反应能力,对这些善良的胖老太婆们嗤之以鼻呢?她把小伙子拉进了富人区。她观赏起商店来眉飞色舞,在自己脸上抹的脂粉足有一尺厚……可怜的小伙子啊,她为了阻止他上前线,可能会吊着他的脖子不放,那可就不堪入目喽!他们可不需要这类名堂……知识分子,资产阶级。"我对她没好感,因为她脸上涂脂抹粉,一双手却毁得厉害。"并不是所有的同志都能当单身汉呀。他感到厌倦和沉重,他意识到,"我责备她化妆,是因为我不喜欢廉价的化妆品。"知识分子,资产阶级。爱他们,爱他们所有的男男女女,人人有份,不分彼此。他思忖:"我甚至不应表示愿意爱他们,应当是出于需要,好比人的呼吸一样。"知识分子,资产阶级。永远脱离关系。"我将会白费力气。我们对往事的回忆永远不会彼此雷同。"约瑟夫·梅尔西爱现年三十三岁,患有遗传性梅毒。在布封中学和塞维涅中学任自然史教员,现正喘着气沿王家大道上行。不时歪扭着嘴,口中带着唾液发出哑巴哑巴声,嘴也常常歪扭着;他的左胁疼痛,总觉得自己倒了大霉,他断断续续琢磨着:"他们到底给不给应召入伍的公务员照发工资?"他低头瞧着双脚,好避开所有这些冷酷无情的面孔;他碰撞了一个棕发大汉,那人穿一身灰法兰绒套服,一怒之下将他推向一面橱窗。约瑟夫·梅尔西爱抬起眼来寻思:"什么大衣柜!"真是一尊"大衣柜"、一堵结实的墙壁,属于那种无动于衷、冷酷无情的蛮人,就像从前当堂挖苦他的初等数学老师长脚夏迈利埃,是那种什么也觉察不到、毫无自我感觉的一类家伙:他们从未生过病,从没有咽唾液的怪习惯,大模大样享受女人和生活,笔直地朝既定目标前进,同时把你推向橱窗。王家大道上的人群缓缓朝塞纳河流去,布吕内跟着它流淌;有人碰撞了他,他看见一个烂鼻头的瘦鬼匆匆走过,那人头顶圆筒礼帽、佩戴瓷片大假领;他又想起了泽泽特和莫里斯,复又感到那由来已久的习惯性的焦虑不安;他面对这些无法逃遁的往事而自惭:他忆起马恩河畔的白房子、父亲的书房、母亲香气四溢的纤纤玉手,这一切都使他永远无法同他们在一起。

那是一个美丽的金色黄昏,是九月金秋的景象。斯特凡·哈特利倚着阳台喃喃道:"薄暮里的人群,正广泛而悠缓地骚动着。"所有这些帽子、这毡帽做成的海洋,还有几只不戴帽子的脑袋,正在人潮之间此起彼伏,他想:"就像海鸥一般";他想,自己将会这样写:"就像海鸥一般"。他瞥见两个头发金黄的脑袋、一个发已灰白的脑袋,还有浮现在众人之上的一颗棕色的头颅,它已经开始秃顶。斯特凡想:"……法国的人群",并感到不胜激动。那是英勇而古板的小人物的小小人群。他将这样写:"法兰西的人群正在平静和尊严中等待着事件的来临。"《纽约先驱报》将以黑体字印出通栏标题:"我测试了法国的人群。"这些小人物,他们似乎从来没有把身体洗干净,那是女人们的宽檐帽子,是不声不响、平静而不洁的人群,玛德莱娜大教堂与协和广场间的巴黎,以傍晚平静时辰的金色光辉洒向他们。他将写道:"法兰西的面貌",他将写道:"法兰西永恒的面貌"。人群在滑动、在耳语,或可将这形容为既谦恭又惊诧;写成"惊诧"或许有些夸大其词。斯特凡在想:一个棕红头发的法国大汉,头顶已微秃,如夕阳般宁静,汽车的玻璃上映照出片片落日余晖;几处人声,几处闪动着的人声……斯特凡心想:"我的文章已大功告成。"

"斯特凡!"西尔维亚在他背后呼唤。

"我正在工作。"斯特凡生硬地回答,连头也不回。

"可是亲爱的,你得回我一句话,"西尔维亚说,"在拉斐特号上只有头等舱位了。"

"就买头等舱票吧,坐豪华舱得啦,"斯特凡道,"拉斐特号也许是上美国去的最后一班船了,以后要隔很久哩。"

布吕内慢慢朝前走,他嗅到一股亚美尼亚纸味,又抬起头来,瞧瞧挂在一处阳台上已经发黑的金色字母;战争其实已经爆发:它就在眼前,在这片无序的灯光火海之中,如同镂刻在这易碎的名城墙壁上的事实;它如同一种定向爆破,将王家大道炸成两截;路人虽然从街上穿行,却视而不见;布吕内却看得分明。战争始终在眼前,但人们还不明白。布吕内曾想:"咱们头上的天空会塌下来的。"其实一切都已经开始下塌:他已经看到了房屋的真情实景:那只是暂时停住的坍塌。这家优雅的商场支撑着成吨成吨的巨石,而这每一块同其他巨石连成一片的石头,五十年来一直执拗地向着同一地点坍塌;再加上几公斤,那坍塌便周而复始。一根根圆柱将会战栗着裂开,变成龌龊不堪的一堆碎石断垣,夹杂着折裂的骨架子;橱窗将被炸得开花;车载斗量的石块将压向地窖,将成包成捆的存货砸烂。他们有重达四千公斤的炸弹。布吕内的心揪紧了:方才不久,在这一排排整整齐齐的店面上,还印有人的笑容,同黄昏的金碧辉煌交相辉映。此刻却已暗淡无光:十万公斤的石块啊!人们是在暂停的雪崩当间游荡!废墟中行进着士兵,他可能被打死。布吕内仿佛瞥见泽泽特堆满脂粉的脸颊上出现了一道道黑沟。一排排尘土飞扬的墙壁、一段段洞开的残垣,混杂着蓝色、黄色的方纸片,还有斑斑驳驳的招牌;在崩落的什物间,仿佛还可瞥见赤红的瓷砖贴面、街上荒草湮没的石板。接着呈现的是木板搭成的陋屋,是露宿的帐篷。再后,便像在外围大马路上一模一样,盖起了外观极为单调的大规模兵营。布吕内的心都抽缩啦,他心忧如焚地自语:"我可是爱巴黎的啊。"蓦地,这显见的实况突然消失,名城又在他身边突现。布吕内收住了脚步;他觉得某种怯弱的温情柔化了他的思绪,转而琢磨:"要是没有战争该多好! 要是能没有战争该多好!"于是他贪婪地凝视着那些阔大的栏杆门、德里斯柯尔店五光十色的橱窗,还有韦伯啤酒店蓝色的帷幔。过了一会儿,他感到羞惭了;他继续迈步向前,思忖着:"我对巴黎是爱之过甚了!"就像莫斯科的皮尔尼亚克,他对那些古老的教堂也未免爱之过甚。党不信任知识分子是很有道理的。死亡镂刻于人群里,毁灭则镂刻于物件之中;后来者必会重建巴黎、重建全世界。我将要问她:"难道您愿意不惜一切代价来争取和平?"我将和颜悦色地同她谈话,并且仔仔细细地把她端详,对她进一言:"女人不要打扰我们。现在不是时候,不应当用她们的蠢话来纠缠男人!"

"我愿意做男人。"奥黛特说。

马蒂厄支住一只臂肘站起身来。他现在面孔涨成了酱色。他不无讥诮地反问:

"为了装成小士兵吗?"

奥黛特脸红了:

"那倒不是!"她急忙辩道,"不过我觉得此时此刻女人简直像白痴。"

"这恐怕不怎么叫人舒心吧。"马蒂厄接茬道。

她这一回似乎又充当了学舌鹦鹉;她用的字眼儿总是反过来击中她自己。但她觉得,假如她词能达意,马蒂厄本不会责备她的;她本来应当说:男人们在她面前谈论战争总是令她坐卧不宁。他们总是装腔作势,他们过于自信,好像是向她示意:战争是男人的事情,然而他们似乎又总是期待她做点什么,比如作出某种仲裁,因为她是妇道人家,不会开赴前线,将始终置身事外。但她又能对他们说些什么呢?留在后方?毅然开拔?这不该由她来决定,因为她不到前线去。再不然就该对他们说:"随你们自己吧。"但假如他们无意做任何事情呢?她就尽量回避,装作不闻不问,在他们自命不凡地喧嚷时,给他们上咖啡或消化酒。她叹了口气,抓起一把黄沙,让那热乎乎、泛白光的沙粒轻泻到她那褐色的小腿上。海滩上寂寥无人,大海波光粼粼,涛声轻轻。在那位普罗旺斯旅店店主的木制浮桥上,三位身着泳装的年轻女人正在饮茶。奥黛特闭上了眼睛。她躺在沙滩上,享受着那份既无岁月、又无年龄的温暖:那是她孩提时代即有的温暖,她曾紧闭双目躺在同一片沙滩上,或者在一片红蓝辉映的火海里扮演不怕火的蝶螈。同样温暖、同样湿漉漉的泳装的抚爱;你似乎觉得这泳装在阳光照耀下正轻轻蒸发;颈背下的细沙还像从前一样灼热;在此后的岁月里,她同蓝天、大海和沙滩融为一体,再也分不出今昔。她坐起身来,把眼睛睁得大大的:今天可有真正的现实;她满腹焦虑;还有马蒂厄,皮肤发褐、光着身子,此刻正盘腿坐在他那件洁白的浴衣上。马蒂厄默不作声。她自己也但愿能够默不作声。不过当她不迫使他直接同自己说话时,她就仿佛失掉了他:他倒是随时奉陪,用那清晰而微哑的嗓音发一小通议论,然后就走神了,让自己的身体留下陪她,那是肌肤光洁、训练有素的身体。也许可以假定他沉浸在什么愉快的沉思中吧;但他却直勾勾地朝前方凝视,那神情令人心碎,而他那双大手则忙着堆沙堆。沙堆倒塌了,那双手却不知疲倦地重堆一次。马蒂厄从来不瞧瞧自己的手;末了这让她恼火了。

"干沙是做不成沙堆的,"奥黛特说,"连很小的娃娃都懂哩。"

马蒂厄忍不住笑了。

"您在想什么呢?"奥黛特问。

"我得给依维什写信了,"他答道,"这叫我为难呢。"

"我没想到这会叫你为难,"她略带笑意地答道,"您给她寄了好些书去啦。"

"可不是!有些笨蛋把她吓坏了。她开始看报纸,却一点儿也看不懂:她要我给她解释解释。这好办,她把捷克人同阿尔巴尼亚人混为一谈,竟以为布拉格靠着海边。"

"这挺符合俄罗斯风格。"奥黛特生硬地说。

马蒂厄噘噘嘴而不作答,奥黛特明白自己招人讨厌了。马蒂厄又微笑着说:

"复杂的是,她对我一肚子火。"

"为什么?"她问。

"因为我是法国人。她本平安无事地在法国居住,现在法国人却突然要打仗了。她觉得这太可气了。"

"真不像话!"奥黛特愤然道。

马蒂厄做出一副好好先生的样子:

"要为她设身处地想一想嘛,"他温文尔雅地说,"她嗔怪我们,因为我们使自己冒死伤的风险。她觉得伤员们'有失分寸',因为别人不得不想到他们的躯体。她把这叫做'生理性能'。她讨厌这'生理性',不管关乎她自己还是关乎他人。"

"可爱的小心肝儿!"奥黛特嘀咕着。

"人家可是真心的,"马蒂厄道,"她整日整日地不吃不喝,就因为这倒了她的胃口。夜间她困得睁不开眼,就靠喝咖啡保持清醒。"

奥黛特避不作答;她心里在想:"狠狠揍一顿屁股,这才是她该得到的!"马蒂厄带着几分诗意和傻气在沙堆里转动着他的双手。"她从来不进餐;但我敢肯定,她在房间里准藏了大瓶大瓶的甜果酱。男人们都太愚蠢了!"马蒂厄又重新开始堆沙堆了;他又重新堆积,天晓得往哪儿堆,堆多长时间。"我呢,我得吃带血的牛肉,发困时就睡大觉。"她不无凄楚地想。在那位普罗旺斯人的浮桥上,乐师们正在演奏《葡萄牙小夜曲》。他们一共是三位,都是意大利人。小提琴手不错,他演奏时双目紧闭。奥黛特颇为激动:露天演奏音乐总是很有意思的,声音是那么轻微、那么细弱!尤其是在此时此刻:成吨成吨的热量和战祸在压迫着大海、压迫着沙滩;而这里却有这小耗子般的纤纤弱音径直飘向长空。她转身朝向马蒂厄,很想告诉他:"我挺喜欢这乐曲。"但她把话咽下去了:也许,那位依维什讨厌《葡萄牙小夜曲》。

马蒂厄的手不动了,于是沙堆坍塌了。

"我挺喜欢这乐曲,"他边说边抬起了头,"它叫什么名字啊?"

"叫《葡萄牙小夜曲》。"奥黛特答道。

戈德斯堡是十八点零十分。老者仍在等待。在昂古莱姆、在马赛、在根特、在多佛尔,他们在思索:"他现在干什么?他下楼了吗?他是否正在同希特勒谈话?也许就在此时此刻,他们两人正在把一切都安排得妥妥帖帖。"他们在等待。老者也在等待,在百叶窗半开半闭的客厅里等待。他独自一人,打着饱嗝儿走近了窗口。小山的山坡朝着河流的方向展开,山坡上青白二色交相辉映。莱茵河黑油油地流淌,好似雨后湿漉漉的柏油马路。老者又打起了饱嗝,嘴里泛起一股酸味儿。他用手指轻叩玻璃窗,被吓得魂不附体的灯蛾在他四周飞散开来。天气闷热,昼光耀眼,尘土飞扬,充满狐疑与虚张声势的氛围,同当今时代极不合拍,很像是腓特烈二世①时代打着古时颈圈式的闷热;在这股热浪的重压下,一位年迈的英国人不胜厌烦地待着,那是一位爱德华七世②时代风格的老派英国人,而除他以外的整个世界已进入一九三八年。在松林里的儒安镇,一九三八年九月二十三日十七时十分,一位身穿白布长裙的女人坐在折叠椅上,摘下黑眼镜读起报纸来。那是《小尼斯人报》。奥黛特·德拉鲁认出了黑体字的大标题:"请保持冷静";她睁大眼睛才看清副标题:"张伯伦先生致函希特勒"。她在思量:"我是否真正厌恶战争?"她自答道,"不,不:并不是那么彻底。"假如她是完全彻底地厌恶战争,她就会一跃而起,直奔火车站,高举双臂大声疾呼:"不要到前线去!待在自己家里!"在一瞬间,她仿佛看见自己两臂交叉狂呼狂叫,顿时觉得天旋地转起来。然后她却暗自庆幸:自己尚不至于干出这等粗野的事来。不是彻底反战。一个正正经经的女人,一个讲道理、有分寸的法国女人,是要遵守许多清规戒律的,其中就有别把任何事情想透彻的清规戒律。在拉昂的一间黑屋里,一个小姑娘怒气冲天、大惊小怪地反对战争,既盲目又执拗。奥黛特说:"战争是一件可怕的事!"她还说过:"我始终惦记那些上前线的可怜男人!"但她并没有作任何思考,她不慌不忙地等待着:她知道人家会告诉她应当怎样想、怎样说和怎样做。一九一七年她父亲阵亡时,人家对她说:"这很正常,你应当勇敢地挺过去!"她很快就学会了带着"勇敢"的悲哀佩戴黑纱巾,并且以战争孤儿清白无辜的目光凝视他人。到了一九二四年,她的胞兄又在摩洛哥负伤,他回来时已成瘸腿,于是人家对奥黛特讲:"这很正常,尤其不要对他作怜悯的表示。"雅克几年后对她说:"真奇怪,我本以为艾蒂安会更坚强些,他却不能正视

---

① 腓特烈二世(1712—1786),一七四〇至一七八六年间的普鲁士国王。
② 爱德华七世(1841—1910),一九〇一年即位为大不列颠及爱尔兰国王,以讲究穿着、喜爱交际、和蔼可亲著称。

自己的残疾,脾气变得暴躁起来。"雅克会上前线、马蒂厄会上前线,这都很正常,她坚信不疑。目前报刊尚无定论;雅克认为:"这将是一场愚蠢的战争。"而《天真汉》①却说:"我们不能因为苏台德地区的日耳曼人要穿白色短袜就去打仗。"但不用很久,全国就会是一片赞同之声;上下议院将一致批准政府的政策;《日报》②将欢呼我们那些英雄般的勇士。雅克呢,他会说:"工人们可真了不起。"路人将相互报以虔诚而会心的微笑:这将是战争,奥黛特也会表示赞成,一边亲自编织着空军用的护耳罩③。他④在那儿,似乎在聆听乐曲,他懂得究竟应该怎样思考,却不肯明说。他给依维什写了一封长达二十页的信,向她解释当前形势。对奥黛特,他却不做任何解释。

"您在想什么啊?"

奥黛特猛一惊:

"我……我什么也不想。"

"您不大正常,"马蒂厄道,"我呀,我已经回答了您的问题。"

她笑嘻嘻地点了点头,却不愿再说什么。他现在似乎完全睡醒了,睁眼盯着奥黛特。

"怎么啦?"她略带窘态地问。

他并不搭理,却神色惊奇地笑着。

"您发现还有我这个人在?"奥黛特揶揄道,"这可触到痛处

---

① 《天真汉》,法国的一份极右派周刊,自一九三八年三月起对希特勒采取不抵抗态度。
② 指《巴黎回声日报》,该报最初反对一切对捷克斯洛伐克的战争行动,五月二十一日危机后主张对希特勒采取强硬态度,后又转而采取了慕尼黑绥靖主义立场。
③ 在第一次世界大战中,为空军编织护耳罩成为上层社会妇女所喜爱的奉献活动。
④ 指马蒂厄。

喽,是吗?"

马蒂厄笑起来总是眯起眼缝儿,很像中国的小孩。

"您以为您能做到不引人注目?"他反问。

"我待着没怎么活动啊。"奥黛特回答。

"是呀,连话也没怎么说。甚至您还竭力让人家忘记您。不过,这是白费力气:即使您循规蹈矩、眼观大海并且默不作声,别人也知道您在场。就是这样。在剧场里,这叫做独特台风;有的演员有,有的则不行。您属于前者。"

奥黛特面颊发烧啦:

"您被俄国人宠坏啦,"她大声说,"独特台风大概是非常斯拉夫化的素质。我想我不是这一类人。"

马蒂厄严肃地瞧瞧她。

"您是哪一类人呢?"他问道。

奥黛特感到自己眼中露出慌乱的神色,并且不停地眨眼。她定了定眼神,重新瞧着自己涂了指甲油的光脚。她不喜欢别人议论自己。

"我是个女市民,"她很开心地说,"法国的女市民,是个没啥意思的人物。"

他或许觉得她并不十分恳切;于是她以结束争论的口气着力补充道:

"芸芸众生罢了。"

马蒂厄没接话茬儿。她用眼角的余光瞧瞧他:那双手又重新掏起沙土来。奥黛特琢磨自己有什么话说得不恰当。本来他很可以表示一点儿异议,即使是礼貌性的应答。

过了一会儿,她听到他那温和而沙哑的声音:

"嗯,觉得自己属于芸芸众生,心里难受吗?"

"已经适应啦。"奥黛特说。

"可以想见。我呢,却还没有适应。"

"可您,您不属于芸芸众生。"她颇兴奋地评道。

马蒂厄欣赏着自己搭起的沙堆。这一回,是稳稳当当的一座漂亮的小沙丘。他一挥手,将它夷平。

"人们总归是芸芸众生中的一员嘛。"他道。

他笑了:

"这很愚蠢。"

"您太忧心忡忡啦。"奥黛特说。

"不比别人严重。我们都被战争的威胁弄得十分紧张。"

她举目顾盼,欲言又止。正好同他的目光、那平静而柔和的美好目光相遇。她默默无语了。芸芸众生啊:在海滩上有一个男人同一个女人四目相视;而战争已在他们四周降临;它已来到他们身上,并使他们与别人、与所有的人大同小异。"他自认为是芸芸众生;他瞧我、向我微笑,但却不是向我微笑,而是向着芸芸众生。"他不要求她做任何事情,除了像往常一样不言不语和隐名埋姓。是该不言不语啊:假如她对他这么说:"您不属于芸芸众生,您很英俊、很强壮,颇富于幻想,跟任何人都不一样。"假如他相信她的话,他便会从她掌中滑掉,便会重新做起他的美梦,也许还会爱上另一个女人,比如这发困时猛喝咖啡的俄国女人。她出于自豪而猛然一惊,开口说起话来。她急促地说:

"这回将是很可怕的。"

"特别是很愚蠢的,"马蒂厄说,"他们将摧毁伸手可及的一切。摧毁巴黎、伦敦、罗马……战后可就好看啦!"

巴黎、罗马、伦敦。还有雅克在水边的那座白色的资产阶级别墅。奥黛特不寒而栗;她凝视着大海。大海已变成一片耀眼的水汽;一位滑水运动员光着身子、皮肤黝黑,正在汽艇牵引下在这片水汽上弓着身子滑行。没有任何人能够摧毁这闪闪的波光。

"至少还会剩下这东西呢。"她道。

"什么东西?"

"这个,大海呀。"

马蒂厄摇了摇头。

"连这也不行,连这也不行啊。"他说。

她惊讶不已地瞧瞧他:她始终不很懂得他的真意何在。她想问问他;但她突然必须离开啦。她一跃而起,穿好拖鞋,披上了浴衣。

"您这是干吗?"马蒂厄问。

"我得走啦。"她说道。

"您这是灵机一动吗?"

"我刚想起,我答应雅克今晚为他做一份蒜酱。光靠玛德莱娜是做不成的。"

"尤其罕见的,是您长时间待在同一地方,"马蒂厄说,"好吧,我再下一次水。"

她踏上铺满沙子的台阶。一上了平台,她就转身张望。她看见马蒂厄向大海奔跑。"他说得对,"她暗想,"我是有好动癖的。"总是在动身,总是在重新开始,总是在逃跑。只要在那里玩得有点高兴,她就会感到困惑,就有负罪感,就觉得受之有愧。她望着大海想:"我总是感到害怕。"在她背后一百米,有雅克的别墅,有胖墩墩的玛德莱娜,有待调制的蒜酱,有各种理应做的事,要备餐:她又重新上路了。她会询问玛德莱娜:"您母亲身体怎样?"玛德莱娜会回答:"还那样。"边说边吸着气。奥黛特会给她出主意:"应当给她做一份汤,给她些鸡肉,上菜之前,您先撕下一只鸡翅膀,看看她吃还是不吃!"玛德莱娜将回答:"嗨,我可怜的夫人,她什么也不会碰的。"奥黛特会说:"让我来吧。"她会接过那只鸡,亲手撕下一只翅膀,觉得很有道理。"连这也不行!"她向大海瞥了最后一眼,"他是这么说的:连这也不行啊。"这海洋毕竟是那样轻盈,仿佛是倒置的天空,他们能将它怎样呢?它是黏糊糊的,泛着海蓝色,又像是加奶的咖啡,是那么平坦、那么单调,是天天如此的海洋,她闻到了碘酒和药品的气味,那是他们的海洋、他们的海风;他们每天要为这些药付一百法郎。他支起身子,瞧着正在灰色沙滩上嬉戏的儿童:名叫西蒙娜·夏西厄的小姑娘连跑带笑,拖着紧裹着矫形靴的那只左腿。在阶梯附近,有一个他不认识的小青年,大概是新来的,干瘦得吓人,耳朵奇大,正用手指挖鼻孔,同时一本正经地瞧着三个小女孩玩沙堆。他拱着又尖又窄的两肩,弯曲着双膝,可他那行动不便的上身依然像顽石一般僵硬。石膏胸衣。治疗结核性脊柱侧凸。"他大概同时患有痴呆症。"

"快躺下,"冉尼娜说,"躺平了,今天您活动太多啦。"

他照办了,然后仰望天空。四朵小小的白云。他听见马路上一部推车发出咯吱咯吱声:"这一位倒是早早送回去了,他到底是谁呢?"

"你好,小家伙!"一个声音粗里粗气地招呼着。

他高兴地举起两臂,晃动着脑袋上方的一面小镜子。他们已经走过去,可他还是认出了那护士肥大的臀部:病人是达里欧。

"你什么时候刮掉胡髭啊?"他冲达里欧喊道。

"等你先割掉那宝贝儿。"达里欧的声音从远处回答。

他高兴地笑了起来,冉尼娜却讨厌粗话。

"什么时候把我送回去呢?"

他看见冉尼娜的手从白大褂的口袋里摸出了一块表。

"再过一刻钟左右。您觉得腻味了吗?"

"没有。"

他从不觉得腻味。盆里栽着的花不会觉得腻味。太阳一出来人家便将它们放到露天下,黄昏时分搬回屋里。人家从不征求它们的意见,它们不做任何决定,也没有任何期待。人家想象不到:用全身的毛孔吸取空气和光线是多么费劲儿。天空像铜锣似的发出响声,他发现有五个三角形小灰点儿在两朵白云间闪闪发光。他伸展一下四肢,脚趾抖动了一下:那音响金属般的声浪哗啦哗啦传过来,倒还悦耳动人,有点儿像躺在手术台上时麻醉剂的味儿。冉尼娜叹了口气。他用眼角的余光瞧了瞧她:她已抬起头来,似乎很焦虑,肯定有什么事情令她烦恼。"啊!真的:战争要爆发啦。"他却笑了。

"那么,"他转了转脖子说,"这些站着的人,他们下决心要打他们的仗啦!"

"您知道,我已说过:您再这么讲话,我就不理您啦!"她生硬地回答。

他沉默不语了,他有的是时间,飞机在他耳边发出嗡嗡声;他自我感觉很好,沉默对我没什么妨碍。她是不能抗争的,站立着的人总是忧心如焚,他们总得开口说话或有所行动;她终于说:

"是呀,我很害怕:战争就要爆发了!"

同时摆出做手术的日子里那种脸色,既是贫苦人家孩子又是护士长的脸色。头一天她进门时,就对他说:"请抬起身子,让我取出便盆。"那时就是这么一副脸色。他那时大汗如雨,闻见自己身上的气味,那股可怕的皮革加工车间的气味;她是站立着的,默默无闻但很在行,她把洁白的双手伸向他,那时就是这么一副脸色。

他缓缓舐着自己的嘴唇:从那以后,他可一直比她高出一筹。他这会儿对她讲:

"您好像挺激动!"

"可不是!"

"战争能把您怎么样?这同咱们不相干呀。"

她转过头去,他不高兴地轻叩着肢体固定托的边沿。她不用管打仗的事。她的本行是照料病人。

"我呀,我才不在乎打仗呢!"他道。

"您干吗要装坏心眼呢?"她柔声柔气地问,"您不至于喜欢法国打败仗吧?"

"我才无所谓呢。"

"查理先生! 您这样可叫人害怕哩!"

"如果我成了纳粹可不是我的错儿。"他冷笑道。

"纳粹!"她失望地说,"您还会编出什么来! 纳粹! 他们毒打犹太人和有不同意见的人,把他们关进大牢,对神甫们也这么干,他们还纵火烧了国会大厦,真是一伙强盗! 这种事咱们可不敢乱说;像您这样的年轻人不应当自称纳粹,连玩笑也开不得啊。"

他嘴唇上挂着些许笑意,似乎心领神会,好让她继续往前走。他对纳粹分子确无反感。他们暴虐而阴险,好像想一口把什么都吞掉:"咱们且瞧瞧他们走多远,且瞧着吧。"他产生了一种令人开心的想法:

"要是发生战争,那么所有的人就都躺下啦!"

"哦,他很开心呢,"冉尼娜道,"他又有什么新发现?"

他开口道:

"站立着的人们站累啦,他们将平躺在地面上刨出的洞洞里。我仰卧,他们俯卧:大家都躺倒喽。"

已有相当长时间,他们朝他俯下身子,为他洗濯、擦身,用他们轻重适当的手搓揉他,用许多双手按住他,让他不得动弹,他从下巴颏儿鉴赏他们各位的尊容、他们突起的双唇和上方鼻垢已结痂的脏鼻孔,以及黑黑的一线睫毛:"也该他们躺倒啦!"冉尼娜毫无反应。她不像平常那么活跃了。她轻轻地将手搁在他的肩膀上:

"坏东西,"她斥责道,"坏东西,坏东西!"

终于双方和解了。他问她：

"今晚有什么好吃的？"

"一份半粥,外加土豆泥,还有你喜欢的：江鳕鱼！"

"然后呢,甜食有什么？李子干吗？"

"不知道。"

"该是李子干了,"他道,"昨天吃的是罐头杏子。"

又过去了约五分钟；他伸直身子,挺了挺胸让自己更舒适,并且用第三只眼睛观察他那小天地。那是一只布满灰尘、位置固定的"眼睛",上面有一些褐斑纹：它总是将各种动作略加分解,这很有趣,于是那些动作变得僵硬机械,如同战前的电影一般。就在此时,一位穿黑衣服的女人闪了进来,她躺在一副肢体固定托上闪动一下就不见了：一个小男孩推着小车。

"这是谁呀？"他问冉尼娜。

"我不认识,"冉尼娜说,"我相信她住在休闲别墅,您知道,那是海滨的一所棕色房子。"

"安德烈是在那儿做手术吗？"

"正是。"

他深深吸了口气。一缕清新明亮的阳光照到他的嘴巴、鼻孔和两眼。"这位士兵跑到这儿来干什么？难道他需要呼吸病人的空气？"确有一名士兵从镜面闪过,像幻灯片一样僵直,他似乎忧心忡忡。查理撑着一只臂肘坐起来,以好奇的目光追踪："他能自己走路,小腿大腿都自如,全身都压在他的双脚上。"那士兵站住了,开始同一位女护士谈话；"是这儿的人。"查理松了口气想道。那人说话时一本正经,点点头,但始终不改忧虑的表情。"他自己洗澡,自己穿衣服,想去哪里就去哪里,他时时刻刻都必须自己照料自己,他觉得自己站立着很有意思：我见到过这种情况。他会出事的。明天战争将降临,他们都会出事的。我没事。我嘛,我是一个物件。"

"到钟点啦。"冉尼娜说。她满面愁容地瞧着他,眼中噙满泪水。她真差劲。他对她说:

"您喜欢您的布娃娃吗?"

"嗯,喜欢。"

"不要像去的时候那样弄得我摇摇晃晃。"

"不会的。"

泪水涌出,在她苍白的脸上滚动。他满腹狐疑地瞧着她。

"您怎么啦?"

她不作答,却早已吸着鼻子俯向他,为他整理好被子;他瞥见她的鼻孔。

"您有什么事瞒着我。"

她仍不回答。

"您瞒着我什么事了? 您同古维内夫人吵架了吗? 得啦,我不喜欢人家把我当小孩。"

她直起身子,带着无可奈何的柔情瞧着他。

"要把你们撤走哩。"她一边落泪一边说。

他不太明白,反问:

"我吗?"

"贝尔克①的所有病人。这儿离边境太近啦。"

他哆嗦起来,抓住冉尼娜的手紧握着:

"可我想留在这儿!"

"他们不打算在这里留下任何人。"她声调沮丧地说。

他用力握着她的手:

"我不愿意,"他嚷着,"我不愿意!"

---

① 贝尔克海滩,位于法国北部加莱海峡,设有骨科疗养院。

她并不作答地抽回手,走到小车后面,将它往前推。查理支起半个身子,用手指绞着被褥的一角。

"可他们会把我们送到哪儿去呢?什么时候动身?护士们跟不跟我们同行?您说话呀。"

她仍不作答,他听见她在自己头顶上叹着气。他又重新躺下,十分着急地说:

"他们骗我骗到最后呀!"

我不愿意朝街上看。米朗倚窗而立,朝下看看;他表情阴郁。他们还没到这里,却在房屋四周拖着腿前进。我听见他们的声音。我俯身朝向玛丽卡,对她说:

"你待在这儿。"

"哪儿?"

"靠着这几扇窗户间的墙壁。"

她对我说:

"干吗把我送到你家里来?"

我没回答。拖拖沓沓的脚步,传来窸窸窣窣的声响。我挨近她坐在地上。我心情沉重。我双臂抱住她。米朗俯在窗口,他百无聊赖地咬着指甲。我对他说:

"米朗,到我们这儿来;别待在窗口啦!"

他嘟哝着,俯在窗子横档上,故意欠着身子。拖拖沓沓的脚步声。过五分钟他们就会到达此地。玛丽卡皱皱她的小眉毛。

"谁在走路?"

"德国人。"

她"哈"了一声,神情又变得纯真起来。她老老实实倾听着拖拖沓沓的足音,就像听到我在课堂上的声音或林中的风雨声;因为是在那儿。我瞧了瞧她,她回报我以纯真的目光。仅仅是这目光,仅仅是这不理解、不能预见的目光。我愿意变成聋子,因这双眼睛而入魔,在这双眼睛中听出声音来。一种没有意义的轻微的声响,如同树叶枝干的沙沙声。我知道那是拖拖沓沓行进的足音。这是软软的声音,他们将软绵绵地来到,他们将痛打他直到他也在他们手下变得软绵绵。他在那儿,强壮有力,在窗口凝视:他们将会把他抓在手中,他将变得松弛无力,那重伤的面孔上留着傻乎乎的表情;他们将痛打他,把他推倒在地,明天他将在我面前感到羞愧。玛丽卡在我的怀抱中战栗,我问她:

"你害怕吗?"

她摇了摇头。她不害怕。她表情严肃,如同我在黑板上书写,而她半张着嘴注视我的手臂时一样。她很用功:她已懂得树木、水,以及独自行走的兽类,还有人群,以及字母表。现在的情形是:大人们一声不响,街上却有拖沓前进的脚步声;要懂得的是这些。因为咱们是一个小国。他们会来的,他们会让坦克穿过咱们的田野,会向咱们的战士开枪。因为咱们是个小国。天哪!想办法让法国人来帮助咱们呀,天哪,可别让他们抛弃了咱们。

"他们来啦。"米朗说。

我不想看他的面孔。只看玛丽卡的神情,因为她不懂。在咱们的街道上:他们在前进,他们在街上拖着脚步,他们呼叫咱们的名字,我听见了。我在这儿,坐在地上,沉甸甸的,不能动弹;米朗的手枪在我围裙口袋里。他瞧瞧玛丽卡的面孔:她半张着嘴;她的眼神清澈,可她却弄不明白。

他沿着铁路前进,瞧着店铺轻松地笑了。他瞧瞧铁路,瞧瞧店铺,直愣愣地瞧着前面的白色街道,眨巴着眼睛,心想:"我来到了马赛。"商店关了门,铁帘已放下,街上已空无一人,但他是到了马赛。他停下来,放下背包,脱掉身上的皮夹克,用手臂挎着,擦了擦额头上的汗水,又重新背起那只背包。他真想跟谁聊上几句。他说:"我的手绢里包着十二个烟头和一个雪茄的烟头。"铁轨闪闪发亮,长长的白色街道令他目眩,他说:"我背包里有一升红葡萄酒哩。"天气令人唇焦舌敝,他本可将那红葡萄酒喝掉;但只要不是所有的酒店都关了门,他就宁愿到一家酒店里喝一杯苦艾酒。"我没想到会是这样。"他说。他开始在铁轨当中行走,街道在两排漆黑的房屋间像一湾河流似的闪闪发亮。左边倒有许许多多商店,但由于铁帘已统统放下,就无法知道店里卖的是什么货色。右边是敞开而荒凉的开放式建筑,像是什么车站之类,不时有砖墙隔开。这就是马赛啦。胖路易琢磨:

"他们会在哪里呢?"

"快回来!"一个声音喊道。

在一条小巷的角落里,有一家酒店还开着。一名壮实的小伙子蓄着直直的胡髭,正站在门槛上招呼:"快回来!"于是一些胖路易未曾看见的人突然从地里冒出来,向着酒店狂奔。胖路易也跑起来;其他小伙子相互推搡着回来了,他想跟在他们身后回来,但那蓄小胡髭的却用手背给他当胸一拳,喝道:

"滚开!"

一个穿背带裤的娃娃,两手搬着一张比他大得多的圆桌,想将它收回店堂。

"行啊,胖爹,"胖路易道,"我滚开。你这里也许有一杯苦艾酒吧?"

"我说了,你滚开!"

"我这就走,"胖路易应道,"你不用害怕;我不会在自己不受欢迎的人堆里赖下去。"

那人转过身把背朝着他,用力拔掉大门的外插销,走进店铺,立即将门重新关上。胖路易仔细端详大门:在门把的位置上,只剩下一个小圆洞,四周有突起的边缘。他挠了挠颈背,重复道:"我这就走,他用不着害怕。"不过他还是挨近了玻璃橱窗,想窥探一下店堂,但有人从里侧放下了窗帘,他啥也没能看见。他思量:"我可没想到会是这样。"他左顾右盼地瞧着那条漫无尽头的街道,铁轨闪闪发光;在铁轨上停着一小节漆黑的车厢,早已无人问津。"我想回到什么处所。"胖路易说。他真想找个小酒店喝上一杯苦艾酒,跟老板聊上几句。他挠着头皮解释:"倒不是因为我没有待在户外的习惯。"不过,通常他在户外时,别人也在户外,那里有羊群和其他的牧童,总之是有同伴;然而,要是没有人,那就真没有一个人,就是这样的。可这会儿呢,他一个人在户外,其他人全都在室内,躲在四墙之内,关在没有门把的大门后面。他一人待在户外,陪着他的只有那节车厢。他轻轻敲打咖啡馆的玻璃,等待着。没有人回应。要是他没有亲眼看见他们入内,他准会断言咖啡店是空着的。他说:"我这就走开。"并且真走啦。天气令人口渴得出奇,他没想到马赛竟是这样。他向前走,觉得这条街像是被封闭了。他说:"我该坐在哪儿呢?"他听见身后一阵声响,像是羊群的季节性放牧。他转过身来,看见远处有一群人举着旗子。"哦,好嘛,我去看看他们游行。"他喃喃道。他觉得非常高兴。不错,在铁轨的那一面,有一处广场似的地方,一处集市市场,他瞥见两座小小的绿色陋居紧靠着一堵大墙,便自语:"我就坐到那儿去看他们游行。"破屋中的一个是一家铺子,向四周散发出香肠和炸土豆条的气味。胖路易看见一位穿白围裙的老头儿正在店堂里摇动炉子,便喊道:

"老爹,给我点儿土豆条!"

老头转过身来:

"真他妈的!"他嚷着。

"我有钱呢。"胖路易说。

"他妈的!我不在乎你的臭钱,我要关门啦!"

他走出来,开始转动一只手柄。然后铁帘便哗啦哗啦落了下来。

"还不到七点钟呢!"胖路易大声喊道,想用叫喊压住铁帘的哗啦声。

老头儿不搭理。

"我本以为你该到七点才关门。"胖路易仍在喊。

铁帘已放下。老头取下手柄,挺挺胸,又吐了口痰。

"你说,小子,你没看见他们过来了,唵?我不想免费供应土豆片。"他一边往小屋里走,一边说。

胖路易又瞧了一会儿这扇绿门,接着便坐在市场中央的地面上,他用背包垫着背部,怡然晒起太阳来。他想到他有一块面包、一升红葡萄酒、十二个香烟头和一个雪茄烟头,便喃喃道:"好哇!我要吃饭啦!"在铁轨那一侧,那些家伙开始游行,他们晃动着小旗,又是唱又是大喊大叫;胖路易从衣袋里取出餐刀,一边吃一边观看他们游行。有人举起拳头,也有人冲着他高喊:"跟咱们走!"他却放声大笑,顺便向他们招手致意。他很喜欢喧闹和骚动,这也算是一种小小的消遣嘛。

他听见脚步声,便转过身子。一名身材高大的黑人朝他走来,那人光着双臂,穿一件老式玫瑰色短袖衬衫;一条蓝粗布裤子,随着每向前迈一步,都在他那对瘦长的腿肚子上时紧时松地晃动。他不像是着急的样子。他停下脚步,在褐红色的手掌中拧着一件游泳衣。水滴到尘土上,形成一个小圆点儿。这黑人将游泳衣卷进一块毛巾,然后无精打采地瞅着游行队伍,一边吹着口哨。

"喂!"胖路易喊道。

黑人瞧瞧他,冲着他微微一笑。

"他们在干什么?"

黑人摇晃着双肩朝他走来:他不像是着急的样子。

"这是些码头工人。"他道。

"他们在罢工吗?"

"罢工已经结束,"黑人道,"但这些人希望重新开始。"

"哦,是为了这个!"胖路易说。

黑人一声不响地瞧着他,他似乎在想什么点子。末了,他就地坐下,将泳衣放在膝上,开始卷起香烟来。他吹着口哨。

"你是打哪儿来的?"他问。

"从普拉德斯来。"胖路易说。

"我不知道它在哪里。"黑人回应道。

"嘿,你不知道它在哪里!"胖路易笑着重复道。他俩齐声笑着,然后胖路易解释说:

"我早已不喜欢待在那儿。"

"你是上这儿来找工作的吗?"黑人问。

"我从前是牧人,"胖路易解释着,"我在加尼古山①放羊。可我已经不喜欢待在那儿了。"

黑人点点头。

"这里已没有活儿啦。"他严肃地说。

"噢,我一定能找到,"胖路易说,他伸出手来,"我什么都能干呢。"

"早已没有活儿啦。"黑人重复说。

他俩都不作声了。胖路易瞧着那些叫嚷着的游行者。他们喊道:"绞死他!绞死萨比亚尼②!"同他们一起的还有妇女;她们脸颊通红,头发散乱,张大了嘴巴好像要吞食一切。可人们听不见她们说些什么,因为男人的声音更响亮。胖路易这会儿开心啦,他总算有伴儿啦。他喃喃自语:"真有意思。"那边有一个胖女人跟其

---

① 加尼古山,在法国南部,接近西班牙边界。
② 萨比亚尼(1888—1956),法国议员,当时是亲德派在法国南方的头目之一。

他人一起走过去,她的乳房左右晃动着。胖路易心想——在两餐之间,他不无开开玩笑的兴致——他会用双手去捧住那乳房。黑人笑出了声,他笑得很厉害,以致被香烟吐出的烟熏得直呛。于是他又笑又咳。胖路易拍打着他的背部:

"你笑什么啊?"他笑嘻嘻地问黑人。

黑人恢复了严肃的表情:

"就为了这儿。"他回答。

"喝上一口吧。"胖路易说道。

黑人接过瓶子,就着瓶口喝起来。胖路易也喝。街道复又变得荒凉。

"你在哪里睡觉?"黑人问。

"不知道,"胖路易说,"那是一个位置,防雨布覆盖的车厢。那里有煤炭的气味。"

"你有钱吗?"

"也许有。"胖路易说。

咖啡馆门打开,一群人从里面走了出来。他们在街上稍停片刻;他们瞧着罢工者行进的方向,一边用手遮着眼睛。接着,有些人边点燃香烟边慢慢走开;也有一些小股小股地滞留在街上。有一个家伙面色通红,肚皮干瘦,老在做手势。他怒气冲冲地对一位看上去并不壮实的小伙子说:

"战争已经在屁股后面追着咱们,你还跑来跟我们议论什么工会理论!"

他汗流浃背,没穿外衣,衬衫敞开着,腋窝处有两个湿透了的大斑点。胖路易转身面对黑人:

"战争?"他问道,"什么战争?"

"一张长凳!"丹尼尔说,"我们需要的是这个!"

那是一张绿色长凳,紧靠着农场的墙壁,安置在打开的窗户下面。丹尼尔推开栅栏,走进庭院。一只狗狂吠着,向前方扑去,把铁链拉得紧紧的;一位老妇在屋子的门槛上出现,她手中拿着一只锅子。

"喏,喏!"她挥舞着锅子喝道,"不许动!听话!"

那狗咕噜了几声,随即躺下。

"我的妻子有些累了,"丹尼尔说着脱下帽子,"您允许她坐在这张凳子上吗?"

老妇不信任地眯起眼睛:也许她不懂法语。丹尼尔又大声重说一遍:

"我的妻子有些累了。"

老妇转身朝向玛赛儿,只见她靠在栅栏上;于是她的不信任感消失了。

"当然,您太太可以坐下,凳子就是给人坐的嘛。她不会把凳子坐坏的,它早就在这儿啦!你们是从佩尔霍拉德镇来的吗?"

玛赛儿走进来,微笑着坐下:

"是的,"她道,"我们本想一直走到悬崖边;但眼下,这对我太远了点儿。"

老妇会意地眨巴眨巴眼睛。

"是呀!"她回答,"您现在应当小心谨慎。"

玛赛儿不禁靠在墙边,两眼半睁半闭,嘴上挂着一丝幸福的微笑。老妇以内行的目光瞧瞧她的肚皮,然后转身朝丹尼尔点点头,以敬佩的眼光对他微微一笑。丹尼尔的手攥紧了手杖的圆柄,也露出笑容。大家都在微笑,那肚皮在那儿,放心大胆地待着。一个孩子跟跟跄跄地走出农场,他猛地站住,不知所措地盯着玛赛儿。他没穿裤衩,小屁股微微发红,上面结着硬疙瘩。

"我想看看那悬崖。"玛赛儿以淘气的口气说。

"佩尔霍拉德有一辆出租汽车,"老妇道,"车主是小朗布兰,住在比达斯公路的最末一座房屋里。"

"我知道。"玛赛儿接茬道。

老妇转向丹尼尔,以威胁的口气指着他说:

"哦,先生,得好好侍候您的太太;现在别让她干任何活儿。"

玛赛儿笑道:

"他待我挺好,是我自己要走一走的。"

她伸出手来摸摸那孩子的脑袋。两周以来她对孩子发生了兴趣,这是突然产生的。当小孩经过她身旁时,她总要闻闻他们、摸摸他们。

"这是您的孙子吗?"

"是我侄女儿的孩子,快四岁啦。"

"小家伙挺漂亮。"玛赛儿道。

"不淘气的时候挺好,"老妇说着压低了嗓门儿问,"你这个会是小子吗?"

"嘿,"玛赛儿回答,"我当然希望是。"

老妇笑出了声:

"你得天天早晨向圣玛格丽特①祈祷啊!"

接着是一片静穆,似乎有天使环绕。所有的目光都转向丹尼尔。他身子前倾,支着手杖,带着谦恭和阳刚之气垂下了眼皮。接着很客气地询问:

"我还得打搅您一下,太太,"他和气地说,"我能为我妻子讨一碗牛奶吗?"他转身问玛赛儿,

"您愿意喝碗牛奶吗?"

"我这就给您取。"老妇应道,接着便消失在厨房里。

"坐到我这儿来吧。"玛赛儿招呼着。

---

① 圣玛格丽特,主保生育的圣徒。

丹尼尔坐了下来。

"您真周到呢!"她说着牵起他的手。

他微微一笑。她用炽热的目光瞅着他,他却径自笑着,拼命压住呵欠,嘴唇几乎咧到耳边。他心想:"大肚子也不必这么招摇嘛。"这里空气潮湿,有点儿热乎乎,一种清新的气味,一股股地荡漾在空气里,像是盘错在一起的海藻散发出来的。丹尼尔注视着栏杆另一侧灌木丛绿色红色的闪闪光芒;他的鼻孔和嘴巴里都充满树叶的气息。还有十五天时间。十五个绿色和闪光的昼夜,十五个乡间起居的日子。他一点儿也不喜欢乡间。一根犹疑不定的手指轻拂着他的手掌,像微风摇曳的树枝。他低垂眼帘瞧着手指。那手指白皙,略显肥厚,戴着一只结婚戒指。"她真心爱我。"丹尼尔想。被真心爱着。日日夜夜,这谦卑的、渗透的爱,宛若田野里各种充满生命力的气息在荡漾。他半阖上眼睛,呈现在面前的是:玛赛儿的爱同窸窸窣窣的枝叶、同肥料草料融成一片。

"你在想什么呀?"玛赛儿问。

"我想到战争。"丹尼尔回答。

老妇端上一碗冒着气泡的牛奶。玛赛儿从她手中接过便大口大口一饮而尽。她的上嘴唇一直伸向碗底,吸干时微微发出咂吧咂吧的声响;牛奶通过她的喉管时仿佛在歌唱。

"这真好!"她轻轻叹口气说。她唇上就像长出了洁白的胡髭。

老妇充满善意地瞧着她。

"就是要新鲜牛奶,小家伙最需要的就是这东西了。"她说。于是两个女人会意地哈哈大笑,玛赛儿扶着墙壁立起身来。

"我觉得完全缓过劲儿来啦,"她对丹尼尔说,"你想什么时候走,咱们就什么时候走。"

"再见啦,老人家。"丹尼尔顺手将一张钞票塞到那老妇手中,

"谢谢您这么好客!"

"谢谢您,老人家。"玛赛儿带着亲切的笑容说。

"好吧,再见啦,"老妇道,"好走,悠着点儿!"

丹尼尔打开栅栏,闪开身子让玛赛儿先走;玛赛儿无意中碰到一块大石头,踉跄了几步。

"当心啊!"老妇远远地招呼。

"扶住我的胳膊吧。"丹尼尔叮咛。

"我真是笨手笨脚呢。"玛赛儿惶惑地说。

她抓住了丹尼尔的胳臂;他感觉到那热乎乎、大腹便便的身子紧紧依偎着他,心想:"这本是马蒂厄希望得到的啊。"

"尤其要注意小步小步往前走。"丹尼尔道。

黑乎乎的一排排树篱。万籁俱寂。一片片田野。天际是一长条黑色的松林。男人们踏着沉重缓慢的步伐回到农庄;他们将坐在长桌边,不声不响地喝上一碗汤。一群奶牛从大路上走过。其中一头因为受惊而跳跃着奔跑。玛赛儿紧紧依偎着丹尼尔。

"您很难想象:我怕奶牛哩。"她压低了嗓门儿说。

丹尼尔温柔地挽紧她的胳膊,心想:"去你的奶牛!"她深深地吸了一口气,不再作声。他用眼角睨着她,看着她那双茫然的眼睛、那半醒半睡的笑意、那无限幸福的神态,满意地想道:"行啦,她恢复过来啦。"她常常出现这种情形,有时是因为小家伙在肚子里乱动,或是因为她突然产生一种莫名其妙的感觉;她想必感觉到胸臆中有数不清的悸动,像银河上那样气象万千。不管怎样,总赢得了五分钟嘛。他自忖:"我在乡村漫步,正好有奶牛经过,这富态的女人便是我的妻子!"他直想笑出声来:他一辈子也没见过这么多奶牛。"报应,报应!你希望过一会儿出点毛病!好嘛,这可应验了哩!"他俩像一对情人那样手挽着手,缓缓朝前走着,牛蝇在他们四周嗡嗡叫。一位老汉扶着锄头,一动不动地站在自家地头上,望着他俩经过,朝他们咧嘴一笑。丹尼尔感到自己两颊通红了。正在这时,玛赛儿从麻木状态中苏醒过来。

"您相信吗,相信会打起仗来吗?"她蓦地问道。

她的举动不那么莽撞僵硬了,变得迟缓而疲惫无力。但她保留了唐突和率直的话音。丹尼尔在眺望田野。是种什么庄稼的田地啊?他连什么是玉米田、什么是甜菜田也辨不清。他听见玛赛儿又问一遍:

"您相信会发生战争吗?"

他在想:"若真要打起仗来呢!"她就会变成寡妇。一名有子女的寡妇,外加六十万法郎现钱的抚恤金。不用说,还有对难得的好丈夫的怀念:她还能有什么奢望呢?他突然停步,心中翻腾着欲念;他用力抓着手杖,暗想:"天哪,一旦发生战争!"那将是晴天霹雳,将把这一片柔情蜜意轰个粉碎,将把这辽阔的田野彻底翻个个儿,将在地里挖出深陷的地洞,把原来平整单调的农田变成翻江倒海的怒涛、善良人们的坟茔,将成为对千千万万无辜者的一场大屠杀。"这明净的天空啊,他们将亲手将它撕成碎片。他们将怎样彼此怨恨啊!他们将怎样魂飞魄散啊!而我呢,我将在这仇和恨的海洋里战栗!"玛赛儿非常吃惊地瞧着他。他差点儿笑出来。

"不,我不相信会发生。"

孩子们在大路上嬉戏,只听见他们尖声尖气的童音和天真无邪的笑声。和平的气象。阳光在树篱中闪烁,跟昨天一样,跟明天也一样;佩尔霍拉德的钟楼已出现在大路拐角。世上每种事物都有自己的芬芳,它们在黄昏时分修长而暗淡的身影,以及它们独有的前程。这所有前程的总和,便是和平了。人们在这栏杆的朽木上可以触摸到它,在这小男孩稚嫩的脖颈上可以感觉到它,在他那深情渴望的眼神里可以辨认出它;它从日光照得温煦的荨麻上冉冉升起,在这一座座钟楼的叮当声中可以听见它。到处人们都聚集在热气腾腾的大汤碗四周,他们折断长条面包,他们往酒杯里倒葡萄酒,他们擦干净餐刀,这些日复一日的行动就构成了和平。和平就在这儿,同所有这些前途交织到一处:它具有大自然那种游移不定的执着,它犹如太阳永远在周而复始,犹如乡野万物蠕动的静谧,犹如人们生息劳作的天性。任何举止无不在呼吁和平、实行和平,包括玛赛儿在我身边笨拙的行进,以及我的手指在玛赛儿臂膀上轻柔的抚压。

突然从窗外投进冰雹般的石子:"滚出去!滚出去!"米朗只来得及往后一仰。一个尖厉的声音喊着他的名字:"赫林卡!米朗·赫林卡,滚出去!"某人竟唱起自编歌曲来:"德国人如裘皮,捷克人像虱子钻进裘皮里!"石子在地板上哗啦啦滚动。一块石板将壁炉上的大镜子打得粉碎,另一块落在餐桌上,掀翻了满满一碗咖啡。咖啡在油布上流淌,一滴滴落在地板上,米朗倚着墙,瞧瞧镜子、餐桌和地板,那些人仍在窗外用德语破口大骂。他思量:"他们掀翻了我的咖啡!"当即用力攥住一张椅子的椅背。他汗流浃背,将椅子举得比头还高。

"你要干什么?"安娜大喊道。

"我要砸碎他们的脑袋!"

"米朗,你不能这样做。不能光想到你自己!"

他搁下椅子,惊异不置地盯着四壁。这已不成其为自己的房间。他们已砸得它千疮百孔;他两眼仿佛罩上一层红雾;他将两手插进衣袋,喃喃地反复自语:"不光我自己,不光我自己。"但丹尼尔心里却想:"就剩下我自己了。"在这漫漫无边的和平之中,同他那血淋淋的梦境交织在一起的就只有他自己。坦克大炮、飞机弹坑、千疮百孔的田野,在他的脑海里不过是一场小小的巫魔夜会。天空将永远不会裂开;前程就在这儿,安放在这片乡土之上;丹尼尔置身在内,有如钻进苹果的一条小虫。仅有一种前程。所有人的共同前程:他们经年累月地劳作,亲手将它慢慢缔造;他们没给我留下一席之地,没给我留下最微不足道的机遇。一腔愤懑化作泪水,一股脑儿涌上米朗的眼眶;这时丹尼尔转向玛赛儿:"我的妻子就是我的前程,这便是我仅仅剩下的前程,因为世界就它的和平做出了决断。"

竟如鼠辈一般无奈!他支着前臂坐起来,看见两旁商店一家家闪过眼前。

"快躺下!"冉尼娜用含着泪水的声音招呼道。"您可别这样左一下右一下地来回转动:您搅得我头昏脑涨哩。"

"他们打算把我们弄到哪里去?"

"我对您说过啦,不知道咧。"

"您知道他们要将我们疏散,却不晓得疏散到哪里去?嘿!我信你才怪呢!"

"我敢起誓:人家没告诉我。别折磨我!"

"先说说是谁告诉您的?会不会是胡说八道?人家可以胡编乱造来骗您!"

"是病房主任医生讲的。"冉尼娜歉疚地说。

"他居然没说咱们上哪儿去?"

推车顺着居齐埃渔场前进。病人双脚在前,被推进刺鼻而腐臭的鱼腥味儿当中。

"快走,哪来的一股满身屎尿的小丫头的臭气!"

"我……我没力气推得更快啦。亲爱的娃娃,求求你,别乱动,闹不好你还会高烧达三十九度,"她叹了口气,然后似乎是自言自语,"我真不该告诉您。"

"那当然!临出发的那天,还该给我打上麻醉剂,或者骗我说是去野餐?"

他又重新躺下,因为就要打纳蒂埃书店门前经过了。他很讨厌纳蒂埃书店,因为那店面发黄且肮脏。而那老太婆又总是站在门口,看见他经过就两手合掌地观望。

"摇晃得厉害哩!小心点儿!"

像鼠辈一般!有的人可以站着,跑进地窖或顶楼躲起来。我呢,我好比一只邮包;他们只需来将我取走。

"是您来贴标签吗,冉尼娜?"

"什么标签?"

"发货标签呀:什么朝上朝下,易碎品,请轻拿轻放,等等。您可以给我一张贴在肚皮上,一张贴在屁股上。"

"坏心眼儿!"她应道,"坏心眼儿,坏心眼儿!"

"得啦!他们会让咱们坐火车,当然喽?"

"可不是。你叫人家怎么办呢?"

"乘病员专列喽?"

"可我不知道呀,"冉尼娜嚷道,"我又不能胡编,告诉你我真不知道!"

"用不着大喊大叫。我耳朵不聋。"

推车戛然停下,他听见她在擤鼻涕。

"您怎么啦?您当街把我给扔下吗?……"

车轮在坑坑洼洼的石板路上重新滚动起来。他又开口道:

"可他们一再告诫过我们:千万别坐火车旅行……"

只听见他的头顶上一阵阵令人不安的吸气声,他便一声不响:他生怕她哭哭啼啼。这时候街上到处是病号:一名大汉,被一位泪涔涔的女护士推着往前走,这场面真要人好看呢。但一个念头闪过他的脑际,他不禁嘟哝起来:

"我讨厌新城市。"

他们对一切都已做出决断,他们想承担一切,他们有的是健康、力量、闲暇;他们投了票,他们选出了自己的头目,他们站立着,他们跑遍各地,脸上露出一副自以为是和忧心忡忡的神气;他们少数人就决定了世界的前途,特别是这些可怜的病人(其实是些大孩子)的前途。结果竟是这个:战争;真肮脏啊。我凭什么要为他们干的蠢事付出代价?我呀,我是病号,谁也没征求过我的意见!这会儿他们想起了还有我这个人,想把我拖进他们的勾当里!他们将抬起我的双臂和两腿,对我喝道:"对不起,很抱歉,我们是在打仗。"然后便像粪土一般将我扔在一个角落里,以免我妨碍他们的大屠杀游戏!他压下去半个钟头的问题突然浮到了嘴边。她听了一定很高兴,不过也该:这回非问个明白:

"你们……女护士是不是都随行?"

"是的,"冉尼娜说,"少数几个随行。"

"那……您呢?"

"不,"冉尼娜说,"不包括我。"

他战栗了,声音沙哑地问:

"您扔下我们?"

"我被指定负责敦刻尔克医院。"

"好了,好了!"查理接话道,"所有的护士都一样,是吗?"

冉尼娜不言语。他支起身来,四面打量着。他的头不由自主地从左向右、又从右向左来回转动,这是很累人的,弄得他两眼直发痒。一位高大的老汉推着一部车,朝他们迎面走来。在固定托上躺着一位容貌干瘦、满头金发的少妇;人家在她的腿部盖上了一件华丽的毛皮大衣。她不怎么看他,将头向后一仰,朝俯视她的老先生喃喃说了几个字。

"这位是谁?"查理询问,"我瞅见她已有好久了。"

"我不清楚。我想这是一位夜总会的女艺人。她装了一条假腿和一只假胳膊。"

"她知道情况吗?"

"知道什么?"

"我是指病员,他们知情吗?"

"没有人知情,医生禁止传播。"

"这很可惜,"他讥笑道,"否则她就不会这么自鸣得意啦。"

"请在这上面喷一点灭虫剂,"皮埃尔登上马车之前吩咐,"这儿有一股飞虫气味。"

那阿拉伯人顺从地将一点杀虫剂喷在马车座席的套子和垫子上。

"好啦。"他道。

皮埃尔皱了皱眉头。

"嗯!"

莫德将手放在他的嘴巴上。

"嘘——"她恳切地示意他住口,"嘘——嘘——这么着就行了。"

"好吧。不过假如你长了虱子,可别抱怨!"

他伸出手帮助她上车,然后坐在她身旁。莫德干瘦的手指在他掌心中留下了干燥发烫的体温:她总是有点儿发烧。

"请载着我们绕城游逛。"他简短地下令。

常言说得好:贫困使人俗。莫德就挺俗:她讨厌她同车夫、搬运夫、向导、咖啡馆侍者之间的那种默契:她总认为这些人有理;即使当场抓住他们的毛病,她也总是想方设法为这些人开脱。

马车夫抽了一鞭,马车便咯吱吱地走动起来:

"什么破车!"皮埃尔笑嘻嘻地说,"我总是担心某条车轴会折断!"

莫德将身子探出车外,用她那严肃审慎的大眼睛扫视一切。

"这可是咱们最后一次游逛喽。"

"是呀!"他道,"是呀!"

她觉得心中诗意盎然，因为这是最后一天，明天我们就去乘船。这挺招人烦的。两者相较，他比较能容忍她的沉默，而难以接受她的雅兴。她貌不惊人，当她想表现风雅和活跃时，很快就会转变成灾难。"这样就很够很够啦。"他思忖。还有明天一整天，以及渡海的三天时间；到了马赛呢，那就再见啦，各奔一方喽。他很高兴订了头等舱：那四个女人将乘坐三等舱；到他思念她时，会请她进他的舱房。但她生性胆小，假如他不去找她，她永远不敢上楼到头等舱来。

"你们在旅游车上订了座吗？"他问。

莫德的表情有些为难：

"我们最后决定不坐旅游车。人家派小轿车来接我们到卡萨布兰卡。"

"谁来？"

"鲁比的一位老熟人，极可爱的一位老先生，他将带我们到费兹转一转。"

"很遗憾。"他彬彬有礼地说。

马车离开了马拉喀什，从这座欧化的城市中央穿过。在他们前方，有辽阔的空地，还有他们那些破桶破壶及空罐头盒，正在干旱中腐蚀，马车疾驰于两侧镶着耀眼玻璃的白色方形建筑中间；莫德戴上了太阳镜，皮埃尔也因为阳光刺眼而扮着鬼脸。那些大方屋整齐地并列着，但在沙漠上却没有分量；只要大风一刮，就会拔地而起。在一座房屋上，钉了一块告示牌，标明"利奥泰元帅①街"。但哪里有什么街道：仅仅是一小段夹在房屋当间的柏油沙漠路。三名当地居民看着马车驶过，最年轻的一位盯着他们看。皮埃尔微微挺起身子，狠狠盯了他们一眼。炫耀武力方能避免动

---

① 利奥泰（1854—1934），法国元帅。

武,这句名言不仅适用于军界,也是殖民者甚至普通旅游者的警句。没有必要大肆张扬自己的威力:只需毫不松懈,保持威严即可。早晨以来一直压抑他的焦虑此时已烟消云散。在这帮阿拉伯人愚蠢的目光下,他感到自己代表着法国。

"咱们回去会发现什么呢?"莫德突然问。

他攥紧了拳头而不搭理。真是笨蛋:她一下子又将焦虑还给了他。她又说:

"或许仗已经打起来。你得上前线,我得失业。"

他讨厌她这样一本正经地谈到失业,似乎她真是一名做工的。然而她毕竟是宝贝女子乐团①的第二小提琴手,那时乐团正在地中海和中东一带巡回演出:这可算是一门艺术行当。他做了一个恼火的姿势:

"我求你,莫德,能不能不谈国事?免掉这一回吧,行吗?这是咱们在马拉喀什的最后一夜了。"

她依偎着他:

"也真是,这是咱们的最后一餐啦。"

他抚摸着她的秀发;但他嘴里留下了苦涩的滋味。倒不是恐惧,嗨,不是;那是有来历的。他确知他永不惧怕。这毋宁说是一种……幻灭。

马车现在沿着城根前进。莫德指给他看一扇红门,门上方长着一片棕榈绿叶。

"哦,皮埃尔,你记得吗?"

"记得什么?"

"整整一个月前,咱们是在这里相遇的。"

"哦,是呀……"

---

① 作者在法国鲁昂和图尔见过类似的乐团,糅在一起写进了作品。

"你爱我吗?"

她长着一张小瘦脸,骨骼稍稍突出,一双眼睛很大,嘴巴很秀气。

"对啦,我爱你。"

"说得比这动听点儿嘛!"

他朝她俯下身子,亲吻了她。

老人似乎愤愤然了,他直愣愣地瞧着他俩,皱着他那浓黑的眉毛。他以急促的声音说:"一份备忘录!他的让步仅此而已!"贺拉斯·威尔逊点点头,心想:"他为什么还要装腔作势呢?"难道张伯伦事先不知道将有一份备忘录吗?难道这一切不是头一天就定好了的吗?这一套把戏难道不是他俩面对面商量好的吗?那时仅有他们两人,外加那个充任翻译的伪君子施密特博士!

"把你的小莫德抱住吧,她今晚挺烦躁。"

于是他用手臂抱住她,她以孩童般的声音问:

"你说,你不害怕打仗吗?"

他感到一阵战栗,直袭他的颈背,令他极为不快:

"可怜的小姑娘,不怕,我才不怕哩,男子汉是不怕打仗的!"

"可我敢打赌:吕西安是怕打仗的!"她道,"就这一点,让我讨厌他:他真是太胆小啦!"

他欠身亲吻她的头发:他弄不明白,自己怎么突然想给她一记耳光。

"先不说别的,"她接着讲,"一个男人如果从早到晚哆哆嗦嗦,他又怎能保护女人呢?"

"他够不上男子汉,"他柔和地说,"我呀,我才是男子汉哩!"

她将他的脸颊用手捧住,一边嗅一边说:

"对啦,你才是男子汉,一条男子汉,先生!你头发、胡髭都又黑又亮,看上去不过三十岁哩!"

他挣脱出来;他觉得自己心中甜滋滋的,但又觉得很乏味。一种恶心的感觉从胃部直冲喉管,不知是什么令他最为反感:究竟是这亮堂堂的沙漠,是这一堵堵红土砌的墙垛,还是这蜷缩在他怀里的弱女子?"我对这摩洛哥已厌倦透啦!"他真想一下子回到图尔,走进爸爸妈妈的老房子,最好是在一大早,妈妈会把早点送到他床头来!"好吧,请到记者厅来,"他对内维尔·亨德逊说,"请您宣布一下:应希特勒总理的请求,我将于今晚二十二点半钟左右前往德累森旅馆!"

"马车夫!"他喊道,"马车夫!请从这扇城门回城!"

"你怎么啦?"莫德不胜惊奇地问。

"我厌倦城墙,"他激烈地表示,"厌倦沙漠,也厌倦摩洛哥!"

但他立刻控制住自己,并用两指托住她的下颏:

"你要是听话,"他又说,"我就给你买一双拖鞋!"

战争还没有反映在旋转木马的音乐声中,也没有来到罗什舒阿尔街熙熙攘攘的酒店里。没有一点儿风。莫里斯汗流浃背,他感觉到泽泽特温暖的大腿紧挨着自己的大腿;他们在玩一种纸牌戏,这也好嘛:不是在田野之中,不是在树篱上方热气腾腾的微颤中,不是在唧唧鸟语或玛赛儿的笑声中,战争在马拉喀什附近城墙的沙漠中腾起。突然刮起一股赤热的风,在马车四周旋转不已:它向着地中海的万顷碧波飞驰,它抽打着马蒂厄的面庞;马蒂厄在荒凉的海滩上晒干身子,心想:"连这也不行。"但战争之风已冲着他吹来。

连这也不行!天气渐凉,但他却无意立即回去。人们接二连三地离开了海滩,已到晚餐时刻。大海本身也愈显荒寂:它在残阳映照下分外落寞,那是上天倾泻的余晖;而滑水用的深色跳板却如同礁石的岩头一般在碧波间突现。

"连这也不行呀!"马蒂厄思忖。她可能在织毛衣,敞开着窗户,期待雅克的飞鸿。她不时抬起头来,流露出一线朦胧的希望;她会用目光寻觅她的海洋。她的海洋:一只浮标、一处跳水台、些许涛声拍岸的温暖海水。一方与居民相得益彰的安静的小花园,加上几条宽阔的大马路和许许多多曲径幽途。但每次当她重新拿起毛线活儿时,都不免带着同样的失望:人家似乎改动了她那海洋的形貌。后方已是刺刀林立、炮阵遍布,连海岸似乎也朝后拉了好远。海水也好,沙滩也好,全都像是萎缩了,继续过它们自己那种单调的岁月。铁丝网以星星点点的黑影,映照在白石阶上;大炮在松林间,陈放在海滨的散步场所;别墅前布置了岗哨;一些军官盲目地在这座孤寂的水城里漫步。大海复归平静。下海游泳已不现实:由军方守卫着的海域,从岸边看来太像是处于管制之下;跳水台和浮标将不会置放于从陆地能见的距离之内;奥黛特自童年以来在波涛上游历的路途,全都已化为乌有。然而形成对照的是,公海却与近处的海水作对:它波涛汹涌,不通人性。在距马耳他五十海里处正进行着海战,在意大利巴勒摩附近有一连串的船只被击沉,在深沉的水域有铁甲铸成的"鱼类"游弋;近水处可以感觉到公海冷峻的存在;而这巨浪滔滔的大海,却会像铜墙铁壁一般兀立于天际。马蒂厄站起身来:他已经晒干,这会儿正用手背掸去泳衣上的沙粒。"这战争实在可恶!"他思量着。而战争过后呢?这将是另一片海洋。战败者的海洋、还是战胜者的海洋?五年后、十年后的一个九月之夜,也许他又重新坐在这同一片沙滩上,面对这一块硕大无比的明胶,而同样的赭色光柱将重新荡漾于海面。但到那时他将看到什么呢?

他站起身来,披上了浴衣。现在平台上的松树衬着天空,已是幢幢黑影。他向大海投去最后一缕目光:战争还没有爆发;人们正在别墅里消消停停地用晚膳;没有大炮、没有士兵、没有铁丝网,舰队仍停泊在比塞大①的港湾里、土伦②的港湾里;还能够看到浪花滚滚的大海,那是最后几个和平之夜的大海啊。但它仍然不动声色、毫无倾向:一大片微微起伏的咸水,这不说明什么。他耸了耸肩,便踏上石阶。好几天以来,那些事物一件又一件地漂离而去。他失去了嗅觉,失去了中午的各种气味,接着失去了味觉。现在又失去了大海。"像快要沉船时,耗子纷纷逃离一样。"待到踏上征途时,他将孑然一身,再也没有什么可留恋。他缓步走向别墅,皮埃尔从马车上纵身跳下。

"来呀,"他道,"你将得到你那双拖鞋。"

他们走进了阿拉伯市场。时间已晚;阿拉伯人尽力在日落之前赶到杰马-埃尔-弗纳广场。皮埃尔觉得自己开心了点儿,熙来攘往的人群给他以某种慰藉。他目送戴着面纱的妇女;当她们回眸相看时,他颇为自得地从她们的目光里照见了自己的俊美。

"瞧呀,"他又说,"这里便有拖鞋。"

货架上什么都有,乱七八糟地陈列着衣料、项链和绣花鞋。

"多好看啊!"莫德说,"咱们在这里停一会儿!"

她把手伸进这杂货堆里,皮埃尔却闪开一步:他不愿让阿拉伯人看到,竟有一名欧洲男人全神贯注地欣赏女人的各种装饰品。

"选货吧,"他漫不经心地吩咐,"你想要什么就选什么吧!"

邻近的货摊卖法语书籍;他为消遣而去翻了翻,那儿有一堆侦探小说和故事片脚本。他听见右侧莫德手中戒指手镯相碰的叮当声。

"你找着宝贝了吗?"他从背后问她。

"我正在找,在找,"她答道,"得好好想一想。"

---

① 比塞大,突尼斯一港湾,当时法国在该港建有船舶基地。
② 土伦,法国濒地中海一军港。

他又回转身去看书。在一堆《得克萨斯州的杰克》和《布法洛法案》下面,他发现了一本有照片插页的图书。原来是皮科上校有关脸部受伤①的一本专著;书的开头有不少缺页,其他各页都卷了角。他本想很快地重新放回书架,但为时已晚:书本竟自行打开了。皮埃尔看到一帧可怕的头像,从鼻子到下颚简直是一个黑洞洞,既无嘴唇亦无牙齿;右眼已荡然无存,右颊是一块巨大的伤疤。这副备受折磨的面孔却未失人性,仍含着一丝可怕的笑意。皮埃尔觉得头皮上起了令人不寒而栗的鸡皮疙瘩,心里直在打鼓:这部著作怎么会流落到此地?

"好书多着呢,"那书商道,"您定会觉得有趣的。"

皮埃尔一页页地翻阅。他看到一些没有鼻子或没有眼睛或失去了眼皮的人,眼球暴突,倒像是解剖学图表所描画的。他竟被吸引住了,一张张地将照片看下去,一边喃喃自语:"但这本书怎么会流落到此?"最骇人的是一只没有下颚的人头;上颚已无嘴唇,只见一截牙龈和四只牙齿。"他活着,"皮埃尔暗想,"这家伙仍然活着!"他抬起头来:一个镶金边的镜框里配着一面大镜子,镜子反射出他的表情;他不胜惊恐地瞧着自己那副神态……

"皮埃尔,"莫德说,"来看呀,我找着啦。"

他踌躇不定了:书使他不能释手,他下不了决心将它扔回书堆,或者远远离去,掉头再也不看它。

"我就来。"他说。

他用手指了指那本书,问那书商:

"多少钱?"

那孩子在小小的办公室里像走兽一般来回踱步。伊蕾娜正在

---

① 伊夫·艾米尔·皮科(1862—1938),曾参加第一次世界大战,创建了"面部受伤者联盟",并任第一届主席。该联盟的格言为"仍然要微笑"。

用打字机打一篇很有意思的文章,揭发军国主义的种种罪行。她停下打字,抬头说:

"您搅得我头晕哩。"

"我不会走的,"菲力普说,"在他收到之前我不走……"

她咧嘴笑道:

"花样真多!您想见到他吗?他就在这儿:在门后面;您只需进去,就会见到他。"

"好极啦!"菲力普说。

他趋前一步,又站住说道:

"我……那是笨办法,我会打扰他的。哦,伊蕾娜,您不愿再去问问他?最后一次,我发誓:这是最后一次!"

"您真能找麻烦,"她道,"由它去得啦。皮多是个卑鄙的家伙:难道您竟不明白,他不愿再见您是一件走运的事情啊?否则对您只有坏处。"

"哼,坏处!"他反唇相讥道,"难道有人能对我使坏?看来您不了解我的生身父母:德行全都归了二老,给我剩下的就只有邪恶啦。"

伊蕾娜盯着他说:

"难道你以为我不知道他要怎么摆布你?"

孩子脸红了,却不搭腔。

"哦,反正是那样。"她边说边耸耸肩膀。

"去再问他一遍,伊蕾娜!"菲力普以祈求的声音说,"去再问他一遍。告诉他我正要作出重大决定哩。"

"他才不当回事儿哩。"

"还是去对他说一说吧。"

她推开门,不声不响走了进去。皮多抬起头来,做了个鬼脸。

"出什么事啦?"他大声问,那声音有如雷鸣。

但却没能镇住她。

"得啦,"她道,"用不着大喊大叫。是这孩子:我已受够啦,不愿再管他的事。把他交给您一小会儿,这会碍着您吗?"

"我已说过不行。"皮多回答。

"他说他要做出重大决定呢。"

"这跟我有什么关系?"

"嘿!您自己想办法吧!"她不耐烦地说,"我是您的秘书,而不是他的保姆。"

"好嘛,"他说着,两眼炯炯发光,"让他进来吧!他要做重大决定,哈,什么重大决定?我呢,我的决定是要人家的命!"

她对他嗤之以鼻,然后转向菲力普。

"进去吧。"

孩子急急往前走,但走到办公室门口,他却虔诚地停下了脚步,她不得不推他往前走。她在他进门后重新将门关上,回到打字桌旁。几乎就在这当儿,隔壁传出大喊大叫的声音。她却若无其事地继续打字:她明知对菲力普来说,输局已定。他装成不法之徒的样子,在皮多面前却佩服得五体投地;皮多便借此把他招来,纯粹出于恶习:他甚至连同性恋者也不是。末了,这孩子吓坏了。他像所有的孩子一样,只想赚而不愿亏。此刻他恳求皮多同他继续交朋友,但皮多却叫他滚蛋。她听见皮多大嚷:"给我滚开!你是个胆小鬼、小市民,一个富家子弟,却想冒充无赖汉。"伊蕾娜忍俊不禁,照旧打了几行字。"能够想象有比判决德雷福斯的将领更阴险的禽兽吗?他把人家说成什么样子!"她想着,觉得可笑。

门启开复又砰地关上。菲力普已出现在她眼前。他大哭了一场。他身子朝着办公室,用食指指着伊蕾娜的胸部说:

"他把我逼到了绝境,"他气呼呼地说,"他没有权利逼人太甚嘛。"说着,他一仰头,转而哈哈笑道,"等着瞧我的!"

"你可别找倒霉。"伊蕾娜叹息着说。

女护士重新关上大箱子的箱盖:二十二双皮鞋,这对鞋匠来说活儿不算太多。一双鞋破了,他就扔进大箱子,再买一双新的;另外再加上一百双后跟或大脚趾有洞洞的破袜子,衣箱里还有六套旧西服。他住的地方又脏又臭,是名副其实的光棍陋室。她可以离开他五分钟,悄悄溜进走廊,走进厕所,敞着门就撩起了短裙。她匆匆方便,伸长耳朵聆听有没有什么声响:然而阿尔芒·维吉埃却独自一人老老实实躺在房间里,蜡黄的双手放在床单上。他将那长着灰白硬胡髭的瘦脸往后一仰,眼眶深陷、神情冷漠地微笑着。他那双小腿伸到了被褥外面,两只脚成八十度锐角,脚趾冲前指着——那可怕的趾甲,他每三个月才用小刀修一次,它们二十五年来戳穿了他所有的袜子。他屁股上生了褥疮,虽然人家在他下身垫了一块圆形的橡皮垫:不过他现在再也不流血啦,他已命归西天了。在他的床头桌上,人家放着他的单片眼镜,还有一副放在水杯里的假牙。

死了。可他的生命在这儿,无处不在,难以触摸,已经告终,像鸡蛋一样坚实饱满:它是那么充实,世上的一切力量聚在一处也不能再塞入一粒原子;它又有那么多气孔,以致巴黎和全世界都能从中穿过,它洒落在法兰西的东南西北,又凝结在空间的每个小点上,这空间皆是固定而人声鼎沸的大集市;那里有呐喊声、笑声,火车头的鸣笛声、一九一七年五月六日榴霰弹的爆炸声、他脑袋中流血的嗡嗡声,正是那时他在两条战壕之间倒了下去;声响就在这儿,但已冰冻住;侧耳倾听的女护士只听到短裙下的窸窣声。她重新站起身来,并不去拉水箱:那是出于对亡灵的敬意;她又重新来到阿尔芒枕边坐下,一九〇〇年七月二十日,在格朗德·雅特,静止不动的灿烂阳光射进那条小船,永远照亮了一个女子的面孔。阿尔芒·维吉埃死了,他的生命在漂泊,它包含着许许多多凝然不动的痛苦,一九二二年三月整整历时一个月的巨大创伤,他的肋间神经痛,一些永不磨损的小珠宝,某个星期六晚间贝尔西堤岸上的七色光:那是刚刚下过雨的日子,石板路很滑,两个骑自行车的人说笑着经过那里,一个三月闷热的下午,雨点滴落在阳台上,发出淅沥淅沥的声响,一支茨冈人的曲子令他眼中噙满泪水,露珠正在草地上闪闪发光,一群鸽子飞过圣马克广场。她打开报纸,调整了一下鼻梁上的眼镜,开始阅读起来:"最新消息:今天下午张伯伦先生未曾与希特勒总理会谈①。"她想起了她那肯定将开赴前线的侄儿,于是将报纸放在一旁叹息起来。和平在这儿,如同天上的彩虹,如同格朗德·雅特的阳光,如同阳光照耀下的金黄色胳臂。一九三九年、一九四〇年和一九八〇年的和平,那是人类的伟大的和平啊;女护士咬紧了双唇,她思忖:"要打仗啦。"她凝视着远方,目光专注。她的目光穿透了和平。张伯伦点头称是,表示:"我当然会竭尽全力,可不抱很大希望。"贺拉斯·威尔逊感觉到一种不愉快的战栗向他背部袭来,他道:"假如他态度诚恳呢?"那女护士在想:"我丈夫死于一九一四年,我侄儿死在一九三八年。我本人活在两次大战之间。"但阿尔芒·维吉埃知道和平刚刚诞生,尚达尔问他:"按您的想法,您为什么要参战?"他的回答是:"为了使它成为最后一场战争。"那是一九一九年五月二十七日。永远如此。他在听白里安②演说。在明净的天空下,白里安在讲坛上显得身材十分矮小;被淹没在瞻仰他的人群之中。和平降临到他们身上,他们伸手可及、睁眼可见,于是欢呼着:"和平万岁!"永远如此。

---

① 张伯伦同希特勒就苏台德地区的第二次会谈原定于一九三八年九月二十三日上午十时举行。其间由于张伯伦的信件等原因,改在当日晚十时半举行。故傍晚的报纸有此消息。
② 白里安(1862—1932),法国政治家,一九二五年洛迦诺公约缔造者之一,承诺过法国有援助捷克斯洛伐克反对德国侵略的义务。

他坐在卢森堡公园的一张铁椅上,一直凝视着野罂粟花:战争已融入历史。他伸伸两腿,观望着跑跑跳跳的儿童,认为他们将永远不会再经历战争的恐怖。未来的岁月将是一条平静的康庄大道,时代将舒展自如地充分展开。他瞅着自己沐浴着温煦阳光的衰老的双手,顿时绽开笑容,喃喃自语着:"这是因为有了我们。将不会再发生战争。无论是在我有生之年,还是在我大去之后。"那是一九三八年五月二十二日。永远如此。阿尔芒·维吉埃已经去世,再也没有人能够评论他的功过是非。再也没有人能够改变他在冥寿之中坚不可摧的前途。再过一天,仅仅是再过一天,也许他的一切希望就会崩溃,他会突然发现他的生命已在两次大战之间化为乌有,如同被在铁锤和砧板之间砸碎一般。然而他却是在一九三八年九月二十三日那一天去世的,是在休克七天之后,于清晨四时停止呼吸,将和平一并带往了他乡。和平,那是全部和平,世界的和平,不可摧毁和捉摸不定的和平。有人按了大门上的门铃,女护士一惊,大概是昂热的表姐来了,她是死者唯一的亲戚,人们头一天给她发电报通知了她。开门一看,是一位皮肤微黑的小个子女人,嘴巴干瘪得像耗子,脸上满是披散的发丝。

"我是维尔舒太太。"

"哦,好极了,夫人!"

"还能见到他吗?"

"当然。他在这儿。"

维尔舒太太挨近病床,她凝视着下陷的两颊和塌落的眼眶。

"他变得好厉害。"她道。

在松林里的儒安是二十点三十分,布拉格是二十一点三十分。

"请继续收听。即将播出极为重要的新闻。请继续收听。即将播出……"

"这下完啦。"米朗道。

他伫立在窗口。安娜没有搭理。她正弯下身子,拾起碎玻璃片,将最大的石子放入围裙口袋里,又从窗口扔了出去。灯被打碎了,屋子里灰暗而略呈青色。

"这会儿,"她道,"我得好好扫一扫。"

她重复道:"好好扫一扫。"说着却战栗起来。

"他们会抢走所有东西,"她边哭边叫,"会砸烂一切,把我们赶走。"

"住口,"米朗道,"看在上帝分上,别哭呀!"

他走到收音机旁,转动了键钮,机子的灯亮了。

"没什么东西。"他满意地说。

突然,那尖厉而机械的声音充满屋内:

"请继续收听。即将播出一条极为重要的新闻。请继续收听。即将播出……"

"听呀,听呀!"米朗嚷道,声音都变了。

皮埃尔大踏步往前走。莫德在他身旁跟着小跑,将那双阿拉伯拖鞋夹在腋下。她很高兴,对他说:

"这拖鞋真棒。鲁比要羡慕得发疯哩;她在费兹也买了一双,还不及这一半好。穿上它真舒服,你下床时就趿上它,甚至不用动手去取。而普通拖鞋却麻烦得很。不过得学一手,才不至于半路丢落。我想,脚掌得弯曲一下,将大脚趾这么放;我去问问旅馆的女仆,她是阿拉伯人。"

皮埃尔仍不答话。她不安地瞧了他一眼,又道:

"你本该也买一双,你平常老是光着脚满屋跑;要知道,这对男人跟对女人一样合脚。"

皮埃尔在街中央站住了脚。

"别说啦!"他狠巴巴地喝住她。

她不知所措地站住了:

"出什么事啦?"

"这对男人跟对女人一样合脚!"皮埃尔学着她的腔调说,"得了,得了!你明知道你胡扯的时候我在想什么!你想的其实跟我一样。"他又加了一句,说着用舌头舔舔嘴唇,含讥带诮地笑出声来。莫德本想开口,但一见他这副表情,心里一凉,便住口了。

"但有人不愿正视现实,"他又道,"尤其是女人。当她们想的是一回事时,她们就急急忙忙谈论另一回事。是这样吧?"

"可皮埃尔呀,"莫德惶恐地说,"你疯了吧!我一点也不明白你在说什么。你以为我在想什么?你又在想什么啊?"

皮埃尔从衣袋里取出一本书,打开放到她面前,说:

"想这个。"

那是一张毁了容的照片。伤员失去了鼻子,眼上戴着罩子。

"你……你买了这个?"她十分惊讶地问。

"是的!我买啦,"皮埃尔说,"尔后呢?我是男子汉,我不怕:我倒要看看,明年我会变成什么样子!"

他把照片拿到莫德面前挥舞着:

"我变成这个样子之后你还爱我吗?"

她生怕听懂他的意思,只要他住口,她什么都情愿。

"说话呀!你还会爱我吗?"

"别说啦,"她道,"求求你,别再说啦。"

"这些人呀,"皮埃尔说,"现在都住在慈谷军医院。他们入夜才出门,还要戴上面具。"

她想从他手中夺过那本书,但他却夺了回来,重新装进衣袋。她凝视着他,双唇抖索着,她害怕会大哭一场。

"哦,皮埃尔!"她和气地说,"你害怕吗?"

他突然沉默了,用痴呆的目光盯着她。他俩一度站立不动,接着他吃力地说:

"所有的男人都害怕。所有的。不害怕倒不正常了。这同勇气毫不相干。你呀,你没有资格议论我,因为你不去打仗。"

他俩又重新默默地往前走。她暗想:"这是个懦夫!"她盯着他那晒黑了的大脑门儿,他那佛罗伦萨人式的鼻子,他那细巧的嘴巴,不禁思量,"这是个懦夫。跟吕西安一样。我真不走运。"

奥黛特的上身在光线中露出,下身却隐没在餐厅的阴影中;她正倚着阳台欣赏大海。胖路易琢磨着:"这是场什么样的战争啊!"他在往前走,落日的赤色余晖在他的双手、他的胡须上不停地跳动。奥黛特感觉到:在她身后有一间灰暗的房屋、一处难得的藏身之地,洁白的台布在黑暗中隐约闪现;她却在光线、在光线中挺立着,知识和战争通过两眼渗入她的身心;她想到他就要动身去前方,这时电灯的光芒一束束地凝结在流动着的落日余晖中,那是蛋黄色的光束,因为冉尼娜拧动了电灯开关,玛赛儿的两手正在灯下的黄光之中摸索着,她想要一点儿食盐,那双手在桌布上留下晃动的影子。丹尼尔说:"那是吹牛,只要坚决顶住,他就得摊牌!"像玻璃砂纸一样伤眼的强烈光线,这便是南国情调了,直至日落的最后时分都是这样的。眼下是中午,接着黑夜便倏然光临。皮埃尔还在唠唠叨叨,他想让她相信自己已恢复了镇静;但她却不声不响地在他身旁走着,只是用像阳光一样刺激的目光盯着他。等他们到达广场之后,她本担心他会提出两人一起过夜,然而他却脱下帽子,冷淡地说:"明天我们一大早就得起床,你还得整理行装,我想你最好还是回去同女伴们一起过夜。"她应道:"我也觉得这样更好。"于是他道了一声:"明天见。""明天见,"她回答,"明天船上见。"

"请继续收听,即将广播极其重要的新闻。"他仰卧着,双手放在颈后,他觉得自己有点醉醺醺,喃喃自语道:"你很爱自己的小乖乖。"她哆嗦了一下,说:"是呀……"像每个夜晚一样,她害怕了。"是呀,我爱您!"她有时接受,有时却说不行,但这天晚上她却不敢表示。"那么,悄悄抚爱一下,夜晚的抚爱?"她叹息着,一脸羞涩的样子,很有趣。她说:"今天晚上算啦。"他有点儿喘气,说:"可怜的小乖乖,她是那么动情,这会给她多么大的快乐。为了使她能入睡,您竟不愿意?不愿意,竟然如此?你知道,这总是能令我平静下来……"她摆出一副护士长的面孔,像她放置便盆时那样;她双肩上的脑袋变得很僵,她睁着眼;但似乎是故意视而不见,她的双手却在下面轻快地为他解开扣子,那是专家的手啊;而她的脸上却挂着愁绪,真是非常有意思。手伸了进去,轻巧而柔软,奥黛特一惊,嚷道:"你吓着我啦;雅克是否跟你在一块儿?"查理叹了口气,马蒂厄说不在。"不在,"莫里斯道,"该怎么着就怎么着。"他取了房间牌上的钥匙:"这上面还有粪便的臭味儿,真恶心!""是萨尔瓦多太太的小子干的,"泽泽特说,"她接待相好时便将孩子赶出来,孩子便随意脱下裤子,觉得很好玩儿!"

他们登上楼梯:"请继续收听,即将广播一项……"米朗和安娜都俯伏在一台收音机上,从窗口传进一阵阵欢呼胜利的声音。"把广播音量放低点儿,"安娜说,"不要刺激他们。"一只柔和的手,像杏仁乳那样柔软,查理让它发芽、开花,那只大果子膨胀起来,果荚就要破裂,直指上天的果子,汁液充沛的果子,包含着炽热得闷人的整整一个春天;沉默,刀叉的细微响声,收音机里裂帛般的长音,和风对那多毛的、毛茸茸的大果子的轻轻吹拂,安娜惊跳起来,紧紧抓住米朗的胳膊:

公民们:

捷克斯洛伐克政府决定宣布总动员;所有四十岁以下的男子以及任何年龄的专业人员均应立即报到。后备役的所有军官、士官和列兵以及各类第二后备役的人员,所有休假人员均应立即前往其所属装备中心报到。所有人员均应身着旧便装,携带军队证件及两日的口粮。抵达各任所的最后时限为凌晨四时三十分。

所有运载工具、汽车和飞机均处于动员状态。汽油销售须持军方特许证方得进行。

公民们！决定性时刻来到了。胜利取决于每位公民。请各位公民竭尽全力为祖国效劳。愿你们勇敢而忠实。我们的斗争是争取正义与自由的斗争！

捷克斯洛伐克万岁①！

米朗一跃而起，他热血沸腾，两手搭在安娜肩上，对她嚷着："终于来临！安娜，这下好啦，这下好啦！"

一个女人的声音以斯洛伐克语重播着这道法令，他们就再也听不懂了，除了偶尔有几个单词还能猜出，但那调子很像是演奏军乐。安娜不断重复着："终于，终于！"两颊已流满泪水。接着，他们又听懂了以德语播放的"政府已做出决定"这句话；米朗将音量放到了最高，收音机便大喊大叫起来，那声音将他们恶俗的歌声压倒，似乎被堵在了墙外，也压倒了他们那过节般的喧嚣：它将飞出窗外，它将打碎雅格施密特家的玻璃窗，飞进他们慕尼黑式的客厅里找到他们，打断他们小小的家庭聚会，让他们的脊背感到冰凉。粪便和酸腐牛奶的气味等待着他，他猛吸一口，吸进了身躯，像扫帚清扫一般使他扫除了王家大道那股金黄色的、所谓干干净净的香气，这却是贫穷的气味，是他的气味。莫里斯站立在自己的房门口，泽泽特正将钥匙放进锁孔，奥黛特兴高采烈地叫嚷着："入席，是时候啦，快入席！雅克，你会有个意外的惊喜！"他觉得自己既强大又坚定，他回到了愤怒和反叛的天地；三楼的孩子们尖声怪叫，因为他们的父亲酩酊大醉而归；隔壁房间传出玛丽亚·普朗齐

---

① 捷克斯洛伐克在这天晚间九时三十分发布了动员令。布拉格电台同时播出了这一文件。

尼太太轻起轻落的脚步声,因为她那做屋面工的男人上个月从屋顶上摔下受了伤。声响、色彩、气味,一切都有了实实在在的样子,他一觉醒来,重又发现了战争的世界。

老者把身子转向希特勒,他瞧着这张顽童胡闹的脸谱、这蝇类的面孔,从灵魂深处感到无比厌恶。里宾特罗甫走进来,用德语咕噜了几句话,希特勒便对翻译施密特博士做了个手势:"我们获悉,"施密特博士用英语说,"贝奈斯先生①的政府刚刚发布了总动员令。"希特勒不声不响地张开双臂,好似一个人在表示遗憾:事态竟证明他估计对了。老人和气地笑了,眼睛里亮起了淡淡的红光。那是战争的微光。他只需也像元首一样表示不满,他只需张开双臂做出类似这样的表示:"是吗?就这样吧!"那么,十七天来他像玩杂技那样举着的一堆碟子就会垮下来,砸得满地板都是。施密特博士好奇地瞅着他,博士心想:当某人举碟子已达十七天之久,大概是很想张臂舒缓一下的;他心想:"历史性的时刻来到啦!"他认为已到最终不得不求助于一名伦敦老旅行推销员②赤裸裸的自由的时刻。现在元首与老者静静地相互端详着,不需要任何翻译了。施密特博士后退了一步。

他坐在热吕广场的一条长凳上,将班卓琴放在身旁。在法国梧桐树下,光线暗淡并泛着青色,传来一阵阵悠扬的乐声;现在已是夜晚,渔舟的桅杆冒出地面,黑森森的,挺拔笔立;在港口的另一侧,千百户人家的窗户熠熠发光。一个孩子正在使喷泉的水汩汩长流,一些黑人来此小坐,向他打着招呼。他不饿也不渴,刚刚在长堤后面洗过澡;他遇见一个蓬头垢发的大个子,似乎从天而降,给了他一些饮料,这都很好。他将班卓琴从琴套里取出,想唱上一

---

① 爱德华·贝奈斯(1884—1948),当时的捷克斯洛伐克总统。
② 据《巴黎晚报》一九三八年九月二十六日刊载的一篇文章,英国首相张伯伦是以旅行推销员开始他的职业生涯的。

两支曲子。在短暂的时刻里,他干咳几声,清了清嗓子,马上就要开唱了。张伯伦、希特勒、施密特正在悄悄地等待战争,战争马上就会到来的;脚已经发胀;但它正在临近;过一会儿他就会把脚从鞋里拔出;莫里斯正坐在床上用力拉;再过一会儿雅克就喝完他那份汤了;奥黛特将再也听不见这恼人的窸窣声;那焰火、那些准备发出的众多火箭,再过一会儿火花就将旋转着飞向顶棚;她的玩具娃娃过一会儿就会有一股苦艾酒的气味;一股热乎乎的黏稠液体将浸没他那瘫痪的大腿;内蕴丰富而温柔的歌声,将会穿透法国梧桐的密叶冉冉升起;过一会儿,马蒂厄进餐,玛赛儿进餐,丹尼尔进餐,鲍里斯进餐,布吕内进餐;他们都怀着转瞬即逝的心情,充满了小小的富足的快感。再过一会儿,战争就会来临,穿盔披甲,皮埃尔害怕它,鲍里斯接受它,丹尼尔渴望它,那是战争:站立者的伟大战争、白种人的疯狂战争。顷刻间,它在米朗的房间里爆发,它从所有的窗户里逃出,它哗啦哗啦地泻落在雅格施密特家中,它在马拉喀什城堡的四周游荡,它在大海上狂啸,它粉碎了王家大道的高楼大厦,它使莫里斯的鼻孔里充斥着厕所的臭味和腐臭牛奶的酸味;在田野里、在马厩里、在农场大院里,它并不存在;它正在两面窗间壁的大镜子间、在德累森旅馆饰有糊墙纸的客厅里,像骰子游戏似的被人耍弄着。老人用手摸摸额头,用平淡的声音说:"好嘛,假如您愿意,我们就逐一讨论您的备忘录条款。"施密特博士领悟到:又得用上翻译了。

希特勒挨近了桌子;优美的低音在纯净的空气里升起;在马西利亚旅馆的六层楼上,一个正在阳台上乘凉的女人听见他的声音,不禁喊出:"戈梅兹!来听听这黑人的歌声,多么动听!"米朗想到自己的腿,快乐顿时无影无踪,他紧紧抱着安娜的肩膀说:"他们不会要我的,我已经没有任何用处了。"那黑人还在唱。阿尔芒·维吉埃已经死了。他那苍白的双手在床单上伸开,两个女人一边照料着他,一边议论时事,立即谈得非常投机。冉尼娜拿起一方毛巾擦了擦手,然后就替他擦腿;张伯伦说:"关于第一段,我提出两点反对意见。"而那黑人用德语唱道:"你是我心目中最美的美人!"

两个女人停住脚步;他认识她们,那是拉瑟东街的两个妓女,安尼娜和多洛雷斯。安尼娜对那黑人道:"你呀!你唱歌啦?"他没搭理,还在唱着。两个女人朝他笑笑,萨拉不耐烦地叫喊道:"戈麦兹、帕勃洛,快来呀!你们在干什么?一个黑人在唱歌,真好听咧。"

## 九月二十四日,星期六

在克雷维依,正当六点钟敲响的时分,克鲁拉尔老爹走进宪兵队,敲起办公室的门来。他心里嘀咕:"他们把我弄醒了。"他本想问问他们:"为什么要把我弄醒?"希特勒在睡觉,张伯伦在睡觉,他的鼻子像短笛般奏出小调儿来,丹尼尔满身大汗地坐在床上,心想:"这只是一场噩梦啊!"

"请进!"宪兵中尉说,"噢,原来是您啊,克鲁拉尔老爹?看起来得干上一场喽。"

依维什微微有点儿呻吟,把身子转向侧面。

"是小家伙把我叫醒的,"克鲁拉尔老爹说。他愤然地瞅着中尉,嚷道:"得是重要的事呀……"

"哦,克鲁拉尔老爹,"那中尉说,"得擦亮您的皮靴咧!"

克鲁拉尔老爹不喜欢这中尉。他道:

"我嘛,我没有靴子这玩意儿。我没有皮靴,只有大木头鞋。"

"得擦亮您的皮靴,"中尉重复道,"得擦亮您的皮靴,咱们可是大好人咧!"

假如没有这胡髭,他长得倒像个大姑娘。他戴着单片眼镜,腮帮子红通通的。像那位小学女教师。他身体前倾,两臂张开,用指尖撑住桌子。克鲁拉尔老爹瞧着他思忖着:"是他让人把我弄醒的。"

"他告诉您带上糨糊桶了吗?"中尉问。

克鲁拉尔将糨糊桶藏在背后,他悄悄拿了出来。

"还有毛刷呢?"中尉问,"得赶快干呀!您没有时间再回家一趟了。"

"毛刷在我的工作服里,"克鲁拉尔老爹庄重地说,"人家是突如其来叫醒我的,但我却没有忘记毛刷。"

中尉将纸卷递交给他:

"您在镇公所正门刷上一张,在广场刷两张,在公证人家门口也刷一张。"

"在拜洛姆师傅家吗?那儿禁止张贴。"克鲁拉尔老爹说。

"我才不管呢!"中尉道,他神情紧张而快活,"我来负责,我负一切责任!"

"这算不算动员呢?"

"但愿是!"中尉说,"大家会有争论,克鲁拉尔老爹,会争论的!"

"噢!"克鲁拉尔老爹说,"您同我两人,我想咱俩会留在这里。"

有人在敲门,中尉敏捷地去开了门。是镇长来了。他脚蹬大木鞋,在工作服上披了肩带。他开口就问:

"小伙子有什么话对我说?"

"告示在这儿。"中尉回答。

镇长戴上眼镜,将告示展开来读。他低声念道:"实行总动

员。"他使劲将它们抛在桌上,仿佛怕烧烫了手似的。他说:

"我去了靶场,顺便取我的肩带。"

克鲁拉尔老爹伸出手,卷起告示,藏在工作服下。他对镇长说:

"我说呢,他们这么早叫醒我,非同一般咧!"

"我去取了肩带,"镇长忐忑不安地瞧着中尉说,"他们并没有提到征兵啊!"

"另外还有一张告示。"中尉说。

"天哪,"镇长说,"真他妈的见鬼!这一套又得再来一遍啊!"

"我是过来人,打过仗的,"克鲁拉尔老爹说,"五十二个月没有负过伤。"他挤挤眼睛,想到这一点便很开心。

"得啦,"镇长说,"您打了那个仗,就不会再打这个仗啦。何况您才不管他征兵不征兵哩。"

中尉威风十足地用拳头猛击桌面,叫道:

"得干点儿什么,不能若无其事!"

镇长一脸不知所措的样子。他将手插在肩带里,拱着背,解释道:

"鼓手生病了呢。"

"我也会击鼓,"克鲁拉尔老爹驳道,"我可以暂时代理。"说时不觉露齿一笑,十年来他一直做着当鼓手的美梦。

"当鼓手?"中尉道,"您给我去敲警钟吧,您就该干这个!"

张伯伦在睡觉,马蒂厄在睡觉,卡比利亚人将梯子靠旅游轿车放好,用劲扛起了木箱,不扶把手便爬上梯子;依维什在睡觉,丹尼尔将两腿伸出床外,一口大钟在他的脑海里猛然敲响,皮埃尔盯着那卡比利亚人黑里泛红的脚掌,估摸着:"这准是莫德的箱子。"但莫德不在场,待会儿她将同杜赛特、弗朗丝及鲁比一起,乘坐爱上鲁比的一位老富翁的小轿车出发;在巴黎、在南特、在马孔,都有人往墙上张贴白色告示；在克雷维依，警钟当当敲响。希特勒在睡觉，希特勒成了幼童，他才四岁，人家给他穿上漂亮的袍子，正好有一只黑狗走过，他想将狗捉进捕蝴蝶的网子；警钟在响，勒布利哀夫人惊醒了，张口道：

"什么东西烧焦啦？"

希特勒在睡觉，他用指甲刀将他父亲的裤子剪成细条，这时莱尼·冯·里芬斯塔尔走了进来，捡起法兰绒细条儿道："我把它做成沙拉给你吃。"

警钟在响、在响、在响，莫白朗对妻子说：

"我敢打赌，是锯木厂起火啦。"

他走上了街。勒布利哀夫人穿着淡红色衬衫躲在护窗板后面看着他走过，看见他呼唤正在奔跑的邮差。莫白朗大喊：

"喂，昂赛末！"

"宣布动员啦！"邮差大声回答。

"什么？他说什么来着？"勒布利哀夫人问回到她身边的丈夫，"不是什么地方起火了？"

莫白朗瞧着两张布告低声读了一遍，然后转身回家了。他妻子正站在门口，他对她说："叫保尔赶快套车。"他听见声响便转过头来：原来是夏宾坐在大车上；他对夏宾说："好哇！你倒是真快，有这么着急吗？"夏宾瞧着他，没有答话。莫白朗瞧了瞧大车后面，两条老牛给拴着笼头，正慢吞吞地跟着走。他低声道："好壮实的牲口！""你可以说，"夏宾气呼呼道，"可以说这是好牲口！"警钟正在鸣响，希特勒正在睡觉，弗雷略老头对儿子说："要是他们把两匹马和你都抢走，那我还怎么干活儿呢？"娜奈特跑来敲门，勒布利哀夫人对她说："您好吗，娜奈特？去广场上看看，干吗要敲警钟啊？"于是娜奈特回答："太太您还不知道？这是总动员呀！"

像每天早晨一样。马蒂厄思量:"像每天早晨一样。"皮埃尔跑到玻璃窗前,他从窗口看到阿拉伯人坐在地上或五颜六色的木箱上,等候去乌阿查查的公共汽车;马蒂厄已睁开眼睛,他觉得它们在眼眶里软绵绵、油腻腻的,像新生婴儿的眼睛,视而不见。他在想:"这是干什么?"像每天早晨一样。一个恐怖的早晨,一支着火的箭矢朝卡萨布兰卡、朝马赛发去,大轿车在他脚下颤动,发动机在旋转;司机正站在外面,他是一名高个子的大汉,戴着黄呢鸭舌帽,帽边是皮的,此刻正不急不忙地抽完手里的香烟。他喃喃自语:"莫德瞧不起我。"跟别的早晨一样的一个早晨,静止而空虚的早晨,每天都有铜管和军乐演奏下虚张声势的仪式,还有众目睽睽下的旭日东升。从前有过别种样式的早晨:那是一日之始;闹钟响了,马蒂厄一跃而起,两眼圆睁,目光清新,如同听见军号声。没有什么可开始的,没有什么可以着手的事儿。但仍然必须起床、必须参加仪式、在酷热之下走过大道和小径,做种种宗教动作,像一位已失去信仰的教士。他将两腿伸出床外,挺了挺腰,脱去睡衣。"这是干什么?"他又重新躺下,光着身子,用手托着后颈,在乳白的薄雾中开始辨明顶棚。"完啦,彻底完啦。从前是我载负着岁月行进,我将岁月从此岸渡向彼岸;现在变成岁月载负着我啦。"大轿车不停震动着,在他的脚下噼里啪啦作响,车厢地板变得滚烫,他觉得自己的鞋底已在开裂,皮埃尔怯懦而沉重的心在怦怦跳动,在撞击温热的坐垫,车窗玻璃变得灼热,但他却感到冰凉,他在想:"这已经开始。"这将以一个墓冢告终,在色当附近,或在凡尔登附近。而这才刚刚开始啊。她不客气地说过:"那么你是个懦夫。"并且以蔑视的目光盯着他。他仿佛又看见那严肃而激昂的娇小脸庞,那阴郁的眼睛和薄薄的嘴唇,他心中一震,而汽车正在这时启动了。天气还算凉爽;道口工的妹妹路易松·高乃依从利齐厄来帮助她有病的姐姐操持家务,这会儿到公路上,要把拦住道口的栏杆举起,"这玩意儿碍事!"她说。她心情很好,因为她订了婚。这是两年前的事,但她一想到就很快乐。她开始转动操纵杆,却突然停住。她认定她身后的公路上有人。她从屋里出来时,没有想到看一看,但她认定是有人的。她转过身来,顿时屏住呼吸:竟有一百来部大车、马车、牛车、老式轻马车一动不动地顺序静候着。小伙子们笔直地坐在车夫座位上,手里拿着鞭子,表情狠巴巴的,一点儿声息也不出。有些人骑在马上,还有人是步行来的,手里用绳子牵着牛。这很古怪,令她害怕起来。她敏捷地转动操纵杆,纵身跳到公路边上。小伙子们扬鞭抽打牲口,马车便从她面前驰过。大轿车在红草原当间开过,阿拉伯人在他们身后蠕动着。皮埃尔自言自语:"这帮坏小子,只要觉得他们在身后,我就放不下心来,总在想:他们在搞什么名堂。"皮埃尔用眼睛扫视了一下车厢内里的情况:他们挤做一团,大家一言不发,脸色发青或发灰,都在闭目养神。一名戴面纱的妇女在口袋和包裹中间随意仰卧,只见她两眼在面纱上方紧闭着。"这可不是好办法,"他想,"再过五分钟他们就会呕吐的,这些人没有一副好肠胃。"路易松在途中认出了他们:其中有克雷维依的小伙子们,几乎全来了;她本可以叫出每个人的名字,但他们的容貌已不同往常。那红脸大汉是小夏宾,她在圣马丁节时跟他一起跳过舞。她冲他喊道:"喂,马赛尔,你太得意啦!"他转过身来以威吓的神态瞧着她。她故意问:"你这是去参加婚礼吗?"小夏宾答道:"他妈的,没错儿。你说对啦:是参加婚礼。"大车越过铁轨时左右晃动不已,两头牛紧跟着大车,是两头壮实的好牛。其他大车也纷纷通过,她用手遮住阳光盯着它们。她认出了莫白朗、杜尔努、高什瓦,他们对她毫不留意,驶过时笔直地坐在座位上,手持马鞭有如权杖,看上去像蹩脚的帝王。她心里发酸,对他们喊道:"是打仗吗?"但没有人搭理她。他们的车驶过了,那是些摇摇晃晃的破车,跟在后面的牛却庄重得滑稽;这些车辆在转角处一辆接一辆地不见了;她仍旧用手遮着朝阳,静静地观望了一阵子。大轿车如风驰电掣般前行,左转右拐,声震如雷。她想到自己的未婚夫冉·马特拉此刻正在昂古莱姆服兵役,是工程兵团的一员;大车又重新出现了,像白色公路上的牛蝇,粘在山岭的斜坡上。大轿车在棕红的岩石间疾驰,又转来转去,每到拐弯处,阿拉伯人都被抛得相互碰撞,并且惊呼"哎哟!"那位戴面纱的女人突然站起身来;她那张被白纱巾遮住的嘴巴,喷出一大堆不堪入耳的脏话。她将大腿般粗壮的胳膊举过头顶;胳膊前端,是一双轻巧丰满的手,手指涂了指甲油,此刻正在不停地舞动着;末了,她干脆扯下面纱,从车门伸出脑袋,哼哼唧唧地呕吐不已。"好哇,好哇!"皮埃尔自言自语,"他们要吐我们一身啦!"大车没有前进,似乎粘在了公路路面上,路易松长时间瞅着它们:它们毕竟在挪动、在挪动,它们一辆接一辆到达山顶,随后人们再也看不见它们了。路易松放下手,她那双昏眩了的眼睛眨个不停,然后她回转身去照应小孩。皮埃尔想着莫德,马蒂厄想着奥黛特;他曾梦见过她:他们相互挽着腰,在普罗旺斯人的浮桥上高唱《霍夫曼童话》里的船歌。现在他赤身裸体,在床上大汗淋漓,他凝视着天花板,奥黛特在给他做伴。"假如我没有烦腻而死,那完全得感谢她啊。"一种泛白的津液还在他的眼睛里轻轻战栗,一丝柔情还在他心中悸动。一种空泛的柔情,一种小小的、忧伤的、苏醒时的柔情,一种为了再躺一会儿寻找的借口。再过五分钟,凉水就会流到他的颈脖上、眼眶内,肥皂泡沫就会在他耳室裂开,牙膏就会涂在他的牙龈上,那时他就再也不会对任何人怀有柔情。五颜六色、光芒四射、香甜苦辣、叮当有声。再后便是一些字眼儿,彬彬有礼的字眼,一本正经的字眼,由衷而发的字眼,稀奇古怪的字眼,一直使用到夜晚的种种字眼儿。马蒂厄……嘿嘿! 这曾代表着前程。现在却不再有什么前程可言。只有在梦里、在午夜至凌晨五时之间,才有马蒂厄。夏宾念叨着:"两条壮实的好牲口!"战争,他才不在乎呢。得走着瞧。可这些牲口,他照料它们有五年啦,他亲自阉割了它们,真叫他伤心啊。他用鞭子抽了抽他的马,让它靠左边走;他的小马车便缓缓超过西默农的大车。"你在搞什么鬼?"西默农问。"我觉着腻味儿,想早点到地方!"夏宾应道。"你会累着牲口的。"西默农道。"现在我才不在乎呢。"夏宾说。他想追过所有的人;于是他站起身来,用舌头打着响儿,大声喝道:"吁、吁!"他超了波保尔的大车,又超保拉伊的双轮马车。"你跟我们赛车吗?"保拉伊问。夏宾没有搭理。保拉伊在他后面大喊:"小心牲口啊,别把它们累垮了!"夏宾暗地里却在想:"我就想让它们完蛋呢!"他又抽了几鞭,这会儿夏宾跑到头里,别人跟在后面也抽打起马儿来,好像在争什么高低。他们在抽打,马蒂厄站起身来,他揉了揉两眼;他们在抽打;大轿车闪了闪,想避开一个骑自行车的阿拉伯人,那人在车架上带了一位胖乎乎的、戴面纱的阿拉伯女人,有人在敲门,张伯伦惊醒了,问道:"哎哟!怎么回事儿?谁在敲门?"一个声音回答:"阁下,已经七点钟啦。"兵营大门口,有一根木头栏杆。一名卫兵在栏杆前站岗。夏宾拉了拉缰绳,大声喝道:"嗬,嗬!他妈的!""啊呀,啊呀,"那卫兵道,"你们这副样子,是打哪儿来的呀?""喂,抬起这个!"夏宾指着栏杆说。"我没接到命令,"士兵说,"你们到底打哪儿来?""我告诉你,把栏杆抬起来。"一名军士从哨所里走出,所有的大车都已经停下;他打量了一番,接着打了个呼哨儿,问道,"你们都跑到这儿来干吗?"夏宾道,"现在都动员啦。是不是这个时候你们不再要我们啦?""你有后备兵役手册吗?"军士问。夏宾在衣兜里摸来摸去。军士瞧着这些不声不响、表情阴沉的小伙子们,他们此刻正纹丝不动地坐在自己的位置上,仿佛是在参加阅兵式,他莫名其妙地滋生出一种自豪感来。他朝前跨了一步,大叫一声:"别的人呢?都带了手册吗？请出示手册。"这时夏宾已找到他的兵役手册。军士顺手取来，翻阅了一下，说："得啦，你这是第三类手册，笨蛋！你太着急啦，下一次才轮到你呢。""我告诉您：我已被动员啦！"夏宾又道。"你比我还懂？"军士说。"不错，我当然懂，"夏宾怒气冲冲地说，"我看了布告嘛。"在他后面排队的小伙子们不耐烦啦。保拉伊不禁喊道："哎呀，还有完没完？还让不让进？""看了布告？"军士说，"喏，你那布告，在这儿呢。你只要看看就明白啦，要是你识字的话。"夏宾放下手里的鞭子，跳到地上，挨近了墙壁。一共有三张布告，两张是五颜六色的："请参军，重新参加殖民军！"还有第三张，却是白色的："立即召回某些类别的后备役军人。"他慢慢看着，低声朗读，一面摇着头说："咱们那儿张贴的可不是这一张啊。"莫白朗、保拉伊、弗雷略都从车上下来，瞧了瞧那张布告："这布告，不是咱们那一张！""你们是从哪儿来？"军士开口问。"从克雷维依来。"保拉伊回答。"那我可不知道啦，"军士道，"不过我觉得克雷维依宪兵队里有个大混蛋。不管怎么着，把你们的手册都交给我，跟我一起去见中尉吧。"在克雷维依广场上，在教堂前，女人们正围着为本乡做了许许多多好事的勒布利哀夫人，其中有玛丽，有斯特芳尼，有办事员太太，还有冉娜·弗雷略。玛丽悄悄哭泣着，勒布利哀夫人戴了顶大黑帽子，一边说话一边挥舞着手里的阳伞："不要哭呀，玛丽。得咬紧牙关。哎呀，哎呀，得咬紧牙关咧。会把您丈夫还给您的，您会看到，又有表扬又佩戴奖章。他也许并不是最倒霉的，您要知道！因为这一回呀，人人都动员了呢，不管是女人还是男人。"

她用阳伞指着东方，好像自己倏然年轻了二十岁。"您会看到，会看到的，"她唠叨着，"没准儿是平民打赢这场战争呢。"但那位玛丽却显出一副窝囊相，抽噎得两肩抖动不已，透过泪水老盯着那阵亡者纪念碑，保持一种令人恼火的沉默。"遵命。"中尉说。

他将话筒凑近耳朵,连声道:"遵命!"倦怠而愤怒的声音不断传来:"你说他们已经开拔啦?啊,朋友,你这可是干了桩好事。我说心里话:您会因此丢掉饭碗的!"克鲁拉尔老爹提着糨糊桶和刷子,腋下夹着一卷白色告示穿过广场。玛丽朝他大喊:"这是什么?这是什么啊?"勒布利哀夫人不耐烦地注意到,她的眼神里闪耀着愚蠢的希望之光。克鲁拉尔老爹从容地笑着,指着白纸卷说:"这不算什么。是中尉弄错了告示。"中尉挂上电话,两腿软绵绵地坐了下来。那声音还在他耳际回荡:"这桩事会叫你丢掉饭碗的!"他站起来,走近敞开的窗户:在对面墙上,刚刚贴上一张还湿漉漉的白的布告,"实行总动员"几个大字仿佛光华四射。他气得要背过气去,暗想:"我叫他先撕掉这一张,但他却偏偏要最后才撕!"于是他一脚跨过窗棂,奔向布告,动手捅破那告示。克鲁拉尔老爹将刷子浸入糨糊桶,勒布利哀夫人不胜惋惜地看着他这么做,中尉则在刮墙壁,刮了又刮,手指甲粘上了许多糨糊球儿;勃洛马尔和科尔米埃仍然留在军营里;别的人回到自己的马匹旁,心神不定地面面相觑。他们又想捧腹大笑,又想宣泄怒火,却又觉得如同逛完集市一样空虚寂寞。夏宾挨近他的老牛,用手抚摸着它们。它们脸上和胸部都淌满涎沫,夏宾心疼地自责:"早知如此,真不该叫它们累成这副样子。""怎么办啊?"保拉伊在他身后问。"咱们不能马上回家,"夏宾说,"得让牲口歇一歇。"弗雷略瞅着军营,忽然忆起往事,便用臂肘捅了一下夏宾,狡狯地笑道:"喂,上那儿去怎么样?""你想上哪儿啊,哥儿们?"夏宾问。"哎哟,"弗雷略答道,"上妓院呗!"克雷维依的小伙子们围拢来,拍打着他的双肩,他们嘻嘻哈哈地议论道:"了不起的弗雷略,他总是能想出好主意!"夏宾也绽开了笑容,说道:"哥儿们,我知道在哪儿;你们上车就行啦,我给你们带路!"

已是八时三十分。一名滑水者由一艘汽艇拉载正在跳板四周转悠。马蒂厄不时听见发动机的轰隆声;尔后那汽艇远远离去,滑水者变成一个小黑点,人们就再也听不见什么了。时而平静、时而风大浪急的洁白海面像是无人问津的滑冰跑道。不久之后,它将发蓝、噼啪作响,变成深沉的液体,那将成为所有人的大海,充斥着一片喊杀声,点缀着一处处小黑点儿。马蒂厄穿过平台,眼睛顺着散步堤望去。咖啡馆还没开门,两部轿车从门前驶过。他漫无目标地走到外面:为了买份报纸,呼吸一下弥漫于港湾的海藻和桉树的浓郁香味,同时也是为了消磨光阴。奥黛特还在睡觉,雅克一直工作到十点钟。他转向一条朝火车站方向上行的商业街,两名年轻的英国女人笑嘻嘻地同他交臂而过;有四个人在围观一份布告。马蒂厄走近了:这总能耗掉一点儿时光。一位蓄着小胡髭的矮少爷在频频摇头。马蒂厄读道:

　　据国防与军事部部长暨空军部部长命令,凡后备役军官、下级军官和列兵,持有白色动员令或动员手册,且标明为"二"类者,均应立即毫不延迟地出发,无须等待个别通知。

　　上述人员均应到达动员令或动员手册指定之集合地点,并遵循此文件规定之各项条件。

　　一九三八年九月二十四日九时,星期六
　　国防部部长、军事部部长暨空军部部长

"啧、啧、啧!"那位先生颇不以为然地做出反应。马蒂厄冲着他微微一笑,又仔细重看了一遍那张布告:它属于那种可厌但须知晓的官样文章;一个时期以来,此类文章充斥于各家报纸的《英国外交部声明》或《法国外交部通告》之类的标题下。总得看个两遍才能得其要领。马蒂厄读道:"……到达指定集合地点。"心想:"我就是持有'二'类手册的啊!"突然,他觉得那布告在跟他作对:仿佛人家用粉笔将他的大名写在了墙上,还伴以辱骂和威吓。已经被动员啦:是在这儿,在这堵墙上——也许这会儿也已写在他的脸上。他脸红了,并且匆匆离去。"第二类。这可好啦。我正在变得有价值啦。"奥黛特将以含蓄的激情盯着他。雅克将会打扮成过星期日的样子,对他说:"老弟,我没什么可说的。"不过马蒂厄仍觉自己卑微,无意变得引人注目。走上头一条街他就向左拐,并且加快步伐:右边人行道上,黑压压的一小群人正喊喊喳喳地围观一张布告。全法国都是如此。三五成群,站在成千上万张布告面前。而在每一群人当中,至少有一个人正隔着上装的衣料触摸自己的皮夹和兵役手册,并觉得自身正变得有价值。在邮局街上,有两张告示,两群人。人家还在议论他。他走进一条又黑又长的小巷。他坚信,至少这条小巷,张贴告示的人是手下留了情的。他现在是独自一人。他可以替自己盘算盘算。他思量:"这下行啦。"是行啦:这圆满充盈的日月,本应留在原地,寿终正寝,现在却突然急速延伸,带着哗啦哗啦的响声冲向黑夜,冲向暗处,越过硝烟,跨过荒原,穿透许多车轴和转向架,悄悄滑将进去,如同滑进滑梯一般;他只会在夜尽时分在巴黎的里昂火车站月台上,方能停住。大白天已有一些灯光闪烁:那是夜间火车站的未来之光。已经有一种隐痛折磨着他的眼眶:那是将要失眠的干涩的痛楚。这不会令他烦恼,不论是这还是别的什么……但这也不会使他高兴,不管怎样,这都是插曲,是别样的情趣。"我得打听一下去马赛的火车时刻。"他想。不知不觉,这小巷把他带往蓝色海岸的环山公路。突然,他从暗处又到了通明透亮的所在,坐在一家刚开门的咖啡馆的平台上。"来一杯咖啡,还要一份火车时刻表。"一位胡髭银白的先生坐到了他身旁。一位体态丰满的太太陪伴着他。那位先生打开《尼斯先驱报》在阅读,太太则转过身子朝向大海。马蒂厄瞧了瞧她,顿时变得心事重重。他想起:"得清理一下我的杂事。将依维什安顿在巴黎我的套房里,为她办个委托书,好让她能领到我的薪金。"那位先生的脑袋从报纸上方露出,他喃喃地说:"打仗啦。"太太叹着气,没有作答。马蒂厄打量着这位先生平整光洁的两颊、他那身粗花呢上装,以及那件淡紫条纹的衬衫,心想:"打仗啦。"

是打仗了。某种千钧一发式系于他身心的东西脱落了,下陷了,并往后落下;这就是他的生命。它已经死亡。死亡。他转过身来。他瞧着她。维吉埃已经死了,他的手摊在白床单上伸展。一只苍蝇在他额头上寄生,而他的前程无穷无尽地延长,摸不着、触不到,已经像他那死去的眼皮下呆滞的目光一样,永远固定。他的前程:是和平,是世界的前程,是马蒂厄的前程。马蒂厄的前程就在这儿:显然是固定而呆滞的,是不相干的。马蒂厄坐在一张咖啡桌边,他在饮咖啡,他已超越自己的前程,他凝视着它,心想:"和平。"维尔舒太太脖子酸痛,两眼发痒,她指着维吉埃对女护士说:"这是个好人哇。"她在寻觅一个词儿,一个稍微正式的词儿来形容他,她是他的近亲,该当由她来盖棺论定。"平和的"这个词儿已到了她的嘴边,但却不够分量。于是她说,"他是一位和平人士。"随后不再言语。马蒂厄心想:"我曾有过和平的前程。"和平的前程:他爱过、恨过、遭受过苦难,而前程就在这儿,在他的周遭和头顶上,可说无处不在,像广漠的海洋;他的每一腔怒火,每一项灾祸,每一副笑颜,无不发源于这无形而实在的前程。一次微笑,一次单纯的微笑,这便是对次日、次年和这一世纪和平的透支;否则我永远不敢微笑啊。许多许多年未来的和平事先便沉积在各种东西上,使它们成熟、明亮;拿起自己的手表,握住门把,抓起一个女人的纤手,便是把握住和平了。第一次大战的战后是一个起点。和平的起点。人们不急不忙地经历着和平,就像经历一个早晨。"爵士音乐是一个起点,而我那么喜爱的电影也是一个起点。还有超现实主义。还有共产主义。我犹豫不决,我久久挑选着,我有的是时间。时间、和平,这是同一回事儿。现在这种前程来到了,却死在我脚下。这是一种虚假的前程,是一种骗局。"他凝视着自己经历过的这二十年,太平无事,阳光普照,像平静的大海,他现在按照它们的原样在回顾:一个已限定数目的岁月,被压缩在密不透风的两堵高墙间,一个已造册登记的阶段,有开头也有结尾,列进了历史课本,被称做"两次大战之间的阶段","总计二十年,一九一八年至一九三八年,仅仅二十年啊!昨天,它还显得又短又长:反正人们不会想到去计算,因为那时它还没有结束。现在它已结束。那是一种虚假的前程。二十年来人们所经历的一切,乃是虚假的经历。我们曾是用功而又严肃的,我们试图理解,而现在:这些美好的岁月却有着隐秘而黑暗的前程;它们骗了我们大家;今天的战争——新的世界大战以釜底抽薪的方式把这些岁月从我们手里抢走了。我们不知不觉做了受骗的丈夫。现在战争来了,我的生命已经死亡;我的生命就是这样,一切都得从头做起。"他在寻觅往事,不论是哪一桩,首先是死而复生的那件事,比如说他在佩鲁斯①度过的那个夜晚:他坐在平台上,品尝着杏汁冰激凌,凝视着远方尘土中宁静的阿西兹山②。是啊,那是本应从夕阳红霞中看出端倪的战争。"假如我能从照亮桌面和护墙的红光中看到暴风雨和流血的前兆,那么和平的岁月现在仍属于我,或者我至少能挽救危局。但我却毫无警觉,冰激凌在我舌尖上融化,我思忖着:'古老的黄金啊,爱情和神秘的荣誉啊',我已失去一切。"侍者在许多桌子当间穿梭,马蒂厄招呼他过来,付了账,站起身来却不清楚该干什么。他将自己的生命抛在身后:我已脱胎换骨。他穿过马路,面对大海凭栏而立。

他觉得自己又凄凉又轻松:他变成赤条条的,人家已将他洗劫

---

①② 法国东南部地名。

一空。"我已经一无所有,连我自己的过去也不在我手中。不过,这是一个虚假的过去,我并不惋惜。"他自忖,"他们剥夺了我的生命。那是可悲而失败的一生。玛赛儿、依维什、丹尼尔,龌龊的一生,但我现在无所谓了,既然生命已死亡。从今天早晨他们将这些白色告示贴在墙上开始,所有的生命就随之死亡,随之沉沦。当初如果我曾经能够为所欲为,哪怕有一次(仅仅一次)自由行动,那也会是一种龌龊的欺骗,因为那会是为了和平而自由行动,又是一种骗人的和平。到头来我还得待在这里,面对着大海,依傍着这里的栏杆,背对这许多白色布告;这些布告在法国所有的墙壁上谈到我,宣布从来也不曾有过和平,而我的生命已经完结:当初可真不该费这么大力气,也无须如此这般地悔恨不已。"海洋、海滩、帐篷、栏杆:寒风瑟瑟,血色全无。它们已丧失那个旧的前程,可人家也还没有赋予它们新的前程;它们在现实中飘浮。马蒂厄在飘浮。海滩上的一名幸存者赤身裸体,四周是胀满海水的破衣物,是洞穿无底的瓶瓶罐罐,是海浪卷过来的用途不明的什物。一位皮肤深褐的年轻人走出一处帐篷,他表情镇定而超脱,凝视着大海支支吾吾地说:"幸存者,我们都是幸存者啊。"德国军官微笑着彼此招呼,发动机在转动,螺旋桨在转动,张伯伦向人们致意,微笑着,转过身来,踏上了舷梯。

在巴比伦的流放、关于以色列的诅咒以及哭墙①,这一切对犹太人来说都不曾改变,自古以来就是如此:那时他们的子弟在蓄着拳曲胡须的征服者残酷无情的目光监视下,被捆缚着在亚述②的红塔间游街。沙洛姆在这些头发乌黑拳曲而又分明的大汉中碎步前行。他认为一切都不曾改变。沙洛姆想到乔治·列维。他思

---

① 哭墙,古以色列圣殿之残迹,今人在此墙前抚今追昔,又译作"息墙"。
② 亚述,古美索不达米亚北部王国,亚述人以勇敢和残忍著称。

量:"我们不复有犹太人的团结一致精神,这才是真正的天咒啊!"他不禁悲从中来,但情绪还不算太坏,因为他看到了这些贴在墙壁上的白色告示。他曾请求乔治·列维帮助,但乔治·列维是个冷酷的人,一个阿尔萨斯的犹太人;他拒绝帮助。确切地说也不算是拒绝,他只是诉苦,扭绞着臂膊,提到他的老母,提到了当前危机。但谁都知道他厌恶老母、也知道皮货业并无危机。沙洛姆也开始诉苦,他将颤抖的双臂举向苍天,他提到新的流亡潮和可怜的犹太移民,他们替人受难,并且深受其苦啊!列维是个残酷无情的家伙,一个为富不仁的恶棍,他叫苦叫得震天响,用他的大肚皮将沙洛姆推向大门,对他嗤之以鼻。沙洛姆呻吟着往后退,两臂高高举起,想到门那边职员们会怎样相互打趣,他真忍不住想笑。在九月四日街的角落里开着一家金碧辉煌、门面豪华的熟肉店;沙洛姆不胜惊羡地停步不前,他全神贯注地盯着一串串冷冻小香肠、各种各样的馅饼、外焦内嫩的串肠、鼓鼓囊囊而又多皱的粗香肠(尖端细小且略带红色),维也纳的肉食店顿时映入眼帘。他已竭力不吃猪肉,但可怜的移民只能有什么吃什么啊。他走出熟肉店时,用手指提着一根红线拴住的白纸盒,包装极为细巧,人家会当作是糕点盒,他心中怨愤,暗自骂道:"所有的法国人都为富不仁。"他们是欧洲最富有的民族。沙洛姆钻进九月四日街,祈求对为富不仁者的天咒;老天爷似乎让他如愿以偿了,他当下就瞥见一堆法国人站在白色告示面前纹丝不动,不声不响。他与他们擦身而过,低垂眼帘并紧咬嘴唇,因为当此时刻,一名可怜的犹太人若被发现正在巴黎街头哑然失笑,那是颇为不妥的。钻石商比尔南沙茨在这儿,他犹豫片刻,便在走进正门之前,将那包猪肉香肠塞进了提包。发动机在转动,转动,并且发出轰隆声。车板在抖动,空气里一股酒精和汽油味儿,大轿车仿佛钻进了大火之中;嘿,皮埃尔,原来你是个胆小鬼!飞机在阳光中沉浮,丹尼尔用他的手杖尖轻轻敲打布告,说:"我很放心,我们不会那么蠢:没有飞机就去打仗!"飞机从树林上方飞过,正好擦过树梢。施密特博士抬起头来,发动机轰隆作响,他瞥见飞机在枝叶间穿行,云母的闪光在空中掠过,便喃喃道:"一路顺风!一路顺风!"同时展露出微笑。阿拉伯人被制服了,逆来顺受,脸色铁青,横七竖八地躺在大车里头;一个小黑人从矮屋走出,挥动小手,久久凝视着远去的轿车;您看见那个小犹太人了吧?他从我这儿买了一斤香肠,只买了这一样。我本以为他们不吃猪肉呢!小黑人和译员慢步走回,头脑里还轰鸣着发动机的震动声。那是一张圆形铁桌,漆成绿色,中央有一个置放阳伞的洞眼,桌子有的地方像梨一样长着点点褐斑;报纸平放在桌面上,是一份未展开的《小尼斯人报》。马蒂厄干咳了一声,她坐在桌子一旁,刚刚在花园里吃过早饭,我怎么能向她宣布这件事呢?不要闹别扭,尤其不能闹别扭。她要是一声不响该多好,不,一声不响还不行,要是能站起来说:"好哇,我叫人给你准备路上吃的夹肉面包。"就这么着。她正穿着睡衣,在读她的信件。"雅克没有下楼,"她对他说,"他夜里干活干得很晚。"他们每次见面,她的头一句话总是跟他说起雅克,此后就不提他了。马蒂厄一笑,干咳了几声。"请坐,"她道,"你有两封信哩。"他取过信来问,

"您看报了吗?"

"还没有呢。玛丽叶特连同信件一起取了来,但我还没有打定主意看报。过去我就不热心看报纸,现在我简直有些讨厌它们呢。"

马蒂厄微微一笑,点头表示同意,但他仍旧咬紧牙关。他们之间又变得同从前一样。只要墙上贴了一张告示,他们之间便又同从前一样:她又重新变成雅克的妻子,他再也找不到什么可对她说的话。"一些生火腿,"他心里想,"我在旅途中爱吃这个。"

"请读一读,读读您的信件吧,"奥黛特急促地说,"别管我;何

况我还得上楼换衣服。"

马蒂厄拿起第一封信,邮戳打着寄自比亚里茨。总算是省了点儿时间。她站起来之后,他要对她说:"顺便提一提,我得出发……"不,这太超脱了。"我走啦。"最好改成:"我就走……"他认出了鲍里斯的笔迹,愧悔地想:"我有一个多月没给他写信啦。"信封里装着一张明信片。鲍里斯写好了自己的地址,并在明信片左侧贴了张邮票。在右侧,他匆匆写了几行字:

亲爱的鲍里斯,

我身体 $\begin{cases} 很好^* \\ 很差。 \end{cases}$

我久无音信的原因是:合理、不合理的生气;故意如此;突然改变看法;发疯、生病、懒惰;完全由于无信义\*\*

今后××日内将写一封长信。

请接受我深切的歉意,以及我包含愧悔的友谊。

(签名)

\*删去不适用的提法。

\*\*同上。

"您独自在发笑。"奥黛特说。

"是鲍里斯,"马蒂厄说,"他同洛拉正待在比亚里茨。"他把信递给她,她也笑起来:

"这个人倒很可爱,"她道,"他现在……他现在的年龄是?……"

"十九岁,"马蒂厄说,"这要看仗打多久。"

奥黛特温情地瞧着他:

"您的学生们在沾您的光呢。"她对他说。

跟她说话越来越困难了。马蒂厄拆阅了另一封信,那是萨拉的丈夫戈梅兹写的。自他去西班牙后马蒂厄就没再见过他。他现在是正规军上校。

亲爱的马蒂厄：

我现在到马赛出差，萨拉和孩子到这里来同我会面。我星期四返回，但不会不来看你，请按星期日四点钟的火车等我。请给我在什么地方订一个房间，我将设法在松林里的儒安停一停。我们有很多话要谈。

致友好问候。

戈梅兹

马蒂厄将信放进衣兜，很不高兴地想："明天是星期日，我早已经走啦。"他很想见见戈梅兹；在这个时刻，这是朋友中他唯一想再见到的。这位朋友知道点战争是怎么回事儿。"也许我明天可以在马赛见到他，在两班火车间见到……"他从衣兜里掏出那封皱巴巴的信：戈梅兹没有写明地址。马蒂厄恼火地耸耸肩，将信扔在桌上；戈梅兹虽然当了上校，依然是过去的老样子：又专横又不灵活。奥黛特决定展开报纸，她张开美丽的双臂，将报纸拿在半空中，很专注地看着。

"啊！"她嚷道。

她朝马蒂厄转过身来，口气轻松地问他：

"您呢，您没有第二类手册吧？"

马蒂厄觉得满面通红，眨了眨眼：

"有哩。"他慌忙说。

奥黛特毫不留情地看着他，好像他有什么错。他急急忙忙补充道：

"但我今天还不走，还要再待四十八小时；有个朋友来看我。"

他倒因为这个突然的决定而感到轻松；这就将互诉衷肠几乎

推迟到第三天:"从松林里的儒安到南锡还有一段路,他们不会因为晚了几个小时而跟我闹别扭。"但奥黛特的目光并未缓和;他在这种目光下挣扎着,重复道:"我还要待四十八小时,我还要待四十八小时,"而这时埃拉·比尔南沙茨用干瘦发褐的手臂搂着父亲的脖子。

"你真好,我的小爸爸。"埃拉·比尔南沙茨说。

奥黛特突然站起身来:

"好啦,我走了,"她道,"我总得穿衣服吧,我想雅克过一会儿就下来跟您做伴。"

她走开了,一边将睡衣掖紧在她那纤瘦而浑圆的臀部。马蒂厄想:"她做得恰当。关于这件事,她做得恰当。"他感到自己充满感激之情。多漂亮的姑娘、多漂亮的小贱货,他故意瞪起眼睛将她推开;这时魏斯正站在门口,那神气好像在过节:

"你把我沾湿了呢,"比尔南沙茨先生边说边擦着腮帮儿。"你给我搽了胭脂哩。哪有这样亲嘴的!"

她笑出声来:

"你担心你那些打字员会怎么想。来吧,"她说着又亲了亲他的鼻子,"来吧,来吧!"接着他又感到热乎乎的嘴唇贴到了他的头顶上。他一把抓住她的肩膀,伸长那有力的胳膊,将她推得老远。她咯咯笑着,挣扎着,他自言自语道:"漂亮的姑娘,漂亮的小姑娘!"她母亲又胖又无力,大眼睛里总有一种惊恐和忍气吞声的神色,使他很不自在。但埃拉像父亲,特别是她独立不羁,不受制于任何人,她是独自在巴黎成长起来的。"我总是对他们说:种族,种族算什么?你们要是在街上遇见埃拉,会把她当成犹太姑娘吗?她跟巴黎女子一样苗条,有着南方姑娘那种暖色,小脸蛋儿显得既懂事又多情,比例匀称,无可挑剔,让人看了满心欢喜,哪里分得出种族,哪里看得出天生命苦?分明是地道的法国脸蛋儿嘛。"他放开她,抓起桌上的珠宝盒,递给她。

"喏。"他对她说。当她仔细端详珍珠时,他又说:"明年每粒的个儿会比这大两倍,不过也就是最后一回啦:项链已经完成了。"

她还想亲亲他,但他对她说:

"去吧!生日好,生日好!快点儿走吧,你上课要迟到了呢!"

她向魏斯投以微笑,便匆匆离去;一位年轻姑娘关上门,穿过秘书室,走开了;沙洛姆半坐在凳子上,将帽子放在膝头,自语道:"漂亮的犹太小姑娘!"她的脑袋像猴子一样小,微向前倾,简直可以放在一只手掌心里;两只大眼睛有些近视,却很美丽,她大概是比尔南沙茨的女儿。沙洛姆站起身来,约略打了个招呼,她似乎未曾看见。他重新坐下,心想:"她的样子过分聪明啦;我们就是这样,我们的表情好像烙在我们的面孔上;可以说,我们像殉教者一样受烙。"比尔南沙茨先生这时想着珍珠,念叨着:"这倒是一笔不坏的投资!"这串珍珠价值一百张大钞,他想:埃拉接受它们既不觉得大喜过望,也不是无动于衷:她了解商品的价格,但她觉得兜里有钱、接受重礼、过得幸福都是挺自然的。"天哪,即使我只干了这一件事,和我的妻子及克拉科夫①老家所有的人一起,只有这么一个成果:只有这么一个小姑娘,波兰犹太人的后代,不必太费脑筋,不必含辛茹苦,对于生活幸福觉得天经地义——那就算没有虚度年华了。"他转身对魏斯说:

"你知道她上哪儿去吗?"他故意问,"我跟你打赌。她是到巴黎大学上课哩!真是怪事啊。"

魏斯含混地一笑,依旧不太自在的样子,说道:

"老板,我是来向您道别的。"

---

① 克拉科夫,今波兰南部城市。

比尔南沙茨先生从眼镜上方瞧着他问道:"你要走?"

魏斯点头,于是比尔南沙茨先生瞪大两眼盯着他:

"我早就料到!你真笨,居然拿了第二类手册!你呀你!"

"这是事实呀,"魏斯笑道,"我的确有这么笨。"

"好哇!"比尔南沙茨先生抱起臂膊说,"这下真叫我为难啦!没有你我怎么办?"

他神不守舍地反复说:"没有你我怎么办?没有你我怎么办?"他在回想魏斯有几个孩子。魏斯有些不安地斜视着他:

"嘿!您能找到人接替我的。"他道。

"那可不行!我已经得白白付你工资了,你总不能叫我再背一个包袱吧。你的职位空着,等你回来。"

魏斯样子很感动,他斜着眼擦鼻子,他的长相实在难看。

"老板……"他又道。

比尔南沙茨先生没让他讲下去:千恩万谢无异于亵渎,何况他对这魏斯也并不那么同情,因为他那副尊容就包含着他的苦命,他两眼的目光鬼鬼祟祟,下嘴唇很肥厚,因为善良和痛苦而哆嗦着。

"好了,好了,"他道,"你不离开店里,你在陆军军官中代表本店。你是中尉吧?"

"我是上尉。"魏斯说。

"他妈的上尉。"比尔南沙茨先生想。魏斯一脸高兴的样子,他那对大耳已变成深红色。他妈的上尉——这便是战争啊,要讲究军阶哩。

"这是干什么蠢事啊!嗯?"他问。

"唉!"魏斯道。

"不是蠢事吗?"

"当然不是,"魏斯说,"但我的意思是说:对咱们来说,还不能说是干蠢事。"

"对咱们来说？"比尔南沙茨先生惊奇地问，"对咱们？你是指谁啊？"

魏斯低垂下眼帘道：

"对咱们犹太人来说。他们对德国犹太人干了那样的事，这以后咱们就有了进行战斗的理由。"

比尔南沙茨先生迈了几步，他颇为恼火，反问道：

"这叫什么？咱们，犹太人？没听说过。我嘛，我是法国人。你觉得自己是犹太人吗？"

"我那位定居格拉茨的表兄从星期二起就住在我家了，"魏斯道，"他将胳臂伸出来给我看：他们用雪茄将他从臂肘灼到了腋下。"

比尔南沙茨先生突然打住，用他那双强壮有力的手抓住一把椅子的椅背，一腔阴森森的怒火烧得他两眼通红：

"干这种事的家伙，干这种事的家伙……"他连连嘀咕。

魏斯反倒笑了。比尔南沙茨先生镇定下来道：

"这并不是因为你的表兄是犹太血统，魏斯，而是因为他是一条汉子。我不能容忍对好汉施加暴力。可所谓犹太人是什么？是别人把他当作犹太人的那种人。喏，你看看埃拉，如果你不认识她，你会把她当成犹太人吗？"

魏斯似乎并不信服。比尔南沙茨先生朝他走去，伸出食指指着他的胸膛：

"你听着，小魏斯，我能对你说的是：我从一九一〇年起就离开波兰到了法国。人家待我很好，我也觉得事事如意，我自忖：'好啦，现在我的祖国就是法国了。'到一九一四年就打起仗来啦。好嘛，我思量：'我就打仗呗，既然这是我的祖国。'我知道打仗是怎么回事儿，我打到了圣母大道，我呀。不过现在我得对你说：我是法国人。不是犹太人，也不是法国犹太人：就是法国人。柏林和维也纳的犹太人、集中营的犹太人,我可怜他们;一听说有人被折磨,我就一腔怒火。但是,听我说:只要我能阻止法国人,哪怕是一个法国人,去为他们送命,那我就要阻止!我觉得自己更像街上碰到的随便什么人,而不太像我在伦茨①的那些叔伯,或者在克拉科夫的侄儿们。德国犹太人的是是非非,这跟我们不相干。"

魏斯的神情却阴沉固执。他忧伤地笑道:

"老板,即使真是这样,您最好还是别大声说出来。那些开拔的人,总得为自己找到开拔的理由吧,理应如此啊。"

比尔南沙茨先生感到惭愧的红晕涌上面部。"可怜虫。"他不无内疚地想着。

"你说得也有道理,"他突然又对魏斯说,"我不过是个老伤兵,对这场战争已没有发言权,因为我不会去打仗了。你什么时候出发?"

"乘十六时三十分的火车。"魏斯说。

"今天的火车吗?那么,你还待在这儿干吗?快走呀,快去看你老婆呀。你需要钱吗?"

"谢谢,眼下不用。"

"去吧。叫你老婆来一趟,我跟她结清工资。去吧,去吧。再见啦。"

他打开门把他往外推。魏斯向他致意,咕噜了几句听不清楚的感谢话之类。比尔南沙茨先生越过魏斯的肩头,看见前厅有一个男人正坐着,帽子放在膝盖上。他认出那是沙洛姆,便皱了皱眉头,他不喜欢让上门求诉者久等。

"请进呀,"他招呼道,"让您久等了吗?"

"不到半小时,"沙洛姆以隐忍的态度微笑着说,"半小时算什

---

① 伦茨,当时波美拉尼亚(在今德国东部)的小镇。

么？您这么忙。我呢,可有的是时间呀。我从早到晚干啥呀？不过是等待罢了。流亡生活也就是等待,这您是知道的喽。"

"请进,"比尔南沙茨先生热情地说,"请进,他们本应早告诉我的。"

沙洛姆进来了。他满脸堆笑,不住地点头。比尔南沙茨先生跟着进来,关好了门。他清楚地记得沙洛姆:"他在巴伐利亚的工会运动里当过头儿。"沙洛姆不时来访,敲他两三千法郎,便接连几个星期不露面。

"请抽雪茄。"

"我不抽烟。"沙洛姆微微向前欠一欠身说。比尔南沙茨先生拿起一根雪茄,神不守舍地在手指间转动着,然后又放进烟盒。

"那么,"他道,"您的事顺当吗？"

沙洛姆寻找一张椅子。

"请坐！请坐！"比尔南沙茨先生热心地说。

不。沙洛姆没有要坐下的意思。他挨近椅子,将他的提包放在椅上,好显得自如一些;然后,他转向比尔南沙茨先生,音调悠扬地长吁一声。

"哦！不怎么顺当呢,"沙洛姆说,"寄人篱下终非上策啊,人家不怎么能容你呢。嗟来之食,总不免遭人非议。他们对咱们有戒心啊,法国人的戒心嘛。将来我回维也纳,法国给我留下的印象会是:一处难攀登的阴暗楼梯,一个需要按一下的电钮,一扇半开半关的门,问一声:'您想要什么？'然后便砰然关上。专管公寓房的警察、市政府、警察局里排的长队。其实,这都挺自然嘛,咱们是在人家的国土上呀。其实只要稍稍关注一下就行:可以让我们干活儿嘛;我巴不得能做点事情。但是为了求职,就得有劳动证;而为了有劳动证,就得已经在某处被雇用。我即使带着世上的最大善意,也不能养活自己啊。我最难忍受的也许就是这一点:竟成了旁人的包袱！尤其是当人家冷冰冰地让你感觉到这境遇！而且我为此浪费了多少时间：我本已开始写回忆录，这倒很可以赚点儿钱的。但每天要办那么多交涉，只好丢下不写啦。"

他身材矮小，表情活泼，将提包放在椅子上，而空出的手便在红通通的耳旁飞舞："他真是一副犹太人的样子，这一位啊。"比尔南沙茨先生无精打采地走近大镜子，很快地瞥了一眼：他一米八的个头儿，塌鼻梁，深度眼镜下的两眼像美国拳击家；不，咱们两人不是同一种族。不过他不敢瞧这位沙洛姆，他觉得自己已经受到连累。"让他滚开吧，他要能马上滚开就好啦。"但不该做这样的指望。沙洛姆觉得自己与乞丐的区别，就在于造访时间长，以及谈话生动活泼而且嘻嘻哈哈。"我得跟他聊聊。"比尔南沙茨先生想。沙洛姆有权要他陪着聊，有权从他那儿要三张大钞票，有权从他那儿得到一刻来钟的谈话时间。比尔南沙茨先生坐到办公桌的桌边上。他的右手本已插进上衣兜，此刻正轻轻敲着雪茄烟盒。

"法国人都是些无情无义的人。"沙洛姆道。他的声调升了上去，然后又像神仙下凡似的降了下来，那本来缺少表情的两眼里，竟闪起顽皮的火焰。"无情无义的人，在他们眼里，外国人原则上都是嫌疑犯，如果还不是罪犯的话。"

"他同我说话的口气，好像我并不是法国人。天哪，我是犹太人，波兰的犹太人，一九一〇年七月十九日到达法国的。谁也记不得这一点了，但他却没有忘记。我是个走运的犹太人。"他转向沙洛姆，愤愤地盯着他。沙洛姆微微低头，又礼貌地展露了笑容；但他那对弯眉下的目光却直视对方。他盯着比尔南沙茨，无神的大眼却看他明明是犹太人。两名犹太人，待在室内，在九月四日街的一间办公室里隔绝于世，两名犹太人，两名同谋者。而在他们周围，在各条街道上，在其他房屋里，却只有法国人。两名犹太人，胖犹太人发了家，瘦小而饥饿的犹太人却一直不走运。真是劳莱与哈台①。

"这是些无情无义的人!"沙洛姆说,"一些冷酷之至的家伙!"

比尔南沙茨先生突然耸耸肩。"应当替人家设身处地想一想……"他生硬地说。他未能说"替我们……""您知道吗?一九三四年以来,法国有多少外国人?"

"我知道,"沙洛姆说,"我知道。我觉得这是法国的一大光荣。可它做了什么才配得上这光荣?看看吧:法国的青年在拉丁区满街跑;假如发现什么人像犹太人,立刻饱以老拳。"

"布鲁姆②内阁给我们造成很大损害。"比尔南沙茨先生说。

他说了:"我们";他承认和这矮小的"外国佬"是同伙。我们,我们犹太人。但这是出于施舍。沙洛姆两眼饱含敬意执着地盯着他。他干瘦、矮小,他们在巴伐利亚痛打了他一顿,并将他逐出,现在他流落至此,不得不在一家龌龊的旅店过夜,然后在咖啡馆度过白天。"还有魏斯的表兄,他们用雪茄灼伤了他。"比尔南沙茨先生瞧着沙洛姆,产生一种黏糊糊的感觉。他对沙洛姆并没有什么同情,不是的:那是一种……那是一种……

她瞧着他,暗想:"这是一个贪婪的人。他们被视为有罪,战争正是通过他们而来临的。"但她感觉得到:她昔日的旧情并未熄灭。

比尔南沙茨摸了摸他的公文包。

"总之,"他以充满善意的口吻说,"希望这种情况不致拖得太久。"

沙洛姆抿紧嘴,猛地抬起他的小脑袋。"我的姿态做得太早了点儿。"比尔南沙茨想。

---

① 劳莱与哈台是美国好莱坞电影中的喜剧人物,一胖一瘦。
② 布鲁姆(1872—1950),法国第一位社会党总理,也是第一个任法国总理的犹太人。

一个贪婪的人。他玩女人、杀男人。他自以为是强者,其实不然。他被视为有罪,仅此而已。

"这得看法国人,"沙洛姆说,"假如法国人恢复他们的历史使命感……"

"什么使命?"比尔南沙茨先生冷冷问道。沙洛姆的两眼闪耀着仇恨的光芒:

"德国以各种方式挑衅并侮辱他们,"他语气冷酷凌厉地说,"他们还等什么?难道他们以为可以消除希特勒的怒气?法国每次新的失职行为都会使纳粹制度延长十年。而在这期间,我们这些受害者却在这里等待,心忧如焚。今天,我看见墙上贴出白色告示,心中唤起些许希望。可昨天我还在想:'法国人的血管里简直无血可流了,我会在流亡中死去。'"

两名犹太人待在九月四日街的一间办公室里。犹太人对国际时事的观点。《我无处不在》①明天将会写道:"正是犹太人将法国推向战争。"比尔南沙茨先生摘下眼镜,用手绢擦拭着:他已是怒火中烧。他缓缓地问:

"假如打仗,你会参战吗?"

"许多移民都会入伍,我敢肯定。可您瞧瞧我,"沙洛姆边说边指指自己瘦弱的躯干,"哪个征兵体检委员会能要我?"

"那么,您能不能让我们安静点儿?"比尔南沙茨先生用雷鸣般的声音说,"您能不能让我们安静点儿?您跑到我这儿来找什么麻烦?我嘛,我是法国人,我不是德国的犹太人。德国的犹太人不关我的事儿。您还是上别的地方去打吧,您那场战争!"

沙洛姆惊惶地瞧了他一会儿,然后又恢复了那谦卑的笑容,伸

---

① 《我无处不在》,法国一份极右派的周刊,创办于一九三〇年,持反犹、排外的立场,主张法国与希特勒结盟。

出手来拿起他的公文包,倒退着走近房门。比尔南沙茨先生从兜里取出钱包,说:

"等一会儿。"

沙洛姆已走到门口,对他说:

"我什么也不需要,我有时向犹太人求援。可您说对啦:您不是犹太人,我找错了门儿。"

他走了出去,而比尔南沙茨先生对着门口凝视良久,却不做任何手势。他是个冷酷的人、一个贪婪的人,他们天生命好,干什么都成功。但战争就是通过他们而来临,死亡和痛苦也是通过他们。他们是火焰,是大火,他们作恶,对我也作了恶,那就像插入我指尖的一块碎木片,像我眼皮下一块灼热的煤渣儿,像扎在我心窝里的一根刺。"这就是她对我的看法。"他用不着去当面问她,他了解她;假如能钻进这生着拳曲黑发的脑袋,他准能在那里找到此种偏见,她是独具特色的一种固执的女人,她永远不会忘却。他穿着睡衣俯身观察热吕广场:气候还凉爽,天空一片蔚蓝,天边略呈淡灰;正是在这时水开始流向瓷砖地面和鱼贩的货摊上,充满出发与清晨的气息。清晨、大海,那边是没有歉疚的生活,是卡塔洛尼亚开裂的土地上榴弹开花冒出的轻烟。但在他的背后、在半启半闭的窗户后面,在充满睡意和夜色的房间里,却有这种熄灭了的思想,它在窥视他、在审判他,还有他自己的歉疚之感。他明天将要出发,他将在火车站的月台上拥抱他们,她将带着小家伙返回旅馆,她将蹦蹦跳跳走下巨大的阶梯,她会想:他已经返回西班牙。她将永远不能原谅他去了西班牙;这在她,已是心上的一块疙瘩。他俯瞰热吕广场是为了推迟回到自己房间里去的时刻;他需要的是狂呼,是痛苦的高歌,是剧烈短促的疼痛,而不是这种极其可怕的温存。水在广场上流淌。水,清晨湿漉漉的芬芳,拂晓乡野气息的呼喊。在梧桐树掩映下,广场滑溜溜、水汪汪的,同时也是白花花、轻快利索的,有如沉浮于波涛间的海鱼。这天夜间,曾有一位黑人唱歌,夜色愈见其沉郁干爽,是西班牙之夜啊。戈梅兹紧闭两眼,觉得周身洋溢着强烈的西班牙欲念和尚武好斗的志气。她不懂得这些。不懂黑夜,不懂清晨,也不懂战争。

"砰砰! 砰砰! 砰砰砰!"帕勃洛声嘶力竭地不住叫喊。

戈梅兹转身回到屋里。帕勃洛戴上了钢盔,他抓起他的冲锋枪枪筒,将它当做大刀挥舞。他在旅馆的屋里狼奔豕突,向着空气拳打脚踢,自己差点儿踉跄倒地。萨拉用无精打采的目光盯着他的举动。

"这可是大砍大杀咧。"戈梅兹道。

"我要把他们统统枪毙、杀个片甲不留!"帕勃洛一边应答,一边不误手脚功夫。

"统统枪毙谁啊?"

萨拉穿着睡衣,正坐在床边补缀一只袜子。

"枪毙所有的法西斯分子!"帕勃洛回答。

戈梅兹笑得前仰后合地说:

"杀吧! 别让一个漏网! 你漏了一个呢,看那边,还有一个家伙!"

帕勃洛奔向戈梅兹指点的方向,用冲锋枪照着空气又猛劈一番。

"砰砰!"他一面劈一面喊,"砰砰砰! 不能饶了你!"

他站住脚,转身向着戈梅兹,气喘吁吁,神情严肃而激动。

"哎,戈梅兹,"萨拉道,"你看,你怎么能这样?"

昨天戈梅兹刚给帕勃洛买了一套玩具武器。

"他应当学会打仗,"戈梅兹边说边抚摸小家伙的脑袋,"否则他会像法国人一样,变成胆小鬼!"

萨拉抬眼盯了他一眼。他发现自己深深伤害了她。

"我弄不懂,"她驳道,"为什么人家不想打仗,就管人家叫胆小鬼?"

"有时候就应当一心想打仗!"戈梅兹回答。

"永远不要,"萨拉道,"任何情况下都不要。有朝一日我会发现自己的家在路旁变成瓦砾,我的儿子会被压死,我将抚尸痛哭;那么,说什么我也不干啊!"

戈梅兹不言语了。实在是无从说起啊。萨拉说得对。照她的观点,她说对啦。然而,在原则上,萨拉的观点又列入应当不予考虑的那一类,否则就无所措手足了。萨拉淡淡地苦笑着:

"戈梅兹,当年我同你相识时,你可还是一名和平主义者啊。"

"在那个时候,应当做和平主义者。目标未变。可达到目标的手段不一样啦。"

萨拉不开口了,她不知应当如何。她的嘴巴半启着,下垂的嘴唇露出了她的龋齿。帕勃洛举着冲锋枪飞舞了一圈,又大喊道:

"你等着瞧,卑鄙的法国佬,胆小的法国佬!"

"你看,你看!"萨拉道。

"帕勃洛,"戈梅兹大声道,"不要打法国人。法国人并不是法西斯啊。"

"可法国人是胆小鬼!"帕勃洛嚷着。于是他用枪托狠揍窗帘,窗帘哗啦一声落到了地上。萨拉没有吭气,但戈梅兹宁愿没看见她对帕勃洛投去的眼光。那不是严厉,不,不是的,毋宁说,是吃惊,并且犹疑不定,似乎是头一回见到自己的儿子。她将正在补缀的袜子放到一旁,凝视着这陌生人,这砸烂别人脑袋、敲破对手头骨的小莽汉,她大约不胜惊恐地寻思:"这是我教出来的啊!"戈梅兹面有愧色,暗想,"才一个星期呀,只一个星期就这样了!"

"戈梅兹,"萨拉蓦然道,"你是不是真的认为:战争就要爆发?"

"我希望如此,"戈梅兹说,"但愿希特勒最终将迫使法国人开战。"

"戈梅兹,"萨拉接话道,"你知道吗?最近这些时候,我明白了一点:男人们生性恶!"

戈梅兹耸了耸肩膀:

"他们既不善,也不恶,各人按各人的利益行事呗。"

"不,不,"萨拉说,"他们生性恶。"她目不转睛地盯着小帕勃洛,似乎在给他算命,"他们生性恶,并且热衷于彼此暗算!"她接着又说。

"我不是恶人。"戈梅兹说。

"不对,"萨拉说,两眼却并不看他,"你是恶人,可怜的戈梅兹!很恶哩。而且你没有理由:别人是由于生逢不幸。而你呢,你却是幸运者中的恶人。"

接着是长时间的沉默。戈梅兹端详着她短小肥厚的后颈,这一点儿也不美的躯体,他夜夜搂抱的便是这躯体啊。他暗想:"她对我没有友情,没有柔情。更无所谓敬重。她倒是爱我,如此而已:咱们两人谁更恶呢?"

蓦地,他觉得一种愧悔之情油然而生:他是某个晚上从巴塞罗那过来的,还真是高高兴兴,打心眼里高兴。他请了一星期假,准备明天返任。"我这个人不善。"他自认。

"有热水吗?"

"温热的,"萨拉说,"左边的自来水管。"

"好,"戈梅兹说,"好啦,我要刮刮脸。"他走进洗手间,却让门敞开着,打开水龙头,挑了一片刀片。"等我一走,那套武器就长久不了啦。"萨拉大概会将它们锁进装药品的柜子里,要不干脆把它们扔在这儿,从此再也找不着。"她只会教他做做小姑娘的游戏。"他想。他再见到帕勃洛还要隔多长时间,而她会将孩子教成什么样呢?可小家伙看上去挺经得起摔打。他挨近洗脸池,从镜子里看见了母子二人。帕勃洛正站在房间中央,气喘吁吁,脸涨得通红,两腿叉开,双手插在裤兜里。萨拉蹲在他面前,不声不响地打量他。"她是想弄清他像不像我。"戈梅兹想。他觉得很不自在,便悄然关上了洗手间的门。

"……和孩子到这里来同我会面……请按星期日四点钟的火车等我,并为我预订……"一只手有力地放在他的左肩上,另一只手放在右肩上。一阵热烈友好的轻压。好啦:他将来信放进衣兜,举目四顾。

"你好!"

"奥黛特刚刚告诉我……"雅克说着,一边凝视着马蒂厄,"可怜的老弟!"

他继续瞧着他的老弟,坐进奥黛特刚离开的那张椅子;一只似乎已不属于他的手,巧妙地提起他的裤子,他的两腿自动交叉起来。他不知道这类小小的地方事件:他仅仅是个旁观者。

"你知道:我今天不走啦!"马蒂厄说。

"知道啦。你不怕人家找你的麻烦吗?"

"嗨……只晚几个小时嘛……"

雅克深深吸一口气:

"你要我说什么好呢?从前嘛,当什么人开赴前线时,人家可以勉励他:保卫你的子女,保卫你的自由或你的家园,保卫法兰西……,总之,都可以为他找到去冒生命危险的种种理由。可是如今呀……"

他耸了耸肩。马蒂厄低下头来,用脚后跟刮着地皮。

"你不搭理,"雅克用深沉的声音说,"你因为怕说多了,便宁可不说。但我知道你在想什么,行了。"

马蒂厄仍在用脚擦地面。他头也不抬地说:

"不,你不知道。"

一阵短暂的沉默,接着他听见兄弟迟疑的声音:

"你的意思是什么?"

"啊,我什么也没想。"

"也可以这么说,"雅克道,带着一种难以觉察的不快,"你没想法,但却感到失望,这本是一回事。"

马蒂厄竭力抬起头来,并强作欢颜:

"我也没有失望。"

"反正呀,"雅克接着说,"你总不能硬要我相信:你上前线是听天由命,好像绵羊被拉到屠宰场?"

"是呀,"马蒂厄道,"我有点儿像呢,像拉往屠宰场的绵羊,你不觉得吗?我之所以出发,那是因为不得已而为之。除此之外,这场战争是正义还是不正义等等,全都是极次要的,就我来说是这样。"

雅克将头朝后一仰,眯着眼,端详马蒂厄:

"马蒂厄呀,你让我吃惊哩。你真使我大吃一惊,我真认不出你来了。这是怎么回事啊?我本来有这么一位老弟:他具有叛逆性,他玩世不恭,他犀利刻薄,他绝不愿上当受骗;他在没有弄清为什么要举起小拇指,而非食指之前,是不会举起小拇指的;他还要弄清为什么是右手小拇指,而非左手。这会儿战争发生了,人家把他送往前线,而我这位叛逆者、这位惹是生非的专家,却乖乖地开拔,连个为什么也不问,反倒说:'我上前线乃是不得已而为之!'"

"这不是我的错,"马蒂厄说,"我对这类问题从来无法形成见解。"

"总之让我们看一看,"雅克道,"事情毕竟是清楚的:我们面前有这么一位先生——我是指贝奈斯,他已正式承诺,要将捷克斯洛伐克造就成像瑞士那样的联邦①。他是作了承诺的(雅克用力重复说),我专门查看了和会的正式记录。你看,我连资料来源都向你作了交代。这个诺言就是赋予苏台德地区的日耳曼人以种族自治权。这很好。但现在这位先生将他的承诺忘得一干二净,反而让捷克人管理、审判和监视日耳曼人。日耳曼人不喜欢这一套:他们完全有此种权利②。尤其是我很了解这帮捷克公务员,我呀,我是去过捷克斯洛伐克的:那个讨厌劲儿就甭提啦! 好啦,人家要法国(据他们说,是个热爱自由的国家)去流血,好让那些捷克公务员能继续对日耳曼居民实行那些卑劣的欺压;正是为了这个缘故,你这位巴斯德中学的哲学教师就得将你最后的青春岁月埋入比契和维森堡③之间的地底下!这下子你该明白了吧:你跑来对我说,你上前线是逆来顺受,你不在乎这战争正义不正义,我听了可有点儿耳朵发热呢。"

马蒂厄颇为困惑地瞅着他这位兄长。"种族自治权,我可怎么也不会找到这样的词儿。"但为了问心无愧,他还是说话了:

"眼下苏台德人要的可不是种族自治权啦,他们要的是同德国合并。"

雅克做了个受苦受难式的鬼脸:

"劳你的驾,马蒂厄,可别像我的门房么说话。别管他们叫'苏台德人'。苏台德是一处山脉的名字。应当说'苏台德地区的日耳曼人',如果你愿意的话;要不干脆叫'日耳曼人'也行。怎么着?他们要同德国合并?是呀,那是因为对方逼人太甚的缘故。假如人家开头就满足了他们的要求,就不至于弄到这种地步。但

---

① 作者在此借雅克之口陈述支持慕尼黑协议的一些观点,他本人是在次年才站到对德主战派方面来。
② 这是"慕尼黑分子"的典型观点。
③ 比契和维森堡,今德国东南部奥、捷边界附近的地名。

贝奈斯却玩弄诡计,耍小心眼儿,因为咱们国家有些大人物让他以为有法国做靠山,从而铸成大错:眼下便是这后果。"

他愁容满面地瞅着马蒂厄,说:

"凡此种种,我都可以勉强忍受:因为我早就明白政客们都是些什么货色。但我难以忍受的是:像你这样有见识的人,一名学界人士,居然失去最基本的反应能力,居然若无其事地向我宣称,你上屠宰场是因为你身不由己!假如你们许多人都这样想问题,那法国就完蛋啦,可怜的老弟呀!"

"可你要我们怎么办?"马蒂厄反问。

"怎么办?谢天谢地,咱们还置身于民主国家嘛!我想,法国总还有个公众舆论嘛。"

"那又怎样?"

"那么,假如千百万法国人不把精力耗在喋喋不休的争论上,而是万众一心地站出来,对咱们的统治者大声疾呼:'苏台德地区的日耳曼人想回归大日耳曼吗?那就让他们回归得啦:这事只同他们相关!'那就不会有任何一位政治家,为了此等区区小事去冒战争的危险。"

他将一只手搁在马蒂厄膝上,然后和解地说:

"我知道你不喜欢希特勒政权。但人家毕竟可以不同意你对它的种种偏见:这到底是一个年轻的、有活力的、并且已受过磨难的政权,它对中欧各国无疑具有吸引力。而且,无论如何,这是人家的事,咱们没什么可掺和的。"

马蒂厄差点儿打起呵欠来,故意将两腿收到椅子下面;他偷偷瞅了一眼他哥哥有些浮肿的面孔,觉得他变得苍老了。

"也许是,也许你说得有道理。"他顺从地附和道。

奥黛特从楼上下来,不声不响地坐在他们身旁。她有家养宠物的那种优雅和宁静:她坐下来,复又走开,再重新走来坐下,确信来来去去都不惊动他人。马蒂厄恼火地转过头来瞧瞧她：他不喜欢看到他俩在一起。当雅克在场时，奥黛特的脸毫无表情，平静而不可捉摸，像眼眶里没有瞳仁的塑像。但人家却不得不寻找别的含义。

"雅克觉得我对离别不够忧伤，"马蒂厄笑着说，"他要让我哀伤欲绝，告诉我这是毫无意义地去送命！"

奥黛特却回报他以微笑。这并不是他见惯了的应酬的笑，而是特意送给他的会心的笑。刹那间，大海复又重现，带来海波的轻漾、波涛上错落有致的影子、水面上跳动的一泻无余的阳光，还有点缀地面的龙舌兰和针叶植物、巨松的点彩式阴影、无处不在而又爽利的暑气，以及松脂的馥郁芬芳：总之是松林里的儒安镇一个九月清晨的种种气氛。亲爱的奥黛特。婚姻不幸，不被人爱；然而难道能说她已浪掷了她的一生？须知她以嫣然一笑，就召回了碧波边的花园，还有海边特有的暑热！马蒂厄盯着雅克，他面色蜡黄，体态肥胖，双手颤抖。他气愤地拍打着报纸："他害怕什么呀？"马蒂厄在琢磨。九月二十四日是个星期六，这天上午十一点钟，有位于一八九九年二月六日出生在尼姆的帕斯喀尔·蒙塔斯特吕克，绰号叫做"独眼龙"的，——他在一九○七年八月六日误将餐刀戳入左眼而受伤；当时他想割断小伙伴朱洛·特鲁费叶秋千上的绳索，看看绳子断了会怎么样——这一天，他像所有的星期六一样，在帕西码头上卖着蓝蝴蝶花和金色花蕾。他待的地方就在地铁站稍靠前，他有自己一套卖花的技巧。他从折叠椅上的柳条篮里取出一些花束，一些特别漂亮的花束，然后跑到汽车道上，不管飞驰着的轿车的喇叭声，大声叫卖着："卖花卖花，为您太太买上一束好花儿！"一边摇动着那黄色的花束。汽车像斗牛场上的公牛似的径直朝他冲来，他却岿然不动，只是将托盘收回点儿，脑袋微向后仰，听凭汽车如笨重的野兽冲将过来,然后对着打开的车门大喊:"卖花卖花,漂亮的花束!"通常开车人是要停车的,他登上踏脚板,这时汽车开到便道边上停妥,因为这天总是周末,他们很愿意为太太买上一束花,带回葡萄街或拉纳拉格街华丽的公寓。"漂亮的花束!"也有百分之一继续赶路而不停车的,"滚开!"于是他便纵身往后一跳。真不知这些人今天上午有什么毛病。他们把车开得又快又粗鲁,一心趴在驾驶盘上,像聋子似的充耳不闻。他们不转入查理-狄更斯街或者朗巴尔大道,他们风驰电掣般穿过沿河大堤,似乎决心一直开到蓬图瓦兹。独眼龙帕斯喀尔这回可是弄不明白啦:"他们这是上哪儿去?他们上哪儿去啊?"他们居然能眼睁睁看着他篮子里装满金黄色和玫瑰色的花朵,仍然扬长而去,这是多么可悲啊!

"这纯粹是发疯,"他道,"是历史上最赤裸裸的自杀啊。怎么?法国在近百年中已经历了两次可怕的流血,一次是帝国时期的连年战事,另一次是在一九一四年;不仅如此,人口出生率还在年年下降。难道要在这个时候发动一次新的战争,再丢掉三四百万男子?那是不可能再制造出来的三四百万男子汉啊!(他一字一句大声说)不管战胜战败,国家都会变成二等国,这将是确凿无疑的。还有一点也是肯定的,我也得告诉你们:咱们还来不及叫一声'哎哟!',捷克斯洛伐克就会被吃掉。只要看一看地图便知道:捷克斯洛伐克就像衔在日耳曼狼嘴里的一块肉。只要那狼合拢上下颚……"

"可是,"奥黛特说,"那将是暂时的;战争结束后,一定会重建捷克斯洛伐克国。"

"真是这样吗?"雅克放肆地大笑,"哦,我倒真愿相信你呢!的确,英国人似乎很愿意重建火灾的温床,一千五百万人口,九个不同的民族,这是对常识的挑战嘛。捷克人可不该弄错啊(他态度严肃地补充道),他们的根本利益在于不惜一切代价避免这场战争!"

他害怕什么呀？他目击汽车飞驰而过，将那束派不上用场的鲜花紧紧攥在手中。这有点儿像某个采购之夜的尚蒂依公路：有人提着箱子，有人抱着床垫，将儿童车、缝纫机抱上车顶；而所有汽车都塞满了衣箱、包裹、篮子。"别开玩笑！"独眼龙帕斯喀尔说。汽车向前飞驰，全都超载，只要一颠簸，挡泥板马上就会刮响车胎。"他们在逃跑，"他想，"他们在逃之夭夭！"他轻轻朝后一跳，想避开一辆萨姆松车，但没想退回人行道。他们在逃之夭夭啊，这些胖乎乎的堆在一起的老爷们，这些肥肥的小孩、漂亮的太太，他们全都像屁股着了火；为了躲开德国佬、躲开轰炸、躲开共产主义而逃之夭夭。他帕斯喀尔就因而丢掉了所有的顾客。但他觉得这实在是非常滑稽：这小汽车的大游行、这朝着诺曼底的狂奔，将造成他多少损失啊！所以他不顾逃跑的汽车从身边擦过，仍旧站在马路当间，不禁放声大笑起来。

　　"还有，请问：咱们打哪儿通过才能援助他们呢？因为最终我们总得打德国喽。那么，打哪儿通过？东面，有齐格飞防线，我们会碰破头。北面是比利时。我们难道要破坏比利时的中立？请问，请问呀：打哪儿通过？难道要绕道土耳其？简直是天方夜谭。咱们能够做的，也不过就是严阵以待，等候德国清算捷克斯洛伐克这本账。完了之后，它就会来清咱们的账……"

　　"好啦，"奥黛特说，"恰好在这个时候……"

　　雅克用丈夫式的目光瞪着她：

　　"那怎么着？"他冷冷地问。然后他俯向马蒂厄："我跟你提到过洛朗。他曾经是法国航空公司的大头目，现在仍然是戈特和居伊·拉尚勃尔①的顾问。好吧，我把他在今年七月告诉我的情况

---

① 居依·拉尚勃尔（1898—1975），一九三八至一九四〇年间法国内阁的空军部部长。戈特是他的前任。

不加评论地照转:法军满打满算只有四十架轰炸机和七十架驱逐机。按比例计算,德国人在新年那天就可以打到巴黎。"

"雅克!"奥黛特怒气冲冲地喊道。

他害怕什么呀?帕斯喀尔笑啊、笑啊,为了笑个痛快,他让手里的花束掉落在地上,然后向后倒退一步。汽车的一个轮胎压过了花束的枝干。他害怕什么呀?她怒不可遏,是因为有人居然想到法国会打败仗。她也不完全赞同法国,某些说法让她害怕。他们害怕齐伯林飞艇,害怕德制野鸽式飞机。我是在一九一六年见识过的,他们那时处境危急,现在又面临危机。汽车飞快地从碾碎的花枝上驶过,帕斯喀尔已是泪水盈眶,他觉得这实在滑稽。莫里斯觉得一点意思都没有。他为伙伴们付了账,人家在他肩上拍了几大巴掌,这会儿他还觉得肩头热乎乎的。现在他是独自一人,过一会儿得把这件事告诉泽泽特。他已看到在潘霍埃工厂灰色高墙上张贴的白色告示,便凑了过去,他需要独自慢慢地再看一遍:

"按照国防部长、军事部部长暨空军部部长的命令"。死亡并不那么可怕,也不过就是工伤事故。泽泽特很坚强,她还年轻,足以重建生活;只要没有孩子,总是非常简单的。除此之外,便是他开往前线;而且说到底,他将把枪留在手中,这是说好了的。可什么时候能够结束呢?两年后,还是五年后?上次战争延续了五十二个月。在整整五十二个月当中,都必须服从那些上士、那些军事长官以及所有那些他恨透了的警察的嘴脸。对他们唯命是从,向他们当众行礼,其实每当他碰到这种人,总是不得不将手插在衣兜里,以免忍不住跑上去捆他一记耳光。在防区内,他们差不多算是安分守己,因为怕从背后挨枪子儿;但在休息时,他们像当兵的一样找人家的麻烦。"嗨,首次攻击的那天一来到,且看我怎么把冲在我前头的军士长先给撂倒!"他又重新往前走,觉得既愉快又忧伤,就像当年他玩拳击时那样:这是比赛前一刻钟他在更衣室脱衣服时领略过的滋味。战争是一条漫长、漫长的道路,所以用不着过多地去想它,否则最终会觉得什么都没有意义,甚至战争结束,带着枪荣归故里都没有什么意义。漫长、漫长的道路。也许他会在半路倒下,好像他没有别的目标可追求:仅仅为了保卫施奈德工厂或德·温德尔先生①的保险柜而送命。他在潘霍埃工厂与热尔曼船厂墙壁之间的黑尘土当中行走;在他右侧相当远的地方,他看见北方省铁路修配车间微微倾斜的屋顶。然后,在更远的处所,是咖啡焙炒工场的红色大烟囱。他喃喃自语着:"一条漫长、漫长的道路。"独眼龙在汽车当间大笑,莫里斯在尘埃中行走,马蒂厄坐在海边,正在聆听雅克的宏论,琢磨着:"也许他说得有道理。"他想着他将脱光衣服,丢掉职业和身份,赤身裸体地奔向最荒谬的一次战争,一次未打先败的战争;他觉得自己已在默默无闻的人群中渐渐湮没;他已什么也不是,既不是鲍里斯的老教师,也不是老玛赛儿的老情夫,更不是依维什的不相称的爱侣;他已只是一个无名氏,说不出年龄,被人窃取了前程,在他面前是难以预料的日日夜夜。十一时三十分,大轿车在萨菲②停靠,皮埃尔下车活动活动腿脚。柏油马路两边是平平的黄色小屋;从后背看去,萨菲无影无踪,悄悄向着大海扩展。一些阿拉伯人蹲在一长条赭色土地上,烹调着什么食物;飞机飞过灰黄色的一方棋盘,那便是法国了。"他们才不在乎法国不法国呢。"皮埃尔不无羡慕之情地思忖;他夹杂在阿拉伯人当中行走,伸手便可触及他们,然而却不是他们中的一员。他们消消停停地在阳光下抽着他们的大麻烟末;而他呢,他就要跑到阿尔萨斯去送命;他被一个土块绊了一下,飞机落入泥潭之中,那老者寻思:"我可不喜欢坐飞机。"希特勒俯视桌面,一位将

---

① 德·温德尔,著名的冶金厂厂主。
② 萨菲,摩洛哥城市。

军指着地图说:"有五旅战车。一千架飞机将从德累斯顿、从坦普霍夫①、从慕尼黑起飞。"而张伯伦却用手绢紧捂着嘴,喃喃自语道:"这是我平生第二次乘飞机。我不喜欢坐飞机旅行。""他们不能帮我的忙;他们在阳光下蹲着,像冒着热气的小平底锅,他们心满意足,他们天下无双;啊!(他极其失意地想)天哪,天哪!要是我能成为阿拉伯人那该有多好!"

十一时四十五分,弗朗索瓦·哈纳坎上了二楼:他是圣弗鲁尔的一级药剂师,身高一米七,鼻梁笔直,额头平常,患有轻度斜视,蓄有络腮胡髭,有口臭加狐臭味儿,七岁前得了慢性肠炎,十三岁左右摆脱了恋母情结,十七岁通过了中学毕业会考,手淫直至服兵役,平均每周自渎二至三次,《时代》及《晨报》②的读者(订户),是迪欧拉弗瓦·艾斯白朗丝的丈夫,未曾生育子女,是上教堂的天主教徒,每季领圣餐二至三次;他上楼走进新房,他的妻子正在试戴一顶帽子,对他说:"我早就料到啦:他们征召'二'类手册的人。"他的妻子将帽子放在梳妆台上,摘掉衔在口里的别针,说道:"那么,你今天下午动身上前线?"他答道:"对,坐五点钟的火车。""天哪,"他妻子说,"我已经颠三倒四,来不及给你准备一切啦。你带什么走呀?"她问道,"当然得带上衬衫,还有长裤子,有毛料的、平纹细布的、棉布的,最好带上毛料子的。哎,还有法兰绒腰带,你将它们卷在一起,可以带上五六条呢。""不要什么腰带,"哈纳坎说,"那是藏虱子的老窝!""说得真可怕,不过你不会长虱子的;为了让我高兴,你也得把腰带带上;到地方之后你就知道它的用处了。幸亏我有罐头,你看,还是我一九三六年为了应付罢工买的,那时你还笑我呢,我有一罐白酒汁腌酸菜,可你大概不喜欢……""我

---

① 坦普霍夫,在柏林的西南郊,有重要机场。

② 二者均为当时所谓"温和慕尼黑派"的报纸。《时代》相信希特勒具有诚意;《晨报》则支持日耳曼人

怕酸,不过,"他边说边搓手,"假如你有一个小什锦砂锅……""一个什锦砂锅,"艾斯白朗丝说,"嘿!亲爱的,你怎么加热呢?""哦!"哈纳坎说。"什么?哦,这得隔水炖才行。""那么,有没有冻鸡,嗯?""啊,就是嘛,冻鸡,还有混合大香肠,是克莱尔蒙表兄寄来的。"他沉思片刻后道:"我得带上我的瑞士刀。""好的。可我把你喝咖啡用的暖瓶往哪儿搁呢?""可不是!咖啡,是得有点儿暖肚子的东西!我结婚后还是头一回进餐没有热汤呢。"他苦笑着说,"趁你在家,给我放上几只李子,另加一小瓶烧酒。""你带不带那只黄衣箱?"他一惊,说:"衣箱?绝对不带。太不方便,而且我不想把它弄丢;那边的小偷什么都偷,我还是带上我的军用背包得啦。""什么背包?""就是我婚前带去钓鱼的那一只。你拿它干吗啦?""拿它干吗了?啊,不知道,亲爱的。你把我搅昏啦,我想我是把它放在顶楼上了。""顶楼上?天哪,喂老鼠啦!那可叫好看呢。""你带上衣箱要好得多。箱子又不大,你很容易盯牢它的。哦!我想起它在哪儿啦:在玛蒂尔德家,我借给她野餐用了。""你把我的背包借给了玛蒂尔德?""不对,你说什么背包?我的意思是指暖瓶!""不管怎么着,我要我那只背包!"哈纳坎固执地说。"啊,亲爱的,你叫我怎么说好呢,你看我有这么多事要干,你帮点儿忙好不好?你自己去找找你那背包嘛,自己上顶楼去瞧一眼不就得啦。"于是他爬上楼梯,推开顶楼的门,一股尘土气味扑鼻而来,什么东西也看不清楚,一只老鼠从他两腿间窜了出去。"我的老天爷,耗子早将背包吃下肚啦!"他心里想。

上面有大箱子、柳条模特儿、一只大地球仪、一只老式火炉、一台牙医用的活动椅、一架风琴,得把所有这些都搬开。除非她想到将那背包放进了一只大箱子,便于好好保存。他一只只地打开箱子,又怒气冲冲地将它们一一关上。那背包实在是方便,皮做的,有拉链,能装下好多东西咧,里面还分成两格。正是这些东西帮助你度过苦日子；你想不到这是多么可贵！"反正我不带那衣箱上路，我宁可啥也不带！"他不胜愤慨地想。

他在一只大箱子上坐了下来，双手已因沾满灰尘而变得黑乎乎的。他感到尘土像又干又硬的糨糊一样沾在他浑身上下，于是将两手高举在半空，以免弄脏他那件黑上装。他觉得自己永远也不会有勇气走出这间顶楼：我对一切都失去了胃口咧；还有这一夜，将在没有热汤垫肚子的情况下度过，一切都是那么枉然：他觉得自己是那么孤独、那么无依无靠，一个人待在高处、高高在上，坐在他那只大箱子上；在他下面二百米开外，有那乱哄哄、黑魆魆的火车站在等候他大驾光临。这时艾斯白朗丝的一声震耳的呼叫使他蓦然一惊；那是一声胜利的呼喊："找着啦，找着啦！"他推开房门，跑到楼梯上问："在什么地方？""我找着你的背包啦，它在下面，食物贮藏室的壁柜里！"于是他走下楼梯，从妻子手里接过背包，打开瞧了瞧，用手掌掸掸灰，再将它放在床上说："听着，亲爱的，我在想：是否最好给自己买上一双漂漂亮亮的皮鞋？"

"入席！入席！"他们钻进了中午令人目眩的隧道；外面，是一片因暑气而呈白色的天空；是死气沉沉、白得晃眼的街道，是无人地带，是战争的气氛；在紧闭的护窗板后面，他们正在焖肉。丹尼尔将他的餐巾放在膝上，哈纳坎则将餐巾系在脖子上，布吕内却拿起桌上的纸餐巾，将它揉了揉，然后用来擦嘴唇；冉尼娜把查理推进几乎空无一人的大餐厅，餐厅的玻璃窗被白垩式微光照成一条一条，她将餐巾铺在查理胸前；现在是休战：战争，是啊，是在打仗呢，可天气这么热！黄油放进了水中，沉在杯底里是一大块儿，形状朦胧而油腻；水面上浮着一层灰色的油脂，一些腐败的黄油片儿翻起肚皮漂浮着；丹尼尔瞧着小贝壳形状的黄油在椭圆小盘子里溶化；布吕内拭了拭额头，干酪在他的碟子里冒水汽，像正在干活的汉子般大汗淋漓；莫里斯的啤酒散发着温热，他用力推开面前的杯子,嚷道:"呸!简直是马尿!"一根小冰柱在马蒂厄的红酒里沉浮,他举杯而饮:先尝到的是冷水,接着是一小点儿变了味的酒,还有点儿热气,但立刻融化成清水。查理转过头来说:"还叫人喝热汤!大暑天上热汤,该是有精神病吧!"人家将小碟子放在他胸口,透过餐巾和衬衫使他感受到一股热气;他只能看见瓷器的边缘,他估摸着将汤匙插入,直线将它举起;但当你平卧时,对直向的感觉总是不那么有把握,一部分液体带着啪啦声又落回碟子里,查理慢慢将汤匙举到嘴唇上方,他往下送时又偏了。妈的!老是这样,滚热的液体流到他脸上,弄湿了他衬衣的假领。战争!是呀,战争!"不,不!"泽泽特说,"不要收音机,我不想要了,我连想它都不愿想了!""不,听点儿音乐嘛!"莫里斯说。亲爱的听……再……再……见,亲……亲……我的星辰,新闻节目,西班牙毡帽和女用头巾……我将等待着①,应于格特·阿尔纳尔、皮埃尔·杜克罗克、他的夫人以及在拉罗什-卡尼亚克的两个女儿之请,应加尔维的艾莉亚娜小姐之请,同时应冉-弗朗索瓦·罗盖特为他的小玛丽-玛德莱娜提出的请求;还有应杜勒的一群打字员为她们的士兵提出的请求;我将日日夜夜地等待;请再用一点儿炖鱼汤。"不用啦,谢谢。"马蒂厄说。这不是不能妥善安排的;广播电台发出噼噼啪啪的声音,飞越死寂而透亮的各处广场,穿透玻璃窗,进入城内闷热的房间里;奥黛特思忖:并不是不能安排妥帖,这是显而易见的;天气竟这样炎热。艾莉亚娜小姐、泽泽特、冉-弗朗索瓦·罗盖特,以及拉罗什-卡尼亚克的杜克洛克家族认为:并不是不能安排妥帖的。天气竟这样炎热。丹尼尔问:您要他们怎么办呢?"这是一次错误的警报,"查理自语道,"他们会把咱们扔在这

---

① 《我将等待着》是一九三八年风靡一时的咖啡座流行歌曲,暗含对"奇怪的战争"的影射和讽刺。

儿不管的。"埃拉·比尔南沙茨放下叉子,头向后一仰,说:"哎呀,我嘛,什么战争呀,我反正是不信的。"我将始终等待你归来;飞机从一片放倒在地、沾满尘土的玻璃上方飞过;在很遥远的地方,在这片玻璃的尽端,看得见一点儿油灰,亨利向张伯伦欠了欠身,对着他的耳朵大声说:到英国啦,下面就是英国,挤垮机场栏杆的人群,就是欢迎阁下回来的;我亲爱的,总是期待;他忽觉有点头晕,天气本来就太热嘛。他真想忘掉那个鼠头獐目的胜利者,还有德累森旅馆,以及那份备忘录;天哪,还一心愿意相信,相信一切尚能安排妥帖。他紧闭两眼,亲爱的玩具娃娃:这正是杜朗蒂夫人,还有他在德卡兹维尔①的那位外孙女所要求的呀。天哪,打仗呀,天热呀,下午勉为其难、充满愁绪的午睡呀。卡萨布兰卡,这里就是卡萨布兰卡,大轿车在一处洁白而荒凉的广场上停下了。皮埃尔头一个下车,热泪倒流回眼眶;轿车内倒还有些许晨意,而在车外,在大太阳底下,上午已经了结。亲爱的小娃娃,青年时代已经了结,上午已经了结,希望也已不复存在。现在是中午的高峰。冉·塞尔万将他的盘子推开,他正在读《巴黎晚报》的体育版,他没听说部分动员令,他去上班了,现在回来进午餐,大约两点钟重新上班。吕西·雷尼埃正用手掌压碎小核桃,他读了白色布告,暗想:这是虚张声势;弗朗索瓦·德斯迪特在德里安学院的实验室里当雇员,此刻正用面包擦盘子:他没什么想法,他老婆也没什么想法,勒内·马尔维尔、皮埃尔·夏尔尼埃没什么看法。清晨时,战争还是一个尖尖的冰柱儿,扎在他们的头脑里,后来却融化了,变成一小摊微温的水。亲爱的玩具娃娃,那勃艮第式牛肉的厚味儿,那海鱼的鲜味儿啊,两枚臼齿中间的那点儿残存的肉,红葡萄酒的醇香和炎热的天气啊,真热!亲爱的听众,法国是不可动摇而又酷爱和

---

① 德卡兹维尔,法国南方小城。

平的,它坚定地面对自己的命运。

他很疲倦,他已昏昏沉沉,他三次用手遮住眼睛,日光使他难受;道本正吮吸着铅笔头儿,对《晨邮报》的同事说:"他挨了一闷棍儿。"老者举起手来,有气无力地说:

"我在归国之际,首要的责任是向法、英两国政府提交一份报告,说明我此次使命的成果;而在此之前,我难以做任何透露。"

正午以它的缟素将他团团围住,道本凝视着他,想起在炽热的晴空下,在灰色斑驳的岩石当间,伸展着漫长而荒凉的路。老者以更加无力的声音说:

"我只说这么一点:我坚信,有关各方均将继续努力,以便和平解决捷克斯洛伐克问题;因为欧洲当代的和平正是建立在此基础之上。"

她非常准确地在台布上啄食着面包屑儿。她有点儿呼吸急促,像她患干草热时一样,她对我说过:"我觉得肚子里有一团气出不来。"她滴下几点眼泪,因为失望:这将扰乱她的一切生活习惯。我对她说了:"在开头的时候,仅仅是在开头的时候。"她觉得自己很倒霉,脑袋着了点该死的凉,她认为这就是不幸。她腰板挺得笔直,她觉得自己没有权利放松自己,觉得全法国的女人都像她一样不幸。她庄重、沉静、威严,两臂放在台布上,很像一本正经坐在大商店收款台上的收款员。她不思考,她不愿思考。等我上前线后,她会安静得多。她在想什么?她想到她的餐刀架上有一个斑点。她皱皱眉头。她用红指甲剜掉那斑点。她会安静得多。她的母亲、她的女友们,缝纫工厂,她一人独占的大床,她吃得很少,只需在炉灶角落里为自己做几个摊鸡蛋。小姑娘不难喂养。只要糊糊粥,永远是糊糊粥,我对她说:"随便给我吃什么。每天吃一样的东西,不必去编什么菜谱之类,我从来不注意自己在吃什么。"可她还是坚持她那一套:这是她的职责嘛。

"乔治？"

"亲爱的？"

"你要药茶吗？"

"不用,谢谢!"

她一边用药茶、一边叹气,她的两眼发红,但她不看我,而是盯着食橱,因为食橱就在那儿,正对着她。她没话跟我讲,要不然就只会讲:"可别着凉啊!"她也许已经在想象我今晚在火车里的模样儿:一个瘦小的人影儿,藏在车厢尽里头;但她只会想到这里为止,再往下就太难想象啦,她还是想自己在这里的日子吧。这将变成一个空白、一个小小的空白,安德蕾呀,我是如此无声无息,我平常总是抱着一本书坐在躺椅上,她补她的袜子,我俩无言以对。躺椅仍在那里。这是很重要的。她会给我写信,每周三次。非常认真地写。她会变得一本正经,花许多时间寻找墨水、钢笔、她那副金黄架子的眼镜;然后她会神气十足地坐在她祖母传给她的那张很不方便的写字台面前:"小丫头正在长牙。我母亲来过圣诞节。安士兰太太去世了。艾米莉安娜九月份完婚。未婚夫很不错,已经上了点岁数,从事保险业工作。"万一小姑娘得了百日咳,她准会瞒着我,免得我心神不宁。"可怜的乔治,他不必知道。有点儿小事他就会心放不下。"她会给我寄邮包:什么香肠、食糖、成包的咖啡、成盒的烟草、一双羊毛袜子、一罐沙丁鱼、促进新陈代谢的药片,还有咸黄油,等等。一万件包裹中的一件,并且同另外一万件不相上下;假如人家错把邻居的发了给我,我也发现不了。邮包、信件、冉奈特的糊糊粥、餐刀架上的斑点、食橱上的尘土,这就蛮够她忙的了;晚上,她会说:"我累坏啦,我力不从心了呢。"她不会读报的。就像现在这样。她讨厌报纸,因为这是没收拾好的纸张,在四十八小时以内又不能用来派厨房或擦办公桌的用场;赫贝尔托太太会来向她报告新闻:咱们大战告捷,或者说,亲爱的朋友,情况不妙,没啥进展哩。亨利和帕斯喀尔已同他们的妻子事先约定一种暗号,以通报他们到了什么地方。他们将重点标明某些字母。但对安德蕾却行不通。他还是试探了一下,看成不成:

"我可以告诉你,我已到达什么地方。"

"但这不是不允许的吗?"她惊奇地问。

"倒也是,但可以想出办法来。你要知道,就像在一九一四年打仗时一样,比方说,你可以把所有大写字母联成一个字来读。"

"这太复杂啦!"她叹口气说。

"不,你会发现:这再简单也不过呢。"

"是呀,可你会被人家抓住,人家把你的信扔进字纸篓,弄得我担惊受怕哩。"

"冒这点儿风险值得啊。"

"嗨,亲爱的,假如你一定要这样做……可你知道,我跟地理……我还是自己看地图吧,我会看出一个圆点儿,下面有个地名。这算高招儿哩。"

就这样。一句话,这办法更好,好得多呢;她将领取我的薪金……

"我把委托书给你了吗?"

"给啦,亲爱的,我把委托书放在写字台里了。"

这就好得多啦。让人家成天焦虑而不过问,总是很可厌吧,人是很容易受伤害的。我将椅子往后推了推。

"啊不,可怜的朋友,你不用折好餐巾啦。"

"倒也是。"

她不问我上哪儿去。她从不问我上哪儿去。我对她说:

"我去看看小丫头。"

"别把她吵醒了。"

"我不会吵醒她的;只要我小心,就能做到轻手轻脚,不至于弄醒她,我身轻如燕哩。"他推开门,一扇护板打开了,下午耀眼的白光射入室内;房间有一半还处在阴影中,另一半却在含着尘埃的光线下闪耀着。小姑娘正在摇篮里熟睡,乔治坐在她一旁。她那金黄色的头发、那线条纯净的小嘴、肥胖而微微下坠的两腮,使她看上去有些像英国法官。孩子开始喜欢我啦。太阳照到跟前了,他轻轻将摇篮往后推了点儿。"嘿,嘿!这副模样儿,她长得像我,将来不会漂亮的。可怜的孩子,倒不如像她的母亲哩。她全身还是软绵绵的,好像还没长出骨头来,她身上已带有我成长的那种刻板法则:细胞将按我那样繁殖,软骨将像我那样长硬,脑壳将像我那样骨化。一个干瘦的小丫头,貌不惊人,头发灰暗,右肩脊柱侧凸,深度近视;她将足不点地,无声无息地滑行,对人对事无不退避三舍;因为她体弱身轻,无力改变任何事物。天哪,她还要经历那么多岁月,它们将不动声色地接踵而至;而这又是多么枉然、多么无聊,一切都已命定,早已渗透在骨血之中!但她得一分钟又一分钟地经历自身的命运,并且还要自以为是什么新发现。可这命运已经完整地在那里,因为全然可以预见而分外可憎:我传染了她,她为什么还要点滴不遗地再度经历我已有过的经历?为什么一切都必须无休无止地周而复始?一个干瘦的小姑娘、一个清醒而胆怯的小灵魂,为了受苦受难恰恰就需要这样。我嘛,我走啦,我应召去干别的事;她却要在这里逐渐长大,她将固执地、冒失地代表着我。还有百日咳啦,长期的病假啦,对于腮帮红喷喷、体形胖乎乎的同伴不胜妒羡啦,她还会顾镜自怜、暗自叨念:'我真丑呀,有谁会爱恋我呢?'所有这一切日复一日散发着似曾相识的气息,试问何必如此,何必如此?"她约略有些惊醒,认真而好奇地将他打量。在她这可是充满新鲜感的一刻,她以为他是什么新鲜玩意儿。他将小宝宝从摇篮里抱起,使劲搂着她:"我的女儿!我的小宝贝!可怜的小女儿哟!"她受惊了,突然号叫起来。

"乔治！"门后一个充满埋怨的声音传来，于是他将孩子重新轻轻放进摇篮。她又将他打量了一番，神态严肃哀伤，接着紧闭两眼，眨巴眨巴又睁开两眼，复又完全紧闭。她已开始喜欢我啦。本应当一直在这里，使她彻底习惯我的存在，不再有丝毫生疏之感。要别离多长时间啊？五年？六年？我归来时将发现一个名副其实的小姑娘，惊诧不置地打量我，暗自思忖："我爸爸就是这副模样儿？"她会在小朋友们面前为我害臊。就连这，我也是过来人。爸爸战后归来时，我正好十二岁。这当儿，下午的阳光已泻入差不多整个房间。下午。战争。战争，它大概像一个永无完结的下午。他悄然起身，轻轻打开窗户，放下百叶窗。

十九号船舱，就在这儿。她不敢进去，依然待在门口，手上提着衣箱，竭力要自己相信还有一线希望。而且，假如幸好是一间小巧玲珑的舱房呢，也许还有床头小地毯，也许洗脸池上方的小托板上放着装满鲜花的漱口杯呢？这种事情是可能发生的，常听人家讲："在某某号轮船上，不必订二等舱，三等舱就跟头等舱一样豪华了。"也许就在这一刻，弗朗丝已经口服心服，也许她正在说："是呀，就是嘛，这舱房就是与众不同嘛，要是三等舱全都像这样……"莫德想象她是弗朗丝——随和而懦弱的弗朗丝，她会说："嘿！天哪……可以想办法嘛。"但实际上她心里凉了半截，并且已有一种逆来顺受之感。她听见附近有脚步声，很不情愿被人发现自己在走廊里拖着步子往前走；从前有一次发生过一桩盗窃案，人家很不客气地盘问了她一通；所以你若是个穷光蛋，就要特别留意小节，因为人家可不讲情面：想着想着，她突然到了舱房正当间。她倒并无大失所望之感，好像一切都在意料中。一共六个床位：三张上下架叠的卧铺在右侧；另外三张在左侧。"好嘛，就这样……就这样！"洗脸池上方没有什么鲜花，也没有床头小地毯；这一套她并没有真信过。没有椅子，也没有桌子。住四个人觉得有点儿挤,但洗脸池很干净。她想哭,但连这也用不着啦:因为这是安排好了的。弗朗丝不能坐三等舱,这是基本事实。一切从这儿出发,没商量,鲁比不能背朝机车坐火车旅行,这事也没商量,所以就有理由琢磨:弗朗丝为什么坚持要买三等舱的票。但在这方面同在另一方面一样,弗朗丝无可指责:她买三等舱的票,是因为她惯于节俭,也因为她把宝贝乐队的财务管理得井井有条。谁能为此而责备她呢?莫德将她的提包放在地上,她在一瞬间想待在舱房里不出来,装做已登船两天了。那么,卧铺也好,船上的小气窗也好,墙壁上处处露出的黄色钉头也好,一切都会显得对她是亲切自然的。她使劲儿自语:"这船舱很好嘛,嗯。"然后她便觉得疲劳不堪,又将提包拿起,站在几张卧铺当间不知所措。"假如在这儿待下去,我就得打开行李;但肯定不会待下去。假如弗朗丝看见我开始安顿下来,她是喜欢唱反调的,就更有理由决定离开啦。"她觉得自己在船舱里是权宜之计,在船上、在陆地上无不如此。船长又高大又壮实,已是一头白发。她哆嗦了一下,心想:"还是四个人待在舱里好,但愿能只容四人才是。"但只要扫视一圈就不抱奢望了:右侧的床铺已放上行李;一只柳条箱,靠一根旧铁条锁住;一只帆布——连这也不是,是硬纸——做的衣箱,四角生了锈。而且,最不走运的是:她听见一阵细小的窸窣声,抬头一看,一位三十来岁的女人已经躺在右上铺上,她脸色惨白,鼻孔抽缩,双目紧闭。得啦,完蛋喽。她从甲板上走过时,他打量过她的两条腿;他当时抽着一支雪茄烟,她很熟悉这类男人,浑身都是雪茄和香水味儿。好啦,明天她们就会叽叽喳喳!涂脂抹粉地从二等舱甲板上走来,人们将已经安顿妥帖,他们已经相互结识,选定坐哪一艘远洋轮船;鲁比将挺直腰身,昂首阔步,脸上堆满笑容,眼睛深度近视,屁股一摇一摆;杜赛特将用尖嗓门招呼道:"不呀不,我的宝贝儿,来吧,这是船长的吩咐呀。"先生们好端端地坐在甲板上,用毛毯紧裹着膝头,冷淡地盯着她们;女人们则在她们走过时发表不太恭敬的议论;到了夜晚,她们会在走廊里遇见过分彬彬有礼的男士,四面八方伸过手来。"待在这儿!天哪,待在这儿,在这四堵漆成黄色的钢板之间有多好啊!天哪,总是在自己人当中嘛!"

弗朗丝推开房门,鲁比跟在后面走进来。"没将行李取下来吗?"弗朗丝扯开嗓门嚷道。

莫德示意她别说话,一边指着铺位上的女病人。弗朗丝抬起她那双明亮的睫毛疏淡的大眼睛,瞧着那最上面的铺位;她的面容仍像平常那样不动声色却又迫不及待,可莫德心中明白原先的打算已经落空。

"情况不算太坏,"莫德兴冲冲地说,"这间舱房几乎是在船的中央,前后颠簸不太严重。"

鲁比没有作答,仅仅耸了耸肩膀。弗朗丝以不在意的口气问:"咱们怎么安顿?"

"随你们便吧。要不要我睡下铺?"莫德殷勤地问。

弗朗丝如果觉得自己头顶上还有另外两个人,是无法入睡的。

"咱们走着瞧,"她说,"咱们走着瞧……"

船长的脸色通红,眼神明亮而冷峻。门打开了,出现一位穿黑衣服的太太。她嘟囔了几句,便到她的铺位、衣箱和篮子之间的地方坐下。她约莫五十来岁,穿着颇为寒碜,皮肤粗糙,呈灰土色,皱纹很深,两眼暴突。莫德瞧着她想:"完啦。"她从化妆包里取出一支口红,重新涂抹了一下两唇。但弗朗丝用眼角打量她一下,神情是那么高傲,以致莫德不高兴地将那支口红送回了化妆包。接着是长时间的静默,莫德觉得似曾相识:原来她已经历过类似的静默,那是一年前乘圣乔治号去丹吉尔,以及乘泰奥菲尔·戈蒂埃号去游历科林斯的众神庙时,也是在与此相仿的一间船舱里。突然,寂静被一阵抽抽噎噎的声音所扰乱:那位黑衣太太掏出了手绢,将它展开掩住容颜。她呜呜哭起来,不太激烈,但也未加克制,就像人家估计到发作时间会很长而故意从容不迫似的。过了一会儿,她打开篮子,取出一块黄油面包、一片烤羊肉和餐巾包着的一只暖瓶。她一边抽噎一边进餐,接着拧开瓶塞,将热咖啡倒进杯子里,嘴里塞得满满儿的,此时亮晶晶的热泪沿着腮帮不住地滚落下来。莫德以崭新的目光打量了一下这间舱房:这很像外省小火车站里的一间候车室,也就是候车室而已。"但愿它没有变质。"她用鼻子嗅了嗅,又因为眼睫膏的缘故而将脑袋向后仰了一仰。弗朗丝斜眼冷冷瞧着她。

"这船舱面积太小,"弗朗丝用在大庭广众中说话的声音嚷道,"咱们在这儿不会舒服的。在卡萨布兰卡人家答应我,咱们将单独待在一间六个床位的舱房里。"

开始出现了虚应客套的气氛,空气里有点儿凄惨和略带肃穆的东西;莫德小声说:

"可以采取补票的办法嘛。"

弗朗丝没有搭理。她坐在左侧铺位上,似乎在沉思冥想。不一会儿,她的脸色豁然开朗,她高高兴兴地说:

"如果我们向船长自荐,在头等舱客厅里举行一场免费音乐会,也许他会同意派人将咱们的行李搬进一间舒服点儿的舱房里?"

莫德没有应声,鲁比开口啦。

"这主意太棒啦!"鲁比开心地说。

莫德突然不寒而栗,她对自己忽然讨厌起来。她转身向弗朗丝恳求道:

"去吧,弗朗丝!你是咱们的领队,该你去瞧瞧船长啦!"

"才不呢,亲爱的,"弗朗丝开心地说,"你干吗要让一个像我这样俗气的老太婆去看船长?他对你这样年轻漂亮的姑娘要客气得多呢。"

一位皮肤微红、长着白发灰眼的大胖子。他一定是有洁癖的。总是这样的。弗朗丝伸出手去,按了按电铃,又道:

"最好立刻解决这个问题。"那黑衣太太还在呜咽。她突然抬起头来,似乎发现她们在场:

"你们是不是要换一间舱房?"她忧心忡忡地问。

弗朗丝冷冷地打量着她。莫德急忙回答黑衣太太:

"我们的行李很多,夫人。这里实在是拥挤,我们会碍您的事呢。"

"哦,你们不会碍我的事,"那位太太说,"我喜欢有伴儿。"

她们听见有人敲门,船上的服务员走了进来。"准能办成的。"莫德心想。她取出口红和粉扑,朝穿衣镜走去,开始细心化起妆来。

"您能不能问问船长,"弗朗丝问,"他有没有工夫接见一下宝贝女子乐队的莫德·达西尼小姐?"

"不行,不行,"服务员说,"我敢发誓说不行。"

柳条椅,梧桐树荫。丹尼尔浸沉在恼人的往事中:一九二〇年在维希,在公园里的老树掩映下,他躺在柳条椅里打瞌睡,脸上挂着同样斯文的微笑,母亲在身旁织毛线。玛赛儿在身旁为孩子织短袜,她什么也不瞧,只沉溺于对战争的冥想。一只巨蜂发出嗡嗡声;维希之后已经过去多少岁月,这只巨蜂仍在嗡嗡,发出类似薄荷的气息;在他们身后,在旅馆客厅里,有人在弹钢琴,二十年来一直如此,一百年来一直如此。手指上照着些许阳光,使指节的汗毛显得拳曲。些许阳光温暖着杯底的一小潭咖啡,一块突起的方糖,泛着许多褐色的细粒,细粒发出闪闪的亮光,丹尼尔将糖碾碎,为了解闷而倾听小匙下的糖块瓦解时发出的轻细声响。花园稍向河流方向倾斜,微温的河水缓缓流动,晒热的植物散发着香味;台阶另一侧的一张桌上,退休上校德·莱特朗奇扔下一本《两世界杂志》。死亡、永恒,人们是无法逃遁的,那柔美的、无孔不入的永恒;人们头顶上发黏的片片绿叶;最早一批落叶堆成永恒的一堆。唯一的生者艾米尔正在野栗树下掘土。他是老板的儿子,他将一只灰布袋扔在身旁洞穴的边沿,袋子里装着死狗唧唧;艾米尔头戴大草帽,正在为狗掘墓;汗水在他赤裸的脊背上闪闪发光。他是个粗野无能的小子,脸上的线条粗糙,额头像一方岩石,下面两道横纹,带着青苔似的斑痕就算是眼睛了。他才十七岁,就已学会掀开女人的裙子,他是当地高尔夫球的冠军,会抽雪茄;而身材却这么纤细,实在不般配。

"啊,"玛赛儿说,"假如我斗胆相信……"

当然。当然她是不敢相信的。然而,即使爆发战争,又能对她有什么影响呢?她会继续在乡间什么人迹罕至的地方养胖身子。假如她也逃难,就会耽误午睡时间。他用脚踩着铁锹,使劲往下压;轻轻地将两手放在腰间,在翻土时像按摩师那样轻压;微微触碰上下起落的背部肌肉,将手指头摸摸腋下潮湿的处所;他身上的汗有一股百里香的气味。他喝了一口葡萄烧酒。

"那就太棒啦,"玛赛儿说,"您瞧,现在开始动员啦。"

"可是,亲爱的玛赛儿,您怎么会受骗呢?国内航线将在北海兜个小圈儿,法国将动员二十万大兵,希特勒将在捷克边境集结四个装甲师。尔后,这些先生们的良心就得到满足,他们便可以围坐在一张桌旁优哉游哉地闲谈。"

女人的身体,是很吸引人的。有弹性,柔若无骨,而且往往会主动送上门来。这美好的躯体,足以引诱雕塑家抚摸,且必以此为模特进行塑造。丹尼尔突然在安乐椅上挺起身子,闪亮的目光转向玛赛儿。"不要这,尤其不要这,不要这心猿意马的恶习,我还没到这个岁数。我在喝一杯葡萄烧酒,我一本正经地谈论着正在逼近的战争,而在这当儿,目光却懒洋洋地掠过一个年轻人赤裸的脊背和稍稍撅起的臀部,捞到了夏日下午提供的所有机遇。让它来吧,让这场战争来吧,让它制服我的双眼。将它们限制在我的眼眶里;让战争使它们终于看见污秽的躯体、流血和脱臼的躯体;让它使我摆脱永恒、摆脱平庸的、永恒的而又区区不足道的各种欲念,摆脱微笑,摆脱枝叶,摆脱蜂类的嗡嗡鸣叫;一股喷涌的火焰冲向天空,那是灼伤容貌和两眼的火焰;人们觉得自己的两颊被炸飞,愿那无以名之和不堪回首的时刻来临!"

"可您瞧,"玛赛儿温厚地说(其实她并不高估自己的政治头脑),"德国人不能后退,不是吗?而我们呢,我们也到了让步的极限。那又怎样?"

"您别害怕,"丹尼尔痛苦地说,"我们做出一切必要的让步,没有限度。何况德国人也可大大方方地退却,谁又敢称这为退却啊?人们会说这是宽宏大量咧!"

艾米尔挺了挺腰,用手背擦了擦额头,他的腋窝在阳光照耀下火辣辣地发烫,他嘴角挂着微笑仰望晴空,像一尊年少的神祇。年少的神啊!丹尼尔用力抓住椅子扶手。天哪,有多少回、多少回,他曾说过:看见阳光灿烂中的少年,就想起年少的神祇!这都是老姑妈用的旧字眼;"我是同性恋者",这话是他自己说的,但也仍然是些字眼而已,这不能触及他;他突然想到:"战争对这一切能有什么影响呢,这场战争啊?"他还会坐在这儿,倚着一处斜坡,神不守舍地瞅着一名年轻士兵,光着背,正在掘地或捉虱子。那时,他的嘴唇仍会努起,喃喃自语:年少的神祇啊!人们到处都会动情的。

"哎呀呀!"他突然说道,"我们在这儿忐忑不安,可到底什么时候会爆发战争?我想那反正也得过一天算一天呗。"

"啊!丹尼尔,"玛赛儿真是惊诧不置了,"您怎么能这样说?

这会是……会是很可怕的呀。"

字眼,仍然是一些字眼。

"最可怕的是,"丹尼尔笑着说,"没有什么非常可怕的事情。世上没有极端的事。"

玛赛儿有些惊诧地瞧着他。她的目光灰暗,眼眶微红。"她开始发困啦。"丹尼尔心满意足地想。

"您若是指精神上的痛苦,那我可以理解。可丹尼尔!还有肉体上的痛苦……"

"嘿!"丹尼尔用手指着她威胁道,"您已想到您将来的痛苦啦。那您走着瞧吧!走着瞧吧,我想这也一样:估计得太严重啦。"

玛赛儿冲他微笑,同时差点儿打了个呵欠。

"得啦,"丹尼尔站起身来说,"玛赛儿,您就别那么操心啦。你看,差点儿误了午睡时间。您的睡眠不足;按您的情况,得多多睡觉。"

"我吗,我还睡眠不足?"玛赛儿又打呵欠又想笑,"正好相反,我觉得很不好意思咧,我现在什么书也不看啦,成天就躺在床上过日子。"

"谢天谢地。"丹尼尔心想,一边吻了吻她的手指尖。

"我打赌,"他又道,"您没有给您的母亲大人写信。"

"倒也是,"她道,"我是个坏女儿。"

她又打了个呵欠,接着说:"我在睡觉前先做这件事。"

"不,不!"丹尼尔急忙说,"您还是立刻休息吧。我来给她写上几句。"

"哦,丹尼尔,"玛赛儿惭愧而兴奋地说,"女婿来信,她一定会很得意的喽!"

她摇摇晃晃地登上台阶,他又回来坐在安乐椅上。他打了打呵欠,时间白白过去,后来他才发现自己原来是在听人家弹钢琴。他瞧了瞧手表:已是三点二十五分,玛赛儿要在六点钟下来做饭前散步。"我还有两个半钟头可以支配。"他有点忧虑地想。是这样:在过去,他的孤寂犹如自己呼吸的空气,亲身经历而并不察觉;现在这孤寂却是人家一小段一小段特许给他的,他反而不知如何是好了。"最糟糕的是,当玛赛儿在的时候,我倒不那么腻味。'你这是活该(他自言自语),你这是活该!'"杯底里还剩下一点儿烧酒,他一饮而尽。那六月的夜晚,当他下决心娶她时,他不胜烦恼,觉得自己惹祸上身。所有这一切便是落得如今这样的结果:这柳条椅,这含在嘴里逐渐变味儿的烧酒,这赤裸着的脊背。战争,也会跟这差不多。可怕的是,这都将是明天的事情。我结婚了,我当了兵:我所发现的只有我自己。甚至连我自己也不在此列:一连串小小的偏离正道的奔走,一连串离心的运动,都没有什么中心。然而总还存在着一个中心。一个中心:那就是我,我——这厌物处在中心了。他抬起头来,那巨蜂齐着他的两眼嗡嗡飞舞,他挥手将它轰走。又是一次逃遁。稍稍挥了挥手,几乎什么也没做,却已实现了逃遁。可这只大蜂与我何干?如石雕像一般,纹丝不动、无情无义,没有手势、无声无息,耳目失灵,大蜂、球螋、瓢虫全都可以在我身上飞舞爬行,我只是一尊有眼无珠的洁白雕像,没有打算,也无事可操心;也许我能同我自己达成默契。不是为了认可我自己,绝不是,而是为了最终能成为我的仇恨的纯粹客体。一声撕裂、波罗乃兹的四个音符、这闪闪发光的背部(就在那边)、大拇指肥厚处的一阵瘙痒,接着他又重新绷足了力气。按我自己的样子存在,作为同性恋者而存在,作为坏人、懦夫乃至那种无法立足的人渣而存在,他将两膝合拢,将双手平放在大腿上,他很想笑出声来:"我看上去该是多么循规蹈矩啊,"又耸了耸肩膀,"笨蛋!别再操心我自己是什么样子。特别是别再顾影自怜,假如我顾影自怜,我就成了两个人。存在。在黑暗中。盲目地。做一个同性恋者。犹如橡树之为橡树。自我熄灭。熄灭内心的视线。"他琢磨，"熄灭。"这个词儿像雷鸣般轰响，在空旷的大厅里回响。驱逐这些词语，它们像不断繁衍的小小延缓，每个人都有己之末日……又是一声新的撕裂声，丹尼尔迷迷糊糊而又不胜烦腻，又重新变成眼前只剩下两小时的家伙，在这当儿也只得勉强自娱自遣了。像他们认为我的那个样子存在，像马蒂厄认为我的那个样子——像拉尔夫那小脑袋所认为的那样；像驱赶蚊虫那样驱赶字眼；他开始默默地数着数字：一、二……——他忽然想起一些字眼儿：消夏者的娱乐……但是他加快了数数的速度，他将链条的环节相互凑近，字词也就无法通过了。五、六、七、八……海底深处，某种形状的东西待在那里，蜷缩着，其貌不扬，是这底层的常客：原来是一个海蜘蛛，它正将肢体充分展开……二十二、二十三，丹尼尔发现自己正屏住呼吸……他放开呼吸……二十七、二十八……另外那个人仍在掘土，在高处，在地面上；那形状是什么：是张开的创伤、一张苦不堪言的嘴，它正在流血，它就是我自己，我正是那张开的双唇，以及在双唇间流淌的鲜血啊……三十三，这形状是他所熟悉的，然而他却是头一回看清楚。也得驱赶这种种形状的东西；他被一种奇特而又轻微的恐惧攫住了。飘滑吧，让自己轻轻飘滑，如同你渴望入睡时那样。可是我一定要入睡！他晃动身子，浮到表面上来。外界万籁俱寂！这压抑人的、半死的静寂，他枉然在自己身上寻觅它：它已经在那儿、在外面，它令你毛骨悚然。散落开的阳光在地面洒下淡淡的、悸动的圆点，那命归黄泉的母狗，那树梢上的水声，那赤裸裸的脊背——它既远在天边，又近在眼前；他觉得自己是如此异样，于是让自己从头做起，他仰面躺下：现在能够自下而上地看这花园，好似一名潜水员，抬起头透过明净的水波仰望天空。没有杂音，没有人声，周围是怎样的寂静啊，上面、下面，上上下下只有他自己,他是嵌入这片寂静之中的小小饶舌者。一、二、三,驱除言谈,愿花园的寂静穿过我的身躯,愿它紧紧连成一片,并透过我而相连,使我的呼吸变均匀。缓慢地、深沉地,愿每一股气流能像活塞一样,将每个试图出生的字词都粉碎。存在,如同一株树,如同赤裸的脊背,如同泛红的大地之上耀眼的星辰。假如我闭上两眼呢:两眼的视野达到远处,超越眼前,超越我自身,已经落在那边的树叶上,落在脊背上;那是被追捕的、躲躲闪闪的、逃遁的目光,总是极目而视,总是远远地可触摸。然而他却不敢垂下眼皮:艾米尔应当从下方观察他,不时会发现他像一位老先生,被消化性瞌睡困扰;迷恋于某一物体,给视觉以食物,吸引它,滋养它,并滑落到自己内心世界中去,从目光中解放出来,进入我那浓浓的夜色中。他盯着花坛,它就在左侧:只见那里出现了绿色的、凝重的巨大波动,那是一股波涛在散开前的凝聚;迷惘的眼神从一片绿叶跳到另一片绿叶,溶解在这植物丛中。一(吸气)、二(呼气)、三(吸气)、四(呼气)。他旋转着下行,途中突然非常想哈哈大笑;我装做是苦行僧,只要不把自己的舌头吞下就行。现在,波涛卷到他的上方,他向下疾行,遇到一些支离破碎的字眼,如"恐惧""挑战",有若沉渣泛起。那是向明净天空的挑战,他设想那是并无形状、并无字眼的;它像下水道出口一样张开嘴巴。在蓝天下,是痛苦的要求,是徒然的恳请:"上帝呀上帝,你为何将我抛弃?"这正是他遇到的最后字眼:它们像轻盈的肥皂泡一般冉冉升起,花坛上绿色的繁茂仍在那里,既未被察觉,亦未被提及,而是针对他两眼的充分的存在:它来啦,它来啦。它像一把弯刀似的将他劈开,这是非同寻常、令人失望而又甜甜蜜蜜的。打开啦,打开啦,夹壳炸开了,打开啦,打开啦,装满了,我自己属于永恒:是同性恋者,是坏人,是懦夫。人家看见我;不,甚至不,是那东西看见我。他是一道目光的对象。一道将他搜索到底的目光,像刀一般穿透他的目光,却又并非他自己的目光。一种不透明的目光,简直就是黑夜的化身,在那儿,在他灵魂深处等待他,让他注定永远只能是他自己:懦夫、伪君子、同性恋者,永远如此。他自己,在这目光下跃动,向这目光挑战。目光。黑夜。似乎黑夜就是目光。我被人看见。透明的、透明的,被看透看穿。但又是被谁看穿啊?我并非孤独一人,丹尼尔高声叫道。艾米尔挺了挺腰板。

"什么事啊,塞雷诺先生?"他问。

"我问您是不是掘完了?"丹尼尔问。

"快了,"艾米尔说,"再要几分钟就行了。"

他并不急于重新动手掘地,他以露骨的好奇心盯住丹尼尔。嗨,这个嘛,这才是一种人性的目光,是一种可以直视的目光。丹尼尔站起身来,因恐惧而哆嗦不已:

"您在大太阳下掘地不觉得累吗?"

"我习惯啦。"艾米尔说。

他的胸脯很可爱,略显肥厚,有两个粉红的小尖点儿;他倚在锹柄上,一脸挑逗人的样子;只要跨出三大步……就有那种奇特的、奇特的、比任何快感都要刺激的乐趣,还有这道目光。

"我觉得天气太热,"丹尼尔说,"我想,我得上去歇一会儿。"

他点点头,便登上台阶。他已唇焦舌敝,他拿定主意,一回到屋里,就放下窗帘,关上百叶窗,他又将开始体验。

在圣弗鲁尔是十七时十五分。哈纳坎太太陪伴丈夫到火车站去;他们走上了陡坡小径。哈纳坎先生穿上他的运动装,斜背着他的挎包;他穿上崭新的皮鞋,鞋面硌脚。半路上,他们碰到卡尔维太太。她在公证人家门前站下,想喘口气。

"哎,可怜这两条腿,"她看见他们俩便道,"我成了十足的老太婆喽。"

"您比什么时候都更年轻哩,"哈纳坎太太说,"我还没见过几个人爬这样的坡道不歇口气的！"

"你们这样匆匆忙忙往哪儿去呢？"卡尔维太太问。

"哦，亲爱的冉娜，"哈纳坎太太说，"我这是送我的丈夫。他上前线去，重新应召入伍了呀！"

"这不可能嘛，"卡尔维太太说，"我一点也不知道！哎呀！哎呀！"哈纳坎先生觉得她以特别的兴趣打量着自己。

"这么好的日子，竟要上前线，这可够残酷的。"卡尔维太太补充道。

"也罢，也罢！"哈纳坎先生敷衍着。

"他很勇敢哩。"哈纳坎太太说。

"那敢情好。"卡尔维太太微笑着对哈纳坎太太说，"我昨天对我丈夫正是这样说的：法国人将勇敢地奔赴前线！"

哈纳坎顿觉自己勇敢而又年轻。

"真抱歉，出发时间到啦。"他说。

"那么希望早日再见。"卡尔维太太又道。

"哦……早日再见……"哈纳坎太太连连点头道。

"是呀是呀，早日再见！早日再见！"哈纳坎先生大声说。

他们又重新上路。哈纳坎先生迈着大步，哈纳坎太太对他说："慢点儿，弗朗索瓦，我因为心脏的关系，跟不上你啦！"

他们遇见玛丽，她的儿子这时正在服兵役。哈纳坎先生对她嚷道：

"玛丽，要捎个什么话儿给令郎吗？我也许会碰见他呢：我又去当兵啦。"

玛丽似乎很惊奇：

"主啊！"她合着手掌说。

哈纳坎先生对她悄然做了个手势，他们夫妻俩便走进火车站。

入口处检票的是夏尔洛。他问：

"怎么啦,哈纳坎先生,这回要砰砰开火啦?"

"乓乓乓乓呢,像情人跳伦巴舞那么激烈!"哈纳坎先生一边将票递给他,一边应答。

公证人皮诺先生正在月台上。他远远招呼他们:

"这么说巴黎得挨炸啦?"

"说对啦,"哈纳坎先生应道,"要不就是南锡。"

接着他简洁地补充:"我又应召入伍啦。"

"哦,是这样,"那公证人喃喃道,"是这样?告诉我:您真持有'二'类手册吗,您哪?"

"可不吗?"

"那就去吧!"公证人说,"您不久就会回到我们当中来的:这一套嘛,都是做做样子!"

"我看不见得,"哈纳坎先生生硬地答道,"您知道,在外交上有过这样的情况:开头是闹剧,结局却是流血!"

"那……您愿意为捷克人打仗吗?"

"捷克人不捷克人,反正都是因为普鲁士皇帝而打仗!"哈纳坎先生说。

他俩笑了,相互祝愿了一番。开往巴黎的火车进了站,但皮诺先生仍从从容容地吻了哈纳坎太太的手。

哈纳坎先生没有用手扶就爬上车厢。他顺便将挎包扔到预订的座位那个角落,又回到车厢走廊,放下玻璃窗,对着妻子微笑。

"嘿嘿,我在这儿哪!我感觉很好,"他说,"车厢里位置很空,假如一直这样,我就可以躺倒睡觉啦。"

"哦!在克莱尔蒙会有人上车的。"

"我担心呢。"

"给我写信,"她叮嘱他,"每天写几句;不用很长。"

"一言为定。"

"别忘了系上法兰绒腰带,让我高兴高兴嘛。"

"我保证。"他以严肃得滑稽的表情说。

他直起身子,穿过车厢走廊,走到车厢踏板上。

"吻我一下呀,老伴儿。"他招呼着。

他在她那肥肥的两腮上亲吻了一下。她滴下两滴眼泪。

"天哪!"她说,"这么折……折腾! 倒好像真需要这么干似的。"

"得啦,得啦!"他道,"嘘——嘘——你能不能……"

他们沉默无言了。他冲着她笑;她一边掉泪,一边也望着他莞尔一笑。他们已经找不到什么话说了。哈纳坎先生倒希望火车立刻开动。

尼约特是十七点五十二分。挂钟上的长针每分钟都摇摇摆摆地挪动,迟疑一下,然后停住。火车里漆黑,火车站也漆黑。那是煤烟给熏黑的。她一定要来。出于责任感。我对她说过:"你不用来了。"她大感不解地瞧着我:"怎么啦,乔治? 你没有牵挂啦?"我对她道:"别待太久,你不能把小丫头抛开过久啊。"她回答:"我请柯尔努大妈看一会儿。我把你送上车,然后就回家。"此刻她就在那儿,我倚在车厢窗口,一个劲儿瞧着她。我很想抽烟。却又不敢,心想这不合体统。她遥望月台尽头,因为阳光过强,便用手遮住两眼。然后她不时想起我还在场,应当望望我。她抬起头,目光落到我身上,冲我露齿一笑,却无言以对。其实,我已是离去的人。

"卖枕头、毛毯,还有橘子、汽水、夹肉面包!"

"乔治!"

"亲爱的!"

"你要橘子吗?"

我的挎包早已塞得满满的。但她执意要给我买上点什么。因为我是出征者呀。假如我不要,她会觉得歉疚。可我不爱吃橘子。

"不要啦,谢谢了。"

"嗯,不要?"

"真不要。你真周到。"

淡淡一笑。我方才已亲吻了这冷淡、丰满、却很好看的面庞,也亲吻了这挂着笑意的嘴角。她拥抱了我,这使我感到有些不好意思:干吗要有这么多名堂呢,天老爷?因为我出征?还有另一些人也出征。人家也拥抱他们,这倒也是。就像这样,有多少漂亮女人站在这里,映着西下的斜阳,顶着浓烟和煤灰,以不太自然的笑脸仰望倚着车窗的一名男子!后来又如何呢?我们呀,我们这些人大概总有些可笑。她太漂亮、太冷峻了;我呢,却太丑啦。

"给我写信啊。"她道。——其实她已说过这话,但总得打发时间呀——"尽可能常常来信。用不着写得很长……"

不会很长的。我不会有什么要说的,也不会发生什么事,我这个人从来没出过事儿。何况我已见过她是怎样看信的。她的神情专注、郑重,又很厌烦;她将眼镜架在鼻头上,小声朗读着,读给自己听,有时还有意跳过几行。

"好啦,得了,可怜的宝贝,我得跟你再见啦。今夜你想法子睡一会儿。"

可不是,没话也得找点儿话呀。不过她明明知道我乘火车是从不睡觉的。回头她会对柯尔努大妈再说一遍:"他出发啦,火车里挤得满满当当。可怜的乔治,我希望他能睡上一小会儿。"

她环顾四围,神情很不幸。她那顶大草帽在头上微微动弹了一下。一对青年男女在她附近站住了。

"我得回去啦。为了小丫头。"她说这话的声音比较响,好叫那对年轻人听见。他们趾高气扬,因为长得帅。但他们并没注意她。

"对啦,亲爱的。再见吧。快快回家。一有工夫我马上写信。"

还是流下了一小滴泪水。为什么啊,天哪,为什么啊?她在迟疑。万一呢,万一她突然向我伸出臂膀,对我说一句"过去全都是误会,我爱你,我爱你!"呢?

"别着凉啊。"

"不会的,不会的。再见啦。"

她真走啦。她约略做了个手势,投过一瞥明净的目光,终于慢悠悠地走了,一边微微摆动她那优雅坚挺的臀部,这时是十七时五十五分。我不想抽烟了。那对年轻男女留在月台上。我瞅着他们。男的背着挎包,两人谈到了南锡;男子也是被再度征召入伍的。他俩不再说什么,只是四目相对。我则注视他俩的四只手,那是优美而未戴戒指的手。女的脸色苍白,颀长苗条,乌黑的头发蓬蓬松松;男的身材高大,肤色金黄,头发也是金黄色,赤裸的胳膊从蓝色短袖衬衫伸出。火车的车厢门砰然关上,他们却充耳不闻;他俩甚至已不相互凝视,因为不需要如此,他们的默契是内在的。

"去巴黎的请上车。"

她打了一个寒战,一语未发。他并不拥抱她,而是在齐肩高度将她那裸露而美丽的两臂捧在手中,缓缓地顺着胳膊将两手下滑。他在手腕处停顿下来。那是纤细瘦弱的手腕。他似乎使劲捏住这手腕儿。她听任摆布,双臂麻木地下垂,面部似乎受了催眠一般。

"上车吧。"

火车微微启动,他跳上车厢踏板,待在那里,用手抓牢黄铜把手。她转身向着他,阳光将他的脸照得惨白,她眨巴眨巴眼睛,嫣然一笑。这是张大了嘴巴而又充满热情的一笑,那么充满信赖,那么沉静,那么温馨:一个男子,不管怎样英俊、怎样强壮,无论如何是不能独自一人带走这笑容的。她根本未曾看见我,她的眼中只有他;她眨巴着两眼,她挣扎着透过阳光再看他一小会儿。我冲着她微笑:我倒回报了她一笑。十八点正。火车驶离车站,迎着夕阳远去,车上所有的玻璃窗都光耀夺目。她依然待在月台上,渺小而暗淡。在她的周围,挥舞起许多条手绢。她一动不动,也不挥舞什么手绢,她的双臂沿着身躯下垂;然而她还在微笑,差不多可以说是在竭尽全力微笑。此刻,她大约还在笑,可谁也看不见她的笑容了。人家还看得见她。她站在那儿,为了他,为了所有出征的男儿,也为了我。我的妻此刻已回到我们安静的家园,正坐在小女儿身边,寂静与平和又在她四周重建。我嘛,我走啦,可怜的乔治,他走啦,我希望他能睡一会儿,我走啦,我在阳光沐浴下高飞远走,我拼命朝那仍然待在月台上的小小黑影儿微笑着。

十八点十分。皮多在卡赛特街散步,十八点钟他本有个约会,他瞧了瞧手表,十八点十分,我再过五分钟上去。在巴黎以南五百二十八公里处,乔治正倚着护栏,在牧场当间穿过。他瞧着电线杆,流着汗,微笑着。皮多暗自思忖:"这小讨厌不知又干了什么蠢事?"他忽然起了强烈的欲念,想上楼、按电铃、大声喊叫:"哎哟,他又干了什么?这可同我、同我一点儿关系也没有啊。"可他还是强迫自己折回来,我将一直走到那边的煤油灯下。于是他向前走去,最要紧的是别显得有求于人,他甚至暗中责怪自己不该来;也许本该用那种带正式抬头的信纸复函:夫人,若有意与鄙人恳谈,鄙人每日上午十至十二时在写字间恭候。他背朝路灯,即刻加快步伐,虽然心里很不情愿。巴黎:五百一十八公里,乔治拭着自己的额头,他像一只螃蟹那样朝巴黎方向滑行。皮多自语道:"这是件讨厌的事。"他几乎奔跑起来,火车已被抛在他身后,他拐进雷恩街,走进七十一号,爬上四层楼,按了电铃;在距离巴黎六百三十八公里的地方,哈纳坎正在欣赏邻座女人的大腿,那是肥腴而线条优美的大腿,穿着有点儿露出汗毛的长袜。皮多按了电铃,他拭着额上的汗,一边在楼梯转角处等候。乔治擦拭着额头,只听得远处传来铁路转向架的咯吱咯吱声。他又干了什么蠢事啊,皮多感到吞咽困难,这是件讨厌的事,尤其是胃部,那胃是模模糊糊而又咕咕作响的;但他站得笔直,脑袋僵硬地抬起,鼻孔故意撑大,并且噘起嘴巴,样子很难看,这时门开了。哈纳坎乘坐的火车钻进了隧道,皮多钻进了凉爽的黑暗中,闻得见那股尘土气,保姆招呼他:"请进呀!"于是一个浑圆的、洒了香水的女人出现了,她光着软绵绵的臂膊,那是四十来岁女人柔软、温馨而新鲜的肉体,头发乌黑、可中间夹杂着一绺白发;她朝他冲过来,他立刻闻到她那股成熟女人的气息。

"他现在在哪里?"

他欠了欠身,她刚流过泪。哈纳坎的女邻座分开了交叉的大腿,他在吊袜带的尽端看见了一角肉体。他故意噘着嘴问:

"您说谁呢,夫人?"

她:"菲力普在哪儿?"

他觉得自己充满柔情,也许她会在他面前大哭一场,会扭动她那美丽的双臂,一个像她这种阶层的女人当然会剃光腋下汗毛。

一个男人的声音让他吓了一跳,那是从前厅传来的:

"亲爱的,咱们白白浪费时间哩。假如皮多先生想进我的办公室,咱们得把情况告诉他。"

落进了陷阱!他走进来,气得发抖,他钻进白热的空气中,火车从隧道中穿出,一束白光射进车厢。他们坐下来,自然是背对阳光;而我呢,却正在阳光直射下。他们是两人。

"我是拉卡兹将军。"那穿军装的胖子说。他指着他的邻座,一位忧郁的巨人,补充道:

"这位是雅尔迪先生,精神科大夫;他最近用心为菲力普做了检查,并且跟踪观察了一段时间。"

乔治回到他那节车厢坐定。一名褐皮肤的矮个子欠身向前,此刻正在说话,他有西班牙人的长相:"你们的老板会帮助你们,这太棒了,对职员和公务人员有利呀。我嘛,我没有固定收入,我是咖啡馆的侍者,靠收小费过日子,这就是我的收入。您告诉我说这长不了,说这是为了吓唬他们,我倒很愿意相信您的话;那么假定还继续两个月,那么我的老婆吃什么呢?"

"我的继子菲力普,"那位将军说,"没跟我们打招呼就离开了家,是在凌晨时分。上午快十点钟的时候,他母亲在餐厅桌子上发现了这封信。"于是他隔着办公桌将信递给对方,并且摆出威严的架势补充道,"请看一看这封信吧。"

皮多很勉强地接过那封信:上面是很不整齐的、尖头尖脑的小字体,有涂改,又有污迹,他来了,他几个小时几个小时地等待着,我听见他来回踱步,他随处(在地上、椅子上、门的下面)扔下揉皱的小纸团儿,然后扬长而去。纸上涂满蝇爪般的字迹,皮多瞧瞧这笔迹,却不愿看下去,觉得那是一连串极荒谬而又眼熟的图画,一看就让人恶心。我宁愿从来没见过这种东西。

  我的小妈妈:现在是杀人犯的时代,我呀,我选择当烈士了。您也许会有点儿难过:我这是自讨的。

菲力普

他将信放在办公桌上,微笑道:

"杀人犯的时代!兰波的影响①产生了可怕的后果!"将军瞅着他,开口说:

"咱们过一会儿再来谈影响问题。您知道我的继子在哪里吗?"

"我怎么会知道?"

---

① 兰波(1854—1891),法国象征派诗人,曾有同性恋倾向。

"您最后一次见到他是什么时候?"

"嘿,这么干,"皮多暗想,"他们在审讯我呢!"于是转身向拉卡兹夫人,用一种伙伴式的口气说:

"不知道,天哪!也许是在八天以前。"

现在,将军的声音从侧面传到他耳中。

"他有没有将他的意向告诉您?"

"没有,"皮多一边说,一边向那母亲微笑,"您是了解菲力普的,他干起事来凭心血来潮。我可以肯定:他昨天晚上不知道今天早晨要干什么。"

"而自那以后呢,"将军又道,"他有没有给您写信或打电话?"

皮多不能明确答复,但那只手已做出动作,那是顺从的、言听计从的手,它伸进上衣的内袋,跟着就下了决心,那只手递出一张纸片。拉卡兹夫人贪婪地抓住那张纸,我再也指挥不了我的双手啦。他还能指挥自己的面部表情:他噘起了嘴,做了那可怕的样子,同时扬起一侧眉毛。

"我是今天上午收到这个的。"

"高高兴兴的流浪汉,"拉卡兹夫人用心地读道,"为了和平嘛。"

火车在滚动,轮船在颠簸,皮多的肠胃在咕咕作响,他艰难地站立起来:

"这意思就是又高兴又流浪,"皮多彬彬有礼地解释道,"是魏尔兰①一首诗的标题。"

精神病专家瞅了他一眼。

"是一首有点儿特别的诗。"

"就这些吗?"拉卡兹夫人问。

---

① 魏尔兰(1844—1896),法国象征派诗人,与兰波有同性恋关系。

她将那张纸放在手指间反复翻看。

"唉,是这样,夫人,就这些。"

这时他听见将军斩钉截铁的声音:

"您还要什么呢,亲爱的朋友?我觉得这封信已写得清清楚楚。我倒觉得奇怪:皮多先生怎么会声称不了解菲力普的意向?"皮多突然转身面向他,瞧了瞧那身军服(不是他的面孔,而是军服),于是热血涌向他的头脑。

"先生,"他道,"菲力普每星期给我写三四次这种鸡爪式笔迹的信件,我后来根本不再留意。请原谅我告诉您,我毕竟还有别的事要操心。"

"皮多先生,"将军说道,"您从一九三七年开始领导一家叫做《和平主义者》①的杂志,您在杂志上明确表示:不仅反对战争,而且反对法国军队。您是在一九三七年十月认识我的继子的,具体情况我不知道,您争取到他赞同您的主张。他在您的影响下,采取了一种与我势不两立的态度,因为我是一名军官;对他的母亲也是如此,因为她嫁给了我这名军官②。他公然参与反军游行。如今,正当国际形势紧张之际,他弃家出走,还借刚才您见到的那张纸条儿,通知您他将成为和平事业的烈士!皮多先生,您已经三十岁,而菲力普还不到二十岁;因此,我要对您说:我继子出走产生的任何后果,我认为您个人都必须负责,您听了这话不必感到惊奇。"

"好啦,"哈纳坎对他的女邻座说,"我嘛,我得告诉您:我已被动员啦!""哎呀,我的天哪!"她应道。乔治瞧着咖啡馆的侍者,觉得他很顺眼,也很想对他说:"我也一样,已经被动员。"可他不敢说,那是出于谨慎;火车摇晃得厉害,"我在受车轮刑哩!"他想。

~~~~~~~~~~

① 这是第一次大战前的一家法国杂志。慕尼黑事件期间,有一家与此类似的杂志,名称略有不同。

② 萨特根据当时一桩类似的案件虚构了有关情节。

"我拒绝承担任何责任,"皮多斩钉截铁地说,"我能理解您的悲痛心情,但我总不能答应做您的替罪羊吧。菲力普·格雷齐涅确实于一九三七年十月到本刊编辑部来过,这一事实我无意否认。他交给我们一首诗,我们觉得颇有培养前途,便在十二月号上予以发表。此后他常来造访,我们却采取竭力规劝的态度,因为我们觉得他委实过于狂热;总之,我们已拿他没办法。"(将军坐在屁股尖儿上,用愤然而又可厌的目光打量着皮多,眼见他又喝饮料又抽烟,目睹他的两片嘴唇上下启闭,自己却既不喝也不抽,只是不时伸出手指挖鼻孔,或者用指甲剔牙,一边还目不转睛地照旧盯着他。)

"可他能跑到哪儿去呢?"拉卡兹夫人突然大喊起来,"他能在哪儿?他正在干什么?您提到他时的口气,好像他已经死掉了!"

他们都不作声了。她身子朝前俯,表情既焦虑又轻蔑;皮多从她胸衣开口处瞥见了她胸脯的上端;将军直挺挺坐在安乐椅上,他在等待。他对一位合法母亲的悲痛,惠予几分钟的肃静以示尊重。精神病专家以深切的同情凝视拉卡兹夫人,好像这是他的一位病人。然后他摇晃着他那忧郁的大脑袋,转向皮多,一如先前那样满怀敌意:

"皮多先生,我承认菲力普并没有理解您的全部思想。但毕竟这是一个极易受外来影响的孩子,他对您崇拜得五体投地。"

"难道这是我的过错?"

"也许这并不是您的过错,但您却滥用了您的影响力。"

"这是什么话!"皮多说,"既然您为菲力普检查过身体,您当然知道他有病!"

"不完全如此,"那医生笑眯眯地说,"他肯定有一定的遗传负荷。是父系的影响(他说着看了一眼那位将军),但他不完全是一位精神病患者。他是一个孤僻、不合群、懒惰和虚荣的孩子。怪癖、仇恨心理自然是有的,占主导地位的是性心理。他常常来看望我,最近我们常聊天,他承认他……怎么说呢?请原谅医生的直率(他对拉卡兹夫人说)。简单说来,是经常、一贯的手淫。我知道,我的许多同行只把这看作一种结果,而我从中辨别出来的却是一种原因,同艾斯奎罗尔①意见一致。总而言之,他恰如芒杜斯先生颇为得当地形容的那样,正在艰难地经历青春期少年特殊的危机②:他需要有人引导。皮多先生,您可是做了坏牧羊人,坏牧羊人啊。"

拉卡兹夫人的目光似乎偶然落在皮多身上;但这目光是令人难以忍受的。皮多更愿意干脆面向精神病专家说话:

"我对拉卡兹夫人深感抱歉。但既然您迫使我说出来,我就直截了当地向您表明:我一贯认为菲力普是最典型的堕落分子。假如说他需要人引路,那么您为什么不予以照应?这是您的职责呀!"

精神病专家苦笑了一番,叹着气舐了舐嘴唇。那女人也在笑。她靠着舱门,身上起了鸡皮疙瘩,她以蛊惑人的表情微笑着。

"好吧,孩子,"船长道,"您得九点钟再来看我,我会告诉您我为您和您的女友能做些什么。"他的眼神迷茫而明亮,他满脸通红,抚摸着她的胸和颈部,又说一遍,"别忘了:今晚九点到这里来赴约。"

"拉卡兹将军好意让我翻阅了菲力普的几页日记,我觉得自己有责任了解其内容。皮多先生,读过这份材料之后,便知您对这不幸的孩子进行了讹诈。您明知他十分渴望得到您的器重,便趁机向他要求某些服务,究竟是何种服务,日记中未曾明言。只是近

---

① 艾斯奎罗尔(1772—1840),著名精神病专家。
② 指皮埃尔·芒杜斯于一九〇九年发表的《青春期少年的内心世界》一书中的论点。

来他流露反叛之意,您便对之极端蔑视,终至令他陷于绝境。"

他们知道什么啊?他怒不可遏,反倒笑起来了。莫德笑着行礼,下身已退出门外,上身朝前鞠躬,浸在舱房暖热芬芳的氛围中:

"当然当然,船长先生。那么就说好九点钟;船长,一言为定:九点钟。"

"谁令他陷入绝境?谁会天天让他受委屈?难道是我在上周六在餐桌上捆了他一记耳光?难道是我硬要把他当成病人、送他去见精神病专家,并且强迫他回答有损人格的种种问题?"

"您也是吗,也被动员啦?"咖啡馆的侍者问。

乔治对他苦笑;他本应开口说话,回答那两位少妇的问题:

"不,"他道,"我回巴黎办私事。"

拉卡兹夫人的尖声叫嚷使他吃了一惊。

"您还不赶快住嘴!您能不能闭上嘴?您对他是多么蔑视!二十岁的孩子,您将他衣服脱光,亵渎了他;还有我,您也不把我放在眼里?也许他已经投了塞纳河,你们却还在这里相互推诿责任!我们全都有罪啊;他说:'你们没有权利把我逼得走投无路。'但我们全都逼了他啊!"

将军满面通红,莫德也满面通红。

"行啦,"她说,"人家会来给我们搬行李了,我们今天夜里睡二等舱。"

"亲爱的,"弗朗丝说,"是嘛,你看,你当成天大的事,其实并没那么难。"

"萝丝!"他说,没有提高嗓门,只是瞪眼盯住她。她哆嗦了,张嘴瞧着他:

"这……这太卑鄙了!"她道,"我感到羞耻!"

他伸出那只有力的手,抓住妻子赤裸的胳臂,重复了一遍:

"萝丝!"声调仍未提高。拉卡兹夫人的身子缩了下去,她紧闭嘴巴,摇着头,似乎醒悟了;她瞅着将军,将军对她一笑,一切都恢复了正常。

"我并不像我的夫人那么忧虑,"他说,"我的继子出走时,从他母亲的书桌里偷走了一万法郎。所以我很难相信他会轻生!"

这时一片寂静。船有点颠簸;皮埃尔觉得身子发黏,他站在卧铺前,打开自己的衣箱。衣箱里溢出一股薰衣草、牙膏和烟草的气味,这气味让他有些恶心,他想:"船上服务员说过啦,我们这次渡海不会顺当!"将军沉思不语,将军夫人的神情像个乖孩子,皮多无法理解,他的肠胃咕咕叫,他的脑袋疼了,实在无法理解!嗬,肠胃翻起来了,然后又直冲到鼻头,地板在脚底下咯吱咯吱震动着,空气又热又黏,他定睛瞧了瞧将军,再也没有恨他的力气。

"皮多先生,"将军又道,"作为今天谈话的结论,我认为您能够,并且应当帮助我们找回我的继子。迄今为止,我仅限于向警察局报警。但假如从现在起四十八小时内我们还没有找回菲力普,我想把案子交到我的老友、检察官戴特纳手中,同时向他提出:司法当局是否应对《和平主义者》的资金来源做一些调查。"

"我……当然会帮助您的,"皮多答道,"谁都可以查一查《和平主义者》的账目,我们可以将它公布于光天化日之下。"

船在下沉,这是俄罗斯的群山哩。他将声音挤出发紧的喉咙,补充说:

"但是我……我不拒绝助您一臂之力。纯粹出于人道因素,我的将军。"

将军点了点头,说:

"我也是这么理解的。"

船缓缓地、缓缓地上升,好像是偷偷上升;它下降时也是如此;大家不禁要瞧瞧卧铺和洗脸池,以便顺手抓住什么正在上升或下降的东西。然而大家什么也看不见,除了有时在贴近小窗的下线处,出现一条深蓝色的带子,随即又渐渐消失。这是一种活跃而又畏缩的小小运动,宛若心脏的跳动,而皮埃尔的心脏合着这节拍在跳动。接连许许多多个钟点,船只不停地忽上忽下。皮埃尔的舌头像一只多汁的水果放在他的口中;每咽一次唾沫,他就听见耳朵里什么地方有软骨组织作响的声音;头上仿佛套了紧箍咒,把两鬓压得好生疼痛;再就是老想打呵欠。可他保持着镇定:晕船的事只在你老想着它时才会发生。他只要挺起身子,走出船舱,到甲板上去转一圈,就能缓过劲来,这轻微的恶心感就会消失:"我得去看看莫德。"他道。他松手放开了衣箱,在铺位旁站得笔直笔直,就像睡了一觉醒来似的。这会儿轮船在他脚下忽起忽落,但胃和脑袋都得救了;莫德高傲的眼神又出现在面前——还有恐惧和羞耻。我要告诉她我生病了,有点儿中暑,喝酒喝多啦。我必须解释清楚,他将诉说一番,她将用严酷的目光洞穿他,这可真讨厌。他艰难地咽下唾沫,那唾沫以可怕的滑腻擦过喉间,已经有一种难闻的液汁喷向他的口腔。真讨厌,真让人讨厌!他的想法无影无踪了,剩下的只有一种放松的舒适感,一种按拍节上下起伏的需要,慢慢地、久久地呕吐的需要,他想往枕头上一倒,嗨哟、嗨哟,万念俱灰,被寰宇的颠簸带向远方;他及时控制住自己:晕船只在你老想着它时才会发生。他完全恢复过来;挺直而瘦削,成为懦夫,被人蔑视的情夫,未来的战死者,他重新感到害怕,那种清醒、冰凉的害怕。他从上铺取下第二只衣箱,将它放在下铺,动手将它打开。他待在那里站得笔直,不弯腰,甚至不看那衣箱;他僵硬的十指盲目地触摸着箱锁;这值得吗?值得去打仗吗?他将变成软绵绵的一摊,他将什么也不去想,他将不再害怕,只要听天由命便可。"我得去看看莫德。"他举起一只手在空气里晃动,带着一种颤悠悠的、颇为庄重的温存。柔和的姿态、轻轻跳动的睫毛、嘴巴里甜甜的味道,薰衣草香精和牙膏的香味,轮船悠悠地上升,又悠悠地下降;他打着呵欠,时间的流逝变缓慢了,在他四周变得如糖浆一般;只需挺直身子,走出船舱迈三步,呼吸一下新鲜空气。但为什么要这样做?为了再度感到害怕吗?他用手背推开了衣箱,扑倒在床上。一杯糖浆,用白糖调制的糖浆。他不再害怕,他不再难为情,晕船真是滋味无穷呢。

他在码头边坐下,两腿高悬在水上;他累啦,他说:"马赛本是不错的,假如没有这么多房子。"在他下面,船只微微荡漾,很轻微地荡着,那是些小船,为数甚多,装饰着鲜花、漂亮的红帘子和赤条条的雕像。

他瞧着航行中的船只。有的像山羊一般跳来跳去,有的却非常稳健;他欣赏着碧蓝的海水,以及远处的一座大铁桥。远眺总是一大乐趣,能使人心旷神怡。他这会儿觉得两眼好生疼痛:他梦见自己睡在车厢底下,有几条汉子提着灯走了过来;他们照见了他,将他赶出来,满嘴是侮辱人的脏话。之后,他发现一堆沙子,然而他再也未能入睡。他发问道:"今晚我到哪儿安身呢?"肯定有好地方,还铺着点儿草料。可事先得知道是在哪里呀。他本当问问那黑人的。他肚子饿啦,便站立起来;他的膝盖僵硬,格格作响。"我得找个客栈哩,现在啥吃的也没有啦。"他解释道。他重新迈步往前走,他已经走了一整天,他走进门就问:"有活儿干吗?"然后又继续走。那黑人已经告诉过他:"没活干啦。"在城里,走路是很费劲儿的,因为是石板路。他穿过码头,是慢慢斜穿的,一边东张西望,好避开有轨电车:因为他听见了电车叮叮当当的铃声,这使他为之一震。这天街上熙熙攘攘到处都是人,一些又瘦又矮的人,行色匆匆,眼睛老盯着足尖,似乎在寻觅什么失物;他们走过时常将他碰撞,然后头也不抬地匆匆道声抱歉;他倒很想与之交谈几句,但他们看上去真是弱不禁风,令人为之担惊受怕。他走上便道,见有咖啡店和漂亮的平台,还有客栈,但他并不入内:桌面上铺着台布,台布嘛,就有弄脏的危险。他转进一条阴暗的小街,小街冒出一股鱼腥味儿,他问:"这么个地方,我该上哪儿去进餐呢?"说也巧:他一眼就看见了可遇不可求之处,在一间小屋前面,摆着十几张木头桌子;每张桌上安排了三四份刀叉,还有一盏圆形小灯,光线不怎么明亮,也没有铺什么台布。在其中一张桌子上,一位先生已在大嚼大咽,伴着一位看上去挺正派的太太。胖路易挨近他们,在邻桌坐下,冲着他俩露齿一笑。那太太一本正经地把他打量一番,并将自己的椅子往后推一推。胖路易叫来了女服务员,是一位有点儿瘦小的漂亮小姐,臀部很结实,并且很爱扭动。

"好姑娘,这儿有什么好吃的?"

她模样儿挺俊,又散发着香气,但却不像是欢迎他光顾的样子。她颇为犹豫地瞧瞧他:

"您自己看菜单吧。"说着,指了指桌上的一张纸。

"哦,好的。"胖路易说。

他拿起那张纸,装作端详的样子,心里却害怕把菜单拿反了。这当儿女服务员走开了,同站在门槛上的一位先生交谈起来。那先生边听边点头,还打量着胖路易。末了,他从女服务员身边走开,面有难色地挨近胖路易。

"您想要什么啊,我的朋友?"他问道。

"嗨,我想吃点什么,"胖路易不胜惊讶地回答,"您这儿总该有一碗汤和一片肥肉吧!"

那位先生面带愁容地摇了摇头,道:

"不,我们这儿没有汤。"

"我兜里有钱,不需要赊账。"胖路易强调。

"这我相信,"那位先生说,"不过您大概弄错了。您在这儿不会觉得方便的,对我们也有些妨碍。"

胖路易盯了他一眼,问:

"那么这儿不是旅店吗?"

"是的,是的,"老板说,"不过我们的顾客是专门的……您最好到加纳比埃尔街对面去,可以找到一大堆小饭馆,对您再合适也不过啦。"

胖路易站起身,他不胜困惑地搔搔头皮,又道:

"我有钱呀,可以拿给您看呢。"

"不用,不用,"那先生急忙答道,"您说的我全信。"

他彬彬有礼地挽起他的胳膊,带着他在小街上走了几步。

"打这儿走,"他说,"您就能找到堤岸,再靠右首顺着走,不会走错的。"

"您真是个好人。"胖路易说着摸了摸帽子。他感到自己做错了事。

他又重新来到码头上,到了矮小的、黑头发的人群当中,这些人在他的两腿旁窜来窜去。他走得非常慢,唯恐碰翻了哪一位。他心里很不好过。在这个钟点,他通常是从加尼古山朝维尔弗朗什①走,牛群在他前头慢行,倒是有了伴儿;他经常碰见帕尔杜先生,他朝维蒂叶农庄走,每回都送他一支雪茄,或在他腰间捅上几拳。山峦呈红褐色,鸦雀无声;山谷深处,能看见维尔弗朗什的炊烟。他迷了路,所有这些人走得都太快,他只能瞥见他们的头皮或帽尖儿,他们全都是矮小人种。一个顽童从他两腿当中穿过,嬉笑着瞧他,对他的伙伴说:

"给我瞄着这个家伙,你不会以为:他一个人在上面感到腻味吧?"

胖路易看着他们奔跑,感到自己有错儿;他因为自己身材高大而感到惭愧。他说:"他们有自己的习惯。"然后身子靠在墙上。

① 维尔弗朗什,法国东南部小镇。

他既忧郁又和气,忧郁得像在生病的日子里一样。他怀念那黑人,他又礼貌又快活,那是他唯一的朋友。他思忖:"我本不应当让他走掉的。"而且,突然间,一种快活的想法闪过他的脑海:"黑人嘛,从老远就能认出来,重新找到他应当是没什么困难的。"他继续朝前走,觉得自己不那么孤单了,他用眼睛寻觅他,心想:"我该请他喝一杯。"

她们全都来到广场,脸蛋被夕阳照得很红。其中有冉娜,有于絮尔,有克拉波姐妹,有玛丽,还有所有其他女人。她们开头是在家里等待,后来眼看一分一秒过去,又一个个地回到广场上来。她们等待着。透过明净的玻璃,她们看到特朗伯兰寡妇的咖啡馆华灯初上,在玻璃窗上方形成三个模模糊糊的斑点。她们瞧着这些斑迹,深感悲伤:特朗伯兰妈妈点亮了她那冷清的咖啡馆的灯火,她坐在一张大理石桌边,将她的针线篓放在大理石上,无牵无挂地缀补着线袜,因为她已做了寡妇。而她们呢,她们却待在外面等候丈夫,她们感到自己身后屋里空空,厨房里夜色渐浓;在她们前头,是这条漫长的冒险之路,路的尽头便是卡昂城。玛丽瞧了瞧教堂钟楼上的时间,对于絮尔说:"再过一会儿就九点钟啦,也许人家还是把他们留下了。"镇长说过这根本不可能;但他懂什么啊!他不比她们更了解城里人的习惯。人家干吗要拒绝送上门来的棒小伙子呢?也许人家对他们说了:"哎,好嘛,既然你们已经来了……"于是便将他们留下。小萝丝奔过来了,她上气不接下气,大喊:"他们来啦!他们来啦!"所有的女人也都拔腿跑起来;她们一直跑到达尔波瓦田庄,从那里可以看到一段大路,于是她们看见他们在白色的公路上,正好在大草地当间:他们都还在大车上,像去时一样鱼贯而行;他们回程走得很慢,边走还边唱。夏宾走在最前头,他瘫坐在长凳上,两手无力地执着缰绳,他已昏昏入睡,马儿凭着习惯自己往前走;玛丽发现他的一只眼睛又青又肿,想到他又同别人打过架。在他身后,小雷纳尔站在四轮车上大声唱着歌,但他的样子并不开心,别的人跟在后面,衬着明亮的天空,显出一个个黑色的身影。玛丽转身对克拉波说:"他们都喝醉啦,人家要的就是这一口呢!"夏宾的大车走得十分慢,一面还吱扭吱扭地响着,女人们闪开身子让大车通过。车子驶过后,路易丝·夏宾发出一声尖叫:"天哪,他只牵回一匹牲口,那另一匹呢,他弄到哪儿去啦,是不是卖了喝酒啦?"小雷纳尔声嘶力竭地大声歌唱,让他的轻马车从一个沟壑跳到另一个沟壑;后面那些人,也都手持马鞭,站在大车上唱个没完。玛丽见到她的男人,他看上去没有醉,但她凑近看那副嘴脸时,便知他也没少喝,而且就要揍人啦。"连畜生都不如呢!"她想,心里十分难过。但见他回家她还是挺高兴的,农庄里要干的活儿太多啦,虽说他有时要揍人(比如周末),还是宁愿让他在家里干粗活儿。他一屁股坐在椅子上,那是小啤酒店的一个平台;他要红葡萄酒,可端上来的却是一小杯白葡萄酒;他的两腿发酸,于是他在桌子底下把腿伸直了,在鞋子里扭动着脚趾。"真有意思。"他说。然后一边喝,一边又说:"真有意思。不过我还是有心找了他半天。"他真想让他坐在对面,好好端详一下那副善良的黑面孔;只要一见到他,他就要发笑;那黑哥儿也发笑。他的神情又温顺又轻信,像牲口一样:"我要给他烟叶抽,给他葡萄酒喝!"

他的邻座打量了他一番:"他觉得我古怪,因为我自言自语。"那是个二十岁的矮小子,发育得很不好,很瘦弱,皮肤像姑娘般细嫩;他同一个褐皮肤的坐在一起,那人倒是个漂亮男子,鼻头扁平,耳朵里长毛,左前臂文了一只铁锚。胖路易明白他们在用他们的方言议论他。他朝他们微笑,同时唤来了堂倌。

"小伙子,同样的酒再来一杯。要是你有大点的杯子,只管拿来。"

堂倌不动弹,也不说话;但端详他的样子异乎寻常。胖路易掏出钱包往桌上一放:

"你怎么啦,小伙子?以为我付不起钱吗?喏!"

他取出三张大钞,每张一千法郎,在他鼻子底下晃了晃:

"你有什么可说的?去,给我上一杯你那破玩意儿。"

他将钱包放回衣兜,发现那鬈发小伙子冲他有礼貌地微笑着。

"混得不错?"那矮小子问。

"嗯?"

"挺好吗?"

"还行,"胖路易说,"我在找我那位黑哥们儿。"

"您不是本地人?"

"不是,"胖路易含笑回答,"我不是这儿的人。你不想喝一杯吗?我请客。"

"那敢情好,"鬈发小子说,"我能把我的伙伴也带来吗?"

他用方言对伙伴说了几句话。伙伴笑了笑,默默站起身来。他们在胖路易对面坐下来。那矮个子身上散发着香气。

"你身上有一股贱女人的味儿!"胖路易说。

"我从理发店刚回来。"

"哦!原来如此。你叫什么名字?"

"我叫马里奥,"那矮个儿说,"这哥们儿是意大利人。他叫斯塔拉斯,我们是水手。"

斯塔拉斯笑着打了个招呼,但一言不发。

"他不懂法语,但他很有意思,"马里奥说,"你会意大利语吗?"

"不会。"胖路易说。

"没关系,你会明白的:他很有意思。"

他们彼此用意大利语交谈。这是一种很优美的语言,他们似乎在歌唱。胖路易跟他们待在一起颇为高兴,因为有了伴儿;但实际上,他仍觉得孤独。

"你们要什么酒啊?"

"好,来茴香酒吧。"马里奥说。

"三杯茴香酒。"胖路易重复了一遍,"这是什么东西?葡萄酒一类吗?"

"不,不,比那好得多,你会发现的。"

堂倌倒满了三杯烧酒,马里奥往杯子里兑了点儿白水,那烧酒就变成旋转不已的一团白雾。

"祝你健康!"马里奥说。

他咕咚咚咚一饮而尽,用袖子擦了擦嘴。胖路易也喝了下去:味道不坏,确有茴香味。

"快瞧斯塔拉斯,"马里奥说,"他会叫你发噱呢。"

斯塔拉斯开始斜着眼瞧人;他皱了皱鼻头儿,噘了噘嘴唇,还像兔子似的晃晃耳朵。胖路易笑了,却感到不悦和反感:他觉得斯塔拉斯不讨人喜欢。马里奥笑出了眼泪:

"我对你说过,"他笑嘻嘻地说,"他很有意思。现在他要玩小碟子了。"

斯塔拉斯将酒杯放在桌上,又把垫在下面的小碟放在他巨大的掌心中,再以左手在右手上面平搓三次。第三次刚过,那小碟便不知去向。斯塔拉斯利用胖路易惊奇之际,将手伸进他的两膝之间。胖路易感到一件硬东西刮过他的腿部:那只手重新出现,手中拿着小碟儿。胖路易微露笑意,马里奥却拍着大腿,高兴得掉出了眼泪。

"嘿!老坏蛋!"马里奥在两次打呃之间说,"我早说过:你跟咱在一起,会笑个没完!"

他渐渐安静下来;到他恢复正经之后,一种沉甸甸的静默笼罩住了这三个人。胖路易觉得他们已令人讨厌,有点儿希望他们滚开;但转念一想:黑夜即将来临,他又得重新上路,在漫长阴暗的街道上胡乱穿行,没完没了地寻找一个可以吃饭的角落,以及一个可以睡觉的处所,想到这,他觉得心揪紧了,于是又要了一巡茴香酒。马里奥俯身向着他,胖路易闻到了他的香气。

"这么说,你不是这儿的人?"马里奥问。

"我不是本地人,此间谁也不认识,"胖路易说,"我就认识一个小伙子,还找不到他的踪影。要么你认识他,他就是那黑哥儿。"他想了想又道。

马里奥似懂非懂地点点头。

他蓦然俯身向着胖路易,眯缝着眼说:

"马赛是人们寻欢作乐的地方,"他对胖路易说,"假如你没见识过马赛,就等于一辈子没寻过开心!"

胖路易沉默不语。在维尔弗朗什,他倒是常常寻乐的。当年他服兵役时,在佩皮尼扬的窑子里,他也是快活过来的:那可真够意思。可他没法想象在马赛也能寻欢作乐。

"你不想乐一乐?"马里奥问,"那些漂亮小妞儿你就不当一回事?"

"那倒不是,"胖路易说,"可眼下我更需要填饱肚皮。你要是认得什么餐馆,我就请你一道吃一顿。"

随着夜幕下垂,各种物质都蒸发成为气体,只剩下一块块朦朦胧胧的气团,颜色灰暗的薄雾。她低着头,缩着肩膀,匆匆忙忙向前走;她生怕突然绊着一团缆绳什么的,于是她紧贴着舱壁踽行;完全被夜色吞没,仅仅成为悬在这巨大雾团中的一股水汽,然后沿着船边慢慢散开。然而她明知自己洁白的衣裙是一盏提灯。她穿过二等舱甲板,听不见任何嘈杂声,唯有那波涛无尽的哀怨。可是到处都有纹丝不动、无声无息的人影,映衬在大海平静的暗影上,他们睁着眼睛:不时有尖尖的火光洞穿漆黑的夜,将某人的面孔照红;于是一双眼睛闪闪发光,凝视着她,旋即渐次隐没。此时的她,真恨不得弃世而去。

得从一处楼梯走下去,穿过三等舱甲板,再从另一处楼梯攀缘而上,那梯子像绳梯一般垂直,泛着白色;假若有人瞥见我,那是不会发生疑问的了:他的单人舱在上面,那里只有他一间;这男人有活儿要干,他不大可能留我整整一夜。她还担心他搞出滋味来,天天晚上派一名男仆到客厅里来寻她,像那个希腊籍船长干过的那样。但不会,对这么一个肥肥胖胖的老家伙来说,我实在是过于干瘦啦,他会大失所望,他会发现我只剩下一把骨头。她用不着叩门,那门是虚掩着的,他在黑暗中等候她,说:

"请进来,美人儿!"

她有些踌躇,喉头突然发紧;一只手伸出来将她拉进单人舱,门又重新关上。她突然发现身子紧贴着一个大肚皮,一张有软木味儿的老嘴使劲压着她的嘴唇。她听任摆布,以傲慢的隐忍思忖:"这是我的职业呀,是我行当里的一部分哩!"船长按了电灯开关,于是他的尊容便在黑暗中显露出来;他两眼的眼白泛着水汽和蓝颜色;左眼有一个红色的斑点儿。她笑嘻嘻地挣脱出来;一切都变得难上加难啦,因为电灯照亮了一切。本来,她只是笼而统之地想象他的模样;可这一下子,他却存在于最小的细微末节之中,可谓纤毫毕露。她就要同一位世上无双的人物做爱,而这做爱又和跟别的男人一个样儿。这一夜将成为无双之夜,又同任何的夜并无不同:一个独一无二、无法弥补的爱情之夜,它将无可弥补地永远消失。莫德笑着说:

"请稍耐,船长,请稍耐,您真性急呀:咱们总得相互认识认识嘛!"

出什么事啦?他支着一只臂肘抬起身子,满腹狐疑:船似乎纹丝不动了。他感到有三四次反胃，有一次很厉害，一直冲到鼻头，他觉得浑身既空虚又绵软，但脑子却很清楚。

"出什么事啦？"他在寻思。他突然在床铺上坐起，似乎有一只铁箍套住他的头颅，还有那种极为熟识的忧虑在咬啮他的心。时间又重新开始流逝，那是一座不可逆转、断断续续运作的机械，每秒钟都像一弯锯齿那样撕裂着他，每秒钟都使他更接近马赛、接近他将沉沦于其中的灰色大地。人间又重新出现，环绕着他的单人舱：一个冷酷无情的人间，有火车站、有烟氲、有制服、有备受摧残的田野；那是他既无法生存又难以割舍的人间，包括那在弗朗德勒等着他的土穴。一个胆小鬼，身为将门之子却害怕打仗。想到这儿他自己都厌恶自己。然而他还是不顾一切地攫住生命。但这就更加令人恶心啦："我并不是为了自身的价值而想活着；我是……什么也不为，什么也不为，只因为我本来就活着。"他觉得只要能保住皮囊，他就什么都干得出来：可以溜之大吉，可以跪地求饶，可以卖友求荣；然而他又并不怎么看重他这条命。他站起身来说："我对她说什么呢？说我中暑啦，疟疾发作啦？身上感觉不正常啦？"他走近大镜子，身体摇摇晃晃，发现自己脸色蜡黄蜡黄，如同柠檬一般。"这下子齐啦：我连脸面都靠不上啦。而且我大概还散发出一股恶心的气味。"于是他在脸上洒了一通香水，又用漱口水洗了洗口腔。"真是麻烦呀，"他愤愤然想道，"我还是头一遭考虑一个婊子会对我有什么看法。半吊子的荡妇、烂舞厅里拉琴的；我从前玩过有夫之妇，玩过贤妻良母哩。她勾住我啦，这婊子；"他一边穿上衣一边想，"她心里有数。"

他打开门走了出去；船长还光着身子，他的皮肤蜡黄而有光泽，除了胸部的四五根白毛外，全身无毛，也许是因为年老而脱落光了。他笑着，样子像个胖乎乎的老顽童。莫德轻轻用指尖触摸他那光溜溜的胖大腿，他绞扭着身子大嚷：

"别搔我的痒处啊!"

他知道那间舱房的号码:27号。他走进右首走廊,然后又走入左边一条走廊。他用力敲打舱壁;27号,就在这儿嘛。一名年轻女子仰卧着,像死人一般脸色铁青;一名老妇坐在床上,两眼又红又肿,正在吃一块奶酪点心。

"哦!"她道,"那三位女士吗?她们都很和气。她们走掉啦,人家把她们搬到二等舱去了;我会想念她们的。"

他惊奇地瞧着她,将手放在她的胯骨上:

"您要是长着一张漂亮的小脸蛋,那就十全十美了;可你真够瘦的呀。"

她扑哧一笑;当有人摸着她的胯骨时,她总是忍俊不禁。

"船长,您不喜欢瘦子吧?"

"嗨!我一点儿不讨厌瘦子,绝不讨厌!"他忙着应答。

他连跑带跳地上了楼梯;他必须见着莫德。现在他上了二等舱的甲板,一条很漂亮的、铺了地毯的走廊;门和壁板都上了青灰色的瓷漆。他很走运:鲁比突然出现了,后面跟着一个提衣箱的男服务员。

"您好!"皮埃尔说,"您坐二等舱吗?"

"不错不错!"鲁比答道,"弗朗丝害怕得病。我们一齐商妥:既然事关健康,就该作一点儿牺牲。"

"莫德上哪儿去啦?"

莫德正侧身卧着,船长斯斯文文而又心不在焉地轻轻抚摸她的屁股;她倒觉得委屈了:"要是我不对他的胃口,他就不该勉为其难嘛。"她也用手去摸他的腰间,算是礼尚往来:那可是老皮老肉了。

"莫德吗?"鲁比尖声怪气地回话,"谁知她上哪儿去了?您是了解她的:她忽然动念去讨好运煤工了,要不就是去讨好船长;她最喜欢东奔西颠,总是从船这头跑到另一头。"

"小怪物!"船长说着笑起来,一边抓住她的手腕,"我就让你在我这船主的身子上奔走一圈!"他揶揄道。他的眼睛头一遭儿光芒四射。莫德便听任他摆弄,她因为换舱房而有些不好意思,好歹得叫他满意啊:她遗憾自己实在太瘦,似乎让人上当受骗了;船长倒满脸堆笑,他低垂眼帘,似乎庄重正派而又含蓄敛抑的样子。他抓住莫德的手腕,温柔而坚定地指引她那只手遨游;莫德也心甘情愿,暗想:"人家一心想干的事儿,咱要是拒绝也不合适;毕竟此番给人添了麻烦,尤其是人家原本不喜欢丁柴棍儿!"

"多谢,多谢啦!"

他点点头,又重新向前疾行。必须找到莫德;她应当在甲板上。他爬上二等舱的甲板,天色已暗,几乎不可能分辨出谁是谁来,除非是凑到鼻尖底下去端详。"我真笨,其实只需在此守株待兔便可:不管她从哪儿来,她都得走这部楼梯嘛。"那船长已经紧闭双眼,样子既安详又全神贯注,让莫德觉得十分有趣,她的手腕已感劳累,但能让人高兴她也就满意了。再说,她觉得自己是一个人,就像小时候泰弗讷尔爷爷将她抱在膝上,爷爷却突然颠着脑袋睡着了。皮埃尔凝视大海,心想:"我是个胆小鬼!"一阵凉风拂过他的脸,吹得他的发绺唑唑有声。他瞧着波浪的汹涌澎湃,吃惊地审视自己:"胆小鬼。我真没有想到哩。"胆小到可悲可叹的地步。仅仅一天,就足以让他发现自己的真相;若不是此番战祸临头,他本会永远一无所知。"假使我生在一八六〇年,比如说……"那么,他会沉着自信地安度此生;他会苛责别人的怯懦,不会有什么事情(绝不会有)暴露他真正的天性。不走运啊。一天。才一天工夫,眼下他算是明白了,并且感到孤零零。汽车、火车、轮船驶过这明净且音响格外好的黑夜,全都驶往同一方向:巴黎,载着像他一样的年轻后生。他们不能成眠,倚着舷墙,或者用鼻头儿贴着玻璃窗。"这是不公正的啊,"他心想,"成千上万的人,也许是千百万人,生活在幸福的年头,从来没有认识到自己的局限:他们尝到的是并无定论的甜头。阿尔弗莱德·德·维尼也许是个胆小鬼。还有缪塞呢?圣伯夫呢?波德莱尔呢?① 他们都非常走运。可我却很倒霉! 他一边顿足,一边喃喃自语。她本可以不知此事的,她本可仍以崇敬的神色看待我,她也不会比别人跟我的时间更长,过了三个月我就会将她抛在一边。可眼下她已经知道。她知道啦。这婊子,她抓到我的把柄啦。"

外边一团漆黑,但在酒吧里,光线却十分充足,以致胖路易被照花了眼,说来有趣,因为看不见灯,只是天花板上有一圈弯弯曲曲的红色管道;还有一圈白色管道,那便是光源了;他们到处都安装了镜子;在对面的镜子里,胖路易瞥见了自己的整个大脑袋,以及斯塔拉斯的脑门顶儿;他既看不见马里奥也看不见戴西,他们的身材都太矮小。他付了餐费和四巡茴香酒的钱;他叫了白兰地。他们坐在酒吧的尽里头,正好面对柜台,那里挺舒服,四周响着催人入眠的音乐。胖路易兴致勃勃,他真想跳上桌子高歌一曲。可惜他不通音律。有时候他闭上两眼,落进一个黑洞,觉得碰上了什么可怕的东西,压迫得他全然透不过气来。他重新睁开眼,想追忆到底是什么,临了却好像什么事情也不曾发生。扯平了说,他还是觉得挺自在,有点儿恼火,却又很舒服;他很难坚持睁着眼睛。他早已将两条长腿伸到桌子底下,一条腿夹在马里奥的两腿间,一条腿夹在斯塔拉斯的两腿间。他在镜子里看见了他自己,觉得很好笑,他试图学斯塔拉斯的样子做鬼脸,但他既不会斜眼看人,又不

---

① 以上提到的人名,均为十九世纪法国的著名作家:阿尔弗莱德·德·维尼(1797—1863),浪漫派诗人,小说家;缪塞(1810—1857),浪漫派诗人,小说家,剧作家;圣伯夫(1804—1869),小说家和批评家;波德莱尔(1821—1867),诗人兼批评家,法国象征派的前驱。

会叫耳朵动弹。在镜子下方,有位小个子太太,相貌端正,穿着整齐,正若有所思地吸着烟,此时大约以为那鬼脸是冲着她做的,便向胖路易伸出舌头,接着她将右腕放在左手里,又捏紧右拳,一边转动一边哧哧地笑起来;胖路易惊愕地掉转头去,唯恐自己在无意中得罪了人家。

戴西挨着他坐着,她矮小、刚强、爱激动。但她不大理会他。她散发着香气,妆化得很好,乳房高高隆起,但胖路易觉得她太一本正经;他喜欢那种小巧玲珑,有点儿嘻嘻哈哈的姑娘,不时捉弄你一番,比如对准你的耳朵吹一口气,或者垂着眼跟你说些叫人耳热的悄悄话,那种龌龊话你一时半会儿不会弄明白的。戴西既活跃又严肃;她同马里奥一本正经地议论战争;她唠叨着:

"那就打呗,这一仗;如果该打,那就打呗。"

斯塔拉斯正对着戴西,直挺挺地坐在椅子上;他看上去很专心,但肯定是出于礼貌,因为他啥也听不懂。胖路易对他颇有几分同情,因为他一直保持平静,从来不发火。马里奥以狡黠的神态瞧着戴西,他点头道:

"没说的,没说的。"

可他不像是心悦诚服的样子。

"我嘛,我喜欢战争甚于喜欢罢工,"戴西说,"难道你不更喜欢战争而偏爱罢工?你只要看看码头工人罢工,就明白它让大家、让我们以及别人付出了多么高昂的代价!"

"没说的。"马里奥答道。

戴西很认真地、愁容满面地高谈阔论,她一边摇头一边说:"一打仗,罢工就完蛋(她说得铁板钉钉)。所有的人都得干活儿。嘿嘿!要是你看到过一九一七年的轮船就好啦!可惜你那时是个毛孩子;我当年也是毛孩子,可你看,我统统都记得。军乐队大吹大擂,夜间看见火光直照到艾丝塔克河。还有满街攒动的人头,你真觉得不知自己到什么地方啦,大家都很自豪,布特里尔街排着长队,有英国人、美国人、意大利人、德国人,甚至印度人,有多少人啊!告诉你,我母亲捡到多少东西啊!"

"没有德国人吧,"马里奥说,"大伙儿就是跟他们打仗呀。"

"告诉你,就是有德国人,"戴西说,"而且是制服笔挺、帽子上有个什么符号的。我毕竟是亲眼看见的,不是吗?"

"咱们就是跟他们打仗。"马里奥说。

戴西耸了耸肩:

"不错,那是从上头、从北面、从战壕那边来的。我说的这些是打海上来的,来做买卖的。"

一名高个子女人走过。她肥肥胖胖,皮肤金黄得像黄油一般,但她的神态也一本正经。胖路易心想:"是因为住在城里才有这副神态。"她俯身向着戴西,似乎怒不可遏:

"哎呀呀,我可不喜欢战争,你明白吗?因为我已经打够啦。我兄弟一九一四年打过仗,难道你想叫他再打一次?还有我叔叔的农庄,难道它没被烧掉,嗯?这些你都无所谓?"

戴西一时不知如何是好,但很快恢复了冷静。

"那么你更喜欢罢工?"她诘问,"你明说呀!"

马里奥盯着那金黄皮肤的大个子,她一言不发、连连摇着头走开了。她在离他们不远的地方坐下,向一位满面愁容的小个子激动地诉说起来,那人正在口里嚼着一根稻草。她指着戴西,说话之快委实令人吃惊。那小个子并不答话,他嚼着稻草连眼睛都不抬,甚至不像在听她说话。

"她是色当人。"马里奥解释道。

"在什么地方?"戴西问。

"在北方。"

她耸了耸肩膀。

"那么,她有什么好嘟哝的?他们在北方早已习惯打仗了。"

胖路易使劲打了个呵欠,泪水顿时从他的脸颊上流下来。他倦了,但挺开心,因为他喜欢打呵欠。马里奥匆匆瞥了他一眼,斯塔拉斯也打起呵欠来。

"这位伙伴腻味啦,"马里奥指着胖路易说,"你对他客气点儿,戴西。"

戴西转身朝着胖路易,将手臂搂住他的脖子。她已不再有那种一本正经的神气。

"真的吗,我的宝贝儿,你有个身材苗条的漂亮姑娘在身边,还觉得腻味吗?"

胖路易正想回话,却瞥见了那黑哥儿。他伫立在柜台前面,正在喝一大杯黄澄澄的饮料。他穿一身绿色套服,戴一顶草帽,上面饰着一根五彩飘带。"啊,好!"胖路易道。他端详着那黑人,很是高兴。

"你怎么啦?"戴西惊讶地问。

他将头转向她,又转向斯塔拉斯,惊惶地凝视他们。他对于与他们为伍深感羞愧。他摇摇肩膀,让戴西放下手臂;他站起身,蹑手蹑脚地挨近那黑人。黑人在喝饮料,胖路易舒坦地笑了。戴西在他身后尖声嚷道:"这胖子怎么搞的?把我弄得好疼。"但胖路易满不在乎,他摆脱了马里奥和斯塔拉斯。他在黑人头上举起手来,照他的肩胛狠拍一巴掌。那黑人差点儿闭过气去;他猛咳一声,吐了口痰,怒气冲冲地转向胖路易。

"是我呀!"胖路易招呼道。

"您有时是不是有点疯疯癫癫?"那黑人尖声尖气地说。

"你看清楚,是我啊!"胖路易重复道。

"我不认识您。"那黑人说。

胖路易伤心地瞧着那黑人:

"你不记得啦?昨天咱们还见了面哩,你那时刚刚游过泳。"

黑人咳嗽并吐了一口痰。斯塔拉斯和马里奥已站起身来,他们分别站在胖路易的左右侧。"他们还不肯让我安静吗?"胖路易愤然自语。马里奥轻轻拉了拉他的袖口。

"喂,来吧,"他说,"你看得明白,他不肯要你。"

"这是我的黑哥儿。"胖路易用威吓的语气说。

"把他弄走,"那黑人说,"你们几点钟让他上床?"

胖路易瞧瞧那黑人,觉得很失望:明明就是他嘛,他本来又潇洒又快活,戴着一顶漂亮的草帽,为什么变得这么健忘、这么没良心?

"我还请你喝过酒呢!"他说。

"得啦,过来吧!"马里奥重复道,"这不是你那位黑哥儿:他们全都彼此相像咧。"

胖路易捏紧拳头,转身向马里奥:

"告诉你:给我滚开。这儿没你的事!"

马里奥后退了一步。

"所有的黑人全都一个样儿。"他忧心忡忡地说。

"马里奥,别管他。他是个蛮子,你过来吧。"戴西嚷道。

胖路易正要撞门,这时门却开了,又有第二个黑人出现,长得和第一个人很相像,戴一顶狭边草帽,穿一身玫瑰色衣服。他漫不经心地瞧瞧胖路易,跳舞般地穿过酒吧,跑过去倚着柜台。胖路易擦擦眼睛,反复端详这两个黑人,不禁大笑起来。

"可以说是一个模子里铸出来的。"他说。

马里奥凑近道:

"对了吧?你看见啦。"

胖路易觉得茫然。他很不喜欢斯塔拉斯或马里奥,可又觉得对不起他们,他挽住他俩的胳膊:

"我还以为那是我的黑哥儿呢。"他解释道。

那黑人朝他背过身,喝起酒来。马里奥看看斯塔拉斯,然后两人都转身朝向戴西走去。戴西站在那里,双手叉腰,正等着他们,神情不大随和。

"哼!"马里奥说。

"哼!"斯塔拉斯响应。

他俩来了个一百八十度大转身,每人挽住胖路易一只胳膊,将他连拖带拉拽了出去。

"咱们去找你那位黑哥儿。"马里奥招呼着。

街道又狭窄,又荒凉,散发着一股白菜味儿。在屋顶上方,可以瞥见满天星斗。"他们全都长得一个样儿。"胖路易心神不宁地想。他问道:

"马赛有许多这样的吗?"

"许多什么,伙计?"

"许多黑人嘛!"

"不老少呢!"马里奥说着点点头。"我是全黑的。"胖路易想。"我可以助您一臂之力,"船长说,"我就算是您的贴身仆人吧。"马里奥拦腰挽住胖路易。船长抓住连衫衬裙的背带,莫德不禁失笑:"您拿反了哩!"马里奥俯身向前,他紧紧抱住胖路易的腰部,用脑袋蹭他的肚皮,嘟哝着:"你是我的伙伴,斯塔拉斯不是真伙伴,他不过是小伙伴。咱俩才是情投意合!"斯塔拉斯在窃笑,他的脑袋似乎在旋转、旋转、再旋转,他的牙齿闪闪发光,真是一场噩梦,他的脑袋被叫喊声和灯光搅得嗡嗡作响,他正在走向别一种声响和别一种灯火:它们通夜都不会放过他。斯塔拉斯的笑声,他那起伏不定的褐色面孔,马里奥那张狡猾的小脸……他真想呕吐,大海在皮埃尔的胃里起起落落,他心里明白再也找不到他那位黑哥儿,马里奥推着他,斯塔拉斯拽着他,黑哥儿是一名天使,我却下了地

狱。他喃喃道:

"那黑人竟是一名天使!"

两滴滚圆的泪珠滑落在他的腮帮上,马里奥推着他,斯塔拉斯拽着他。他们转过街角,皮埃尔双目紧闭,剩下的只有街灯在石板路上闪动着的反光,以及海水撞击艏柱时激起泡沫的嘘嘘声。

护窗板紧闭,窗户紧闭,散发着一股臭虫和甲醛的气味。他俯向旅行护照,蜡烛照亮了他那灰白拳曲的头发,将他脑袋的影子投射在整个桌面上。"他为什么不开电灯,他这样好费眼力啊。"菲力普清了清嗓门儿:他觉得自己沉浸在静默和忘却之中。"在那边我存在着,我终于存在了:我是强有力的,我得到了承认,她没能吞下一口食物,她的喉管里堵着一团泪水;而他,他惊呆了。他向着我举起的手萎缩了,他本不相信我能这样;在那边我刚刚问世,但现在我是在这儿,面对这矮壮的老汉,他蓄着灰白的胡髭,完全将我抛到脑后。在这里,就是这里!在这里,我单调地存在于盲聋哑人之中,我融化为影子,而在那边,在蜡烛台的照明下,在安乐椅和长沙发间,我存在着,我是算数的。"他顿了顿足,老人抬起双眼,那是一双近视眼,眼神冷酷,似乎泪水汪汪,而且倦怠无神。

"您去过西班牙吗?"

"去过,"菲力普说,"是在三年前。"

"护照已失效。本应办延长手续。"

"我知道。"菲力普不耐烦地说。

"我嘛,我是无所谓的。您说西班牙语吗?"

"说得跟法语一样好。"

"假如他们把您当成西班牙人,那您就走运了,加上您的头发是亚麻色的。"

"西班牙人也有长金黄头发的。"

那老头儿耸了耸肩膀。

"我嘛,您要知道,我对您说这个……"

他漫不经心地翻动护照。"我呀,我在这里,在一个专造假证件的地方。"但这看上去很不像。从这天早晨起,就什么也不像真的啦。伪造证件者不像伪造证件者,倒像一名宪兵。

"您的样子像一名宪兵。"

老头儿不回答;菲力普觉得很不自在。微不足道。它在这里又重新出现:那头一天显而易见地微不足道;那时我正从他们目光下经过,我是背负在一个玻璃工人背上的一方玻璃,我在阳光下经过时发出摇曳的光芒。在那边,现在我却像死人一样暗淡无光;她在寻思:"他在哪里?他正在做什么?他是不是毕竟还想念着我?"可那老头儿似乎不知道,在世上的某个地方,我还是一块宝石呢。

"那么?"菲力普问。

那老头将疲惫的目光转到他身上。

"是皮多打发您来的吗?"

"您这是第三次这样问我啦。不错,是皮多让我来的。"菲力普不慌不忙地答道。

"好吧,"老人说,"一般来说,我干这种事不要钱;但给您干,得收三千法郎。"

菲力普像皮多那样噘起嘴唇:

"我早料到。我没有让您白干的意思。"

老头儿哼哼冷笑两声。"我的音调不自然,"菲力普愤然想,"我的傲慢无礼还不够自然,特别是对上了年纪的。他们与我之间,有一记耳光的老账要算呢。我得还清了账才能同他们平起平坐地谈话。不过那最后一次,离现在最近的那一次(他激动地想),已经一笔勾销。"

"那么请收下。"他道。

他急忙掏出钱包,将三张钞票放在桌上。

"小笨蛋!"老头儿说,"现在我可以将它们装进兜里而不给您干活。"

菲力普焦虑地盯着他,做出要收回钞票的样子。老头儿哈哈大笑。

"我还以为……"菲力普道。

老头儿笑个没完。菲力普狼狈地缩回手,不禁也笑了起来:"我总还能识别人嘛,我知道您不会这么干。"他说。

老人不笑了,但他的表情又开心又凶狠。

"他还识得人哩。可怜的臭小子,你上我这儿来,你从未见过我。却掏出钞票放在桌上,这可是要你命的一着。去吧,去吧!让我干活儿吧。我先收你一千法郎,以防你变卦,等你来取证件时,再付其余的款项。"

又是一记耳光。我会统统奉还的。泪水涌进他的眼睛。他有权利生气,但他现在感觉到的却是惶惑。他们怎么都如此冷酷无情?他们从不手软,而且时刻戒备,一旦有隙可乘便扑将上来,让你吃不消,我招他惹他了吗?对蓝色客厅里的人,我招惹他们了吗?我一定得掌握较量的规则,也来个硬的,叫他们发抖!

"什么时候能得?"

"明儿上午。"

"没想到……没想到要这么长时间。"

"没想到?"老头儿说,"还得盖章呢,你以为我可以自己制造?得啦,走吧,明天上午你再来,我总不能拼上一整夜来干你的活儿吧。"

外面是黑夜,是令人作呕的暖热之夜,加上它的种种魔怪;还有长时间在你身后作响的脚步声,你却不敢掉头张望,这便是圣旺之夜;这个街区是不安全的。

菲力普淡淡地问：

"我可以在几点钟来？"

"随便，六点钟以后就行。"

"附近……有没有……旅店？"

"圣旺大道上就有，你只需挑选就行。得啦，快走吧！"

"我六点钟再来。"菲力普坚定地说。

他拿起提包，重新关上门，走下楼梯。到了四层楼的转角处，他的泪水涌出来，他忘了带手帕，只得用袖子擦擦眼睛。他还吸了吸鼻子：反正我不是胆小鬼。楼上那老鬼以为我是胆小鬼，他的傲慢像目光一样跟踪着他。他们都盯着我。菲力普急忙走完最后几级楼梯。"请把门打开。"于是门开了，外面是单调的灰色的夜，空气闷热。菲力普仿佛钻进了这锅"洗碗水"。"我不是胆小鬼，只有这该死的老家伙才会那样认为。而且他也不再那样想了（他断言道）。他不会再想到我，他大概已动手干活儿。"那目光消失了。菲力普加快了步伐。"那么，菲力普？你害怕啦？""我不害怕，我不能害怕。""你不能，菲力普？你不能吗？"他身子碰到墙壁。皮多抚摸着他的两胁和胸部，透过衬衫碰到他的乳头，然后用右手的两个指头敲了一下他的嘴巴："永别啦，菲力普，滚开。我不喜欢遇事畏缩的人。"街上有许多静止的人影儿，那些人都闷声不响地倚着墙，他们也不抽烟，只用他们蒙着夜色的双眼看着你走过，没有任何动作。他几乎奔跑起来，他的心跳得更快了。"就凭你这副面孔？走吧，去吧，你是个小小的懦夫。"他们会看到的，他们都会看到的，他会像别人一样前来，他会念出我的名字，并且说："喏！对于一个富家子弟，一个毛头小伙子来说，这就算不坏啦。"

在他的右首出现一片亮光，原来是一家旅馆。侍者就站在门槛上；他正斜眼看人。"他是不是在打量我呢？"菲力普放慢脚步，然后却向前多跨一步，以致越过了门框。现在那侍者想必在他背后睒着他;从情理上讲,他不能往回退了。可疑的膳食总管,或者是独眼巨人的决斗。再不然就是:独眼巨人碰上了麻烦事。某天他照了照镜子,因为他颧骨上方发痒:他原先的眼睛旁边又长出一只眼!多么令人绝望!不可能让它们协同演习啦,因为原先那只眼长期单干,它是自成一家的。在对面人行道上,有另一家旅店:孔卡尔诺旅店,一座两层楼的小小建筑。"我去不去呢?假如他们要我的证件呢?"他暗自思忖。他不敢穿越马路,而是在同一侧人行道上继续前进。"得有胃口才行,但今晚我却没什么胃口,老家伙把我的胃口倒光啦;他一眼看见'咖啡、葡萄酒、烧酒'的招牌,便想:要是来上一杯呢?"随即推门而入。

这是一家很小的咖啡店,一个柜台加两张桌子,木屑儿黏住了鞋底。老板怀着戒心端详他。"我的衣着太讲究了咧。"菲力普恼火地想。

"来杯白兰地!"他边说边挨近柜台。

老板提起一只瓶子,那瓶子在瓶塞上还加了一个白铁嘴儿。他将酒往外倾倒,此时菲力普已放下手提包,以好奇的神态看他如何操作:一细条儿酒从白铁嘴里流出来;那老板的样子简直是在给蔬菜浇水。菲力普接过啜了一口,暗想:"想必是劣质酒吧!"他从来不喝这种酒,那味道像变质的葡萄酒,喝了嗓子眼烧得慌;于是他匆匆将酒杯重新放下。老板又端详他。在他那平和的目光中,是否含着几分讥消?菲力普又端起酒杯,用漫不经心的姿势举到唇边:他的喉管像着了火,他的眼睛湿漉漉的,他将杯中物一饮而尽。待他再放下杯子时,他觉得身上没劲儿,心情却还快活,他想:"这回可是观察的好机会。"两周前,他已发现自己不善观察:"我是诗人,不会分析。"自那以后,他强迫自己随时随地登录眼前的一切,例如——清点橱窗里的陈列物。他环顾四周:我就从最后一排瓶子做起吧,在高处、柜台的后面。四瓶比尔、一瓶古得龙、两瓶努瓦利、一小坛罗姆烧酒。

有人刚刚走进来。一个戴鸭舌帽的工人,菲力普想:"是个无产者。"他不大有机会碰到这类人,但常想到他们。这一位约莫三十来岁,肌肉发达却不匀称,手臂过长,两眼扭曲,肯定是体力劳动使他变得畸形。他鼻头下长着硬刷刷的黄胡须,帽子上戴着三色徽记。看上去他很不高兴,并且情绪激动。他开口道:

"老板,一杯白葡萄,快点儿。"

"就要关门啦。"老板说。

"您总不能拒绝一名应召者喝上一杯白葡萄吧?"那工人诘问了。

他说话很费力,声音沙哑,似乎一整天都是在叫喊中度过的。他一边眨着右眼一边解释:

"我明天上午出发。"

老板拿起一只杯子和一瓶酒。

"您上哪里呢?"说着他将杯子放在柜台上。

"上斯瓦松,我是坦克兵。"

他将杯子举到嘴边,那只手颤抖着,葡萄酒洒到地上。

"咱们要戳穿他们的肥肉!"他道。

"嘿!"老板不以为然。

"就这么干!"那家伙又道。

说着,用右手的手背在左拳上连打两记。

"要知道,"老板接着说,"这帮猪猡是很厉害的!"

"就这么着,我告诉你!"

他将酒喝了,舌头打了个响儿,并且唱了起来。他显得又激动又疲乏;他的面部线条越来越松弛,两眼渐渐闭上,嘴唇有些下垂;但立刻有一种无情的力量,把他的眼皮又拉上去,将他的嘴角也提了起来。他似乎成了某种快乐的捕获物,受到它的摆布;他已耗尽

精力,这快乐却并不罢休。他转向菲力普:

"你呢?你也被动员了吗?"

"我……还没有呢。"菲力普说着往后退了退。

"你还等什么?就得戳穿他们的皮囊呀!"

这真是无产者:菲力普对他一笑,并努力向他靠近一步。

"我请你喝一杯白葡萄。"那无产者说,"老板,两个酒杯:一个给您,一个给他,我付这一巡。"

"我不渴,"老板表情严肃地说,"何况到关门时间了;我呀,我每天四点钟就起床。"

但他仍将一只酒杯推到菲力普跟前。

"咱们干杯。"那无产者说。

菲力普举起酒杯。方才是在一个文件伪造者家里,眼下是同一名劳动者在酒店柜台上。要是他们看见我会怎么说?

"为你的健康干杯!"他道。

"为胜利干杯!"那无产者回答。

菲力普惊奇地瞧着他:他肯定是想开玩笑;劳动者嘛,应当是赞成和平的呀。

"跟我学呀,"那家伙强调,"说:为胜利干杯!"

他的表情严肃而不悦。

"我不愿说这种话。"菲力普驳道。

"为什么?"那家伙问。

他捏紧拳头。一个饱嗝儿打断了他的话头;他翻了翻白眼,拉长下颚;约莫一秒钟的光景,他的脑袋有气无力地摇晃着。

"跟他学着说吧。"老板道。

那无产者恢复了镇静,他凑到他面前说话,满嘴喷着酒气。

"我不能说:为了胜利。"

"你居然不愿说:为了胜利?你这是冲着我来的?冲着一名

被动员入伍的人？冲着一九三八年的勇士？"

无产者一把抓住他的领带,使劲把他的身子推到柜台边上:

"你冲着我这么干？你不愿干杯？"

皮多呢,他会怎么应付这情势？他若处在我这样的地位,该会怎么办呢？

"得啦,"老板声调颇严厉地说,"照他的要求说吧:我不愿意出什么事情;而且我得清场呢。我是四点钟就起床了呀,我啊!"

菲力普举起杯喃喃地说:

"为了胜利。"

他喝着,但他的喉头发紧,觉得咽不下去。那小子放开他,扬扬得意地冷笑起来,一边用手背擦拭他的胡髭。

"他不肯说:为了胜利,"那家伙向老板解释,"我给你抓住他的领带:你这不够格的法国人,竟敢对我这么干？对一个被动员入伍的、一个一九一四年的勇士这么干？"

菲力普将一枚四十苏的硬币扔在柜台上,拿起他的手提包便匆匆走出。他是个醉鬼,得让他一步,皮多也会让他的:"我不是胆小鬼!"

"嘿,说呀,臭小子!"

那家伙跟在他后面出来了,菲力普听见老板将门关上,还听见钥匙转了一圈。他觉得浑身冰凉,似乎人家把他们两人关在了一起。

"别这么急着溜走,"那家伙说,"咱们要戳破他们的皮囊,我对你说。这酒润身子哩。"

他挨近菲力普用胳臂围住他的脖子,马里奥挽起胖路易的臂膀,温情地搂紧他。这简直是地狱,他们在阴暗的小街上行走,永不停步。胖路易吃不消了,他想呕吐,两耳嗡嗡鸣响着。

"那是因为我有点儿急事。"菲力普说。

"上哪儿去?"胖路易问。

"去找你那黑哥儿。"

"你不要装蒜!我请喝酒,就得喝,懂吗?"

胖路易端详着马里奥,他害怕了。于是马里奥说:"那么,伙计,小伙计,你累啦,伙计?"可他的脸色不同了。斯塔拉斯挽起了他的左臂。这简直是地狱。他竭力想抽出右臂,却感到肘部剧痛。

"嘿,你呀,你弄断了我的臂膀哩!"他道。

菲力普突然往前俯冲,拔腿奔跑起来。那是一个醉鬼呀,在醉鬼前头逃命并没有什么不妥。斯塔拉斯突然放下他的胳膊,并且往后倒退一步,胖路易想转过头来看看他在搞什么名堂,但马里奥抓紧他的胳膊。菲力普只听见身后上气不接下气的呀喘:"黑夜里的臭婊子,不值钱的窝囊废!你用不着害怕,等我来教训你,我来!""你怎么啦,我的小伙伴,你怎么啦?咱们不是好伙伴吗?"胖路易暗想:"他们要杀我哩!"恐惧令他浑身冰凉,他用空着的手扼住马里奥的喉咙,将他从地面提起;但就在这刹那间,他自己的脑袋却一直裂到下巴。他松开马里奥,跪跌在地上,眉头上方鲜血直冒。他试图一把抓住马里奥的上衣,但马里奥却向后倒退一步。胖路易再也看不见他的身影。只见那黑人贴着地面、却又脚不着地向前滑行,他一点儿也不像别的黑人,而是张开臂膀含笑朝他走,胖路易也伸出手来。他头部一阵剧痛,朝他大喊一声:"救命!"原来他脑壳上又挨了重重一击,便一头栽进河沟。菲力普一直在跑,到了加拿大旅馆,他停下来喘了一口气,朝身后看看,已将对方甩掉,于是紧了紧领结,不慌不忙地走进旅馆。

前后颠簸,左右颠簸。前后颠簸,左右颠簸。船只的摆动螺旋似的钻进他的膝弯、他的大腿,继续上升着,及至到了下腹,却好似一阵巨大震动似的慢慢消失了。不过他的头部却没受影响,至多有一两次余痛罢了;他用两手紧紧攥住船舷上的栏杆。已是十一点钟了;满天星斗,远处海面上跳动着一片赤色火光。当我失去下颚、仰卧在繁星闪烁下的土坑里,也许就是这幅图像将最后重现在我的眼前,并且永远永远留在那里。这是一幅深色的、纯净的图像,伴着棕榈叶轻轻晃动的沙沙声,以及黑夜里遥远的、火光后的芸芸众生。他仿佛看见他们都穿着制服,提着马灯,像鲱鱼似的一个紧挨着一个站立在那里,静悄悄迈向死亡。他们不声不响地注视着他,那片赤色火光在水面上滑动,他们在皮埃尔面前鱼贯而行,全都注视着他。他呢,恨他们所有这些人,在黑夜高傲的目光下,他觉得自己孤独而倔强;他冲着这些人高喊:"我是对的,我是对的!我害怕是有道理的,我生来就是为了活着。为了活着,为了活着!不是为了死掉:没有什么比死更痛苦的了!"她却迟迟不来;她可能待在什么地方呢?他俯身朝中甲板张望。"混账东西,我不能这么白白等你!"他得到过女模特、时装演员,那可是些身材窈窕的女郎;但这回却是个矮小的瘦猴儿,可以说有点儿畸形:竟成了他望眼欲穿的第一个女人!"她最喜欢不过的事情,便是让人抚摸她的后颈,打黑发长出的脖根儿摸起,使她那种迷乱的感觉从腹部渐渐上升到头部,把她清晰的思想搅个糊里糊涂:我要吻你,吻你,我要穿透你那傲慢的态度,像捅肥皂泡儿一样将它捅破;一旦你心里只有了我,一旦你连声喊着'我亲爱的皮埃尔',转动着明亮的眼睛时,我倒要看看鄙夷的目光会变成啥样子,倒要看看你还是不是把我称做'胆小鬼'!"

"再见啦,亲爱的,亲爱的朋友!再见啦,欢迎你再来,欢迎你再来!"

那是一阵轻言絮语,海风将它吹得踪影全无。皮埃尔转过头来,风儿便钻进他耳朵里。那边,在前舱甲板上,船长室上方挂着一盏小灯,此刻照亮了正被海风吹得鼓胀起来的白裙。那身着白裙的女人正在缓缓沿着梯子朝下走,一边紧扶着栏杆,大约是因为风大颠簸的缘故。她的衣裙时而鼓胀起来,时而又紧贴她的大腿,好似一口正在敲响的大钟。她突然消失了,大概正在穿越中甲板吧。船猛地落进一个大黑洞,大海现在跑到船的上头,翻滚着一会儿白、一会儿黑的波涛;船正在艰难地重新往上爬坡。那女人的头部又重新显露:她在攀登二等舱甲板的扶梯。这就是人家为她们调换舱房的原因。她流着汗,浑身湿漉漉的,头发有些散乱,一脸正经、严肃的样子,她从皮埃尔面前走过,却没看见他。

"婊子!"皮埃尔喃喃道。他突然感到十分乏味,再也不想得到她,再也不想活下去了。船在下沉、下沉,沉进海底;皮埃尔也在下沉,浑身绵软无力。他踌躇了一会儿,随后觉得满口苦胆味儿,于是他俯身向着漆黑的海水,伏在栏杆上呕吐起来。

"现在得填一张小卡片。"旅馆服务员说。

菲力普放下手提箱,拿起蘸水笔,将笔尖蘸进墨水。那服务员背着两手,冷眼瞧着他的动作。他是在压下一个呵欠,还是在压下一声笑呢?"因为我衣冠楚楚啊,"菲力普不胜恼怒地自忖,"他们都是只见衣衫不见人哩。除此之外什么也看不明白!"于是他用力写下:依奇多尔·杜卡斯。旅行推销员。

"请带路。"他盯着服务员的眼睛说。

服务员从挂板上取下一把大钥匙,两人一个跟着另一个上了楼。楼道里很黑,为他照明的几盏发着蓝光的灯彼此相隔很远。服务员的拖鞋在石阶上发出噼啪的声响。一扇门背后,有一个小孩正在哭泣;空气里弥漫着厕所的臭味。"这是一处带家具的旅店。"菲力普心想。"带家具的房子",那是他在自然主义作家作品里经常读到的一个阴森森的字眼,而且是很不情愿碰见的字眼。

"就在这儿。"服务员说着将钥匙塞进锁孔。

这是一个方砖铺地的大房间;墙壁下半截漆成赭石色,上半截直到天花板则是暗黄色。只有一把椅子、一张桌子:它们似乎被人遗忘在屋子中央:两扇窗户、一个洗脸池(倒像是厨房里的洗碗槽),靠墙安放着一张大床。"简直是将新婚夫妇的大床放进了厨房!"菲力普暗忖。

服务员并不离去,而是面带微笑地说:

"应当给十法郎。请现在就付账。"

菲力普递给他二十法郎,并说:

"都留着吧。请在五点半钟把我叫醒。"

那服务员似乎并不感到惊喜,临走时说了声:

"晚上好,先生。祝您晚安。"

菲尔普凝神谛听了一小会儿。到他不再听见拖鞋在楼梯上拖沓的声响之后,便将钥匙在锁孔里转了两转,然后插上扁插销,又将桌子搬过来顶住房门。接着,他把手提箱放到桌子上,摇晃着胳臂仔细端详。客厅里枝形烛台上的灯光熄灭了,伪造犯的小蜡烛也熄灭了;黑暗吞噬了一切。一种无以名状的黑暗。剩下的只有这间长方形的屋子,仍在黑暗里发着光。它如同黑夜一样没有什么特性。菲力普凝视那张桌子,木然不知所措。他打着呵欠。然而他并不瞌睡:他百无聊赖。一只苍蝇在初冬降临、其他苍蝇纷纷冻死之际,却苏醒过来,可又没有力气飞走。他凝视着手提箱,自言自语:"得将它打开,我得把睡衣取出。"然而欲念却在他的脑际变迟钝了,他甚至不能举起自己的手臂。他瞧瞧手提箱、瞧瞧墙壁,琢磨着:"有什么用处呢?阻止自己的死亡有什么用处,既然有了这堵墙壁——它横在我眼前,颜色又是那么不洁和耀眼!"他连害怕的感觉也没有啦。

哎嗨,船儿在上浮!哎嗨,它又下沉啦!他再也不害怕啦。这只大盆忽而上浮、忽而又下沉,盆里装满泡沫;他也跟着上浮和下沉,身子仰卧着,并且再也不觉得害怕。那男服务员进来时定会大声惊呼,因为我呕吐了一地,但我才不在乎呢。一切都那么惬意:

他嘴里的口水,呕吐物的气味,他胸腔里的圆球儿,可以说他的遍体上下全都是舒适惬意的;还有这只不停地转啊、转啊、转着的车轮儿,正要碾碎他的脑门——他眼睁睁地看见它,津津有味地看着它,那是一只出租汽车上用的灰色旧轮胎。那轮子在转动,熟悉的种种思想在转动、转动,不过他不在乎,总之,总而言之是不在乎!一周之后,在阿尔戈纳,他就可以不在乎了,他们会向我开枪,可我不在乎这个!她不把我放在眼里,她认为我是一个胆小鬼,我才不在乎哩。这在今天又能把我怎样,能把我怎样?我不在乎,我不在乎。我什么也不想,什么也不怕,也没有什么可以自责的。

哎嗨,船儿上浮!哎嗨,船儿下沉;对一切都满不在乎是多么令人惬意啊!

十一点钟,在万籁俱寂之中敲响了十一下。他伸出手,打开手提箱,他的右颊像火炬般烧得滚烫;十一点啦,那枝形烛台在夜间复又点亮。她坐在安乐椅里,是那么娇小而丰满,赤裸着美丽的双臂。他感到脸颊上一阵灼热。酷刑又重新开始,那只手举了起来,脸颊滚烫滚烫,我不是胆小鬼,我不是胆小鬼啊!他展开他的睡衣;十一点钟了,妈妈晚上好!我正在亲吻将军手下高等妓女香喷喷的脸颊,我在凝视她的玉臂,我在她面前低下头,爸爸晚上好,菲力普晚上好,菲力普晚上好!昨天,就是昨天啊。他不胜惊骇地自忖:"这是昨天呀。可我干了什么?在那以后发生了什么事情呢?我把睡衣放进手提箱,我像平常一样出了门,于是一切都变了:一块巨大的山石落在我身后,公路上,将公路砸出个大洞,我就不能走回头路啦。可这是什么时候、什么时候发生的呢?我提起了手提箱,轻轻地开门,从楼梯上走下来……这是昨天的事啊。她坐在安乐椅上,他站在壁炉面前,就在昨天。客厅里温暖而明亮,我是拉卡兹将军的继子菲力普·格雷齐涅,文学学士、未来的诗人,昨天啊昨天,永远是一去不复返的昨天啊。"他脱掉外衣,穿上睡衣:

在一家带家具的旅馆里,这些动作是新鲜的,也是犹犹豫豫的,不得不学着做啊。那本兰波诗集还放在手提箱里,他将它留在箱子里,因为现在不想看书。要是有这么一次、有这么一次她相信我,比如说将她那美丽的玉臂搂住我的脖子,对我说:"我相信你,你很勇敢,你会成为强者。"那么,我本来是不会出走的。她是一名高等妓女,她带到我屋里来的是将军式的字眼,是化石般的字眼,她将它们脱口吐出来:这些字眼于她是过分沉重了,它们滚落在床底下,我让它们在那里堆放了整整五年啊。只要将床搬动一下,便可找到所有这些字眼,什么祖国呀、荣誉呀、道德呀、家庭呀,全都落满灰尘,我可不曾为了对自己有好处而挪动任何字眼。他依旧赤着脚站在方砖地上,他打了个喷嚏。我要着凉了哩,电灯开关就在房门附近,他关了电灯,摸索着爬上床,他害怕踩着什么小动物,比如说那种大蜘蛛。它们的爪子有人的手指那么大,看上去像是被砍断的一只手,学名叫做"蜚蜘":万一这里有这么一只、有这么一只呢?他钻进被窝,床发出咯吱咯吱的响声。他的脸颊在发烧,像黑夜里的一支火炬、一柱赤色火焰,他将脸颊紧贴在枕头上。他们上床睡觉啦。她穿上那件绣着花边的玫瑰色衬衫。今天晚上想象这一切已不那么痛苦了;今天晚上他不敢触碰她,他会觉得羞愧,而她呢,作为高等妓女,也不会听凭人家摆布:她的孩子正在公路上受苦,正在忍饥受冻。她在想念我啊,她是在假寐呢,她仿佛看见了我,见到我脸色苍白,表情冷峻,嘴唇抽搐,两眼欲哭无泪,她仿佛看见我在黑夜星空下踽踽独行。他不是个胆小鬼,我的孩子并不是胆小鬼,我的孩子、我的宝贝、我亲爱的人儿。要是我在那儿、要是我能在那儿,为了孤寂的她,饮下她滚落在腮帮上的泪珠、抚摸那温馨的玉臂,妈妈、亲爱的妈妈哟。"将军荣任首相啦!"一个古怪的声音在他耳边嘀咕着。一个绿色三角形的东西脱落下来,开始旋转起来,将军荣任首相啦。

那三角形在旋转,原来竟是兰波诗集,它像蘑菇一样长大,变成干巴巴的一块硬痂,像是脸颊上的一处肿块,为了胜利,为了胜利,**为了胜利**。"我不是胆小鬼!"菲力普惊醒过来,叫嚷着。他汗流浃背地坐在床上,两眼直愣愣的。床单散发出一股硫黄气味,他们有什么资格做我的见证人?这些鼠辈。他们按自己的规则来对我作判决,我只接受我自己的规则!我会有自己的庆典!我会有自己的骄傲!我属于大贵人的类型。啊!他狂热地想,今后、今后!还得等待。今后,他们会在这家旅馆的墙壁上镶嵌一块大理石标志,上书:菲力普·格雷齐涅曾在此度过一九三八年九月二十四日至二十五日间的一夜。不过那时我已作古。门下响起一阵模糊而轻盈的声响。黑夜转眼已然逝去。他从遥远未来的角度观测这一夜,用的是身着礼服、在大理石嵌板下高谈阔论者的目光。每一分钟都在向着黑夜逸去,宝贵、神圣,且已成往昔,有朝一日,这一夜会如同马尔多罗①之夜、兰波之夜一样辉煌而且成为逸事。我的这一夜啊。"泽泽特!"一个男人的声音在呼叫。骄傲在摇晃,往昔在碎裂,剩下的是眼前。钥匙在锁孔里转动,他的心脏在他的胸腔里跳动。"不对,是旁边那一家。"他听见了邻室房门咯吱咯吱的声响。"他们至少有两人,一个男人和一个女人。"他心里想。

他们正在说话。菲力普听不全他们说些什么,但听出那男人名叫莫里斯,这使他放下心来。他又重新躺下,伸直两腿,将被子从下颚边上挪开,因为害怕嘴上长出疙瘩来。响起一阵轻轻的、尖啸的歌声。一种奇怪的歌声。

"别哭啦,别哭啦,哭是一点儿用处也没有的。"那男人温柔

---

① 马尔多罗,指法国超现实主义者所推崇的作家洛特雷阿蒙(1846—1870)的作品《马尔多罗之歌》中的主人公。

地说。

他的声音热情、粗犷,咬字生硬且不连贯,语流时快时慢,嘶哑刺耳;然而这些话语却拉成温柔而低沉的长音久久震颤。在一两阵汩汩流水声之后,那尖细的歌声消失了。他俯向她,搂住她的肩膀。菲力普似乎感到两只强劲的手抓住了自己的双肩,一张面孔朝自己俯下。那是一张消瘦的褐色——几乎是黑色——面孔,泛着青光的腮帮,拳击手的鼻子,一张线条优美却不无凄苦的嘴巴——那是一张黑人的嘴。

"别哭啦,"那声音重复道,"亲爱的,别哭了,镇静点。"

菲力普完全镇静下来。他听见他们来来回回走动。可以说他们仿佛就在我的屋子里。他们在地板上拖拉一件重物。也许是床,也许是一只大箱子。然后那男人脱下皮鞋。

"下星期天吧。"泽泽特说。

她的声音比较平常,也比较悦耳。他不大容易想象她是什么长相:也许她的头发是金黄色的,而脸色却十分苍白,就像《罪与罚》里的索妮娅?

"什么?"

"哦,莫里斯,你忘了?咱们该去高拜依,上冉娜家里去。"

"你自己去吧。"

"我没有去那儿的心情了。"她回答。

他们压低嗓门,菲力普听不清他们在说些什么。但他们的忧伤让他感到高兴。他们是无产者。真正的无产者啊。刚才那家伙却是个醉鬼、一个鼠辈。

"你上那儿去过吗,上南锡?"泽泽特问。

"以前去过。"

"那地方怎么样?"

"不坏哩。"

"给我寄一套明信片来。我要能想象你正待在什么地方。"

"他们不会让我们去,你是知道的。"

一名真正的无产者。他是真不想打仗的,也不盼望什么胜利:他是十分哀伤地上前线去的,因为实在没有别的办法。

"我的大宝宝啊!"泽泽特说。

他们沉默无言了。菲力普琢磨:"这两人很伤心呢。"霎时眼中噙满同情之泪,"感伤而温馨的天使啊。我愿走进他们屋里,向他们伸出手来说:'我也很伤心呢。那是因为你们,为了你们。我离开父母的住所出走。也正是为了你们。为你们,也为所有上前线的人。'我和莫里斯将站在她左右两侧,我会对他们说:'我是为和平牺牲的烈士。'"于是他心安理得地闭上眼睛:他已不是单独一人,有两位伤心的天使守护着他安眠。他这名烈士像石雕的静卧者,由两名手持棕榈叶的感伤天使护佑在他枕旁。他们口中念念有词:"我的大宝宝,我的大宝宝,别离开我,我爱你啊!"还有另一句甜蜜而精彩的话,他已记不起来,是顶顶含情脉脉的一句话。它在旋转,它像一团火苗一般闪闪发光,菲力普将这话带入了他的梦境。

"啊,好嘛!"胖路易说,"啊,好嘛!"他坐在人行道上;他不曾料到脑袋会如此这般疼痛,每阵剧痛都在他心中唤起一种新的惊愕。"哎哟!"他嚷道,"哎哟,这家伙!真他妈的,竟是这样!"他抬起手来摸摸腮帮子,觉得滑腻腻的,还有些痒痒,大概是淌血了。"这么说,我得包扎一下,"他自言自语,"可他们把我的挎包扔到哪里去啦?"他在身子四周摸来摸去,终于他的手碰到一件硬东西,那是一个钱包:"难道他们丢了钱包?"他不禁发问。于是他抓起那东西,将它打开,里面空空如也。他在衣袋里摸索一番,取出一根硫黄火柴,在柏油路上划了划:原来是他自己的钱包。"那么还好,"他认可道,"现在情况不算太糟。"他的兵役证还在他工作服口袋里,但钱包却是空的。"我该怎么办?"他仍用手在地面上摸来摸去,自言自语道:"我可不上警察那儿去。那万万使不得。"他闭了一会儿眼,开始叹息起来:他的脑袋那么疼,让他怀疑里面是否打了个洞。他小心翼翼地摸了摸脑壳,似乎并没有裂缝,但头发却黏糊糊地凝成一束束,只要轻轻一按,就好像有人朝上面敲槌子。"我可不愿上警察局,"他说,"但我该怎么办呢?"他的两眼已习惯于昏暗的天色,他发现几米外的马路当中有一堆黑乎乎的东西。"那是我的挎包喽。"他匍匐着朝前爬去,因为他还不能用两腿站立起来。"这是什么东西?"他摸到一摊水。"他们打破了我的瓶子。"他暗想,觉得好难过。他拿起那挎包,帆布已透湿,瓶子已打得粉碎。"哎哟!竟是这样,竟是这样!"胖路易说。他松开挎包,坐在葡萄酒流成的水洼中,在大路中央失声痛哭起来。号啕声是从鼻孔里发出的,将他的身子震动得前仰后合,他觉得脑壳要爆裂了:自从老太太去世以来,他还没有这么失声痛哭过,查理全身赤条条的,两脚朝天待在六位护士长面前,最年轻的一位舞着双臂,蠕动着上下颚,意思是说:"做起手术来方便!"马蒂厄缩小身子,蜷成一团,玛赛儿叉开两腿等着他;玛赛儿变成了接球的玩具头像。当马蒂厄变得浑圆之后,雅克便将他扔过去,他跌落到布满火箭筒的黑洞里。他跌落到战争的旋涡里;战争正在酣畅地进行,一枚炸弹打碎玻璃窗,滚到床脚下;依维什站起身,炸弹开了花,原来是一束玫瑰花,奥芬巴赫①从中走出来:"别上前线,"依维什说,"别去打仗,否则我怎么办?"为了胜利,菲力普刺刀上膛、向前猛冲,一面高呼:"胜利,胜利,为了胜利!"那十二位沙皇撒腿逃跑了,沙俄皇后得到了解放,他解开了她的绑绳:她竟是赤身裸体,矮小而肥胖,眼睛斜视;榴霰弹和手榴弹迈开脚爪全速冲向司令官。

---

① 奥芬巴赫(1819—1880),法国作曲家,出生于德国的犹太人。

皮埃尔从背后抓住它们,将它们塞入自己的背包。这是上级指示。但第四枚手榴弹却想飞走。于是他一把抓住它那呼呼作响而且拼命挣扎的鞘翅,逗得他哈哈大笑,径自给它拔起"毛"来。司令官瞪着两眼瞧他,榴霰弹已打得他脸颊和牙床肿大,但他的两眼却安然无恙,那是一双充满傲气的大眼;皮埃尔撒开两腿就逃,他在临阵脱逃,脱逃。他向着沙漠奔逃。莫德问他:"我能撤去餐具吗?"他感觉到维吉埃已经阵亡。丹尼尔脱去他的长裤。他想:"有人在窥探。"他在窥探的目光前挺起身来,那是怯懦的、同性恋的、不怀好意的、挑战性的目光。"它在窥探我,窥探我现在是什么样儿。"哈纳坎睡不着觉,一心想的是:"我已经被动员。"他觉得这很古怪,他那女邻座的头沉甸甸地压在他肩上,散发出一股头发和美发油的气味。他故意垂下手臂,去摸她的大腿。这么做很开心,不过有点儿累人。他是趴着倒下的,他已失去两腿。"我的爱人呀!"她在呼叫。"你说什么?"那半睡半醒的声音问。"我在说梦话,"奥黛特回答,"睡吧,亲爱的,睡吧!"菲力普惊醒了:不是公鸡司晨叫醒了他,而是一个女人轻轻的呻吟:哎哟——哟——哟……他起先以为那女人在哭泣;其实不是。他很熟悉这一类呻吟。他常常耳朵贴着门板、因为恼怒和寒冷而脸色发青地谛听过这类呻吟。不过这一次倒不令他讨厌。这是崭新而温情的:是天籁。

"哎哟哟,我多么爱你!"泽泽特那沙哑的声音说,"嗬,嗬,嗬!哎呀呀!"

接着是沉默无语。他将自己坚硬的躯体全力压在她身上,这黑头发的、嘴巴显得痛楚的美丽天使。她被压坏了,也得到充分的满足。菲力普突然重新挺起腰板,坐了起来,嘴巴一副难看的样子,心头充满妒恨。但他毕竟很爱泽泽特啊。

"哎呀呀呀!"

他舒了口气:这是一声断然的、终了的呻吟;他们干完了那件事儿。稍停片刻之后,他听见夹杂着水声的啪嗒声:一些赤脚在石板地上奔跑,自来水龙头吟唱起来,有如枝头小鸟;所有的水管都摇动着,发出刺耳的咕噜声。泽泽特回到莫里斯身边,散发着清新的气息,两条腿却冻得冰凉;床咯吱咯吱地响,她又在他身旁、在这又暖和又潮湿的床上躺下。她紧紧地依偎着他,她又闻到了他那粗犷的汗味。

"你要是累死了,我只好自杀。"

"别这么说。"

"我只好自杀啦,乖乖。"

"快别这么说,那就太可惜了咧。你身材这么好,人又勤快;你喜欢吃喝,又喜欢做爱。瞧瞧这么一来你会有多大的损失!"

"跟你做爱,那我是喜欢的。是跟你呀。"泽泽特深情地说,"可你呢,你一点儿也不在乎,你就要走啦,心里还怪高兴。"

"不,我不高兴,"莫里斯说,"我很不乐意走。"

他就要走啦。他会走的,会坐上去南锡的火车,我将永远看不见他们啦,我将永远看不见他的容貌。他将永远不会知道我是谁。他的两脚夹住了被褥:"我想见见他们。"

"假如你不走的话。假如你有可能不走的话……"

莫里斯温和地对她说:

"别胡说八道啦。"

"我要见见他们,"他从床上跳下来。蜣螂正躲在床下窥探着他,但他比它跑得快,他打开电灯,于是它消失在灯光下。"我要见见他们。"他穿好长裤,光脚蹬上皮鞋,就出了门。两只蓝灯泡照亮了走廊。在十九号房门上,他们用图钉按住一张灰色纸条,上书:莫里斯·塔耶尔。菲力普倚墙而立,他的心在胸膛内怦怦直跳,他像刚刚奔跑过一样气喘吁吁。"我现在怎么办?"他伸手摸了摸房门:他们就在这儿,在这堵墙背后啊。"我什么也不要求,只不过想见到他们。"他弯下腰,将眼睛贴在锁孔上张望,结果冲着他的角膜吹来一阵冷风。他眨眨眼皮,啥也没看见:原来里面已经灭了灯。"我要见到他们。"他边想边敲门。他们却并不应答。他的喉咙抽紧了,同时更使劲地敲门。

"是谁呀?"那声音问。声音是唐突生硬的,但也是会改变的。他会打开房门,声音也定会改变。菲力普还在敲:他不便开口呀。

"嗨,怎么回事儿?"那变得不耐烦的声音问,"是谁呀?"

菲力普不再敲门啦。他已上气不接下气。于是他猛吸了一口气,从发紧的喉管里迸出一句话来:

"我想跟你们谈谈。"

一阵久久的沉默。菲力普正想走开,却听见了脚步声、紧贴房门的呼吸声,以及嘀嗒一声开关响;他开了灯。脚步远去了,他正在穿长裤。菲力普后退一步,靠墙站着,他害怕起来。钥匙在锁孔里转动了一下,房门打开了。在半开半掩的门缝当间,他看见一个赤发蓬乱的脑袋,颧骨很大,皮肤多皱。这家伙的眸子是淡色的,看不见睫毛;他以滑稽而惊愕的神情盯着菲力普。

"您敲错门了吧?"他说。

是他的声音,但透过这张嘴巴,却不易辨别了。

"不,"菲力普说,"我没敲错。"

"那么,您找我干什么?"

菲力普凝视着莫里斯,心想:"现在用不着啦。"但为时太晚了。他只得说:

"我想跟你们谈谈。"

莫里斯十分踌躇;菲力普从他的眼神里看出他就要重新关上房门,于是用力倚在门板上。

"我想同您谈谈。"他又说一遍。

"我可不认得您呀。"莫里斯说。他那双淡淡的眸子显得冷酷而狡黠。他长得颇像来家里修浴缸的那名管道工。

"怎么回事儿,莫里斯?他想干什么?"泽泽特忐忑不安地问。

这声音是真实的;那看不见的柔和面孔也是真实的。只有莫里斯的那副大面孔才是梦幻。一场噩梦。那声音消逝了;柔和的面庞消失了;莫里斯的脑袋从阴影中显现,冷酷而硕大,也是真实的。

"这家伙我不认识,"莫里斯说,"不知道他找我干什么?"

"我或许能为你们效劳。"菲力普结结巴巴地说。

莫里斯不无揣防地打量着他。"他看见了我这条法兰绒长裤,"菲力普暗忖,"他看见了我这双小牛皮的皮鞋,他看见了我这身黑睡衣的上装。有俄国式的假领。"

"我……我住在旁边这间屋里。"他边说边使劲顶着门。

"我……我向你们打赌,我或许能为你们效劳哩。"

"回来吧,"泽泽特大声说,"别理他,莫里斯,别理他。"

莫里斯仍在凝视菲力普。他沉思片刻,那双眉紧蹙的面容稍稍明亮了点儿:

"是爱弥尔派您来的吗?"他稍稍压低嗓门儿问。

菲力普把目光转开。

"不错,"他回答说,"是爱弥尔派我的。"

"那么?"

菲力普微微一颤。

"我不能在这儿说话啊。"

"您怎么会认识爱弥尔呢?"莫里斯犹疑地问。

"让我进屋吧,"菲力普恳求道,"让我进门对您又有何妨?我在这过道里是什么也不能说的呀。"

于是莫里斯打开房门。

"请进,"他招呼着,"可不要超过五分钟。我瞌睡得很。"

菲力普走进屋里。房间跟他自己那间完全相同。但椅子上放着一堆衣服,在红色方砖地上、离床不远的地方,还有女人的长袜、短裤和皮鞋。桌子上有一只煤气炉,外加一口锅。那里散发着一股冷却了的油脂味儿。泽泽特坐在床上,肩上紧紧裹着一条淡紫色羊毛披巾。她的眼睛小而深陷,不停地转动着,可谓其貌不扬。她很不友好地凝视着菲力普。房门又重新关上,菲力普不寒而栗。

"那么,爱弥尔要我干吗?"

菲力普惴惴不安地瞧着莫里斯:他无法启齿。

"喂,请快点儿,"泽泽特怒气冲冲地说,"他明早就动身。现在可不是来找麻烦的好时候!"

菲力普张开嘴巴,费了九牛二虎之力想说什么,却发不出一个音节来。他以对方的眼光来观察自己,觉得实在让人难以忍受。

"我跟您得讲法语,对吗?"泽泽特问,"我方才对您说了,他明天动身。"

菲力普转身朝莫里斯,嗫嚅地说:

"不该动身啊。"

"动身上哪儿?"

"上前线呀。"

莫里斯惊诧不置了。

"他是个密探!"泽泽特尖声嚷道。

菲力普晃着胳臂,呆呆望着红色地砖,觉得浑身麻木。这差不多是一种快感。莫里斯抓住他的肩膀,摇晃他的身子,问:

"你认识爱弥尔吗,你?"

菲力普默不作答。莫里斯更用力地摇晃他。

"你答话呀!我问你认识不认识爱弥尔?"

菲力普抬眼看着莫里斯,眼神里充满绝望。

"我认识一个专门伪造证件的老头儿。"他压低嗓门儿匆匆地说。

莫里斯突然松开手。菲力普低下头补充道：

"他将为您做这种证件。"

又沉寂了好一会儿，然后菲力普听见泽泽特得意扬扬的声音：

"我不是对你说过吗，他是有意来找麻烦的！"

菲力普大着胆子抬起头来，莫里斯凶神恶煞般盯着他，正要举起他那只毛茸茸的大手。菲力普纵身往后一跳。

"不是这样的，"他举着臂肘说，"不是这样的，我不是警察局的密探！"

"那你跑到这里来干什么？"

"我是和平主义者。"菲力普哭丧着脸说。

"和平主义者！"莫里斯大惊小怪地重复道，"真是闻所未闻哩！"

他搔了搔脑袋，然后哈哈大笑起来，嚷道：

"和平主义者！泽泽特，你听说过吗？知道这是什么吗？"

菲力普浑身打起战来。

"不许您笑！"他压低嗓子说。

他咬着嘴唇，竭力不要哭出来："即使您自己不是和平主义者，您也应当尊重我啊！"

"尊重你？"莫里斯重复道，"尊重你？"

"我是逃兵，"菲力普自豪地说，"我建议您伪造证件，因为我让人为自己这么干过。后天我就要进入瑞士境内了。"

他面对面地瞧着莫里斯：莫里斯的两道眉毛紧蹙，做成横眉倒竖的额头纹。他似乎陷入了沉思。

"跟我走吧，"菲力普说，"我有够两人用的路费。"

莫里斯不胜厌恶地瞧着他。

"混账东西！"他骂道，"泽泽特，你瞧他多么窝囊！战争当然叫你丧魂失魄,你当然不愿跟法西斯分子作战。你倒更想拥抱他们哩,嗯？他们会保护你的钱财,你这有钱人的崽子！"

"我不是法西斯分子。"菲力普说。

"不是不是,我才是法西斯呢！"莫里斯挖苦道,"滚开,你这脏货,快滚远些！否则我手下可不留情啊！"

菲力普巴不得拔腿就走,连腿带脚。但他并没有溜走。他拖着两腿朝前走,凑近了莫里斯,勉强放下那像儿童一般不自觉地举起的臂肘。他瞧了瞧莫里斯的下颚,却没能将目光抬到对方眼睛的高度,去看那双暗淡的、没有睫毛的眼睛。他脱口道:

"我不会走开的。"

他们面面相觑了好一会儿,然后菲力普大声喊道:

"你们是多么顽固啊！都很顽固,统统都顽固。我方才在这儿,听见你们在说话,还满心希望……可你们跟其他人一样,像一堵墙那样不透风。总是谴责别人,从不设法理解;你们知道我是谁吗？我逃离前线是为了你们！我本可以安安稳稳待在自己家里,肚子饿了有饭吃,暖暖和和坐在沙发里,身边还有仆人侍候。我正是为了你们而抛弃这一切！可你们呢,人家把你们送往屠宰场,你们却觉得妙不可言,毫无反对意见;人家发给你们一杆枪,你们就自以为是盖世英雄了。假如有人企图另有作为,你们就说人家是富家子弟,是法西斯,或者是胆小鬼。其实人家是不肯亦步亦趋、人云亦云罢了。我绝非胆小鬼。那是你们信口雌黄、凭空捏造,我更不是什么法西斯;所谓富家子弟,并不是我自己的过错。得了吧:做一名贫家子弟其实反而轻松,轻松得多呢。"

"我劝你趁早走开,"莫里斯冷漠地说,"因为我不爱听胡言乱语,弄不好还会发作一场！"

"我不走,"菲力普边说边顿足,"我算是受够啦！受够了那些假装对我视而不见,或者鄙视我的家伙,他们有什么权利,有什么权利？我啊,我也是人,不比你们差！我偏不走,如果需要我就待它整整一夜,索性辩论个一清二楚！"

"哼,你偏不走！"莫里斯道,"哼,你偏不肯走？"

他一把抓住菲力普的肩膀,将他朝门口推去；菲力普想反抗,但那是白费：莫里斯力大如牛。

"放开我,放开我！"菲力普大喊大叫,"如果你们把我赶出门,我就待在这门口,我要大吵大闹,我不是胆小鬼,我要你们听个明白！放开我,你这蛮子！"说着就朝莫里斯踢了几脚。

他眼见莫里斯的巴掌高高举起,心脏都快停止跳动了,便大叫："不许打人,不许打人！"

莫里斯捏起拳头就给了他两耳光。

"手下留情呀,"泽泽特说,"他还是个娃娃唎。"莫里斯放开菲力普,带着几分惊奇打量起来。

"你们……我恨你们！"菲力普咕哝着。

"你听着,小家伙。"莫里斯说,态度有点迟疑。

"走着瞧,"菲力普道,"你们走着瞧！你们会害臊的！"

他跑了出来,回到自己屋里把房门紧紧锁上。

火车轰隆隆前进,轮船上下颠簸。希特勒在酣睡,依维什在酣睡,张伯伦在酣睡,菲力普扑倒在床上抱头痛哭。胖路易跟跟跄跄,除了房屋还是房屋,他的脑壳像着了火,可他却停不下脚步,他必须在这布满陷阱的黑夜、在这窃窃私语的可怕之夜里行走。菲力普失声痛哭,他已精疲力竭。他号啕不已,还听见人家隔着墙壁议论自己。他连恨他们都恨不起来。他不停地哭,好像被放逐在这可悲的寒夜里,这到处是十字路口的灰蒙蒙的夜里。马蒂厄被惊醒了,他站起身,倚窗而立,倾听着大海的喁喁私语,向这乳白色的美丽夜色微笑着。

## 九月二十五日,星期日

　　这是耻辱的一天,休息的一天,是恐惧的日子,也是上帝的日子。太阳在这个星期天冉冉升起。灯塔,马灯,十字架,面颊,**面颊**,上帝在教堂里背着他的十字架,我在热闹的星期日街道上摆出我的面孔朝前走;喏,你脸上长了个肿块哩;不,那是他们把我的脸当屁股打,不知羞耻的小家伙,把屁股放在脸上招摇过市;一只窝窝囊囊的顶在身子上的大脑袋,有裂缝的,包扎着的脑袋,大南瓜,大笋瓜。他们狠狠揍他的屁股,一下、两下。他脑子里想他在走路,鞋底在他脑袋里作响。今天是星期日,是我去找工作的日子,门都关上了,那是些铁铸的大门,钉了钉子,生了锈,关住了那一片漆黑,关住了散发着木屑味儿、油污味儿和废铁味儿的空间;也关住了洒满污秽木屑的泥土地,它们全都关闭了,那些可怕的小木门,关住了满满当当塞着家具、纪念品、儿童和仇恨的房间,外加那浓烈的烂洋葱味、床上鲜亮的假领,以及窗后思绪万千的女人;他是在窗户之间、在众目睽睽下行走,由于众目睽睽而变得僵硬、呆痴。胖路易在砖墙和铁门间走,不停地走,身无分文,腹中空空、脑海翻腾,如心脏一般怦怦跳动。他仍在走,鞋底好似在脑际作响:噼啪、噼啪……他们在走,已是汗流浃背,走在这星期日人迹罕见的街道上。他的脸倒照亮了前方的马路,他暗忖:"这已是战时的街道了。"他盘算着:"我怎么才能弄到吃的?"他们琢磨:"没有人能帮帮忙吗?"可那些褐皮肤的矮个子男人、那些面部皮肤粗糙的大个子工人,他们一边刮脸一边想到战争。想到他们会有一整天时间琢磨战争,一整天的空虚无聊,用来向空无一人的街道宣泄他们的烦躁。战争:店铺关闭、街道荒凉,一年三百六十五天都像星期天。菲力普现在改名佩德罗·卡扎雷斯,他在胸口写上这名字。佩德罗·卡扎雷斯、佩德罗·卡扎雷斯、佩德罗·卡扎雷斯。佩德罗·卡扎雷斯就在今晚前往瑞士,他将要带到瑞士的,是一副挂了彩的、留下五个指印的胖脸蛋;女人们从高层窗户里打量着他。

上帝在凝视丹尼尔。

我是否要称他为上帝呢?一字之差,一切都会变样儿。他倚在鞍具商店紧紧关闭的灰色门板上。人们匆匆忙忙地赶往教堂,在玫瑰色小街上衬托出黑压压的人群,永远如此。一切都永远如此。一个少妇走过,她头发金黄、体态轻盈,那头发于蓬乱之中透着精心梳理的痕迹。她住在旅馆里,她丈夫是波城的一位实业家,每半个月来探望她两天。她的面庞没有特意化妆,因为今天是星期天,她的小脚踏着碎步向教堂走去,她的灵魂如银色的湖水般宁静。教堂好似一个大黑洞,它的正面是罗曼式的建筑风格,在进门后右首的第二个祭坛里,可见到一尊石雕的卧象。他冲着那女针线商和她的小男孩微笑。我要不要称之为上帝?他并不感到出乎意料。他暗自想:"那是会发生的事情。或迟或早。我已感觉到有点儿什么事情。我一直竭尽努力争取有一名见证人。没有证人,人们就不存在。"

"您早呀,塞雷诺先生,"纳丁·皮雄招呼道,"您是去望弥撒吗?"

"我正赶去呢。"丹尼尔回答。

他的目光紧盯着她。她比平常瘸得更厉害,两个小姑娘跑着追上了她,并且兴高采烈地围着她团团转。他注视着她们。向她们投以我那被别人注视着的目光!我的目光是透空的,上帝的目光已将它穿透。"我这是在搞文学哩。"他突然意识到。上帝已不在这儿。今天夜里,在被褥的汗水之中,有着上帝的体现。丹尼尔觉得自己那时就像亚当的儿子该隐①:"我降生了,我如你所创造的模样降生了:怯懦、空虚、喜好男色。今后该怎么办呢?"而那目光就在这儿:无处不在、默默无言、透明光洁、神秘莫测。丹尼尔最终睡着了,待到醒来时,他是孤孤单单一人。一个关于目光的追忆。人群从所有敞开的屋门拥出,戴着黑手套、釉面假领,肩披兔皮,手持弥撒经。"嗨,"丹尼尔自言自语,"得找到办法。没完没了地向着空灵的上界升华,我已厌倦啦。我需要一片屋顶啊。"屠宰铺的老板在路上遇着他,那是一位气色极佳的大胖子,星期天总是戴上夹鼻眼镜,以示对仪式的重视;他那只多毛的手拿着一本弥撒经。丹尼尔琢磨:"他就要让自己被那目光看见,目光将会从玻璃天棚和有色玻璃窗落到他身上;他们都将让自己被看见;有一半人类是在上天的目光下生活。当这名屠夫用斧子劈砍、使肉类开绽、露出浑圆的青色骨头时,他是否感觉一道目光正在注视他呢?有人在看着他,有人看见他是那么狠心,正如我看见他的双手;有人看见他的吝啬正如我看见他那稀疏的头发。看见他掩藏在吝啬下的狠心正如我看见他头发下的脑壳。"他自己心里明白,他会翻转那本弥撒经折了角的篇章,并且念念有词:"主啊主啊,我是很吝啬的。"而墨杜萨②的目光将会从上界如雷殛般劈打下来。石头里有德行,石头里也有弊病:"多么安闲!这些人练就的技术是无懈可击的,"丹尼尔恼恨地想,一边凝视着钻进黑乎乎的教堂里去的那些黑色脊背。三名妇女在早晨赤红的光线中迈着同样的碎步前进。三名忧愁的、沉默的、思绪万千的妇女。她们点着了炉子、打扫了地板、在咖啡里注入牛奶,但她们却什么也不是:不过是扫

---

① 该隐,《圣经》中人类始祖亚当之子,因忌妒杀其弟亚伯,西方文学常以此作为骨肉相残的比喻。
② 墨杜萨,希腊神话传说中的女妖,原是美女,因触犯雅典娜,头发变成毒蛇。她的目光能使人变成石头。

寻顶端的一只胳臂、攥着咖啡壶把的一只手,或者说是那雾幛的一部分,它正透过屋墙,超越田野和树林而冉冉升起。此刻她们正往那儿,往半明半暗的所在走去。她们将成为她们应该是的那个样子。他远远跟着她们。"要是我也进去呢?这不是开玩笑吗:我就是这样,我就是你所创造的那个样子:表情忧伤,行为怯懦,不可救药。你在瞧我,而一切希望都已逃跑:我对于自我逃遁已深感厌倦。然而我也知道:在你的目光下我已不能再自我逃遁。我将走进去,我将挺立在这些匍匐在地的妇女当中,像一座标志不公正的纪念碑。我将要说:'我便是该隐。怎么?是你将我制造出来,现在你得背负着我!'玛赛儿的目光,马蒂厄的目光,鲍比的目光,我那几只猫的目光:它们总是注视我这副皮囊。马蒂厄,我是一名鸡奸者。我是、我是、我的确是鸡奸者,我的天哪!"那脸上布满皱纹的老者眼角上挂着泪水,他咬着被烟草熏红的胡髭,样子很凶狠。他走进教堂,疲惫不堪、精疲力竭而又痴呆迟钝,于是丹尼尔跟着他走进去。就在这个时候里巴多一边吹着口哨一边来到滚球场。小伙子们招呼道:"怎么样,里巴多,今天体力好吧?"里巴多想着这事儿,一边手上卷起香烟来,他觉得自己两手空空,于是不胜惆怅地瞧着货车和大酒桶。他觉得手里缺点儿什么,缺少一个带钉子的滚球,沉沉地握在掌心中;他凝视着酒桶,思忖着:"某个星期天吧,假如不算可惜的话!"马里于斯、克洛迪欧、雷米都先后离开了,他们都想玩打仗游戏;儒勒和夏尔洛很卖力,他们沿着铁轨滚动那些大木桶,他俩一齐动手将木桶抬起扔进货车车皮;他们身强力壮,但毕竟有了一把年纪。里巴多听见他们气喘吁吁,汗水从他们赤裸的脊背上直往下滚。那是怎么干也干不完的。有一名大个子,头上裹着纱布,在堆栈四周转悠了一刻钟啦;他最终朝着儒勒走来,里巴多看见他的嘴唇在颤动。儒勒傻呵呵地听他说着什么,然后半欠着身子,两手叉着腰,点头朝里巴多这边示意。

"这是什么意思?"里巴多问。

那人犹疑地走过来,迈着外八字脚,像鸭子那样往前走。真像个恶棍。他摸了摸头上的包扎,算是致意。

"有活儿干吗?"他问。

"找活儿?"里巴多接过话茬儿来。他打量一下这家伙:十足的恶棍,那包扎的纱布已经发黑。他看上去很健壮,但脸色却苍白得吓人。

"活儿吗?"里巴多问。

他俩颇为踌躇地相互打量着,里巴多寻思这家伙会不会晕倒。

"找活儿,"他一边说一边搔着脑瓜儿,"这里缺的不是活儿。"

那家伙眨了眨眼睛。从近处看,他倒并不那么凶恶。

"我能干活哩。"他说。

"你看上去不正常。"里巴多说。

"什么不正常?"

"我的意思是说你有病。"

那家伙十分吃惊地瞅着他,说:

"我没有病。"

"你脸色苍白。而且这绷带是怎么回事儿?"

"这是因为他们揍了我一顿,"那家伙解释道,"这没啥。"

"谁揍了你?是警察吗?"

"不是。是伙伴们。我可以马上干起活儿来。"

"得走着瞧。"里巴多说。

那家伙弯下腰来,抓住一只木桶,用胳膊举将起来。

"我能干哩。"说着将桶放回原地。

"婊子养的!"里巴多赞赏地说,又补充道,"你叫什么名字?"

"我叫胖路易。"

"有身份证吗?"

"我带着兵役证。"胖路易答道。

"拿来看看。"

胖路易在工装内侧衣袋里搜寻了半天,将兵役证小心翼翼地抽出来交给里巴多。里巴多打开一看,便吹了声口哨。

"你瞧瞧看,"他说,"你瞧瞧看!"

"我是合乎规定的。"胖路易忐忑不安地说。

"合乎规定?你识字吗?"

胖路易狡黠地瞧着他:

"搬运木桶不需要识字。"

里巴多将兵役证递给他:

"伙计,你这是第二类手册。人家等你到蒙彼利埃兵营报到。我劝你动作快点儿,否则人家会以违抗命令论处。"

"到蒙彼利埃?"胖路易惊骇不已地问,"我到蒙彼利埃无事可干呀。"

里巴多生气了。

"告诉你:你已经被动员了,"他大声说,"你持有二号手册,你属于被动员的。"

胖路易将兵役证放回了衣袋。

"那么您不雇用我啦?"他问。

"我不愿雇用一名逃兵。"

胖路易弯下身来举起一只木桶。

"得啦,得啦,"里巴多急急地说,"你身强力壮,我不否认。但假如在四十八小时之内人家来逮捕你,那可就要我好看了。"

胖路易早已将那只木桶扛上了肩;他一边皱着浓眉,一边十分用心地打量着里巴多。里巴多耸了耸肩,说:

"真抱歉。"

没有什么好商量的。他走开了,心里在嘀咕:

"我可不愿要一个违抗军令的人。"

"喂,夏尔洛!"他招呼道。

"哎?"夏尔洛应答着。

"注意点那边那个家伙。他是个违抗军令的人。"

"真可惜,"夏尔洛说,"他本可助我们一臂之力的。"

"我不能雇用一名抗命的家伙。"里巴多说。

"当然不能。"夏尔洛也说。

他们两人都转过身来:那壮汉已将木桶重新放回地面,他做出一副倒霉相,将那兵役证在手里摆弄来摆弄去。

人群将他们团团围住,将他们抬起来,在他们四周来回转圈子,并且越转人越多。勒内已不知道自己是在原地不动呢,还是也跟着人群在团团转。他凝视着东火车站大门上方飘扬着的法国国旗;战争在远方进行,在路轨的尽头,它并不碍事。他倒觉得有一种贴近得多的灾难在威胁自己:那就是人群,这场面是脆弱的。总觉得有某种灾难笼罩着人群。加利埃尼的葬礼①:他爬行着,在人群黑色的下半身当间,在酷日下,他拖曳着那身白色的小袍子向前行进,搭起来的架子倒塌了;别再看啦,他们抢走了那僵直的女人,从开裂的小靴子缝里露出了饰着红色花边袜套的一只脚;在明净浩荡的天空下,人群已将他团团围住。我讨厌人群,他觉得处处都有眼睛盯着他,像是许许多多小太阳,在他的背上和肚子上照耀得鲜花怒放,也照亮了他那苍白的长鼻子。那是五月初星期日的郊区之旅,而次日的报纸标题是《赤色星期日》,总有几个人在街上倒下。伊琳娜以她短小而丰满的身躯庇护着他。别再看啦,她牵着我的手往前走。她拖着我向前,而那女人却走到我后面,像恒河

---

① 加利埃尼将军于一九一六年去世,萨特曾和家人一起在荣军院广场参加他的葬礼,目击了以下描写的故事。

水葬的死者一样在人群头顶上滑行。她以责备的眼光瞧着远方三色旗下、军帽上高高举起的拳头。她说：

"这帮白痴！"

勒内假装充耳不闻；可他姐姐自信而悠缓地说：

"这帮白痴，人家把他们送往屠宰场，他们还自得其乐！"

"她这是危言耸听。在公共汽车里，在电影院里，在地铁车里，她总是这样，说些不该说的话，从她那柔美圆润的嗓音里发出的是惊世骇俗的词句。"他朝自己背后看了一眼，那个獐头鼠目、眼神呆滞、鼻头扁塌的家伙正在聆听他们说话。伊蕾娜将手放在他肩上，她的神情是深思熟虑的。她忽然想到自己是他的大姐姐，他知道她马上就要给他来一套讨厌的忠告；不管怎么说，她毕竟劳神到火车站来为他送行，现在，在这些没有女人陪伴的男人之间，她是独一无二的了；就像有时他带她到皮多体育场去看一场拳击赛，在这类场合不该惹她生气。她常常躺在沙发上看书，一边大量抽烟。她总是自有一番见解，就像她自编草帽一样。她告诫他：

"好好听我讲，勒内。你总不该像这些白痴一样行事吧？"

"不会的，"勒内低声说，"不，不会那样的。"

"好好听着，"她又说，"你不要表现出热心。"

当她信心十足时，她的声音传得很远。她继续道：

"你能捞到什么好处？既然你无法避免，就只好去喽。可一到前线，你不必出风头，好事坏事都别带头：反正都是一样的结果。只要能躲的事，你就躲一躲。"

"好的，好的。"他应道。

她牢牢抓住他的肩膀；她深深地、却不带感情地注视着他；她按自己的思路前进。

"因为我很了解你，勒内。你是个爱充好汉的小子，为了让人家谈论你，你什么都干得出来。可这一回，我可是有言在先，假如你受表扬而归,我就不理你啦。这叫做愚不可及。假如你回来时有一条腿截了肢,或者脑袋上打出一个窟窿,你就别指望我表示怜悯,也不要骗我说这是由于出了事故。只要小心点儿,这些统统可以避免。"

"好呀,好呀。"他满口答应。

他认为,她说得很在理,但却不应该明言。也不应该这么想。应当顺其自然,悄悄进行,不必点破。也就是水到渠成吧,日后就不必自责。鸭舌帽啊,简直是鸭舌帽的海洋:有如星期一早晨、每周工作日的鸭舌帽,又像工地上或星期六开大会时的鸭舌帽,莫里斯待在人群最稠密的地方,觉得颇为自在。人潮高举拳头,徐徐将它们往前推动,有时突然停下,有时出现迟疑,复又重新向前,走向红白蓝三色旗。同志们,同志们,那是五月的拳头啊,五月举着鲜花的拳头朝着伽尔什流去,朝着伽尔什草原上的赤色小亭。我的名字叫泽泽特,山鹰在歌唱,歌唱美好的五月,歌唱新生的世界。到处弥漫着甜饮料和葡萄酒的气息。莫里斯无处不在,莫里斯分身有术,浑身散发着饮料和葡萄酒香。他的衣袖擦过别人上装的硬毛料,一个头发拳曲的小伙子将他的挎包推向莫里斯腰部,千万只脚的沙沙行走声从莫里斯的腿部传往他的胸膛。天空中响起轰隆隆的声音,就在他头顶上,他翘首仰望,他凝视着飞机,又垂下眼帘,于是发现下方也是仰望着的容颜,和自己的表情一般无二,便向着他们露出会心的微笑。黝黑的皮肤,清澈的两眼,短而自来卷的头发,一处伤疤,他也报以一笑。莫里斯向那戴夹鼻眼镜、样子如此专心的人微笑,向那瘦削、苍白、留着浓密胡须的人微笑,此人却紧咬着嘴唇毫无笑意。人家对着他耳朵大喊大叫,人家喧哗,人家欢笑。瞧,宝贝儿,当真,是你呀,多亏打仗咱们才相见;一派星期日的景象啊。当工厂都关门时,当人们聚在一起,两手空空,在车站里候车,背着背包,迎接不可抗拒的命运时,那便是星期天了;

至于是出发去打仗,或者是去枫丹白露森林度假,那都无关紧要。丹尼尔站在一张祈祷用的跪凳面前,呼吸着宁静的地窖和香火气味,凝视着紫色灯光下那些不戴帽子的脑袋,他是在一群下跪的男人当中唯一站立不动的人。莫里斯周围是站立着的男人,没有女人伴随的男人,闻着强烈的葡萄酒、煤火以及烟草相混杂的气味,在朝阳照耀之下凝视着戴鸭舌帽的人们,心里琢磨:"今天是星期天啊。"皮埃尔在睡觉,马蒂厄挤了挤牙膏管,粉色的牙膏悠然地给挤出来,终于落在牙刷上。一个小孩推搡了一下莫里斯,笑嚷道:"喂,西蒙!西蒙!"于是那叫西蒙的转过身来,他的脸颊红润,咯咯笑着说:"嘿,不是吗!倒可以把这叫做'阴暗的星期日'哩!"莫里斯也笑起来,重复着说:"阴暗的星期日!"一位漂亮的年轻人也向他回报以微笑,有一个女人同他待在一起。那女人不很俗气,穿戴俏丽;她紧紧挽住他的胳臂,以恳求的目光瞧着他。他却连看也不看她。假如他看她,他俩就会重新搂抱在一起,又变成一个人啦。只有这么一对男女。他在发笑,他在凝视莫里斯,女人是不算数的,泽泽特是不算数的,她喘着粗气,她发出浓郁的气味,她在我的身子底下多么酥软,亲爱的、亲爱的,戳进我那里面呀!夜色阑珊,像是他躯体与衬衫间残留的一丝汗意,一丝平淡而甜蜜的焦虑,可他却朝着空气咯咯发笑,女人已成多余。战火已经降临,战争、革命、胜利。我们将握紧手中的枪。所有这些人:头发拳曲的、蓄胡髭的、戴夹鼻眼镜的、大个子的年轻人,他们都将高唱《国际歌》,带着手中的枪回到家里,那将又是一个星期天。永恒的星期天。他高高举起拳头。

"他举起了拳头。这才是聪明人。"

莫里斯转过身来,拳头仍然高举着:

"什么,什么?"他问道。

原来是那胡须浓密的人。"你们想为苏台德人送命吗?"

他问。

"住嘴!"莫里斯说。

蓄胡髭的人神情不善而又犹疑不决地瞧瞧他,仿佛是在竭力回想什么事情。他突然爆出一声:

"打倒战争!"

莫里斯闻声倒退一步,他的背包碰到了某人的脊背。

"你闭不闭嘴?闭不闭?你这张臭嘴!"他嚷道。

"打倒战争!打倒战争!"蓄胡髭的人还在叫。

他双手开始发抖,翻着白眼,一时竟止不住呼叫。莫里斯惊骇而忧郁地瞧着他,并没有生气,却一度想要不要当头给他一拳,仅仅为了让他闭上嘴。孩子打嗝时猛推他一把就可以止住。但他感觉手指触到了松软的肌肤,说来惭愧,原来他碰撞到一个娃娃的身上。再动手又为时过早。他便将两手插进口袋:

"滚开,混账东西!"他只说了这么一句。

蓄胡髭的人还在叫喊,那声音既文雅又疲乏,分明是富家子弟的声音。莫里斯突然有一种不愉快的感觉,似乎这场面是有意制造的。他环顾四周,兴高采烈的情绪顿时化为乌有:这全是另外那些人的过错,他们没尽到自己的责任。在群众性集会上,如果有人出来胡说八道,人群就会如潮水般拥过去,将他推倒在地。一时间还可以看到他的两条胳膊在空中挥舞,再过一会儿就没有他的影子了。现在不仅没有出现这样的情形,而且伙伴们全都退缩,那蓄胡髭的四周竟空无一人。那位年轻女人好奇地打量他,她早已松开男伴的臂膊,小伙子们都转身离去,他们的表情很不自在,佯装没听见什么。

"打倒战争!"蓄胡髭的家伙又喊。

莫里斯有一种古怪的不适之感:这会儿阳光灿烂,这家伙独自叫叫嚷嚷,而所有这些人却一言不发地低下了头……他那不适的感觉已变成焦虑;他晃动着肩膀推开人群,径自走向火车站的入口处,走向那些真正的同志。他们此刻正在旗帜下高举拳头。蒙巴那斯大道人烟稀少。是星期天嘛。在穹顶咖啡馆平台上,有五六个人在喝咖啡;领带铺的老板娘正站在门槛上。在九十九号宇宙咖啡厅的楼上,一名穿衬衫男子在窗口露面,随即凭栏眺望。莫贝尔和泰蕾丝发出一声欢呼。终于又有一张啦。在那边,就在那边的墙壁上,在穹顶咖啡馆与药铺之间,贴着一张大幅黄色红边的告示,标题为《告法国人》,墨迹还未干。莫贝尔脖子缩在两肩中间,脑袋冲向前,急急朝前走去。泰蕾丝紧跟在后,像着了魔的小姑娘:他们在市民们众目睽睽之下,一口气撕掉了六张告示。有这么一个年轻好动、身材健美而又有决断的头头,可以说好得很。

"混账话!"莫贝尔说。

他环顾四周;一名小姑娘停下脚步,她大约十岁光景,一边玩弄着自己的辫子一边瞧着他们。莫贝尔大声重复道:

"混账话!"

泰蕾丝在莫贝尔背后大声嚷嚷:

"政府怎么能让人张贴这样的混账话?"

领带铺的老板娘没有答话,这是一位昏昏欲睡的胖女人,在她两片腮帮当间流露出一丝只知干本行活儿的得意微笑。

告法国人:

> 德国人的苛刻条件是无法接受的。我们已作了最大努力以维护和平。但任何人均不得要求法国放弃自己的承诺,并同意成为二等国家。如果我们今天抛弃捷克人,那么明天希特勒就会向我们索取阿尔萨斯……

莫贝尔抓起告示一角,像撕报纸一样扯下一长条黄纸。泰蕾丝抓住告示的右角用力一拉,扯下了一大片纸:

要求法国放弃

并同意成

二等国

弃捷

　　墙壁上只剩下一片形状不规则的黄五角星。莫贝尔倒退一步欣赏着自己的作品：一只黄五角星，只剩下一只黄五角星，句子已变得无伤大雅而且支离破碎。泰蕾丝微微一笑，瞧了瞧自己戴着手套的双手，手上残留了一小角告示，是黏在她右手手套上的一块碎纸片："共和……"于是她用拇指搓了搓食指，那一小片黄纸变成面团儿，干巴巴地在两指间滚动，又变得像别针针头那么硬实。泰蕾丝两指一松，那面团儿便落在地上。她陶醉在敢作敢为的自豪之中。

　　"戴齐雷先生，那是用来做一小份牛排的，大约三百克重的牛排。要做得漂亮。所以请给我切好肉：昨天是您的小伙计切给我的。实在不敢恭维，肉上筋筋绊绊的。哎，告诉我：对面出了什么事呀？是啊，二十四号挂了黑帘子。是有人去世了？""啊，我不知道，"那屠户道，"二十四号没有我的顾客，他们上贝蒂埃店里买肉。请看看：我算不算照顾您，颜色多新鲜，肉多嫩，像香槟酒一样，刚开瓶还冒着沫儿呢。一根筋都没有，我简直可以生吃呢。""二十四号住的我知道，"利厄蒂埃太太说，"那是维吉埃先生。""维吉埃先生？不认识。是一家新房客吗？""不对，就是那小老头儿，您太认识啦。就是给泰蕾丝糖果吃的那一位。""哦！就是彬彬有礼的那一位喽？太可惜啦！我会记着他的。维吉埃先生怎么可能？""您听着，他那么一大把年纪，也算高寿啦。""啊！"利厄蒂埃太太说，"您知道，像我对丈夫说的：他死得正是时候，这小老头儿有先见之明。也许再过半年，咱们这些人就会后悔不像他那么有造化呢。您知道，他们有一种新发明！""噢，您说谁呢？""他们呗,就是德国人呀。用那办法杀人像杀苍蝇一样容易,而且痛苦得不得了。""天哪,能是这样吗? 啊,狗强盗们! 到底是什么办法,什么办法呀?""哦! 我想这是一种毒气,或者是什么光之类,人家向我解释过。""那就是死光了。"那屠户点点头说,"对啦,就是这一类的东西。您说,是不是躲在地底下要好点儿?""您说得对。我就这么说来着。不用再操劳,不用再操心;我希望是这么个死法:晚上照常睡觉,第二天早晨就不用醒啦!""好像他就是这么死的。""说谁呀?""那小老头儿呗。""有的人就是有福气。咱们呀,什么苦头都得吃! 虽然咱是女人家。您不是看见了吗:西班牙出的事有多惨! 不用啦,要一份牛排骨,您还有没有内脏可以给我喂猫? 我连想都不敢想:又要打仗! 我丈夫在一九一四年打过,现在轮到我儿子啦。我跟您说,男人全都是疯子。大家就那么谈不拢吗?""那是因为希特勒不愿大家谈成功,波纳丹太太。""说什么? 希特勒吗? 他不是要他那个苏台德吗,这个家伙? 好嘛,我呢,我可以奉送给他。可我也弄不清这是人呢还是山,我儿子却要为这送命。我可以奉送嘛,可以奉送嘛! 您不是想要吗:现在就送给您。他会上当的。哎,告诉我:(她又改成认真的口气说)是今天下葬吗? 您不知道在几点钟? 因为我想在自家窗口为他送行哩。"他们打这场战争,背着我搞了些什么名堂? 他拿着那兵役证,紧紧攥在手里,下不了决心送回自己的口袋里:这是他在世上仅有的东西了。他一边打开看,一边不停住脚步,看到自己的照片,这才稍稍放下心来。至于那些说他这样那样的小黑字,看上去并不那么让人不安,似乎没有什么不对头;不过他仍在喃喃自语:"还是呀,还是呀,目不识丁总是件倒霉事啊!"一名逃兵,这个已经精疲力竭的小伙子,正拖着身子经过克利希大街,照着一扇扇玻璃橱窗往前走。这与世无争的小伙子,竟是一个违抗军令的人、一名逃兵:一个捣蛋的大孩子,脑袋剃得光光的,住在巴塞罗那的巴里奥·奚诺街区,由一位深深爱着他的姑娘将他藏了起来。可他怎么会成为逃兵?该用什么眼光来看自己呢?

他站在教堂的中央,神甫正在为他唱诗。他默念着:"安眠,憩息,憩息,安眠。"正如永恒总会使他自身发生变化那样。① 你将我创造成现在这个样子,而你的意图是无从猜透的;我是你思想中最低贱的表现,你看见我,我为你效命。我起而反对你,我辱没了你,也正是在辱没之中为你效命。我是你创造的产物,你通过我而自爱,你这曾创造魔怪的主啊,你载负着我。一只铃铛在响,信徒们都垂下头,但丹尼尔却直视前方,目不斜视。你看见我。你是爱我的。他觉得自己安静而神圣。

灵柩在二十四号门前停下。"他们来啦,他们来啦。"波纳丹太太说。"是在四楼。"门房说。他认出了殡葬工人,招呼道:"您好哇,勒内先生,一向都好吗?""您好呀,"勒内先生回答,"没想到有人需要在星期天下葬!""哈哈!"看门女人说,"这是因为我们法国人独立思考。"雅克注视着马蒂厄,在桌面上猛击一掌,说:"即使我们能打胜这一仗。你知道这对谁有好处吗?对斯大林有好处。""但假如我们不理不睬,好处就归了希特勒!"马蒂厄和和气气地说。"那又怎么样?希特勒、斯大林,一丘之貉!不同的是,跟希特勒达成协议可以节约咱们两百万人的生命,还能省掉一场革命!"这话真是切中要害啦。马蒂厄站起身来,跑到窗口去瞧了一眼。他连生气都说不上,而是在琢磨:"这一切究竟有什么用处?"他临阵逃脱了,可天空还是一副星期日才有的好模样儿,街上还是洋溢着美食佳肴的香味,有鸡蛋花香、烤仔鸡香,总之是家庭的气息。一对夫妇走过去,男的提着一包铜版纸包装的糕点,用

---

① 这是法国象征派诗人马拉美(1842—1898)的十四行诗《爱伦·坡之墓》的第一句。

一根粉红细绳子拴在小手指上提着。像在每个星期日那样。这不过是闹着玩儿,是一概不算数的。你看,一切是那么平静,一点风波也没有。这是星期日式的死水一潭,合家团圆式的静寂,你只要旧戏重演罢了。天空还存在,食品商店还存在,糕点还存在;但逃兵是不存在的。星期天,星期天,在克利希广场公共小便池前出现的第一列长队,这一天最早出现的炎热。走进那刚刚又往下降的电梯里,呼吸那灰暗的小笼子里四楼金发女人的香水味道,按一按那白色的键钮,那轻微的震动,不知不觉地滑行,将钥匙插进锁孔(像每个星期日那样),将帽子挂在第三只挂衣钩上,在前厅的镜前收拾一下领带上的花结,推开客厅大门,叫一声:"我回来啦!"她会怎么办呢?每个星期日她都迎上前来,口中不停招呼着:"我亲爱的人儿!"难道这次会例外吗?看来不会,准定不会。然而,他的确永远失去了这一切。"要是我能发发脾气也好!他打了我一记耳光,他打了我一记耳光啊。"他心里嘀咕着。他停下脚步。他肋间有些疼痛,于是靠着一株树站立着。他倒也没有发脾气,却惶然思忖:"哎,我要还是个孩子该多好!"马蒂厄过来坐在雅克对面。雅克在说话,马蒂厄瞧着他,一切是那么惹人生厌。光线半明半暗的工作室、松树林子那边的轻松音乐、装在碟子里的小片黄油,还有托盘上用毕的空碗:永远是这一类无关紧要的小事。他想说点什么,并非为了什么,只是为说话而说话,只是为打破这永恒的沉寂,他哥哥的声音未能打破的那种沉寂。他对哥哥说:

"不用伤脑筋。战也罢,和也罢,都一样。"

"一样?"雅克不胜惊奇地说,"此刻有千百万人正准备相互残杀,你去对他们说这番话吧!"

"那又怎样?"马蒂厄好好先生似的说,"他们一生下来就带着死亡的阴影。即使将这批人统统杀光,人类也还像从前一样完整无缺:没有空白点,也不少一个人!"

"将减少一千二百万至一千五百万人啊!"雅克驳道。

"不是数字问题,"马蒂厄说,"人类是自动充实的。它不缺谁,也不等谁来补充。人类将继续漫无目标地走下去,同一些人将向自己提出同样的问题,将同样地虚度自己的年华。"

雅克含笑瞧着他,表示他没有受骗:

"你想说明什么啊?"

"嗨,就是呀,不想说明什么。"

"他们来啦,他们来啦,"波纳丹太太叫嚷着,显得很活跃,"他们就要把棺材放进柩车啦!"

战争没什么了不起,火车开动了。从车窗里伸出许多高举的拳头。莫里斯找到了老伙伴们:杜贝克和洛朗隔着车窗紧紧拥抱他,他唱起:"国际主义就一定要实现。"杜贝克揶揄道:"你唱歌就像我放屁!""我就是要唱嘛。"莫里斯回答。他觉得好热,太阳穴有点疼,这是他今生最高兴的一天。他觉得冷,肚子也有点疼。已是第三次按电铃。只听得走廊里有匆匆走过的脚步声,还有乒乒乓乓的关门声,却不见来人的踪影:"她们都在干什么?她们要让我把屎拉在裤子里吗?"终于有人咚咚咚地跑来了,打房间前面走过……

"喂!"查理嚷着。

奔走还在继续,声响变得微弱下去,但头顶上却有人拼命敲打。让她们都滚开,假如是那小多莉亚克,他每个月给她们五张票子的小费,她们会为进他屋子而大打出手哩。他打了个寒噤,大概有的窗户敞开着,一股冷风从门下猛吹过来:她们在换空气哩,我们还没滚蛋,她们就忙着换空气;乱七八糟的声音、冷风、喊叫都钻进来,就像在磨坊里一样。我简直是待在大庭广众之中哩。从第一次透视以来,他还不曾这样焦虑过。

"喂,来人呀!"他嚷道。

十一点差十分啦,冉尼娜还没有来。人家让他独自一人待了整整一个上午。他们在上面怎么老是敲打个没完?钉锤的敲打声震得他的眼底都产生了回响。他们莫非是在钉我的棺材?他两眼干涩而疼痛。清晨三点钟时,他从噩梦中惊醒。不过这也说不上是一场梦:他似乎还留在贝尔克;海滩、医院、诊疗所,所有的地方都空空荡荡:没有了病人、没有了护士,窗洞里黑魆魆的。病室里空无一人。到处是光秃秃的灰暗沙滩。但这空旷并不仅是空空如也,只有在梦中才会看见这等情景。梦还在继续;他睁着眼,但梦还在继续。他待在他的肢体固定托里,在他那间屋子的正中。可他的屋子已经腾空了,已经无所谓上、下、左、右。真正是家徒四壁——仅仅是以直角相交错的四面墙壁,其间不过是一点儿咸涩的海边空气罢了。她们正在走廊里拖拉一件沉重而粗笨的物体,大概是某位富家子弟的大箱子:

"喂,喂!"他叫嚷着。

门打开了,路易丝太太进来了。

"请进来!"他招呼道。

"哦,稍等一会儿!"路易丝太太说,"我们得给一百名病人穿衣服。得统统按次序来嘛。"

"冉尼娜呢?"

"您以为她有时间照顾您?她在给小鲍狄埃姐妹穿衣呢。"

"快把便盆递给我,"查理道,"快点儿,快点儿!"

"您怎么啦?还没到您大便的时间呢!"

"我感到焦虑,"查理说,"大概就是因为这个。"

"对啦,可我得给您做准备。所有的人都必须在十一点之前准备就绪。总之,您得动作快点儿。"

她解开他的睡衣,拉了拉他的裤子,然后又从腰部托他一把,将便盆塞到他身子下面。搪瓷盆又冷又硬。"我拉肚子了。"查理厌烦地想。

"假如我在火车里也腹泻不止,那该怎么办?"

"别着急。什么情况都估计到啦。"

她一边瞧着他,一边摆弄手里的钥匙串儿。她对他说:

"你们动身的日子天气晴好哩。"

查理的嘴唇颤抖起来,他说:

"我真不想走啊。"

"得啦,得啦!"路易丝太太说,"喂,拉完了吗?"查理最后使了一次劲:"完啦。"

她在围裙的衣袋里摸了半天,终于抽出一大块手纸和一把剪刀。她将手纸剪成八份。

"抬起身子来!"她命令道。

他听见了手纸的沙沙细声,感觉到了手纸的摩擦。

"哎哟。"他叹道。

"别嚷嚷!"她说,"您向前趴着点儿,等我将便盆取走;我这就给您擦干净。"

他收腹趴在那里,只听得她在屋里走动,然后感觉到她那熟练的手指的轻抚。这是他顶喜欢的时刻了。那物体,那被抛弃的小物体。他的阴茎勃起了,于是他在新床单上擦了擦它。

路易丝太太像翻动包袱一样将他的身子翻转过来,瞧了瞧他的肚皮,不禁失笑道:

"哦,淘气鬼!查理先生,大家会记得您呢。您还真是个开心果儿。"

她将被褥一掀,帮他脱下睡衣。

"脸上搽点儿香水,"她一边替他擦脸一边说,"天哪!今天的梳妆只好简单点。"

"伸起胳臂。好。穿上衬衫。现在穿裤衩儿,别这么乱蹬乱踢的,我没法给您穿袜子哩。"

她倒退一步,观赏着自己的作品,然后满意地说:

"您现在一身干干净净啦。"

"旅行时间很长吗?"查理声音变了调,问道。

"可能很长。"她说着为他穿好上装。

"上哪儿去哟?"

"不知道。我想你们会先在第戎停一停。"

她环视一下四周,说:

"我得看一看有没有忘记什么东西。哦,当然喽,您的杯子,您那只蓝颜色的杯子!您那么喜欢用的。"

她从杂物架上将杯子取下,又欠身朝着手提箱。那是一只饰有红蝴蝶的蓝色搪瓷杯,很漂亮的一只杯子。

"我把它夹在几件衬衣当间,免得打破。"

"拿来给我吧。"查理说。

她惊奇地瞧瞧他,将杯子递给他。他接过来,倚着臂肘撑起身子,使劲将杯子往墙上砸去。

"破坏狂!"路易丝太太怒不可遏地喊道,"你要是不愿拿着,就应当把它交给我呀。"

"我既不愿意交出去,也不愿意拿着。"查理回答。

她耸耸肩膀,走到门口,将门完全敞开。

"那咱们就走啦?"他问。

"那可不,"她回答,"您总不愿意错过火车吧?"

"这么快就走,这么快!"查理唠叨着。

她又从前面走到他身后,用手推着肢体固定托;他伸出手臂,在路过时摸了摸桌子。从装在他头顶的镜子里,他一度瞥见窗子和一截墙壁,然后就什么也看不见啦。他现在是在长廊里,前面有四五十辆手推车,沿着墙根排成长列。他觉得有人在故意绞他的心。

送葬的行列启动了。"他们出发啦,"波纳丹太太说,"瞧,没有多少人送他到最后安息地去呀。"他们一点一点地往前挪动,轮子每转动一圈就停一步,那阴森的墓穴就在顶端。她们两个两个地推着固定托,但因为只有一台电梯,所以很费工夫。

"这队排得真长呀。"查理说。

"没有你是不会出发的。"路易丝太太说。

枢车从窗下经过。后面跟着一位穿丧服的矮个子女人,大约是家属。门房女人锁上她的小屋,她在行列里跟着往前走。与她并肩的是一个健壮的女人,穿灰色衣服,戴一顶蓝毡帽,那便是护士了。波纳丹先生同妻子站在一起,倚着阳台栏杆张望:"维吉埃老爹嘛,他是个共济会会员。"他道。"你知道个啥!""哈哈!"老头傲慢地应答着。过了一会儿,他补充说:"跟我握手的当儿,他的大拇指在我手心里画三角哩。"波纳丹太太突然感到怒火冲到太阳穴,她男人竟敢如此轻薄地议论一位仙逝的老人。她默默目送着这葬礼的行列,念叨着:"可怜的人儿啊。"他静卧在那里,平躺着,身子笔直,脚朝前,向着墓穴。可怜的人儿啊,没有家人实在是凄凉啊。她画了个十字。他身子笔直,人家正把他往那阴暗的电梯井里推,他将感到电梯在下陷。

"谁跟咱们一起走呢?"查理问。

"咱们这儿一个也没有,"路易丝太太说,"他们指定诺曼底别墅的三位女护士,外加乔杰特·富凯。您肯定认识这位大个子女人,皮肤带点褐色的那一位。目前她在罗贝塔尔医生的诊所。"

"啊!我明白是谁啦!"查理接过话茬儿,路易丝太太正缓缓地将他朝电梯井推过去,"就是皮肤带褐色、两腿修长的那一位。她看样子可不好说话呀。"

他在海滩上经常看到她:她照应一大群患佝偻病的小孩,对他们公平地赏以耳光。她光着腿,脚穿草底帆布鞋。那是一双长着茸毛且有劲的漂亮大腿。他自忖,由她来看护才好哩。他们会用绳子把他吊放入墓穴的。除了这位小个子好女人,没有任何人会俯身朝他看一眼,而她甚至连点和气的表情都没有。要是就这么死掉可就惨啦。路易丝太太将他推进电梯。挨墙的暗处已安放好另一副肢体固定托。

"谁在那儿?"查理眠着眼睛问。

"是彼特鲁斯呀!"一个声音应道。

"啊,人傻帽儿!"查理招呼说,"怎么回事儿,是人搬家吗?"

彼特鲁斯并不答话,这时一阵轻微的撞击,查理觉得自己仿佛飘浮在固定托上方几厘米的地方。他们在梯井中深深地下陷,第四层的地板已在他头顶上。他是从下面、从洗碗槽的黑洞里告别人世的。

"可她在哪儿呢?"查理抽抽噎噎地问,"冉尼娜上哪儿去啦?"

路易丝太太似乎充耳不闻。因彼特鲁斯在场,查理只得将眼泪往肚里咽。菲力普在前进,他已是欲罢不能了;假如他停步,他就会昏倒在地;胖路易也在前进,他的右脚受了伤。一位先生打荒凉的街道上经过,是个矮胖子,蓄着胡髭,迈着方步。胖路易向他伸过手去:

"请问你识字不识字?"他问那人。

那位先生往旁边一闪,更加匆忙地往前走。

"用不着逃呀,"胖路易说,"我又不会把你吃掉!"

那位先生大步流星朝前走,胖路易开始在后面一瘸一拐地跟着,一边将兵役证递过去;那位先生终于奔逃起来,边逃边发出牲口般的尖叫。胖路易停下脚步,一边隔着绷带搔头一边目送他远去:那位先生变得像皮球一样又小又圆,滚进一条小街的街角,反弹几下,又转了个圈,终于消失。

"哎哟哟！哎哟哟！"胖路易呼天抢地。

"别哭啦！"路易丝太太劝解着。

她用自己的手绢为他擦擦眼睛,我没想到自己竟在哭泣。他觉得深受感动了,自怜自爱倒挺惬意。

"我在这儿挺幸福啊!"

"倒看不出呢,"路易丝太太说,"您总是跟在人家后面嘀嘀咕咕的。"

她关上电梯的铁栅,把他推进前厅。查理撑着臂肘支起身子,他认出了托托尔和小姑娘加瓦尔达。加瓦尔达脸色苍白如纸;托托尔一头钻进被窝,闭上眼睛。他们被抬出电梯时,一些戴鸭舌帽的壮汉便接过手推车,推着病人跨过诊所门槛,同病人一起消失在公园里。一名男子朝查理走过来。

"好啦,再见吧。一路顺风!"路易丝太太道,"到地方后,给我们寄张小小的明信片来。别忘了,漱洗用品在您脚头,被褥下面。"

那汉子已朝查理俯下身子。

"嘿,"查理大声说,"您得小心点儿。没有干这一行习惯的人往往手太重!"

"能行的,"那家伙说,"推你们这玩意儿没什么了不起。在敦刻尔克火车站推过双轮车,在朗斯推过小货车、在昂赞又推过手推小车,我一辈子专干这种差使咧。"

查理不吭气啦:他害怕了:为小姑娘加瓦尔达推固定托的那家伙让她两个轮子着地大转弯儿,结果托板猛蹭了一下墙壁。

"等一等,"冉尼娜嚷着,"等一等! 我来把他推到火车站去。"

她连跑带跳地下楼,已是上气不接下气。

"查理先生!"她喊道。

她半忧伤、半出神地瞧着他。她的胸脯激烈地起伏着。她佯装整理被褥的样子,好能够触摸他。他在人寰中到底还拥有一点东西啊。不论他走到哪里,他都拥有这件东西:这颗勤劳而谦恭的心将继续在贝尔克一处荒凉的诊疗所里,为了他而不停地跳动!

"好哇,"查理说,"您扔下我不管了!"

"哦,查理先生,时间耽误了。可我没办法呀,路易丝太太大概已经告诉您了吧!"

她在固定托四周团团转,愁云满面而又忙碌不堪,但两腿却站得稳稳当当。他妒恨得直哆嗦:她是一个站立的人,那么她记住的往事也是立着的,所以他就不可能长久地在她心中得到栖身之地。

"得啦,得啦,"他生硬地要求,"咱们快点儿,推我走吧!"

"请进!"一个微弱的声音说。

莫德推了推门,一股呕吐物的气味冲向她的喉头。皮埃尔笔直地躺在铺位上。他脸色发青,眼睛在脸上大得怕人,但看上去却很安详。她不由得往后倒退,却仍然往那小屋里钻。在皮埃尔床头的一张椅子上有一只脸盆,里面装满浑浊的、多泡沫的液体。

"我吐的已完全是黏液,"皮埃尔平静地说,"我早就把肠胃里的东西都吐光啦。把脸盆拿走,请坐下。"

莫德屏住气将脸盆挪开,并把它放在洗脸池旁边。她坐下来,却故意敞着门,为的是让屋子通风。有一阵两人相对无言;皮埃尔以令人难堪的好奇心瞧着她。

"我不知道你病了,"她道,"否则早就来啦。"皮埃尔用臂肘支住身子,说:

"现在好点了,不过身子还很虚弱。从昨天起我就吐个没完没了。也许我最好中午吃点东西,你觉得怎样?我想叫人送一份鸡翅膀来。"

"这个我不好说,"莫德不高兴地应道,"肚子饿不饿其实是你自己的感觉。"

皮埃尔担心地注视着被褥,又道:

"当然,这可能增加我肠胃的负担,但也可能使胃里舒坦一点。何况,假如再犯恶心,总得有点东西往外吐呀。"

莫德惊讶不置地瞧着他。她心想:"要了解一个男人得花多少时间啊。"

"那么好,我叫船舱服务员送一份菜汤和一客鸡脯来。"

她强作笑容,补充道:

"你既想吃东西,就病得不算重哇。"

一阵沉默。皮埃尔重新抬起两眼,怀着一种复杂心态打量她,既显得专注,又好像满不在乎。

"那么告诉我:你们现在坐二等舱啦?"

"谁对你说的呀?"莫德怏怏地问。

"鲁比。昨天我在过道里遇见了她。"

"是二等舱,"莫德回答,"不错,我们坐上了二等舱。"

"你们是怎么解决问题的?"

"我们建议举行一场音乐会。"

"哼!"皮埃尔回答。

他不停地盯着她,又将手在床单上伸直,柔声柔气地问:

"你还跟船长睡觉了吧?"

"你胡说什么呀?"莫德反驳。

"我瞧见你从他的单人舱走出来,"皮埃尔又道,"这错不了!"

莫德觉得很不自在。从某种意义上讲,她已不必向他交代;但从另一方面讲,先跟他打个招呼或许更正常点儿。她低垂眼帘咳起嗽来,觉得自己做了错事,反有几分同情皮埃尔了。

"听着:假如我不答应,弗朗丝就没法理解。"她对他解释道。

"可这跟弗朗丝有什么关系?"皮埃尔用平静的语调问。

她猛地抬起头:他在微笑,脸上挂着怯懦的好奇表情。她觉得受到了侮辱,她宁愿他冲她大喊大叫。

"你要是非知道不可,"她冷冷地说,"那就是这样:既然乘了轮船,我就得跟船长睡觉,才能让宝贝乐队坐上二等舱漂洋过海。就是这么回事。"

她稍停片刻,好听到他表示抗议。可他却一言不发。她朝他探过身子,又使劲加上一句:

"我不是个荡妇!"

"谁说你是荡妇来着?你做你愿做或能做的事儿。我并不觉得有什么不好。"

她觉得这是劈面抽了自己一鞭。她蓦地站起身嚷道:

"哼,你不觉得这有什么不好!你不觉得这有什么不好!"

"正是这样。"

"那你就错啦,"她情绪激动地说,"你实在是大错特错了哩!"

"那么这很不好喽?"皮埃尔故作惊讶地问。

"哎!你别想把我搅糊涂。不,这并不是不好:为什么会不好呢?谁要求我拒绝?当然不是那些围着我团团转的男人;也不是从我这里得到好处的女伴;甚至不是我的亲娘,她已没有分文收入,全靠我寄钱。只有你会觉得这不好,因为你是我的情夫!"

皮埃尔两手交叉放在被子上面,他的表情像病人那样又阴沉又躲躲闪闪:

"别大声嚷嚷,"他温和地说,"我头痛得很。"

她压住怒火,冷冷地瞧着他,声音不高不低地说:

"你不用害怕,我也不嚷嚷了。不过我想告诉你:咱俩算是一刀两断啦。因为你应当明白:让这大腹便便的老家伙摸我本来就倒我的胃口。倘若你臭骂我一顿,或者对我表示怜悯,我会觉得你多少还怜惜我这个人,我也就有几分勇气了。但假如我随便同谁睡觉都不关任何人,甚至不关你的痛痒,那我就成了癞皮狗,成了臭婊子。得啦,老朋友,臭婊子追求的是富豪,用不着为了你这号流浪汉自找麻烦!"

皮埃尔不吭气了:他索性闭目养神。她一脚踢翻自己坐的椅子,气冲冲地跑出去,将房门砰然关上。

他支着臂肘,在各处别墅、诊所、家庭式公寓间不断转移。到处都空空荡荡。勃伦旅馆一百二十二扇窗户统统敞开。在愿望别墅的前厅、在绿洲别墅花园里,病人们在静候,一个个都躺在自己的"棺材"里,脑袋抬起,静静地眼看一串串肢体固定托鱼贯而行。这固定托的族群全都拥向火车站。谁也不吭气,只听见车轴的吱吱声,以及轮子从便道滑向大马路的咕咚声。冉尼娜走得很快,他们超越了一位胖乎乎、气色很好的老太太,她由一个哭哭啼啼的小老头儿推着往前走。他们也超越了佐佐。他由母亲推着去火车站,就是那个管公共厕所的女瘸子。

"哎哟!"查理嚷道。

佐佐一惊,他稍稍抬起身子,用明净而无神的眸子注视着查理。

"咱们全都没遮没掩的哩!"他叹着气说。

查理朝后倒下身子。他感觉到左右全是躺着的伙伴,不啻是万人葬礼啊。他重新睁开两眼,瞥见一角蓝天,还有成百上千的人群,全都俯伏在格朗德街家家户户的窗口上,摇动着手帕。混账东西!今天又不是七月十四日国庆节!只见一群海鸥啾啾叫着在他的头顶盘旋。冉尼娜正在他身后擤鼻涕。她在黑色面纱下哭泣,女护士跟在柩车后,她的两眼一直盯着那不停摇晃的唯一花圈。但她听见她在哭,按说她对他的死不该有多少惋惜。她有十多年没看见他了。但人们总是在心灵深处的某个地方深藏着一种羞怯的、未能抒发的忧伤,它谦卑地等待某次出殡、某次初领圣体,或者某次婚礼,以便得到那从来未敢祈求的热泪。那女护士想到自己那瘫痪在病榻上的母亲,想到战争,想到就要动身到前线去的侄儿,又想到当护士的生涯是多么艰难。于是她也抽噎起来。她又觉得满意了,因为那小个子的太太在哭泣。在这两位背后,那女门房也在抽抽搭搭:可怜的老头儿呀,为他送葬的人寥寥无几。至少要做出点悲伤的样子嘛。冉尼娜推着固定托时在流泪。菲力普在朝前走。我快要晕过去啦。胖路易在朝前走。战争,疾病,死亡,出发,贫困;今天是星期日,莫里斯在他那节车厢窗口放声歌唱起来。玛赛儿走进糕点铺去买一块奶油果子饼。

"您怎么不爱说话,"冉尼娜道,"我本以为,同我离别总有点令您难受吧。"

他们走进通往火车站的那条街。

"您觉得我还不够烦的吗?"查理问道,"他们将我裹起来,把我送往不知什么地方,也不问我的想法。这还不算,您还要我对您表示留恋?"

"您好没良心啊。"

"得啦,"他冷冷地说,"您设身处地为我想一想嘛。那才晓得您把良心往哪儿搁了哩。"

她没有搭理。他这才发现头顶上有一片灰暗的屋顶。

"咱们到了。"冉尼娜道。

该向谁呼救命呢?该恳求谁,才能使他们不把我带走?只要把我留下,我怎么都行。她会照料我,带我出去散步;晚上她会轻轻抚摸我……

"唉,"他对他说,"我觉得我会死在路上哩!"

"您疯了!"冉尼娜慌张地说,"您简直是疯了。怎么能说出这种话来?"

她围着固定托四周转,朝他俯下身子,他感觉到了她呼出来的热气。

"得了,得了!"他嘲弄道,"别那么做作啦。假如我要死了,可不会给你添麻烦,而是那褐色皮肤的美人。您知道吗?就是罗贝尔塔尔医生手下的那位护士。"

冉尼娜突然直起身子,正色道:

"那是个泼妇。您想象不到,她给吕西安纳制造了多少麻烦!"接着又咬牙切齿地补充道:

"跟她在一起,您就等着瞧吧。用不着跟她眉来眼去。她可没我这么实心眼儿。"

查理坐起来,忧虑地环视四周。候车室大厅里停了二百来个固定托。推车人将他们依次推向月台。

"我不想走。"查理嘀咕着。

冉尼娜突然怅然若失,直勾勾地瞧着他说:

"别啦,我亲爱的、亲爱的布娃娃!"

他正想回上几句话,谁知固定托已经徐徐启动。他打脚踵到颈脖周身不寒而栗起来;他将头朝后一仰,便瞥见一张红喷喷的面孔正俯视着他的脸。

"写信来呀,"冉尼娜嚷道,"写信来呀!"

他已来到月台上,只听得一片乱糟糟的吹哨声和道别声。

"不……不是这趟火车吧?"他忐忑不安地问。

"谁说不是?你想乘什么车?东方号快车吗?"列车员含讥带讽地问。

"可这全是货车皮呀!"

列车员在两脚当间吐了一口唾沫,解释道:

"用客车无法安置你们。那得先将座位拆除,试想那该有多麻烦啊!"

行李员从两端将固定托抬起,再从手推车中卸下托套,把他们送进车厢。进车厢后,有一些戴鸭舌帽的员工,他们弯下身子,勉力抓起固定托,在黑暗中往前抬。美男子萨缪埃尔本是贝尔克的唐璜,一人便有十八套行头;此刻正挨着查理,也被两名行李工人架着抬进车皮,四脚朝天地消失在黑暗中。

"总该有病人使用的救护列车吧?"查理义愤填膺地问。

"嘿,这我相信。似乎在这大战濒临的关头,他们会派遣几列救护列车到贝尔克来,专门运送患脊椎结核的病人!"

查理正想回敬几句,他的固定托却突然翻倒,他头朝下地被抬起来。

"快把我扶正呀,让我竖起来呀!"他急呼道。

搬运工哈哈大笑。那大黑洞越来越近了,洞口也变大了。他们放下绳索,棺材轻轻地落在新挖出的泥土中。那女护士和看门女人在墓穴边弯着腰,放开嗓子号啕大哭。

"你看,你看,"鲍里斯说,"他们全溜啦。"

他们坐在旅馆的大厅里,靠近一位挂着勋章正在看报的先生。看门人提来两只猪皮箱,将它们放在大门口,离其他箱子不远处。

"今天早晨有五起离去的客人。"他不紧不慢地说。

"瞧那些箱子,"鲍里斯说,"那是猪皮制品。这些人真不配用。"

补上这句话时,语气很严厉。

"为什么呀,我的美人儿?"

"这些箱子上应当贴满标签。"

"为什么?那就看不出是猪皮的啦。"洛拉说。

"那正好嘛。真正的奢侈品是藏着的。何况这些标签可以起护套的作用。我要有一只这样的箱子,就不在这儿啦。"

"在哪儿呢?"

"随便哪儿:在墨西哥或中国,"随即又道,"跟你在一块儿。"

一位戴黑帽的高个子女人激动地穿过大厅,嚷着:

"玛丽埃特,玛丽埃特!"

"是德拉里芙太太,"洛拉说,"她今天下午走。"

"咱们将单独留在旅馆,"鲍里斯道,"那才有意思呢:咱们可以每晚换一间屋子!"

"昨天在游乐场,听我演唱的是十个人,"洛拉说,"因此我就不费力气啦,索性叫人把他们集合到中间那几张桌子,对着他们的耳朵哼唱那些歌曲。"

鲍里斯站起身去瞧那些箱子,他不声不响地将它们都触摸一遍,然后回到洛拉身旁。

"他们为什么要开溜呢?"他重新坐下时问道,"在这儿待下去也挺好嘛。弄得不巧,人家也许会在他们回家的第二天,轰炸他们的住所呢。"

"可不是吗,"洛拉说,"不过这是他们自己的家。你不懂这道理吗?"

"不懂。"

"是这么回事:到上了点儿年纪,人们宁愿待在家里,等着麻烦事儿降临。"

鲍里斯笑了。洛拉不安地挺了挺胸。她早就有这种印象:他发笑的时候,她总觉得似乎是在取笑她。

"你笑什么呀?"

"我觉得你口气很大。居然向我解释上了年纪的人如何行事。可你实际上一窍不通。可怜的洛拉:你家里还没有这样的人呢。"

"确实没有。"洛拉伤感地回答。

鲍里斯抓起她的手,冲着她的掌心吻了吻。她脸红了。

"你对我真好。听我说,你跟从前不一样啦。"

"好好保养!"

洛拉使劲握握他的手：

"我才不保养呢。可我纳闷：你干吗对我这么好？"

"因为我上了点年纪啦。"他回答。

她让他握着自己的手，仰面坐在安乐椅中咯咯发笑。他看她开心，也觉得高兴：他想给她留下一段美好的回忆。他抚摸着她的手，心中想："一年，我还剩下一年可以与她一同度过。"他感到自己一往情深：他俩的故事已如往事那样美滋滋了。从前他待她不好，那是因为他俩的协议没有限期：这让他心里不痛快。他倒是喜欢有期限的承诺。一年为期：他会将她应得的幸福全都给她，他将弥补自己的一切过失，然后跟她分手。但那不是破裂：既不是为了另一个漂亮女人，也不是因为已对她产生厌倦。一切都将水到渠成、顺其自然。因为他将成年，人家会送他上前线。他用眼角瞅了瞅她：她看上去很年轻，动人的胸脯由于兴奋而微微起伏。他不禁忧郁地想："我将成为终生只有一个女人的男子。"一九四〇年被动员入伍；一九四一年，不，应当是一九四二年在前线牺牲，因为他还应有时间学习。这样计算，二十二年便只有一个女人。就在三个月前，他还梦想同上流社会的女人同枕共席。"我还是个未涉世事的毛孩子呢。"他想到这里，对自己并不宽容。他到死还未能结识公爵夫人们，但他并不遗憾。从某种意义上讲，他在以后的有限岁月中，也满可以去拈花惹草，但他不怎么想这样做："那太分散精力啦。既然你只剩下两年寿命，最好是行事专一。"儒勒·勒纳尔①告诫过他的儿子："你只需研究一个女人，但要好好研究，那么你就会了解所有的女人。"他得仔仔细细研究洛拉：在餐厅、在街头、在床上。他用指头轻抚洛拉的手腕，心想，"我还不太了解她。"她身上还有些角落他不了解，而她脑中想些什么更是不知晓

---

① 儒勒·勒纳尔（1864—1910），法国作家，《胡萝卜须》的作者。

了。不过他还有整整一年时间。他打算马上着手。他转过头来瞧瞧她,将她仔细端详一番。

"你干吗老瞧我?"洛拉问。

"我在研究你哩。"鲍里斯说。

"我不希望你老瞅着我,我总担心你嫌我老啦!"

鲍里斯朝她淡淡一笑:她仍然不免多疑,对幸福还没有习惯。

"别担心。"他对她说。

一位孀妇冲他俩冷冷地点了点头,一屁股坐在受过勋的先生身旁的安乐椅里。

"好哇,亲爱的夫人,"那位先生道,"咱们有希特勒的演说可听哩。"

"哦!什么时候?"那孀妇问。

"明晚他要在体育宫发表演说。"

"呸!"她颤抖着应道,"那我就早早上床睡觉,把脑袋钻进被窝儿;我实在不想听他那一套。我猜想他也说不出什么叫人高兴的话来。"

"我也有同感。"那位先生说。

一阵沉默。然后他接着说:

"您看:咱们的大错,是在一九三六年铸成的。那年来了个莱茵地区重新武装。当时就该派十个师过去。如果我们显示威力,德国军官衣袋里本来就有撤防的成命。可是萨罗①当时等待人民阵线发话。而人民阵线却宁愿将我们的武器交到西班牙共产党人手里!"

"英国不会跟着咱们走的。"那孀妇指出。

"英国不会跟着咱们,英国不会跟着咱们!"那位先生反复嘀

---

① 萨罗(1872—1962),一九三六时任法国布鲁姆内阁的内政部部长。

咕,有些不耐烦了,"那么好,我要向您这位夫人提个问题。假如萨罗下动员令,您知道希特勒会怎么办吗?"

"不知道。"那孀妇说。

"他会自寻短见,夫人;我这话是言之有据的:我在二十年前就认识国防部二局的一位军官。"

那孀妇黯然点了点头,说:

"失去了多少机会啊!"

"可这是谁的过错呢,夫人?"

"唉!"她叹息道。

"可不是吗,可不是吗!"那位先生说,"这就是投赤色分子票的结果啊。法国人真是不可救药:战火都烧到大门口啦,还在要求照发工资的休假!"

那孀妇重新抬起头来:她显得由衷地焦急。

"那么您认为非打不可喽?"

"打吗?"那位先生愕然答道,"嘿,嘿!别这么快下结论。不见得:达拉第又不是小孩;他必会做应有的让步。可我们会遇上最讨厌的麻烦。"

"一帮混蛋!"洛拉咬着牙骂。

鲍里斯不无同情地对她微笑。在她看来,捷克斯洛伐克问题非常简单:一个小国受到攻击,法国就有责任保卫它,在政治上,她有点儿糊涂,但却很宽厚。

"来吃午饭,"她道,"他们真烦人。"

她站起身来。他紧紧盯住她那肥美的臀部,心里想的是女人。他今夜将要占有的是女性,是整个的女性。他觉得一种强烈的欲望烧得他面红耳赤。

在他背后是火车站,还有戈梅兹,他已在车厢里,两腿伸在长条座椅上。他避过了离别的场面:"我不喜欢在月台上相互拥抱。"她走下那宏伟的阶梯,火车还停留在站内,戈梅兹一边吸烟一边阅读,两条腿伸在长椅上。他穿着一双崭新的牛皮鞋。她看到了这双鞋,搁在长椅的灰色椅套上。他坐的是头等车厢。这是战争带给他的好处。"我恨他。"她想。她态度生硬,心里空荡荡的。她觉得历历在目的仍是晶莹的大海,是港口,是船只,然后就什么也没有了:剩下的是灰暗的旅馆,是鳞次栉比的屋顶和一列列有轨电车。

"帕勃洛,别往下走这么快,你要摔倒的!"

那小男孩停留在一级阶梯上,一只脚还悬在半空中。他就要去看马蒂厄。他本可以同我多待一天,但他更喜欢马蒂厄。他的双手灼热。只要他在这儿,那就是一种酷刑;现在他离去了,我倒不知何去何从了。

小帕勃洛表情严肃地瞅着她。

"我爸爸走了吗?"他问道。

正对着他们有一只大钟,显示着一点三十五分。火车刚刚开出七分钟。

"不错,"萨拉答道,"他走啦。"

"他是去打仗吗?"帕勃洛两眼发亮地询问。

"不是的。他去看一个朋友。"萨拉回答。

"是呀,可以后呢?他还是要去打仗吧?"

"以后嘛,"萨拉说,"他要让别人相互厮杀呢。"

帕勃洛已经停在倒数第二级阶梯上;他弯了弯膝盖,并拢两脚跳到人行道。然后他转过头,瞧着妈妈,颇为得意地笑了起来。"演杂技呢。"她喃喃自语。她掉过头,没有向他微笑,却环视了一下那座很有气势的阶梯。在她的头顶上方,火车的车轮在滚动,有时停车,有时复又启动。戈梅兹那列火车是向东行驶的,穿过耸立的白垩岩峭壁间,也有可能穿过一排排住房。她头顶上的火车站已人迹稀少,像一个巨大的灰色气泡,充满阳光,也笼罩着烟雾,散发着葡萄酒和煤烟的气味,铁轨则熠熠生辉。她低下头,一想到上面那被抛弃在下午白热阳光中的火车站,心里的滋味便不好受。回想一九三三年四月,他也是坐着这同一次列车,身着灰色粗花呢的西服远行。辛普森小姐正在戛纳等候他。他俩在桑·雷莫度过了两周。"我宁可这样。"她暗想。一只小拳头摸索着触碰她的手,她伸开手掌,将帕勃洛的小手腕握在掌心。她垂下眼帘注视着他。他穿着带水手领的工装,头戴一顶帆布帽子。

"你干吗这样瞧着我?"帕勃洛问。

萨拉转过头去瞧着大马路。她一想到自己这么冷酷,便觉得骇然。"他不过是个孩子,不过是个孩子啊!"她想。她又凝视着他,并且强作笑容;但她却力不从心,牙关咬得紧紧的,嘴唇也发木了。孩子的上下唇却抽搐起来,她猜到他要掉泪了。她猛地拉住他大步往前走。孩子一惊,泪水倒化为乌有,只得迈着小跑步跟随她前行。

"上哪儿去呀,妈妈?"

"不知道。"萨拉道。

她走上右首第一条街。那是一条空空荡荡的街道,所有的商店都关着门。她加紧本已迈得很大的步子,然后向左拐进一条街,两侧是灰暗肮脏的高房子。街上依然荒无人烟。

"你让我跑起来了。"帕勃洛道。

萨拉紧握着他的手不答话,拉着他继续走。他们走上一条笔直的大街,有无轨电车的大街。看不见大轿车,也看不见无轨电车,只有垂下的铁帘,再就是通往港口的电车轨道了。她猜想这是因为星期日之故,不觉心头抽紧了。她又用力拉了拉帕勃洛的手腕儿。

"妈妈,"帕勃洛呻吟起来,"啊,妈呀!"

为了能跟上她,孩子只好撒腿奔跑。他倒不哭,只是脸色煞白,眼睛下面有了黑眼圈;他向着她仰起惊愕和疑惧的小脸。萨拉突然停步;泪水浸湿了她的两颊。

"可怜的孩子,"她说,"可怜的无辜小儿啊!"

她在他面前蹲下:管他长大成为什么样的人呢?眼下他在这儿,于世无害,长相难看,脚下拖着一个矮墩墩的身影儿。他好像在世上孑然一身,那桩丑事似乎全映在他的目光里;反正他不是自己要求降临人世的。

"你为什么哭呢?"帕勃洛问,"是因为爸爸走了吗?"

萨拉的泪水顿时干涸了,差点儿破涕为笑。但帕勃洛却很不放心地瞧着她。她重又站立起来,转过头去说:

"对啦,对啦,是因为爸爸走了。"

"咱们很快会回去吗?"他又问。

"你累了吧?离咱们家还远着呢。来吧,来吧,咱们慢慢走。"

他们向前走了几步,帕勃洛又停下了;他伸出手指:

"哎,看哪!"他说着,目光全神贯注,含着几分悲伤。

那是一家蓝色墙壁的影院门口张贴的海报。他们走了过去。从灰色而崭新的电影厅逸出一股福尔马林的气味。海报上画的是牛仔们正在追赶一名蒙面骑手,一面开着枪。又是几声枪响,又是手枪!他屏息敛气地瞧着。再过一会儿,他要戴上钢盔,拿起玩具枪,假装蒙面大盗冲进屋里。她没有勇气将孩子拉开,只是自己将头转了过去。售票员正在她的玻璃票房里吹着电扇。这是一个褐皮肤的胖女人,脸色泛白,目光如炬。玻璃窗后的小窗台上放着一瓶鲜花;她用图钉在墙上挂了一张罗伯特·泰勒的肖像。一位中年人从观众厅走出,朝票房走过来。

"卖了多少?"他透过窗口问。

"卖了五十三张。"她开口道。

"我点数的结果也是这样。昨天是六十七张。一部这么精彩的电影,还有追捕的场面!"

"大家都待在家里!"女售票员耸耸肩膀说。

一名男子在帕勃洛近处站下来。他喘着粗气望望海报,却似乎没看它的内容。这是个脸色灰白的大个子,衣衫褴褛,头上扎着染血的绷带。腮帮上、手上全都沾了泥土。他似乎来自远方。萨拉携起帕勃洛的小手。

"过来呀!"她道。

由于牵着小孩,她竭力走得慢些。但她却实在想奔跑,总觉得后面有人在盯着她。在她前头,铁轨在闪闪发光,柏油在阳光曝晒下正渐渐融化,一盏路灯近处的空气似乎微微波动着。总之,今天跟平常的星期天不一样了。"大家全都待在家里。"就在片刻前,她还在猜想:在这一方方住宅之外,应当有人声鼎沸、喜气洋洋的马路,处处洋溢着米粉和金黄色烟草的气息。她此刻行走在城郊一条寂静的街道上,看不见的人群就在近处,在为她做伴。仅仅是一声号令啊,大街小巷立刻就空无一人了。眼下,他们两手空空、形单影只地奔向港口;一堵堵死气沉沉的墙壁,其间唯有空气在轻轻荡漾。

"妈妈,"帕勃洛嘀咕着,"有位先生跟在咱们后面!"

"没有的事,"萨拉回答,"他跟咱们一样,在走自己的路。"

她向左转去,那是同样一条街道,没有尽头,单调死板。横穿整个马赛,就剩下了一条街。萨拉就在这条街上,在户外,还携带着一个小孩。这时所有的马赛人却都留在室内。只卖了五十三张票。她想起戈梅兹,想起他的微笑:当然,所有法国人都是胆小鬼。嘿,那又怎样呢?他们都待在家里,这十分自然。他们害怕战争,这么做很合情理。可她觉得不自在。她发现自己在加快步伐,而由于帕勃洛的缘故,她想放慢步子。但小家伙却拉着她往前走。

"快点,快点儿,妈妈!"他几乎噎住了喉咙催促着。

"出什么事啦?"她生硬地问。

"你看,他还跟在后面哪。"

萨拉掉头稍稍看了一眼,发现了那乞丐;他在跟踪他们,这已确凿无疑。她的心在胸腔里怦怦直跳。

"咱们跑吧!"帕勃洛说。

她忽然想起那染血的绷带,便猛地转过身来。那家伙也突然停步,用迷迷糊糊的眼神瞧着他们。萨拉害怕起来。孩子用两只手紧紧抓着她,使劲儿往后拉。"大家都待在家里!"她叫喊、呼救都将是白费力气。谁也不会应声而出。

"您需要帮忙吗?"她问道,两眼直勾勾地瞧着那乞丐。

他可怜巴巴地笑了一笑,萨拉的恐惧心理顿时化为乌有。

"您识字吗?"他问。

他将一个又旧又破的小本子递给她,她接了过来,这是兵役证。帕勃洛用两手抱住她的双腿。她感觉到了他小小身体上的热气。

"干什么呢?"她问。

"我想知道那上面写些什么。"那汉子指着证上一页纸问。

他的样子非常善良,虽然一只眼睛发青并且半开半阖。萨拉打量了他一会儿,然后又瞧瞧那页纸。

"多倒霉啊,"那汉子不知所措地说,"不识字是多么倒霉呀!"

"是这样,您这张纸上没写什么,"萨拉说,"那您就该到蒙彼利埃去。"

她把那证件递还给他,但那人并不立刻接过去。他问:

"真要打仗了吗?"

"我不知道。"萨拉回答。

她在想:"他该走啦。"何况她一心惦念戈梅兹。她问:

"谁替您包扎的呀?"

"这个嘛,"那人应道,"我自己喽。"

萨拉在旅行袋里搜寻一番。她找到了几根别针和两块干净手绢。

"请您在人行道上坐下来。"她威严地对他说。那家伙颇为艰难地坐了下来。

"我两腿发僵。"他道,还略带歉意地笑了笑。

萨拉撕开手绢。这时戈梅兹正坐在头等车厢里,两腿跷在长椅上,看着《人道报》。他将见到马蒂厄,然后去图卢兹,再改乘飞机去巴塞罗那。她解开绷带,一点一点地摘除下来。那汉子嘟囔了几声。他的半个脑壳上长出一条又硬又黏的痂块。萨拉将一条手绢递给帕勃洛。

"到喷泉去弄点儿水来。"

小家伙拔腿就跑,对能脱身感到很高兴。那汉子抬眼瞧瞧萨拉,对她说:

"我不想打仗。"

萨拉将手轻轻按在他肩上。她真想说点儿抱歉之类的话。

"我是一个牧羊人。"他道。

"您在马赛做什么事情?"

他摇摇头说:

"我不想打仗啊。"

此刻帕勃洛回来了,萨拉凑凑合合清洗了伤口,敏捷地重新做了包扎。

"请您站起身来。"她道。

他照着做了,仍用迷惘的目光瞧着她。

"那么,我非得去蒙彼利埃喽?"

她在旅行袋里摸来摸去,终于拿出两张一百法郎的票子。

"给您做旅费吧。"她说。

那汉子没有马上接过去:他仔细端详她。

"拿去吧,"萨拉低声而急速地说,"拿去吧。如果您能逃避,那就不要打仗。"

他接过了钱。萨拉用力同他握了握手,重复道:

"不要打仗。随便怎么干都行:回老家去,躲藏起来,干什么都比打仗好。"

他很不理解地瞧瞧她。她拉起帕勃洛的小手,向后转身,又重新赶路。片刻之后,她掉头看了看:他凝视着萨拉扔在马路中央的绷带和湿手绢。他终于弯下身来,摸索着捡起那两件东西,然后塞进了衣袋。

额头上的汗珠直淌,一直淌到两鬓,然后流到耳边、鼻孔下。他先还以为是什么小虫子,他打了自己一记耳光,却打下几滴热泪。

"他妈的!"他左侧的邻人说,"天真热呀!"

他听出那声音,原来是那野小子勃朗夏。

"他们故意这样做,"查理说,"他们故意让车皮在阳光下晒了好几个小时!"

沉默了一会儿,然后勃朗夏问:

"是你吗,查理?"

"是我。"查理回答。

他后悔自己开了口。勃朗夏很喜欢恶作剧:有时他用水枪把别人浇个透湿;要不就打着滚去碰撞人家;有时又把纸片做成蜘蛛的模样拴在人家被褥上。

"大家又碰到一起啦。"勃朗夏说。

"是呀。"

"地球不大咧。"

查理迎面挨了一束水枪射来的水。他擦了擦脸,吐出嘴里的水;勃朗夏哈哈大笑。

"你这坏东西!"查理骂道。

他掏出手绢,一边擦着脖子,一边强作笑容。

"又玩水枪!"

"我就喜欢这,"勃朗夏嘻嘻哈哈地说,"我的枪法不差吧?击中面部!你别忙,我兜里装着各色花样:一路上够咱们开心的!"

"坏东西!"查理半嗔半喜地骂着,"坏东西,调皮鬼!"

勃朗夏令他望而生畏:两人的固定托紧挨着。假如他想捏我,或者把什么令人发痒的东西塞进我的被子里,那就只需伸过手来。"我这下倒了霉呢,一路上都得提心吊胆!"他嘀咕着。随即叹了口气,瞪着两眼瞧天花板:那是一方很大的深色墙板,上面有很多铆钉。他将小镜子转向后方,屋里的大穿衣镜黑得像烟熏过的玻璃板。查理稍稍探起身子,放眼扫视一下四周。那些人将滑槽门完全敞开;一道金黄色的光线在车厢里闪耀,照亮了横躺着的身躯,轻轻掠过被褥,衬托出人们苍白的容颜。但有光线的区域仅仅限于门框那么大的范围;右面和左面差不多是漆黑一团。有人交了好运:他们准是偷偷给担架工塞了小费;他们享受充分的空气、充分的光线;他们还可以不时支起身子,欣赏窗外飞驰而过的绿树。他精疲力竭地重新倒下;他的衬衫已经湿透。要是马上能开车也好点儿。但整列火车却被抛弃在这儿,在阳光下曝晒,无人问津。贴着地面,有一股奇特的气味,是腐烂的稻草加某种香味。他抬起脖子为了避开这股气味。它实在令人作呕;但是汗水浸透他的身子,他只好听天由命。哪知这股怪味道又在他鼻尖下卷土重来。外边有铁轨,有阳光,有在备用轨道上停放的空客车,还有灰尘蒙蒙的灌木丛:简直是一片荒漠啊。稍远的所在,却是一片星期天的气氛。在贝尔克正是星期天:孩子在海滩上嬉戏,一家一户的人在啤酒店里饮用牛奶咖啡。"真有意思,真有意思!"他自忖。

在车厢另一端,响起一个声音:

"德尼!嗨,德尼!"

谁也没有回话。

"莫里斯,你在这儿吗?"

一阵沉寂,那声音颇为遗憾地说道:

"混账家伙!"

沉默被打破了。有人在查理身边叹息着:

"天气好热哟!"

一个无力而颤抖的、看来是重病号的声音回答:

"等火车开动起来,就会好一点儿。"

他们谁也看不清谁,只是胡乱地交谈着。其中有一位半开玩笑地说:

"大兵们就是这样旅行的。"

接着又恢复了沉默。酷热、沉默、焦虑。查理突然瞥见两条美丽的长腿,穿着白色长袜,他的目光顺着白大褂往上看:就是那位漂亮的女护士。她刚刚登上客车。她一只手提着衣箱、一只手拎着一张折叠椅。她用愠怒的目光扫视了一下四周,嚷道:

"都疯啦,纯粹是发疯啊!"

"什么事儿,什么事儿?"从外面传来一个粗嗓门的问话。

"只要稍微动动脑子,也许就该明白:不应当把男女病人混杂在一起呀!"

"人家送来是什么样儿,我们就按什么样儿安排!"

"大家面对面,叫我怎么个护理法啊?"

"他们上车的时候您就应当到场嘛。"

"我分身无术呀。刚才我在负责登记行李。"

"真是乱七八糟。"那男人说。

"可以这么说。"

沉寂片刻后,她又道:

"劳驾招呼一下您的伙伴们;把男病号转移到最后一节车厢去。"

"您爱怎么折腾就怎么折腾吧。加班费该您付喽?"

"我要告你们的状。"那护士生硬地说。

"好哇,"他接话道,"您告吧,我的大美人儿。我呢,我可不在乎,明白吗?"

那女护士耸耸肩膀,将身子转过去。她小心翼翼地在病人当间穿行,跑到离查理不远的地方在折叠椅上坐下。那正好在光亮处所的边缘上。

"嗬,查理!"勃朗夏招呼。

"哎?"查理哆嗦着回答。

"这屋里有娘儿们呢。"

查理没有接茬儿。

"要是我想拉屎,那该怎么办啊?"勃朗夏大声说。

查理又羞又恼地涨红了脸,但他忽然想到野玫瑰刺人的事儿,不觉会心地微笑起来。

贴着地面有一阵骚动,大概是有些家伙在扭过脖子看有没有女邻人。不过整个车厢却笼罩一种局促不安的气氛。喊喊喳喳的耳语延续了一阵子,后来渐渐归于消失。"要是我想拉屎,那该怎么办啊?"查理也觉得肚皮里挺龌龊,简直是一堆又黏又湿的大肠贴在了一处:要是在女孩儿们面前提出来要大便盆,那该多难为情啊!他紧闭双唇,暗下决心:"我会顶到底。"勃朗夏使劲呼吸,他的鼻头奏出了一曲轻盈无邪的音乐。天哪,要是他睡着了该多好!查理一度产生了希望,他从兜里掏出一支香烟,点着一根火柴。

"这是干什么?"女护士问。

她将一件毛线活儿放在膝盖上。查理瞥见在他上方很高很远的地方,在蓝色的氤氲之中,她的表情是那么恼火。

"我想点一支烟。"他道,自己也觉得音调古怪,而且有点冒失。

"哦,不,"她回答,"这里不许抽烟!"

查理吹灭了火柴,用指尖在四周摸索,在两床被褥之间,摸到了一块潮湿而粗糙的木板,他用指头搔了一下,然后将烧焦了一半的火柴棍儿放在上面。这触摸突然使他吃了一惊,便将两只手缩回胸前,"我躺在地面上!"他想。地面。也就是地上呀!在桌椅板凳的下头,在护士和行李工的脚底,被人家踩压。差不多同泥土、稻草混在一起。而在地板缝儿里爬行的任何小生物都有可能攀到他肚皮上。他蹬着两腿,他用脚后跟刮着固定托。声音很轻,为了避免吵醒勃朗夏。汗水在他胸前渗出,他在被窝里屈起两腿。他来到贝尔克的初期,大腿和小腿上这种令人惶惶的蚁走感、他整个身体又强烈又朦胧的反叛,一直在不停地折磨着他。后来这一切都平静下来,他忘记了自己还有两条腿,反而觉得被人推着、坐在有轮子的车上滚动、由人家抬着自己,这都很自然。他已经成为一件物体。"会不会旧病复发?"他焦躁地想,"会不会旧病复发呀?"他伸直两腿,紧闭双目。脑子里只应当想:"我不过是一块石头,除了石头我啥也不是呀。"他那痉挛的双手伸开了,他感觉到自己的身体在被褥下正渐渐变成石块。许多石块中的一块。

他一惊之下坐了起来,两眼圆睁,颈脖挺直:只觉得一下子摇晃,然后是刮碰的声音,再就是立即变得单调的滚动声,又像淅沥淅沥的雨点声那么令人安心:火车已经开动,它正沿着什么前进;外面有某种坚实的、阳光照射下的东西,在客车一旁滑过:那是一些模糊不清的影子,起先十分缓慢,接着越来越快地在敞开的那扇门正对的亮壁上闪过;简直可以说那是电影院的银幕。壁面上的光线变得稍稍暗淡一些,复又泛着灰白的色调,突然间又豁亮了:"已经开出火车站!"查理觉得颈脖酸疼,但心情却比较安宁了;他重新躺下,举起两臂,将小镜子转了九十度。现在,他在镜子的左角,瞥见一块长方形的光亮。这对他就很够啦:这亮晶晶的表面十分活跃,呈现着一整幅风景图画;那光线有时颤动不已,渐行渐淡,似乎即将隐去,有时却变得坚实、凝固,颇有几分像是赭色油漆的涂抹面;接着,有时它又整幅地颤抖起来,壁面上泛起层层斜行的波纹,似乎是被风吹皱的水面。查理久久凝视着这画面:过了一阵,他觉得自己获得了解放,似乎已坐起身子,两腿在客车踏脚板上晃荡,一边观赏着树木、田野和大海疾驰而过。

"勃朗夏!"他低声叫喊。

没人回话。他稍等了一下,悄声问:

"你睡着啦?"

勃朗夏仍不作答。夏尔轻轻舒了一口气,然后放松身子,两腿伸直,两眼还盯着镜子观看。他睡了,他睡了。进车厢时,他已不能站立;他瘫倒在座椅上,但他的目光却是顽强的,那意思是说:"你们别想骗我!"他要咖啡时的表情颇为凶狠。有的人就是把服务员当成敌人。往往是年少气盛的人,他们深信生活便是斗争,这是从书本里看来的,于是他们在咖啡馆里战斗起来。他们不过是要一杯石榴汁,目光却凶得叫你打哆嗦。

"一杯咖啡,两杯茶。送到平台上来。"费利克斯说。

她按了按键钮,让摇柄转动起来。费利克斯向她挤挤眼睛,指指那正在熟睡的矮个儿青年。这说不上是什么斗争,倒像是沼泽地:你只要动一动,马上就往下陷,但他们并非立刻意识到这一点。头几年他们使劲挣扎,于是下沉得更厉害。我经历过、经历过。现在我老啦,安分啦,两臂紧贴身子,一动不动了,到了我这把年纪,陷下去也不至于太深。他睡着啦,张着嘴巴,下颚垂在胸前,样子一点也不好看。他的眼皮又红又肿,鼻子也是红的,看上去像一只羊。一见他摆出视而不见的样子走进空着的大厅,我立刻猜到几分;外边太阳这么毒,平台上那么多客人,我就琢磨啦:"他要找个地方写信,或者等一个女人。再不然就是出了什么毛病。"他举起那没有血色的长手,不用睁开两眼便挥手驱赶苍蝇:其实并没有苍蝇。他即使在睡眠中也不无苦恼。烦恼到处追随着你。我坐在凳子上,凝视着铁轨和山洞。一只鸟正在歌唱。我正怀着孕,身子沉甸甸的,却被赶走了。我欲哭无泪,而且囊中羞涩。我只有一张车票。我昏沉沉睡着了,梦见有人来杀我,揪住我的头发,管我叫"破鞋"。这当儿火车开过来,我也就上了车。有时我想他一定会得到补助,因为他是老工人,又身有残疾,人家没有理由不答应他的要求;有时我又猜想他们会挖空心思不给他补助,这帮家伙心黑着呢。我待着,上了年纪,可我能动脑筋。他穿戴得像个小少爷。准有妈妈在给他料理衣物。可他的皮鞋却因蒙着尘土而泛白了;他干吗啦?他奔哪儿去呢?年轻人血气方刚,假如他叫我:"打呀!"我连爹妈都可以杀掉。你瞧顽劣可以达到什么地步!有时候他或许杀了某位老大娘,就是像我这把年纪的女人。他们一定会逮住他,您会看到的。他不是人家的对手。也许他们会跑到这儿来逮他。《晨报》就会发表一张他的照片。大家就会看到一个小无赖的形象,其实压根儿不像他。但也总会有人评头品足,说:"一看长相就知是这类货色!"我呢,我倒要说:要判决他们的案子,就应当不曾在近处看到过他们的所作所为。因为你要是眼见他们每天陷进去一截,就会觉得谁都拿他们没办法。到头来都一个样儿:不管是在一家咖啡馆平台上喝牛奶咖啡,还是节衣缩食给自己买一座房子,抑或是犯下弑母的罪行。这时电话铃声大作。她吃了一惊:"喂,是谁呀?"

"我想跟居赞太太说话。"

"我就是呀,什么事?"她应道。

"他们拒绝了我的要求。"于洛说。

"什么?"她语塞了,"什么,什么?"

"他们不给我补助呀!"

"这是万万不可能的事。"

"他们正式拒绝了。"

"可你是残疾人,又是老工人;他们对你怎么说来着?"

"说我没有这资格。"

"啊!"她叹道,"啊!"

"今晚再见吧。"于洛说。

她挂上电话。他们拒绝了他的要求。一个残疾人兼老工人呀。居然当面说他没有这资格!"现在我要烦死啦。"她心里想。那年轻人鼾声如雷。他那副长相又蠢又自鸣得意。费利克斯出去了,托盘上放着那两只糖渍金橘和一杯不加奶的清咖啡;他推开了门,阳光照射进来,镜子在安睡者的上方闪闪发光。后来门又重新关上,镜子上的光熄灭了,只剩下他们两人。"他干了些啥?他上哪儿游荡去啦?他的衣箱里带了些什么东西?现在他得还债:二十年、三十年,除非他在战场上送命。可怜的小伙子呀,他正当该上前线的年纪。他在熟睡,在打鼾。他很伤心。平台上人人在谈论战争,而我的丈夫却拿不到补助金。哎呀,发发慈悲吧,可怜可怜咱穷人呀!"

"皮多!"那年轻人嚷道。

他猛然惊醒过来。他盯住她看了好一阵,两眼发红,嘴巴张开,然后他又将下巴颏弄得咂咂作响。他噘起嘴唇,那模样既机灵又凶狠。

"服务员!"

费利克斯没有听见。她却看见了他,他来来去去,接过顾客订饮料的单子。那青年人不知所措,敲打着大理石板,脑袋左摇右晃,一脸走投无路的样子。她对他油然而生怜悯之心。

"一共二十个苏。"她从柜台上方对他说。

他对她报以恨恨的目光,将一枚五法郎的钱币扔在桌上,拿起箱子一瘸一拐地走了。镜面又闪闪发光,一阵叫喊声和一股热气涌进了厅里,孤独感也随之进入室内。她凝视着一张张桌子,那些镜面,那扇门,所有这些极其熟稔的物体,此刻已不能吸引她的注意。"就要开始啦,我会烦死的!"她嘀咕着。

他被一束灯光照亮。有人从侧面用手电筒向他照射。他转过头来嘟囔着。手电筒的光紧贴着地面;他的眼睛眨巴眨巴地动着。在这束光线后面,有一双沉着而无可逃遁的眼睛正盯住他。这是难以忍受的。

"干什么呀?"他问。

"就是这小伙子。"一声像唱歌般抑扬顿挫的声音在说。

一个女人。我右侧的长方形灯光,是来自一个女人。他稍有些得意,旋即气愤地想到:"她像照一堵墙壁似的用灯光来照我。"于是一点儿也不客气地讲:

"我不认识您!"

"咱们常常碰面。"她回话道。

灯光熄灭了。他目眩眼花地待在那里,眼前晃动着许多紫色的小圆点儿。

"我没法看见您。"

"我看得见您,"她道,"即使没有灯光,我也看得见。"

那声音年轻而美丽,但他却怀着戒心。他又说一遍:

"我看不见您;您弄花了我的眼睛。"

"我在黑夜里也看得见东西。"她得意地说。

"您得了白化病吗?"

她咯咯笑起来：

"白化病？我眼不红、发不白，假如您真是说那种病的话。"

她的语调很昂扬，因此所有的句子都像疑问句。

"您是谁呀？"

"哦，猜猜看！"她说，"并不那么难呀：前天您还遇见过我，向我投来恶狠狠的目光。"

"恶狠狠？我又不恨任何人。"

"哦，不对！"她说，"我甚至觉得您恨所有的人哩。"

"别着急！您身上是不是穿着皮衣？"

她仍在咯咯发笑，又说：

"伸过手来，摸摸看。"

他将胳膊伸过去，摸到一堆庞大而不成形的东西。那是一件皮货。在那毛皮的下面，肯定有被褥，有衣服，然后是雪白柔软的身体，如同蜗牛待在蜗居里。她肯定觉得暖暖和和！他稍稍抚摸了一下那毛皮，从那里逸出一股浓郁柔和的香味。方才闻见的原来是这股气味。他逆向抚摸着毛皮，感到心满意足。

"您的头发是金黄色的，"他得意扬扬地说，"您戴的是金耳环。"

她笑个不停，那灯光又亮起来。但这一回，她是用手电筒照自己的面容；火车的颠簸使她手中的电筒晃动不止。那灯光从胸部上升到额头，拂过涂抹了口红的双唇，将嘴角一撮淡黄的绒毛染成金色，又使鼻孔变得更加赤红。弯曲而深黑的睫毛在微肿的眼皮上扬起，像是纤细的足爪。那仿佛是静卧的两条小虫儿。她的发色是金黄的：她脑袋周遭的金发像薄云般翻动。他的心微微震颤了。他思忖："好一个美人儿！"于是蓦然将手抽回。

"我认出您来啦。从前总是一位老先生推着您；您走过时对谁都不瞧一眼。"

"我可是瞧您来着,透过我的睫毛。"

她微微抬起头来。他现在已将她辨得明明白白,说:

"我哪里会想到您肯降尊纡贵瞧我呢?您看上去那么富有,那么鹤立鸡群。我当时以为您在博凯尔包饭公寓。"

"不,"她回答,"我那时是在'木屋别墅'。"

"没想到在这列运牲口的车皮里遇见您。"

手电筒的灯光熄灭了。她道:

"其实我很穷呢。"

他伸过手去,轻轻按着那毛皮:

"这东西呢?"

她笑了。

"我就剩下这件东西了。"

她又回到那一片漆黑之中。一堆黑乎乎的不成形的东西。可他的眼里还留着她的身影。他将双手收回到肚皮上,两眼瞪起天花板来。勃朗夏不紧不慢地打着鼾。病人三三两两地交谈起来。火车呻吟着滚滚向前。她现在是贫病交困,躺在一辆运牲口的货车里,人家像对待布娃娃似的随意给她穿脱衣服。而她又长得那么漂亮。漂亮得跟电影明星一样。就在他近侧,躺着这个横遭屈辱的美人儿,这纯净而又被玷污的修长躯体。她很漂亮。她在酒吧里卖唱,透过睫毛打量过他,并且很愿意结识他:这就等于让他重新站立起来,成了正常人。

"您当过歌女?"他突然问。

"歌女?不。我弹钢琴。"

"我以为您是歌女。"

"我是奥地利人,"她解释,"我的钱全在那边,在德国人手中。德奥合并后,我就离开了奥地利。"

"那时您已经生病了吗?"

"我已躺在一块木板上。爸爸妈妈把我送上了火车。那情景跟今天一样,除了那天是个晴朗的天气,而我是躺在头等车厢的座位上。德国飞机在我们头顶飞过,大家总以为它们要投弹啦。妈妈在哭泣,我仰头看着,感觉得到在天花板之上,是一方沉浊的天空压着我们的头顶。我们乘坐的是德国人放行的最后一列火车。"

"后来呢?"

"后来我就到了这里。我母亲去了英国,她得挣钱养家啊。"

"那位给您推车的老先生呢?"

"那是个老朽的白痴。"她刻薄地说。

"您是独自一人喽?"

"独自一人。"

他重复道:

"在世上孑然一身。"于是觉得自己像一株榆树那样坚实顽强。

"您什么时候知道是我在这儿呢?"

"当您擦亮一根火柴时。"

他不想让自己快乐的心情溢于言表。她不言不语地待在那里,心情沉郁,对一切都很冷淡,别人也几乎把她忘却。倒是她,将酸甜苦辣糅进他的话语,令他的声音微微战栗。但他决心将对她的向往留到今夜,好独自一人充分享用。

"您瞥见墙壁上的光亮了吗?"他问。

"看见啦,我瞧了足足一小时呢。"她回答。

"看呀,看呀。现在闪过的是一株树。"

"或者也许是一根电线杆。"

"火车开得不快。"

"不算快,"她应道,"您着急吗?"

"不着急。不知道往哪儿开哩。"

"真不知道!"她颇为高兴地说。她的声音也战栗起来。

"说到底,咱们在这里也不坏呀。"他道。

"这里空气流通,"她又说,"何况这些闪过的影子真教人开心咧。"

"您还记得那则关于山洞的神话吗?"

"不知道。山洞的神话,指的是什么啊?"

"是一些奴隶,他们被捆缚在一个山洞的深处,看见许多影子从一堵墙上闪过。"

"为什么将他们捆缚在山洞里啊?"

"不知道呀。写这个故事的是柏拉图①。"

"哦,是呀,柏拉图……"她茫然应答着。

"待我来告诉她柏拉图是何许人。"他扬扬得意地琢磨。他肚子微微作痛,但仍然希望这次旅行永无终了。

乔治摇动着门上的插销。透过门上玻璃,他瞥见一名留小胡髭的高个儿和一位头上缠着布的青年女子。他们正在木制柜台后面洗杯盘。一名大兵正在一张桌前打瞌睡。乔治使劲拉了拉插销,玻璃哗啦啦颤抖起来。但还是没有人开门。那女人和男子似乎啥也没听见。

"他们不会开门的。"

他转身一看:一个肥胖的成年男子正笑呵呵地瞅着他。他下身穿一条军裤,上身穿一件黑色外衣,打着绑腿,戴一顶软帽,佩着活假领。乔治指了指木牌,上书:"餐厅五点钟开门。"

"现在五点十分啦。"他道。

对方耸了耸肩。他的左腰间挎着一只体积很大的背包,右腰

---

① 柏拉图(公元前 427—前 347),古希腊哲学家,苏格拉底的弟子。

间是一只防毒面具。他摊开两臂,将肘部抬到半空。

"他们爱几点钟开门就几点钟开门。"

兵营大院里站满表情厌倦的中年男子汉。也有不少人独自散步,两眼凝视着地面。一些人穿军衣上装,另一些人穿卡其布裤子;还有一些人照旧着便装,但足蹬崭新的木鞋,在大院柏油铺的地面上发出咯噔咯噔的响声。一位红头发的高个子,很幸运地弄到一整套军服,此刻正将两手插在上装口袋里,若有所思地散着步。他将圆顶帽推到耳根部位,一脸逞强斗胜的气势。一位中尉穿过三三五五的人群,快步迈向餐厅。

"您没有去领一套服装吗?"那矮胖子问。他扯了扯背包带子,好把那包甩到背后去。

"他们一套也没有啦。"

那家伙照自己两脚之间吐了一口痰:

"我呢,给了我这么一套行头。我穿着闷死啦。这么大的太阳,真是要命。瞧这个乱劲儿!"

乔治用手指了指那位军官。

"要向他敬礼吗?"

"怎么敬法?我总不能向他脱便帽吧。"

那军官不加理睬地从他们身边走过。乔治用两眼凝视了一会儿他那瘦骨嶙峋的脊背,感到十分沮丧。天气很热,军用建筑物的玻璃窗一律涂成蓝色。在白色墙壁后面有白色公路,还有在炎炎烈日下展现着一望无际的绿野的飞机场。兵营的墙壁在草地当间划出了一小块平坦但却尘土飞扬的广场。一些神色疲惫的男子在那里转悠,犹如在城市的街道上一样。就在这个时刻,他的妻子将百叶窗打开一半,让阳光照进餐厅。到处阳光普照:照着家家户户,照着各处兵营,也照着乡间田野。他自忖:"总归彼此相像。"可他不太清楚什么东西彼此相像。他想到战争,发现自己并不怕死。远处一列火车在鸣笛,好像是有人冲着他发出微笑。

"听一听呀。"他道。

"听什么?"

"火车鸣叫。"

那矮胖子莫名其妙地瞧了瞧他,然后从衣袋里掏出一方手帕,擦拭起额头来。火车还在鸣叫。它在向前行驶,满载着平民、漂亮的女人和男女儿童。平静的田野在车窗外掠过。火车又鸣响汽笛,随后减速前进。

"要停车了咧。"查理说。

车轴咯吱咯吱响了一会儿,列车随后停下来。这种行进的运动仿佛离查理远去,他觉得自己干涸、空虚,似乎全身的血都已流尽,就像是死过去了一般。

"我不喜欢火车中途停车。"他说。

乔治想到那些旅客列车,旅客们在南方、近海、临海的地方,或者在海边的白色别墅旁下车。查理感觉得到青草在车厢底板下头、在两条铁轨之间勃然生长,他透过车厢的铁皮有所感受,从那映在墙上的长方形亮光中他瞥见一望无际的绿色田野。火车夹在草原中央,犹如一艘船陷入了大浮冰之间。青草将沿着车轮攀缘,在木板缝隙里生长,田野从静止不动的列车当间伸展开来。仿佛落进陷阱的列车在嘶鸣、在悲号;远方的笛声如此富于诗意地久久不散。火车在缓缓滚动,莫里斯邻座的脑袋在淡黄色的假领上晃动着。他是一个满嘴大蒜味儿的胖子。打出发起他就高唱《国际歌》,还喝下了两升劣等红葡萄酒。他终于倚在莫里斯的肩头,呼噜呼噜地入睡了。莫里斯热得要命,却不敢稍有动弹。他觉得快要吐了,因为天热、因为葡萄酒的气味,也因为透过灰蒙蒙窗户的炽热阳光令他头晕目眩。他心里嘀咕着:"要是到了目的地该有多好!"他的两眼瘙痒难熬,变得又大又不好受。于是他闭上眼皮,耳朵里仿佛听见血液在流动,而且阳光竟能穿透他的眼皮。他感觉到了白日里的瞌睡,那种湿漉漉的、令人头晕眼花的瞌睡。伙伴的头发刺痛了他的脖子和下巴颏。这真是一个该死的下午。那胖家伙忽然从皮夹里取出一张照片,说:

"这是我太太。"

这是像照片上常见的那种看不出多大年纪的女人,她是无可挑剔的。

"她身体很好。"乔治说。

"她能吃能喝。"那人应道。

他们面面相觑,踌躇不定。乔治对这血色太旺的大胖子毫无好感,他说起话来总是气喘咻咻;不过他也想将女儿的照片拿出来给他看看。

"结婚了吗?"

"结婚了。"

"有孩子啦?"

乔治瞧瞧他而不作答,心里觉得有点好笑。接着,他突然用手摸摸衣袋,取出皮夹,从中拿出一张照片,低垂眼帘递给他。

"这是我女儿。"

"您的皮靴挺棒的,"那家伙一边接过照片一边说,"到时候大有用处哩。"

"我脚上有鸡眼,"乔治不好意思地说,"您估计他们会让我继续穿这双皮靴吗?"

"他们求之不得呢。他们也许没有备足皮鞋,不够每人发一双。"

他又继续端详了片刻乔治脚上的皮靴,然后不无遗憾地转过目光,专心去看相片了。乔治觉察到他面红耳赤啦。

"多漂亮的孩子,"那家伙说,"她体重是多少?"

"我说不上。"乔治回答。

他不胜惊愕地打量着这胖子,只见他用十指抓住相片,以苍白无力的目光盯着它,然后对这人说:

"我复员的时候,她大概不认识我啦。"

"这很有可能,除非……"那家伙道。

"是呀,除非……"乔治接话道。

"那么,我这就去啦?"萨罗问。

他将那页纸在手里翻过来翻过去。达拉第用小刀削尖了一根火柴棒儿,将它塞进牙缝儿。他并不回话,而是弓着腰,蜷在椅子里。

"我到底去不去?"萨罗又问了一遍。

"这意味着战争,"波内轻声慢语地说,"而且是必败无疑的一场战争。"

达拉第一惊,朝着波内意味深长地瞧了一眼。波内的目光明净而深沉,他毫不惭愧地面对这眼神。他的样子像食蚁兽,夏邦蒂埃·德·里勃和雷诺待在稍稍靠后的地方,默不作声,一脸不赞成的样子。达拉第完全瘫了下来。

"去吧!"他一边嘟囔着,一边做了个软弱无力的手势。

萨罗站起身,走出这间屋子。他拾级下楼,同时觉得脑袋疼痛欲裂。他们全都在场,见到他却一言不发,做出一副就事论事的姿态。萨罗暗自叹息:"真是一群混蛋!"

"我向你们宣读这份公报。"他道。

一阵嘈杂声。他利用这当儿擦了擦眼镜,接着便宣读:

"内阁会议听取了总理先生和乔治·波内先生就帝国总理致张伯伦先生备忘录所做的报告。

"会议一致批准了爱德华·达拉第和乔治·波内先生拟向伦敦英国政府提交的声明。"

"这下子好啦,"查理暗想,"我想大便呢。"这是突然出现的情况:他的肚皮胀得满满当当,非要溢出来不可啦。

"对,对,"他说,"我跟您的想法一样。对啦。"

几个平静的声音同时提高了。他真想完完全全隐遁到自己的声音里去,在那美妙如歌的金发女子的声音之畔做一个男低音。然而,他首先体现为这腾腾热气、这活生生的不安全感、这在他大肠里咕咕作响的一堆湿物。一阵沉默;她在他身旁沉思遐想。他小心翼翼地举起手来,抹了抹汗涔涔的额头。"唉!"他突然抱怨道。

"出什么事啦?"

"没什么。是我的邻人在打鼾。"

那东西在肚子里作怪,就像狂笑是止不住的。那是一种强烈而阴沉的欲望,要在下体敞开狂泻一番。仿佛有一只蝴蝶在他的股间发狂似的拍击着翅膀。于是他夹紧了屁股,脸上直冒汗珠,朝着耳边流去,弄得两颊奇痒难熬。"我要全拉出来啦。"他惊恐地自忖。

"您怎么一句话也不说啦?"那金发女人问。

"我呀……"他回答,"我在琢磨,您为什么想结识我呢?"

"您有一双美丽的目空一切的眼睛,"她道,"还有我想知道您为什么敌视我,恨我。"

他微微摆动一下腰部,好驱走便意,随即说:

"我恨所有的人,因为我是个穷光蛋。我的脾气很坏。"

出于欲念,这话竟脱口而出,这算是从上体敞开啦:从上体或者下体,反正他得一吐为快。

"脾气很坏,"他喘着粗气又道,"我生性忌妒。"

他从来没有这样多言多语过。对谁也没有。她用指尖轻轻抚摸他的手。

"可别恨我呀:我也是穷人咧。"

他的阳具突然有一种瘙痒的感觉:倒不是由于拂过抚摸他掌心的温暖的纤纤素指,而是有更远的来历,即来自海边那空无一人的大房间。他刚按了铃,冉尼娜闻声而至:她掀开被褥,将便盆塞到他臀下,目睹他撒尿,有时还用拇指和食指夹住他那件宝货,他顶顶喜欢这件事。现在,他的皮肉已经勃起了,习惯已经形成:他想要大便的欲念已被一种酸懒劲所破坏。被在别人注视下、在内行眼光下撒尿的意念所破坏。"我就是这样的。"他自忖。他缺乏勇气。他讨厌他自己,他摇了摇头,汗水灼痛了他的双眼。"火车怎么还不开动啊?"如果车轮又重新滚动,他觉得也许就能自拔于困境。那种暧昧、痛苦的欲念就会被甩掉,那么他大概还能坚持一会儿。他压下了新的一声哼唧:他痛苦已极,像一块衣料即将被撕裂;他悄然用自己的手紧握着那只瘦削而充满温情的手。像杏仁乳一样柔软的两只手内行地捏住了宝货。那宝货很开心,但懒洋洋的,龟头微微侧倒。肉铺的女儿,在冰冷的床上捏着一根小香肠。全裸式。敞开。随便参观。一只绽开的蛋壳,这就是大地回春啦。该死,他恨这个冉尼娜。

"您的手好热哟!"那声音说。

"我发烧啦。"

有人正在阳光下呻吟,是躺在门口的病人中的一位。女护士站起身来,跨过许多人的身躯朝他走来。查理举起左手,迅速操纵着他的小镜子;镜面突然摄入了那女护士,她正俯身看护一名长着招风耳、红腮帮的小伙子。他似乎已经急不可耐。她站起身来,回到原来的位置。查理只见她在箱子里乱翻。她正面对他们,此时手中端着一把尿壶。她大声问道:

"有没有想小便的?谁有要求,最好在停车时提出,比较方便点儿。可千万别忍着,相互之间别不好意思。这里不分男女,大家都是病友嘛。"

她以那严厉的目光扫视一周,可谁也不搭理。那胖小子抢过小便壶。立刻塞进被窝。查理紧握着那位女友的手。只需提高嗓门说一句"我,我有需要"就行了。那女护士弯下身子,拿过便壶,将它高高举起。它在阳光照耀下闪闪发光,装满了煞是好看的多泡沫黄色液体。女护士走近门口,向着车外面弯弯身子;查理从墙上看到她的影子,只见她高举的胳臂衬映在长方形的光亮之中。她将便壶一歪,便见一条液体的影子闪闪发光地从壶中逸出。

"夫人。"一丝微弱的声音呼叫着。

"哦,"她说,"您拿定主意啦!我就来。"

他们彼此谦让着。女人比男人更能坚持。他们要把女邻人熏臭了咧。在这以后,他们还敢对她们说话吗?"一帮混账东西!"他想。地面上一阵骚动的声响;从各个角落里响起喊喊喳喳、羞羞答答的呼叫。查理听出了几名女性的声音。

"等一等,"女护士说,"大家轮着来。"

"大家都是病友。"他们自以为,有病就可以为所欲为。不分男女,都是病友。他在受苦受难,但他为受苦受难而感到自豪:我不会认输;我呀,我是男子汉。那女护士从一些病人身边走到另一些病人身边,只听见她的高跟鞋踩在地板上咯噔咯噔作响,不时还夹杂揉纸擦纸的细声。客车里充满一股既令人嫌恶又热乎乎的气味。"我不会认输的。"他一边这样想,一边因疼痛而扭曲了身子。

"夫人!"那金发女人的声音喊道。

他还以为自己听错了,但那声音却羞答答地重复着,依然如歌唱般动听:

"夫人,夫人!到这儿来。"

"就来啦。"女护士道。

那热乎乎的纤手在查理掌中扭了扭,便挣脱开去。他听见高跟鞋咯噔咯噔的响声;那女护士高高在他们之上,博大而肃穆,犹如一名大天使。

"请转过身去。"那声音哀告道。她又悄悄说了一遍:"请转过身去!"

他掉过头去,真想连耳朵带鼻孔统统堵上。女护士俯下身子,好似一群黑压压的飞鸟扑将下来,使他的小镜子镜面无光。他什么也看不见啦。"这是一位女病人。"他想。她大概脱去了那件毛皮衣服;一瞬间,芬芳的香气镇住了一切,但渐渐又透出一股陈旧的哈喇味儿,直扑他的鼻孔。那是个女病人,一个女病人。美丽而光滑的皮肤,却覆盖着软化了的椎骨和化脓的肠道。他不知所措了,既生出厌恶的感觉,又萌发不洁的欲念。然后,突然间,他沉默不语了,他的五脏六腑像一只拳头似的收缩起来,连自己的躯壳也感觉不到了。是一个女病人啊。所有的念头、所有的欲望都荡然无存了,他觉得自己洁净而干燥,似乎恢复了健康。一个女病人:"她能顶住时就一直顶着啊!"他不胜怜爱地想。沙沙的揉纸声出现了,女护士站起身来,车厢的另一端已有好几个声音在呼叫她。他是不会呼叫她的,他仿佛在离地面几寸的地方,滑翔于众人之上。他不是一件物体,他不是嗷嗷待哺的婴儿。"她没能顶到底啊。"他怀着一腔柔情忖着,以至眼眶里闪出了泪花。她不再开口说话了,她不再敢同他搭讪;她感到羞耻。"我会保护她的。"他又不胜怜爱地想。站起身来,站起身来,俯望着她,端详她那惊恐不已的美丽脸庞。她在黑暗处微微喘着气。他伸过手去,试着抚摸那毛皮。那年轻的身躯抽搐着,但查理却碰到一只手,于是将它抓住。那手抵抗着,他将它拉到自己身旁,拼足全身力气握住了它。一个女病人。而他就在这儿,干燥、坚实,摆脱了困境。他一定要保护她:

"您叫什么名字呀?"他问。

"那么好,请念一念。"张伯伦不耐烦地说。

哈利法克斯伯爵①拿过马萨里克②的来电,开始读起来。"他不需要定调啦。"张伯伦想。

哈利法克斯读道:

> 我国政府已研究了文件和地图。这在事实上是一份最后通牒,如同一般向战败国提出的文件,而绝不是向一个主权国家提出的一项建议。该主权国家已尽可能准备为欧洲的平静做出牺牲。希特勒先生的政府却没有表现出丝毫类似的做出牺牲的准备。我国政府对于备忘录的内容深为惊诧。各项建议已大大超出我们就所谓英法计划所同意的内容。它们剥夺了我们民族生存的各项保障。我们必须让出精心构筑了工事的许多阵地,并让德国军队深入我国领土,而来不及在新基础上组织防务或做任何自卫准备。我国的民族独立和经济独立将随着接受希特勒先生的计划而自动丧失。人口迁移的全部程序对于不接受德国纳粹制度的人们而言,将沦为惊慌失措的大逃亡。他们必须离乡背井,甚至无权携带个人物品,就农民而言,无权携带自家的奶牛。
> 
> 我国政府要求我极其庄重地宣布:希特勒先生以目前形势提出的要求,对我国政府来说是绝对地、无条件地不可接受的。针对这些花样翻新而又冷酷无情的要求,我国政府决心投入至高无上的抵抗,我们将在上帝帮助下如此行事。圣文赛斯拉斯、冉·胡斯和托马斯·马萨里克③的国家绝不会是

---

① 哈利法克斯伯爵(1881—1959),英国外交部秘书。
② 指托马斯·马萨里克之子冉·马萨里克,当时是捷克斯洛伐克驻伦敦大使。
③ 圣文赛斯拉斯,波希米亚国王,后成为捷克斯洛伐克的主保圣人;冉·胡斯(1372/1373—1415),捷克宗教改革家;托马斯·马萨里克(1850—1937),哲学家,捷克斯洛伐克共和国的缔造者和第一任总统。

甘受奴役者的国家。

我们曾经违心地跟随两个西方民主大国,满足其心愿。在这考验的时刻,我们对它们抱着期望。

"就这些呀?"张伯伦问。

"就这些。"

"那么就出现了新的障碍喽。"他又道。

哈利法克斯伯爵没有回答。他似有歉疚地直着身子,谦恭知礼而颇有城府。

"法国部长们将在一小时后到达,"张伯伦生硬地说,"我认为,这封电报至少是……不合时宜的。"

"您认为它会影响他们如何决定吗?"哈里法克斯略带嘲讽地说。

老人未做答复;他将那张纸拿在手中,喃喃自语似的朗读起来。

"奶牛!"他突然怒不可遏地叫喊起来,"奶牛跟这里的事有什么关系?说得多么笨拙!"

"我不觉得有那么笨拙。我很受感动。"哈利法克斯伯爵说。

"感动?"老人微微冷笑地说,"亲爱的,咱们是在办一件公事。谁受到感动谁就会成为输家!"

红色、粉色、赭色的衣料,赭色的长裙,白色的长裙,袒露的胸脯,手绢遮掩下丰满的乳房,桌面上映着一摊摊阳光,许多双手,黏稠的金黄色液体,又是许多双手,从裤衩里露出的大腿,欢乐的语声,红色、粉色、白色的长裙,在空中来回旋转的欢乐之路,又是一些大腿,《风流寡妇》里的圆舞曲,松树的芬芳,热乎乎的沙粒,从万顷碧波上吹来的香草气息,阳光普照之下看不见却存在着的大小岛屿,向风群岛,复活节岛,三明治岛,沿海边开设的高级商店,三千法郎一件的女用雨衣,首饰别针,红色、粉色和白色的花朵,许多双手,横陈的大腿,"音乐从这里飘出",在空中旋转的欢乐之声,苏珊娜,还有你那节制饮食的规定呢?哦,算啦,就这一次。海面上的点点白帆,还有伸平手臂、从一朵浪花跳向另一朵浪花的滑水运动员,一阵阵飘来的松树的清香,和平。松林里的儒安镇的和平。她仍待在那里,瘫痪了,被遗忘了,脾气正在变坏。人们自欺欺人:浓重的色彩、缠绵的乐曲遮掩着他们言不及义的小小苦恼;马蒂厄不急不忙地沿着众多的咖啡馆,沿着一家家店铺前行,大海就在他的左侧,戈梅兹乘坐的火车要在十八点零十七分才能到达;他习惯性地瞧着女人们,瞧着她们象征和平的臀部、象征和平的乳房。但他弄错了。从三点二十五分起他就错啦;三点二十五分有一班火车开往马赛。"我已不在这里,我已经在马赛,在火车站大道的一家咖啡馆里,等候去巴黎的火车,并且已经在开往巴黎的火车里。在令人昏昏欲睡的一个清晨我抵达巴黎,来到一处兵营,在兵营院子里转悠,那地方是南锡附近的艾塞。"在南锡附近的艾塞,乔治不再开口了,因为若要说话就得大声喊叫。他们都抬头仰望天空,飞机几乎是挨着屋顶掠过,发出雷鸣般的轰隆轰隆声。乔治目送着飞机,飞越一堵堵墙壁,飞越家家户户的屋顶,飞越尼约特。现在他就在尼约特,同那小女孩一起待在屋里,嘴里有一股尘土味儿。"他会对我说些什么呢?他会从火车里跑出来,就像松林里的儒安的度假者那样活泼,那样皮肤发褐。我眼下皮肤一如他黝黑,但却没有什么话可对他说。我曾去过托莱多①、去过瓜达拉哈拉②,你干了些什么事?我过我的日子……我去过马拉加③,我是最后一批离城的。你干什么来着?我过日子。哦!他恼怒地想,我等待的是一位朋友,毕竟不是一名裁判官啊。"查理笑了起来,她却一言不发。她还有点害羞。他牵着她的手笑着说:"卡特

---

①②③ 托莱多、瓜达拉哈拉、马拉加,均为西班牙城市。

琳娜,这是个美丽的名字。"他含情脉脉地对她说。毕竟他是很走运的,他曾在西班牙打过仗,他居然能够参与那场战争,没有武器,便用土制炸药包去对付坦克,在山区里利用鹰巢,在马德里没有旅客的旅馆里做爱,平原地区三三两两的炊烟,单枪匹马的战斗,西班牙依然是那么古色古香。而眼下的我呢,等待我的是一场可悲的战争,一场规规矩矩、为人所厌倦的战争。对付坦克的是反坦克弹,总之是集体进行的高技术战争,有如危害极广的传染病。西班牙就在那边,顺着一道波纹,奔向远方蓝色的海洋。莫德倚着栏杆,眺望西班牙。他们正在那边作战。这艘船正沿着海岸滑向前方。在那边,他们的耳际响着隆隆炮声。这里听见的是拍岸的涛声,一条飞鱼正跳出水面。马蒂厄正在向西班牙迈进:左侧是海洋,右侧就是法国。莫德却沿着海岸徐徐前行,左侧是阿尔及利亚,她正被带往右侧,也就是带往法国。西班牙便是这炽热的呼吸和一抹淡雾了。莫德和马蒂厄想到西班牙战争,这倒使他们淡忘了另一场战争,那正在他们右侧酝酿的灰绿色的战争。得一直悄悄走到断垣残壁的所在,就地巡视一圈,再回到原地,便算是完成任务。那摩洛哥人在发黑的乱石间爬行。地面是热乎乎的。他的手指、脚趾上全是泥土,他害怕了,他想到了丹吉尔①。在丹吉尔的最高处,有一座两层楼的黄房子。从那里可以看到永恒的粼粼碧波。一位长着白胡髭的黑人住在这所房子里,他将一条条蛇送入口中,以此来愉悦英国人。应当想到这所黄房子。马蒂厄想到了西班牙,莫德想到了西班牙,那摩洛哥人在西班牙干裂的土地上匍匐行进,他思念着丹吉尔,觉得自己很孤独。马蒂厄转进一条死胡同,西班牙在掉转方向、在燃烧,在他的左侧,已是一团难以辨别的火云火雾。右侧是尼斯,在尼斯以外,是一个黑洞,是意大利。

---

① 丹吉尔,法属摩洛哥一海港。

火车站就在他对面;他的对面是法国和战争,是那场真正的战争。南锡。他已在南锡。走出火车站,他便是向南锡行进了。他既不口渴,也不觉得热,更不觉得疲倦。他仿佛魂不附体,软绵绵的,无名无姓;五颜六色的色彩、抑扬顿挫的声调、太阳灿烂的光辉、酸甜苦辣的气味,全埋藏到他的躯壳里了。一切都已与他无牵无涉。"开始染上一种疾病的时候,往往就是这样的。"他思量。菲力普将他的手提包转到了左手;他已疲惫不堪,但是得坚持到晚上,要坚持到晚上啊。晚上,我将在火车里睡觉。银塔咖啡馆的平台像蜂房一样,嗡嗡之声不绝于耳:红色、粉色、褐色的长裙,人造丝的长袜,涂脂抹粉的脸蛋,加糖的饮料,像果汁一样黏黏糊糊的人群,怜悯之情在他心头油然而生:人家将他们从咖啡馆里强拉出来,从他们的卧室里强拉出来,将靠他们来打仗。他怜悯这些人,也怜悯自己。他们正在烈日照耀下受煎熬,浑身油腻腻的,肚子吃得很饱,却一筹莫展。菲力普突然因疲劳也因自豪而感到晕眩:我已成为他们的良知!

又一家咖啡馆。马蒂厄端详着这些晒得黝黑、心宽体健的漂亮男子,感到自己与众不同。他们的右侧是赌场,左侧是邮局,身后则是汪洋大海。这便是一切了:对他们来说,法国、西班牙、意大利都是永远不发亮的灯。他们都集中在这里,战争不过是个幻影罢了。"我就是幻影咧。"他自忖。他们将变成中尉、上尉,将在床上就寝,将每天刮脸;然后他们当中有许多人将去无危险的岗位。他没有责怪他们的意思。"谁能阻止他们这样做呢?跟开赴前线的人团结一致吗?可我自己不是也要开赴前线吗?我并不要求别人与我团结一致呀。我为什么要上前线呢?"他突然想到这一层。"小心点儿!"菲力普被人猛挤一下,脱口喊道。他弯腰捡起手提包。那穿着旧拖鞋的高个子连头也不回,照旧往前走。"冒失鬼!"菲力普嘟囔着。他此刻就站在咖啡馆门前,用吓人的目光瞅着顾客。但谁也不曾注意到这小小的事故。一个幼儿在啼哭,母亲用手绢轻轻拭着他的眼。邻桌坐了三个神情沮丧的男子,面前放着橘汁。"他们也并非全然无辜啊,"他一边想一边用让人难以忍受的目光扫视人群,"他们为什么要开赴前线呢?其实只要说声'不去'就行了嘛。"轿车在向前飞驰,达拉第深深陷在坐垫里,吮吸着一支已熄灭的香烟,同时看着路人行走。他对去伦敦感到厌烦,那里没有开胃酒,让他吃的饭菜粗劣得有如猪食。一名留长发的女子张大嘴巴在傻笑,他立刻想到:"他们还不明白底细哩。"于是摇头不已。菲力普在想:"人家将他们赶往屠宰场,可他们却不明白。他们把战争当做一种疾病。战争可不是什么疾病,"他意味深长地思索着,"那是一种难以忍受的灾难,是人们强加给自己的。"马蒂厄推开旁门:"我是来接一位朋友的。"他对车站职员说。火车站是喜气洋洋的,但荒凉和寂静得像一座公墓。我为什么要出发呢?他在一条绿色长凳上坐下。"有些人会拒绝出发上前线。但那与我无关。拒绝,袖手旁观。或者溜到瑞士去。为什么要这样做?我没有此种感应。这与我无关。西班牙战争也与我无关。共产党同样与我无关。可什么事才与我相关呢?"他不无焦虑地想。铁轨在闪闪发光,火车将从左侧开进。在左侧,尽头的小湖泊闪闪发光,铁轨会合的处所,便是土伦、马赛、布港,西班牙,一场荒谬的、没有理由的战争。雅克说,这场战争事先就注定要败。"战争是一种疾病,"他想,"我要做的便是像忍受一种疾病那样忍受它。没有目的。出于洁身自好。我将做一个勇敢的病人,就是这么回事。为什么要打这场战争?我不赞成这场战争。又为什么不要打?我这条命甚至不值得珍惜。对啦,对啦,我是被牵着鼻子走的!"一名公务员。他们给他留下的,便是一般公务员那种可悲的坚韧不拔:他们出于自尊能够忍受一切,诸如贫困、疾病、战争。想到这里,他不禁失笑了,自忖:"我甚至也并不尊重自己。"

"一名殉难者。他们需要一名殉难者。"菲力普喃喃自语。他在困乏中沉浮,这倒也不无乐趣,但要完全放松才能做到;他只是觉得看不太清楚是怎么回事。右侧和左侧各有一扇护板挡住他的视线,无法看到街景。人群团团围住了他,人流从四面八方涌来,一些小孩在他两腿间奔跑窜行。在他的头上、头下,都闪烁着明亮的面孔,总是同样的面孔,摇曳着,自后向前倾斜着。是的,是的,是这样的。是的,我们将接受这吃不饱肚子的工资;是的,我们将开赴前线;是的,我们让丈夫出发;是的,我们将怀抱婴儿,在面包店前面排长队。那是人群;就是那人群,那庞大的、默默承受一切的人群。"如果你要向他们做解释,他们就会把你臭骂一顿,"菲力普脸颊烧得通红地思量,"他们会怒气冲天地把你踩在脚下,大声叫喊:'我们愿意!'"他端详着这些毫无生气的面孔,掂量出自己是何等无能为力:对他们实在是无言以对,他们需要的是一名殉难者。是有人突然踮起脚尖,石破天惊地高呼:不!他们会一齐朝他扑来,将他碎尸万段!但为着他们、经由他们而抛洒的热血,将赋予他以崭新的力量。殉难者的精神将渗透他们的身心,他们将连眼皮也不眨一眨地高昂起头颅,拒绝的怒吼将以雷鸣电殛的气势席卷四面八方的人群。"我便是这名殉难者了。"他暗自思索。一种受难者的喜悦、无以名状的强烈喜悦袭上他的心头;他稍低下头,丢掉他的衣箱,双膝跪倒在地。他被淹没在了大众的赞同之中。

"您好哇!"马蒂厄招呼道。

戈梅兹没戴帽子朝他奔来,容貌依然那么英俊。他眼前一阵模糊,使劲眨着眼皮问:"我此刻在什么地方?"一些人声从他身体上方传来:"他怎么啦?是突然晕眩了?您家的地址在哪儿?"有人朝他俯下头来,那是个上了年纪的女人。她会不会咬我一口啊?您家的地址!马蒂厄与戈梅兹相视一笑。您家的地址,您家的地

址,您家的地址!他拼足力气站起来,含笑道:

"没什么要紧,夫人。只是因为天热罢了。我就住在近处。我这就回家。"

"得陪着他,"他背后有人建议,"他不能独自一人回去!"这声音淹没在一阵树叶飒飒声中:"是的,是的,**是的**,得陪着他,得陪着他,得陪着他!"

"啊,别管我!"他嚷道,"别管我!不要碰我。不!不!不!**不!**"他直视他们,盯着他们既疲惫又吃惊的两眼,大喊一声:"不!"不要战争,不要将军,不要负罪的母亲,不要泽泽特和莫里斯,不要他们!让我安静会儿。他们于是闪开了,他也就奔跑起来,但鞋底却像灌了铅似的沉甸甸的。他跑呀、跑呀,有人将一只手搭在他肩上,他觉得自己就要号啕大哭了。原来是一个小伙子,蓄着小胡髭,此刻将手提包交到他手里。

"您忘了带走这手提包!"他哂笑着说。那摩洛哥人突然站住了:他将一条蛇当作一根枯树枝。一条小蛇;得有一块石头砸烂它的脑袋。但那条蛇突然扭动身子,在地面上发出一道褐色的闪光,便窜进深沟,无影无踪了。这倒是一个吉兆。墙壁后面毫无动静。"我就会回来的。"他想。

马蒂厄抓住戈梅兹的肩膀:

"您好,您好呀,上校!"他说。

戈梅兹脸上浮起高贵而神秘的微笑。

"将军!"他如此应答。

马蒂厄将两手垂下。

"将军?嗬,那边升得可真快呀。"

"干部不足呀,"戈梅兹依然挂着微笑说,"马蒂厄啊,您晒得好黑呀!"

"这可是奢侈的肤色,"马蒂厄颇不自在地说,"这是待在海滩上无所事事得来的。"

他在戈梅兹的双手和脸庞上寻找他吃苦受罪的痕迹；他自己准备做种种忏悔。但身着法兰绒制服，显得纤瘦矫健的戈梅兹挺直身子，并不想立刻谈正事：眼下，他还是一副夏季度假者的姿态。

"咱们现在上哪儿？"他问。

"咱们找一家安安静静的小饭馆吧，"马蒂厄回答，"我目前住在我哥哥嫂嫂家，但我不请您上他们家吃晚饭。他们不讨人喜欢。"

"我想找个有音乐、有女人的地方。"戈梅兹说。他放肆地瞧瞧马蒂厄，又补充道："我这个礼拜一直闷在家里。"

"哦，那么好，"马蒂厄说，"好。这么说，咱们就去普罗旺斯人餐厅。"

哨兵并不严厉地瞧着他们走过来，倒是摆出内行的神气。他在两台自动售票机当间纹丝不动地站立着，稍稍有点儿驼背；太阳将他的步枪和钢盔染成了红色。他就便招呼他们：

"上哪儿去呀？"

"南锡附近的艾塞。"莫里斯道。

"出门之后在左首乘有轨电车，到终点站下车。"

他们走出去。那是一方寂寞的广场，就像一般火车站前常见的那样。附近有几家咖啡店和旅馆。空中飘着几缕轻烟。

"松快松快两条腿总是好的。"多尔尼埃叹了口气说。

莫里斯抬起头来，眨着眼，脸上挂着一丝笑意。

"有轨电车连个鬼影儿也没有啊！"贝拜尔说。

一个女人善意地瞧着他们。

"电车还没来呢！你们要上哪儿去呀？"

"上南锡附近的艾塞去。"莫里斯说。

"得等整整一刻钟，每二十分钟一班车。"

"还来得及喝上一杯呢。"多尔尼埃对莫里斯说。

天气凉爽了,火车滚滚向前,空气里漾着红光。他因感到幸福而微微战栗,拉了拉被子,喊道:"卡特琳娜!"但她却不回答。但一样物件轻轻拂过他的胸部,像是一只鸟儿。这鸟儿又缓缓爬到他脖子上;然后它飞走啦。突然又停在他的额头上。这是她的手啊,她那温馨芬芳的手,它从查理的鼻子上滑过,轻盈的手指抚摸着他的嘴唇,呵得他痒痒的。他抓住那只手,将它按在自己的嘴上。那手是温暖的;他将手指顺着她的手腕摸去,感觉到了她的脉搏怦怦跳动。他闭上眼睛,吻着这只清瘦的手。这时那脉搏在他手指下像一只小鸟的心脏一般跳动着。她不禁一笑:"咱们倒像是盲人,要靠手指来相互认识呢。"现在轮到他伸出臂膀,他生怕碰伤了她。他无意间碰到小镜子的铁支架,指尖摸着在被褥上披散的金黄头发。再往上摸,便是一边鬓角、一片脸颊——柔嫩得像整个女人的身子;其后是灼热的嘴唇吮吸他的手指,一排伶俐的牙齿轻轻咬着它们,使他从颈背到腰部都产生一种针刺般酥麻的感觉。他呼唤着:"卡特琳娜!"心里想的是:"咱们做爱吧!"她却松开了手,长叹一声。莫里斯朝他的啤酒杯吹了一口气,将泡沫吹落到地上。他喝起啤酒来。而她问:"男男女女肩并肩躺着的那种小船,名叫什么来着?"莫里斯用上唇贴住杯子,舔着泡沫,一边喃喃道:"多么清凉!""不知叫什么,"查理回答,"也许叫什么贡多拉吧!""不,不叫贡多拉,反正这没什么关系,咱们就好比在一条这样的小船里。"他抓住她的手,他俩比肩而卧、仿佛顺流而下。她成了他的情妇,成了一位头发稍带金黄色的电影明星。他也成了另一名男子,他保护着她。他对她说:"我真希望火车永远也不要到站!"丹尼尔轻轻咬着他的蘸水笔杆,这时有人叩门。于是他屏住呼吸,他视而不见地瞧了瞧放在垫纸板上的那张白纸。"丹尼尔,你在屋里吗?"这是玛赛儿的声音。他避不作答;玛赛儿沉重的脚步远去了。她从楼梯走下去,梯子一级一级咯咯作响。他略略一笑,将钢笔蘸了蘸墨水,写道:"亲爱的马蒂厄。"黑暗中的一只捏紧了的手,笔尖的沙沙声响,菲力普的脸庞从黑暗中显露,向他迎面奔来,在镜面的昏暗中更形苍白。一阵轻微的颠簸,冰镇啤酒在他喉管里咕咚作响,打断了他想说的话。轮胎火车在巴黎至鲁昂间前进三十三米,在一个人来说是一秒钟,对一九三八年九月二十五日的二十点钟来说,是千分之三秒钟。失去一秒钟:对查理与卡特琳娜来说,是在灼热田野里在铁轨上滚动而去的一秒钟;对乘坐帕凯公司客轮远游的莫里斯来说,是在浓黑的咖啡沫中荒废的一秒钟、在新启用的墨水汁儿中费神的一秒钟;那是在钢笔尖在纸上刮过、并且划破了纸的当儿,在写下"马蒂厄"的"马"字时,墨水闪闪发亮,随即变干花去的一秒钟;就在这当儿,达拉第深深陷在坐垫里,一边吮吸一支已经熄灭的香烟,一边注视着步行的路人。他对于到伦敦来感到厌烦。他固执地将两眼转向大门那边,以免看见波内那张讨厌的面孔,以及那该死的英国佬莫测高深的尊容。他自言自语:"他们没意识到啊!"他瞥见一名留长发的女人,正咧着大嘴傻笑。他们表情麻木地围观轿车。有两三个人还高呼:"好哇!"然而他们绝没意识到,他们不明白,这按着喇叭在前往伦敦的公路上疾驰的黑色轿车,是把要么是战争,要么是和平的抉择带往唐宁街啊!要么战争,要么和平;就像一枚硬币,要么是正面,要么是反面啊!丹尼尔在写字。船长在头等舱客厅的门前站住了,他读道:"今晚二十一时,宝贝女子乐队将在头等舱客厅里举行交响音乐会。邀请所有乘客——不论其舱位等级——均光临指导。"他吸着烟斗想:"她实在太瘦啦。"正在此刻,他闻到一股热乎乎的香味,还听到似乎是羽翼轻轻拍打的声音,原来是莫德。他立刻转过身来。在马德里,这时正值夕阳西下,太阳余晖将大学城倾圮的门面照耀得金光灿灿。莫德瞧瞧船长,他向前迈了一步。摩洛哥人在废墟之间穿行,比利时人瞄准了他。莫德与船长相互注视。摩洛哥人一抬头便看见了那比利时人。他们面面相觑,然后突然间,莫德冷冷一笑,把头转了过去。比利时人扣了扳机,摩洛哥人立即倒下。船长朝莫德迈了一步,心中嘀咕:"她可是太瘦啦。"然后便站住。"该死的浑蛋!"那比利时人骂道。他看了看倒毙在地的摩洛哥人,又说了一句:"该死的浑蛋!"

"那么,玛赛儿呢?"戈梅兹说,"萨拉告诉我,已经完啦?"

"完了,"马蒂厄说,"她嫁给了丹尼尔。"

"丹尼尔·塞雷诺?真是古怪的念头,"戈梅兹说,"总之,您获得解放啦。"

"解放了,"马蒂厄说,"从什么约束下解放?"

"玛赛儿对您不合适。"戈梅兹说。

"不谈啦,"马蒂厄说,"不谈啦!"

铺好白台布的餐桌围成一个半圆形,中间是一方落满松针的沙石舞池。普罗旺斯人餐厅已无人光顾。只有一位先生在吃着鸡翅膀,一边喝着维希矿泉水。乐队队员们无精打采地登上平台,在椅子哗里哗啦的响声中就座,接着一边调弄自己的乐器,一边交头接耳闲聊起来;在松树间,还可瞥见翻着黑浪的大海。马蒂厄将两腿伸到桌下,呷了一口波尔图酒。一周以来他还是第一次感到是在自己家里;他一下子聚精会神起来,全部身心投入这奇特的地方:一半像私人客厅,一半像神奇的树林。松树像是用硬纸板剪出来的,粉红色的小电灯泡在温馨的大自然的夜色中,将贵妇人优雅小客厅的幽暗灯光挥洒到台布上;松树间突然亮起一盏探照灯,将舞池照得如同抹了水泥一般整洁。但在他们头顶上,总好像缺点什么。在天空里,闪闪发光的星星像一些忙忙碌碌的小动物。空气里洋溢着松脂香味。还有那海风,有如受难的幽灵,惶惶然地不停躁动,吹动着桌面上的台布,有时又像怪兽一般,冷不防向你的脖颈噬咬一口。

"让我们谈谈您吧。"马蒂厄说。

戈梅兹似乎很惊奇,问:

"您没有遇上别的事情吗?"

"没有。"马蒂厄说。

"两年来都是这样?"

"没什么事。您离开我时是这样,重逢时仍是这样。"

"了不起的法国人!"戈梅兹笑道,"你们全都是永恒不变的!"

萨克斯管手在笑:因为小提琴手正对她耳语。鲁比俯向正在调小提琴音准的莫德。她说:

"瞧那第二排的老头儿。"

莫德忍俊不禁,那老头的脑袋像鸡蛋一样光秃。她的目光扫视了一下听众席,下面坐着足足有五百人。她瞥见皮埃尔站在厅门附近,便收敛了笑容。戈梅兹脸色阴沉地凝望着小提琴手,然后又瞧了一眼空着的座位。

"要找安静的一角,我看这也就蛮好啦。"他有些勉强地说。

"还有音乐听哩。"马蒂厄说。

"我明白,"戈梅兹说,"我看见啦。"

他以责备的眼光瞧瞧那些乐师。莫德从所有的目光中都看出了责备之意,像每次一样,她的腮帮烧得通红,心里不住嘀咕:"哎哟!天哪,这有什么意思?有什么意思?"但弗朗丝站在那里,得意扬扬,披着三色绶带,一脸兴高采烈的样子:她脸上堆满笑容,提前在那里打着拍子,她手执琴弓,翘起小指,倒像拿着一把刀叉。

"您答应会有女人在场。"戈梅兹说。

"可不是!"马蒂厄带几分歉意地说,"我也不知道今天会有些什么:上星期的这时,所有桌子全都占满了,有穿着漂亮的女人。我敢起誓呢!"

"都是时势造成的啊。"戈梅兹以他那柔和的声音说。

"大概是。"

时势！这倒是实话：对于远方那些人来说，也存在着"时势"。他们正凭借比利牛斯山进行战斗，眼睛盯着巴伦西亚、马德里、塔拉戈纳①；不过他们会读报的，他们思念的是他们背后熙熙攘攘的人群和许许多多的武器，他们对于法国、捷克斯洛伐克、德国，也都有自己的见解。马蒂厄坐在椅子上有点焦躁，一条鱼游到了鱼池的玻璃板附近，瞪大了圆眼瞧着他。他朝戈梅兹微微笑了笑，略表赞同，接着用不太肯定的语气说：

"因为人们开始明白是怎么回事了。"

"他们什么也不明白，"戈梅兹说，"一个西班牙人能够明白，一个捷克人甚至一个德国人也都能明白，因为他们感同身受。法国人没有切身体验；他们什么也不明白，只是一味害怕而已。"

马蒂厄感到委屈，不客气地说：

"这不能怪法国人。拿我来说，我就没有什么可患得患失的，我对上前线并不恼火；这不过是换换环境。但若人们执着于某些东西，我想，顺顺当当由和平转向战争大概并非易事。"

"我只用一个小时就转过来啦。"戈梅兹说，"您难道以为我不执着于绘画的本行吗？"

"您的情况不同。"马蒂厄说。

戈梅兹耸了耸肩膀。

"您说的跟萨拉一样。"

他们默默无言了。马蒂厄不很佩服戈梅兹，远不如布吕内和丹尼尔那么佩服。但他在戈梅兹面前有负疚感，因为戈梅兹是西班牙人。他打了个寒噤。一条鱼碰到了鱼池的玻璃板。他在这样

---

① 塔拉戈纳，西班牙城市。

的注视下是法国人,百分之百的法国人。应受谴责的人。既是应受谴责的人,又是法国人。他真想对戈梅兹说一句:"真他妈的!我可是主张干涉西班牙的!"但问题不在于此。他个人表示的愿望是不算数的。他是法国人,即使他表示同别的法国人不一样,也还是无济于事。我决定对西班牙不干涉,我不运送武器去西班牙,我对志愿人员封锁了边界。应当同大家一起进行自卫,或同大家一起受谴责:同旅馆领班一起,同这位患有消化不良症而正在饮用维希矿泉水的先生一起。

"我真傻,"他道,"我还以为您会穿着军装上这儿来呢!"

戈梅兹淡淡一笑:

"穿军装?您想看到我穿军装?"

他从皮包里取出一沓照片,将它们先后递给了马蒂厄。

"这就是本人。"

照片上出现的是一位表情冷酷的军官,正站立在一座教堂的石阶上。

"您看上去不大好打交道啊。"

"就是这样。"戈梅兹说。

马蒂厄端详他一下,不禁失笑。

"对呀,是开个玩笑。"戈梅兹说。

"我不这样想,"马蒂厄说,"而是想如果我穿上军装,会不会像您这么凶狠!"

"您是军官吗?"戈梅兹饶有兴趣地问。

"是普通一兵。"

戈梅兹做了个困惑的手势。

"所有的法国人都是普通士兵。"

"所有的西班牙人都是将军。"马蒂厄立刻应答。

戈梅兹开心地笑了。

"您不妨瞧瞧这。"他将一张照片递给马蒂厄。

照片上是一个少女,发色深褐,神情忧郁。她长得很美。戈梅兹挽着她的腰,像他通常照相时那样,仪表不凡。

"战神和维纳斯。"戈梅兹道。

"我认出您的本色了,"马蒂厄说,"不过说实在的,您要的都是小小年纪的孩子呀!"

"十五岁。不过战争催人成长。您瞧我在作战。"

马蒂厄看到照片上的小个子男人,正蜷伏在一截破墙旁边探看。

"这是在什么地方?"

"在马德里。大学区。那里此刻还在战斗。"

他打过仗。他实实在在地匍匐在这堵墙的后面,人家冲他开枪。当时他是上尉。也许他正值弹尽粮绝之际,正在喃喃自语:"这些混账法国人!"戈梅兹仰靠在椅子上,刚刚将波尔图酒一饮而尽。他从从容容地掏出火柴盒,点燃一支香烟。他那既高雅又滑稽的相貌从黑暗中闪现,复又隐没了。他打过仗,但这在他的目光中没有留下任何痕迹。夜幕已降临,在他周围是一片柔和的氛围。在粉红色的灯光上方,他被染上淡淡的蓝色。乐队正在演奏《我不再爱你》。晚风轻轻吹动台布,一名有钱的单身女人走了进来,在他们一旁坐下。她身上浓烈的香气一直飘到他们鼻尖底下。戈梅兹将鼻孔敞开,饱吸了一番这股香气。他的表情变得冷峻,他转过头向四周寻觅。

"瞧右边!"马蒂厄说。

戈梅兹以饿狼般的眼神盯着她,样子颇严肃。他道:

"好漂亮的姑娘!"

"这是一位演员,"马蒂厄道,"她很温柔,可从不去海滩。有位里昂的工业家养着她。"

"哼!"戈梅兹接道。

她也注视着他,然后似笑非笑地转过头去。

"这个良宵您不会白白度过哩!"马蒂厄揶揄道。

他没有说什么。他将前臂放在台布上,马蒂厄瞧着他那戴着戒指的多毛的手,灯光将它照成玫瑰色。他待在那儿,身子略微发蓝,手上却泛着玫瑰色光泽。他在呼吸那金发美女的芳香,用目光召唤她。他打过仗。他见过变为焦土的城镇,见过浓烟滚滚的尘土,见过皮开肉绽的战马臀部,见过刺得两眼发黑的火箭爆炸。他打过仗,他还将回去继续打仗。但他现在正在这里,他看见的这些白桌布,也正是映入我眼帘的那些桌布。马蒂厄竭力用戈梅兹的眼光来观察松林、舞池、女人。那是经历过战火洗礼的眼光啊。他一度做到了这一点,但他体验到的这种焦躁而又狂放的贪婪随即消失得无影无踪。他打过仗,他……他是多么富于传奇色彩啊!"我呢,我不是传奇性人物。"马蒂厄自忖。"不用啦,"奥黛特说,"只摆两份餐具,马蒂厄先生不会回来吃晚饭。"她走近那扇敞开的窗户,听到普罗旺斯人餐厅的乐曲,那是一支探戈舞曲。他们谛听这支乐曲。马蒂厄却在想:"他是路过这里。"服务员给他们端上一份浓汤。"不,"戈梅兹道,"我不喝浓汤。"女子乐队在演奏《猫的探戈舞曲》。弗朗丝的那把小提琴起先是在光照下跳跃着,接着却突然像一条飞鱼向着黑暗处沉落。弗朗丝笑盈盈的,两眼半闭半张,在她那把小提琴遮掩下陷入沉思,琴弓摇曳,琴声依依。莫德觉得那声音仿佛贴着她的耳朵传播。她听见那秃顶先生在咳嗽;皮埃尔凝视着她。戈梅兹笑了起来,他似乎并不满意。

"一支探戈舞曲,"他喃喃道,"一支探戈舞曲!假如某些法国人想在马德里的某家咖啡厅里演奏这种探戈舞曲,那么……"

"人家会朝他们扔熟土豆吗?"马蒂厄问。

"扔石头呢!"戈梅兹说。

"在那儿,人们不怎么喜欢法国人吧?"马蒂厄问。

"那还用说!"戈梅兹回答。

他推开门:巴斯克人的酒吧里空无一人。某天晚上,鲍里斯走了进来,就因为它的店名叫做"巴斯克人酒吧"。这使他想起发音与"巴斯克"相近的另一个词儿,那意思是"劣质肉";读到这个词儿他就要发笑。后来发现这家酒吧还真不错。于是鲍里斯就在每晚洛拉去工作的时候,到这里来消磨时光。从敞开的窗口可以听到远处游乐场里放的乐曲。甚至还有这么一次,他觉得听出了洛拉的声音。但同样的情形并未再次发生。

"您好,鲍里斯先生。"老板说。

"您好哇,老板!"鲍里斯回话道,"请给我一杯白朗姆酒!"

他觉得称心如意。他打算一边抽烟斗一边喝上两杯白朗姆酒;然后快十一点钟时,再来一份夹香肠面包。到午夜前后,他就去接洛拉。老板俯向他,满满斟了一杯酒。

"马赛人没有来吗?"鲍里斯问。

"没有来,"老板应道,"他去参加一次本行业的宴会了。"

"哦,真抱歉!"

"马赛人"是一位女胸衣推销员;还有另外一个人,名叫夏利埃,是位排字工人。鲍里斯有时同他们一起玩纸牌戏,有时他们聊聊政治或体育新闻;还有些时候,他们干脆坐着不言不语,有的人坐在柜台旁,有的则坐在店堂尽里头的桌旁。夏利埃不时打破沉寂,说上一句:"对,对,对!就这么回事。"一边还连连点头。于是时光就这样舒舒服服地流逝。

"今天可是人丁不兴旺呀。"鲍里斯说。

老板耸了耸肩膀。

"他们全都跑掉啦。往年我一直营业到万圣节,"他一面走回柜台一面说,"但照这样下去,我打算十月一日就关门,回老家守田产去啦。"

鲍里斯停止了饮啜,不觉为之一震。无论如何洛拉的合同十月一日到期,到那时他们早走啦。但他不愿想到:这巴斯克酒吧将在他们走后关门大吉。游乐场啦、所有的旅馆啦,全都会停业的。整个比亚里茨就会变成无人问津之地。这就跟人总要想到死一样:如果你确信,在你之后别人还会饮白朗姆酒,还会洗海水浴,还会听爵士音乐,那你一定会觉得欣慰。但如果不得不设想所有的人都同时完蛋,而在你之后整个人类都从此休矣,那总没有什么值得开心的吧。

"您什么时候重新开门呢?"鲍里斯为了心里踏实,又问道。

"要是打仗,那就再也不开门喽!"老板说。

鲍里斯扳着手指数了数:"二十六日、二十七日、二十八日、二十九日、三十日,我还会再来五次,然后就完结啦。从此就永远不会再见到巴斯克酒吧喽。"真有意思。五次。他在这张桌上还将饮用五次白朗姆酒,然后就是战争了。巴斯克酒吧将要关门,而到一九三九年十月,他鲍里斯就将被动员入伍。这里有一些榆树枝做成的吊架,上面装饰着蜡烛形状的灯泡,在桌面上洒下一层赤红色的美妙光泽。鲍里斯触景生情:"我再也见不到这样的光影。就是这独特的一种:底色是黑的,上面泛着赤红的光。"当然,他会看到许多别种的光芒,会看到战场夜空里飞逝的火箭,据说是颇值得一看的。但这一片光却将在十月一日熄灭,鲍里斯将永远不再能见到它。他仔细端详着桌上的一片灯光,对之怀着珍惜,并且觉得内疚。他总习惯将各种物件当做刀叉汤匙,好像可以不断更换,其实那是大错特错了。酒吧、影院、房屋、城乡的数量总是有限的,而对于其中每个地方,同一个人只能光顾有限的若干次数。

"要不要打开无线电广播?"老板问,"这可以给您解解闷。"

"不用啦,谢谢!"鲍里斯说,"这就很好了。"

到一九四二年他倒下的时候,他将用过 365×22 = 8030 次午餐,还要把婴儿时期的用餐也计算在内。假定他每十次用餐中有一次吃了摊鸡蛋,那么就总共吃了八百零三个摊鸡蛋。"才八百零三个摊鸡蛋?"他颇为惊异地自言自语,"啊,不止如此!还要加上晚餐。那么就是一万六千零六十顿饭,一千六百零六个摊鸡蛋。"不管怎样,作为一个爱好者,这不算可观。"还有咖啡馆,"他接着想,"可以数一数我还要去多少次咖啡馆:假定我一天去两次,而再过一年我就应征入伍,那么共有七百三十次。730次啊!多么微不足道!"这总是对他的一个打击啊。不过他也不是特别感到意外:他一直知道自己将死于英年。他常常自忖:要么得肺病而死,要么被洛拉谋杀。但从内心深处来讲,他从来就认为:他大概会死在战争中。他也用功,准备中学毕业会考或学士论文,但那倒不如说是为了消磨时间,就像年轻姑娘在嫁人之前也在巴黎大学听听课。"真有意思,"他暗想,"曾经有过这样的年代,那时人们攻读法律或参加哲学类教师资格会考,以为自己到四十岁时就会有一间公证人事务所,到六十岁时能领取一份教授退休金。真不知道这些人头脑里在想些什么。他们未来还有一万或一万五千个夜晚将在咖啡馆度过,将食用四千份摊鸡蛋,享受两千个寻欢作乐之夜!如果他们离开一个自己喜欢的处所,他们很可能寻思:'咱们明年再来,或者十年后再来!'他认定,他们势必会做出一些蠢事来。人们总不能遥遥隔着四十个春秋来调度自己的生活啊!"至于他呢,他要适度得多:他只有两年的计划。再往后,就万事皆休。必须有个限度。一条帆船在中国长江上缓缓行驶,鲍里斯突然伤感起来。他永远也去不了印度,去不了中国,去不了墨西哥城,甚至连柏林也去不了,他的一生比他自己希望的还要受局限。只是在英国、拉昂、比亚里茨、巴黎小住过数月;可旁人却有周游过世界的呢。只得到过一个女人。这是多么微不足道的一生啊!它看上去已经了结,因为你事先已知道它将不会包含的全部内容!必须有个限度。他挺了挺身子。喝了一口朗姆酒,心想:"这反而更好,就没有虚度年华之虞了!"

"再来一杯朗姆酒,老板!"

他抬起头来,用心地端详那些电灯泡。

正对着他,在大镜子上方,挂钟敲响了。他看到镜子里自己的容貌。他想:"现在是九点四十五分,"又想,"等到十点钟!"于是将女服务员叫了过来。

"再来一杯,跟刚才一样。"

女服务员走开了,带着一瓶威士忌酒和一个托盘又走回来。她将酒倒在菲力普的杯子里,又将托盘放在另外三个杯子上面。她面带讥讽的微笑,但菲力普头脑清醒地直视她的两眼。他稳稳当当地拿起酒杯,一滴不洒地将它举起。他饮了一口,又重新放下酒杯,仍然目不转睛地瞧着女服务员。

"多少钱?"

"您想付钱吗?"她问。

"我想立刻结清。"

"那么,应付十二法郎。"

他给了她十五个法郎。挥手叫她退下。他暗想:"我现在不欠任何人钱啦!"在他那举起的手遮掩下,他暗自好笑。他又自语道:"不欠任何人!"他看见了自己在镜子里的笑容,这本身也令他发噱。等到钟敲十点正,他就要站起身来,抹掉大镜子里他的身影,"殉难"的历程就将开始。目前,他还觉得自己挺开心,他以玩票的态度观察形势。咖啡馆是好客的,是个享福的好去处,座席像羽绒垫一般柔软,他深陷在里面。从柜台后面传来轻盈的乐曲,还有器皿的撞击声。这后一种声音令他回想起塞利斯贝格①奶牛行走时的铃铛声。他看着镜子里的自己,本可以无休无止地坐在那里自我欣赏和谛听妙音。但十点一到,他将站起身来,亲手摘下他在镜里的身影,像摘掉眼里的角膜白斑一样。给镜子动了摘除白内障手术……

光线的白内障。

在动了摘除白内障手术的镜子里。

或者说:

光线像瀑布似的倾泻入摘除白内障后的镜子。

再不然说:

尼亚加拉瀑布②式的强光涌入了摘除白内障后的镜子。

这些字眼都像粉尘一样簌簌落下,他紧紧抓住面前这一方冰凉的大理石;风将会把我吹走,他喉管里还残留着油腻腻的酒味儿。**殉道者**。他瞧着镜子里的自己。他想他是在看那殉道者;他向他自己微笑、敬礼。"十点差十分,哈哈!"他满意地想,"我嫌时间太长啦。"五分钟的流逝,简直长得永无休止啊。还有两个无休止的时刻,需要不动弹、不思索,也不受苦受难地待着,仅仅凝视那消瘦了的殉道者的美丽面容,然后时间就会呼啸着钻进一辆出租车,钻进一列火车,一直开到日内瓦。

车不动心不动。

时间的尼亚加拉瀑布。

光线的尼亚加拉瀑布。

在动了白内障摘除手术后的镜子里。

我乘着出租汽车走啦。

---

① 瑞士地名。
② 尼亚加拉瀑布,美国和加拿大之间的著名大瀑布。

去戈布尔格,去比勃拉克特①。

……拉特……拉特!

白内障拉特。

菲力普笑了,他不再笑了,他环顾四周,咖啡馆具有火车站的气氛,火车的气氛,医院的气氛。他想呼救。还剩下七分钟。"到底怎样才是更革命的呢?"他在沉思,"走还是不走?假如我走,那便是针对别人的革命;假如我不走,便是针对自己的革命,那更不易令人相信。一切都准备就绪,偷了钱,让人制造了假证件,切断了一切关系,然而到最后时刻,嘿嘿嘿:我不走啦,祝您晚安!自由降为二等货色;自由对自由有争议。"到十点差三分,他决定掷铜子儿以正、反面来决定走或不走。他清清楚楚地想象出奥尔赛火车站候车厅,旅客稀少但灯火辉煌。大阶梯深入到地下层,弥漫着机车排出的浓烟,似乎他嘴里都充满了烟味。他拿起一枚四十个苏的铜子儿,如果是反面便走;他将它抛向空中,反面,走!果然落下来的是反面。"那么好,咱就走!"他对镜里的影子说。"这并不是因为我仇恨战争,并不是因为我仇恨自己的家庭,甚至也不是因为我决定要走:这纯粹是由于偶然,是因为一个铜子儿落在了这一面而不是另一面,"他暗想,"这可棒极啦,我已达到自由的顶峰!廉价的殉难;要是她亲眼看见我把铜子儿抛向空中!还剩下一分钟。扔一下骰子!叮叮当,永远不;叮叮,扔一下;叮叮叮,骰子;叮叮,谢天谢地;叮叮叮,不改变;叮叮,偶然的决定。叮叮!"他站起身来,径直往前走,他前一脚后一脚地踏在地板格的缝隙里,他感觉到女服务员望着他脊背的那种目光,他还不至于让她讥笑。她将他唤回来:

"先生!"

---

① 法国东南部地名。

他颤抖着转过身来:

"您的手提包。"

他妈的。他奔跑着穿过大厅,一把抓住那手提包,不觉有点儿踉踉跄跄。他在一片笑声中勉强走到门口,出了门,叫了一辆出租汽车。他将手提包攥在左手里,又用右手紧握着那枚铜子儿。出租汽车在他面前停下。

"上什么地方?"

司机蓄着小胡髭,脸上长了个疣。

"上皮加尔街,"菲力普道,"古巴小屋。"

"我们打败了。"戈梅兹说。

马蒂厄本已听说,却以为戈梅兹还不知道。乐队正在奏《我期待着萨丽》。在灯光照耀下,碟子都闪闪发光,探照灯的灯光照着舞池,就像是月光泻下令人骇然的光亮,犹如宣传到火奴鲁鲁旅游的招贴画上的月光。戈梅兹坐在那里,月光洒落在他的右侧,他的左侧是一名冲着他似笑非笑的女人。他就要返回西班牙了,却已获悉共和军打了败仗。

"您还不能肯定就是这样嘛,"马蒂厄说,"谁也不能把话说死。"

"不是的,"戈梅兹说,"我们,我们有确实的消息。"

他并不显得忧伤:他只是确认一件事,如此而已。他平静而释然地瞧着马蒂厄,对他说:

"我手下的士兵全都确信,我们输掉了这场战争。"

"他们仍在坚持战斗,不是吗?"马蒂厄问。

"您要他们怎么办呢?"

马蒂厄耸了耸肩膀。

"当然只能如此。"

我拿过酒杯来,喝了两口马尔戈古堡产的酒。人家对我说:

"他们将战斗到最后一个人,他们别无选择。"我又喝了一口古堡酒,耸耸肩说:"当然如此。"混账话!

"这是什么?"戈梅兹问。

"罗西尼式腓里牛排。"服务员领班回答。"哦,行呀,"戈梅兹说,"上吧。"

他从那人手中接过餐盘,将它放在桌上。

"不错,不错。"戈梅兹说。

牛排放在桌上,他一份,我一份。他有权品尝他那一份,他有权用他那洁白的牙齿咀嚼它,他有权欣赏他身旁的漂亮姑娘,并且想:"美丽的骚娘儿们!"我无权。假如我食用,就会有一百个倒下的西班牙人站起来扑向我的喉管。我没有付出代价啊。

"喝呀,"戈梅兹劝道,"喝呀!"

他拿过酒瓶来,又给马蒂厄满满斟了一杯。

"这可是看在您的面子上,"马蒂厄似笑非笑地说,他举起杯来一饮而尽。牛排突然已上到他的盘子里。他举起刀叉喃喃道:

"算是西班牙让我吃下的吧!"

戈梅兹似乎没听见他说什么。他为自己斟了一杯马尔戈古堡酒,边饮边笑着说:

"今天是腓里牛排,明天就是鹰嘴豆啦。今晚是我在法国度过的最后一个晚上,也是我在法国吃的唯一一顿美味的晚餐。"

"怎么可能?"马蒂厄应道,"在马赛那一段呢?"

"我得陪萨拉,她是素食者。"

他眼睛直视前方,看上去很友善。他说:

"我离队度假时,巴塞罗那已有三周断了烟草啦,全城人都没有烟抽,您不觉得别扭吗?"

他把目光转向马蒂厄,这时似乎看出了他的心思。他的目光变得锐利而且令人不快。

"你们也将经历这一切。"他道。

"不一定吧,"马蒂厄说,"战争还有可能避免的。"

"哦!当然啦,"戈梅兹说,"战争总是可以避免的。"

他淡淡一笑,又道。

"只要你们不管那些捷克人!"

"不,老兄,"马蒂厄暗忖,"不,老兄!西班牙人可以就西班牙问题说三道四。这是他们的地盘嘛。但要上一堂关于捷克斯洛伐克的课呀,我就得请一位捷克人来!"

"坦率地说,戈梅兹呀,"马蒂厄问道,"应不应该支持这些捷克人呢?不久前,共产党人还要求苏台德地区的捷克人实行自治呢!"

"该不该支持他们呢?"戈梅兹模仿马蒂厄的口气问,"过去该不该支持我们呢?该不该支持奥地利人呢?还有你们自己呢?轮到你们时,又有谁会支持你们呢?"

"跟我们无关嘛。"马蒂厄说。

"跟你们有关,"戈梅兹说,"否则将会跟谁有关呢?"

"戈梅兹呀,"马蒂厄说,"吃您的腓里牛排吧。我非常理解,您恨我们大家。但无论如何,今天是您最后一天假期,牛排在您的盘子里已经冷却,身旁有个女人在向您送着秋波。而且,不管怎么说,我个人是主张干涉西班牙的。"

戈梅兹恢复了常态。

"我知道,"他微笑着说,"这我是很清楚的。"

"何况您要明白,"马蒂厄又道,"西班牙的情况是清清楚楚的。可是当您要同我谈论捷克斯洛伐克时,我就跟不上您的思路了,因为我看得远不是那样明白。有一个法律问题,我是无法解决的。因为说到底,假如苏台德地区的德国人不愿意做捷克人呢?"

"抛开那些法律问题吧,"戈梅兹耸耸肩膀说,"您要找到进行战斗的理由吗？只有一条理由：如果不战斗，你们就肯定完蛋。希特勒想得到的，既不是布拉格，也不是维也纳，也不是但泽了；他是要得到整个欧洲！"

达拉第瞧瞧张伯伦，瞧瞧哈利法克斯，然后他将目光转到一旁，瞧了瞧放在靠墙桌子上的金黄色大钟；时针正指着十时三十五分。出租车在古巴小屋前停了下来，乔治翻了个身，微吟了几声。他旁边那人的鼾声弄得他不能成眠。

"我只能重申我已宣布过的内容，"达拉第说，"法国政府对捷克斯洛伐克已做出承诺。如果布拉格政府坚持拒绝德国的建议，并且由于此种拒绝所带来的后果而遭受侵略，法国政府即认为自己有义务实施它所做的承诺。"

他咳了一声，看看张伯伦，然后等待着。

"是的，是的，"张伯伦回答，"当然是这样。"

他似乎准备再说几句，却欲言无词。达拉第静候着，一边用足尖在地毯上画着圈圈。他终于抬起头来，不胜疲惫地问：

"如果出现此种情况，英国政府持什么立场呢？"

弗朗丝、莫德、杜赛特和鲁比站起身来，向听众致谢。头几排听众有气无力地鼓了几下掌，接着人群便在哗啦哗啦挪动座椅的嘈杂声中徐徐退场。莫德以目光搜寻着皮埃尔，但皮埃尔早已不知去向。弗朗丝转过身来瞧瞧莫德，莫德的腮帮兴奋得通红，笑盈盈地开口道：

"这是一场很好的晚会，确实是很好的晚会。"

战争的气氛已经来临，就在那座白色舞池里，体现在人工的阴惨月光上，体现在长号吹出的尖啸而走调的音符中，体现在台布上冷淡的氛围中；在红葡萄酒的气味中可以闻到它，在戈梅兹未免苍老的容貌中可以看到它。战争，死亡，溃败。达拉第瞧着张伯伦，他在张伯伦的两眼中读到了战争。哈利法克斯瞧着波内，波内瞧着达拉第。他们全都哑口无言。马蒂厄呢,他是在餐盘里看到了战争,在腓里牛排深色的、斑驳的浇汁中看到了战争。

"那么,假如我们输掉这场战争呢?"

"那整个欧洲就会法西斯化,"戈梅兹貌似轻松地回答,"这对共产主义倒不坏,等于为它做准备!"

"您戈梅兹会变成什么样子呢?"

"我想他们的特务大概会在一家公寓里把我暗杀掉,再不然我就会到美洲去吃苦。这又有什么?我将不曾虚度此生!"

马蒂厄好奇地瞧着戈梅兹。

"您就没有什么可抱憾的吗?"他问。

"没有。"

"连绘画也在内?"

"不错。"

马蒂厄失望地摇了摇头。他倒很喜欢戈梅兹的画作。

"您从前画得很好啊!"马蒂厄说。

"我永远不可能再提笔了。"

"为什么?"

"我不知道。这是很具体的因素。我已失去了耐心,我会觉得作画很枯燥呢。"

"可是,打仗也得有耐心呀。"

"这是性质不同的耐心。"

他们没再说下去。领班将煎饼放在锡制餐盘中送上来,还浇了朗姆酒和加尔瓦多斯葡萄酒,然后他将一根点燃的火柴凑近盘子。于是火焰像鬼影一样,在空中飘舞了一阵子。

"戈梅兹!"马蒂厄突然进出一句,"您呀,您是强人,您知道自己为什么而战!"

"您的意思是说,您可能不知道喽?"

"不。我相信我会知道。但我想到的并不是我自己,要知道,戈梅兹呀;有的人除了自己的一条命,就一无所有。而任何人对他们来说都无所谓。不管是谁。任何政府,任何当局。假如在法国,法西斯主义取代了共和制度,他们连感觉都不会感觉到。比如说塞文山区的一名牧羊人,您认为他会知道自己是为什么而战吗?"

"在我们西班牙,恰恰是牧羊人最狂热!"戈梅兹说。

"他们为什么而战呢?"

"这得看情况。我知道有的人就是为了上学识字而战。"

"在法国谁都识字,"马蒂厄说,"假如我在团队里遇到一个塞文山区的牧羊人,如果我看到他在我身旁为了维护我的共和国和我的自由而送命,我敢起誓:我不会为此感到自豪,哎,戈梅兹!要是这么多人为您牺牲,您有时会不会感到惭愧呢?"

"我问心无愧,"戈梅兹说,"我也跟他们一样,冒着生命危险啊。"

"将军们一般都是寿终正寝的。"

"我不是一开头就当将军啊。"

"反正是不一样的。"马蒂厄说。

"我不吝惜他们,"戈梅兹说,"我不觉得他们可怜,"说着,他在桌布上伸过手去抓住马蒂厄的前臂又道:

"马蒂厄,战争是很壮丽的啊。"

他的声音低沉缓慢,他的容颜顿时光彩照人。马蒂厄试着要挣脱,但戈梅兹用力抓住他的胳臂,接着说:

"我爱战争。"

那就没什么好说了。马蒂厄不自在地微微一笑,戈梅兹放开了他。

"您深深打动了咱们的女邻座哩。"

马蒂厄说。戈梅兹眯起漂亮的睫毛朝左侧瞧了一眼。

"是这样吗?"戈梅兹应道,"那么,应当趁热打铁喽。这舞池是让人跳舞的吗?"

"是呀。"

戈梅兹扣好上衣,站起身来。他朝那女演员走去,马蒂厄看见他朝她微微欠了欠身。她朝后仰着头,送上一张笑脸,打量着他,然后他俩便走开跳舞去了。他们舞兴颇浓。她一点儿也没有黑种女人的举止,大概是马提尼克岛的黑白混血女人。菲力普心里想的是"马提尼克女人",但到嘴边的词儿却是"马拉巴尔女人"①。他喃喃道:

"我的马拉巴尔美女哟!"

她应道:

"您跳得真好!"

她的声音像短笛那么清脆,听来颇为悦耳。

"您的法语说得很好呀。"他道。

她不高兴地瞟了他一眼:

"我是在法国出生的!"

"这没关系,"他回答,"毕竟您说得一口流利的法语嘛!"

他忽然意识到:"我酒后胡言哩!"不禁对自己失笑了。她不带情绪地告诉他:

"您喝醉了呢!"

"……系的。"他舌头发硬地回答。

他已经不觉得疲劳了。他满可以一直跳到第二天早晨。不过他心里已拿定主意要同这黑女人过夜,这可是更要紧的事呀。在醉醺醺当中最令人高兴的是,它使你对各种事物都有了一种权利。用不着去碰那些东西,只要看它们一眼,您就占有它们啦。他占有

---

① 此处因联想到波德莱尔的诗歌《给马拉巴尔女人》。

了这额头、这乌黑的秀发,他舒心地用眼睛盯着她那光洁的容颜。往稍远处看,便是一片模糊。好像有一位胖胖的先生在饮香槟酒,还有一些人挤成一团儿,他已分不大清楚是些什么人。舞曲告终,他们返回座席。

"您跳得真棒!"她道,"像您这样的英俊男子,大约占有过很多女人吧?"

"我还是童男呢。"菲力普回答。

"您在撒谎!"

他举起右臂:"我向您起誓:我真是童男。我可以凭我母亲的脑袋起誓!"

"哦?"她倒大失所望了,"那么,就是说,女人引不起您的兴趣喽?"

"我不知道,"他说,"等着瞧吧。"

他打量着她,用目光占有她,然后噘着嘴唇说:

"我指望你呢。"

她吸了一口烟吹到他脸上:

"你会看到我有什么能耐!"

他轻轻抓住她的秀发,将她拉向自己。挨近之后,她毕竟显得胖点儿。他轻轻吻了吻她的嘴唇。她道:

"还是童男哩。那我可赚了。"

"赚?人家总是输呢。"他说。

他对她一点欲念也没有。不过他还是满意的,因为她很漂亮,而且不使他畏惧。现在他觉得十分自在,暗忖:"我会应酬女人啦!"他松开手,她挺了挺身子。菲力普的手提包落在地上。

"小心呀,你喝醉啦。"菲力普说。

她捡起手提包,问:

"里头装了什么?"

"嘘——不许动它:是外交信袋!"

"我要知道里头是什么,"她装作耍孩子脾气,"亲爱的,告诉我里头都装了什么?"

他想从她手中夺回那手提包,但她早已将它打开。她瞥见了睡衣和牙刷。

"还有一本书呢!"她发现了那本兰波诗集,便问:"是谁写的?"

"他嘛,"他回答,"是个离家出走的家伙。"

"出走到哪里?"

"这跟你有什么关系?"他道,"反正是离家出走啦。"

他从她手里将书取过来,又将它重新放进手提包。

"他是位诗人,"他含讥带讽地说,"这下子你该明白点儿了吧?"

"可不是嘛,"她回答,"其实你本该马上就说嘛。"

他重新合上手提包,自忖:"我还没有出走呢。"想到这儿醉意顿时消减不少。"为什么? 为什么我还不出走?"现在,他能清楚地辨别对面那位胖先生:其实人家并不是那么胖,他的两眼却是怪吓人的。人群一串串地自动散落开来;有白皮肤、黑皮肤的女人,也有一些男人。他觉得人家在仔细端详自己。"为什么我会在这儿? 我怎么进来的? 为什么我还没有走开?"他的记忆中出现了一个黑洞:他曾将一个铜子儿扔向空中,然后叫一辆出租汽车,便到了这里:现在他坐在这里,在这张桌子、这杯香槟酒前。同这身上散着鱼腥味儿的黑女人在一起。他盯着将铜子儿扔向空中的这位菲力普,竭力想识别他,他想:"我是另一个人。"又想,"我不认识我自己啦。"他把头转向那黑肤女郎:

"你干吗老瞧着我?"她问。

"就要瞧。"

"你觉得我漂亮吗?"

"还过得去。"

她清了清嗓子,两眼闪闪发亮。她两手按着桌布,把屁股从座椅上稍抬起一点。

"你要是觉得我难看,我可以滚蛋:反正咱们不是已婚夫妇!"

他在衣袋里摸了摸,掏出三张皱巴巴的票子,每张票面一千法郎。

"喏,拿去,别走!"

她接过钱,将它们展开,抹了抹平,笑嘻嘻地又重新坐下。

"你是个小坏蛋,"她道,"一个坏小子!"

他眼前敞开了一个耻辱的深渊:他只有往下跳了。被掴了耳光,挨了打,又被赶走,却还赖在这儿。他俯身看这深渊,觉得一阵眩晕。在谷底等候他的是耻辱。他只能选择受辱。他闭了闭眼,这一整天的疲惫感又涌上心头。疲惫、耻辱、死亡。选择受辱。"为什么我没有走?为什么我选择不走?"他觉得自己肩上压着整个地球的重量。

"你不怎么爱讲话啊!"她对他说。

他用食指托着她的下巴颏儿。

"你叫什么名字?"

"佛洛西。"

"这个名字可不是马拉巴尔人的。"

"我已经告诉你:我出生在法国!"她怒气冲冲地嚷了起来。

"好啦,佛洛西,我塞给你三张钞票。你总不至于不愿陪我聊天吧?"

她耸耸肩膀,把头转过去。那黑洞仍在那里,在最底下的是耻辱。他瞧着这洞洞,俯身望下看,突然间他明白啦。焦虑在拧绞他的心:"这是一个陷阱。假如我掉进去,就永远爬不出来。永无天日!"他重新站起来,非常自信地想:"我没有走是因为我喝醉了酒。"深渊合拢了:他做出了选择。"我没有走是因为我喝醉了酒。"他已到耻辱的边缘。他曾经过于胆小:现在他选择不再感到羞耻。永远不再。

"我本应乘火车的,你要知道。后来,我实在是醉得厉害。"

"你改乘明天的火车不就得啦!"她带着老好人的口气说。

他一惊,说:

"你为什么叫我这样做?"

"那是因为,误了一班火车,总是改乘下一班呗。"她带几分惊诧地说。

"我不再去啦,"他皱着眉头说,"我改变主意啦。你懂什么叫'信号'吗?"

"信号?"她重复道。

"世上充满了信号。一切都是信号。应当善于破译它们。你本应当走,却喝醉了酒,于是你不走了:你为什么没走成呢?是因为你命不该走。这就是一种信号:你在这儿有更重要的事要做。"

她点头,答道:

"不错,你说的真是如此。"

有更重要的事要做。巴士底广场前的人群,应当在那里表现出来。当场表现。当场不惜粉身碎骨。俄耳甫斯①式的行为。打倒战争!谁还能说我是个胆小鬼?我将为他们所有这些人抛洒热血:为了莫里斯和泽泽特,为了皮多,为了将军,为了所有那些要用指甲抓我剐我的人们!他转身面对那黑皮肤的女郎,温情地端详她:一夜,仅仅只有一夜啊。我的第一个寻欢作乐之夜。也是最后

---

① 俄耳甫斯,希腊神话传说中的色雷斯诗人,歌手,擅弹竖琴,其琴声可使猛兽俯首,顽石点头,他的妻子欧律狄刻死后,他一直追到阴间,乞求冥后答应他把妻子带回人间。

一个寻欢作乐之夜。"你很美呢,佛洛西。"

她冲他微笑。

"你若愿意,对我可得温柔点儿!"

"来跳舞呀。"他对她道,"我会一直温柔到公鸡司晨!"

他们翩翩起舞。马蒂厄打量着戈梅兹。他在想:"最后之夜",于是露出笑容。那黑肤女郎酷爱跳舞,她半阖两眼尽情享乐着。菲力普在旋转,他不停地思忖:"我的最后一个寻欢作乐之夜,我的第一个寻欢作乐之夜。"他不再感到耻辱。他感到疲倦,天气很热。明天我将为了和平而抛洒热血。但黎明还远着呢。他翩翩起舞,他感到惬意而且在理。他觉得自己很浪漫。光线沿着墙壁洒落下来。火车放慢了速度。出现了咯吱咯吱的摩擦声,重重地摇晃了两下。火车停下。灯光直泻客车车厢。查理眨眨眼,放下卡特琳娜的手。

"到拉罗什-米热纳了,"女护士大声说,"咱们到站啦。"

"拉罗什-米热纳?"查理问,"可咱们还没有经过巴黎呢!"

"也许是绕道了吧。"卡特琳娜说。

"快把东西收拾好,"女护士大声招呼着,"就会来把你们抬下车的!"

勃朗夏突然惊醒了,忙问:

"什么,什么? 到什么站啦?"

谁也没有搭理。女护士解释道:

"明天还要乘火车。今晚就在这里过夜。"

"我眼睛好痛,"卡特琳娜笑着说,"这灯光太强啦。"

他朝她转过身子,她边笑边用手遮着两眼。

"收拾好你们的东西,"女护士连声叫喊,"收拾好你们的东西!"

她俯身瞧着一个秃了顶、脑壳锃亮的男人,问:

"完了吗?"

"等一分钟,活见鬼!"那男人回答。

"快点儿吧,"她又道,"抬运工人就要到啦!"

"啧!啧!"他埋怨着,"您可以取走啦,把我的便意全搅掉啦。"

她重新站起身来,两手伸直端着便盆。她跨过一些人的身躯,朝门口走去。

"咱们不用着忙,"查理说,"他们一队工人大约是十二三人,而待卸的客车有二十节之多。等他们卸到咱们这节车厢呀……"

"除非他们从尾巴开始……"

查理用前臂挡住眼睛,问:

"他们打算把咱们往哪儿搁?搁在候车室?"

"我猜是这样。"

"离开这节车厢我还舍不得呢。我在这儿筑了窝啊,您呢?"

"我吗,"她对他道,"既然我跟您在一起……"

"他们已经来啦!"勃朗夏喊了起来。

几条汉子已进入车厢。他们的面部一点儿也看不清,因为他们背着光。他们的身影映在墙上,看样子是从两头同时上车的。现在是一片沉默了;卡特琳娜低声说:

"我早就跟您讲:人家要从咱们这儿开始!"

查理没答话。他看见两条汉子躬身去抬一位病友,心里十分难过。雅克在熟睡,他的鼻子正如雷轰鸣;她不能就寝,只要他还没有回来,她就无法入睡。就在他脚前,查理瞥见一个庞大的身影低低弯着腰,他们刚抬走前面的伙伴。往下就该轮到我了:黑夜、烟雾、寒冷、摇晃、荒无人烟的月台,他不寒而栗了。门下的缝里透过一线光亮,她听见底层有声音,他来啦,她听出他在楼梯上走动的足音,于是平心静气下来:"他到啦,到家了。我有了他。"还有这一夜。最后一夜。马蒂厄打开门,又将它关上。他打开窗户,关上护窗板。她听见自来水的流水声。他要去睡觉了。在这堵墙的另一边。在同一片屋顶下。

"这是我的东西,"查理道,"告诉他们:在我走后就来抬您。"

他紧紧握了握病友的手,就在这当儿两条汉子弯身抬他,他迎面闻到一股浓烈的酒气。

"哼!"有个家伙在他后面嘀咕。

他突然害怕起来,他们抬他时,他调整了一下镜子,想知道她是否跟着,但从镜中只能瞥见工人的两肩和他那夜鸟般的脑袋。

"卡特琳娜!"他大喊一声。

没有得到任何回答。他在门槛上端挣扎着,那工人在他后头大声发号施令,他的两腿下坠,觉得自己跌了下去。

"慢着点儿,"他要求,"慢着点儿!"

但他已经看见了漆黑的夜空里闪烁的繁星,天气非常冷。

"她有没有跟上来?"他问道。

"您说谁呀?"那长着夜鸟式脑袋的家伙问。

"我邻近的女人,是我的女友呀。"

"女病人后抬,"工人答道,"不会把你们男男女女放在同一个地方。"

查理不禁颤抖了:

"我本来还以为……"他说。

"您总不会愿意她们当您的面撒尿吧。""我还以为……我还以为……"查理结结巴巴地说。

他用手拭了拭前额,突然号叫起来:

"卡特琳娜!卡特琳娜!"

他在他们的臂膀中挣扎着,眼睛里只看见繁星,一盏灯向他射过来刺眼的光,接着又是繁星,又是灯光,他仍在叫喊:

"卡特琳娜！卡特琳娜！"

"这个家伙准是疯啦！"那后面的担架工说，"您能不能闭住您那张嘴？"

"可我连她的姓氏也不知道呀，"查理泣不成声地说，"我会永远失掉这个女友啦！"

他们将他放在地上，打开一扇门，又重新抬起。现在他看见的是阴森森的黄色天花板，听见身后门又重新关上。他上当受骗啦。

"浑蛋，都是浑蛋！"他破口大骂，而他们已将他放在地面上。

"你呀，真够呛！"那鸟头怪物道。

"行啦，"另外那个担架工人说，"你没看见吗，他神经有点儿失常哩！"

他听见他们的足音远远消逝，门打开了又重新关上。

"咱们又相聚啦。"勃朗夏的声音在打招呼，就在同时，查理脸上不偏不倚地挨了一记水枪喷射。可现在他不言不语了，像死人一样纹丝不动，他睁着大眼死盯着天花板，水一滴滴流进他的耳朵和脖子。她不想入睡，只是平卧着一动也不动，待在这黑黝黝的屋子里。"他躺下啦，要不了多久他就会呼呼入睡，我将替他守夜。他很坚强、很纯正，他今天早晨听说要上前线，连眼皮都没眨一眨。不过现在他却没有武器；他将好好睡一觉，这是最后一夜啦，唉！他是多么富于传奇色彩啊。"

这是一间暖暖和和而又馥郁芬芳的屋子，到处都是耀眼的光亮和鲜花奇葩。

"请进。"她说。

戈梅兹进来了。他环顾四周。发现沙发上放着一只玩具娃娃，于是想到了泰鲁埃尔[①]。他曾在与此非常相似的一间屋子里

---

① 西班牙阿拉贡省城市，一九三六至一九三九年内战期间发生过激烈战斗。

睡过觉,有许多灯,有玩具娃娃,也有鲜花,但却没有芬芳和天花板;在地板的正中央有一个洞。

"您为什么微笑?"

"这地方真可爱。"他答道。

她走到他身边:

"要是您喜欢这间屋子,那您什么时候想来就来。"

"我明天就走。"戈梅兹说。

"明天?"她问,"到哪里去?"

她用那美丽而无表情的眼睛凝望着他。

"到西班牙去。"

"西班牙?不过要是那样……"

"不错,"他答道,"我是一名正在休假的军人。"

"您是哪一边的?"她询问。

"您希望我属于哪一边呢?"

"佛朗哥一边?"

"好嘛,瞧您说的!"

她用胳臂挽住他的脖子说:

"多英俊的军人!"

她的气息令人陶醉,他拥抱了她。

"仅仅一夜啊,"她说,"这可不算多。我好不容易找到个心爱的男人!"

"我会回来的,"他故意说,"等佛朗哥打赢这一仗……"

她又热吻了他一番,然后轻轻地脱开身子。

"等一会儿。小圆桌上有杜松子酒和威士忌。"

她打开洗手间的门,消失了。

戈梅兹走向小圆桌,斟满一杯杜松子酒。卡车滚滚向前,玻璃窗被震得直哆嗦,萨拉惊醒了,在床上坐起来。"到底有多少辆,简直没个完啊!"她暗自琢磨。那是些载重卡车。已经伪装起来,披上灰颜色的防雨布。蒙布上面也画了绿色褐色的迷彩。里面大约载满了人员和武器。她喃喃自语:"这就是战争啊!"不禁潸然泪下。卡特琳娜!卡特琳娜!她有整整两年没落一滴眼泪。戈梅兹登上火车时,她没有流下泪水,现在却泪如泉涌。卡特琳娜!抽噎使她不能平静,她一头倒在枕头上,边哭边紧紧咬住枕头,以免吵醒小家伙。戈梅兹啜了一口杜松子酒,觉得很不错。他在屋里踱了几步,便在沙发上坐下。他一只手擎着酒杯,一只手抓住玩具娃娃的后颈,将它放在自己膝上。他听见洗手间自来水龙头的流水声。一种他很熟悉的柔情,如同一双光洁的玉手,从他的肋间渐渐上升。他感到幸福,一面啜饮一面思索着:"我算得上强者。"卡车隆隆向前,玻璃窗震出咝咝声,自来水龙头在哗哗地流水,戈梅兹自忖:"我很坚强。我热爱生命,但不惜自己的生命。我等候着死神明天来临或者即刻来临,却一点也不害怕它。我喜欢奢侈,但我将再次经历贫困和饥饿,我知道该干什么,我知道自己为什么而战。我指挥人家,人家服从我的指挥。我放弃一切,放弃了绘画,放弃了荣誉,但我却心满意足,"他忽然想到马蒂厄,喃喃道,"我可不愿变成他那个样子。"此刻她打开洗手间的门,赤身裸体地披着一件粉红色的睡衣,招呼道:

"我来啦!"

"哦,是这样!"她嘟囔着,"哦,真是他妈的!"

她在洗手间待了足足半小时,上上下下洗了一遍,还实实在在地洒了一身香水,因为白种男人并不总是爱闻她身上那股气味。她张开双臂,堆满笑容朝他奔去。而他,他却睡着了!全身一丝不挂地躺在床上,脑袋埋在枕头里。她一把抓住他的肩膀,怒气冲天地猛摇他的身子:

"你要不要醒一醒?你这小混蛋,要不要醒一醒?"她用刺耳的声音吼叫着。

他睁开眼皮,用迷惘惺忪的双眼瞧着她,将酒杯放在搁板上,玩具娃娃搁在沙发上,不紧不慢地站起身来,将她搂在怀里。他感觉很幸福。

"你认得这几个字吗,你呀?"胖路易问。

那职员将他推开了。

"你这是第三次问我啦。我对你说过,你该去蒙彼利埃。"

"去蒙彼利埃的火车在哪儿?"

"它要在早晨四点开车,现在还没有编组。"

胖路易忧心忡忡地瞧着他:

"那我该干什么呀?"

"你就在候车室待着,四点钟之前打个盹儿。你手头有车票吗?"

"没有。"胖路易回答。

"那赶快去买。不对,不在这边!哦,蠢驴,在售票处,真是个笨蛋!"

胖路易去了售票窗口。一位戴眼镜的职员在玻璃窗后打瞌睡。

"喂!"胖路易叫道。

那职员一惊。

"我去蒙彼利埃!"胖路易说。

"蒙彼利埃?"

职员似乎莫名惊诧,大概他还没醒过来。胖路易倒有些怀疑了。

"上面写着蒙彼利埃吗?"

他又拿出了兵役证。

"蒙彼利埃,"那职员说,"四分之一票价,十五法郎。"

胖路易将那好心女人的一百法郎递了过去。

"现在呢,我该干什么呀?"他问。

"到候车室去呗。"

"火车几点开?"

"四点。您不识字吗?"

"不识字。"胖路易答道。

他踌躇着不肯走,又问:

"真的要打仗了吗?"

那职员耸了耸肩膀。

"您问我,我怎么知道?火车时刻表上并没有写着答案呀,是不是?"

他站起身,走到屋子尽里头。他假装查阅什么证件。但不一会儿,他就坐下来,双手捧着头,继续呼呼大睡。胖路易看了看周围,希望有个人能给他解释解释关于战争的种种传说。但大厅里空空荡荡。他自语:"好吧,我就上那候车室去得啦。"于是他穿过前厅,两腿已是拖拖拉拉不听使唤:他昏昏欲睡,而且大腿感到疼痛。

"让我睡吧。"菲力普哼哼唧唧地说。

"更经常点儿来,"佛洛西说,"一个童男!你非干不可,这可是会给我带来好运的呀!"

他推开候车室的门,走了进去。长凳上到处是呼呼大睡的旅客,地面上放着许多箱子和包袱。光线暗淡。尽里头有一扇玻璃门,通往黑暗处。他走近一条长凳,在两个女人当间坐下。其中一位汗流浃背,张着大嘴睡着了。汗水流到她的腮帮子上,留下粉红的痕迹。另外那个女人睁开眼来瞧瞧他。

"我是应征入伍的,"胖路易解释,"我得到蒙彼利埃去!"

那女人赶紧闪开,用充满责怪的目光瞅着他。胖路易以为她

不喜欢当兵的,但忍不住还是要问:

"是不是真要打仗啦?"

她不理睬,将脑袋往后一仰,又重新睡着了。胖路易就怕自己万一睡着。他说:"我一睡着就醒不来哩。"他将两腿伸直;他真想吃点儿什么,比如面包或者香肠之类。他还剩得有钱,但现在是夜里,所有的商店全都关了门。他嘀咕着:"这仗是跟谁打呀?"大概是跟德国人吧。也许是由于阿尔萨斯-洛林。地上有人家扔掉的一张报纸,就在他脚跟前。他拾起报纸,想到那个为他包扎脑袋的好女人,自言自语道:"我不该动身的,"又道,"是呀,可我会流落到哪里呢?又没有钱了。"随即想:"到了兵营,他们管饭。"可他不喜欢兵营。也不喜欢候车室。突然,他觉得很悲伤,好像血都被放干啦。他们曾经将他灌醉并且痛打一顿。现在他们又派他去蒙彼利埃。他想:"天老爷呀,我嘛,我啥也不明白呀,"他又想,"都是因为我不识字。"所有这些闷头大睡的人都比他知道得多。他们都读了报纸,了解为什么要打仗。而他呢,他是在漆黑一团中孤孤单单的一人啊。孤单而且渺小。他什么也不懂,什么也不知道,好像就要一命归天了。而且他感觉得到那张报纸就在他手中。那上面写着呢。他们什么都写了出来:战争呀,明天气候如何呀,物价又怎样呀,还有火车的钟点呀。他摊开报纸仔细瞧着,只见上面有千百个小黑点儿,有点儿像洋片琴,只要一摇动把手,纸上的小孔就会发出声音来。看得时间长了就会头晕。上面还有一张照片:一个很整洁而且头发梳得溜光的男人在笑。他丢下了报纸,不禁呜呜地哭了起来。

## 九月二十六日,星期一

十六点三十分。大家都在仰望天空,我也在仰望天空。杜缪尔说:"它们不会晚到的。"他已经取出他的小型照相机,他凝视天空,由于阳光刺眼而扮着鬼脸。飞机有时是黑色的,有时却闪闪发光。它渐渐变粗变大,但声音还依然如故,是一种充实的、听来颇为悦耳的声音。我嚷道:"别推推搡搡呀!"他们全都跑来啦,都在我身后推推搡搡。我转过身来,他们将头朝后仰起,做着鬼脸;在阳光反射下他们泛着绿色,他们的身子做出模糊的动作,活像一堆没有脑袋的青蛙。杜缪尔说:"总有一天,咱们会像这样鼻孔朝天躺在田野里;不过那时是着卡其服倒下的,飞机将是德国制造的。"我应道:"有这些软蛋,还到不了明天就遭殃!"飞机在空中兜着圈子,下坠着、下坠着,它几乎贴到地面,又重新拉起,再贴近地面,它蹦跳着在草地上奔跑,终于停住了。我们向着机身跑去,我们总共五十人。萨罗跑在我们前面,弯下身子。有十几位先生像滚瓜似的在草坪上狂奔,两脚不停地扭动。大家都站住了。飞机一动也不动,我们默不作声地望着它,驾驶舱的门仍然关着,好像他们全死在里面啦。一个穿蓝工装的家伙拿过一架云梯,将它靠近机身。门开了,一个人从梯子上走下来,后面又走下一人,再接着便是达拉第了。我的心快要跳出来啦。达拉第耸着肩膀,低垂脑袋。萨罗挨近了他。我听见他问:

"怎么样啊?"

达拉第从衣袋里伸出一只手,做了一个含混的手势。他低着头匆匆往前走,人群蜂拥而上,抢着走到他前头。我一动不动,明白他是什么也不会说的。加默兰①将军从机上跳下来。他很敏捷,穿着漂亮的皮靴,表情似乎一触即怒。他英姿勃勃,气势逼人。

"那么?"萨罗问他,"那么,我的将军,是要打仗喽?"

"嗨,天哪!"将军回答。

我的口发干,我要渴死啦!我向杜缪尔大喊:"我溜啦,你一人照你的相吧。"我一直奔向出口,奔到公路上,叫了一辆出租车,吩咐:"去《人道报》。"司机对我笑笑,我也报之一笑。他问:

"怎么样,同志?"

我回答:

"行啦,这回他们山穷水尽,没退路了!"

出租车全速前进,我端详着房子和人群。人们还一无所知,他们不注意出租车,而出租汽车正是从他们当间全速前进,载的乘客是知情的。我把头伸出车窗,想对他们大喊:"这回行啦!"我跳出出租车,付了车费,飞快地上楼梯。他们统统都在:迪普雷、夏尔韦尔、雷纳尔和夏博。他们穿着衬衫,雷纳尔抽着烟,夏尔韦尔在写文章,迪普雷凭窗远眺。他们惊奇地瞧着我。我对他们说:

"走吧。伙伴们。下楼去,我请客!"

他们仍在瞧我;夏尔韦尔抬起头来盯着我。我说:

"好啦!好啦!打仗啦!下楼来吧,我请客,我请大家喝酒。"

"您戴着一顶漂亮帽子啊。"老板娘说。

"是吗?"佛洛西应道,她照照更衣间里的镜子,很得意地说:

"帽子上有羽毛。"

"对了!"老板娘又道,"您屋里有人,玛德兰娜没能收拾房间。"

"我知道,"佛洛西说,"没关系:我可以自己收拾。"

---

① 加默兰(1872—1958),法国将军,一九三九至一九四〇年间曾指挥英法联军。

她走上楼梯,推开房门。护窗板已经关上,屋子里跟黑夜一样。佛洛西轻轻拉上房门,又去十五号叩门。

"谁呀?"朱用沙哑的嗓音问。

"是佛洛西。"

朱过来开了门,她穿着短裤衩儿。

"快进来吧。"

佛洛西进了屋。朱将头发往后脑勺掠了掠,站在房间中央,正在设法将那对大乳房塞进奶罩。佛洛西觉得她还应当剃一剃腋毛。

"你刚起床吗?"她问道。

"我是六点钟才上床的,"朱回答,"有什么事吗?"

"来看看我的小白脸!"

朱套上一件晨衣,跟着她走进过道。佛洛西带她进屋,一边将手指放在嘴唇上示意安静。

"什么也看不见呀。"朱说。

佛洛西把她推到床前,小声道:

"瞧呀!"

她俩都弯下身子。朱暗自好笑,连声说:

"他妈的!真是他妈的:还是个娃娃呢。"

"他叫菲力普。"

"瞧他多美!"

菲力普仰卧着睡熟了;他的模样像个天使。佛洛西半惊喜半怨恨地凝望着他。

"他的金黄头发比我的还鲜亮。"朱又说。

"他是个童男呢。"佛洛西道。

朱瞧着她,狡黠地笑了笑:

"曾经是。"

"你说什么?"

"你方才说:他是个童男。我纠正你的说法:他曾经是个童男。"

"嘿,嘿!是呀。要知道,我相信他现在仍然是。"

"别开玩笑!"

"他从清晨两点起,就一直这么睡大觉。"佛洛西冷冷地说。

菲力普睁开两眼,瞧了瞧探身望着自己的两个女人,哼了一声,便翻转身子俯卧着。

"你看呀!"佛洛西唤道。

她掀开被窝,露出了那男孩洁白光鲜的身子。朱的大眼睛骨碌骨碌地转动着。

"咪呜!咪呜!"她学着馋猫叫,"快给他盖上,不然我会疯疯癫癫起来哩!"

佛洛西用手轻轻抚摸那男孩瘦削的臀部、他那细嫩的小屁股,然后叹了口气,重新给他盖上被子。

"给我一杯诺伊酒。"比尔南沙茨先生吩咐。

他一屁股坐在长凳上,用手绢拭着额头。通过圆形柱础上方的大镜子,他可以监视从他的办公室出入的情况。

"您喝的是什么呀?"他问纳厄。

"跟您一样。"纳厄答道。

服务员正要走开。纳厄却将他唤回:

"请给我带一份《消息报》回来。"

两位朋友相互默视片刻,然后纳厄突然将两臂举向空中:

"哎呀呀!"他喊道,"哎呀呀!可怜的比尔南沙茨!"

"是呀。"比尔南沙茨先生应道。

服务员斟满他俩的酒杯,将报纸递给纳厄。纳厄看了看股市行情,做了个鬼脸,又将报纸放在桌子上。

"很糟糕啊。"他道。

"当然。您要他们怎么办？他们在等待希特勒发表演说咧。"

比尔南沙茨先生神情忧郁地扫视四周的墙壁和大镜子。平常他很喜欢这家清新温馨的咖啡馆。今天他在这里一点儿也不自在，为此他颇有些愤愤然。

"现在只能等待啦，"他又说，"达拉第已经尽了力，张伯伦也已经尽力。目前，除了等待也别无他法。大家将索然无味地进一顿晚餐。然后一到八点半钟，就会转动收音机键钮，去收听这篇演说。等待什么呢？"说到这里他突然猛击桌面一拳，"等待一个独夫的兴之所至！一个独夫！现在商业萧条，股票暴跌，我手下的伙计已经晕头转向。可怜的西依已被动员入伍。都是由于那个独夫啊。战与和都操在他掌心里。为全人类着想，我对此感到耻辱！"

布吕内站起身来。桑布利埃夫人端详着他。她有点儿喜欢他：他本该来做爱的，干起来悄悄地、平静地、像乡下佬那么慢慢吞吞。

"您不留下来吗？"她问，"您可以同我一起进晚餐嘛。"

她指着收音机又说：

"作为消化酒，我建议您听听希特勒的演说。"

"我七点钟还有一个约会，"布吕内说，"而且，坦率地说，我才不在乎希特勒的什么演说呢！"

桑布利埃夫人颇为不解地瞧瞧他。

"假如资本主义的德国想生存下去，"布吕内发挥道，"它就要得到欧洲所有的市场。因此，它必须用武力消灭它所有的工业竞争对手。德国必须打仗，"他斩钉截铁地补充道，"它也必须输掉这一仗。假如希特勒在一九一四年死掉，我们今天的情况仍会是这样。"

"那么，"桑布利埃夫人嗓门发紧地说，"这捷克事件并不是说说大话喽?"

"在希特勒的脑子里这也许是说大话吧,"布吕内道,"但希特勒的脑子里怎么想并不重要。"

"他还能避免战争,"比尔南沙茨先生断然说,"假如他愿意,他还能避免战争。所有的王牌都操在他手里:英国不愿意打仗,美国离得太远,波兰跟他的步调一致;如果他愿意,他明天就可以主宰世界而不必放一枪一炮。捷克人已经接受英、法计划,他也只需接受就行啦。如果他表现出克制……"

"他已经不能后退了,"布吕内说,"整个德国都支持他、推动他向前。"

"我们,我们是可以后退的。"桑布利埃夫人说。

布吕内瞧瞧她,不禁笑了。于是又说:

"哦!这倒也对,您是和平主义者嘛。"

纳厄将盒子翻转,多米诺骨牌全落在桌面上。

"哎哟,哎哟!"他道,"我就怕希特勒的克制。您明白吗?这会给他带来多么高的威望!"

他俯向比尔南沙茨先生,和他耳语了一番。比尔南沙茨先生不悦地闪开身子:纳厄说不上三句话就要鬼鬼祟祟地耳语一番,两手还在空气里频频比画。

"万一他接受英、法计划,那么三个月后多里欧就会上台。"

"多里欧……"比尔南沙茨先生耸耸肩膀。

"多里欧或者别的什么人。"

"然后怎样?"

"我们能怎样?"纳厄问道,他把嗓门儿压得更低了。

比尔南沙茨先生端详着他那张痛苦的大嘴,感到怒火已使自己面赤耳热:

"什么都比打仗好啊!"他没好气地说,"把您的信给我,小保姆会将它投邮的。"

他将信封放在桌上一口平底锅和一只锡盘子之间,那上面写的是:"拉昂　轻革工场街十二号依维什·塞尔金小姐收"。奥黛特朝收件人地址瞟了一眼,但没有表示任何意见;她正在将一只大包裹系上绳子。

"喏,喏,"她道,"这就好啦,您不用着急嘛!"

厨房又干净又洁白,如同医院的病房一样。它洋溢着一股松脂气和海腥味。

"我放进去两只鸡翅,"奥黛特说,"还有您爱吃的冻肉,再加上几片黑面包和生火腿三明治。保温瓶里有葡萄酒。您只需保存好瓶子,到那边有用。"

他寻找她的视线,她却将目光移向包裹,并且显得很忙碌。她跑到食橱前,剪了一根长绳,又跑回来处理这包裹。

"已经捆得相当结实啦。"马蒂厄说。

小保姆觉得好笑,但奥黛特没搭理。她将绳头放在口里,再紧紧咬住,然后灵巧地将包裹翻了个个儿。蓦然间,松脂的气味溢满马蒂厄的鼻头。而自前天以来,他头一回感受到,在他身边有点儿什么将来也许值得留恋的东西。那就是这厨房里晌午时分的和平气氛;这安安静静的家务活儿;这窗帘筛过的一线阳光,如同面包屑一般泻落在方格砖上。在这一切之外,或许还包括他的童年时代,以及某种既宁静又忙碌的生活方式,那是他已彻底舍弃了的。

"把您的手指按在这儿。"奥黛特说。

他走过去,俯身在她的颈脖上方,用手指捺住那绳头。他很想对她说几句温情的话,可惜奥黛特的语调容不得温情。她抬起两眼瞧着他:

"您要不要煮鸡蛋?可以放在衣袋里。"

她的神态像一个年轻姑娘。他是不会怀念她的。也许因为她是雅克的妻子。他觉得他会很快忘记这含蓄的面孔。不过他到底希望,此去能使她感到有些难过。

"不用,"他应道,"谢谢您,不要煮鸡蛋啦。"

她将那包裹交到他手中,说:

"喏,一个漂漂亮亮的包裹!"

他对她说:

"送我到火车站吧。"

她摇摇头:

"我不去啦。雅克会送您去的。我想,在离别的几分钟里,他愿意独自同您在一起。"

"那么就别了,"他说,"您会给我写信吗?"

"我会难为情的:我写的字像小姑娘的一样,还有拼法错误。不写啦:我给您寄包裹。"

"我倒希望您给我写信。"他说。

"那么,你会不时在一盒鲨丁鱼罐头和一包肥皂之间找到一封短简。"

他向她伸过手去,她匆匆一握。她的手炽热而干燥。他隐隐约约地想:"怪可惜呢。"那修长的指头从他的指间滑过,有如发烫的沙粒。他笑着走出厨房。在客厅里,雅克正跪在他那台收音机前,摆弄上面的键钮。马蒂厄从门前经过,从容不迫地走上楼梯。他对于远行并无不满。他走近自己房间时,听见身后有窸窣的声音,转过头一看:原来是奥黛特。她站在最后一级台阶上,脸色苍白,正注视着他。

"奥黛特!"他招呼道。

她没有回答,只冷冷地继续瞧着他。他感到尴尬,将包裹转到左手,做出泰然自若的样子。

"奥黛特!"他又叫了一声。

她挨近他,表情不再含蓄,而且似乎预感到什么,那是他前所未见的。

"别啦!"她说道。

她挨他很近。她闭上眼睛,突然把自己的嘴唇贴在了他嘴唇上。他动了一下,想要搂住她,但她已溜掉。现在她又恢复含蓄的神态,头也不回地走下楼梯。

他走进自己屋里,将包裹放进箱子。那箱子装得满满当当,他不得不跪在箱盖上,才将它关紧。

"这是什么呀?"菲力普问。

他猛一惊坐了起来,怔怔地瞅着佛洛西。

"嗨,是我呀,我的小宝贝儿!"她道。

他一仰身,便朝后倒去,一边用手去摸脑门。他呻吟起来:

"我的头好痛呀!"

她打开床头桌抽屉,取出一小瓶阿司匹林。他打开墙角小桌的抽屉,取出一只杯子和一瓶伯尔诺红酒,将它们放在董事长办公桌上,然后跌坐在安乐椅里。飞机发动机旋转的声音还残留在他的脑际。还有一刻钟、仅仅一刻钟的时间可用来恢复常态。他往杯子里倒了一些伯尔诺酒,又从桌上取过玻璃瓶,往杯里加水。杯里的液体荡漾着,渐渐泛着银色光芒。他从下唇摘下烟屁股,顺手扔进字纸篓。我已尽力。他觉得心里很空虚,他喃喃自语:"法兰西啊……法兰西……"随即喝下一口伯尔诺酒,我已尽力而为;现在就看希特勒怎么说了。他又喝了一口伯尔诺酒,用舌尖咂了咂滋味,他思忖:"法国的处境是明摆着的,"他想,"现在我只有等待。"他累极了,将两条腿在办公桌下伸开,颇为满足地自言自语:"我只有等待啦。"像所有的人那样,牌已经打出。他早就说过:"如果捷克边界遭到侵犯,法国将实践它的诺言。"张伯伦当时回答:"如果由于这些义务,法国军队积极投入对德作战,我们将觉得有义务支持他们。"

内维尔·亨德逊爵士朝前迈步,贺拉斯·威尔逊爵士笔直地站在他身后。内维尔·亨德逊爵士将电报递交给帝国总理。帝国总理从他手里接过电报,当即阅读起来。读完后,帝国总理询问内维尔·亨德逊爵士:

"这是张伯伦先生的来电吗?"

达拉第饮一口伯尔诺酒,叹了一口气;内维尔·亨德逊语调坚定地回答:

"不错,是张伯伦先生的来电。"达拉第站起身来,走过去将那瓶伯尔诺酒放进墙角小柜的抽屉里。帝国总理用沙哑的声音说:

"您可以将我今晚的演说视为对张伯伦先生来电的答复。"

达拉第思量着:"这浑蛋,这浑蛋!他要说出什么东西来呢?"一种轻微的醉意爬上他的太阳穴,他想:"我已掌握不住事变。"这仿佛是一段长时间的休息了。他自忖:"我已尽一切努力来避免战争;而现在是战是和并不掌握在我手中。"没有什么需要决定的事了,剩下的是等待。像所有的人一样。像街角卖煤炭的商人一样。他笑了,他就是街角的煤炭商人,人家剥夺了他的职责;法国的处境是清楚的……这是一段长时间的休息。他两眼盯着地毯上的黑图案,感到晕眩正在上升。和与战。我竭尽全力维护和平。但他现在琢磨:他是否愿意像稻草似的被这股巨流卷走?是否突然渴求那巨大的空白,也就是战争?

菲力普不胜惊恐地环顾四周,大呼:

"我没有走呀。"

她走过去打开百叶窗,然后回到床边,俯身瞧着他。她觉得很热,他闻到她身上那股鱼腥味。

"你说什么,你这小坏蛋?你说什么?"

她将一只强劲有力的黑手放在他的胸脯上。太阳在他左颊上落下一片光迹。菲力普望着她,觉得有些委屈:她的眼角、嘴角都已有鱼尾纹。"她在灯光下倒是显得极美的啊!"他心里嘀咕。她朝他脸上吹吹气,把她那粉红色的舌头伸进他的两片嘴唇之间。"我没有走啊。"他还在想。他对她说:

"你已经不那么年轻了。"

她做了个奇怪的鬼脸,将嘴闭上。她回答说:

"是没有你年轻,小坏蛋!"

他想要下床,她却牢牢地抱住了他。他赤身裸体,无以自卫。他觉得自己真可怜。

"小坏蛋,小坏蛋!"她连声叫唤。

那双黑乎乎的手沿着他的腰部往下身摸。"不管怎么说,"他自言自语,"并不是所有男人都有机会被黑女人夺去童贞的。"他身子朝后一仰,于是黑色、灰色的裙子就在离他面孔咫尺之距旋转起来。

他身后那个家伙叫喊得不那么响亮了,可以说是一种喘气声,一种咕噜咕噜的声音。一只鞋在他头顶上迈过,他瞥见一只尖尖的鞋底,有一小块泥土粘在鞋跟上。那鞋底咯吱咯吱踩在他的固定托旁。这是一只带纽扣的大黑鞋。他抬起两眼,看见那身教士长袍,很高的地方,一对大翻领上方有两只毛茸茸的鼻孔。勃朗夏对他悄悄耳语:

"这伙伴准是很不妙啦,要不然他们不会叫一个小教士来的!"

"他得了什么病?"查理问。

"不知道呀,但皮埃罗说他要完蛋了。"

查理想:"为什么不是我呢?"他想到自己的遭遇,思忖,"为什么不是我呢?"两名担架工从他身旁走过,他看出他们裤子的衣料。他还听见教士在他身后发出平静低沉的语声。那病人也不再

哼唧。"他也许已经完蛋啦。"他琢磨着。女护士从一旁走过,两手端着一只面盆。他怯生生地说:

"夫人,您现在不能上那儿去一下吗?"

她垂下眼皮看着他,气得满面通红:

"怎么还是您?您想要怎样啊?"

"您不能派什么人到女病人那边去一下?她的名字叫卡特琳娜。"

"嗐!别吵吵啦!"她回答,"您这是第四次要我这样做啦!"

"只不过是为了问清楚她姓什么,同时也把我的姓氏告诉她。这不会给您添太多麻烦的。"

"有个人快死了,"她粗暴地说,"您以为我有那么多时间去管您的蠢事!"

她走开了,那家伙又重新哼哼唧唧,真叫人受不了。并肩躺着的躯体蠕动了一阵。在尽里头,是跪在病人身旁的神甫的大屁股。这是查理调整镜子之后瞥见的。在他们上方,有一处壁炉,镜框里镶着一面大镜子。神甫站起身,担架工朝那人的身躯弯下腰,然后将他抬走了。

"他死啦?"勃朗夏问。

勃朗夏的固定托上没有安装旋转镜。

"我不知道。"查理回答。

那一行人从他们身边走过,扬起一片尘土。查理咳起嗽来。接着,他看见担架工们弯腰驼背地朝门口走去。离他不远,一条长裙在旋转,接着突然停住了。他听见女护士的声音。

"这么一来,我们就同外界完全隔绝,什么消息也不知道了。情况怎样啦,神甫先生?"

"一点儿也不好,"神甫答道,"一点儿也不好。希特勒今晚发表讲话,不知道他会说些什么,但我觉得是要打仗了。"

他说话的音浪一起一伏飘到查理脸上。查理咯咯笑了起来。

"有什么可开心的?"勃朗夏问。

"我觉得开心,因为那神甫说要打仗了。"

"我不觉得这开心。"勃朗夏道。

"我呀,正相反。"

"他们这场战争啊,够受的,够他们受的!"他不停地笑着:在他头顶之上一米七开外,便是战争,便是那场暴风雨。荣誉遭到侮辱,爱国的义务必须尽到。但在地上,却既无战争,又无和平;有的只是二等公民的苦难和耻辱,一些废物,一些只能躺着的家伙。波内不要战争;尚佩蒂埃·德·里勃要战争。达拉第盯着地毯看,这是一场噩梦啊!他摆脱不了这从耳后袭来的晕眩:让它爆发吧!让它爆发吧!让柏林的那只大恶狼今天晚上宣布战争爆发吧!他用他的大皮鞋使劲刮着地板。而就在这地板之上,查理感到晕眩从他的肚皮爬上他的脑袋:是耻辱,那甜甜蜜蜜、舒舒服服的耻辱啊。他仅仅剩下这个东西。女护士走到门口,她跨过一具躯体,神甫闪了闪身子让她通过。

"夫人,"查理大声喊叫,"夫人!"

她转过身来,显得高大壮实。美丽的面庞上长着浓密的汗毛,眼神怒不可遏。

查理用明白清晰、回荡于大厅的声音叫道:

"夫人哪夫人! 快点,快点儿,把便盆给我,急得很呀!"

他来啦! 他来啦! 人家从背后推挤他们,他们又推挤那名警察。警察摊开双臂,向后退了一步。他们高呼:"万岁,他来啦!"他迈着僵直而平静的步伐,用胳膊挽着他的妻子。弗雷德很激动,我父母在星期天双双来到格林威治。他高呼:"万岁!"在这里看到他俩如此平静是多么美妙啊! 看到他俩像一般和睦融洽的老夫妻那样做午后的小小散步,谁还敢有恐惧感呢? 他紧紧抓着小箱子,将它举过头,使劲呼喊着:"和平万岁,万岁!"他俩转过身来朝向他,张伯伦先生本人还向他展露笑容。弗雷德感觉到宁静与和平悄悄地降临到心灵深处,他有人保护、有人领导、有人安慰啦。张伯伦这老头儿居然还能设法像普通平民那样随意在街头散步,并且亲自向他展露笑容。他周围所有的人都向他高呼万岁,弗雷德注视着张伯伦瘦骨嶙峋的脊背,他正迈着那教士式的稳健步伐远远离去。"这便是大英帝国的化身。"他暗想,泪水随之涌入他的眼眶。小莎迪弯下身子,在那警察的胳膊下拍了一张照。

"排队,夫人,像大家一样排队去!"

"买一张《巴黎晚报》也要排队?"

"那还用说!排了队,您也不一定能买上呢!"

她不能相信自己的耳朵了。

"那真是见鬼了!我不会为一张《巴黎晚报》去排队。我还从来没有排队去买一捆报纸呢!"

她转身离开众人,骑自行车的送报人带着一捆报纸来了。他将那捆报纸放在报亭旁的桌子上,他们动手点起数来。

"报来啦!报来啦!"

人群中一阵骚动。

"得啦!"女报贩子喊道,"你们还让不让我点数啊?"

"别挤呀,瞧你们!"那位太太大声说,"告诉你们,不许乱挤!"

"我没挤,夫人,"那矮胖子说,"是人家挤我,这可不一样啊!"

"可我呀,"那干瘦的汉子道,"我请您对我的妻子保持礼貌!"

一位穿丧服的太太转过身来对艾米莉说:

"这是我今早以来见到的第三起拌嘴了。"

"啊!"艾米莉说,"这是因为此刻大家都很神经质啊。"

飞机靠近山区了。戈梅兹凝视着起伏的山峦,又凝视着自己下面蜿蜒曲折的河流与一望无际的田野。在他的左侧,有一座浑圆的城镇,一切都变得那么可笑,那么小巧玲珑的便是碧绿鹅黄的法兰西啊。它有着如茵的芳草和幽静的流水。"别了,别了!"他将要钻入山区,别了:罗西尼式腓里牛排呀,皇冠牌雪茄烟呀,漂亮的女人呀! 他飞翔着,将降落在那光秃的赤色土地上,降落在血染的大地上! 别了,别了:所有的法国人全都在那里,在他下面,在那浑圆的城镇里,在田野里,在水边:十八点三十五分,他们像蚂蚁般蠕动起来,他们在等候希特勒的演说,他们在我下面一千米处等候希特勒的演说。我嘛,我不等待任何东西。再过一刻钟,他就再也看不见这一片片恬静的草地了。耸立的丛岩巨石将把他隔绝,不再与这片胆怯吝啬的土地相连接。再过一刻钟,他就要降落了,向那些干瘦而身手矫健的男子汉,向那些目光坚毅的人们,向他手下的士兵们降落。他感到很幸福,虽然喉管里塞着一团焦虑不安。山峦与山峦相连,此刻它们变成了褐色。他琢磨着:"我即将重见的巴塞罗那不知怎样了呢?"

"请进。"泽泽特应道。

进来的是一位贵妇人,体态略胖,但穿着漂亮,头戴草帽,身着威尔士亲王式套服。她环顾四周,鼻翅儿翕动着,脸上立刻露出善意的笑容。

"您是苏珊娜·塔耶尔夫人吗?"

"是我。"泽泽特好奇地应道。

她站起身来。她觉得自己两眼通红,便背靠窗口。那贵妇眯眯眼睛瞧着她。仔细一看,来客似乎比表面要年长一些。她好像极度疲惫。

"但愿没打搅您?"

"哪里哪里!"泽泽特客气地说,"请坐呀。"

贵妇人欠身仔细瞧了瞧椅子,然后才坐下。她身子保持笔直的姿势,脊背却不接触椅背。

"从今天早晨起,我大约总共爬了四十层楼。人家还并不总记得叫你坐下。"

泽泽特这时才发现手指上还戴着顶针。她当即摘下扔进针线盒。不早不迟,炉子上的牛排吱吱响起来。她不觉脸红了,忙跑到炉边关了煤气。但牛排味儿却久久不散。

"不要耽误了您进餐啊!"

"哦,我有的是时间!"泽泽特答道。

她端详那贵妇人,觉得又局促,又好笑。

"您的先生被动员入伍了吗?"

"他是昨天清晨动身的。"

"他们都走啦,"贵妇人道,"这太可怕啦。您的经济……情况……一定很困难吧……"

"我想我得重操旧业哩。"泽泽特回答,"我从前做过卖花女。"

那贵妇人点点头:

"真可怕!真可怕!"她看上去是那么伤心,于是泽泽特做了个同情的手势:

"您丈夫也上前线了吗?"

"我还没结婚哩,"她瞧了瞧泽泽特,急忙补充道,"但我有两个兄弟可能要上前线。"

"您有什么事吗?"泽泽特很生硬地问。

"是这样,"那位小姐说,"是这么回事……"她对泽泽特微微一笑继续道:

"我不了解您的思想,我将向您提出的要求同任何政治问题都没有关系。您抽烟吗?您要不要一支香烟?"

泽泽特犹豫了一下说:

"很愿意。"

她倚着煤气炉站立,两手紧抓着背后桌子的边沿。此刻牛排的气味同来访女人的香气混合在一起了。那小姐将香烟盒递给她,于是泽泽特朝前迈了一步。小姐的手指纤细而洁白,指甲修剪得很好。泽泽特从她那涂指甲油的手指间取了一支烟。她看了看自己的手指和那小姐的手指,巴不得她赶快离去。她们都点燃了香烟,那小姐问道:

"您不认为应当不惜一切代价制止这场战争吗?"

泽泽特一直退到炉前,以不信任的目光瞧着她。她心中忐忑不安。她发现,桌上胡乱放着吊袜带和一条长裤。

"您不认为,"那位小姐说,"假如咱们把力量联合在一起……"

泽泽特漫不经心地穿过房间。等走到桌边时,她问:

"咱们是指谁呀?"

"咱们女人啊。"那位小姐使劲地说。

"咱们女人。"泽泽特重复着,随即急忙打开抽屉,将吊袜带和长裤一齐塞进去。然后,她才轻松地转过头来问那小姐:

"咱们女人?咱们能做些什么呢?"

那小姐像男人似的抽着烟,从鼻子里喷出余烟。泽泽特打量着她的套装和玉质项链,觉得同她大谈"咱们"是很滑稽的。

"您独自一人是不能有什么作为的,"那小姐好心好意地说,"可您并不孤独啊:眼下有五百万妇女,都在为一个亲爱的人担惊受怕。在下面一层楼里,住着帕尼埃夫人,她的兄弟和丈夫刚出发到前线去,而她要照应六个孩子。对面人行道那边有女面包商。在帕西,有德·肖莱公爵夫人。"

"哦!德·肖莱公爵夫人……"泽泽特喃喃道。

"怎么样?"

"我和她们不一样啊。"

"有什么不一样?有什么不一样啊?因为有的人乘汽车进进

出出,而有的人自己干家务吗?哦,夫人,我是最主张优化社会组织的。但您以为战争会赐给我们这样的组织吗?面对迫在眉睫的危险,阶级问题就不那么重要了。夫人,咱们首先是妇女,是在其最珍爱的方面遭受打击的妇女。假定咱们全都携起手来,全都齐声高呼:'不要战争!'……瞧呀,难道您不愿意他返回家园?"

泽泽特摇摇头:这位小姐称她为"夫人",她觉得这太可笑了。

"战争是不可能阻止的。"她道。

小姐略微有些脸红了,反问道:

"为什么不可能阻止?"

泽泽特耸了耸肩膀。这个女人想要阻止战争。另一些人如莫里斯,则想消除贫困。最终谁也阻止不了任何灾难。

"就是因为阻止不了嘛。"她回答。

"但恰恰不应当这样想啊,"来访的女人责备道,"正是那些这样想的人,把战争引到我们眼前,何况也应当替别人想一想呀。不管您做什么,您同我们所有女人都是休戚与共的啊。"

泽泽特不理睬她了。她手里紧握那支已熄灭的香烟,觉得自己仿佛是在村学堂里听课。

"您总不能拒绝为我签个字吧,"那小姐又道,"您瞧,夫人,签个名吧:您不能拒绝的。"

她从化妆包里取出一张纸来,将它递到泽泽特眼前。

"这是什么呀?"泽泽特问。

"这是一份反战请愿书,"小姐解释,"我们征集成千上万的参加者。"

泽泽特低声读道:

"在本请愿书上签名的法国妇女宣布:她们信任共和国政府,以采取一切手段来拯救和平。她们确认一个绝对的信念。即战争不论在任何情况下爆发,都是一种罪行。谈判、交换意见,永远如此;借助暴力,绝不可行。争取普遍和平,反对一切形式的战争。法兰西母亲和妻子联盟于一九三八年九月二十二日。"

她将这张纸翻转过来:背面签满姓名,上上下下挤在一起。有横的、斜的,笔锋朝上的、走势向下的。有用黑墨水的,也有用紫墨水或蓝墨水的。有些签名向横面展开,字母硕大而有棱角;也有的签名小里小气,笔迹尖细,羞羞答答地挤在一个角落里。每个签名下面都注明通讯地址:雅娜·普莱默夫人,多比雅克街6号;索朗治·佩雷斯夫人,圣旺大道142号。泽泽特扫视了一番所有这些夫人的签名。她们全都曾经躬身在这张纸上书写,有的人签名的时候,小仔们正在旁边一间屋里哭闹;有的则在小客厅里,用足赤的金笔签名。现在她们的名字比肩而立,彼此相像。苏珊娜·塔耶尔夫人,只需向小姐要一支笔,她也就成了可登大雅之堂的"夫人"啦,她的名字就可以在其他各位的下面龙飞凤舞,显得举足轻重,却又寂寞单调。

"您拿了这些都去干什么呢?"她发问。

"等我们征集到足够数量的签名,我们就派出一个妇女代表团,直接递交总理府。"

苏珊娜·塔耶尔夫人。她成了苏珊娜·塔耶尔夫人。莫里斯总是反复告诫她:要同自己的阶级共进退。可现在,她却同德·肖莱公爵夫人有了共同的义务。她想:"签名,我总不能拒绝签个名吧。"

佛洛西臂肘支在长枕上,仔细端详菲力普。

"怎么样,坏蛋?你觉得怎样?"

"还行,"菲力普回答,"要是头不疼,那就更带劲儿了。"

"我得起床了,"佛洛西道,"我这就去吃点东西,然后上夜总会去。你也来吗?"

"我太累了,"菲力普应道,"你一个人去吧。"

"你在这儿等我,嗯?你起誓:在这儿等我!"

"那当然,"菲力普蹙着眉说,"快走吧,快走。我一定等你。"

"那么,"小姐又问,"您是不是愿意签名呢?"

"我没有蘸水笔。"泽泽特说。

那小姐递给她一支金笔。泽泽特接过笔就在那页纸的下方签了名。在签名处旁边,她又端端正正写下姓名住址。然后她抬头看那小姐:她觉得要发生点儿事情。

什么也没有发生。小姐站起身来。她接过那张纸,认真地看了看。

"太好啦,"她说,"这样,我一天的任务就完成了。"

泽泽特张开了嘴:她似乎有一大堆问题要提,却又提不出,只是问:

"那么,你们将这递交给达拉第喽?"

"当然,"那小姐回答,"当然是这样。"

她挥动了一下那张纸,然后将它折好,放进她的化妆包。化妆包关上时,泽泽特突然觉得心头发紧了。那小姐抬起头来,直视她的两眼,说:

"谢谢。为了他,谢谢您。为了所有咱们这些女人,谢谢您。您是一位好心肠的女人,塔耶尔夫人。"

她向泽泽特伸出手,说:

"再见啦,我必须走啦。"

泽泽特先在围裙上拭了拭自己的手,然后才握住对方的手。她感到痛苦而失望。

"就……就这样吗?"她问。

小姐咻咻地笑起来。她的牙齿像珍珠一般美丽。泽泽特喃喃念叨:"咱们休戚与共……"但这句话已经没有意义了。

"是的,目前,只有这些。"

她迈着快步走到门口,打开门,最后一次将笑盈盈的面庞转向泽泽特,然后消失得无影无踪。她身上浓郁的香气还荡漾在房间中。泽泽特听见她渐行渐远的脚步声,又深深地吸了两三口气。她觉得好像人家从她这里偷走了什么东西。她走到窗口,打开窗户,俯身向着窗外。紧贴人行道停放着一辆汽车。那位小姐从旅馆走出,打开轿车门,坐进车里。车子随即启动。"我干了件蠢事。"泽泽特自忖。那辆汽车转入圣旺大道,便不知去向,从而也就永远带走了她的签名和那位香气四溢的漂亮太太。泽泽特叹了一口气,重新关上窗户,又将煤气灶点燃。油脂又发出噼噼啪啪的声响,热乎乎的肉香压过了香水味,泽泽特喃喃自语:"要是让莫里斯知道,那不知要挨多少骂呢。"

"妈,我饿啦!"

"请问现在几点钟了?"那位母亲问马蒂厄。

她是一位俊俏而壮实的马赛女子,唇上隐约有点儿绒毛。

马蒂厄瞟了瞟手表,说:

"八点二十分。"

那女人从脚下提起一只用铁条封着的篮子,应道:

"你会满意的,小讨厌!马上给你开饭。"

说着,她朝马蒂厄转过头来:

"她会折腾得叫圣人下地狱哩!"

马蒂厄冲着她们投去淡漠而善意的微笑,"八点二十分,"他在琢磨,"再过十分钟希特勒就要发表演说啦。他们都进了客厅,雅克摆弄键钮已经有十来分钟了。"

那女人原已将篮子放在长凳上;此刻她将篮盖儿掀开,雅克高声叫喊:

"找到啦,找到啦!找到斯图加特啦!"

奥黛特站在他身旁,将手搭在他的肩头。她听见一阵乱哄哄的嘈杂声。她觉得恍惚瞥见一座有拱顶的长方形大厅,大厅的气息似乎朝她扑面而来。马蒂厄为了不碰着篮子而挪动一下身体:他好像并未离开松林里的儒安。他在奥黛特身旁。他依偎着奥黛特。但他闭目塞听,火车已将他的耳朵、眼睛载向马赛。他对她并没有爱情,那是两码事儿:她凝视他的眼神倒好像意味着他虽死犹生。他想做出一种表情,回报她那沉甸甸压在他心头的令人不快的柔情。他寻觅着奥黛特的面庞,但那面庞却躲开他的目光,他两度见到的倒是雅克的面容。马蒂厄后来隐约瞥见一把安乐椅里坐着一个木然不动的身躯,一截低垂的后颈和看不见口鼻的面容上全神贯注的神态。

"钟点已经到了,"雅克转过身来对她说,"他还没有开始演说。"

我的眼睛在这里。他清楚地看见那只篮子:一块饰有红黑条纹的漂亮餐巾盖着篮里盛放的东西。马蒂厄还出神地端详了一阵那褐色的后颈,然后才撇下它,对于那沉甸甸的柔情而言,这可就显得微不足道了。她沉没在阴影里,那洁白的餐巾兀然突现出来,占据了他的目光,将各种印象和思想胡乱地驱散了。我的眼睛在这里啊。一阵瓮声瓮气的铃响让他吓了一跳。

"珂珂特,快弄一弄。快点儿!"马赛女人道。

她挂着歉疚的笑容转向马蒂厄:

"是闹钟响。我总是将它拨到八点半钟。"

小姑娘匆匆打开一只手提包,将手伸进去,那铃响才止住。八点三十分。他就要走进体育馆了。我是在松林里的儒安,我是在柏林。可我的眼睛在这里。在某个地点,一辆长长的黑轿车停在一扇大门前。一些身着褐色衬衫的大汉从车上跳下。在东北方向的某个地点,在他右侧和背后。但在这里,却是那方餐巾挡住了他的视线。只见几个戴着戒指的胖乎乎的手指,急忙揭开餐巾的四角,于是那方餐巾不复存在。马蒂厄发现一只躺倒的保温瓶和好几堆点心:他已是饥肠辘辘。我是在松林里的儒安,我是在柏林,我是在巴黎,我不复有生命,我不复有命运。可在这里,我觉得饿啦。在这里,在这胖胖的褐皮肤女人和这位小姑娘的身旁。他站起身来,摸到了行李架上的那只手提箱,将它打开,摸索着找到奥黛特打的那个包裹。他重新坐下,拿起刀子,割断了细线绳;他急急忙忙吃起来,好像必须在预定时间吃完,好专心聆听希特勒的演说。希特勒走进大厅,一阵雷鸣般的欢呼震动得玻璃窗咯咯作响,然后逐渐平息,于是他伸开手臂。在某个地点,有一万条持枪的汉子,正昂首伸臂站立着。在某个地点,在他的身后,奥黛特正俯身聆听一台无线电收音机发出的声音。他在演说,头一句话是:"同胞们",而从这时开始,他的声音即已不属于他自己,已变成了国际性的话语。人们在听他说话:在布列斯特-立托夫斯克、在布拉格、在奥斯陆、在丹吉尔、在戛纳、在莫尔莱、在帕凯海运公司由卡萨布兰卡驶向马赛的白色巨轮上。

"你有把握说找到了斯图加特电台吗?"奥黛特问,"怎么什么也听不见呢。"

"嘘——嘘——"雅克回答,"我不会弄错。"

洛拉在游乐场入口停下脚步。

"那么回头见。"她向他告别。

"好好唱吧!"鲍里斯说。

"一定。你现在去哪儿,亲爱的?"

"我去巴斯克酒吧,"鲍里斯答道,"有些朋友不懂德语,要我把希特勒的演说翻译给他们听。"

"嘿嘿!"洛拉闻之生畏,叮嘱道,"你可开不得玩笑啊!"

"我很喜欢当翻译的。"鲍里斯回答。

他在演说! 马蒂厄竭力想听,但什么也听不见,只得干脆作罢。他自顾进餐了;坐在他对面的那个小姑娘正在啃一块涂果酱的甜点心。大家耳中听到的只有火车转向架沉重的隆隆声,这个封闭的夜晚本是温馨甜蜜的。马蒂厄转过目光,隔着窗户凝望大海。在大海上方,圆浑浑的微红的夜幕正在徐徐降落。然而,一个尖啸刺耳的声音穿透这甜蜜的氛围。这声音无处不在,火车向这声音冲去,这声音也钻进火车,来到孩子的脚下,来到那位太太的秀发当间,甚至传进我的衣袋。假如我有一台收音机,我会让它在行李架上、在座席下大喊大叫。声音响亮而又骇人听闻,它盖过火车飞驰前进的隆隆声,震得车窗咯咯作响——可我却听不到这声音。他倦极了,他瞥见远方水面上的薄雾,一心惦念着她。

"听呀,"雅克得意扬扬地喊起来,"听呀!"

突然,一阵响亮的嗡嗡声从收音机里传出来。奥黛特不禁向后倒退一步,这几乎让人难以忍受。"他们的人可真多,"她暗忖,"他们对他崇拜得五体投地啊!"在那边,几千公里开外,有着成千上万死心塌地的信徒。而他们的声音充斥在这居家的客厅里——正是这个家庭的命运,要受那边摆布。

"他来啦,"雅克说,"他来啦。"

狂风暴雨渐渐平息。人们能够辨出带生硬鼻音的语声,接着又是一片沉寂,于是奥黛特明白他就要开始演说了。鲍里斯推开酒吧的门往里走,老板向他做了个手势,示意他赶快就座。

"赶快啊,"他道,"就要开始啦。"

他们三人倚在酒吧柜台旁;那个马赛男人,鲁昂的排字工人夏利埃,还有一位身强体壮的彪形大汉,专门推销缝纫机的,名叫肖米。

"大家好哇!"鲍里斯小声招呼。

他们匆匆向他问了好,他便走近收音机。他敬重这几位,因为他们不惜提前进晚餐,好到场聆听一席令人不快的言辞。他们都是些硬邦邦的好汉,敢于直面诸般事情。

他双手撑在桌面,凝视着广阔的海洋,倾听着海涛的声音。他举起右臂,于是海浪平静下来。他开口道:

亲爱的同胞们,

达到一定限度之后,就不可能再作让步,否则就会成为有害的弱点了。现在有一千万德国人身处帝国之外,构成两大片领土。这些德国人愿意回归帝国。如果我以漠不关心的态度抛弃他们,我将无权面对德国历史。我在道义上亦将无权充任这个民族的元首。我已亲自承担许多牺牲、许多割让。现在到了我无法越过的极限。奥地利的全民公决表明此种感情是多么有根基。这是一个强有力的证明,而世界各国恰恰始料未及。但是我们已经看到过:对于民主国家来说,一次全民公决如果不产生它们期待的结果,那就会是徒劳无益,甚至后患无穷。不过,这一问题已在有利于整个伟大的德意志人民福祉的前提下获得解决。

而现在,我们所面临的,是最后一个应当解决、并且定会得到解决的重大问题。

大海在他的脚下波涛汹涌,他一度沉默无言,静观那翻江倒海的巨浪。奥黛特用手护住胸口,每当出现这种声嘶力竭的叫喊时,她的心都不由得怦怦乱跳。她弯腰贴近雅克的耳朵,而雅克始终紧锁双眉,一副屏息凝神的样子。虽然希特勒停止发言已有好几秒钟。她不抱希望地问雅克:

"他说了些什么啊?"

雅克自称懂德语,因为他曾在汉诺威住过三个月,而且这十年来,他在广播里仔细收听柏林所有演说家的讲话,由于想看有关金融的文章,他甚至订阅了《法兰克福报》。但他读后或听后提供的

消息却总是非常模糊的。这会儿他耸了耸肩膀:

"还不是老一套!他谈到了德国人民的牺牲与幸福。"

"他同意做出一些牺牲?"奥黛特兴奋地问,"就是说他可能做一些让步?"

"是的,也未必……要知道,都还是不着边际的说法。"

他一伸出手,卡尔就停止叫喊:这就是号令。他转身向右,又向左,一边喃喃说:"听呀,听呀!"他已变成一件驯服工具:他觉得元首无声的命令正穿透他的身心,并且在他的口里扎下根子。"听呀,听呀!"他变成一只共鸣箱:兴奋的心情令他从头到脚战栗不已。所有的人都沉默下来,整个大厅全都浸沉在寂静和夜色之中。赫斯①、戈林②和戈培尔③全都隐没了。世界上只剩下卡尔同他的元首。元首在那面饰着卐字的巨幅红旗前讲话,他是为着卡尔、为了他单独一人而演说。一个声音,全世界就只有这一个声音。他为了我而讲话,为了我而思考,为了我而决策。是我的元首呀。

> 这是我在欧洲提出的最后一个领土要求了,但是我绝不会放弃这个要求,我将本着上帝的旨意予以实现。

他稍稍停顿一下。于是卡尔领略到,这是允许他喊叫。于是他绷足力气大喊起来。人人也随着大喊大叫。卡尔的声音不断膨胀,升向大厅的支架,震动得玻璃窗哗哗作响。他高兴得头脑发热,好比有了一万张嘴巴,他觉得自己将永垂史册。

---

① 鲁道夫·赫斯(1900—1947),纳粹党卫军头目之一,一九四〇至一九四五年任奥斯威辛集中营长官,一九四七年在华沙受审,判处绞刑。
② 赫尔曼·戈林(1893—1946),纳粹党头目之一,盖世太保的创建者,吞并奥地利的主要策划人。
③ 约瑟夫·戈培尔(1897—1945),希特勒统治下的德意志第三帝国的宣传部部长,一九四五年追随希特勒自杀身亡。

"住口,快住口!"米米勒对着收音机喊,又转过头来对罗伯特说:"你明白吗!真是一帮子浑蛋!这些家伙只有聚众狂呼乱喊,才觉得心满意足。他们的消遣似乎也仅此一项。他们柏林有好大好大的场地,可以同时容纳得下两万人,于是便在星期日集会,一边痛饮啤酒,一边同声高歌!"

那机器仍在乱响,罗伯特道:

"哦,听着:咱们把它关上。"

他们转了转键钮,人声顿时消失。于是他们突然感到这间屋子从黑夜中走出来:它现在就在这儿,在他们的四周,小巧而静谧;高级消化酒就在面前。他们只是转了转键钮,那些狂呼乱叫就回到收音机里。于是一个美好而有度的良宵又从窗子里飞回。那是一个法国式的良宵。他们是在法国人同法国人间相处啊。

> 这所谓捷克国家从一开头就是胡编乱造的谎言。谎言的制造者名叫贝奈斯①。

收音机里响起雷鸣般的掌声。

这位贝奈斯先生出现在凡尔赛,劈头就宣称存在着一个捷克斯洛伐克国家。

收音机里发出哈哈大笑。说话的声音再次出现,语气是恶狠狠的:

> 他不得不编造这一谎言,以便使他那小国寡民有点儿分量、占点儿歪理。而当时盎格鲁-撒克逊的政治家们不认为有必要核实一下贝奈斯先生的论断,何况他们从来没怎么弄清楚种族问题和地理问题。

> 由于这个国家似乎混不下去,于是便干脆夺走了三百五

---

① 贝奈斯(1884—1948),捷克政治家,当时的捷克斯洛伐克总统。

> 十万德国人,从而完全违背了他们的自决权和他们的自由意志。

收音机里面叫嚷:"呸!呸!呸!"而比尔南沙茨先生却大声说:"一派胡言!这些德国人并不是从德国手上夺过来的!"埃拉瞧着她那因义愤填膺而涨得满脸通红的父亲,他正坐在安乐椅中抽雪茄。她又瞧了瞧母亲和姐姐伊维,几乎有点儿恨家里这些人了:"他们怎么能听这样的胡说八道!"

> 大概这样还不够,于是又增加了一百万马扎尔人,再加上喀尔巴阡山以南的俄罗斯人,以及数十万波兰人。

> 后来自称为捷克斯洛伐克的国家便是这么回事。它违背了各民族自决的权利,也违背受胁迫的国家明示的愿望和意志。当我在这里对你们发表讲话时,我当然同情所有这些被压迫者的命运:我同情斯洛伐克人、波兰人、匈牙利人、乌克兰人的命运。但我议论的,理所当然只是我们德国人的命运。

大厅里充满狂呼乱叫。他们怎么能听这样的胡说八道?而这些"嗨尔!嗨尔!"的吼声简直令她心惊肉跳!"不管怎样,我们都是犹太人啊,"她不胜愤慨地思忖,"我们用不着听杀害自己的刽子手讲话!""他倒也罢了,我从来就听他说什么犹太人根本不存在。可她呢(埃拉一边想一边打量着母亲),她啊,她明知自己是犹太人,她意识到这一点,却还待在那儿!"比尔南沙茨太太以能未卜先知自居,前天还惊呼:"孩子们,这就意味着战争,意味着一场必败无疑的战争,犹太民族只好重新拿起自己的乞讨袋来啦!"此刻,她却在喧嚣声中昏昏欲睡。她不时闭上那双涂了眼影的眼睛。她那生着满头乌发的大脑袋摇摇晃晃。那声音压住了暴风雨,又继续叫喊:

> 而现在,他们开始实行寡廉鲜耻的政策。这仅仅由少数

人治理的国家正在强迫自己的国民执行的政策,总有一天会迫使他们向自己的兄弟开枪!

她霍然站立起来。这些沙哑的词句仿佛是从喉管里硬挤出来的,那喉管又似乎时时要咳嗽的样子。听起来简直像刀砍那么可怕。他已在对犹太人横施酷刑:就在他高谈阔论之际,成千上万的犹太人正在集中营里奄奄待毙。而人们却让他的声音在这里、在我们的客厅里颐指气使。就在这同一客厅,我们昨天还接待过眼睑被烧伤的达肖尔表兄!

贝奈斯是这样要求德国人的:"假如我对德国作战,那么你就应当向德国人开枪。如果你拒绝,那你就是叛逆,我就叫人将你枪毙。"他对匈牙利人和波兰人也提出同样的要求。

这声音就在这儿,非常可怕,充满仇恨。这个人是同埃拉作对的。广袤的德意志平原、法兰西的丘陵山峦全都坍塌啦。他同她针锋相对,已毫无间距。他就在那收音机匣子里上蹿下跳。他在注视我,他已经看见我。埃拉转身朝向母亲、朝向伊维看了看:然而她们已向后跳开。埃拉还能看见,但却触摸不到她们了。巴黎也已后退到够不着的地方,从窗户射进的光线死气沉沉地洒落在地毯上。他已不知不觉地同人与物都拉开距离,她独自一人与这声音在世上对峙。

今年二月二十日,我已在国会大厦宣布:在我国疆界以外生活的一千万德国人的生活必须来一个变革。然而贝奈斯先生却另搞一套。他建立了更加彻底的迫害制度。

他在单独同她对话。简直是四目相对,益发带有刺激性,并且蓄意吓唬她、伤害她。她被震慑住了,两眼片刻不离收音机上的云母片。她听不见他说些什么,但他的声音却像在剜着她身上的肉!

更加严酷的恐怖……整整一个混乱的时期……

她蓦地转过身子,离开了这房间。那声音追逐着她直到门厅,变得模糊不清,被别的声音压倒,但仍然毒汁四溅。她匆匆走进卧室,用钥匙锁上房门。在客厅那边,他还在大声恫吓。但她只能听见一片含混不清的嗡嗡声了。她一屁股坐到一张椅子上:难道竟没有任何一个人,没有惨遭酷刑的犹太人的母亲,或者遭到暗杀的共产党员的妻子,毅然举枪将他击毙?她紧握拳头,想到假如她是德国女人,一定能找到力量干掉他。

马蒂厄站起身来,从风雨衣里取出雅克给他的雪茄,同时推开车厢门。

"要是为了我而走开,"那马赛女人说,"那您倒不必费心。我丈夫是抽烟斗的,我早就习惯了呢。"

"谢谢您这么周到,"马蒂厄回答,"不过我是想出去活动活动两条腿。"

其实他主要是不想再看见她,既不想看见那小姑娘,也不想看见那只篮子。他在过道里迈了几步,随即停下,点燃那支雪茄。大海一片蔚蓝,而且无风无浪。他沿着海岸徐徐行进,深思着:"发生了什么事啊?"这么看来,这家伙的反应是变本加厉了,等于说:"杀、抓、关!"并且适用于所有多少不中他意的人。马蒂厄想认真思考一番,弄明白是怎么回事。他还从未碰到过弄不明白的事情。这正是他唯一的力量,唯一的自卫武器,也是他仅有的骄傲了。他凝视着大海深思:"我不明白,于是我在纽伦堡提出要求。这要求是清楚的:我是头一个得去打仗啊。"这么做看来并不聪明,也一点儿不明朗。就他自身来说,一切都是简单明了的:他下了赌注,结果输啦。他的一生已成为过去,是失败的一生。我没有留下任何东西,我也不留恋任何东西,甚至不留恋奥黛特,不留恋依维什,我不是什么人物。剩下的只有事件本身。我宣布,现在,在威尔逊总统发表宣言①之后二十年,自决权最终应当对这三百五十万人民发生效力了。迄今为止触及他的一切事件都与他作为凡人的身份相适应。既有小小的骚扰,也有大灾大难,他看见它们——来临,都曾睁开两眼予以正视。他到洛拉的房间里去取钱时,清清楚楚看见了钞票,摸到了它们,还呼吸到弥漫在屋里的芬芳气息,他抛弃玛赛儿的时候,他对她说话时正视着她的两眼。他遇到的困难从来都是发生在他自己身上。他完全可以对自己承认:"我做对了,我做错了。"换句话说他有能力自审。如今这些都已办不到了。贝奈斯先生再次做出了答复:新出现的死亡、新发生的监禁、新来到的……他暗想:"我出发去打仗。"可这却毫无意义。在他身上发生了他无法理解的事情。他无法理解这战争。"也不太好说我不理解它,而是它不在这里发生。它在哪里?无处不在。它到处都可以出现:火车向着战争飞驰。戈梅兹降落在战火中。这些穿白布衫的度假者在战争中漫步。没有一次心脏跳动不是在给战争输血。没有任何人的意识不是渗透着战争的念头。然而,他也像希特勒的声音一样,虽然充斥于车厢,却是我所不愿听见的:我已明确向张伯伦先生宣布,什么是我们认为的当前唯一可行的解决办法;人们不时以为就要触摸到这战争了,也许是在随便什么东西上,比如在腓里牛排的浇汁当中。你一伸出手,它就不见了,只剩下浸在浇汁里的一小块肉。""啊!"他想,"必须同时无处不在呀!"

　　我的元首,我的元首,你在训话,我却变成了石头。我不再思考,不再有任何欲求,我仅仅是你的声音。我将在出口处等候他,我将瞄准他的心脏,但我首先是所有德国人的代言人。我是为着

---

① 威尔逊(1856—1924),美国第二十八任总统,曾于一九一八年第一次世界大战结束时提出建立国际联盟的建议,人民自决权是他所提原则的重要组成部分。

这些德国人而说话的,保证我将不再袖手旁观和无所事事,让这布拉格的疯子为所欲为……我将充当这殉难者,我没有动身去瑞士,现在我除了忍受这苦难之外已不能有任何作为。我起誓,要去做这殉难者,我起誓、起誓、起誓……"嘘——"戈梅兹要大家安静,"咱们且听听这木偶胡说些什么!"

这里是巴黎广播电台,请继续收听:下面将播送希特勒总理演说头一部分的译文。

"哎,你看,"热尔曼·夏博说,"你看!用不着下楼跑两个小时,追着买《不妥协者报》。我早就告诉过你:他们总是这么做的。"

夏博太太将毛织活儿放进针线篮里,然后将她的软椅挪到近前。

"让咱们看看他说些什么。我不喜欢这一套,"她道,"简直像反胃似的叫人难受。你没有这种感觉吗?"

"有呀。"热尔曼·夏博答道。

收音机嗡嗡直响,发出两三声呜噜呜噜的声音。夏博抓住妻子的胳膊。

"听呀。"他对她说。

他俩微微欠了欠身子,耳朵伸得老长。只听见有人唱起《库卡拉恰歌》①。

"你能肯定这是巴黎广播电台吗?"夏博夫人问。

"没问题。"

"那么,就是有意让我们耐心等待。"

歌声唱了三小段,然后唱片便停下来。"就要开始啦。"夏

---

① "库卡拉恰"在西班牙语里有"破旧汽车"之意。

博说。

只听见一阵轻微的吱吱声,一家夏威夷乐队奏起《蜜月》这支曲子。

得无处不在啊。他愁绪满怀地凝视他的雪茄烟头。无处不在。否则你就上当受骗。"我上当啦,我是一名上前线去的大兵,需要观察的便是这二者了:战争和大兵。一截雪茄烟,水边的白色别墅,车厢在铁轨上单调地滑行,还有这位旅途常客:去过菲斯、马拉喀什、马德里、佩鲁斯、锡耶纳、罗马、布拉格、伦敦,他已是第一千次在三等客车的走廊里吸烟了。没有战争、没有大兵:必须无处不在,必须从四面八方来看待我。从柏林方面看,我是法军的三百万分之一;以戈梅兹的眼光看,则是狗日的法国佬当中的一个,要使劲踢他们的屁股才肯投入战斗;还有奥黛特的眼光。但应当以战争的眼光来看待我。可这战争的眼光又在哪里?我是在这里,在我眼前正飞驰过亮晶晶的大片水面。我心明眼亮,我看得出——然而我却是在摸索着前进、盲目地前进。我的每一个行动都在那我看不见的世界里点亮一盏灯,或者引发一阵铃声。泽泽特已关上护窗板,但残阳余晖仍从缝隙中钻进来。她累得要死,将套装扔在一张椅子上,便赤裸着钻进被窝。我悲伤的时候总是睡得非常好的。但她一躺进被窝,便想起前天莫莫正是在这张床上同她恩恩爱爱。她一摊开身子,他便扑了上来,将她紧压在下面。如果她重新睁开眼睛,他便不翼而飞了。他已在那边,在兵营里过夜了。何况还有这该死的广播,用外国话大声吼叫着。那是海涅曼家的收音机,一楼住着这德国难民啊。沙哑而恶毒的声音,吵得你头疼。这声音没个完,永远没完没了!马蒂厄羡慕戈梅兹,接着又琢磨:戈梅兹不见得比我明白。他是在同看不见的对手作战。"这么一想,便一点儿也不羡慕他了。"他看见了什么?几堵墙壁、办公桌上一台电话、他的传令官的容貌。他在作战,却看不见战争。因此,要说作战,我们人人都在作战;我抬起手,在这支雪茄上吸了几口,我是在作战;萨拉咒骂男人们疯狂,她将帕勃洛抱在怀里,她是在作战;奥黛特将火腿三明治包进一张纸里时,她也是在作战。战争影响一切、席卷一切,它不遗漏任何事物,不遗漏一个念头、一个姿势,但谁也看不见它,连希特勒也看不见。谁也看不见。"他兀自重复道,"谁也看不见。"可突然间,他却瞥见了:那是一个奇形怪状的物体,实在是不可思议的。

这里是巴黎广播电台,请继续收听:下面将播送希特勒总理演说第一部分的译文。

他们一动也不动。他们用眼角相互扫一眼。当丽娜·凯蒂①唱起《我等你归来》时,他们相视一笑。但唱完第一段时,夏博夫人却哈哈大笑起来。

"我等你归来!"她道,"这可说对啦!他们拿咱们开心哩!"

一个庞大的物体、一个星球,存在于有上亿维的空间中。存在于三维空间的人。连想象也想象不出来。然而,每一维空间便是一种独立意识。如果你想逼视星球,那它就会化为粉末,剩下的便只有各种意识了。一亿种自由意识啊!其中每一种或看见几堵墙,或看见一截发红的雪茄,或看见一些熟悉的面容。它们承担起各自的责任,构筑着自身的命运。然而,假如你是这些意识中的一种,那么你会发现自己像珊瑚虫一样,通过无数次细微接触、通过极小的变动,与栖身其中的一只巨大而隐形的珊瑚休戚与共!战争:人人都有选择的自由,然而牌已经打出。战争在这儿,它无处不在。它就是我一切思想的总和,也是希特勒一切言论、戈梅兹一切行动的总和:但没有任何人在那里做这个加法。战争仅仅为上

---

① 丽娜·凯蒂(1911—1996),流行歌曲歌星,在一九三八年十二月红极一时。

帝而存在。但上帝并不存在。可是战争是存在的。

我已不容置疑地指出:从今以后,德国的耐心毕竟是有极限的。我已不容置疑地阐明:我们德国人的素质固然可以表现出长久的耐心,但一旦时机成熟,就应当结束这一切。

"他说什么?他说什么呀?"肖米问。

鲍里斯解释:

"他说德国人的耐心是有限度的。"

"我们也有限度。"夏利埃说。

收音机里人人都在吼叫,这时赫雷拉走进了屋子。

"哦,你好呀!"他一见戈梅兹便道,"怎么样?休假愉快吗?"

"马马虎虎吧。"戈梅兹应酬着。

"那些法国佬,还是那么……小心谨慎?"

"哈!您连想都想象不到!但我想这回该让他们受个够啦!"

说着他指了指收音机:"柏林那个木偶肆无忌惮了!"

"当真吗?"赫雷拉的两眼放光,"可不是嘛,这会让许多事情改变面貌咧!"

"我也这么想。"戈梅兹说。

他俩相视而笑了好一会儿;本来站在窗口的蒂尔甘转过身来对他们说:

"把收音机声音弄小点儿。我听见一点儿声响。"

戈梅兹转了转键钮,叫喊声变得微弱了。

"您听见了吗?您听见了吗?"

戈梅兹凝神屏息,他辨出一阵低沉的嗡嗡声。

"没错儿,"赫雷拉道,"空袭警报!今天早晨以来第四次啦!"

"第四次!"戈梅兹重复着。

"是这样,"赫雷拉道,"嗨,您会发现有变化的。"

希特勒又在往下说啦。他们欠身向着收音机。戈梅兹一只耳朵听收音机,另一只耳朵跟踪飞机的嗡嗡声。远处传来一阵低沉的爆炸声。

他干了些什么呢?他没有让出领土,现在却驱赶起德国人来了!贝奈斯先生刚发了话,于是军事压迫措施就变本加厉。我们看到这样一些可怕的数字:一天之内竟有一万人出逃,第二天变成两万……

飞机的嗡嗡声低沉了,然后又突然增强,接着是两起长长的爆炸声。

"炸的是港口。"蒂尔甘小声说。

……第三天达到三万七千人,再过两天是四万一、六万二、七万八,现在是九万、十万七千、十三万七千,今天竟有二十一万四千!整整好几个地区变得无人居住,有的地方被焚毁,有人用炮弹和毒气来打发德国人。贝奈斯先生安居布拉格,他也许在想:"不会出事的,反正我有英国和法国做靠山!"

**赫雷拉拧了拧戈梅兹的胳膊:**
"注意听呀,注意呀。他就要向英、法亮底牌啦!"

他兴奋得满面红光,甚至用不甚反感的目光注视着收音机。那雷鸣般的声音像乱石滚动一般宣泄:

现在,同胞们,我想现在已经到了实话实说的时候了!

一串越来越近的爆炸声,压下噼噼啪啪的掌声。但戈梅兹几乎没怎么注意:他目不转睛地盯住收音机,一边听到这气势汹汹的声音,一边觉得内心重新燃起一种早已熄灭的感情,也就是某种类似希望的感情吧。

> 您不来看望我就出走,连句再见也不说,
> 请给我留下点儿希望,
> 今夜啊,
> 我已是惆怅满怀!

"我听懂啦,"热尔曼·夏博说,"这回听懂啦!"

"怎么回事?"他的妻子问。

"嘿!同晚报串通一气呗。他们不愿赶在晚报发表前先广播译文。"

他站起身来,拿起帽子,说:

"我下楼去,我在巴贝斯大路上一定能弄到一份《不妥协者报》。"

现在正是时候。他将两腿伸出床外,心想:"是走的时候了。"她将会发现小鸟已飞走,被面上却有用别针别着的一千法郎钞票。要是来得及,我就再加一首告别诗。他觉得脑袋沉甸甸,但并无头疼的感觉。他用两手抹了抹脸,但立刻厌恶地把手放下来:手上有那黑女人的气味。在洗脸池上方的玻璃横板上,有一块玫瑰色肥皂,旁边是喷雾式清洁器和一块橡皮海绵。他拿起海绵,但一股恶心升向喉头,他只好到自己的手提箱里去找盥洗用的手套和肥皂。他从头到脚清洗了一遍,水淌了满地,但这无关紧要。他梳了梳头,从手提箱里取出一件干净衬衫穿上。那是殉道者的衬衫。他既忧伤又坚决。小圆桌上有一把刷子,他仔仔细细刷干净上装。"可我将长裤塞到哪儿去啦?"他自问。他查看了床下,甚至被单的夹层:没有长裤。他自忖:"我大约酒后糊涂了。"他又打开有大镜子的衣柜,仍不见长裤,他有点儿心慌了。他在房间正当中待了一会儿,仅仅穿着衬衫,一边搔着头皮一边四处张望,接着他不禁怒气横生,因为对一位未来的殉道者来说,穿着短袜,在一个破鞋的卧室里无所事事,呆若木鸡地站着,实在是可笑已极。衬衫后摆

的搭扣正打中他的膝头。就在这当儿,他发现在他的右首墙壁里嵌着一处壁橱。他赶快跑过去,但锁孔里却没有钥匙。他试着用指甲,然后又在桌上找到一把剪刀,拼命想撬开橱门,但未能达到目的。他扔掉剪刀,用力顿起足来,同时怒不可遏地连声叫喊:"该死的婊子,破鞋!她把我的长裤锁了起来,不让我出门!"

> 现在,我只能说一件事:有两个人彼此成为对立面,那边是贝奈斯先生,这边就是我!

整个人群吼叫起来。安娜忧心忡忡地看着米朗。他走近收音机,两手插在衣袋里仔细端详它。他的脸色变黑了,面颊上有点儿什么东西在抽动。

"米朗。"安娜唤道。

> 我同他是两种类型的人。在各国人民进行伟大斗争的时代,贝奈斯先生四处奔走,却远远离开危险。我那时作为忠诚的德国士兵,是恪尽己责的。而今天,我是作为本国人民的士兵,站在这个人的对立面。

他们又重新鼓掌。安娜站起来,将手放在米朗的胳臂上:他的二头肌在收缩。他整个身子变成一尊石像。"他要摔倒啦。"她想。他结结巴巴地骂:

"这浑蛋!"

她用全力抓住他的胳臂,他却将她用力推开。他两眼都已充血。

"贝奈斯与我!"他结结巴巴地喊,"贝奈斯与我!因为有七千五百万人站在你背后!"

他向前跨了一步。她暗想:"他要干什么啊?"并且立刻冲上去。但他已向收音机吐了两次唾沫。

那声音还在继续:

我要宣布的事并不多:我感谢张伯伦先生的全部努力。我已向他保证:德国人民只要和平;但我也同样向他声明,我不能再放宽我们耐心的限度。我还向他保证,并愿在此重申:一旦这个问题得到解决,德国在欧洲就不再有领土问题!我还曾向他保证:当捷克斯洛伐克解决上述问题,即当它向其少数民族做出澄清之后,——不是靠压力,而是和平解决——那时我就没有必要关心捷克这个国家了。我向他保证了这一点!我们绝不要捷克人!不过同样地,我现在要当着德国人民的面宣布:在苏台德地区的问题上,我的耐心已达极限。我已向贝奈斯先生提出一项建议,该项建议不过是实施他本人已做的保证。他现在掌握着决定权:或者是和平,或者是战争。要么他接受这些建议,那他就将会给德国人以自由;要么我们就自己动手去取得这种自由。

赫雷拉抬起头,很兴奋地说:

"他妈的!真他妈的!您听见了没有?这就意味着战争啊。"

"不错,"戈梅兹说,"贝奈斯是个强硬派;他不会让步,这就意味着战争。"

"他妈的,"蒂尔甘说,"要是这样就好啦!真要是这样才好呢!"

"这是什么啊?"张伯伦问。

"演说的后文。"伍德豪斯回答。

张伯伦接过那几页纸,开始阅读起来。伍德豪斯焦虑地端详着他的面容。不一会儿,首相抬起头来,亲切地对他笑了笑,说:

"是呀,没什么新内容。"

伍德豪斯惊奇地盯着他,指出:

"希特勒总理的措辞非常强硬。"

"唉,唉!"张伯伦先生道,"他也是不得已而为之啊。"

今天,我率领我国人民前进。我是他们的第一号士兵。全世界都应当知道,在我背后是整整一个民族在前进,它已同一九一八年的形象完全不同。此时此刻,整个德意志民族将同我团结一致。他感到我的意志就是他们的意志;正如同我把他们的未来和他们的命运看成我自己行动的动力。我们一定要加强这种共同意志。像我们在战斗的时代那样,像当年我作为无名小卒出征一样:那时是为了征服一个帝国,并不知道能否成功,最后能否得到胜利!在我的周围聚集起了勇敢的男人和勇敢的女人的大军,他们跟着我一起前进。现在,我的德意志人民啊,我要求你们:"每个男人、每个女人都紧跟我,向前进啊!此时此刻,我们全都愿意有一个共同意志。这个意志必须强过任何灾难和危险;如果它强过灾难和危险,它就一定能战胜它们。"我们是下定决心的,贝奈斯先生现在必须做出抉择!

鲍里斯转身看看别人,对他们说:

"完啦!"

他们没有立即做出反应,而是精力集中地抽着烟。稍过片刻,老板问:

"那么,就关上收音机喽?"

"可以关啦。"

老板俯向酒瓶,旋转着瓶盖儿。一时间,鲍里斯觉得很不自在:似乎出现了一大片真空。从敞开的店门里,吹进一丝微风,也透过一点夜景。

"他到底说些什么啊?"马赛人问。

"是这样的:作为结束语,他大致说:'我国全体人民都站在我背后,做我的后盾。我已准备打仗。该由贝奈斯先生做出抉择啦!'"

"真该死!"马赛人长叹,"这就等于战争喽?"鲍里斯耸了耸肩膀。那马赛人又道:

"既然如此,我已有六个月没见到我的妻子和两个女儿啦。我这就回马赛去,再见啦。我得跟她们挥手告别,然后去兵营报到。"

"我呀,也许连探视一下老母亲的时间都没有呢。"肖米说。接着又解释:"我家在北方。"

"哦,是这么回事!"马赛人点点头说。

他们不再出声。夏利埃在鞋底上敲了敲烟斗。老板这时开口了:

"你们还要点儿什么吗?既然要打仗了,就算我请客吧。"

"多谢啦。"

室外的空气凉爽阴沉,远方传来游乐场的歌声:也许正好是洛拉在献艺吧。

"那个捷克斯洛伐克,我倒是去过,"北方汉子又道,"我很高兴去过那地方,这样你至少还知道你是为什么而打仗。"

"您在那儿待了很久吗?"鲍里斯问。

"六个月。去伐木头。我跟捷克人相处得很融洽,他们热爱劳动。"

"要说这个嘛,"酒店老板说,"德国人也挺勤劳的。"

"不错,可他们弄得全世界屁滚尿流。而捷克人却很安分守己。"

"祝您健康!"夏利埃举杯道。

"也祝您健康!"

他俩干了杯,马赛人说:

"天气有点转凉了。"

马蒂厄突然惊醒了。他一边揉眼一边问:

"到哪里啦?"

"马赛圣夏尔车站:大家都下车。"

"好,"马蒂厄应道,"好,好!"

他从挂钩上取下雨衣,再从行李架上取下手提箱。他感到茫然。"希特勒的演说大概完了吧。"他略微松口气地想。

"一九一四年的小伙子们,我可是亲眼见到他们出发的。"那北方男子说,"我那时才十岁。可跟如今大不一样啊。"

"他们不高兴吗?"

"嗨!哪儿不高兴呀!他们大喊大叫,高唱战歌,还手舞足蹈呢!"

"应当说,他们不知内情。"那马赛人说。

"是呀。"

"咱们如今可是知根知底哟。"鲍里斯道。

一阵沉默,北方汉子直视前方,喃喃地说:

"德国佬我是见识过的。占领过我们四年哪!抢走好多东西啊!整个村庄被扫荡,我们在采石场躲了好几个星期。所以你们应当明白,我一想到又要重演这一幕……"但他马上又说:"这不等于我不随大流……"

"我呀,实打实地讲,"老板笑着说,"我就是怕死。从小就怕。不过最近我却悟出几分道理。我对自己说:'讨厌的是死,至于是得了重感冒还是中了炮弹……'"

鲍里斯高兴得笑逐颜开:他觉得他们都挺讨人喜欢。他暗想:"比起婆婆妈妈的女人,我更喜欢男子汉。"战争有一个长处,即那只是男人间的事。三五年内,他将仅仅看见男子汉。"我会将轮休假让给有儿有女的一家之长。"

"重要的是,"肖米道,"要能够自认为没有白活。我嘛,三十六岁啦,并不总是得意。时好时坏嘛。可我没白活。他们可以把我碎尸万段,但我还是没白活呀。"他转身对鲍里斯,又说:"对于像您这样的小伙子,可就没那么容易喽。"

"哼!"鲍里斯激动地说,"人家早就告诉我,反正是要打仗的!"

他稍有些脸红,又补上一句:"结了婚的人才不好办哪!"

"是呀,"那马赛人叹道,"我老婆很有勇气,而且她有门手艺,是理发师。头疼的是两个小女儿:有个爸爸总是好点儿,不是吗?喂,你们看呢,总不能说一上前线就非送命不可吧?"

"那倒是。"鲍里斯应道。

歌声消失了。一对男女走进酒吧。女的头发是棕红色,穿件绿色长裙,袒胸露肩。他俩在尽里头一张桌旁坐下。

"还是要打!"夏利埃咒道,"战争多么可恶。我没见过比这更可恶的事!"

"我也没见过!"老板说。

"我也没见过。"肖米也道。

"那么好。"马赛人说,"我欠多少钱?有一巡归我请客!"

"我也认一巡。"鲍里斯道。

大家都付了钱。肖米与那马赛人挽着臂膀走了出去。夏利埃踌躇一会儿,又转了回来,举着上等酒的酒杯坐下来。鲍里斯仍站在柜台前,暗想:"他们都那么讨人喜欢!"他顿时感到欣慰。将来在战壕里会有许多这样可亲的伙伴,会有千千万万!鲍里斯将同他们朝夕相处、厮守终日,不愁没事可做。他又想:"我运气不错。"当他将自己同那些被镇压或死于霍乱的同代人相比时,不得不承认自己挺走运。先前人家没把他当成叛逆分子;现在这场战争也不属于突如其来、令人不知所措的那一种,而是提前六七年即有先兆,人们从从容容地看着它逐渐降临。鲍里斯本人从未怀疑过它最终是一定要爆发的。他坐等这场战争光临,犹如继位王子从童年时代就已知道自己生来就是为着要登基。他们生育他就是为了这场战争,并且是为此而抚养他、送他上中学、上巴黎大学。他们赋予他以一定的文化教养。口头上他们说是为了培养他当教授,但他从来不怎么信。现在他明白,他们是要让他成为一名后备役军官;他们竭尽全力,要把他变成堂而皇之、身心健康的新炮灰。"最好笑的是,我并不是在法国出生的法国人,而只是后来入籍的移民。"他暗自琢磨。不过这毕竟没太大关系。假如他仍留在俄国,或者双亲逃难之地是柏林或布达佩斯,结果也不相上下;这并不是一个国籍问题,而实在是年龄问题。年轻的德国人、年轻的匈牙利人、年轻的英国人、年轻的希腊人都命里注定要打同一场战争,要承受同样的命运。在俄国,先有革命的一代,然后是五年计划的一代,现在轮到世界大战的一代:各有各的命嘛,归根到底,人们是为和或为战而生,正如有人生来是工人,有人生来是资产阶级,那是毫无办法的。并不是所有的人都有运气成为瑞士人。"有个家伙有权表示异议,"他暗自思忖,"那就是马蒂厄:他呀,肯定是生来就该过太平日子的。他早就相信,他命里注定要寿终正寝,而且早就形成一套生活习惯。到他这年纪,习惯是改不了的。而我呢,这是我自己的战争。是它培育了我,又是我将要从事于它,二者难解难分。我甚至无法想象,如果这场战争未能爆发,我将是何等模样。"他想到自己这一生,现在已不觉得太短促,"生命无所谓短促或久长。一生便是一生,就这么回事。它的终点是战争。"他突然感到自己拥有了新的尊严,因为他在社会里找到了自己的职责,也因为他必将死于非命。他对自己的微不足道感到惶然。去找洛拉的钟点肯定到啦。他朝老板微微一笑,便匆匆走出店门。

天空里云层很厚。东一角、西一隅,间或可以瞥见几颗星星。海面上吹来阵阵晚风。鲍里斯的脑子里一度如烟雾般模糊,接着又想:"我自己的战争。"不觉有些惊诧,因为他没有长时间作同一思考的习惯。"我会害怕的,"他喃喃自语,"哎哟哟,我会非常害怕呢!"一想到这无边无际的恐惧,他便又尴尬又轻松地笑了起来,但没走几步却又因突如其来的担心而停住了笑:用不着过分害怕嘛。他固然不大可能长寿,但也不能因此自暴自弃,或者随波逐流呀。人家从他一出生就给他定了目标,但也给他留下机遇。所谓他自己的战争,与其说是命运,不如说是禀性。他自己当然也可以期望别的前途。例如做一名伟大的哲学家,或者过唐璜式的放荡生活,或者做出色的金融家。但禀性是不可选择的:要么符合禀性成就大业,要么错失禀性一事无成。如此而已。但在他的禀性中最可恨的是不允许推倒重来。有的人生经历如同中学毕业会考一样:可以交好几份试卷,如果物理失败了,可以从生物或哲学上捞回。但他的一生却使人想起普通哲学的证书考试。那是一份试卷做定论的,所以叫人胆战心惊。不过反正是这次考试,而不是其他考试,是只许成功不许失败的。这就叫他犯难啦。必须谨慎从事,这是理所当然的,但这还不够。最重要的,是要在战争中找到立足点,打下一点根基,并且善于利用一切。应当勉励自己,从某种观点来看,什么东西都是不相上下的:到阿尔戈纳森林出击一次①,跟乘贡多拉游船在威尼斯转悠也差不多;清晨在战壕里喝的饮料,同西班牙火车站早上的咖啡或可媲美。何况还有行伍里的伙伴,有户外生活,有远方寄来的包裹,特别是那些非同凡响的场面:飞机轰炸应当是值得一看的。但绝不能胆小怕事。"假如我先害怕起来,就等于放弃生活,与幼儿无异了。我决不会害怕的。"他坚定不移地想。

---

① 阿尔戈纳森林,法国北部丘陵和森林地带,第一次世界大战期间的著名战斗地区。

游乐场射出的灯光将他从沉思遐想中唤醒,一阵阵歌声从敞开的窗户中传出,一辆黑色轿车悄然停在石阶前。"还有一年的时间要挨过去。"他不胜忧郁地喃喃自语。

已经过了午夜,体育馆里光线幽暗、空无一人。到处是翻倒在地的座椅、掐灭了的雪茄烟头。张伯伦先生正在电台发表讲话。马蒂厄却在老码头岸边彷徨,暗自思量:"这是一场疾病,不过是一场大病而已。我不过是偶然罹难,其实与我并无关系,只需像对痛风或牙疾那样硬挺过去就得啦。"

张伯伦先生声明:

> 我希望总理将不致拒绝这一建议,该建议乃是本着我在德国受接待时的同一友好精神提出的。如该建议获接受,则欧洲任何地方均不必流血,即能满足德国方面使苏台德与帝国联合之愿望。

他挥了挥手,以示讲话完毕,然后离开麦克风。泽泽特难以入寐,便站在窗口观望屋顶上方的星斗。热尔曼·夏博在厕所里脱下了长裤。鲍里斯在游乐场大厅里等候洛拉。四处的空气里,传播着无人聆听或几乎如此的一曲天籁:阿斯托里亚旅馆的爵士乐队正在演奏《假如月色变绿》,达文特里电台[①]正在转播这段音乐。

# 九月二十七日,星期二

二十二点三十分。"德拉鲁先生!"女看门人招呼道,"真叫人喜出望外啊,我还以为您一周后才回来呢。"

---

① 达文特里电台系当时英国的重要广播电台。

马蒂厄以笑脸相迎。他本希望悄悄走过;但总得向门房要钥匙呀。

"至少您还没有应征入伍吧?"

"我吗?"马蒂厄应答,"没有。"

"哦!"她又道,"敢情好,敢情好!这种事总是来得过早。嘿,自从您离开后,您看出了多少事!您觉得是非打不可了吗?"

"我不知道,伽里奈太太,"马蒂厄说,又补充道,"有我的信件吗?"

"这个嘛,我全给您转去啦。"伽里奈太太回答,"昨天我还将一件印刷品转到松林里的儒安呢。您要是提前告诉一下您回来就好啦。哦,还有这,是今天早晨刚收到的。"

她将一只灰色长信封递给他。马蒂厄认出了丹尼尔的笔迹。他收下那封信,不拆封就塞进衣袋。

"您想要钥匙吗?"女看门人问,"啊,您没能提前通知,这可就没法喽,我没来得及打扫一下。现在呀,连护窗板都没打开呢。"

"没关系,"马蒂厄接过钥匙道,"没关系的。祝您晚安,伽里奈太太!"

屋子里还没什么人。从外面看,马蒂厄发现所有的百叶窗都依然关闭。为了过夏天,人家早已将楼梯上的地毯搬走。他缓缓从二楼的公寓套房前走过。这里从前常有婴儿啼哭声传出。马蒂厄的耳膜受不了新生儿啼叫的刺激,便常常在被褥里辗转反侧。如今,被护窗板遮得密不透风的房间漆黑一团,了无人迹。度假去了。然而他心中回荡的字眼却是:"就要打仗。"这就是战争:有些人的假期猝然缩短,另一些人的假期被迫拖长。三楼住着一个由情夫供养的荡妇:她那一身脂粉气常常逸出门缝,洋溢在楼梯的转角地段。她现在大约在比亚里茨,住着暑气环绕、买卖萧条的大旅馆。他终于爬到四层楼,将钥匙塞入锁孔转动了一番。他所在的上上下下不过是石块、黑夜、寂寞。他走进黑暗,在黑暗中放下手提箱和雨衣:前厅充满尘土味。他纹丝不动地站在那里,两臂紧贴身躯,仿佛埋葬在夜色中。接着,他突然扭开电灯开关,从寓所的房间依次走过,将所有门户一律敞开。他让灯光照进书房,照进厨房,照进洗手间,照进自己的卧室。所有的灯泡都大放光明,灯光在所有厅室里畅通无阻。他在自家床边停下脚步。

有人曾在这里躺过,被褥像粗绳般七扭八歪,枕套又脏又皱,床单上洒满牛角面包屑,这人是谁?"就是我呀,"他喃喃道,"是我曾经躺在这里。我呀,最后一次是七月十五日。"但他颇为厌恶地瞧瞧床铺:他昔日的睡眠早已在被褥间冷却。如今是别人在此歇息。"我不在这儿睡觉啦。"

他转身走进书房:依然感到十分厌恶。壁炉上方搁着一只龌龊的酒杯。桌子上呢,在铜雕的螃蟹边上是一支捏碎的香烟:一堆干纤维从那里逸出,"我何时捻碎了这支香烟?"他压了压那香烟的中段,感觉到手指下枯烟叶发出的吱吱声。一堆书。一卷阿尔伯莱著作、一本马蒂诺①的作品,还有《拉米埃尔》《吕西安·娄凡》《自我中心主义者的回忆》。② 有人曾计划写一篇论司汤达的文章。书籍仍在,计划却无疾而终,变成了纸上谈兵。那是一九三八年五月,写关于司汤达的论文还不算荒唐。一件空谈的往事。像那些资料的灰色封面,像铺满书脊的尘土。一件混浊的、被动的往事,一种猜不透、摸不准的存在。我的计划哟!

他那喝点儿什么的计划,沉淀在透明的玻璃杯上变做一层层

---

① 马蒂诺(1805—1900),英国神学家,哲学家,其著作强调个人的良知,认为它是决定正确行为的主要指南,并对《圣经》的权威性提出怀疑。此处提到的是他论述司汤达的作品。
② 《拉米埃尔》《吕西安·娄凡》《自我中心主义者的回忆》均为法国作家司汤达(1783—1842)的作品。

厚土;他抽烟有计划,写作有计划……某人曾将他的种种计划到处悬挂。那里有这张绿皮面的安乐椅,某人当年坐在里面度过一个个夜晚,那是某个夜晚:马蒂厄看了看安乐椅,然后在一把椅子的边缘上坐下。你的安乐椅令人玩物丧志呢。就是在这儿,一个声音曾经这样指出:"你的安乐椅令人玩物丧志。"在那张长沙发上,一位金发女郎曾经怒气冲冲地摇动她的耳环。在那时,某人几乎没有看见耳环,也几乎没有听见那语声:他通过这一切看见、听见的是他的前途。到如今,这里已是人去楼空,带走他那过了时的,无从兑现的前途。存在的实物均已冷却,它们仍然在这里:一层脂肪的表皮凝结在家具上,说话的声音在齐眼的高度上飘浮:它曾经上升到天花板,又回落下来,总之是在飘浮。马蒂厄觉得自己走错了门,便去倚着窗户,顺手推开百叶窗。空中还有一丝日光,一种无以名之的光亮:他深深吸了口气。

丹尼尔的信。他伸过手去取来,却又让手垂在椅把上。丹尼尔是在一个六月的夜晚,经过这条街远去的。他从这盏街灯下走过。某人曾倚在窗口,目送着故人。丹尼尔就是给这送行者写的信。马蒂厄没有心思读他的来信。他突然折回去,以目光扫视书房,带着一种苦涩的喜悦。他们都在这儿,被禁闭起来,都已故世,有玛赛儿、依维什、布吕内、鲍里斯、丹尼尔。他们都曾来到这儿,在这里做这做那,还将在这里留驻。依维什的怒火、布吕内的训斥,马蒂厄已像回忆路易十六之死一样。同样不带任何偏见。这些表现都已属于世界的往事,而不属于他马蒂厄了,他是没有既往的。

他重新关上护窗板,穿过书房,踌躇了片刻,略想了想,让灯光继续亮着。明天早晨我再回来取箱子。他将房门向这些故人重新关上,便匆匆走下楼梯。很轻松。空虚而轻松。在楼上、他的身后,烛形电灯将通夜照亮他那已经逝去的生活。

"你在想什么?"洛拉问。

"什么也不想。"鲍里斯回答。

他俩坐在海滩上。洛拉今天晚上不演唱,因为游乐场举行盛大晚宴。一对情侣刚从他们前面走过,后面跟着一名士兵。鲍里斯想到了这名士兵。

"对我温柔些,"洛拉急切地说,"告诉我你在想些什么。"

鲍里斯耸耸肩:

"我方才在想刚从这儿走过的士兵。"

"噢,"洛拉不胜惊异地说,"你对他有什么看法?"

"你要人家对一名士兵有什么看法呢?"

"鲍里斯,"洛拉叹息道,"你是怎么回事啊?你本来是那么温柔,那么含情脉脉!可现在老毛病又来啦。今儿一整天,你几乎没跟我说一句话啊。"

鲍里斯没有理睬。他在想那名士兵。他思忖:"他倒走运;我呢,我还得挨上一年。"一年。他将回到巴黎,他将在蒙巴那斯大道上漫步,在圣米迦勒大道上漫步。这大道他已了如指掌。他将去先贤祠,去学士院,每天到洛拉的住所过夜,"假如我能见到马蒂厄,那还勉强过得去。但马蒂厄将被动员入伍。还有我的证书呢!"他突然想到这一点。因为,雪上添霜的事情是:还有高等学历文凭这么件尴尬事!他的父亲肯定会要求他应试,那么鲍里斯将不得不为雷努维埃交一篇关于想象力的论文,或者为迈纳·德·比朗交一篇论习惯的文章。①"他们为什么都要演戏呢?"他愤愤地想。他们养育他就是为了打仗,这本是他们的权利;可现在又要强迫他拿到证书,好像他还要度过和平宁静的一生。这多么

---

① 雷努维埃(1815—1903),法国哲学家,属康德派;迈纳·德·比朗(1766—1824),法国唯灵派哲学家。

好笑:在这一年当中,他还得光顾图书馆,他得假装研读蒂斯朗出版社出版的《迈纳·德·比朗全集》,装作认真做笔记,好好准备考试;同时还得惦记着正在等待他的真正考验,老要衡量他会不会害怕,或者能否经得起打击。"假如没有这女人,"他一边想一边不怀好意地瞧了洛拉一眼,"我就立刻入伍,跟他们开个大玩笑!"

"鲍里斯!"洛拉大惊失色地喊道,"你这样打量我!你是不是不爱我啦?"

"正好相反,"鲍里斯咬紧牙关回答,"你不可能知道我多么爱你。你连猜都猜不到。"

依维什打开床头灯,赤条条地躺在床上。她故意将房门敞开,留意着走廊里有什么动静。天花板上有一圈圆光,房间的其他部位都泛着蓝光。桌子上方泛着一层蓝色的薄雾,发出一股柠檬、茶叶和香烟的气味。

她听见走廊里有轻轻的声响,一个巨大的身影出现在门前。

"嗨!"她嚷道。

她的父亲转过头来,以责备的眼光瞧着她。

"依维什,我早就叮嘱过你:应当把门关上,或者穿上衣服!"

他的脸色微红,声音比平日更动听。

"有女用人在嘛。"

"女用人已经睡啦,"依维什满不在乎地说,接着又道,"我在看你什么时候回来。你走过的时候总是不声不响,我担心错过了你。现在你转过身去。"

塞尔金先生将身子转过去。她站起来,穿上睡衣。从背后看,她的父亲笔直地站在门框里。她瞧瞧他的颈背、他那运动员式的两肩,不禁吓吓笑了。

"你现在可以看啦!"

他现在面向女儿,吸了两三口气,说:

"你抽烟抽得太多啦。"

"是由于神经质的缘故。"她回答。

他不作声了,灯光照亮了他那张棱角分明的大脸。依维什觉得他很美。是山峦式的美、尼亚加拉瀑布式的美。末了他说:

"我要去睡啦。"

"不,"依维什恳求道,"不,爸爸:我还想听收音机呢。"

"这是干什么呀?"塞尔金先生喊道,"这么晚的时间?"

依维什并没有因为这生气的问话而上当受骗。她明知每晚快十一点钟时,他会重新走出自己的房间,跑到书房里悄悄收听新闻。他虽然体重达九十公斤,但却轻捷狡猾得像神话里的精灵。

"你独自去听吧,"他说,"我明天要早点儿起床。"

"可是爸爸,"依维什怪可怜地说,"你明知我不会调收音机嘛。"

塞尔金先生忍俊不禁了。

"哈哈!哈哈!你是不是想听音乐啊?"他说着,恢复了一脸的正经模样,"但是你可怜的妈妈入睡了哩。"

"不是这么回事儿,"依维什怒道,"我不要听音乐。我是想了解他们打仗的事怎样了。"

"那你来吧!"

她赤着脚,随他来到书房,他俯向收音机。他那修长而有力的手,悠缓地调整着收音机的键钮,此情此景令依维什为之心动,并深深怀念过去父女间的情谊。她十五岁时,他们常常相伴,塞尔金太太都有几分醋意。塞尔金先生带依维什去饭馆时,让她坐在自己对面的长凳上,她自己决定要什么菜,服务员们称她为"夫人",她高兴得咯咯发笑。他也颇感自豪,似乎他颇有艳福。收音机里放出一首进行曲的最后几个音节,然后是一个德国人以恶狠狠的语调讲话。

"爸爸,"她略带非难地说,"我不懂德语呀。"

他几近天真地瞧着她。"他故意这样。"女儿想。

"这么晚的时间,这就是最好的新闻节目啦。"

依维什听得很专注,为的是能不能碰巧听见她懂的德文字Krieg①。那德国人不再说话,乐队又开始奏另一首进行曲。依维什觉得很刺耳,但塞尔金先生却将曲子听完:他还挺喜欢军乐。

"怎么样啊?"依维什忐忑不安地问。

"情况很不好。"塞尔金先生说,但表情并不十分忧伤。

"嘿!"她应道,喉咙似乎干涩了,"还是为了那些捷克佬吗?"

"就是呀。"

"我恨死他们啦,"她情绪激动地说,过了一会儿又道,"假如某个国家拒绝打仗,别国能强迫它吗?"

"依维什,"塞尔金先生表情严肃地说,"你还是个孩子呢。"

"嗯?"依维什回答,"是呀,当然喽。"

她怀疑父亲也不见得比自己高明。

"就这么一条新闻吗?"

塞尔金先生犹豫起来。

"爸爸!"

依维什琢磨:"他对我也听广播窝了一肚子火,因为这扰乱了他的好时辰。"再说,塞尔金先生爱好秘密。他有六只手提箱装了挂锁、两只大木箱紧紧上了闩。只有一人独处时他才偶尔开箱。依维什动情地端详着他,觉得他挺随和可爱,几乎想把自己忧虑的事情向他吐露。

"再过一会儿,"他微带歉意地说,"咱们就听法国广播。"

他将呆滞的目光垂下,她明白他帮不了自己的忙,于是顺口简

---

① 德文:战争。

单地问：

"打起仗来是什么样儿啊？"

"法国人会被打败。"

"嗨，德国人会开进法国吗？"

"当然会的。"

"他们会到拉昂来吗？"

"估计会来。估计他们还会直下巴黎呢。"

依维什暗自思忖："他也一窍不通呀，不过是人云亦云罢了。"话虽如此，她的心还是跳得很厉害。

"他们会占领巴黎，而不会毁了它吗？"

刚说完她就后悔不该提这种问题。自从布尔什维克烧了他们家的古堡，父亲已经尝够天灾人祸。他半阖着眼睛点头说：

"嘿，嘿！"

二十三点三十分。这是一条死气沉沉的街道。隔相当远一段路才有一盏马灯。一条不属于任何地方的街道，两边耸立着无名氏的陵墓。所有的百叶窗都已紧闭，不露一线光亮。"这是原来的德朗布尔街。"马蒂厄已走过塞尔街、弗瓦德沃街，其后是曼恩大道，还有快乐街。现在条条街道都一模一样：街上还有一些热气，但已面目全非，已是临战前的状态了。某种气氛已无影无踪。巴黎已变成各种街道的大坟场。

马蒂厄走进圆顶酒家，因为这圆顶酒家正巧在这里。一个服务员带着客气的笑容，在他周围忙忙碌碌：那是一个又瘦又小、戴着眼镜的年轻人，一心一意想把事情办好。显然是个新手：老服务员往往要让客人干等上一个钟头，然后才没精打采地过来，一丝笑意也没有地接过要菜的单子。

"亨利呢？"

"亨利是谁？"那服务员问。

"一个褐皮肤的大胖子,眼睛有些暴突的。"

"哦,哦,他应召入伍啦。"

"还有冉呢?"

"金黄头发的?他也入伍了。我就是为他补缺的。"

"请给我一杯上等酒。"马蒂厄吩咐。

那服务员小跑着离去。马蒂厄眯眯眼睛,颇为惊奇地看了看大厅。每到七月份,这圆顶酒家是无确切边界的。它透过玻璃窗和前厅门,同外界融成一片,它延伸到马路上,路人沉浸在这淡淡的乳色中,有些司机将车停到蒙巴那斯大道当中,他们的手和左半边面孔就溶着这微微战栗的乳色。往旁边跨越一步,就掉入红色的氛围。司机们的右侧身影一片赤红,那是圆亭餐厅。眼下外边的黑影正涌向玻璃窗,圆顶酒家被限定在建筑物自身之内了:有一整套餐桌、木凳、酒杯等等,都已晾干,回收,也不再有体现其夜色的那种光影。人也都不见了:那些德国难民、那位匈牙利钢琴家,还有那酗酒的美国老太婆。全都远走高飞啦:连同那一对对情侣,他们在餐桌下面手搀着手,情意缠绵、情语喁喁,睡眼惺忪地熬到天明。在他的左侧,有一位少校正同妻子一块儿进餐。在他的对面,一名安南籍的矮个子娼妓正在一杯加奶咖啡面前沉思遐想。邻桌的一位上尉在吃酸菜炖肉。右侧一名着军装的小伙子正紧紧搂抱着一个女人。马蒂厄看他好生眼熟:原来是那位美术学院的学生,身材修长,脸色苍白,神情恍惚,那身军装赋予他一副凶相。上尉抬起头来,目光似乎能看穿那厚厚的墙壁。马蒂厄随着这目光朝前看去:在尽端有一处火车站,有灯光,有铁轨上的反光,有面如土色的男人:他们由于失眠而瞪大眼睛,正将双手放在膝盖上,一本正经地坐在客车车厢里。记得七月份,我们围坐在灯下,大家彼此凝视,目不旁顾。此刻,他们踪影全无,大约正奔向维森堡、蒙特梅第。在座的客人之间有许多空白,也有许多黑洞。他们连这圆顶酒家也动员起来,将它变成生活必需品:冷餐部。"啊!"他有点儿幸灾乐祸地想,"我在这儿没什么似曾相识的东西,我也不留恋什么,我不会有依依难舍的感觉。"

那身材短小的印度支那女郎对他莞尔一笑。她娇小玲珑,两只手很细巧。马蒂厄已有两年之久,想跟她温存一夜。现在倒是个时机。我可以用嘴唇吻遍她那清凉的肌肤,嗅到她那小动物和首饰匣的特殊气息。在她那行家的手指抚摸下,我会脱得一丝不挂,会现出我的原形。我身上的一些过时的残余将因而消失。这只需回报她一笑就可以做到。

"服务员!"

那小伙子跑过来:

"一共十法郎!"

马蒂厄付了账就走了。跟她也毕竟太熟了啊。

天色已黑。战争的第一个黑夜。不,也不尽然。在房屋侧面的墙上,还留下不少灯光。再过一个月,再过两星期,头一次空袭警报就会将这些灯光吹灭,眼下还只是一次总演习,但是巴黎毕竟已失去它那玫瑰色的、温馨可爱的顶棚。马蒂厄平生头一回发现,悬在这座城市上面的,已是一大片灰暗的薄雾,那便是夜空了。这也是松林里的儒安、图卢兹、第戎、亚眠的天空,城乡共一天,全法兰西共一天啊!马蒂厄停下脚步,抬起了头,仰望夜空。那是任意一个处所的天空,不分优劣。我就是处在这巨大的彼此相仿的天空之下:任何一片天空。随便哪儿的一片天空:这就是战争。他的眼睛盯住一块闪光的路牌,于是又仔细看了一遍:"巴黎,拉斯帕依大街。"可人家也将它们、将这些高贵的路名动员入伍了。因为它们看上去像是参谋部用的军用地图或什么战报上抄来的。公路,只剩下南北东西各种方向的公路、标上了号码的公路!有时,人家给它们铺上一两公里的石板,于是便有一些人行道和一些房屋从地底下冒出来,名字就叫做街、马路或大道了。但这从来不过是公路的一段而已。马蒂厄面向比利时边境朝前走去。走在由十四号国家公路派生的省级公路的一个段落上。他转入一条漫长而笔直的可以行车的道路上,那是西部铁路公司铁轨的延伸,也就是从前的雷恩路。一团火光将他团团围住,将一盏路灯从一片漆黑中突现起来,接着便全然熄灭了:原来是驰过一辆出租汽车,它正奔往右岸几处火车站。一辆黑轿车紧随其后,上面满载各级军官,然后又万籁俱寂。在路边,在这片到处一样的天空下,房屋的作用已降至最低限度:不过是每日军事报告中的一些建筑物而已,也是可被动员者和已入伍者家属的宿舍兼饭堂。现在已有人预见它们最后的归宿:它们将成为"战略要点",最终成为作战目标。在此之后,毁坏巴黎也就不在话下:它已是一具死尸。正在诞生的是一个新天地:是工具的枯燥而实用的天地。

一线光明从两丑男咖啡馆的门帘当间透出。马蒂厄在平台上坐下。在他身后,有一些人在黑暗中窃窃私语。他们是最后一批顾客了。天气已有一些凉意。

"来半升啤酒。"马蒂厄吩咐。

"就要到午夜啦,"那服务员说,"平台上不招待客人了。"

"只喝半升。"

"那么请快。"

在他身后,一个女人哈哈笑出了声。自回巴黎以来,他还是头一回听到笑声:这几乎引起他不快。当然他也不觉得忧伤,但实在没有笑的心情。夜空当中一片淡云扯成乱絮,两座星斗显露出来。马蒂厄自忖:"要爆发战争喽。"

"您不妨先跟我结账,然后我就不来打搅您啦。"

马蒂厄付了款,那服务员回到屋内。一双人影站了起来,在桌子当间悄然而行,然后离去。马蒂厄独自一人待在平台上。他抬起头,发现广场对面有一座崭新的漂亮教堂,在夜幕衬托下更显得黑白分明。一座乡村教堂。昨天,在它的所在地耸立起一座极富巴黎特色的建筑物:圣日耳曼草场教堂,它是历史性的建筑,马蒂厄经常约依维什在教堂正门前会面。也许到明天,在两丑男建筑之前只剩下破碎的什物,一百尊大炮无休无止地朝它开炮。可是今天啊……今天依维什正在拉昂。巴黎已经灭亡,人家刚刚埋葬了和平,虽然尚未正式宣战。只有一个白色的庞然大物,黑夜的白色外壳,耸立在那个地方。一座乡村教堂。它是崭新的、漂亮的,但却没有什么用处。一阵轻风乍起。一辆轿车关闭了所有的灯打这儿经过;然后是一位骑自行车的人,再就是两部大卡车震得地面发颤。那石雕式的图像模糊了片刻,接着风停了。寂静得以恢复,图像又再次出现:洁白的,无用的,非人间似的,在所有这些直立在东部公路边的怪物中,它象征着岩石般无情而裸露的未来。永恒的图像。只需空中出现一粒微不足道的小黑点儿,就能将它炸成灰烬,然而它仍然是永恒的。一个孤独的男子,被遗忘了,被黑影吞噬,站立在这可消亡的永恒物之前。他不寒而栗,他自言自语:"我呀,我也是永恒的啊!"

这一切都是未经痛苦而实现的。曾经有过一个温柔、胆怯的男人,他爱巴黎,并且在巴黎漫步。这个男人已经去世。像瓦德克-卢梭、杜罗-丹然①一样都已成古人。他同和平事业一道,深深隐没在世界历史中,他的生平载入了第三共和国的官方档案。他的日常开支可以佐证有关一九一八年以后中产阶级生活水平的统计资料。他的信件可以作为两次大战间资产阶级历史的资料。他的焦虑、他的踌躇、他的羞辱和他的悔恨,对于研究第二帝国垮台

---

① 瓦德克-卢梭(1846—1904)曾于一八九九至一九○二年担任法国总理;杜罗-丹然(1837—1913),法国历史学家,著有《七月王朝史》。

后的法国风俗具有宝贵的价值。这个男子按照自己的尺寸造就了自己的前途。他有胆识,皮肤黧黑,又颇能忍耐,经历了许许多多事变、聚会和谋划。一种小小的、历史性的、平凡人的前途:战争用它的全部分量压将下来,将这前途粉碎。然而,直至这一分钟前,还剩下一些可称为"马蒂厄"的东西,这正是他鼓足气力要紧紧抓住的。他无法说出这是什么。也许那是某种由来已久的习惯,也许是某种按自身形象选择思想的方式,按自己的思想逐日进行选择的方式,选择其食品、衣着、所见的树木和房屋。他松开双手,并不想抓住什么;这一切发生在他内心深处,发生在字句已毫无意义的处所。他松开双手,剩下的只有一瞥目光。崭新的、毫无激情的目光,一种单纯的透明物。"我失去了灵魂。"他兴奋地想着。一个女人正在穿越这透明物。她在匆匆行走,她的鞋跟在人行道上发出笃笃声。她闯进这目光,静止不动地、忧心忡忡地、普通平凡地、入世间俗地,同时被许许多多细小的打算所吞噬。她一边走,一边用手抹了抹额头,将一缕头发甩向脑后。我也曾同她一样,有一窝一窝的计划或打算。她的生活就是我的生活。在这目光下、在无动于衷的天空下,所有人的生活都差不多。阴影攫住了她,她的鞋跟在波拿巴街上作响。所有人的生命都融合到了阴影中,那笃笃声渐行渐远。

  我的目光啊。它在凝视那钟楼被压抑了的白色。一切都已死去。连同我的目光和这些石头。如同这白色一样,是永恒的,是矿物质的。在我原先的前途中,有些男男女女在一九四〇年六月二十日、一九四二年九月十六日、一九四四年二月八日,①都对我有所企盼。他们向我示意。而如今却只有我的目光将在未来自顾自

---

① 最后一个日期可能是小说的这一部分撰写完毕的日子。但这纯属出版者的推测。

盼,那将是永无尽期的企盼,如同这些石块的自顾自盼、自盼自顾,在明日、后日,直至永远。一道目光和像大海一样至大至巨的欢乐!这将是某种欢庆。他将双手放在膝盖上,想要保持镇静:谁能向我证明,我明日不会变得像我自己昨日一样?但他并不害怕。教堂可能倒塌,我可能跌进一个炮弹坑,然后又重新跌进我自己的生涯,但什么也不能剥夺我这永恒的时刻。什么也不能啊:将有可能出现那无雨无云的电痉,燃烧这些石块,笼盖它们的是漆黑的穹窿。绝对,永远存在。绝对,无缘由、无凭据、无目标,既无昨日亦无今后:除却那永生,它是低贱的、偶然的,但也是光辉灿烂的。"我是自由的。"他突然自语道。但他的欢乐即刻化作了压倒一切的忧虑。

伊蕾娜感到百无聊赖。现在什么事情也没发生,除了乐队正在演奏《音乐大师请奏一曲》,马克正在用海豹般的目光打量她,何况从来,或者说当时,都没有发生任何事情;即使偶尔有什么事,人们也不会立刻发现。她的眼睛追随着一名北欧女人。她身材高大,一头金发,翩翩起舞已经有一个多钟头了,连在两支舞曲中间也不稍事休息或小坐片刻。伊蕾娜不抱偏见地思量:"她的衣着很入时。"马克穿戴得也很讲究。大家都穿戴入时,唯有她伊蕾娜,套上这件石榴红的旧长裙,实在是自惭形秽啊。她才不在乎呢。我心里明白,我没有遴选衣物首饰的眼光。何况,我上哪儿去弄钱来除旧更新呢?只不过,既然是豪门富宅的常客,就应当想办法别显得那么寒碜。现在已经有六七个男人盯着她看啦:穿一件有点磨亮了的廉价衣裙,这些男人就馋涎欲滴,胆子也壮起来了。马克很自在,因为他有钱。他喜欢带着她造访富宅,因为这可以使她低人一等,他或许以为这样她就比较容易到手了。

"您为什么不愿意?"他问。

伊蕾娜一惊。

"我不愿意什么啦?哦,您是说……"

她笑而不语了。

"您在想什么呢?"

"我在想我的杯子里是空的。请再给我要一杯樱桃酒!"

马克又要了一杯樱桃酒。叫他付款是有点好笑的,因为他是在小本子上天天记账的。那么今天晚上他就会记上:同伊蕾娜一起外出,一杯杜松子酒、两杯樱桃酒,计一百七十五法郎。她发现他正在用食指的指尖抚摸她的前臂,他玩这种花样大约有好一阵子了。

"说呀,伊蕾娜,这是为什么呀?"

"是这样,"她边说边打哈欠,"我不明白。"

"哎,就是这么回事,要是您真的不明白……"

"哦,不是的!正好相反,我跟一个男人睡觉时,是要弄清楚为什么的。是为了他的目光,或是为了他说了句什么话,再不然是因为他长得英俊。"

"我就长得英俊呀。"马克小声说。

伊蕾娜咯咯笑出了声。他不禁耳热了。

"总之,"他兴冲冲地说,"您是明白我的意思的。"

"很明白,很明白呢。"她应答着。

他一把抓住她的手腕:

"伊蕾娜,我的天哪!我得怎么做才行啊?"

他弓着身子瞧她,一脸谦卑而又记恨的样子。由于感情激动,他的呼吸有些乱。"真烦人咧。"她暗想。

"什么也不用做,没什么可做的。"

"唉!"他叹道。

他将她放开,脑袋往后一仰,不觉露出了一口牙齿。她从镜子里瞥见了自己,一个小邋遢鬼,眼睛倒很美,不觉自叹:"天哪!为了这副长相,惹出多少是非!"她因此而为他,也为自己感到羞愧。一切都是那么乏味、那么讨厌。她也不明白自己为什么不答应:我太难为人家啦。还不如对人家讲:"您想干那件事吗?那好,咱们走:找一家旅馆,开个单间,待半个来小时,玩他一回,怎么样?在被褥之间干一件无足轻重的小事,再回这里度过这一晚上,然后您就让我安安静静吧。"不过还是应当认为:她毕竟把自己可怜的肉体看得太重,还不准备迁就。

"我觉得您挺怪!"他道。

他茫然转动着光彩照人,却颇含歹意的大眼睛。他想伤害我咧,这成了家常便饭,事后他又会向我道歉的。

"您可真会防身呀!"他含讥带讽地又道,"要不是我认识您已有四年,还会以为您是贞洁的化身哩!"

她突然颇有兴致地瞧瞧他,动脑子思索起来。当她思考问题时,就不那么厌倦啦。

"您说得对,"她回答道,"是挺怪的:我是个轻浮女人,这是事实。但把我剁成肉饼,我也不愿同您睡觉。您想怎么解释就怎么解释吧!"她不抱偏见地端详了他一番,最后说,"我甚至不好说:您真的叫我那么厌恶。"

"小声点儿!"他接话道,"别那么嚷嚷!"然后又恶狠狠地说,"您的声音清脆极了,传得可远啦。"

他俩不作声了。人们舞兴正浓,乐队奏着《沙漠商队之曲》,马克在桌布上转动着酒杯,杯里的冰块嘎哒嘎哒作响。伊蕾娜又感到厌倦起来。

"其实是因为,"他突然冒出一句,"我对您的欲望表现得太外露了!"

他将双手平放在桌面上,冷静地轻抹着。他想要恢复自己的尊严。这无关紧要,五分钟后他还会失去这尊严的。她依然冲着他微露笑意,因为他给了她考量自己的好机会。

"是呀,有这个因素。大约有这个因素。"她说。

她觉得现在她与马克之间隔着一层雾。那是一层平静的、令她吃惊的薄雾。这惊奇的心情从她的胸口冉冉升向两眼。她顶喜欢感到吃惊,这样便可没完没了地向自己提出种种问题而永远不必回答。她向他解释:

"当有人过分渴求我时,我会见怪的。瞧呀,马克,我觉得自己可笑:也许明天希特勒就向咱们发动进攻,而您却因为我不肯跟您睡觉而在这里折腾自己。为了一个像我这样顶普通的女人您竟如此不可终日,那准是一条不折不扣的可怜虫喽。"

"这跟你没关系!"他气急败坏地喊道。

"跟我有关系:我讨厌人家把我看得了不起!"

一阵沉默。人也是动物:有些话是本能地脱口而出的。她用眼角觑了觑他:行啦,他就要泄气啦。他的腮帮子耷拉了下来,最痛苦的时刻还没到来。有一回,在美妙歌厅,他竟潸然泪下。他此刻张大嘴巴,她不客气地喝道:

"闭上您的嘴,马克! 我求求您:您就要说出蠢话或者脏话来啦!"

他却充耳不闻。他自右往左摇晃着脑袋,一脸决不罢休的样子。

"伊蕾娜,"他小声道,"我就要出发啦。"

"出发! 到哪里?"

"别装傻。您听明白啦。"

"那又怎样?"

"我想您总不至于无动于衷吧?"

她没有回答,只是直勾勾地端详他。过了一会儿,他转过头去又道:

"一九一四年的时候,许多女人把身子给了爱她们的男人,仅仅是由于他们就要出征!"

她不说什么了。马克的两手有些发抖了。

"伊蕾娜,这种事情在您,平常是无足轻重的。但特别在此时对我来说,却有那么重的分量啊……"

"我不信。"伊蕾娜道。

他狠狠地朝她转过身来:

"说到底,他妈的!我是为您去打仗啊!"

"混账话!"伊蕾娜毫不相让。

他当即泄气了,眼睛也发红了。

"我不能想象:我没有得到您就去送命!"

伊蕾娜站起身来,招呼他:

"来跳个舞吧!"

他顺从地站了起来,两人迈开了舞步。他紧紧贴着她的身子;他沿着大厅,迈着大步儿带她跳了一圈。突然,她屏住气息。

"出什么事啦?"他问。

"没什么。"

她在返回原地时认出了菲力普,他正老老实实地坐在一个相当漂亮的克里奥尔女人身旁。"他在这儿!人家到处寻他,他却就在眼前!"她发现他脸色有些苍白,眼眶下方有黑圈儿。她当即将马克推入人群:无论如何不能让菲力普认出她来。乐队停止演奏,于是他俩回到桌旁。马克一屁股坐在长凳上。伊蕾娜正要去坐下,却看见一个男人欠身对那黑女子说些什么。

"请坐,"马克说,"我不喜欢看见您站着。"

"等一分钟!"她很不耐烦地说。

那黑女人懒洋洋地站起来,那男人同她搂抱在一起。菲力普注视了他们一会儿,那神情颇像遭到逼迫的样子。伊蕾娜则感到心在胸膛里怦怦乱跳。猛然,菲力普站起身来朝外走。

"对不起,我走开一会儿。"伊蕾娜道。

"您上哪儿去呀?"

"上厕所。上那儿去,您满意了吗?"

"您假装上厕所,然后就溜之大吉。"

她指了指放在桌上的手提包:

"我的包还留在座位上呢。"

马克嘀嘀咕咕没有搭理;她穿过舞池,用两肩碰撞起舞者,辟出一条路来。

"这女人发疯了呢。"一名女子道。马克跟在伊蕾娜后面站起,伊蕾娜听见他在叫自己的名字。

可她已经走了出去:反正他总得花五分钟时间结账。街上一片漆黑。"真蠢,"她自忖,"我把他给丢掉啦!"不过当她两眼适应半明半暗的光线后,她瞥见他身子挨着墙壁,朝着圣三会教堂缓缓前行。她便撒腿奔跑起来:"那手提包就活该啦;我丢掉一只粉扑、一百法郎和马克西姆的两封信。"现在她可一点儿也不觉得厌倦了。就这样,他们两人都连跑带奔地前进了一百米,然后菲力普突然停下脚步,伊蕾娜差点儿同他相撞。她来了个急转弯,超越了他,然后挨近一座建筑物大门,接连按了两次门铃,正当菲力普经过她身后时,大门开了。她等了约一秒钟,然后用力撞上门板。似乎她刚刚走进这建筑物。现在菲力普走得很慢,追上他易如反掌。他不时被黑暗吞没,但稍稍再向前,在街灯雨丝般的光线照耀下,他又会从黑暗中突然冒出。"这还真好玩儿。"她想。她很喜欢盯别人的梢;她可以跟在自己甚至不认识的人身后,接连行走好几小时。

在大马路上,现在还有许多行人,由于咖啡馆和商店橱窗的缘故,光线还比较明亮。菲力普第二次停下脚步,但伊蕾娜不让人家发现自己;她躲到他后面的一个阴暗角落,静候着。"他也许有什么约会吧。"他转过身来向着她的方向。他的脸色发青;突然他张嘴说起话来,她以为人家已认出自己。不过她还是可以肯定:他不可能看见她。他往后倒退一步,口中念念有词。他似乎被什么事情吓坏了。"他变成疯子啦!"她暗想。

两个女人正好走过,一老一少,都戴着外省人的帽子。他走近她们。他脸上的表情像一名示威者。

"打倒战争!"他高呼。

那两个女人快步向前走。她们大概没有听明白。两名军官跟在她们后面行进。菲力普没有作声,让他们走了过去。紧跟着他们的是一名妓女,浑身的香气直扑伊蕾娜的鼻孔。菲力普狠巴巴地在她跟前立定。她已在向他卖笑,他却用噎在喉管里的声音对她喊:

"打倒战争!打倒达拉第!和平万岁!"

"夜郎自大!"那妓女嗤之以鼻。

她径自走了。菲力普摇摇头,然后义愤填膺地左顾右盼了一番,突然钻进了黎希留街的夜色之中。伊蕾娜放声大笑,差点被对方发觉。

"再等两分钟呀。"

他摆弄着键钮,冒出了一支爵士乐曲、萨克斯管演奏的四个音符,一阵咝咝的杂音。

"哦,别换台,"依维什说,"很好听呢。"

塞尔金先生转动键钮,代替萨克斯管呜咽的是一阵刺耳的长音,接着,他严厉地盯着依维什说:

"你怎么会喜欢这野蛮人的音乐?"

他瞧不起黑人。他从慕尼黑学习的年代就留下了闪闪发光的回忆,心中十分崇拜瓦格纳。

"时间到啦。"

一个人声使收音机战栗起来。那是地道的法国人的声音,庄重、亲切,通过抑扬顿挫的音调,努力显示演说内容的跌宕起伏。是一位兄长恳切而令人信服的声音。我可极不喜欢法国人的声音。她对父亲露齿一笑,为了恢复一点儿昔日相知的深情,她故意贬道:

"我讨厌法国人的腔调!"

塞尔金先生在喉管里咕哝了几声,并未搭理,只是做手势叫她别作声。那声音说:

> 今天,英国首相的代表再次受到帝国总理的接见。帝国总理通知他:如果在明日十四时之前未能得到布拉格有关撤出苏台德地区诺言的令人满意的答复,他将保留采取必要措施的权利。
> 
> 据一般估计,希特勒总理特意提及总动员。该项总动员的命令本应在星期一帝国总理发表演说时下达,但大约仅仅由于英国首相的来信而予以推迟。

那声音不响了。依维什的喉咙发干,她举目仰望父亲。他以一种全然痴迷的至福神情,聆听着这番言论。

"总动员,确切的含意是什么呀?"她颇为超然地问。

"这就意味着战争。"

"也不一定吧?"

"哼,哼!"

"我们不打仗,"她激烈地说,"我们不能为捷克人打仗!"

塞尔金先生和气地笑着说:

"要知道,一旦宣布动员……"

"但既然我们不要打仗……"

"不要打仗,我们就不会宣布动员。"

她大惊失色地盯着他:

"我们宣布了动员?我们也这样?"

"没有,"他红着脸说,"我是指德国人。"

"啊?我是说的法国人。"依维什生硬地应答。

那声音又以安抚、无害的语调宣称:

> 在柏林的外国人士中,一般均认为……

"嘘——"塞尔金先生打断她。

他重新坐下,面孔转向收音机。"我成了无人过问的孤儿啦。"依维什想。她踮着脚尖离开这房间,穿过走廊,关进自己的卧室。她的牙齿在打战:他们将经过拉昂,他们将火烧巴黎,以及塞纳街、快乐街、玫瑰丛街、圣热内维埃夫山舞厅等等。如果巴黎着火,我就自杀。"唉!"她一边想一边跌坐在床上,"还有格雷万博物馆①呢?"她还从来没去参观过,马蒂厄答应过十月份带她去走一走,而他们却要用炸弹将它炸成灰烬!假如他们今夜就来轰炸呢?她的心在胸膛里怦怦跳动,她的前臂和两手都已冰凉。什么能阻止他们这样做?也许就在此时此刻,巴黎已是一片灰烬。人家故意秘而不宣,是为了不使居民惊慌失措。除非有什么国际条约禁止这样做?怎样才能弄清楚呢?她恨恨地想:"啊!我可以肯定有人是清楚的。我却一点也弄不明白,人家故意瞒着我。人家让我学什么拉丁语,谁也不把真情透露给我一星半点,现在却到了这个地步!"她感到茫然,"可我有生存的权利,人家让我来到人世,是为了叫我生存,我有生存的权利!"她觉得自己深深受到伤害,便扑在枕头上,全身颤抖,号哭了五六声。"这太不公平

---

① 格雷万博物馆,即巴黎著名的蜡人馆。

啦,"她喃喃道,"在最好的情况下,要拖六年、十年,所有的女人都得穿上护士的衣服,打完仗我也就成了老太婆啦。"她欲哭无泪,心里好像堵着一块冰。她突然挺起身子:"是谁,是谁要打仗?"这些人就个人而言,也并不好战。他们一心念叨的是有吃有喝,是挣钱养家,是生儿育女!德国人也是如此。然而战争却到了家门口。希特勒下了动员令。"他毕竟不能一意孤行做出决定啊。"她想。有一句话突然闪过她脑际,她在什么地方读到过?肯定是在报纸上,要不然就是在父亲同某位顾客进餐时,听人家提到过:他背后是谁呢?她小声反复问:"他背后是谁呢?"她一边皱着眉头,一边盯着拖鞋的鞋尖。她抱着一线希望,但愿一切都将澄清。她数了一遍这些操纵世界的强大势力和黑暗势力的名称,如共济会、耶稣会、法国的二百家族、军火商、金矿主协会、银墙、美国的托拉斯、共产国际、三K党……也许它们全都多少有份儿,还得加上其他因素,也许是什么极端诡秘而又强大无比的协会,至今大家也不知道它的名称。"但它们又想干什么呢?"她琢磨着,但就在这当儿,两滴气急败坏的热泪已流到她的腮帮上。她一会儿又想猜猜他们的道理,却觉得脑海里一片空虚,只是有一圈紧箍箍住了她的脑壳。"我至少该知道捷克斯洛伐克在哪里呀?"她早已用图钉在墙上钉了一张蓝色和金色的水彩画,那便是欧洲地图了。那是前一年冬天,她按照一本地图画着玩儿的,边画边对地形做一点修正。她在所有的地方都加上了河流,将过于平直的海岸线画得曲曲折折。特别是,她不肯在地图上标出任何地名:这才显得有学问和深谋远虑。她也不标国界,她顶讨厌那些夹着圆点儿的虚线。她走到近处去看看:捷克斯洛伐克在这儿,在陆地最密集的那个地方。就在这儿,除非那是俄罗斯的什么地方。还有德国呢?它在哪儿呀?她仔细瞧着那圈着蓝线、金光闪闪而又平滑光润的一大片地方,掂量着:"这么大一片土地!"于是觉得茫然了。她转过身来,让身上的睡衣落到地上,赤条条地顾镜自盼。平常当她厌倦的时候,这足以起一点安慰作用。但她突然发现自己是那么渺小,像一根稻草,皮肤粗糙不平,因为她冷得直起鸡皮疙瘩;还有那高高耸起的乳峰,她最讨厌这东西,地地道道只配送进医院、充当伤号的皮肉!听说他们要强奸所有女人,也许还会截断我一条腿!假如他们闯进她的卧室,假如他们发现她赤身裸体地躺在被窝里:您有五分钟的时间穿上衣服,他们会像对待玛丽-安东奈特一样转过身去,不过他们还是能听得见她在做什么:两脚落在床前小地毯上的细声,以及衣料擦过身子的沙沙声。她拿过长裤和长袜,迅速地套上。你得穿戴整齐、笔直挺立地恭候灾难光临。到她穿好短裙和胸衣之后,才感觉比较安全。但正当她要穿上皮鞋时,一个男低音突然在过道里用德语唱道:

我跟朋友一条心……

依维什扑到门口,将门打开。她同父亲面对面地站着,他的表情既庄重又愉快。

"你唱什么啊?"她火冒三丈地诘问,"你胆敢唱什么小凋?"

他以会心的微笑瞧着她。

"等一会儿,等一会儿,我的小青蛙!"他道,"咱们会见到它啦。咱们的神圣俄罗斯!"

她砰一声撞上了卧室房门,躲回屋里:"我看不上那个神圣俄罗斯!我不愿人家毁掉巴黎!假如他们胆敢触动它一根毫毛,你会看到法国飞机朝不朝你那个慕尼黑扔炸弹!"

脚步声在过道里渐渐消失,一切又恢复安静。依维什笔直地站在房间中央,竭力避免顾镜自盼。突然响起三下急促的吹哨声,是从街上传来的,她从头到脚不寒而栗。外面。在街上。一切都发生在外面:她的房间简直是一座大牢。人家在各个地方决定着她的生活:在北方、东方、南方,在这一片夜色中:毒化了的、闪耀着电光的、充满窃窃私语和耳语的黑夜中。在各个地方,唯独不在她这立身之地:她被禁闭在四壁当间,但恰恰在这里什么也没有发生。她的双手和两腿都开始颤抖,她拿起手提包,将梳子插入发中,悄悄打开大门溜了出去。

外面。一切都在外面:长堤上的树木,桥上的两座房子(它们为夜色徒增几分玫瑰氛围),我头顶上方亨利四世纵马横鞭的雕像:一切都是有重量的。里面呢,什么都没有,甚至没有一丝炊烟,不存在什么里面,什么也没有。我等于什么也没有。"我是自由的。"他自言自语,此时已是口干舌敝。

在新桥中央,他停下脚步,哈哈大笑:"这自由,我舍近求远了咧。它是如此贴近,以致我有眼看不见,有手摸不着,这自由就是我自己。我即是我的自由。"从前他曾希望,有朝一日他能够满心欢喜,能被雷霆万钧的霹雳所洞穿。但现在是既无霹雳又无欢喜:有的只是这空洞无物,这令他自己晕头转向的空虚,还有这焦虑——正是他自己的透彻妨碍他看明白这焦虑。他伸出手,缓缓在石栏杆上抚摸着。那石头是粗糙的、有裂缝的,是石化了的海绵,还带着晌午日光的热气。这石头在这儿:巨大的坚固的石头,它本身就关闭着被压制的沉寂,以及浓缩了的黑暗,这黑暗也就是事物的内里。这石头在这儿:它就是一个实体。他真想附着在这石头上,与它融为一体,用它的不透明、它的安详沉静来充实自己。但这石头不能给他任何帮助:它是在外面,永远在外面。不过,这两只手是放在白色栏杆上:当他凝视它们时,它们仿佛是青铜铸成。然而,也正是因为他能够看见这双手,所以它们就不再属于他。这是另一位人物的手。在外面,如同那些树木;也如同被切断的手的倒影,在塞纳河水中战栗。他闭上眼,那双手似乎成了他自己的手:紧贴着发热的石头的,只剩下一点儿常见的酸软感觉,一种微不足道的蚁走感。"我的双手:向我揭示事物的难以计算的距离,同时也使我同事物永远分离。我什么也不是,我什么也没有。如同光线一样,与世界不可分割,但也如同光线一样被远远放逐,在石头和流水表面上滑动,而任何东西在任何时候都不能令我勾留或使我陷入沙土。外面。外面。世界之外,历史之外,我自身之外:自由便是放逐,而我注定是自由的。"

他走几步,又停下,坐在栏杆上,观望着汨汨的流水。"我要这一套自由干什么呢?我要把自己变成什么样子呢?"人家为他的未来规定了一步一步的具体任务:去火车站,乘上去南锡的火车,到兵营报到,操作各种武器。但无论这种前途还是这些任务,都不再属于他了。不再有任何东西是属于他的了:战争正在把大地弄得颠三倒四,但这并不是属于他的战争。他孤独一人站在这座桥上,在世界上已是单枪匹马,没有人能对他发号施令。"我是毫无目的地自由。"他厌倦地思量着。天上地下都没有任何信号,世上的种种什物都过分地被它们的战争所吸引,将它们多副面孔的头转向东方。马蒂厄奔向事物的表面,它们却感觉不到他。被遗忘了。满不在乎地承载着他的这座桥、通向边界的这几条道路、这万头攒动观看远方与他无关的大火的城市居民,他们都将他遗忘了。被遗忘、被忽视、孤身一人:一名迟到者。所有被动员入伍的人均已在前天出发,他在这里已不再有事可做。我要不要乘火车?没有任何意义。出发、留下、逃走:这些行为并不会妨碍他的自由。然而还是要让自由冒风险。他用双手紧紧攥住石栏杆,俯身朝着水面。只要来一个跳水动作,水就会吞没他,他的自由就变成一泓流水。安息了。为什么不可以?这默默无闻的自杀也会成为一种绝对。一整套的规律,一整套的选择;一整套的伦理教训。一种独一无二的行动、无可比拟的行动,将在一秒钟内照亮大桥和塞纳河。只要稍稍向前多倾斜一点,他就永远作了自我选择。他俯身朝下,但他的双手不肯放开那石头,这双手承担着他身体的全部重量。为什么不可以?他并没有特别的理由让自己下沉,但也没有理由不让自己这样做。现在这行为就在这儿,在黑浪滔滔的江水面前,它为他绘出了前景。所有的缆索均已割断,世上没有任何东西可以挽留他:这就叫自由,那可怕的自由!在他自己的内心深处,他感觉得到心脏慌乱地搏动。只要做一个动作,只要松开双手,就会变成我曾经是马蒂厄。晕眩渐渐从江面上消失。天空与桥梁一同坍塌了:剩下的就只有他与江水。江水一直升到他脚下,它的波涛轻轻拍打着他那悬在半空的双腿。江水。他的前途。"现在这可是真的呀,我就要自杀啦。"突然,他决定不付诸实行。他决定:"这将只是一次考验。"他又重新挺起身子,往前行走,在一个已死亡的星球外壳上悄然而行。下次再说吧。

她在大街上奔跑,又听见两三下吹哨声,然后万籁俱寂,现在大街也成了监牢:街上什么事情也没有发生,千家万户大门紧闭、死气沉沉,所有的护窗板都关上了,战争在别处进行。她一度倚在一处充作界石的喷泉上。她焦虑而失望,但并不知道曾有过何种希望:也许是一些灯光、几家仍在营业的商店、对时事评头论足的人群。但这里什么也没有:在政治色彩浓厚的大城市里,灯火照亮着大使馆和宫殿;她却被禁锢在平凡的黑夜中了。"一切总是在别的地方发生。"她跺着双脚喃喃自语。她听见一阵沙沙声:也许有什么人溜到了她身后。她屏住呼吸,谛听良久;但那声音没有再出现。她觉得冷,恐惧令她喉管发紧:她在考虑。是否回家去更好些。但是她却不能回去,她的房间令她厌恶。在这儿,她至少是在大家共有的天空下行走。她通过天空,仍在与巴黎、柏林相通。她听见身后有一阵长长的利爪搔地声,这一回她却有勇气转过身去。那不过是一只猫:她看见它的瞳仁闪光,它正自右向左穿过车行道。这可是不祥之兆啊。她重新奔跑起来,转入梯也尔街停下脚步时,已是上气不接下气。"飞机!"它们发出嗡嗡的低沉音,大约离此还很遥远。她又凝神仔细一听:并不是来自空中。倒好像是……"可不是吗?"她有点败兴地想,"是有人在打鼾哩!"这是公证人莱斯卡,她看出了头顶上的招牌。他敞开窗户,鼾声不止;她不禁失笑了。然后她突然收敛了笑容:"他们都在睡觉。街上只有我一人,四周是已入睡的人们,谁也不会注意到我。"

"在这世界上,他们要么呼呼大睡,要么在办公室里准备他们的战争,没有一个人脑子里装着我的名字。但我这个人存在着,我看见,我感觉,我同希特勒一样存在着啊。"

过了一会儿,她又继续朝前去,终于来到瞭望台。在拉昂的下方,平原单调寂寞地伸展着。每隔一程路,人家就安置了灯火,但这不足以叫人安心。依维什非常了解它们照亮着一些什么东西:有铁轨、有枕木、有石块、有停在后备车道上的废弃车厢。在这片平原的尽头便是巴黎了。她舒了一口气:"假如巴黎着火了,应当能看见天边冒火光,"风吹得她的长裙在膝盖上啪啪作响,但她却纹丝不动,"巴黎就在那边,依然灯火辉煌,但也许这已是它的最后一夜了。"就在此时此刻,仍有人在圣米迦勒大道上匆匆来去;还有一些人待在圆顶酒家,或许是她的熟人,正在低声议论着什么。"最后一夜啦,而我却在这里,在这漆黑一片之中。等到我有了自由,也就只剩下一片废墟,以及乱石丛中的几顶帐篷了。天哪,我的天哪!你得让我能够最后瞧上它一眼呀。"火车站就在那儿,在她的下方,亦即大阶梯下的那一片火红。夜车的开车时间是三点二十分。"我有一百法郎呢,"她颇为自得地想,"这手提包里装着一百法郎。"

想到这里,她立刻奔跑着下了斜坡。菲力普跑着往蒙马特尔街的下方走去。丧门星,该死的丧门星!啊,我竟成了丧门星?咳,他们会明白的。他终于跑到一处广场上,而在车行道的另一边,还有一个熙熙攘攘的大黑洞口,发出一股大白菜和鲜牛肉的气味。他在一处地铁站的栏杆面前停住脚,马路边上丢弃着不少空木条箱;他看见脚下有一些稻草和沾上污泥的生菜叶子。在右侧,一些人影在一家咖啡馆的白色光照中来回走动。依维什走近售票窗口:

"要一张去巴黎的三等车票。"

"往返程?"职员问。

"往程。"她坚决地答道。

菲力普清了清嗓子,绷足力气高呼:

"打倒战争!"

没有发生任何情况。咖啡馆前面来来去去的人影依旧络绎不绝。他用双手做成喇叭又呼了一声:

"打倒战争!"

他觉得自己的声音有如电掣雷鸣。少数几个人影停下脚步,他看见有几名男子朝他走来。他们人数相当多,大多数人戴着鸭舌帽。他们懒洋洋地朝前靠拢,并以关切的神情注视他。

"打倒战争!"他向他们高呼。

他们距他已是咫尺之近。他们当中有两个女人和一个外表英俊、皮肤深褐的小伙子。菲力普善意地瞧瞧他,接着目不转睛地大喊:

"打倒达拉第!打倒张伯伦!和平万岁!"

此刻他们已将他团团围住,他也觉得自在了,这可是四十八小时以来的头一遭儿。他们一边瞧他,一边皱了皱眉头,却一言不发。他想向他们解释:大家都是资本帝国主义的牺牲品。但他的叫喊却无法抑制,于是又一声:"打倒战争!"这是一曲凯旋之歌。但就在这时,他挨了一记重重的耳光,虽然他还在叫喊。接着他嘴巴上又挨了一记,末了右眼又被击以猛掌:他跪倒在地上,再也喊

不出声来。一个女人挺身站到他跟前。他只见到她的两腿和平跟皮鞋,她连声骂道:

"混账!混账!他还是个孩子,不许碰他!"

马蒂厄听到一个尖厉的声音在喊:"混账!混账!他还是个孩子,不许碰他!"有人正在十几名戴鸭舌帽的汉子中间挣扎。那是一名小个子女人。她的两臂高高举向空中,她的全部头发都披散到脸上。一名褐皮肤、耳朵下方有伤痕的小伙子使劲摇晃她。她连珠炮似的叫嚷:

"他说得对呀,你们个个都是懦夫。你们应当去协和广场,参加反战游行!可你们更愿意在这里揍一个小孩,这不如游行危险嘛!"

一个胖胖的老鸨站在马蒂厄跟前,两眼放光地瞧着这场面,此刻插话道:

"剥光她的衣服!"

马蒂厄厌烦地躲闪开去:像这样的事件,大概每个十字路口都有。战争前夕,也就是动武的前夕:这属于花絮,与他实在不相干。蓦然间,他却拿定另一种主意:这与他相关!他一扬臂肘就推开了鸨母,闯进人群,将手搁在那褐小子肩上:

"警察局的。"他喝道,"出了什么事?"

那褐小子一脸狐疑地瞧瞧他。

"是那倒在地上的小鬼闹事。他喊了:'打倒战争!'"

"你揍了他吗?"马蒂厄语气严厉地问,"你就不能去叫一名警察吗?"

"没有警察可叫。报告警官先生。"鸨母又插话了。

"你这浪荡女人,"马蒂厄又喝道,"等我问到你,你再开口。"

那褐小子颇为沮丧,一边舐着擦破点儿皮的手指一边说:

"又没有伤着他,不过是给了他一记耳光。留下点儿标记嘛。"

"谁打耳光来着?"马蒂厄问。

那脸上有伤痕的瞧瞧自己的两手,叹了口气,说:

"是我。"

其他人当即倒退一步。马蒂厄向他们转过身子:

"你们同意出庭作证吗?"

他们不声不响地更往后退了些。那鸨母已不知去向。

"快走开,"马蒂厄命令他们,"否则我就记下各位的大名了。你呀,你得留下。"

"怎么回事,"那人回答,"都到这时候啦,法国人教训一个挑衅的德国佬,倒反而要蹲大牢?"

"这你别管。跟我去面谈。"

看热闹的人早已散开。还有两三人在咖啡馆门槛上呆呆望着。马蒂厄欠身探看那孩子:他们把他收拾得可不轻。他嘴角直流血,左眼睁不开了。他正用右眼盯住马蒂厄。

"我喊了口号。"他自豪地说。

"你干得最好的事,还不是这个,"马蒂厄道,"你能站起来吗?"

孩子艰难地立起身来。他掉到了生菜当中,屁股上有一片生菜叶子,几根沾上泥污的稻草挂在上衣上。那小个子女人用手背给他掸了掸身上。

"您认识他吗?"马蒂厄问她。

她踌躇了一会儿:

"不……认识。"

孩子扑哧笑了。

"她当然认识我。她是皮多的女秘书伊蕾娜。"

伊蕾娜面带忧愁地瞧着马蒂厄。

"您为这点事儿就要关他的禁闭吗?"

"我会为难哩。"

脸上有伤疤的汉子扯了扯马蒂厄的袖口:他并无得意之色。

"警察先生,我挣钱糊口。得干活儿。我要是随您上警察局,夜市的生意就完啦。"

"拿出你的证件来!"

那家伙拿出一本"南森护照"①。他的名字叫卡纳罗。

马蒂厄笑出了声,说道:

"出生于君士坦丁堡!嘿,你还真热爱法国,碰上第一个攻击法国的,你就给予重创!"

"这是我的第二祖国嘛。"那家伙庄重地宣告。

"你要参军喽。我想?"

他不作答。马蒂厄把他的姓名、地址记在小本子上。

"给我滚蛋!"他喝令,"你等着传讯吧。其他人过来!"

于是三人一起走进蒙马特尔街,向前迈进了几步。孩子的两腿还趔趔趄趄的,马蒂厄便用手扶他。伊蕾娜问:

"请问:您准备放了他吗?"

马蒂厄没答话:他们离开菜市场还不太远。他们又一道走了一段路。等走到一盏路灯下,伊蕾娜站在马蒂厄面前,恨恨地瞧着他,骂道:

"卑鄙的警棍子!"

马蒂厄哈哈大笑了:她的发髻本已散开,头发披了一脸;她透过挡住两眼的发绺在睨视他。

"我根本不是警察!"他说。

"别开玩笑!"

~~~~~~~~~~~~~~~~

① "南森护照",指第一次世界大战后具有难民身份者所持的护照,可通行各国。

她摇晃着脑袋,好把发绺甩开。后来,她只好怒气冲冲一把抓住它们,甩向后脑勺。于是她的面容展现了,两眼大而无光。她的相貌是很俊俏的。对方才的话,她似乎并不太吃惊。

"您若不是警察,那可把他们蒙苦啦!"她评头品足地说。

马蒂厄没有回答。这件事已引不起他的兴致。他忽然想到蒙托格伊街上去散散步。

"这样吧,"他说,"我把二位送上出租车。"

在马路当中正停着两三辆出租车。马蒂厄挨近其中一辆,一只手拉着那孩子,让他跟着走。伊蕾娜随他而来。她用右手捂住头发,避免散落。

"上车吧!"

她露出一丝愧色。

"我应当告诉您:我丢了钱包。"

马蒂厄将孩子推入出租车:他用一只手扶着孩子肩部,另一只手拉开车门。

"请在我上衣口袋里找一找,"他吩咐,"右边那口袋。"

伊蕾娜很快将手从衣袋中抽回。

"我找到了一百法郎外加几个苏。"

"拿着那一百法郎。"

他又轻轻推了一把,那孩子便一屁股坐在车座上了。伊蕾娜随后也上了车。

"您家住哪里?"她问。

"我已没有住所啦,"马蒂厄回话道,"再见吧。"

"哎!"伊蕾娜惊叹。

不过他已经转过身子:他一定要再看看蒙托格伊街,而且要立刻去看。他步行约一分钟,接着一辆出租车沿人行道停下,正好在他站立的地方。

车门打开,一个女人伸出头来。原来仍是伊蕾娜。

"上车吧,快点。"她对他说。

马蒂厄上了出租车。

"您就坐在加座上吧。"

他坐下了。

"出什么事啦?"

"是小家伙昏了头。他说要去自首。他老是摆弄车门,想跳车。我力气不够,拉不住他。"

那孩子挤在座位的一角,膝头高过了自己的脑袋。

"他有殉难癖,自己折磨自己。"伊蕾娜解释。

"他多大年龄?"

"不知道。十八九岁吧。"

马蒂厄打量了一下那孩子又长又细的两条腿:他大约跟他最年长的学生年岁差不多。

"假如他自己想进监狱,您可没有权利拦着他。"马蒂厄说。

"您呀,您真怪,"伊蕾娜恼火地说,"您不知道他会冒什么风险。"

"他跟什么人打架了吗?"

"没有的事。"

"那他干了什么?"

"那就说来话长了。"她不悦地应答。他注意到:她已重新绾好发髻,让它在头顶高高耸起。这使她看上去又滑稽又固执。尽管她的嘴巴很秀气,却也带着厌倦的表情。

"不管怎样,这是他自己的事,"马蒂厄道,"他是自由的。"

"自由!我已对您说过,他脑子早糊涂啦!"

一听见"自由"二字,孩子便睁开那还顶用的一只眼,叽里咕噜说了点儿马蒂厄听不明白的话,然后连一声招呼也不打,就扑向出租车门把，想将门打开。就在此时，一辆汽车从出租车旁擦过。马蒂厄用手掌按住孩子胸部，将他推回坐垫上。

"假如我想自首，"他转过身来对伊蕾娜说，"我不希望有人阻拦我。"

"打倒战争！"孩子又叫道。

"对，对，你说得有理！"马蒂厄边说边将他继续按在座位上，然后转过头对伊蕾娜说：

"我相信，他的确昏头啦。"

司机打开玻璃窗。

"开车吗？"

"蒙苏里公园大路十五号。"伊蕾娜颇为得意地说。

孩子紧攥着马蒂厄的手，等出租车一启动，他倒打定主意要安分守己了。他们相安无事了好一阵子。出租车在马蒂厄不知道的黑暗街道上飞驰。伊蕾娜的容貌不时从黑暗处露一露，然后又立刻回到了暗处。

"您是布列塔尼人吗？"马蒂厄问。

"我吗？我生在梅斯。您为什么问这个？"

"因为您梳这种发髻。"

"很难看，是吗？是一位女友教我这么梳的。"

她沉默片刻，又问：

"您怎么会没有住址呢？"

"我正在搬家。"

"对啦，对啦……您也被动员了，是吗？"

"当然。跟大家一样。"

"能去打仗您觉得高兴吗？"

"说不上来：我还没打过仗呢。"

"我呀，我可是反战的。"伊蕾娜说。

"这我看得出。"

她关切地朝他欠了欠身子。

"请问:您是不是家里死了什么人?"

"没有呀,"马蒂厄回答,"我像是倒了这种霉的吗?"

"您显得古怪,"她又道,"留心,留心呀!"

那孩子将手伸出去,狡黠地想打开车门。

"你给我老实点儿行不行?"马蒂厄用力将他推回角落里。

"真缠人!"他对伊蕾娜说。

"他是一位将军的孩子。"

"哦!那么,他大概不会以此为荣吧?"

出租车停下了。伊蕾娜首先下车,然后就得叫那孩子下去。他使劲抓住扶把,还用两脚乱踢。伊蕾娜扑哧笑道:

"真讨厌!现在他又不肯下车了!"

后来,马蒂厄只好将他拦腰一抱,再把他放在人行道上。

"嗨哟!"

"请稍等一会儿,"伊蕾娜说,"钥匙在我的手提包里,我得从窗子爬进去。"

她走近一座小屋,只有二层楼。屋子有一扇窗户半开半关。马蒂厄用一只手抓住孩子。另一只手在衣袋里乱摸,掏出了车钱给司机。

"您全留着吧。"

"这小兄弟怎么啦?"司机觉得纳罕,不禁发问。

"他挨揍啦!"马蒂厄说。

出租车开动了。在马蒂厄身后,门开了,伊蕾娜出现在一块长方形的光亮之中。

"请进!"她招呼道。

马蒂厄推着孩子进去了。孩子一声也不吭。伊蕾娜在他进门后关上屋门。

"往左边走,"她叮嘱,"电灯开关在右首。"

马蒂厄摸到开关,陡然灯火通明了。他看见一间布满灰尘的房屋。一张折叠式铁床,一只装水的罐子,以及梳妆台上放置的一只脸盆。一辆卸了轮子的自行车,用绳子绑在天花板上。

"这是您的卧室?"

"不是的,"伊蕾娜道,"是客房。"

他打量着她,不禁好笑:

"瞧您的袜子!"

原来袜子上满是发白的尘土,膝头也被扯破了。

"那是爬窗子擦破的。"她满不在乎地解释。

那孩子站立在房间中央。他摇摇晃晃,很令人担忧,并且全凭他那一只眼睛观看一切。马蒂厄指着他问伊蕾娜:

"怎么安排他啊?"

"给他脱了鞋,让他躺下:我来给他洗脸。"

那孩子毫无抵抗地任人摆布,他似乎已精疲力竭。伊蕾娜手持脸盆和药棉朝他走来。

"喏,喏,"她念念有词,"得啦,菲力普,要听话啊。"

她朝他弯下身子,然后笨拙地在他的眉毛上抹了抹药棉。孩子低声抱怨起来。

"这就对啦,"她像母亲般抚慰他,"刺得有些痛,但很有好处。"

她将脸盆放回梳妆台。马蒂厄站起身来,道:

"好了,我得走啦。"

"不行。"她大声说。接着又压低嗓子解释:

"假如他又想跑,我可没有力气留住他呀。"

"您总不会认为:我应当通夜照料他吧?"

"您这人说话太不客气啦!"她怒气冲冲地对他说。过一会儿,又以比较缓和的口气说:"至少等他睡着了吧。这用不了多久的。"

那孩子在床上翻来覆去,口中说些含混不清的话。

"他到什么地方瞎混,弄成这副模样儿?"伊蕾娜问。

她有点儿矮胖,皮肤也缺点光泽,但很细嫩,有些汗津津的,看上去不太干净。你似乎觉得她刚刚起床。但她的容貌却称得上姣好:嘴巴特别细巧,嘴角有些疲惫,眼睛很大,耳朵娇小且有血色。

"好啦,他睡啦!"马蒂厄道。

"您以为是这样?"

正在此时,他俩都为之一惊:那孩子竟坐起来,大声吆喝:

"佛洛西,还我裤子!"

"见鬼!"马蒂厄骂开了。

伊蕾娜笑了:

"您就在这儿待到天亮吧。"

但这是深睡之前的一点儿梦话:菲力普随即向后倒下,嘟囔了几分钟,接着便打起鼾来。

"请过来。"伊蕾娜小声招呼。

他跟着她走进一间饰有玫瑰色提花糊墙纸的大房间。她在墙上挂了一把吉他和一把夏威夷四弦琴。

"这是我的卧室。我把房门半开着,可以听见小家伙的动静。"

马蒂厄只见一张没有铺叠、带着帐顶的大床和一只软坐墩。一张亨利二世式的桌子上放着一些唱片和一架唱机。一张摇椅上胡乱地扔着几双旧袜子,一条女人的裤衩和套装数件。伊蕾娜的两眼紧跟他的视线:

"我是从跳蚤市场买的家具。"

"不坏呀,"马蒂厄说,"一点也不差哩。"

"请坐呀。"

"坐在哪里?"

"稍等一会儿。"

软坐墩上放着一只瓶里装着的小船。她将这摆设取下,放在地面上,然后她又将放在摇椅上的衣物挪到坐墩上。

"好啦。我呢,我坐到床上去。"

马蒂厄坐上摇椅,开始摇晃起来。

"我上一次坐摇椅是在尼姆,在亚雷纳旅馆的大厅里。那年我十五岁。"

伊蕾娜没搭话。马蒂厄回想起那间阴暗的大厅,大厅的玻璃门上闪耀着灿烂的阳光:这段回忆至今仍是他自己的。还有别的一些私生活的模模糊糊的往事回忆,也以此为中心而依稀可辨:"我还没有忘却自己的童年。"壮年、成熟的年华已失落殆尽;但童年时代依然那么温暖:他还从来没有这样贴近自己的童年。他忆起了那躺在阿尔卡雄沙丘上的小男孩:那孩子坚持要争自由:面对这固执的顽童,马蒂厄已不再觉得羞愧。他站起身来。

"您这就走啦?"伊蕾娜问。

"我出去散散步。"他答道。

"您不愿多待一会儿?"

他踌躇了:

"恕我直言,我宁可一人独处呢。"

她将手放在他的胳臂上:

"您会发现,跟我相处,就如同您一人独处一样。"

他打量着她:她说话的方式挺古怪,语气无力,但又严肃得有些呆板。说话时她的嘴不大张开,稍稍摇着脑袋,似乎为了便于吐出词句。

"那我留下吧。"他回应道。

她并无任何满意的表示。何况她的面容本身就缺乏喜怒哀乐的表情。马蒂厄在屋内踱了几步，挨近桌子，取了几张唱片。那全是旧唱片，还有少数几张有裂缝。大多数的外包装已不知去向。其中有几支爵士乐曲，有流行歌星莫里斯·谢瓦利埃的选段，有《左手钢琴协奏曲》，有德彪西的四重奏，托赛利的《小夜曲》，以及一支俄国合唱队唱的《国际歌》。

"您是共产党人吗？"他问道。

"不是，"她回答，"我没有政治见解。但假如男人不是一群废物，我倒也许成了共产党人，"她略假思索，又补充了一句，"我是和平主义者。"

"您真有意思，"马蒂厄说，"假如男人都是废物，那么他们死于战争或其他方式，对您不就无所谓了吗？"

她固执而严峻地摇了摇头：

"正好相反，"她道，"既然他们是废物，靠他们打仗就格外可恶啦。"

沉默了片刻。马蒂厄凝视天花板上的一片蜘蛛网，轻轻吹起口哨。

"我没有什么饮料给您喝，"她说，"除非您喜欢喝巴旦杏仁糖浆，瓶底里还有一点儿残余。"

"不敢领教！"马蒂厄应道。

"是呀，我猜也是。哦！壁炉上还有一支雪茄烟，假如您想抽，不妨取了来。"

"那就叨光啦。"马蒂厄说。

他起身取了雪茄，谁知烟叶又干又碎。

"我可以放在烟斗里抽吗？"

"您爱怎么办就怎么办吧。"

他重新坐下,一边用手指将那支雪茄捻碎。他感觉得到,伊蕾娜两眼盯着他。

"请随意,"她说,"假如您不想开口说话,就别开口。"

"那很好。"马蒂厄说。

不一会儿,她问:

"您不想小睡片刻吗?"

"哦,不想。"

他觉得自己似乎永远也不会有睡意了。

"假如您不是遇见了我,此时此刻会在哪里呢?"

"在蒙托格伊街。"

"您会在那儿干什么呢?"

"在那儿散散步。"

"跑到了这里,您觉得是奇事吧?"

"不见得。"

"应该说是的,您是稀客呀。"她带几分责怪的口气说。

他没有再搭理。他想她可能说得对。这四堵墙与这坐在床边的女人,实在是无足轻重的巧合,是夜间出现的杂乱现象之一。马蒂厄在黑夜蔓延之地是无处不在啊,从北方的边界直至南方的蓝色海岸。他自身同黑夜已融为一体,他用黑夜里的目光瞧着伊蕾娜:在一团漆黑中,她不过是一粒小小的火光。一声尖厉的叫喊令她一惊。

"真煞风景!我去看看出什么事了。"

她踮着足尖走了出去,于是马蒂厄点着烟斗。他现在不想去蒙托格伊街了:蒙托格伊街就在这屋里,从当间穿越;法国的条条公路都从这里经过。各类小草都在这里生长。人家随便在什么地方放了四堵墙壁。马蒂厄正待在随便什么地方。伊蕾娜回来重新就座:她是随便一位什么人。她并不像布列塔尼女人。更像那圆顶酒家的小小安南女子。同她一样,她的皮肤发黄,面部很少喜怒哀乐,举止优美无力。

"没事儿,"她道,"他在做噩梦。"

马蒂厄平静地抽着烟斗。

"他大概很吃了些苦头呢,这孩子。"

伊蕾娜耸耸肩,突然脸色一变:

"得啦!"她道。

"您突然变得冷酷啦!"马蒂厄说。

"哦,怜惜像他这样的小少爷,这使我很恼火。这一切毕竟是富家子弟的事啊!"

"但他毕竟倒了霉啊。"

"您这话叫我觉得好笑。拿我来说吧,我老爹在我满十七岁时将我踢出家门:这就是说我同他合不来。但我也不能说我很倒霉呀。"

一瞬间,马蒂厄发现她高贵的容貌下面,还隐藏着一个历尽艰辛的女人饱经沧桑的冷酷表情。她的声音不急不忙而颇为洪亮地流溢出来,单调之中自有一种愤慨。

"倒霉或不幸,"她道,"应当是指贫病交加或饥寒交迫。其他都不过是说说而已。"

他忍俊不禁了:她郑重其事地皱着鼻头,把她那张小嘴使劲张开,好吐出字眼儿来。他几乎没听见她的声音:他只是看见她。一种目光。宽阔无边的目光,空空荡荡的天空:她在这目光逼视下挣扎,犹如小小飞虫在路灯光柱中翻飞。

"不过,"她又道,"我倒愿意收容他,照料他,不让他去做蠢事。但我不希望人们怜悯他。因为我是懂得什么叫艰辛的!当资产阶级自称不幸时……"

她全神贯注地凝视他,然后舒了口气又道:

"不错,您也是个资产阶级呢,您呀。"

"对啦,"马蒂厄又说,"我是一个资产阶级。"

她看见啦。她觉得他以极快的速度变得冷酷渺小。在这双眼睛后面,有一片不存在星辰的净空,也有一种目光。她看见我,如同看见桌子和夏威夷四弦琴。而对她来说,我只是在一种目光中悬浮的微粒,一个资产阶级而已。我确实是一个资产者。然而,他并没有感觉到这一点。她始终在端详他。

"您以什么谋生呢?别忙,让我猜一猜。当医生吗?"

"不对。"

"律师?"

"也不对。"

"嘻!"她喊道,"也许您压根儿就是个骗子!"

"我是教授。"马蒂厄说。

"这倒奇怪。"她有些失望地说。但她匆匆补充道:"但这无关紧要。"

她端详着我。他站起身来,从臂肘略为偏下方抓住她的胳膊。在他的手指按捺下,那柔软温热的皮肉有些下陷。

"您怎么啦?"她问道。

"我就是想摸摸您。礼尚往来嘛:因为您盯着我瞧呀。"

她就势依偎着他,目光也模糊起来。

"您讨我喜欢。"她说。

"您也讨我喜欢。"

"您有妻子吗?"

"无妻无伴。"

他坐到床边,紧紧挨着她:

"您呢?您生活中有男人吗?"

"有……好几个男人呢。"她做了个表示伤心的小手势。

"我比较轻佻。"她说。

那目光消失了。剩下的是一个中国小玩偶，还有点儿红木的气息。

"轻佻？那又怎样？"马蒂厄说。

她没有回答。她用双手捧着脑袋，非常严肃地看着空白的地方。"这是个喜欢思考的女人。"马蒂厄心想。

"当一个女人穿着平庸的时候，就得轻佻点儿。"她过了一会儿又说。

她焦虑地转向马蒂厄。

"我不让人感到可怕吧，嗯？"

"没有，"马蒂厄不无遗憾地说，"还不至于。"

但她显得那么伤心，以致他立刻将她搂在怀里。

咖啡馆里已是空空荡荡。

"现在是凌晨两点了吧？"依维什问服务员。

他用手背擦了擦眼睛，又看一看挂钟。钟面上指着八点半。

"也许吧。"他嘟囔着回答。

依维什乖乖地蜷缩在角落里，将短裙拉过来遮住膝盖。我就像一个孤儿，要到巴黎郊区去找姑妈似的。她觉得自己的两眼也许过于闪闪发光，便让头发披下来遮住脸部。但她的心却十分激动，几乎是一种乐滋滋的感觉。等待一个小时，穿过一条街道，她就能跳上一列火车啦。大约六点钟时，我可以到达北方火车站；我先到圆顶酒家，吃两个柑橘，然后从那里到雷纳塔家里，向她借五百法郎。她本想要一杯上等威士忌，但孤儿是没资格饮酒的。

"能不能给我一杯菩提叶茶？"她细声细气地问。

服务员转身走了，他很可恶，但必须讨好他。当他端上菩提叶茶之后，她用温柔而带有怨气的目光瞧瞧他。

"谢谢！"她叹息道。

他站立在她面前,不知所措地吸了口气。

"您这是上哪儿去?"

"上巴黎,"她回答,"找我的姑妈去。"

"您不是那位楼上锯木厂厂主塞尔金先生的女儿吧?"

白痴!

"哦!不是,"她回答,"我父亲是一九一八年阵亡的。我是民族中学的女生。"

他连连点头,随即走开:这是个大老粗,一个乡巴佬。在巴黎,服务员们的目光像丝绒那么柔和,他们相信人家告诉他们的事情。我将重新见到巴黎,一到北方火车站,人家就会认出她来:有人会来接她的。街道在等候她,商店的橱窗、蒙巴那斯公墓的树木,以及……家人都在等候她。包括还没有走(如雷纳塔)以及走了又返回的那些人。我会熟悉一切的。她只有到了那儿,到了曼恩大道与滨河大堤之间,才又重新成为依维什。人家会在一张地图上指给我看,哪儿是捷克斯洛伐克。"啊!"她情绪激动地想,"他们要轰炸就让他们轰炸吧!我们死在一块儿,只剩下鲍里斯来怀念我们。"

"关灯吧。"

他照办了,房间立刻浸沉在战时的漆黑夜色中。两人的目光在黑夜中融成一片。只剩下一线光亮,透过门框与打开的那扇门之间的缝隙。仿佛是一只竖立的眼在监视他俩。马蒂厄挺不自在地朝那门走去。

"不必啦,"背后的声音说,"让门开着:因为那小家伙,我要听他的动静。"

他悄悄走了回来,脱掉鞋子和长裤。右脚的鞋子落在地板上时出了响声。

"将您的衣服放在摇椅上。"

他将长裤、上衣、衬衫都放在摇椅上,椅子一摇就发出格吱声。现在他全身赤条条,两臂晃动,足趾抽搐,站在屋子中央。他不禁想笑。

"来吧!"

他在床上躺下,紧靠着一具热乎乎、赤条条的身躯。她仰卧着,不做任何动作,两臂紧贴着肋部。然而当他亲吻她颈脖稍往下的酥胸时,他感觉到她心脏的跳动,像是重重的锤击,使她从头到脚都在战栗。他久久一动不动地待着,深深被这静卧中的搏击所打动:他忘记了伊蕾娜的长相。他伸出手,用手指轻轻抚摸那失去理智的肉体。随便是什么人。一些人从离他俩不远处走过,马蒂厄听见他们皮鞋咯噔咯噔响:他们相互大叫大嚷,并且哈哈大笑。

"玛赛儿,你说呀,"那是一个女人的声音,"你若是希特勒,今夜你能睡着觉吗?"

他们笑声不绝,脚步和哈哈声渐行渐远,马蒂厄又变成孤身独处。

"假如我要采取谨慎措施,"一个半睡半醒的声音说,"最好立即告诉我。"

"无须谨慎,"马蒂厄答道,"我不是那种混账东西。"

她不吭气了。他听见她那强劲匀称的呼吸。一片草原,黑夜里的一片草原;她如同小草、如同树木一样在呼吸;他在琢磨她是否已经入睡。但这时一只笨拙的手,没有完全伸开,匆匆触了触他的臀部和大腿:这也勉强可以算是抚爱了。他轻轻欠起身子,悄悄压在她的躯体之上。

鲍里斯突然抽出身子,将被褥放平,自己转身侧卧着。洛拉没有动弹;她依然平躺着,双目紧闭。鲍里斯蜷曲着身子,尽可能避免让被褥碰到自己汗涔涔的躯体。洛拉没睁开眼睛就嘀咕起来:

"我有点儿相信你爱我啦。"

他并不搭腔。这一夜,他通过她,爱上了所有女人,包括公爵夫人以及其他女人。他的双手迄今出于无法克服的羞臊,一直仅限于触摸洛拉的两肩和乳峰;现在却浑身上下摸了个一处不漏。他的嘴唇也到处巡礼一番。通常在欢乐当中的那种飘飘欲仙的感觉,令他油生几分厌恶,现在他却疯狂地刻意追求:有些念头是他想避开的,此刻他觉得黏糊糊的,似乎被玷污了。他的心怦怦跳,快要跳出胸膛;这倒没有什么令他不快之处:只是此刻应当尽可能少思索。依维什总是告诫他:"你想得太多啦。"而她是说对了的。他突然发现,在洛拉紧闭的眼角,涌出了一点泪水,慢慢变成一小汪水,在鼻翅旁积累起来。"又出什么事啦?"他暗自思量。二十四小时以来,他的胸中只有无泪的焦虑,他可没有心情去伤感。

"请把我的手帕递给我,"洛拉道,"在长枕下面。"

她拭了拭眼睛,然后睁开眼;她以不信任和无情的目光端详着他。"我又做错了什么事?"然而不是他所猜想的那样;她有气无力地说:

"你就要走啦。"

"上哪儿去?哦,是说这个呀……是的,但不是马上走:还有一整年呢。"

"一年算什么?"

她一个劲儿地盯着他。他从被褥里伸出一只手来,理平了搭在她眼睛上的发绺。

"再过一年,战争也许就宣告结束了呢。"她小心谨慎地说。

"结束?啊!我倒很听得进这话。但人们知道一场战争始自何时,却永远无法知道它终于何日。"

她那白皙的臂膊从被褥里伸出;她开始触摸鲍里斯的面孔,像个盲人似的。她拂过鬓角和腮帮,顺着两耳耳轮摸了一圈,又用指尖抚摸他的鼻头:他觉得自己变得颇为可笑。

"一年的时间长着呢,"他苦涩地说,"有的是时间可以琢磨它。"

"看得出你还是个孩子。要知道。到我这个年纪,一年的光阴过去得有多快!"

"我觉得一年是很长的。"鲍里斯固执地说。

"那么你很愿意去打仗喽?"

"那倒不是。"

现在他不觉得很热了。他转身平卧,将两腿伸直,碰到床脚的什么布料:那是他的睡裤。他眼盯着天花板说:

"不管怎样,既然我必须参加打这一仗,还不如马上就打,好不要再提到它。"

"嘿!还有我呢?"洛拉叫喊起来。她又以气喘不已的声音问:

"小蛮子,丢下我你就一点儿也不心疼?"

"不过我反正得丢下你呢。"

"哦!越迟越好呀,"她热烈地说,"我会送命的呢。特别是像你现在这个样子,你因为懒,可能一连三天不给我写一封信,我会以为你已经完蛋了哩。你可不知道那会是什么滋味。"

"你也不知道会是怎样的,"鲍里斯说,"等经历过了之后再去伤这个脑筋吧。"

一阵静默。然后她用他谙熟的沙哑和怨愤的声音说:

"不管怎样,甩掉个把男人该不怎么难的。老娘见识的男人比你想象的要多呢。"

他气冲冲地歪过身子,怒不可遏地看着她:

"洛拉,你要是胆敢……"

"那又怎样?"

"我就一辈子再也不要见到你。"

她平静下来,脸上挂着奇特的笑容对他说:

"我还以为你厌恶战争呢?你一个劲儿对我吹,说你是反军国主义的。"

"我一直是这样。"

"那怎么说?"

"这不是一回事嘛。"

她重新闭上双眼,她现在心如死水,但容颜已今非昔比:嘴角上新近平添了疲惫和失意造成的两道皱纹。鲍里斯勉强解释道:

"我反对军国主义是因为我讨厌军官,"接着又缓和地说,"那些大兵,我倒挺喜欢。"

"可你得当军官,他们会强迫你当的。"

鲍里斯没有回答。这说来就复杂啦,连他自己也说不清楚。他讨厌当军官的,这是事实。但是另一方面,既然这是他的战争,而且人家早就规定要他从事一段时间军人职业,他就必须当一当少尉。于是他想:"假如我现在能在前线,跟着一队人行进,那就是说按规矩办,我就用不着为这种种事情烦恼啦!"他突然说:

"我在琢磨,到时候我会不会胆怯?"

"胆怯?"

"这使我很苦恼。"

他估计她是弄不明白的:真不如和马蒂厄,甚至和依维什谈。但既然在这儿的是她……

"报纸上将天天刊载:法国人在铁流火海中前进……或者用诸如此类的说法。你明白我的意思。我每每要自问:'我顶得下来吗?'再不然我会问回来休假的人,'是不是很艰苦?'他们会回答:'非常艰苦。'我会感到奇怪。那就逗乐啦!"

她哈哈一笑,并且严肃地学着他的腔调:

"等你经历之后,再去伤脑筋吧。而且即使你胆怯也一样,小傻瓜！是壮丽的事业啊。"

他暗想："用不着跟她费口舌了：她反正是一窍不通。"他打着呵欠问：

"熄灯吗？我可是困了。"

"你要熄就熄吧，"洛拉回答，"吻吻我呀。"

他吻了吻她，并且熄了灯。他有点儿恨她，暗想："她不是为了我而爱我的，否则她是会明白的。他们全都一样，都装成闭目塞听的样子：他们把我当成斗鸡场上的公鸡，或者西班牙养牛场里用来斗牛的公牛。现在他们视而不见，我父亲硬要我把文凭拿到手，这个女人则要让我伏击敌人，因为她从前跟一名上校睡过觉，"不一会儿，他感觉到那热乎乎、赤条条的身子依偎着他的脊背，"还有一整年，老是这女人贴着我的身子，这明明是利用我呀。"他想着便自觉冷淡而毫无兴致了。他将身子挪近墙壁。

"你往哪儿挪啊？"洛拉问，"往哪儿挪？你会摔下去的！"

"你搂着我好热！"

她嘟囔着闪开了。一年。在这一年当中要掂量自己是不是一名胆小鬼，在这一年当中我将害怕自己胆怯。他听见洛拉均匀的呼吸，她睡熟啦。然后那躯体又压向他的身子。这不是她的过错，而是床垫正中有一块凹陷的地方。但鲍里斯却因愤然和无计可施而颤抖："她将压着我直到明天清晨。啊！男子汉呀！"他思量着，"同男子汉们朝夕相处，各人将有各人的床铺。"突然，他感到一阵晕眩，他的两眼在黑暗里圆睁，并且向前凝视，一阵冰凉的寒气拂过他那汗淋淋的脊背：他刚刚明白，他已决心明天就入伍作战。

房门敞开，比尔南沙茨太太出现，身着睡衣衬衫，头上裹着一块丝巾。

"古斯塔夫，"她拉开嗓门大喊，好压住收音机的哇哇声，"求求你，上床睡吧！"

"你睡你的觉,"比尔南沙茨先生说,"别管我!"

"可你不上床我就睡不着。"

"咳!"他做了个厌烦的手势说,"你明明看见,我在等消息。"

"什么消息呀?"她驳道,"你干吗要一个劲儿摆弄这该死的收音机啊?邻居们总有一天要抱怨的。你等什么消息啊?"

比尔南沙茨先生转过身来朝着她,用力抓住她的胳膊说:

"我敢打赌说那是吹牛皮。我向你打赌:夜里会发表辟谣声明的。"

"你说什么?"她慌张地问,"你说什么来着?"

他向她做手势要她保持安静。一个安详沉着的声音开始播音:

> 柏林权威方面否认在国外出现的以下传闻,即德国以今日十四时为最后限期向捷克斯洛伐克提出最后通牒,以及在此限期之后将发布总动员令等等。

"听呀,"比尔南沙茨先生大声说,"听呀!"

> 据认为:此类消息只能散布惊惶失措情绪,并制造战争心理。

> 权威方面同样否认戈培尔部长就这同一期限向某一外国报纸发表所谓声明,并指出:戈培尔博士数周以来既未接待、亦未会见任何外国记者。

比尔南沙茨先生还聆听了片刻,但那声音却沉寂下去。于是,他搂着比尔南沙茨太太跳了一圈华尔兹舞,嚷道:

"我早对你说过、早对你说过吧:这是他们在后撤,是凄惨的后撤。咱们不会打仗的,卡特琳娜,不会打仗的。纳粹已经完蛋啦。"

灯亮了。在马蒂厄与黑夜之间突然耸立起四堵墙壁。他撑着双手欠起身子,端详着伊蕾娜安详的面容。这女子赤裸的身子与面部辉映,身子修饰了面容,有如大自然修饰荒弃的花园。马蒂厄再也不能将这容貌同浑圆的双肩,同耸立的小小乳峰区分开来。她是一朵初开的肉体之花,安静而朦胧。

"不太令人讨厌吧?"她问。

"讨厌?"

"有的男人觉得我讨厌,因为我不太主动。有一次,一个汉子跟我觉得厌烦。一清早他就走掉了,并且一去不复返。"

"我没觉得厌烦。"马蒂厄说。

她用轻盈的手指拂过他的颈脖:

"可您要知道:别以为我有什么性冷淡!"

"我明白,"马蒂厄应道,"别多说啦!"

他用双手捧住她的脑袋,欠身瞧着她的一双眼睛。那是两片冰川般的湖泊啊,透明得不见湖底。她在瞧我。在这目光之后的躯体和容颜都消失得无影无踪。在这双眼睛的深处便是黑夜了。未经开发的黑夜。她让我进入了这双明眸。我存在于这片黑夜之中;一个赤条条的男子汉。再过几小时我就将要离开她,但我毕竟将永驻于她的肉体之中。在她的肉体中,在这无以名状的黑夜中。他琢磨着:"可她却连我的姓名也不知道!"蓦然间,他非常强烈地依恋起这女人来,以致觉得非向她挑明不可。但她没有开口:那些词句说不出真情。他依恋的是这间房屋,同样依恋这个女人,依恋挂在墙上的吉他,依恋睡在折叠式眠床上的孩子,依恋这千金一刻,依恋这整整一夜。

她冲着他一笑:

"您对我是视而不见呀!"

"我看见了哩。"

她打了个呵欠:

"我想稍稍睡一会儿。"

"睡吧,"马蒂厄回答,"不过将您的闹钟拨到六点钟:我在去火车站之前,还要回家停一停。"

"您今天上午就出发吗?"

"上午八点钟。"

"我能去火车站送您吗?"

"假如您愿意的话。"

"请等一等,"她又道,"我得下床给闹钟重新上发条,还得把灯关掉。不过请别瞧我,我为自己的屁股感到羞愧哩。又大,部位又低!"

他便将头转了过去,只听见她在屋里来回走动。然后她熄了灯。她重新躺下时对他说:

"我睡着后有时会不知不觉地起身,在屋里走动。万一出现这种情况,您只要打我几记耳光就行啦。"

## 九月二十八日,星期三

清晨六时……

她感到挺自豪:她彻夜未曾合眼,却不觉得瞌睡。最多是眼眶里发红发干,左眼有些痒,眼皮不停跳动,还有整个脊背、从腰部到后颈,不时感到阵阵疲乏。她这次旅行所乘的火车几乎空无一人,到了令人寒心的程度;她所见到的最后一个活人,是斯瓦松车站站长,只见他在月台上摇晃着小红旗。其后,便是东站大厅里熙熙攘攘的人群了。那是其貌不扬的人群,随处可见的是老太婆和大兵。然而她拥有那么多双眼睛,那么多目光!而且依维什还真喜欢旅途中那不停的小小摇晃,喜欢那借助臂肘、腰部、两肩的推推搡搡,以及前后人头的来回转动。无须独自一人承受战争的重压,这是多么舒心啊!她伫立在作为出站口的一扇大门门口,仔仔细细观察着斯特拉斯堡大道。应当看遍并且牢记那些浓荫匝地的树木,那些窗门紧闭的店铺,那些往返如常的公共汽车,那些有轨电车道,那些店门初开的咖啡馆,以及东方欲晓时分的淡云薄雾。即使他们扔下炸弹的时间是在五分钟后,是在三十秒钟后,他们也不能将这一切从我这儿抢走。她确信没有放过任何东西,连她左侧的"杜波-杜波-杜波奈"开胃酒①的大幅广告也收入了眼帘。然后,她心血来潮,忽发奇想:必须赶在他们来之前进城去!她推开两个提着鸟笼的布列塔尼女人,跨过门槛,踏上名副其实的巴黎人行道。她觉得似乎走进一盆熊熊燃烧的炭火之中,既令人振奋,又阴森可怖。"一切都将燃烧,妇女、孩童、老人,我也将在烈火中化为灰烬!"她毫无惧色:"无论如何,我对于老态龙钟感到厌恶。"但仓促之感令她几乎闭过气去。不能浪费一分钟:有那么多地方要再看一遍,如跳蚤市场、古代墓窟、梅尼蒙唐剧场;还有她未曾去过的那么多景点,如格雷万博物馆。"假如他们留给我一周时间,假如他们在下星期二之前不来,那么我就有充分时间做到这一切了,"她又充满激情地思忖,"啊!还有一周的生命,我要使它比整整一年的时间还要好玩儿,我要死在嬉戏玩乐之中!"她立刻朝一辆出租车走去:

"到于依更斯街十二号。"

"请上车。"

"请您开过这几条街:圣米迦勒大道、奥古斯特-孔特街、瓦文街、德朗布尔街,以及快乐街和曼恩大道。②"

〰〰〰〰〰〰

① 法国著名开胃酒,一八四八年开始生产。
② 以上街道均在巴黎第六、第十四、十五区,在大学区附近。

"这可绕弯儿啦。"

"没关系。"

她上车,关上车门。她已将拉昂抛在身后,永远永远抛在身后。再也不回去:我们就死在巴黎啦。她又想:"天气多么好!多么好呀!今天下午去玫瑰丛街,还有圣路易岛!"

"快点儿,快点儿!"伊蕾娜喊,"来吧!"

马蒂厄穿着衬衣,正在大镜前面梳头。他将梳子放在桌上,又将上装夹在腋下,走进那间伊蕾娜的客房。

"怎么啦?"

伊蕾娜伤感地指指床:

"他溜走啦!"

"别开玩笑,别开玩笑!"马蒂厄嚷道。

他端详了一会儿凌乱的被褥,一边搔搔头皮,随后放声大笑。伊蕾娜惊奇而郑重地望望他,但也忍俊不禁了。

"他耍了咱俩呀!"马蒂厄说。

他套上了上装。伊蕾娜还笑得前仰后合。

"七点钟在圆顶咖啡厅见。"

"七点钟见。"她回答。

他朝她欠下身子,轻轻吻了她一下。

依维什连跑带跳地上了楼梯,上气不接下气地在第四层的楼梯拐弯处停下脚步。门是半开半关的。她有些颤抖起来。"也许这里是看门女人的住处?"她径自走进去:所有的房门都是敞开的,所有的电灯都大放光明。在前厅,她发现了一只大旅行箱:"他在这儿呢。"

"马蒂厄!"

没有人回答。厨房里空无一人,但在卧室里,床铺却凌乱不堪。"他准是在这儿过的夜。"于是她走进书房,打开窗户和百叶窗。"这地方不坏呀,"她动情地想,"那是我错怪人家了。"她将住在这里,每周给他写四次,不,五次信!然后,突然有这么一天,他会在报上看到"巴黎被轰炸"的消息,于是一封信也收不到啦。她在书房里转了一圈,摸摸各种书籍,还有螃蟹形的镇纸。在一本马蒂诺撰写的有关司汤达的著作旁边,有一根折断的香烟;她将它拾起,同其他纪念品一起放进手提包里。然后她老老实实坐在睡榻上。不一会儿,她听见楼梯上有脚步声,她的心怦怦直跳了。

果然是他。他在前厅稍事耽搁,然后提着旅行箱走进来。依维什张开双臂,她的手提包掉在地板上。

"依维什!"

他并不显得吃惊。他放下旅行箱,拾起那手提包,将它还给了她。

"您在这里很久了吗?"

她没有回答;她有些抱怨他,因为她不小心让手提包掉落了。他走过来坐在她身边。她对他视而不见。她所见到的,是地毯和他的皮鞋尖。

"我挺走运呐,"他兴高采烈地说,"再晚一个钟头,您就会错过我啦:我现在要坐八点钟去南锡的火车。"

"怎么回事?您马上就出发?"

她不作声了,对自己很不满意,并且讨厌自己的声音。他俩没有多少时间了,她本希望简单些,但却控制不住自己:当她很久未见到他人时,一旦重逢是不可能简单的。她觉得浑身有一股软绵绵的浑噩劲儿,好像是跟别人赌气。她小心地不让他看见自己的面孔,但却要让他感受到自己的困惑。她意识到这比正面凝视他的眼睛似乎更不知羞耻。他两只手伸向旅行箱,将它打开,从中取出闹钟并且上了发条。马蒂厄站起身,将闹钟放在桌面上,依维什稍稍抬起两眼,因为与光源反向,只看见他那黑乎乎的身影。他走过来重新坐下。他仍然一言不发,但依维什倒恢复了一些勇气。他瞧瞧她,她也明白他正在瞧着自己。三个月以来,还从未有过任何人像他现在这样仔细端详她。她此刻感到自己被珍惜,却又很脆弱:一只小小的、无声的偶像罢了;这很甜蜜、很刺激,也有点儿可悲。突然,她听见闹钟嘀嗒嘀嗒的响声,以为他就要走了。"我不愿意做一个脆弱的偶像。"她做了极大的努力,终于转过身来朝向他。他的目光却并不是她所期待的那种。

"您来啦,依维什。您来啦?"

他似乎没有考虑自己在说些什么。她还是朝着他微微一笑,但她从头到脚都感到冰凉。他并未回报以笑容,而是不急不忙地说:

"是您呀……"

他不胜惊奇地端详她。

"您是怎么来的呀?"他以稍微活泼的口气又道。

"乘火车呗。"

她将手心同手心合在一起紧握着,使指关节发出咯咯响声。

"我是想问:您的双亲知不知道?"

"不知道。"

"您是逃出来的吗?"

"差不多是。"

"对啦,"他说,"对啦,那就太好啦:您就在这里住下吧。"他又关切地问,"您在拉昂遇到麻烦了吗?"

她避而不答:那话音落在她的后颈上,像一把铡刀,冰凉而冷淡。

"可怜的依维什啊!"

她开始一把一把地揪自己的头发。他又问:

"鲍里斯在比亚里茨吗?"

"是的。"

鲍里斯摸索着起了床。他哆嗦着穿上长裤和上衣,朝洛拉看了一眼。洛拉正张着嘴熟睡呢。于是他悄悄打开房门,手提着皮鞋溜进过道。

依维什瞥了一眼那只闹钟,发现时间已是六点二十分。她以凄婉的声音问:

"几点钟啦?"

"六点二十分,"他应道,"请稍候:我将几件东西放进挎包,这只需一小会儿。然后,我就完全空闲啦。"

他在旅行箱旁跪了下来。她麻木地凝视着他。她感觉不到自己身躯的存在,但闹钟的嘀嘀嗒嗒声却在耳边震响。不一会儿,他重新站立起来:

"全都准备好啦。"

他在她面前仍然站立着。她看到他的长裤,膝头已有些磨损。

"依维什,请仔细听着,"他不急不忙地说,"咱们谈谈正经事:这套房子就归您了。钥匙挂在门口的钉子上,您可以在这儿一直住到战争结束。关于我的薪金,我已做了安排:我授权雅克代领,他领后按月给您寄来。不时会有一些小账单要付清:比如房租,还有税款(除非军人免缴);此外,您有时可以给我寄个小包裹来。剩下的钱归您,我想您应付生计是满可以的了。"

她惊惶不已地听着这平静单调的声音,觉得它很像电台播音员在播音。他怎么敢这么令人讨厌呢?她没怎么听懂他说些什么,却能清晰地想象他该是怎样一副表情:略带几分笑意,眼皮沉甸甸地耷拉着,一脸做作出来的大吉大利的神气。于是她盯了他一眼,为了更加厌恨他——可是这恨意却冰消瓦解了:他的表情同他的语调全然不同。他感到难过吗?一点也不,他不像受苦受难的样子。他那副面孔,是她未曾见识过的,如此而已。

"您在不在听我说话,依维什?"他笑盈盈地问。

"当然在听。"她回答。她站起来说:"马蒂厄,我希望您把捷克斯洛伐克在地图上的位置指给我看。"

"不过我手头没有地图,"他说,"哦,未必,我也许有一本老式地图集。"

他到他的书架上去找来一本精装的画册,将它放在桌上,翻动几页后将它打开。"中欧地区。"地图的颜色沉闷至极:仅有深黄和浅紫。没有蓝色。无海无洋。依维什细细看了一通,她仍然没有发现捷克斯洛伐克。

"这本地图是一九一四年以前的啦。"马蒂厄说。

"那么,在一九一四年之前,并没有什么捷克斯洛伐克喽?"

"没有。"

他拿起钢笔,在地图中央画了一条不规则的、封闭性的弧线,说:

"差不多是这个样子。"

依维什瞧着这与水不沾边的一大片土地,色彩很愁惨,还有那与印刷体字母相比是那么难看、那么不得当的墨水线条……在弧线圈内,她读到"波希米亚"的字样,说:

"哦,就是这个。这就是捷克斯洛伐克呀!"

在她看来,一切都是徒然的了,她竟放声大哭起来。

"依维什!"马蒂厄唤道。

她突然半躺在那张睡榻上。马蒂厄用两臂抱着她。开头她使劲挺了挺身子:"我不要他施舍怜悯,我显得真可笑。"但不一会儿,她就听之任之了。不再有什么战争呀、什么捷克斯洛伐克呀、什么马蒂厄了。剩下的仅仅是这围绕着她双肩的温柔而热烈的轻压。他问:

"您昨夜睡了一会儿没有?"

"没有。"她在两次抽噎之间说。

"我可怜的小依维什呀!您等一会儿。"

他站起来走出房间,只听见他在隔壁屋里不停地走动。到他回来时,他恢复了些许那种她所喜爱的神情:天真而开朗;他坐在她身边说:

"我铺上了干净被褥。床也弄整齐了,我一走您就可以躺下啦!"

她瞧了他一眼:

"我……我不到车站去送您啦?"

"我还以为您讨厌在月台上送别呢!"

"啊!"她以好商量的态度说,"这次是特别重要啊……"

但他仍然摇了摇头:

"我更愿意独自一人走。而且您是必须睡一睡的。"

"嗯,"她问答,"嗯,那好吧!"

她想:"我多傻啊!"她突然感到身上很凉、很憋气。她用力摇摇头,擦了擦眼睛,微微一笑。

"您说对啦,我太神经质了。是因为疲劳:我要休息一下。"

他牵着她的手,让她站起身来:

"我应当带您转一圈,才算当上了屋主。"

在他的卧室里,他在一只大柜前停下来:

"这里面装着六对床单、一些枕套和被褥。什么地方还有一床鸭绒被,但我不记得放在哪里了。看门女人会告诉您的。"

他打开大柜子,瞧着一堆堆洁白的内衣。他不禁发笑了。他显得不很痛快。

"怎么回事呀?"依维什礼貌地问。

"所有这些,原先都是我的。真好笑呢。"

他转身朝着她。

"我也要让您看一看食橱。过来吧。"

他俩走进厨房,他指给她看一处食柜。

"在这儿。还剩有植物油、食盐、胡椒,这里还有一些罐头,"他将这些圆罐儿先后举到齐眉高,然后在灯光下转动着,"这是鲑鱼,这是扁豆肉,这是三罐腌菜肉,只要蒸一蒸……"他停下来,又不很友善地笑了笑。但他没再说什么,只是瞧了瞧一罐小青豆,眼神已是有气无力,便顺手放回了食柜。

"小心煤气,依维什。每天晚上临睡前一定要关上总阀门。"

他们回到书房。

"对啦,"他又道,"我下去时会通知看门女人一声:我将套房交给您用了。明天她会为您把那位巴莱纳太太请来。她是我的管家婆,人不坏。"

"巴莱纳,"依维什道,"多古怪的姓!"

她忍不住笑了,马蒂厄也很开心。

"十月初之前雅克不会回来,"他又道,"我得给您一些钱,好等到他来。"

他的钱包里有一千法郎和两张一百法郎的钞票。他取出一千法郎给了她。

"非常感谢。"依维什说。

她接过来,紧紧攥在手里。

"不管发生什么情况,都可以找雅克。"

"我会写信给他,说我把您托付给他。"

"谢谢,"依维什又说一遍,"真要谢谢您!"

"您知道他的地址吗?"

"知道,知道。多谢啦!"

"再见,"他挨近她说,"再见啦,亲爱的依维什。我一有那边的地址,就会给您写信的。"

他搂着她的肩膀,把她拉向自己:

"我亲爱的小依维什!"

她顺从地将额头向他这边伸去,并同他拥抱。然后他同她握握手,走了出去。她听见他砰然关上前厅的大门。然后她展开了那张一千法郎的钞票,看了看上面的图案,便将它撕成八块,扔在地毯上。

一个蓄着浅褐色胡髭的老殖民者,一只手按着一名新兵的肩膀,另一只手指着非洲海岸。"参加殖民军,重新参加殖民军!"那新兵一脸傻相。当然,必须经过这个阶段;在整整六个月当中,鲍里斯会显得蠢笨如牛。就算是三个月吧:在战争年代,一天等于两天。"他们会剪掉我的发绺的,这帮笨蛋!"他比任何时候都更激烈地反对军国主义。他经过一名哨兵跟前,那兵站在岗哨里一动也不动。鲍里斯向他投以狡黠的目光,但他突然缺乏勇气了。"他妈的!"他悄悄骂道。但他决心已定。他感到自己已从头到脚都充满不友善的情绪:他走进兵营,两腿有气无力。天空里映着一片红光,轻盈的风将海的咸涩味一直吹到这类遥远的郊区。"多可惜呀,"鲍里斯想,"天气这么好,实在是可惜呀。"一名警察正在警察局门口来回踱方步。菲力普将他端详了一番。他觉得自己已完全被人遗弃,感到浑身冰凉。他的腮帮和上唇非伟疼痛。这将是一次毫无光彩的殉难。毫无光彩,并且毫无乐趣:先是坐监牢,然后在某个清晨,在万森古堡的大坑前上绞刑架。谁也不会知道这件事。他们全都抛弃了他。

"警察公署吗?"他问。

那警察打量他片刻:

"在二层楼。"

我将是我自己的证人,我只需向我自己负责。

"这里是应征入伍办公室吗?"

两名士兵交换一下眼色,鲍里斯感到自己的腮帮赤红灼热。"我的气色可好着呢。"他暗想。

"院子尽里头那座楼,左边第一扇门。"

鲍里斯用两只手指马马虎虎敬了一个礼,便以坚定的步伐穿过庭院。不过他暗想:"我准是一脸窝囊相。"这对他的情绪是莫大的打击。"他们一定觉得非常开心呢,"他想,"一个小子居然送货上门,没有人强迫他;他们一定认为这是天大的笑话。"菲力普在灿烂的光线照耀下,笔直地站着。他直视一位挂着勋章绶带的矮个子先生的两眼,此人的下颚几乎是方形的。他不禁想到了拉斯科尼柯夫①。

"您是局长吗?"

"我是他的秘书。"那位先生说。

菲力普说话颇为艰难,因为上嘴唇肿大。但他的声音是清脆的。他向前跨了一步:

"我是拒服兵役者,"他语气坚决地说,"而且我使用着假证件。"

那秘书仔仔细细地打量了他:

"请坐呀。"他彬彬有礼地招呼。

出租车向着东车站疾驶而去。

"您要迟到了哩。"伊蕾娜说。

"不会的,"马蒂厄回答,"但可能正好赶到。"

作为解释,他补充道:

"我家里来了一位姑娘。"

"一位姑娘?"

---

① 拉斯科尼柯夫,陀思妥耶夫斯基的作品《罪与罚》中的人物。萨特不止一次借用这个名字。

"她从拉昂赶来看望我。"

"她爱您吗?"

"没有的事。"

"您呢,您爱她吗?"

"也不爱:我把套房让给她住。"

"这是个好姑娘吗?"

"不,"马蒂厄回答,"不是个好姑娘。但也不是坏姑娘。"

他们不再吭声。出租车穿过中央菜市场。

"那边,那边,"伊蕾娜蓦然说,"是在那一边。""对啦。"

"是昨天的事。天哪!路很远……"

她深深陷在车座中,好从反光镜中观望。

"结束啦!"当她重新坐定后,她道。

马蒂厄不搭腔。他想到南锡:他可从未上那里去过。

"您的话不多呀,"伊蕾娜说,"但我同您在一起也不寂寞。"

"我过去说话说得太多了呢。"马蒂厄略略一笑道。

他转身向她,问:

"您今天准备干什么呀?"

"什么也不干。"伊蕾娜回答。"我从来就不干什么事情,我老爹派给了我一份抚恤金。"

出租车戛然停下。他俩下了车,马蒂厄付了账。

"我不喜欢这些火车站,"伊蕾娜道,"样子很凄惨。"

她突然将手伸到他胳臂下面。她同他并肩而行,默不作声但亲切随便:他觉得似乎认识她已有十年之久。

"我得去买票。"

他俩从人群中穿过。那是平民的人群,动作迟缓、无声无息,混杂着少数士兵。

"您熟悉南锡吗?"

"不熟悉。"马蒂厄说。

"我可熟着呢。告诉我您去的具体地点。"

"南锡附近艾塞的空军兵营。"

"我知道那地方,我知道的。"她说。

一些挎着背包的男人,在小窗前面排队。

"趁您在这里排队的时候,要不要我去为您买一份报纸?"

"不用啦,"他挽紧她的臂膀说,"待在我身边吧。"

她带着满意的神情冲他微微一笑。他俩不慌不忙地朝前走。

"南锡附近的艾塞。"

他递过他的兵役证,职员给他一张车票。他转身向她:

"送我送到小门口吧。我宁愿您不到月台上去。"

他俩走了几步便停下。

"别了,别了!"她说。

"别了!"马蒂厄也道。

"只度过一个良宵啊。"

"一夜。不错。但您将是我对巴黎唯一的回忆。"

他亲吻她。她问他:

"您给不给我写信呢?"

"不知道。"马蒂厄说。

他不言不语地瞧了她片刻,接着便远去了。

"哎!"她向他喊道。

他转过头来。她脸上挂着微笑,但嘴唇有些发抖。

"我连您的姓名也不知道呢。"

"我叫马蒂厄·德拉鲁。"

"请进。"

他穿着睡衣坐在床上,头发像平常一样梳得整整齐齐,仍然那么英俊;她在想:为了过夜,他是否在头上戴了发网。他的房里散

发着一股香水气味。他惊慌失措地瞅着她,急匆匆地从床头桌上拿起眼镜,架在自己鼻梁上:

"依维什!"

"是我!"她高高兴兴地回答。

她在床边坐下,冲着他笑。去南锡的火车正从东火车站驶出。在柏林,轰炸机也许甫告起飞。"我想玩一玩!我想乐一乐!"她瞧了瞧自己四周:这是一间旅馆的房间,阔绰而丑陋。炸弹将穿透七楼的屋顶和地板:我将在这里送命。

"我没想到还能见到您。"他不失尊严地说。

"为什么?因为您的行为像一个不通人情的莽汉!"

"我们喝酒啦。"他道。

"我喝了酒,因为那时我听说我在物理、化学、生物考试中落了榜。可您呀,您压根儿没喝:您想把我拉进您屋里;您早就在打我的主意。"

他完全给搅糊涂了。

"好哇,现在我自己来啦。在您的房间里了,"她道,"那么该怎样?"

他满面通红了:

"依维什!"

她对他嗤之以鼻:

"您那架势也没啥了不起。"

出现了长时间的静默,然后一只笨拙的手轻轻抚摸她的腰部。轰炸机已越过边界。她笑得泪眼汪汪:"无论如何,我不会以处女之身送命啦!"

"这个位置空着吗?"

"哼!"那胖老头以此作答。

马蒂厄将他的拎包放在行李架上,然后坐下。车厢里坐满了旅客。马蒂厄竭力想端详端详旅伴们,但这时的天色还很晦暗。他有好一会儿纹丝不动地待着。接着突然摇晃了一下:火车启动了。马蒂厄高兴得一惊:这都完结啦。明天就到南锡。战争,恐惧,或许还有死亡,然后是自由。"咱们将会看到的,"他喃喃道,"咱们将会看到的。"他将手伸到衣袋里去取烟斗,但一个信封却在他手指下被揉皱:那是丹尼尔的来信。他真想将它放回衣袋,但某种顾忌不让他这样做:总还是应当看一看人家写来的信嘛。他填满了他的烟斗,将烟点燃,打开信封。从信封里取出的是整整七页纸,上面写满同样大小而又密密麻麻的字迹,连一处涂改也没有。"他准是先打了草稿。好长的一封信啊。"他不胜厌烦地想。幸好火车已经出站,光线比较明亮了。他展纸读来:

亲爱的马蒂厄:

我很容易想象出你感到多么惊奇,因而也就能深深感受到这封信是多么不合时宜。而且,连我自己也不太清楚,我为什么要同你谈一谈。也许应当假定:就像犯罪之途一样,诉说衷肠之道是一条腻滑的斜坡。今年六月我向你透露我性格中的一个独特方面时,也许我在不知不觉中把你当成自己最好的见证人。我对此颇感遗憾,因为我虽然要请你给我生平的所有大事打上印记,但也因此注定要对你常怀恨意,在我倒不致感到劳累,在你却有害无益了。你当然会想到,我是笑嘻嘻地写下这番话的。最近几天,我感受到一种含铅的轻松(但愿这样的联词不叫你害怕),于是笑声就赋予我某种额外的优雅。但让咱们撇开这些不谈,因为同样应指出:我不是要向你复述我日常生活里的鸡毛蒜皮,而是要讲一件奇特的历险。大概只有当这段历险对于别人来说也是存在的时候,它才会令我感到完全真实。这并不是因为我那么指望你相信,甚至也可能不是指望你的诚意。十多年来,你一直以理性主义为谋生手段。假如我要求你暂时将它放在一边以便随我进退，我实在怀疑你会不会同它一刀两断。但也让我刻意将这段经历告诉友人中最不适合听取它的那一位；也许我把这看做一种反考验。我并不要求你给我答复：如果你竟必须写信劝我不违常理，那我会感到不快的；请你务必相信，我自己也常在口中念念有词进行此类自我劝诫。我甚至不得不向你承认：往往正是当我想到常理、健全的理智、实证科学的时候，天赐的笑意就来到我身上。而且我设想，假如玛赛儿在我的来往信札中发现一封你的来信，那她会感到难过的。她会自以为查出了秘密通信。而且，既然她对你那么了解，她一定会以为你是慨然主动为我效劳，来指导我在夫妇生活中的小儿学步。但由于下述原因，你的沉默可以成为对我的反考验。如果我可以无动于衷地想象你的"丑笑"，并且设想你在考虑我的"案例"时那种暗自揶揄的态度，同时仍不放弃我选择的独特道路，那么我就可以确信自己是正确的。为了避免一切误解、并且在对精明的心理学家主动服务深表谢忱之余，我还要赘言：这次我是以哲学家为对象，因为应当将我寄给你读的这段小故事列入抽象思维的范畴。你肯定会认为这是自视过高。因为我既未读过黑格尔的著作，亦未研究过叔本华的思想；但还要请你不必见怪：我诚然没有能力以概念来认定我目前思维的动向，便只得将这交给你去办理，因为这是你的本行。你们这些有远见卓识的人所构思的一切，我仅限于盲目地经历过来。不过，我不认为你会轻易让步：这笑声、焦虑和转瞬即逝的直觉，遗憾的是你很可能认为必须将它们列入心理"状态"一类，并且用我的性格和习俗来给以解释；这样做时，你还得滥用我情不自禁向你作的坦诚透露。这就与我无关了：说过的话已经说过；你有自由随便加以使用，即使是为了对我犯下滔天大错。我甚至要向你承认:我暗自庆幸自己准备提供一切必要情况,以便恢复真相,虽然明知你将利用这些材料故意陷入误区。

现在谈谈事实吧。说到这里,由于忍俊不禁,一支秃笔竟从我手中落下。那是含泪的欢笑。下面的话是我于战栗之中写下,是我除向我自己以外从不为外人道的(既出于顾忌也碍于礼貌),此刻却要化作明明白白的字眼,而这些字眼又将变成致君函札一束,白纸黑字,纵使在十载年华已过之后,你仍可捧读而讪笑之。我深觉这乃是我对自己的一种亵渎;这又无疑是最不可宽宥的了。但我既有几分感悟,也就不妨与君共享:亵渎亦可供喷饭之用。假如我果真曾就自己最珍爱的事物做过哪怕一次嬉笑怒骂,那珍爱自然也就打了折扣。是的,我将供你取笑的,乃是依照我新获致的信念。我诚惶诚恐地在内心孕育了此种新信念,其宏大壮丽自不在汝观念之中,却仍将完整地奉献与你。我在此间觉得如千钧压顶的重量,到了你那边却会由于你不以为然而压力锐减。倘使你读此信时不无乐趣,就须明了我实在已先行一步:我在笑,马蒂厄,我在笑。上帝创造了人类,又高于所有个别的人,却遭到众生的耻笑:他悬于十字架上,脸色铁青、张口露齿,却在冷嘲热讽之下哑口无言,不啻任人宰割之鱼鳖!还有什么比这更加可笑的呢!得啦,得啦,你不必枉费心机,最富柔情的含笑之泪是不会在你脸上流淌的。

所以还是让咱们看看字眼都能起什么作用。首先是你能否理解我的意思:我要告诉你,我从来不知道我到底是怎样一个人。我的毛病和我的品德,因为都在自己鼻尖之下,实在无法看见,而且也无法退后一步看到自己的全貌。何况我还有一种无以名状的自我感觉:我似乎是一种柔软的流动物质,字眼恰恰深陷于其中。我只要试图给自己命名,那被命名者就立即同命名者融为一体,于是一切又得重新开始。我常常存心要恨我自己,你知道我要想如此是颇有一些理由的。但这种恨恨之情,一旦拿自己做试验,也就溶解在我自己的无定见之中了。剩下的仅仅是一段往事而已。我也不能做到自怜自爱:我确信这一点,虽然从未尝试。但我必须永远自己适应自己;我早成了我自己的负担。还不是太重,马蒂厄呀,不算太重。在这六月的某个夜晚,我一时兴起向你诉说衷肠,以为从你那惶悚的目光里看到了我自己。你是能看见我的,在你眼中我是实在可预见的;我的行为和性格都不过是固定本质的后果。这本质你是通过我本人而认识到的:我曾经通过一些字句向你作描绘。我向你揭示过一些你一无所知的事实,使你对此种本质得以领略一二。然而毕竟看见这本质的是你,我不过看到了你看见它。你一度竟成了我与我自己的中介,并且是我心目中世上最为可贵的中介:因为我这个坚实的存在,这个我欲使自己成为的存在,是你简单朴素地感受到了它,一如我之感受到你那样普普通通;因为,说到底,我存在着,我在这里,即使我自己不感觉我存在。在自己身上发现这一确凿的事实而并无凭据、有这份自豪而并无实体,这是一种旷古未见的苦刑。这才使我悟到:人只能借助别人的判断,借助别人的怨恨,方能触及自己。也许亦可借助别人的爱情达到吧,但这不在此信的论题之列。从这一发现中,我对你留下一种似谢非谢之情。我不知道如今你以什么名称来称呼你我的关系。这绝非友谊,也不尽为仇恨。可以说,在你我之间有一具遗骸。那就是我之遗骸。

当我偕同玛赛儿出发前往索弗泰尔时,我还处在此种心态中。有时我欲与你重逢,有时我又梦想着将你杀掉。但突然有一天,我意会到了你我之间关系的相互性。如果没有我,你会是什么样子呢?还不是那同样一种飘忽的东西,犹如我之于我自己那样吗?你有时或能猜到你自己是什么,那是借助我的中介(不无愤愤之情。):一名不大彻底的理性主义者,表面上很自信,实际上却游移不定,对于一切天生属于你理性范围内的东西充满善意;对于除此以外的任何东西都视而不见、满纸谎言;为了谨慎而喜欢说理,在鉴赏力方面爱感情用事,七情六欲颇不健全。总之是一名很有分寸、不走极端的知识分子,乃我中产阶级色味俱佳的优质产品。诚然,没有你的中介我触及不了自己,但同样地,你若要认识自己,我的中介亦属必不可少。我那时亲见你我二人,以相互支撑的方式保住两个虚无,那时我头一回有了这深沉完满、足以烧毁世界的欢笑。其后我又重新陷入一种相当严重的冷漠中,特别由于就在这六月,我做出了牺牲,并觉得是一种痛苦的赎罪;但久而久之,此种牺牲却显得**极难承受**。但写到这里我应当缄默了:我不可能在提及玛赛儿的时候不发笑;而出于礼貌(你会赞赏这礼貌),我不愿与你一同取笑她。正是在这时,最难以置信、最疯狂的机遇降临到我身上。上帝看见了我,马蒂厄。我感觉到、我确知这一点。就是这样:我一口气把什么都说了。我真想待在你身旁,如果可能还要汲取更有力的信念,办法是看见你将被它震颤良久的那浑厚的笑容。

此刻话已说够。咱们彼此取笑也已到头:我继续讲我的故事。在地下铁道、在剧场休息厅、在火车车厢里,你肯定有过从背后被人窥测之感,并会觉得突如其来和难以忍受。你转过身来,但那好奇的家伙已低下头去看书。因此你无法知道是谁在窥视。你回到你原先的所在,但心里明白,那陌生人已重新抬起眼睛。你有此感觉是由于整个背部有一种轻微的蚁走感，仿佛全身的神经突然迅速抽紧了。就是这样，九月二十六日下午三时在旅馆花园里，我头一次有此种感受。可实际上却没有任何人；马蒂厄呀，你要明白：没有任何人。但那目光却千真万确地存在着。请你弄明白我的意思：我并没有**抓住它**，如同人家顺便瞥见一个侧影、一个额头或一双眼睛那样。因为这目光的特性，正在于**不可捉摸**。我只得紧缩身子，做出防备的架势。我既被人看穿，同时又是无法穿透的东西，我是**在存在着**一种目光的情况下生存。此后，我便一直面对着见证人。处在见证人面前，即使是在门窗紧闭的房间里；有时，由于意识到被这种利剑穿透，感觉到自己是在见证人目光下睡觉，便会在突然间惊醒。坦率地讲，我几乎已完全失眠。啊，马蒂厄呀，这是什么样的发现啊：人家看见了我！我拼命挣扎着想认识我自己，我觉得自己从头到脚暴露无遗，我呼吁你的善意介入。可在这期间，人家却看见我了，那目光就在眼前，无法消除，像隐形的网。你也一样，你这多疑的取笑者啊，**人家也看到了你**。可你却一无所知。告诉你这目光是怎么回事，对我来说是很容易的：因为它什么都不是；它是一种无形的东西；喏，你不妨想象那最黑暗的黑夜吧。正是这种黑夜在瞧着你。可也是使你目眩的夜，是光辉灿烂的夜，是白昼的秘密之夜！我遍体流淌着黑色的光明：这光洒遍我的双手、我的心田、我的两眼。然而我却看不见它。请你相信：我起初觉得这种没完没了的强暴可恶至极。要知道，我最早的夙愿是无影无踪；我曾千百次地发愿，希望无论在人世间还是在心灵间都不留下一丝一毫的痕迹。而突然发现这种目光乃是随时随地皆有的一种环境，我自己也在劫难逃，这是多么令人惶恐不安啊！但这也是令人慰藉的事情。我终于知道我是存在着的。你们的先知曾有过一句愚蠢之至、罪莫大焉的名言，叫做

"我思故我在";它曾令我吃尽了苦头——因为我愈"思",似乎就愈"不在";现在我反其意而自用之,将它篡改成"人见我,故我在",还望足下息怒!那稀里糊涂自我泄露的罪责,自不必由本人承担了:看见我的人使我得以存在;他看见我是什么样的,我也就是那个样子啦。于是我将我那夜间的、永恒的面孔转向黑夜,故作挑战之态地站起来,对上帝大叫一声:这就是我!我的样子即如您之所见,亦即如我之存在。这叫我又能如何:你们认识我,而我却不认识我自己。我除了自我容忍之外又能怎样呢?至于你们,把目光总避开我的你们,请也容忍我吧!马蒂厄呀,乐也不尽、苦也无边啊!我终于蜕变成了我自己。人家恨我,人家蔑视我,人家容忍我,一种实际的存在支持我永远生存。我是无可穷尽的,也是无穷无尽的罪人。但我存在,马蒂厄啊,我存在呢。在上帝面前和在凡人面前,我存在。受难耶稣是也。

我去拜访了索弗泰尔的本堂神甫。这是一位受过教育而且很精明的农民,长着一副老戏剧演员疲惫而善变的面孔。我不怎么喜欢他;但对于能够通过他与教会作首次接触,也并无不快之感。他在一间放满书籍的办公室里接见了我。这些书他肯定没有全部读过。我一见面就掏给他一千法郎,以示乐施好善。我发现他大约把我当成迷途知返的罪人。我觉得会忍俊不禁哈哈大笑起来,念及我当时境遇的悲壮性质,只得保持庄严肃穆。

"本堂神甫先生,"我对他道,"我只想打听一件事:贵教有无'上帝看见吾人'之说?"

"他看见咱们呢,"他甚为吃惊地回答,"他看透了咱们的心灵!"

"但他在那里看见了什么?"我问,"我日常的思想糊里糊涂泛着泡沫。他是否见到了?要不然,他的目光是否探及吾人永恒的本质?"

那老滑头当即答道:

"先生,上帝明察秋毫,洞悉一切。"

我从中体察到亘古不朽的大智大慧。

我懂得了……

马蒂厄极不耐烦地将信纸揉做一团。"陈词滥调!"他想。玻璃窗是开着的,他将这信揉成的纸团从窗口扔出去,无心再读下去。

"不,不,"警察局长说,"请您拿起电话筒:我不愿跟这些高级军官说话;他们把你当仆人看待。"

"我想这一位会比较和气,"秘书说,"不管怎么说,咱们是把他的公子送还给他。何况这本是他的过错,他应当更好地管教这孩子……"

"您等着瞧,等着瞧吧。"局长又道,"他会想法子叫您不好受。特别是在目前这种形势下:咱们正处在战争前夕,您有本事就去试试叫一位将军承认自己有错吧!"

秘书拿起电话,拨了号码。局长点燃一支香烟,说:

"米朗,注意点儿技巧,要保持就事论事的调子,不要说得太多。"

"喂,"秘书说,"喂,是拉卡兹将军吗?"

"是的,"一个令人不快的声音说,"您有什么事?"

"我是德朗布尔街警察局的秘书。"

那声音似乎表示出更大的兴趣:

"是的,那又怎样呢?"

"今天上午八点钟,一个年轻人向我局投案,"秘书用平淡而疲倦的口吻说,"他自称是逃兵和假证件使用者。我们的确从他身上搜出了一份伪造得很粗劣的西班牙护照。他拒不亮出自己的真实身份。但市局将您的继子的相貌特征和照片转来,我们立即辨认出是同一人。"

沉默片刻后,秘书又以有些无奈的口气继续说:

"当然,将军:对他不存在任何起诉理由。他并不是逃兵,因为他尚未应召参军;他兜里揣着假护照窜来窜去,但这并不构成犯罪,原因是他还不曾有机会使用这假护照。我们为您暂时看管着他,您随时可以来将他领走。"

"你们揍了他一顿吗?"那声音生硬地问。

秘书浑身一惊。

"他问什么呀?"局长询问。

秘书用手遮住了话筒。

"他问咱们揍了他没有。"

局长朝天伸了伸两臂,秘书这时应答道:

"没有,将军。当然没有。"

"很遗憾。"将军道。

秘书斗胆满怀敬意地笑了一声。

"他说什么啊?"局长又问。但变得很不耐烦的秘书向他转过身去,弯腰对着电话恭听:

"我今晚来,也许明天来。在此之前,就在局里看着他吧。这对他将是一个好教训。"

"是的,将军!"

将军挂断了电话。

"他都说了些什么啊?"局长打听。

"他的意思是要给这小子一点颜色。"

局长将烟头在烟灰缸里捻碎,含讥带讽地回答:

"瞧你说的!"

十八点三十分。海面上的太阳不停地下沉;大马蜂不停地嗡嗡叫;战争也不停地向人们迫近。她没完没了地挥手驱赶一只马蜂;雅克在她身后正不停地小口饮啜着他那杯威士忌酒。她思量着:"生活是不可穷尽的啊。"父亲母亲、兄弟们、叔伯姑姨,整整十五个年头,大家在九月美好的晌午相聚在这间客厅里,安安静静、僵硬死板,像一张全家福的照片。她天天下午在这里等待晚餐开饭,先是在桌子下面等待,后来是在一张小椅子上坐等,一边做针线活儿,一边探索生活的意义。她们全都在这里:在所有那些悠闲的晌午,沉浸在一片金碧辉煌的红霞映照之中。父亲在她身后,读着《时代报》。生活的意义何在?生活的意义何在?一只苍蝇极其笨拙地顺着玻璃向上爬,然后跌落下来,又再次向上爬;奥黛特的视线紧追不舍,她真想哭出声来。

"过来坐下吧,"雅克招呼道,"达拉第要发表讲话了。"

她转过头来看看他:他没有睡好觉,此刻正坐在皮面安乐椅中,一脸在惧怕时才有的那种童稚气息。她坐在椅子扶手上。每天都将是彼此雷同的。每天啊。她瞅了瞅室外,思忖:"他说得对,海洋发生了变化。"

"他会说些什么呢?"

雅克耸了耸肩:

"他将对我们说:现在已经宣战!"

她全身微微一震,但仅此而已。十五个夜晚啊。在十五个忐忑不安之夜,她曾对着空气祈祷。她愿意献出一切,她的住房、她的健康甚至十年的寿命,以此来拯救和平。但是现在,这战争,就让它爆发吧,让它爆发吧!要发生的事总得发生。我的天!让晚餐的钟声敲响,让雷殛电劈滔滔汪洋,让阴暗的声音突然宣布:德国人开进了捷克斯洛伐克。一只苍蝇。一只在杯底淹死了的苍蝇。她让自己沉没在这平静的大灾大难的晌午;她凝视着丈夫稀

疏的头发,已不太能弄明白,为什么要费神保护人们免于死亡,保护房屋免于毁坏?雅克将杯子放在靠墙的长桌上,满怀愁绪地说:

"是结束的时候了。"

"什么结束了?"

"一切都结束。我甚至不知道该祝愿什么,是胜利呢还是失败?"

"唉!"她有气无力地应答。

"如果战败,我们就将日耳曼化;但我可以向你发誓,德国人是能重建秩序的。共产党人、犹太人、共济会会员就只能卷铺盖喽。如果战胜,咱们将布尔什维克化,那将是贱民阵线大获全胜,将是无政府状态,也许还更坏……"接着,又用抱怨的声音说,"不该宣战呀,这场战争不该宣布进行的呀!"

她没怎么注意他这番话。她想的是:"他害怕了。他真差劲,现在孤独了,"她朝他欠着身子,抚摸他的头发,"我亲爱的小雅克呀!"

"我亲爱的小鲍里斯呀!"

她向他启齿一笑。她样子十分诚实。鲍里斯由于悔恨而极其心痛。我总得把这事告诉她吧。

"真蠢,"洛拉又道,"我太紧张了,我真想知道他要对咱们说些什么。但你要明白,毕竟不是像你马上就要出发了那样。"鲍里斯瞧瞧自己的两脚,径自吹起口哨来。倒不如干脆装聋作哑,好像没听见;否则她会得寸进尺地硬说他虚情假意了。但一分钟一分钟过去,事情变得更加困难了。她会拿出那副恐慌的惯常表情,可能会对他说:"你干了这样的事!干了这样的事却对我只字不提!""我看没什么大不了的。"他作了结论。

"给我一杯马提尼葡萄酒,"洛拉说,"你呢,你喝什么呀?"

"跟你一样。"

他又重新吹起口哨来。在听了达拉第的演说后,也许会出现一次机会:她知道战争已经爆发,这毕竟会使她有点儿不知所措。那时鲍里斯便单刀直入,不给她以喘息的机会,向她宣布:"我已经入伍啦!"有时候,极度的不幸会引起出乎意料的反应:比如突然大笑;假如她哈哈大笑,那就有意思啦。"我总会觉得有点儿不舒服。"他很客观地喃喃自语。旅馆的所有客人都聚集在大厅里,包括那两个本堂神甫。他们半躺在安乐椅中,做出很惬意的模样,因为他们感到人家在仔细端详自己;但实际上他们很不自在,鲍里斯发现他们中不止一人时而偷觑一眼那座挂钟。行啦,行啦!各位只需再等半小时!鲍里斯很不高兴,他不喜欢达拉第。这家伙暗中破坏了人民阵线。一想到全法国有千千万万夫妇、千千万万户多子女家庭,以及许许多多神甫,竟会把这家伙的话当做天降的甘露,鲍里斯就觉得倒透了胃口。"这太抬举他了呢。"他暗想。于是,他转身朝着无线电收音机,明目张胆地打起呵欠来。

天气太热,令人唇焦舌敝,有三位已经呼呼入睡:两位是离过道近的;还有一位是个小老头儿,正合着双手,似乎在做祷告。另外四人在膝盖上铺了一块手绢,玩起牌来。他们年轻而且相貌不太丑,将上衣挂在行李架上。衣服便在他们身后摇荡,顺带将他们的头发弄得直立起来。马蒂厄不时睨视邻座肤色深褐、长着卷毛的前臂,那是一名头发金黄的小个子。他的双手指甲又大又黑,玩起牌来却十分灵巧。他是一名排字工人,身旁那位则是锁匠。对面座位上的两位,挨马蒂厄近的是代理人,另一位则是哥伦布树林一家咖啡馆的提琴手。整个车厢充满人体、烟草和葡萄酒的气味。汗水在他们冷峻的面孔上流淌,塑造着他们的脸相,使他们的两颊闪闪发光。在那小老头哆哆嗦嗦的下颚上,在他腮帮子上乱草般又硬又白的胡须间,汗水显得更光亮、更酸涩:真是脸部的排泄物了。在窗子外侧,在残阳照耀下,伸展着平坦的灰色田野。

排字工人的手气不佳。他老输。他皱着眉头端详这牌局,似乎又惊奇又抵触:

"嗨,怎么搞的!"

那代理人轻快地把牌收回,并动手洗牌。排字工人盯着他,眼见纸牌从一只手转到另一只手。

"我手气不好哇!"他带着几分怒气说。

他们不声不响地玩着。不一会儿,那排字工人抓了几张顺风牌。

"王牌!"他得意扬扬地说,"孩子们,也许局面有点儿变啦!我也许会带劲儿一点!"

但那代理人早已摊出他的牌:"王牌、王牌、大王牌!别闹啦!皇后不同意哩!"

排字工人将牌一推,说:

"不玩啦:输得太惨。"

"说对啦,"那锁匠道,"何况车身摇得厉害。"

代理人折好手绢,将它放进衣袋。此人又高又胖,脸色苍白,脑袋像青蛙般耷拉着,下颚阔大,头骨狭窄。另外三人恭而敬之地称他为"您",因为他有教养,并且是上士。然而他的回应却是"你"。他对马蒂厄投以并非友善的目光,然后摇摇晃晃地站起身来:

"我去喝上一杯!"

"这倒是好主意。"

锁匠和排字工人从挎包里掏出酒瓶。锁匠就着瓶嘴便喝,又将酒瓶递给小提琴手:

"来点儿葡萄酒?"

"现在不要。"

"你不明白这有多好!"

他们热得够呛,便不吭气了。锁匠鼓圆腮帮舒了口气,代理人点燃一支外国香烟。马蒂厄暗想:"他们不喜欢我,准是觉得我太傲气。"然而,他却觉得自己被他们所吸引,甚至于被入睡者、被那名代理人所吸引:他们打呵欠、他们沉睡、他们玩纸牌,列车的颠簸弄得他们空虚的脑袋摆来摆去。但他们却自有其命运,并不亚于帝王,并不亚于古人。那是一种压倒一切的命运,它同炎热、疲惫和苍蝇的嗡嗡叫声融成一片;这节客车同蒸汽浴室一样密不透风,被烈日、被高速行驶所禁锢,摇晃着将他们大家一起送向同一种冒险。一线亮光在那排字工人的耳朵上形成小小光圈;耳朵的血色很旺,耳垂简直像一颗红草莓。马蒂厄琢磨:"正是用这赤红的血来打仗啊。"迄今为止,他心目中的战争就是一堆纵横交错的弯钢条、炸断的房梁、铸铁和石块。现在呢,在阳光中颤抖的就是赤红的鲜血啊;赤红的光亮渗透在这节车厢中:战争便是血浇灌的命运呀。人们作战便要用这六条汉子的血,贮存在他们耳垂里的血、在他们皮下蓝色血管里奔腾的血、他们红殷殷的嘴唇上的血。人家将像劈开盛水的羊皮袋一样将他们劈斩,体内的所有脏东西都将溅出。这锁匠的大肠咕咕作响,还经常恶作剧式地放个闷屁;他们的内脏将悲惨地抛洒于尘土中,犹如斗兽场上被刺开膛的骏马一般。

"好啦!我这就去伸一伸腿。"那排字工人似乎在自言自语。马蒂厄眼见他站起身来,走进过道:方才那句话已变成历史。那是一位古人生前在某个炎炎夏日说过的一句话。一位作古者,或者一位幸存者,反正都一样。作古,作古,他们已经作古。正因为如此,我就没有什么话要对他们说。他以某种浑浑噩噩的感觉瞧着他们,他也想投入他们那历史性的伟大冒险中去,但却被排除在外。他滞留在他们的热气中,将在相同的道路上抛洒热血;然而他竟不是同道,而只是一圈暗淡的、永恒的光环;他是没有命运的。

那位正在过道里吸烟的排字工人突然朝他们转身道：

"有飞机！"

"哦？"

代理人弯下身子。他的胸部碰到了他那肥厚的大腿,他举头抬眉,问："在哪里？"

"那边,那边！要下蛋呢。"

"我……哦,啊！……嘿！真想不到！"锁匠道。

"是法国的吗？"提琴手问,将他那漂亮而迷惘的眼睛转向排字工人。

"飞得太高,看不见啊。"

"当然是法国的,"锁匠说,"你希望它是谁家的呢？还没有宣战呢。"

排字工人朝他们欠了欠身子,同时用双手攀住车门的门框。

"你懂什么？你坐火车已有十一个钟头了。也许你以为他们等你到了地方再宣战？"

锁匠似乎很受触动,说：

"妈的,你说得对。小马驹儿！小伙子们,也许从早晨起人们就处于战争当中了,是不是啊？"

他们都转身问代理人：

"您说呢？您是不是认为我们已处在战争当中了呢？"

代理人的表情很平静。他高傲地耸耸肩：

"你们胡想些什么？大家会为捷克斯洛伐克而战吗？你们在地图上看到过那个捷克斯洛伐克吗？没看过吧？可我呀,我看过的。不止一次。他妈的不是玩意儿。才一块手帕那么大。那里住着很可怜的二百万居民,连共同的语言也没有呢。你们别以为希特勒关心那个捷克斯洛伐克。达拉第呢？首先,达拉第并不是达拉第本人：是二百家族。二百家族并不关心捷克斯洛伐克。"

他扫视一下听众,然后做结论了:

"实际情况是,从一九三六年以来,他们那边和咱们这边都在发生变化。那么他们干了些什么呢,张伯伦、希特勒、达拉第之流干了些什么呢?他们私自商定:'这些家伙嘛,把他们扣起来!'于是签订了一个小小密约。希特勒嘛,当工人不满时,他最大的法宝就是把他们赶进兵营。就这么着,免开尊口!不许吭气。你有牢骚吗?两小时的操练。你还发牢骚?那就练它六小时。这么一来,小伙子们就疲于奔命了,一心只想上床睡大觉。好哇,别的大官儿们琢磨:'咱们如法炮制。'结果呢,是既没有战争,也没有黄油。既不是为捷克斯洛伐克,也不是为那个大头目。不过咱们是被动员入伍了,放三四年枪;这当儿在后方,他们会毁掉无产阶级。"

他们将信将疑地瞧着他;他们不相信,或者根本没听懂。锁匠含含糊糊地说:

"有一点是肯定的:大人物闯祸,小人物赔钱!"

提琴手点点头,似乎很赞同。接着大家再度陷入沉默,排字工转过身来,将额头紧紧贴在走廊里最大的一块玻璃上面。"显而易见,"马蒂厄暗想,"他们对打仗不热心。"他联想到一九一四年的那些人,个个张大了嘴巴,步枪上饰有花枝。而后来呢,正是这些人做得对啊。他们讲话全靠引用谚语,但词句暴露了他们。他们头脑里有些东西是不能借助词句来表达的。他们的父辈进行了荒谬的屠杀,所以这二十年来人家告诫他们:战争是不值当的。在这之后,难道还要让他们高呼"向柏林进军"吗?何况,他们说什么、想什么,是全然没有意义的:那只不过是在他们命运边际的仓促的、微弱的闪光。过不了多久,人们就可以称他们为"一九三八年的士兵",如同常说"共和二年的战士"和"一九一四年的大兵"一样。他们也会像前辈那样挖战壕,不会更好,也不会更坏。然后便在战壕里睡觉,因为这是他们的天命。"而你呢?"他突然想到,"你不请自荐地充当他们的见证人,可你是什么人?你将做些什么?假如你幸免于难,又会成为什么样的人物?"

排字工人敲了敲窗子。

"它们还在那里。"

"什么还在那里?"提琴手一惊,然后发问。

"飞机呗。它们围着火车转悠。"

"它们在转悠?你没有发疯吧?"

"我不是看见它们了吗,唵?"

"瞧呀!"锁匠说,"瞧呀!"

小老头儿醒过来了:

"什么呀?"他一边问,一边用手做成喇叭状,凑到了耳边。

"飞机!"

"哦,飞机!"

他惬意地一笑,仍旧睡他的觉。

"来看呀!"

那排字工人说,"来看呀!可能有三十架之多呢。从维拉库伯莱①之后,我还没见过这么多飞机呢!"

锁匠和代理人已站起身来。马蒂厄随他们走进过道。他瞥见在清澈如水的天空里,闪烁着二十来只小小的透明动物,如水中之虾。它们时隐时现,背着太阳光时就无法察觉。

"会不会是德国佬?"

"别说不吉利的话。不会闹翻的。你以为是要炸什么地方?"

现在过道里已经有二十多人,纷纷昂首仰望天空。

"我觉得不是开玩笑。"代理人说。

---

① 维拉库伯莱,巴黎地区的机场,常举行航空表演。

他们神情紧张。一个家伙用手指弹着玻璃,另一个则用脚打着节拍。飞行小队来了个急转弯,便在火车上空消失。

"嗨!"一个家伙舒了口气道。

"等着瞧,"排字工人说,"等着瞧!他们已完成预定动作。我说了嘛,是在列车上空盘旋!"

"来啦,来啦!"

一位蓄小胡髭的大个子摇下了一扇玻璃窗,从车门口翻转上身仰望天空。飞机又重新出现,有一架在尾部留下一长道白色痕迹。

"确实是德国人。"那蓄小胡髭的摆正身子又道。

"很有可能呀。"

在马蒂厄身后,提琴手突然站起身来,使劲摇晃那两位睡客。

"出了什么事?"睡客之一口齿不清地问,一边睁开惺忪的睡眼。

"已经宣战啦,"提琴手说,"就要打响啦:列车上空有德国佬的飞机!"

洛拉神经质地攥紧鲍里斯的手腕。

"听我说,"她对鲍里斯道,"听我说呀!"

雅克的脸色变得铁青,喊道:

"仔细听着,他就要开始演说了。"

那是一个缓慢、低沉而又暗哑的声音,稍带点儿鼻音:

> 我曾经宣布,今晚将就国际形势向全国通报。但就在今天下午早些时候,我收到了德国政府的邀请信,邀请我明日在慕尼黑会见希特勒总理、墨索里尼先生和张伯伦先生。我接受这一邀请。
>
> 你们一定能够理解:在一次如此重要的谈判前夕,我有义务推迟原先打算向你们做出的阐释。但在动身前,我执意要

向法国人民表示感谢,感谢他们充满勇气与尊严的态度。

我特别要感谢重新应征入伍的法国公民,因为他们再次显示出冷静与决心。

我的任务是艰巨的。自我们经历的困难时期以来,我始终竭尽全力维护和平及法国的根本利益。明天我将继续进行此种努力,并确信举国上下与我完全一致。

"鲍里斯!"洛拉喊道,"鲍里斯!"

他没有回应。洛拉对他说:

"醒醒呀,亲爱的,你怎么啦?媾和啦:就要举行一次国际会议咧。"

她转身瞧瞧他,脸色通红、神情激动。他咬着牙轻轻咒骂:

"他妈的,他妈的!真他妈的不是玩意儿!"

洛拉的快乐顿时烟消云散:

"你怎么啦,亲爱的:你脸色发青呀!"

"我已参军。服役三年。"鲍里斯说。

列车在奔驰,飞机在盘旋。

"火车司机疯啦!"一个家伙嚷道,"他怎么还不刹车?假如飞机往下扔炸弹,咱们都会像牲口般倒下!"

排字工人脸色惨白,但很镇定;他仍旧抬着头,不停地窥视飞机。

"得跳车!"他咬着牙说。

"可他妈的,"代理人道,"这么高速之下跳车,我没有这本领,"他掏出手绢拭了拭额头:"还不如拉紧急警报!"

锁匠和排字工面面相觑。

"你跳吧,你呀!"排字工人说。

"喂,万一是法国人呢?那不是出大洋相了吗?"

马蒂厄后背遭到碰撞:一个大胖子朝列车车头方向跑去,边跑

边喊:

"火车减速啦:都到车厢门口去呀!"

排字工人转过头来瞧那代理人;他的动作奇特,缓慢而迟疑,脸上挂着浅笑,微微露齿。

"您看见了,火车减速啦:明明是德国佬来了嘛,"他模仿那代理人的口气说,"这是骗人的,骗骗你们的!"接着又正色道,"好,请看,这是骗人的吗?"

"我没说过这种话,我的原话是说……"代理人有气无力地应答。

排字工人转身不理他了,径自朝车头方向走去。每一节车厢都有人往外走,他们在过道里挤作一团,好抢先朝旷野里跳。有人碰了碰马蒂厄的胳膊,原来就是那小老头儿。他抬头看看马蒂厄,不知所措地打量他。

"出什么事啦?到底出什么事啦?"

"没什么事,"马蒂厄没好气地回答,"去睡你的觉吧。"

他欠身朝车窗外观望。有两人已站在本节车厢的踏脚板上。其中一位大喊着跳了下去,脚碰到了地面,朝侧面猛跨两步,被火车的惯性带着前进,肩部撞在一根电线杆上,接着头朝下从斜坡上滚球似的滚了下去。火车已经超越了他。马蒂厄转头一看,只见他已重新站立起来,变得很小,向空中高举两臂,在田野里撒腿狂奔。他的伙伴迟疑不决,身子已向前倾,但一只手还紧抓铜扶把不放。

"天哪,别挤呀,"一个被噎住的声音说,"闷死人啦!"

火车还在放慢速度。所有的窗口都有头伸出去,而在踏脚板附近,也都有人准备跳车。在转弯处,渐渐显出火车站的模样儿。大约在三百米开外,马蒂厄瞥见远处有一座小小城镇。又有两人跳下了车,并且跨过一处平交道口。火车已驶入站内。"英雄就是这么显出来的呢。"马蒂厄暗想。

火车站里逸出一阵巨大的嗡嗡声。色彩明亮的衣裙在阳光下闪闪发光,戴着白手套的手向空中高高举起,一些身材高挑的姑娘头顶草帽挥舞着手帕,孩子们沿着月台笑声朗朗、你呼我应。提琴手用力推开马蒂厄,肚皮贴着车窗口,弯腰探出身子。他用双手做成喇叭,向人群喊话:

"快逃开!飞机临空啦!"

火车站的众人莫名其妙地瞅着他,又是微笑、又是呼叫。他却把两臂举过头,用手指向天空指了一指。回答他的是一片高声叫喊。起初马蒂厄没听清楚,后来他突然明白了:

"和平!是和平呀,小伙子们!"

整列火车上的人雷鸣般地哇哇喊道:

"飞机!飞机!"

"万岁,万岁!"姑娘们却这样回答。

她们终于也仰望天空了,同时高举双臂,挥舞手帕,表示向飞机致敬。那代理人神经质地咬着手指甲,喃喃有词地说:

"我不明白,真不明白!"

嘎嘎响了两三声之后,火车完全刹住了。火车站的一名职员将小红旗揣在腋下,站到一张板凳上大声说:

"和平!在慕尼黑举行会议。达拉第今晚动身。"

列车顿时鸦雀无声、纹丝不动,也毫不理解。然后,突然间,从车上迸发出欢呼:

"万岁!达拉第万岁!和平万岁!"

蓝色和粉红色的塔夫绸长裙,渐渐消失在褐色和黑色西装的人潮中。人群像树丛一样攒动着,发出细细的声响,阳光到处闪耀。鸭舌帽和草帽旋转着,旋转着,简直是一场华尔兹舞会啊……

雅克在客厅中央搂着奥黛特跳起华尔兹舞。比尔南沙茨太太

紧贴胸口抱着埃拉,哼哼唧唧地说:

"我多么高兴啊,埃拉,我的女儿!我的孩子,我多么高兴啊!"

窗下,一个小伙子满脸涨得通红,像疯子般咯咯笑个没完,蹦过去搂着一名农妇吻个不停。她也在笑,草帽早已飞走,口中嚷着:"万岁!"一边接受亲吻。雅克吻着奥黛特的耳朵,乐不可支地说:

"和平啦。你一定会想到:他们将不限于解决苏台德问题。四国和约。本来就应当从这里开始的。"

女仆将门推开一半问:

"夫人,我可以上酒吗?"

"上吧,上吧!"雅克应道,"然后你还可以到地窖里取一瓶香槟和一瓶尚贝丹酒。"

一个戴黑眼镜的高个儿老头爬到一张凳子上,一只手举着一瓶红葡萄酒,另一只手举着一只酒杯。

"小伙子们,喝一杯葡萄酒,为了和平,喝上一杯!"

"来呀,来呀!"锁匠喊道,"和平万岁!"

"啊,神甫先生,让我拥抱您!"

神甫倒退一步,但老妇抢先一步搂住他,像她说的那样干了。格雷西埃将大勺放进汤锅:"哦,孩子们,孩子们!噩梦结束啦。"泽泽特打开了房门:"那可是真的吗,伊西多尔太太?""不错,我的小妞儿,是真的,我亲耳听见的,广播里说啦。您的男人会回来的,我早对您说过,上帝不愿打仗呢。"他在原地跳起舞来,松劲啦,松劲啦。希特勒松劲了。我嘛,我宁可相信,人家是叫咱们松劲。但既然不打仗了,我就不必在乎了;不过我还是未卜先知,在两点钟时我又全部买回来啦,一下子就是二百张票子啊。听我说,我的朋友,这真是一种极其例外、例外的情况:有史以来头一遭,一场似乎不可避免的战争,靠了四位国家元首的意志得以防止。他们所做决定的意义远远超出现阶段。现在战争再也不可能发生啦,慕尼黑乃是头一项和平宣言啊。上帝呀上帝,我是祈祷了的,祈祷了的呀,我念叨过:"上帝啊,请取走我的心、取走我的命!""而您,上帝啊,您圆了我的愿,您是最伟大、最有智慧、最有感情的呀,"神甫挣脱拥抱,说,"夫人,我一直对您说:上帝是宽宏大量的。去他妈的捷克人,让他们自己想办法吧。"泽泽特在街上走,泽泽特高声歌唱,所有的小鸟儿都藏在我心头。人们的脸上全都浮着笑容,他们即使彼此不相识,也都挤挤眼相互问候。他们知道了,她知道了,他们明白她已知道,所有的人想到了一块儿,所有的人都很高兴,只要跟大家一样行动就行啦。在这美好的夜晚,那路过的女人,我猜透了她的心思;而这善良的老头又猜透了我的心思。我向所有的人敞开心扉,万众一心嘛。她不禁落泪啦。大家彼此相爱,大家都高兴。大家同大家一样。而莫莫在那边,也应当高兴呢。她流着泪,人人凝视她,这些目光使她的前胸后背全都感到暖洋洋的。人家越是瞧她,她就越流泪。她觉得自己像喂宝贝吃奶的母亲一样自豪和泰然自若。

"好哇,"雅克道,"干了这一杯!"奥黛特暗自发笑哩。她说:"我想,他们很快就会让所有的后备士兵复员喽?"

"半个月到一个月之内吧。"雅克估计。

她又笑了,并且喝了一口葡萄酒。接着,热血突然一直涌上她的腮帮。

"你怎么啦?"雅克问,"你变得满面通红了呢。"

"没什么,"她回答。"喝多了点儿,没别的。"

我当初要是知道他这么快就回来,那就不会去拥抱他。

"上车呀,快上车!"

火车缓缓启动。那些家伙喊着、笑着,纷纷跑起来。他们成群

攀住车厢踏脚板。锁匠汗流满面的尊容出现在车窗前,他用两手钩住窗沿,大呼:

"他妈的,拉我一把。我抓不住啦。"

马蒂厄拉住他,他一脚跨过车窗,跳进车厢过道。

"嗬!"他边说边拭额头,"我还以为要丢掉这两条腿呢!"

提琴手也露了面。

"好啦,全都到齐啦。"

"咱们打牌吧?"

"我赞成。"

他们回到车厢里。马蒂厄从格子窗里瞥见他们。他们先相互敬了满满一杯红葡萄酒,然后代理人掏出手帕,铺在他们膝上。

"该你分牌。"

锁匠放了个屁,一边指着天花板上假想的火箭说:

"噢,多美的蓝花儿!"

"真臭!"排字工嘻嘻哈哈地说。

"他们在这儿干什么呢?"马蒂厄思量,"还有我,我在这儿干什么?"他们的命运已经消逝,时光又重新随意流逝,并无什么目标;列车也无目标地向前滚动,惯性而已。与列车并行,浮现的是一条死气沉沉的公路:眼下它也无所谓通向何地,剩下的不过是涂上柏油的土地罢了。飞机已无影无踪,战争也烟消云散了。天空变得暗淡,和平随着黄昏降临而回到人间。一片麻木的田野,几个玩纸牌的人物,几个昏昏沉睡者。过道里有一只打碎了的酒瓶,一摊酒渍中的几个烟头,一股浓烈的尿臊味。所有这些无以譬解的残渣……"倒很像是刚过完节庆的翌日。"马蒂厄揪心地想。

杜丝、莫德和鲁比顺着马赛的卡纳比埃尔大道行走。杜丝非常活跃:她早就特别爱好政治。

"看来好像是一场误会,"她解释道,"希特勒以为张伯伦和达拉第想耍弄他;与此同时,张伯伦和达拉第则以为希特勒企图向他们发动进攻。然后墨索里尼走访了这两位。使他们明白自己搞错了。这会儿全都安排好了:明天他们四人一起共赴午宴啦。"

"多美的一顿宴会!"鲁比羡慕地叹道。

卡纳比埃尔大道一片节日气氛。人们迈着小步前进,甚至有人独自笑出声来。莫德忧心忡忡。当然,对于一切都安排得如此妥帖,她是高兴的;但她主要是替别人高兴。不管怎样,她还得在热尼埃弗旅店的蜗居里过上一夜,虽然那里臭气熏天;然后就是一连串的火车站、许多列车、巴黎、失业、低级餐馆、胃痛发作,慕尼黑会谈不论结果如何,都丝毫不能改变这一切。她觉得自己很孤独。走过富豪咖啡馆时,她不禁一惊。

"出什么事啦?"鲁比问。

"是皮埃尔!"莫德答道,"别盯着看。他坐在左面第三桌。在那儿,得啦:人家瞅见咱们啦。"

他站起身来,穿着亚麻套服显得很精神,在他也是最阔绰、最有阳刚之气的行头了。"当然喽,"她琢磨着,"现在是不会有什么危险啦。"当他一步步朝着她走来时,她竭力追忆:在那充满呕吐气味的舱房里,那铁青的面孔是个什么模样儿。但那气味连同脸相,都早已被海风吹得踪影全无。他朝她点点头,看上去充满自信。她很想掉转头不认他,但那蹒跚的腿脚却不听使唤,硬将她带到他跟前。他却笑呵呵地跟她打招呼:

"喂,总不能连喝都不喝上一杯,就这么分手吧?"

她直愣愣地瞅着他,暗忖:"这是个懦夫呢。"但外表上却看不出。她看到的,却是含讥带讽而又颇为坚毅的双唇,很有男子气概的脸颊,以及尖尖隆起的喉结。

"来吧,"他喃喃地说,"那些嘛,全都成了往事啊。"

她想起了臭气熏天的旅店小屋,便应道:

"你也得请杜丝和鲁比呀。"

于是他朝她们走去,向她们露齿一笑。鲁比很喜欢他,因为他很气派。三朵鲜花在富豪咖啡馆的平台上坐成一个圆圈。那是整整一花坛的鲜花哟。有千花万卉;有明媚的容颜,在那里喁喁私语着;有万国国旗,有喷泉,有焰火。她低垂眼皮,深深吸了一口气:在她眼前旋转的是一团火花啊,咱们本来就无权看死一个晕船的男人嘛!对她而言,今天也是和解的日子。

"为什么他们都不喜欢我?"他独自一人待在灰暗的房间里,俯身朝前,臂肘搁在大腿上,两手捧着沉甸甸的脑袋。中午时分,那警察曾给他送来几片三明治和一杯咖啡,他将它们放在近处长凳上。吃又有何用?他算完蛋啦。他们会强迫他入伍,他将拒绝这样做。结果将是上绞架,或者无论如何得坐二十年牢。他的生命将在这里停摆。他无限惊奇地回顾这一生:那是从头到尾都失败了的一番努力。他的思想忽左忽右,毫无特色而又变化无常。只有一个想法是固定不变的,那是并无答案的一则问题:为什么他们不喜欢我?在旁边那间屋里,不时爆发出哈哈大笑的声音,警察们乐不可支。一个低沉的声音喊:

"得喝一杯呀!"

也许有些警察是彼此相爱的;而在外面,在街上或屋内,他们相视而笑,他们互相帮助;他们相互交谈的时候彬彬有礼、彼此敬重。有的人还相爱极深,如泽泽特与莫里斯这一对。这或许是因为他们更年长的缘故:他们已有足够的时间彼此适应、相互习惯。至于一个年轻人嘛,就犹如半夜里走进一节车厢的旅客,车厢已坐得半满:众人都讨厌他,商量好一同骗他,让他以为已无座位可坐。但我的座位是早已定下的,既然我诞生到了人间。再不然就是因为我已完全腐朽。门另一侧的警察又嘻嘻哈哈笑起来。其中有一位提到"慕尼黑"这地名。街道、房屋、车厢、警察局:人满为患的世界,各色人等的世界,菲力普却无法进入。他毕生将待在这样一间小屋里。那是为被世人唾弃者准备的地牢。他瞥见一个矮小肥胖的女人,脸上挂着笑容,两臂光洁无毛,就是那个高级妓女。他琢磨:"毕竟她会为我穿丧服的。"门豁然敞开,将军健步走入。菲力普在长凳上躲呀躲,躲到了最阴暗的角落里,大喊一声:

"别管我!我愿意服刑。我不需要您来保护!"

将军放声大笑。他迈着干脆急促的步伐穿过陋室,在菲力普跟前立定:

"服刑?小蠢货,你把自己当成什么要人啦?"

臂肘一扬。菲力普不由自主地将胳臂向上抬去,挡住腮帮,以防打过来的耳光。不过菲力普还是放下了胳臂,以坚定的声音说:

"我是一名逃兵。"

"逃兵!希特勒同达拉第将在明天签订协议,我可怜的朋友!连仗也打不成了,你还当什么逃兵!"

他凝视着菲力普,眉宇间不但含讥带讽,而且万分鄙夷。

"菲力普啊,即使干坏事也得是条好汉呢。得有意志、有恒心。你不过是一个又神经质又缺乏教养的顽童;你对我严重失礼,还使你的母亲极端焦虑不安:这就是你的所作所为了!"

几名爱逗乐的警察把脑袋伸进门缝。菲力普顿足跳起。但将军一把抓住他的肩膀,迫使他重新落座。

"怎么回事?你得听我把话讲完。你这一次的胡作非为证明你的教育还得从头开始。方才你母亲已承认她对你过于软弱。现在由我来负责管你。"

他更加逼近菲力普。菲力普抬起臂肘,大喊大叫起来:

"您要是碰我一碰,我就当场自杀!"

"那咱们走着瞧吧。"将军应道。

他用左手压下那孩子的臂肘,又用右手掴了他两记耳光。菲力普赖在长凳上,哇的一声哭了起来。

走廊里出现一小阵兴高采烈的骚动,一个女人唱起《干吧小水手!》,他恨所有这些女人,她们吵得我头痛。女护士走进来,用托盘送来晚餐。

"我肚子不饿。"他道。

"噢,得吃点儿东西,查理先生。否则您还会衰弱下去。何况还有好消息可以增进您的食欲:战争已经免除啦。达拉第和张伯伦将同希特勒举行会晤。"

他不胜惊诧地打量着她:"这话倒是真的,他们那个苏台德事件还悬而未决呢。"

她有些脸红了,两眼闪耀着光芒:

"怎么啦? 您不高兴吗?"

他们把我从家里拖走,像打发一只破包裹一样把我弄走。现在却连仗也不打了。但他也并不生气,所有这一切都是很遥远的事情。

"你想这能对我怎样呢?"他回答。

## 九月二十九日至三十日夜

一点三十分。

捷克斯洛伐克代表团成员休伯特·马萨里克先生和马斯特尼先生,在阿什顿-格瓦特金先生陪同下①,正在贺拉斯·威尔逊爵士的房间里恭候。马斯特尼脸色苍白,汗流不止。他的两眼下面

---

① 休伯特·马萨里克(1896—1982),捷克斯洛伐克外交部官员;马斯特尼,捷驻德大使;阿什顿-格瓦特金(1889—1976),英国外交部参赞。

都出现了黑圈。休伯特,马萨里克来回踱着方步。阿什顿-格瓦特金先生坐在床上。依维什蜷伏在床的一角。她感觉不到其人。但感觉得到他的体温、也听得见他的呼吸。她睡不着觉,并且知道他也没有睡着。她的小腿、大腿都有一种触电之感。她真想翻身仰卧,但只要一动弹,她就会碰着他。只要他还以为她呼呼入睡,就不会来打扰。马斯特尼转过头来对阿什顿-格瓦特金说:

"时间真长啊。"

阿什顿-格瓦特金先生做了个抱歉和无所谓的手势。马萨里克有些耳热面赤了。

"被告等判决哩!"他以低沉的声音说。

阿什瓦特金先生似乎没有听见。依维什暗想:"夜就没个完啦?"她突然感到臀部挨着了一个极软的肉体,他竟利用她睡着了来同她厮磨;可不能动呀,否则他会发现我是醒着的。那肉体缓缓地沿着她的腰部滑行,它是滚烫而软绵绵的,是一条腿。她使劲咬着自己的下唇,而马萨里克还在往下讲:

"为了完全像是被告听判决,人家让警察出面接待我们!"

"可这是怎么回事?"阿什顿-格瓦特金先生表情惊讶地问。

"我们是被装入警车,送到雷吉纳旅馆的①。"马斯特尼解释。

"啧、啧、啧!"阿什顿-格瓦特金先生以责备的口气道。

现在变成一只手啦。它沿着她的腰部往下走,很轻巧,似乎是出于无意。手指已轻轻拂到她的腹部。"这没什么,"她喃喃自语,"真是一只禽兽!我睡我的觉,睡我的觉。照样做大梦。我不会动弹的!"马萨里克接过贺拉斯·威尔逊爵士递给他的地图。应由德军立即占领的土地用蓝色标明。他看了一眼,便怒气冲冲

~~~~~~~~~~

① 实际上会谈于一点三十分在慕尼黑元首大厦的会议厅举行,而不是在雷吉纳旅馆。

地将它扔在桌上。

"我……我始终弄不懂,"他一边说一边逼视阿什顿-格瓦特金先生的眼睛,"我们还是不是一个主权国家?"

阿什顿-格瓦特金先生耸了耸肩膀;他似乎是想表示,他在这件事当中没起任何作用。但马萨里克觉得,他不想流露内心的激动。

"同希特勒进行的这类谈判是十分艰巨的,"他指出,"请将这一点考虑进去。"

"一切都取决于大国是否坚决。"马萨里克慷慨激昂地回答。那英国人有些脸红。他挺挺腰板,以郑重的语调说:

"如果你们不接受此项协议,那就得单独去同德国商量。"

他清了清嗓子,略微温和地说:

"也许法国人会将这话对你们说得更讲究一些。但请相信,他们同意我们的看法。如果拒绝,他们就不再关心你们。"

马萨里克露出极不愉快的一笑。双方沉默了。一个声音悄悄问:

"你睡着了吗?"

她不回答,但立刻感到一张嘴贴到她的腮帮上。接着是整个沉重的躯体压住她的乳房。

"依维什!"他哼哼唧唧地说,"依维什呀!"

不能叫喊,也不能挣扎。我并不是被人强暴的小姑娘。她转身仰卧,用清晰的声音说:

"没有,我没有睡着。怎么啦?"

"我爱你呀。"那男人说。

一枚炸弹!一枚从五千米高空落下的炸弹,可以当场将他们炸死!一扇门打开了。贺拉斯·威尔逊爵士走进来。他眼帘低垂。自从他们到达以来他就一直低垂眼帘,同他们交谈的时候,两

眼也仍然盯着地板。他不时意识到这一点,于是便突然抬头,以茫然的目光逼视他们的眼睛:

"先生们,人家恭候各位光临。"

那三个男人随他而去。他们穿过不见人影的长长走廊。该楼层的男服务员正靠在一张椅子上呼呼大睡。整个旅馆似乎已经死去。他的身子滚烫滚烫,他用胸脯紧贴着依维什的乳房,她只听得一声动物吸盘式的软绵绵声响,身上淌满从乳房流下的汗水。

"您要是真爱我,就离我远点儿,"她道,"我太热啦!"

"请到那边去。"贺拉斯·威尔逊爵士指路之后便引退了。可他偏偏不离她远点儿,反而用一只手掀开盖被,用另一只手紧紧抓住她的肩膀。他现在已用整个身子压住她,用粗大的手搓揉她的肩膀和胳臂,那是猛兽的手爪。与此同时,他那稚气的、恳求的语声喃喃唤道:

"我爱你呀,依维什,我的宝贝儿,我爱你呀!"

那是一间不大的会议室,比较低矮、光线充足。张伯伦、达拉第和莱热[①]等站立在一张堆满文件的桌子后面。烟灰缸里盛满烟头,但谁也不再抽烟。张伯伦将双手放在桌面上。他神情疲惫。

"先生们。"他带着和蔼的微笑招呼道。

马萨里克和马斯特尼颔首不语。阿什顿-格瓦特金突然远远离开他们,似乎已不能忍受与之为伍;他走过去站在张伯伦先生身后,同贺拉斯·威尔逊爵士在一起。眼下在这两个捷克人的对面、在桌子那一边,已一共有五个人了。在他们背后,则是房门和旅馆里人迹罕至的走廊。出现片刻极为沉闷的寂静。马萨里克轮番打量他们。然后他寻找莱热的目光。但莱热正将一些文件收进一个文件包。

---

① 阿列克西斯·莱热(1887—1975),法国外交部秘书长。

"先生们,请坐。"张伯伦先生说。

法国人和捷克人都落了座,但张伯伦先生仍然站立着。

"是这样……"张伯伦先生开口道。他的两眼因缺少睡眠而微红。他以踌躇的神情凝视着双手,然后突然挺挺腰板,说:"法国和英国方才就德国对苏台德问题提出的要求签订了一项协议。由于所有人的良好愿望,可以认为这项协议较之哥德斯堡备忘录是一个明显的进步。"

他咳了一声,便打住了。马萨里克坐在扶手椅里,身子挺得笔直,他在等待。张伯伦先生似乎还想讲下去,但突然改变主意,将一张纸递给马斯特尼:

"您愿意知道这一协议的内容吗?也许您最好将它朗读一遍。"

马斯特尼接过那张纸;此时正有人轻手轻脚地从走廊经过。然后脚步声渐行渐远,城里什么地方的一座大钟敲响了两点。马斯特尼开始朗读。他带着浓重的鼻音,而且音色单调。他读得很慢,似乎一句句地在思考,那张纸在他两手间索索抖动:

> 德国、联合王国、法国、意大利四强考虑到原则上已做出安排将苏台德地区德国人的土地转让德国,兹同意下列措施和条件,以规范上述转让以及此转让导致的各项措施。通过本协议,四强之每一方均承诺实现必要的措置,以确保本协议之执行:
>
> 1. 撤退将于十月一日开始;
>
> 2. 联合王国、法国和意大利均同意,上述领上之撤出应于十月十日完成,并不得损坏现有之任何设施。捷克斯洛伐克政府将负责进行上述撤退,而不得因此损坏前述各种设施;
>
> 3. 此撤退之条件将由一个国际委员会详细拟订,该委员会由德国、联合王国、法国、意大利并捷克斯洛伐克之代表组成;

4.帝国军队将于十月一日开始逐步占领日耳曼人占优势之土地。本协议所附地图标明之四地区将按照以下顺序由德国军队占领:

一区,十月一日、二日。

二区,十月二日、三日。

三区,十月三日、四日和五日。

四区,十月六日、七日。

其他日耳曼人占优势之土地将由国际委员会确定,并由德国军队自即日至十月十日予以占领。

都市在沉睡,这单调的声音在沉寂中愈益分明。它磕磕碰碰、断断续续,接着又无情地重新震响,似乎还有些颤抖;而在这声音的四围,千百万日耳曼人正无际无涯地沉浸于梦乡,而它却在详尽无遗地陈述着一次历史性谋杀的实施细则。那另一个声音恳求着、低语着,我的宝贝儿、我的心肝,我爱你的乳房,我爱你身上的气息,你爱不爱我呢?这声音也在夜色中浮起。那两只手,正在她灼热的身子下面进行着谋杀。

"我想提一个问题,"马萨里克说道,"应当怎样理解'日耳曼人占优势之土地'?"

问题是向张伯伦提出的。但张伯伦有些发愣,端详他一番,而并未做出答复。显然,他根本没有听朗读。马萨里克身后的莱热发言了。马萨里克转动一下他的转椅,可以瞥见莱热的侧影。莱热回答说:

"那是指按您已接受的建议而计算的人口多数。"马斯特尼掏出手绢拭拭额头,然后继续往下念:

5.第3节提及之国际委员会将确定应举行全民公决的领土。在全民公决完成之前,上述领土得由国际部队占领。

他停顿下来,问道:

"这些国际部队确实是国际性的,抑或仅有英国部队?"

张伯伦先生用手遮住口,打了个呵欠,一滴眼泪在他腮帮上滚落。他放下手说:

"这个问题还没有完全澄清。也在考虑比利时士兵和意大利士兵的参与问题。"

马斯特尼接着念:

> 该委员会还将确定进行全民公决的条件,并以萨尔地区全民公决的条件作为基础。为开始进行全民公决,委员会还将确定一个日期,但不得迟于九月底。

他又停了一停,并以含讥带讽的温和语调询问张伯伦:

"委员会的捷克斯洛伐克成员是否与其他成员同样享有表决权?"

"当然。"张伯伦先生和蔼地回答。

一种像血一样又黏又混浊的东西污染了依维什的大腿和肚皮。它渗透到她的血液中。我不是一名遭人强暴的姑娘。她敞开身子,任人宰割。但就在寒气彻骨和火烧火燎的滋味蔓延到她的胸腔时,她的头脑却保持冷静。她保住了脑袋,在脑海里向他怒喊:"我恨你!"

> 6.最后勘定边界由国际委员会负责。该委员会并有权力在例外情况下向德国、联合王国、法国和意大利四强提出有限的修订建议,以严格的民族标准确定某些土地可不经全民公决予以转让。

"我们是否应当认为,"马萨里克问,"这是确保维护我国根本利益的一项条款?"

他转身面向达拉第,坚定地打量他。但达拉第未予理睬。他显得苍老而疲惫。马萨里克还注意到：他的嘴角还叼着一截早已熄灭的烟头。

"我们曾得到许诺要有这样一个条款。"马萨里克大声说。

"在某种意义上，"莱热应道，"这一条可以被认为是在起您所说的那种条款的作用。但作为起步，应当是适度的。保证贵国边界的问题属于国际委员会的职权范围。"

马萨里克生硬地一笑，随即抱起双臂，一边摇头一边说：

"甚至连个保证也不给！"

马斯特尼继续朗读道：

> 7. 将拥有选择之权，以便纳入转让土地之内，或排除于其外。此种选择权应在本协议日期之后的六个月以内行使。
>
> 8. 在本协议签订后四周内，捷克斯洛伐克政府将按当事人的愿望，对属于军警建制的苏台德地区的日耳曼人解除其隶属关系。
>
> 在同一期限内，捷克斯洛伐克政府将释放因政治性罪名正在服刑的苏台德地区日耳曼囚犯。
>
> 一九三八年九月二十九日　于慕尼黑

"就这些，"马斯特尼说，"就这些。"

他仍在看那张纸，好像还没有朗读完似的。张伯伦先生放心地打了个呵欠，接着便用指头轻轻叩起桌面。

"就这些啊。"马斯特尼又说了一遍。

完蛋啦。一九一八年的那个捷克斯洛伐克就此寿终正寝。马萨里克的两眼跟踪着那页白纸，马斯特尼将它重新放在桌上。然后他又转向达拉第和莱热，仔细端详这两人。达拉第瘫在扶手椅里，下巴颏儿垂在胸前。他从衣袋里掏出一支烟，仔细瞧了一会儿，又重新放进香烟盒。莱热有些脸红，他看上去不大耐烦。

"您是否期待,"马萨里克问达拉第,"我国政府发表声明或做出答复?"

达拉第没有答话。莱热低下脑袋,语流极快地说:

"墨索里尼先生今天上午就得赶回意大利;我们已没有很多时间啦!"

马萨里克仍在打量达拉第。他道:"甚至不必答复?我是否应当理解为:我们必须接受?"

达拉第做了个厌倦的手势,莱热在他身后应道:

"您又能有什么别的选择呢?"

她哭了,将脸转向墙壁;她默默抽噎着,这抽噎摇撼着她的两肩。

"你哭什么?"他用吃不准的声调问。

"因为我恨您!"她回答。

马萨里克站起来,马斯特尼也站起来。张伯伦先生打了个大呵欠,似乎连下巴也快掉下来了。

## 九月三十日,星期五

小兵朝着胖路易走过来,手里挥动着一份报纸。

"和平喽!"他嚷道。

胖路易放下手里的桶:

"说什么呀,小伙子?"

"我说:实现和平了呗!"

胖路易满脸狐疑地瞅着他。

"这谈不上和平,因为并没有打仗呀!"

"胖子呀,他们签字了呢。只要看看报就明白啦。"

他将那份报纸递过去,但胖路易用手推开:

"我不识字。"

"啊,你这笨蛋!"那孩子不胜怜悯地说,"那你就看看照片嘛!"

胖路易很不情愿地接过报纸,挨近马厩窗口,仔细看了看照片。他认出达拉第、希特勒和墨索里尼。他们正在微笑,看上去像几个好朋友。

"好哇,"他道,"好哇!"

他皱着眉头看看那孩子,然后突然开心起来,笑嘻嘻地说:

"他们现在和好啦!可我连他们过去为什么争吵也不知道呢。"

那士兵笑了,胖路易也连声哈哈。

"再见,老伙计!"士兵道。

他走开了。胖路易挨近那匹黑母马,抚摸着它的臀部。

"嘿,嘿!真漂亮啊!"他称赞着,"嘿,嘿!"

他感到不知所措,说:

"那么,现在该干什么?现在该干什么呢?"

比尔南沙茨先生把脸藏在他那份报纸后面。在铺开的一页页报纸上头,冉冉升起笔直的轻烟。比尔南沙茨太太在安乐椅里晃着身子。

"我得见见萝丝,谈谈吸尘器的事。"

她提到吸尘器已是第三次了,但并不走开。埃拉毫无好感地打量着她:她本希望同父亲单独待一会儿。

"你想他们会不会从我这儿将它拿回去?"比尔南沙茨太太转身问女儿。

"你老问我这件事,我真说不上呢,妈妈!"

昨天,比尔南沙茨太太还把女儿、侄女搂在怀里,因为幸福而热泪盈眶。今天却已不知道拿这份兴高采烈的劲儿怎么办了。这是一份如她本人那样庞大而稀松的快乐。除非她能让别人与自己分享,否则它就要变成天赐的万福啦。

她转过头来看看丈夫,喃喃叫道:

"古斯塔夫!"

比尔南沙茨先生没有搭理。

"你今儿没怎么出声呢!"

"没呢!"比尔南沙茨先生支吾着。

他还是放低了手头的报纸,从眼镜上方瞅瞅她。他的神态疲惫而苍老:埃拉看了非常心疼;她真想拥抱爸爸,但在比尔南沙茨太太跟前最好还是别做太动感情的事,因为她本来就过分激动了,随时可能有这类举动。

"至少你还是高兴的吧?"比尔南沙茨太太问。

"高兴什么呀?"比尔南沙茨先生没好气地问。

"你看呀,"她说,语气里已带着抱怨,"你对我说过一百次:你不要这场战争,它将成为大灾大难。应该做的是同德国人商量……我以为你总该高兴了喽。"

比尔南沙茨先生耸耸肩膀,重新拿起报纸。比尔南沙茨太太注视着这一大堆纸张,目光中充满惊奇和责怪,下嘴唇不住地颤动。接着她叹了口气,艰难地站立起来,朝门口走去。

"我对丈夫、对女儿都弄不明白喽!"她一边走出房门,一边口中嘀咕。

埃拉朝父亲走去,温柔地吻了吻他的脑门儿。

"怎么回事啊,爸爸?"

比尔南沙茨先生放下眼镜,抬起头来看着她:

"我没有什么好说的。这场战争么,我已经不是去作战的年纪了,对不对?那么,我就不吭气啦。"

他仔仔细细折好报纸,嘟嘟囔囔,似乎是说给自己听。

"我原先是赞成和平的……"

"那么?"

"那么?……"

他做了一个很滑稽的幼稚动作,将头向右倾倒,又将右肩抬起。

"我感到羞耻。"他以阴沉的语调说。

胖路易将桶里的水倒进厕所,小心翼翼地将海绵里的水全都挤出。然后他将海绵放进桶里,连桶带海绵送回马厩。他关好马厩的大门,穿越庭院,走进 B 楼。营房里没有一个人。"他们不急着回家,"胖路易自言自语,"大概他们在这儿很开心。"他从床下找出自己那身便衣长裤和上装。"我呢,我一点儿也不开心。"他边说边脱下军装。他还不敢显出兴高采烈的样子,心想:"人家找我的麻烦有一个礼拜啦。"他穿上长裤,然后将军用品仔仔细细摆在床铺上。他不知道原来的老板还要不要他。"这年头儿,谁替他放羊啊!"他提起挎包便出门。洗衣池前面有四个人,一边打量他一边咪咪发笑。胖路易冲他们举手打了个招呼,便径自穿过庭院。他兜里一分钱也没有了,准备步行回家。"我可以在农田方面帮他们一把,他们总会给我点儿吃的吧!"蓦然间,他仿佛又看见加尼古灌木丛上头淡蓝的天空,看见了羊群起起伏伏的后臀,觉得自己已经是个自由民啦。

"那边那个人,上哪儿去?"

胖路易猛一回首:原来是佩尔蒂埃军士,一个大胖子。他气喘吁吁地跑过来。

"嘿嘿!"他一边跑一边嘀咕,"嘿嘿,这哪行?"

他在离胖路易两步远的地方站住了脚,由于愤怒和气喘而涨得满脸通红。

"您上哪儿去?"他又问。

"我走啦。"胖路易回答。

"您走啦!"那军士说着抱起臂膀,"您走啦!……可您想到哪儿去?"

他以极度的愤慨责问。"回老家去!"胖路易答。

"回他的老家!"军士重复道,"他要回老家去呢!大概这儿的菜谱不对他的味儿,或者是床铺咯吱咯吱响!"

他突然正颜厉色,命令道:

"请您给我来个向后转,跑步走!我要好好收拾您,好小子!"

"他还不知道那些人和好了呢。"胖路易寻思。他解释道:

"报告军士,和约已经签订啦。"

军士似乎不敢相信自己的耳朵。

"您在耍滑头,要不就是想买通我。"

胖路易这会儿不愿意发火,他掉转头来继续走路。但那个大胖子却紧追不舍,一把抓住他的袖口,站到他面前。他的大肚皮碰了碰他的身子,只听他大嚷:

"假如您不立即服从命令,那就军事法庭上见!"

胖路易站住了,挠起头皮来。他想起马赛,忽然觉得头疼。

"人家找我的麻烦有一个星期啦!"他语气温和地说。

军士抓住他的上衣摇撼着他,怒吼道:

"您说什么?"

"人家找了我一个星期的麻烦啦!"胖路易以雷鸣般的声音大喊道。

他抓住军士的肩膀,照准他的面孔就是一拳。没一会儿,他就只好将一只胳膊伸到他腋下,支住他不至于倒下;同时继续饱以老拳。这时,他感觉到有人从背后抱住他,接着便抓住他的胳膊,将它拧住。他只得放下佩尔蒂埃军士,军士连吭都没吭一声就倒在地上。于是他动手收拾那些缠住他的家伙们。可就在这时,有人绊了一下他的小腿,他当即仰面倒在地上。他们一齐动手揍他,他将脑袋左转右闪,想躲过拳头。他喘着粗气说:

"让我走吧,小伙子们。让我走吧,告诉你们:已经讲和了呀!"

戈梅兹用指甲掏了掏衣袋底,掏出几根烟丝,还掺着尘土和线头。他把这一切全都塞进烟斗,再将烟斗点燃。冒出的烟有一股酸涩呛人的味儿。

"配给的烟草已经抽完了吗?"加尔森问。

"从昨晚起就没有啦,"戈梅兹说,"假如我能料到,就会多带点儿回来的。"

洛佩斯走进来,拿来一些报纸。戈梅兹瞅了瞅他,然后低下眼睛看看烟斗。他明白了。他看见了报纸第一版上慕尼黑的名字被印成又粗又大的黑体字。

"那怎么办?"加尔森问。

远处传来隆隆炮声。

"咱们就完蛋啦!"洛佩斯答道。

戈梅兹咬紧他的烟斗嘴。他听见了隆隆炮声,又回想起松林里的儒安那平静的夜晚,想起海滨飘扬的爵士乐曲:马蒂厄还可以度过许许多多与此相似的良宵。

"这帮混账东西!"他喃喃咒骂。

马蒂厄在食堂门槛上待了一会儿,然后从屋里走到院里,将房门关上。他仍然穿着原先那身便装,服装店里已找不到军服上装了。士兵们三五成群地到处游荡,他们似乎不知所措,而且忧心忡忡。两名朝他走来的年轻人竟不约而同地打着呵欠。

"好哇,你们笑啦,你们!"马蒂厄对他们大声说。

最年轻的那一位闭上了嘴,以歉疚的神情道:

"不知道该干什么呀。"

"你好!"马蒂厄身后有人喊。

他转过身来。这是一位名叫乔治的人,跟他的床位相邻,圆圆的脸上毫无血色,表情颇为忧郁。他朝这人笑了笑。

"怎么样?"马蒂厄道,"好吗?"

"还好,"对方回答,"马马虎虎呗。"

"你应当发牢骚,"马蒂厄说,"你不该到这里来,在这个时间;你应当出现在舞场。"

"可不是吗,"对方回答,又耸了耸肩,"在那儿或别的什么地方。"

"对啦。"马蒂厄说。

"我很满意,因为可以见到我的女儿了,"他应道,"要是没有这一点……我不过是打回办公室罢了;我跟老婆的关系不是太好……大家会读读报纸,为但泽操心:这一切像去年一样又会重演一遍。"他打了个呵欠,说:"生活嘛,到处相同,不是吗?"

"到处都一样。"

他们勉勉强强地相视一笑,就再也没有什么需要彼此沟通的话了。

"回头见。"乔治说。

"回头见。"

在铁栅栏的另一侧,有人在拉手风琴。铁栅栏的另一侧便是南锡、是巴黎,是每周十四小时的课程,是依维什、是鲍里斯,也许还有伊蕾娜。生活到处都一样,永远一样。他缓缓地朝铁栅栏走去。

"当心啊!"

几位士兵向他示意远离此地:他们在地上画了一条线,并不十分认真地玩着扔铜子儿游戏。马蒂厄稍稍站立了一会儿:他看见铜子儿在滚动,接着又有一些、再有一些铜子儿滚动。不时有一枚铜子儿像陀螺一样自我旋转着,然后摇摇摆摆地倒在另一枚铜子儿上,将它遮住一半。于是他们重新挺挺腰板,哇啦哇啦叫喊几声。马蒂厄继续走他的路。这么多穿越法国全境的火车与卡车,这么多辛勤劳动,花了这么多钱,流了这么多泪,在全世界的电台上发出这么多呐喊,用各种语言进行了那么多威胁,做了那么多挑战,还有那么多的喁喁私语,结果却是在一个庭院里来回转圈,或者在尘土中玩扔铜子儿游戏!所有这些男子汉都勉力克制自己,才能在出发时不流下眼泪。他们都突然直接面对着死亡,都在经历了千难万阻之后,或者出于某种谦卑,下定了必死的决心。现在,他们都惊呆了,摇晃着臂膀待在那里,对于卷土重来的和平生活感到困惑:那是人家暂时饶给他们的,不过是瞬间而已,他们却不知拿它怎么办了。"这是上当受骗的一天!"他喃喃自语。他一把抓住铁栏栅的横条,朝外面放眼看去:阳光照耀在空空荡荡的一条街上。二十四小时以来,在各个城市的商业街上,已是一片和平气氛。但在兵营和城堡周围,还飘浮着一团朦胧的战争之雾,正处在慢慢消逝的过程中。那看不见的手风琴拉的是《悔罪的女人》①。一小股热风在公路上刮起旋转的尘土。"而我自己的生活,我将怎样处置呢?"其实是非常简单的:在巴黎于依更斯街有一套公寓房在等着他。两间屋子。有暖气供应,有水、电、煤气,放着几只绿色安乐椅。桌子上有一只铜制螃蟹形镇纸。他将回到自己的住所,将钥匙插进锁孔。他将恢复在布丰中学的教师职务。似乎什么事情也不曾发生。什么也不曾发生。他所熟悉的生活在等待他,他已将它留在了书房,留在了卧室里。他不生任何是非地溜回去(没有任何人会惹是生非,没有任何人会提及慕尼黑的会

---

① 第一次世界大战期间在法国士兵中传唱的流行歌曲。

晤,再过一个月一切都会被忘掉)。在他生活的连续性中,只会有一个小小的无形创伤,一个小小的裂缝:回首往事,曾经有过一天夜里,他以为自己要出发上前线去……

"我不愿意!"他喃喃自语,同时使劲攥住铁栅栏的铁条儿。"我不愿意!不会是这样!"他突然转过身来,笑盈盈地观望闪耀着灿烂阳光的房屋窗户。他觉得自己是强者。在他内心深处有一种淡淡的不安,他现在才开始认识它。这淡淡的不安给他以信心。不管是谁,不管在什么地方。他不再拥有任何东西,他也不再是什么人物。前天昏暗之夜将不会是白白度过的;那巨大的动荡不完全是无益的。"让他们收刀入鞘吧,假如他们愿意。他们打他们这一仗,或者不打这一仗,我不管它。我决不上当受骗。"手风琴不响啦。马蒂厄顺着庭院又重新走动。"我将仍然是自由的。"他暗自思量。

飞机在布尔热机场上空转了好几个大圈子,黑色的、波浪似的沥青覆盖了降落场的一半。莱热朝达拉第欠下身子,指着这黑压压的一片,对他大声说:

"多壮观的人群!"

达拉第也向下观望。从离开慕尼黑以来他头一遭开口说话:

"他们是来揍我的!"

列日不表示异议。达拉第耸耸肩膀:

"我理解他们。"

"一切都得看维持治安的部队如何。"莱热叹了口气说。

他走进屋内,手中拿着报纸;依维什坐在床上,她低着头。

"行啦!他们今夜签字啦!"

她抬起眼来,只见他神情兴奋,却缄默无言。大概因为她盯着他看而突然感到不知所措。

"您的意思是说不会有战争啦?"她问他。

"正是这样!"

没有战争;没有飞机飞临巴黎上空;屋顶不会被炸弹炸垮:必须过日子啦。

"没有战争,没有战争!"她抽噎着说,"而您似乎非常高兴!"

米朗挨近了安娜。他踉踉跄跄,两眼发红。他摸摸她的肚子,说:

"这小家伙没有运气哩。"

"什么呀?"

"孩子。我说他没有运气。"

他跛行着走到桌边,斟了一杯酒。从清晨以来这已是第五杯了。

"你还记得吧,"他道,"你曾经在楼道里跌了一跤?我当时以为你一定要流产了。"

"结果呢?"她没好气地问。

他手里端着酒杯,转身朝着她。他似乎要举杯祝酒哩。

"那岂不更好。"他似笑非笑地说。

她端详着他:他举杯到嘴边,手有些哆嗦。

"也许是,"她说,"也许那倒更好。"

飞机着陆了。达拉第颇为艰难地走出机舱,踏上了舷梯;他脸色发青。下面是一片嗡嗡不止的大声叫喊。人们奔跑起来,冲破警戒线,挤垮了阻隔栏。米朗饮着酒,笑盈盈地自言自语:"为法国干杯!为英国干杯!为光荣的盟国干杯!"接着他绷足气力将酒杯摔在墙上。他们在高呼口号:"法国万岁!英国万岁!和平万岁!"他们手里举着旗帜,或者捧着鲜花。达拉第在舷梯最上面一级站住了。他惊慌失措地瞅着他们。然后他转身看看莱热,咬着牙小声说:

"一群蠢货!"